T0287018

EL DIOS DE LOS FINALES

EL DIOS DE LOS FINALES

JACQUELINE HOLLAND

Traducción de Daniel Casado Rodríguez

Plata

Argentina – Chile – Colombia – España
Estados Unidos – México – Perú – Uruguay

Título original: *The God of Endings*
Editor original: Flatiron Books
Traducción: Daniel Casado Rodríguez

1.ª edición: marzo 2023

Plaza de los Reyes Magos, 8, piso 1.º C y D – 28007 Madrid
www.letrasdeplata.com

ISBN: 978-84-92919-24-6
E-ISBN: 978-84-19413-99-4
Depósito legal: B-1.145-2023

Fotocomposición: Ediciones Urano, S.A.U.
Impreso por: Rodesa, S.A. – Polígono Industrial San Miguel
Parcelas E7-E8 – 31132 Villatuerta (Navarra)

Impreso en España – *Printed in Spain*

Para mis hijos,
quienes me enseñaron lo que es el amor y también el miedo.

No permitas que el uno al otro nos burlemos
mediante falsedades
Enséñanos a preocuparnos y a no preocuparnos
Enséñanos a quedarnos sentados quietos
Incluso entre estas rocas,

—T. S. Eliot, *Miércoles de ceniza.*

Entonces respondió Jehová a Job desde un torbellino, y dijo:
¿Quién es ese que oscurece el consejo
con palabras sin sabiduría?
Ahora ciñe como varón tus lomos;
yo te preguntaré, y tú me contestarás.

¿Dónde estabas tú cuando yo fundaba la tierra?
Házmelo saber, si tienes inteligencia.
¿Quién ordenó sus medidas, si lo sabes?
¿O quién extendió sobre ella cordel?
¿Sobre qué están fundadas sus bases?
¿O quién puso su piedra angular,
cuando alababan todas las estrellas del alba,
y se regocijaban todos los hijos de Dios?

—Job 38:1-7, *La Biblia.*

CAPÍTULO UNO

Cuando era pequeña, los muertos nos rodeaban por todas partes. Los cementerios no eran algo común a principios de la década de 1830. En su lugar, unas pequeñas y burdas tumbas familiares se colocaban contra establos o salían como setas pálidas en los bordes de los campos o en los patios de la iglesia, la escuela o la casa de reuniones, hasta el punto en que una podía observar el paisaje del pueblo, ver todas aquellas tumbas como dientes torcidos en una boca y preguntarse a quién pertenecía de verdad aquel lugar, si a los vivos apiñados y pasajeros o a los muertos persistentes.

A muchas personas, dicha proximidad a la muerte y a los recuerdos de esta les resultaba incómoda, pero mi padre era el primer tallador de tumbas del pueblo de Stratton, Nueva York, por lo que destilar la muerte y el dolor hasta alcanzar la belleza formaba parte del negocio familiar. La muerte, para mí, estaba unida de forma inextricable a cosas que atesoraba: a la artesanía y la poesía, a mi padre y a las bellas obras que fabricaba, por lo que no podía evitar que me despertara cierta ternura. Incluso ahora, tantos años después, recuerdo aquellas tumbas con mucha nitidez. Piedras lisas de color gris como la lluvia, aplanadas hasta tornarse suaves y frías al tacto; arenisca granulosa en sus tonos a rayas rojas, marrones y mantequilla; esteatita lo suficientemente suave para que se la pudiera marcar con una uña, y, al mismo tiempo, capaz de resistir las inclemencias de los elementos y el paso del tiempo; letras y símbolos, cruces y alas de querubines y calaveras de aspecto triste grabadas con delicadeza en cada superficie; bordes biselados, suaves y afilados bajo las yemas de mis diminutos dedos inquisitivos.

Al igual que las obras que hizo con sus propias manos, el recuerdo de mi padre también es muy vívido. Cuando pienso en él, lo veo trabajando, siempre encargándose de alguna de sus piezas. Examina con los ojos y las manos el gran peso de una roca en busca de sus vetas ocultas y entonces, maza y cuña en mano, la parte por la mitad como si de una naranja se tratase. Con mucha concentración, cincela con su martillo y levanta con paciencia las lentas y obcecadas cintas de esquisto como si fueran pieles de patata para poder tallar los tímpanos. Con su pico y su lima, talla y lija antes de soplar el brillante polvo de mica al aire. Al verme, al ver a su hija que lo observa desde el umbral de la puerta, alza la mirada y me sonríe, pero sus manos siguen tan diligentes como siempre; se deslizan sobre superficies y comprueban su progreso.

Cuando era muy pequeña, solía meterme trocitos de piedra en la boca, pues me gustaba la sensación rugosa contra la lengua. Pese a que tengo muy pocos recuerdos de mi madre, quien murió dando a luz a una bebé que murió con ella, uno de ellos es la indignidad repentina de que me metiera el dedo en la boca y rebuscara con brusquedad para sacarme un trozo de roca. Más adelante, ella también se convirtió en otra tumba: de color amarillo crema, reticulada con unas venas de hierro delgadas como hilos, con los paneles laterales adornados con unas volutas y rosetas elegantes y un elemento central con las palabras «Descansa en paz» talladas. Me acuerdo de todo ello con más detalle de lo que la recuerdo a ella.

A pesar de que guardo esos recuerdos de mi padre, de su taller y de sus tumbas con mucho cariño, están unidos a otros recuerdos más oscuros, y la mente, esa máquina de asociaciones tan estúpida, siempre se acaba desplazando de unos a otros, y, antes de que pueda hacer algo por detenerla, me veo a mí misma y a mi hermano, Eli, en un taller distinto, la forja del herrero. Tengo diez años, y mi hermano, catorce; es la edad a la que morimos, y estamos rodeados por las expresiones lúgubres de nuestros vecinos, quienes, ante la firme convicción de que ello nos va a curar de lo que nos aflige, nos están obligando a tragarnos las cenizas del cadáver incinerado de nuestro padre.

La verdad es que fui una niña en una época terrible, en la que el terror de la muerte se fundía con toda la vida, y, para deshacerse de él no se disponía de muchos recursos más allá de la oscura imaginación de cada uno. Por mucho que hubieran transcurrido más de cien años desde la caza de brujas de Salem, persistía la costumbre de encapsular en historias todo lo que se temía. Las historias, al fin y al cabo, tienen límites, y no hay nada que el miedo necesite con más urgencia que unos buenos límites. Por tanto, un problema con la cosecha o una lesión podía entenderse como obra de demonios, o el fruto de algún pacto impío con Satanás, o el castigo por un pecado sin confesar. Es por ello que, cuando la tisis —lo que hoy se conoce como tuberculosis— llegó a nuestro pueblo, lo hizo envuelta en un manto de historias que se transmitían, como la propia enfermedad, de mano en mano hasta que se hubo propagado por cada pueblo y aldea de la Costa Este.

Los muertos en vida, según se decía, escapaban de sus tumbas por la noche para atacar a sus propios familiares y arrastrarlos sangriento centímetro a sangriento centímetro hasta las tumbas situadas al lado de la suya. Aquello explicaba por qué se desmoronaban familias enteras una a una; hombres y mujeres fuertes y vigorosos que eran testigos de cómo se les caía la piel, los ojos se les hundían en las cuencas y no dejaban de toser sangre. En aquella época en la que no se sabía nada sobre las bacterias ni las virulentas gotas microscópicas que surgían con la tos de una persona, ¿quién podía culparlos por encontrar una malevolencia demoníaca y perversa —un patrón, un diseño, una intencionalidad— en la lenta y terrible condena de una familia entera?

La narrativa de los muertos maliciosos no solo ofrecía una explicación, sino que también indicaba que se podían llevar a cabo acciones para poner fin a lo que parecía imparable: si los muertos no estaban muertos del todo, tal vez la solución fuera desenterrarlos y sumirlos en un descanso más definitivo. Así comenzaron las exhumaciones. Cuando la segunda mujer del tonelero enfermó, desenterraron a la primera, muerta tanto de celos como de verdad, para interrogarla. Y así sucesivamente. Abrieron ataúdes, examinaron cadáveres y discutieron sobre el aspecto de los difuntos. ¿Por qué la hija de los Wesley, que había muerto de escarlatina a principios de invierno, parecía como si la hubieran enterrado hacía tan solo una semana? Nadie tuvo en cuenta que el invierno justo acababa de terminar ni que era probable que la chica hubiera pasado meses congelada, con la piel rosada por el cambio de temperatura. ¿Por qué arriesgarse?

Las personas que sabían del tema, aquellas que tenían vínculos estrechos con Europa y su complicada historia —esposas jóvenes recién llegadas de Haggenas y Blaberg, un abuelo de Lovo, un sobrino de Bistrita—, aconsejaron a los demás sobre lo que se debía hacer en aquellos casos.

—Hay que romperles los brazos y las piernas para evitar que se arrastren cuando se hace de noche.

Cada vez que una medida no lograba detener el descenso de los vivos hacia la muerte, se ofrecía una nueva.

—Hay que sacarles el corazón y examinarlo en busca de sangre fresca de sus víctimas, entonces sí se puede saber seguro.

Y luego:

—¿De qué sirve la certeza y cómo se puede llegar a tenerla cuando se lidia con lo antinatural, con lo impío? Hay que cortarles la cabeza, y ahí acabará todo. Para asegurarnos mejor, quememos el corazón también. Y luego que los familiares restantes se coman las cenizas. Tenemos que hacer que los cuerpos de los vivos no resulten habitables desde dentro para los demonios.

Mi padre, el tallador de tumbas, había dedicado su vida a ayudar a los demás a encontrar la paz en la muerte, por lo que veía aquella guerra como algo atroz e insistía cada vez que podía, con su modo tan amable pero obcecado, en que nuestros queridos difuntos no eran responsables de las aflicciones de los vivos y en que mancillar sus cuerpos era un pecado y una abominación. Si bien es posible que hubiera persuadido a algunos, los que opinaban lo contrario hablaban más alto, y, cuando él también empezó a toser, vi una horrible satisfacción en la mirada de aquellos a quienes él había criticado.

El diácono Whilt era uno de ellos. Aquel hombre, que se había otorgado a sí mismo el cargo de comandante en la guerra contra los no muertos y que hallaba un placer solícito en llevar sus armas en forma de agua bendita y crucifijo a las exhumaciones, acudió un día al taller de mi padre. Se paseó por el lugar, tomó los cinceles para examinar sus variadas puntas con ojos entrecerrados y se llevó un golpe en la cabeza contra las herramientas de hierro que colgaban del techo mediante unos ganchos.

—Dicen por ahí —dijo, masajeándose la nuca, donde se había dado con el largo mango metálico de una azuela— que encontraron a una de esas abominaciones cerca de Plattsburgh. Hinchada como una pulga en una mula. La criatura tenía la boca cubierta de sangre. Le perforaron el estómago, y salió sangre caliente de él durante casi una hora.

—¿Y usted se lo cree? —preguntó mi padre, entre martillazo y martillazo.

Mi hermano, junto a él, había dejado de trabajar para escuchar mejor, boquiabierto y horrorizado, pero una mirada severa de mi padre hizo que se ruborizara y que volviera a su trabajo.

El diácono frunció el ceño ante una motita de polvo que le había manchado su sotana negra, tras lo cual sacó un pañuelo y se dispuso a limpiarla con una violencia controlada.

—¿Y qué es lo que quieres que crea? ¿Que todo son coincidencias? Seis familias en el pueblo de al lado y nueve en el nuestro han caído como las fichas de dominó de un niño... ¿por casualidad?

Mi padre no contestó, y el diácono se dirigió de forma furtiva a la piedra que estaba tallando.

—Unos sentimientos religiosos muy encantadores los de tus lápidas, Isaac. Y, aun así, su fabricante parece negar la influencia activa de lo sobrenatural en los menesteres de este mundo. Casi podría llegar a pensar que no temes a Satanás y sus actos.

—O podría llegar a pensar que confío lo suficiente en Dios como para que me aleje del miedo a los distintos demonios, sean estos reales o imaginarios.

Mi padre podría haber dicho algo más, pero un ataque de tos surgió desde las profundidades de su pecho. Trató de contenerse hasta que no pudo más y se levantó el guardapolvo para ocultar el ataque de tos hasta que este pasó.

El diácono se quedó mirando a mi padre con una expresión más suave, y en cierto modo eso me perturbó más que su hostilidad previa.

—Tu delantal, Isaac —dijo cuando mi padre dejó de toser—. Se te ha manchado de sangre.

Mi padre volvió a trabajar.

—Ojalá pudieras alejarte de tu obstinada falta de creencia —continuó el diácono Whilt—, pues ello les concede a los demonios plena libertad para entrar. Ya hemos perdido a la mitad de los hombres. La mitad de los que quedan están tan enfermos como tú. A este ritmo, el pueblo no sobrevivirá al invierno. Te necesitamos bien de salud, y a Eli también. No podemos permitirnos perder a nadie más. Ni a una sola persona.

Se dirigió a la ventana y se quedó mirando hacia las dos lejanas tumbas que había en lo alto de una colina, cuyas siluetas se dibujaban contra el brillo rosado del sol al ponerse. Mi madre y mi hermana bebé.

—Es un asunto atroz, estamos de acuerdo en ello. Pero los poderes del infierno son atroces. Hacemos lo que debemos, no porque sea placentero, sino porque es lo que debemos hacer. Vas a tener que desenterrarlas.

—No. —Mi padre respondió al instante, sin devolverle la mirada—. Nunca.

El diácono se dio media vuelta, soltó un suspiro de agotamiento exagerado y se dirigió a la puerta. Cuando me vio cerca de allí, me bendijo la frente con la mano húmeda, y yo me contuve para soportarlo sin torcer el gesto ni apartarme.

—De verdad espero que te lo pienses mejor, Isaac —continuó el hombre, sin mirarlo—. O todos acabaréis muertos.

—¿Papá?

El diácono se había ido, mi hermano estaba llenando la caja de madera, y mi padre y yo estábamos a solas en su taller, cada vez menos iluminado, con los pedazos de piedra colocados sobre las mesas, como islas en un riachuelo. Él escribía algo en un escritorio, una actividad que no solía desempeñar más que sobre la piedra.

—Papá, ¿qué escribes? —le pregunté tras colocarme a su lado.

—Una carta.

—¿Una carta para quién?

—Para tus abuelos.

—¿Mis abuelos?

—Bueno, a tu abuela y a su marido, el señor Vadim Semenov.

—No sabía que tenía abuelos.

—Pues sí. Los viste una vez, pero eras pequeña, quizá demasiado pequeña como para acordarte.

—¿Por qué solo los he visto una vez?

Mi padre vaciló unos instantes según trataba de encontrar las palabras adecuadas.

—Tu madre quería mucho a su padre. Era muy buen hombre, un sacerdote, muy devoto y amable. Cuando murió, tu abuela se volvió a casar. Y a tu madre no le gustó mucho.

—¿Por qué?

—Fue bastante... súbito, además de extraño. Es un hombre raro.

—¿Por qué raro?

—Bueno, es... —Mi padre miró en derredor, incómodo, hasta decidirse por—: No es protestante. Solo diré eso. Fue lo que no le gustó a tu madre. Nunca había pensado que tu abuela fuera a casarse con un católico, o un ortodoxo o lo que sea, aunque el hombre era... supongo que aún lo es... bastante acaudalado y persuasivo. Pero lo hizo, sin dudas ni debate, casi como si... como si se hubiera casado sonámbula. Ya te digo que fue extraño. Pero bueno, nada de eso parece tan importante ya. Creo que incluso tu madre estaría de acuerdo.

Me miré las manos, con las cuales jugueteaba, nerviosa, con un hilo suelto en el bolsillo de mi delantal. Me daba miedo formular la siguiente pregunta.

—¿Por qué les escribes ahora? Después de tanto tiempo.

Mi padre se volvió para mirarme y estiró una mano para envolver la mía. La comprensión que pasó entre nosotros ante aquella mirada y aquel roce fue tan dolorosa y clara que habría podido llegar a creer que las personas no necesitaban palabras para comunicarse.

—¿Te vas a morir, papá? —susurré—. ¿Como ha dicho el diácono Whilt?

Se miró el regazo, inspiró hondo para aunar fuerzas con una respiración irregular y me volvió a mirar con una leve sonrisa en los ojos.

—Puedes estar segura de ello —contestó—. Y tú también, y todas las personas a las que conocemos.

Hizo un gesto con la punta suave de su pluma hacia las lápidas apoyadas contra las paredes de la tienda, las cuales se encontraban en distintas fases de su fabricación.

—Todos pasamos de este mundo al siguiente, cariño: es nuestra carga como mortales y también nuestro privilegio. Si pudiera decidir entre hacerlo pronto o nunca, decidiría pronto sin dudarlo ni un instante, para así llegar ante la presencia de nuestro Señor. No debes temer a la muerte, Anna.

—Lo sé, papá. Ya sabes que lo sé. Y no me da miedo la muerte, pero tengo... tengo miedo de...

Dudé, y de repente me costó hablar. Sobrecogida, aparté la mirada y traté de contener la fuente de miedo jadeante y lágrimas que se abría paso en mi interior.

—¿Qué te da miedo, cariño? —Mi padre abrió los brazos, todavía manchados de blanco por el polvo de las piedras, para que lo abrazara.

—Me da miedo que te vayas sin mí —dije, tambaleándome hacia sus brazos—. Me da miedo quedarme aquí sola, sin ti.

Una vez cobijada en su abrazo, una especie de pánico se apoderó de mí, y me aferré a él con todas mis fuerzas.

—Ojalá pudiéramos morir al mismo tiempo —susurré.

Mi padre me sostuvo con fuerza durante un largo rato, en silencio. Un tiempo después, carraspeó y se limpió el rostro con el paño que llevaba en el bolsillo.

—Nuestro Creador es quien cuenta nuestros días —dijo con la voz ronca—. Tiene un número para mí y otro para ti, y cada uno contiene una bendición si tenemos la valentía necesaria para encontrarla. No debes malgastar ni un solo día de ese tiempo. Aunque sea difícil, todos tenemos que entregarnos a la gracia de su providencia y su sabiduría.

—Lo sé —susurré, y todavía me temblaba la voz—, pero me da mucho miedo.

Mi padre me alzó la barbilla. Tenía el rostro pálido y moteado de gotitas de sudor, y en sus ojos había un extraño brillo enfermizo. No pude contener más las lágrimas y cerré los ojos, desesperada, mientras caían.

—No pasa nada —dijo mientras me limpiaba las lágrimas con cariño con su pañuelo—. También le podemos confiar nuestro miedo.

Durante un tiempo solo me abrazó, hasta que al final se puso de pie para dirigirse a su mesa de trabajo. Agarró un cincel y lo sostuvo en mi dirección, pues sabía a la perfección que no podía resistirme a ayudarlo a tallar. Acepté la herramienta y dejé que mi padre me guiara hasta colocarme entre él y la piedra en la que había estado trabajando. Puso sus grandes y hábiles manos sobre las mías para guiar mis golpes, y, entre los dos, esculpimos un bisel suave y elegante.

—¿Qué tallaremos tú y yo en el siguiente mundo? —me preguntó mi padre mientras limpiaba y admiraba con cariño lo que habíamos hecho—. Ya no necesitaremos ninguna lápida.

—Es una lástima —dije—. Son muy bonitas.

Me sonrió y me dio un beso en la frente. Sus labios quemaban contra mi piel.

No desenterramos a mi madre ni a mi hermana bebé, y mi padre sí que murió. Y lo que fue peor, la dolencia que había estado germinando en silencio en mí y en mi hermano floreció hasta convertirse en una grave enfermedad. Los dos nos tornamos unos esqueletos de ojos hundidos que tosían sangre y flemas blancas y espesas y que jadeaban al respirar, por lo que todo apuntaba a que íbamos a seguir los pasos de mi padre y a que íbamos a cumplir con el lúgubre pronóstico del diácono Whilt.

Durante aquellas extrañas semanas borrosas en las que la muerte me acechaba en círculos, fui al taller de mi padre para sentarme en silencio entre sus herramientas, además de las losas de roca sin tallar y las lápidas que había dejado inacabadas.

Conforme se había acercado a la muerte y había perdido fuerzas, sus lápidas habían sido cada vez más pequeñas y sencillas. En la que había estado trabajando antes de morir era poco más que una baldosa de bordes cuadrados y tallada con un solo verso inconcluso. Era el décimo Soneto Sacro de John Donne, el poema favorito de mi padre. La última lápida que había fabricado había sido la suya.

Me decidí a terminar el verso. ¿Cuántas veces había tallado con él mientras sus manos me guiaban? Estaba segura de que, después de todo aquello, era capaz de hacerlo sola. Con mis brazos débiles, empuñé el cincel de escribir y me dispuse a hacer lo que lo había visto hacer miles de veces, y fue de lo más difícil. Poco después de empezar, rompí un trozo de piedra del tamaño de un botón, lo cual mancilló la superficie, y casi me rendí, al borde de las lágrimas. Sin embargo, lo volví a intentar. Continué, por mal que lo hiciera. Estaba débil y me cansaba con facilidad, por lo que casi tardé dos semanas en cincelar las tres palabras que faltaban. Aun así, durante el proceso me decidí a enterrar a mi padre yo misma. Ya había oído al diácono dejar caer que la muerte de mi padre era una prueba de que él, el diácono, había tenido razón en todo, y temí el placer vengativo que iba a tener aquel hombre al convertir los restos de mi padre en uno de sus enemigos no muertos. No pensaba dejar que lo hiciera. Iba a enterrar a mi padre en algún lugar oculto, donde nadie pudiera encontrarlo ni perturbarlo, e iba a marcar su tumba con la lápida que habíamos fabricado entre los dos.

En un día lluvioso de principios de primavera, cargué con la lápida —la cual debido a mi enfermedad parecía una montaña, por mucho que no debía haber pesado más de siete kilos— fuera del taller, a lo largo de los campos lodosos y hacia el bosque sin hojas. Caminé con dificultad cada vez más bosque adentro, sumida en la percusión del goteo de la nieve al derretirse, los cambiantes rayos de luz y los solitarios graznidos de los cuervos que me observaban. Me detenía cada dos por tres para apoyar mi frente al rojo vivo contra un árbol y tratar de recobrar la respiración, aunque esta continuó tan ronca y jadeante como antes.

Una vez satisfecha por haberme adentrado lo suficiente, coloqué la lápida en el suelo y me senté a su lado. Durante un tiempo me limité a llorar desconsolada mientras el barro me manchaba la falda.

—Papá —le susurré a la piedra—. Tengo miedo. Me has dejado sola, papá. Debo confiar en Dios y en su sabiduría, lo sé, pero no puedo. Solo quiero ir contigo. Han desenterrado al señor Harrison, y a Alice Brooke, tan pequeñita. Y su pobre madre estaba... Papá, ya no quiero estar aquí. Todo es horrible. No soporto estar aquí sin ti.

El agua continuó goteando, y en algún lugar cercano graznó un cardenal. Alterada por la fiebre, miré entre las copas de los árboles hasta dar con el pájaro, un macho rojo brillante que se había posado en una rama para observar el valle con arrogancia en busca de lo que le importaba a él. En aquel momento no pude pensar para qué valían las personas, a dónde llegaban sus vidas, más allá de a la miseria. Como un pájaro, miré desde las copas de los árboles a los desdichados pueblos de la humanidad y solo noté una confusión perpleja. «Esas bestias desgraciadas —pensaría si fuera un pájaro—, esas pobres y tristes criaturas que se arrastran por el suelo, pasan el día trabajando con miedo y sufren hasta la muerte. Demasiado inteligentes para vivir en paz, demasiado estúpidas para vivir bien. Están mejor bajo tierra, tranquilas por fin, en paz por fin».

—¿Por qué tenemos que pasar por este mundo tan triste, papá? —pregunté en voz alta—. Por favor, papá, si puedes hacer algo por ello, déjame morir y abandonar este lugar. Aquí ya no hay nada que me importe.

Al final, el graznido del cardenal recibió la respuesta de algún otro pájaro que lo escuchaba desde la distancia, pero mi pregunta no, por lo que me puse de pie y emprendí el camino de vuelta a casa mientras pensaba cómo iba a trasladar el cuerpo de mi padre hasta la tumba. Su cadáver, rígido y envuelto, iba a permanecer en el establo hasta que dejara de hacer frío. Los hombres del pueblo, quienes gastaban tanta energía desenterrando cadáveres, no vieron ninguna razón por la que debieran darse prisa para enterrar otro, y mucho menos cuando cabía la posibilidad de que el cadáver en cuestión fuera a darles pelea y luego tuvieran que desenterrarlo otra vez.

Pensé que, si fuera capaz de cargar con mi padre hasta el carruaje, me sería más fácil desde allí, aunque no estaba del todo segura de que fuera capaz de levantarlo. Me pregunté si podría confiar en Eli para que me ayudara. Me pregunté si me sería de alguna ayuda si de verdad accedía a hacerlo, con lo débil que estaba. Sin embargo, al día siguiente, cuando fui al establo para ver si podía cargar con el cadáver yo sola, este había desaparecido.

—¡Eli! —grité mientras corría hacia casa—. ¡Eli! ¡El cadáver de padre! ¡No está!

Mi hermano estaba sentado, frágil y blanco como la tiza, delante de la hoguera. A su alrededor había unas personas que lo ayudaban a ponerse de pie: el diácono y varios hombres de las granjas circundantes. Se volvieron uno a uno para mirarme, y supe de inmediato qué estaban haciendo allí.

—No —dije, negando con la cabeza y empezando a llorar—. ¡No! ¡No lo haremos! ¡Nunca!

Quién sabe cuándo desenterraron los cadáveres o cuántos de nuestros amigos y vecinos participaron en ello. ¿Quién les cortó la cabeza a los cadáveres de nuestros familiares? ¿Quién les colocó los brazos y las piernas contra los bloques de hormigón para romperlos? ¿Quién les sacó el corazón y los abrió en canal para buscar la sangre fresca de sus víctimas? ¿Y con cuánto recelo hicieron todo ello en los cadáveres de las personas cuyas vidas habían estado tan entrelazadas con las suyas? Fuera quien fuere, y fueran cuales fueren sus sentimientos, las tareas ya habían llegado a su fin para cuando nos llevaron a la forja del herrero para la incineración.

Como mi hermano estaba demasiado débil como para quedarse de pie, el señor Bird, el tonelero, lo sostuvo para que inhalara el humo de los corazones ardientes. Yo me negué. Me arrastraron de los brazos, pero me resistí y los arañé hasta que se rindieron. Entonces, cuando no quedaba nada más que cenizas grasientas de los órganos, el diácono Whilt las recogió y las colocó en la lengua blanca de mi hermano.

Si bien pensé que mi resistencia había dado frutos y que iba a poder salir de allí tras solo tener que presenciar el horror, entonces me sujetaron. Un hombre me puso un brazo con fuerza alrededor del pecho y otro en torno a la cabeza para que no pudiera moverme. Me abrieron los labios y me llenaron la boca de hollín. Sollocé, y las cenizas se me metieron en la nariz y me atraganté. Me entraron arcadas, grité con una furia débil y di pequeños puñetazos a cualquiera que se me acercara hasta que me sacaron a rastras de allí.

—Vigilad bien a esa niña —oí que decía el diácono—, se comporta como alguien poseído por demonios. Puede que no esperen a que esté bajo tierra.

Mi hermano, quien había llegado a ser tan fuerte, murió poco después de eso, y yo, una niñita delgaducha de tan solo diez años, la que los demás habrían dicho que iba a morir antes, resistí. Mi enfermedad, así como el rumor de la posesión demoníaca que tan rápido se había propagado, hicieron que no me recibieran de buena gana ni en las casas de nuestros amigos más queridos. Por tanto, no tuve otro sitio al que ir salvo a la casa parroquial, donde el diácono supervisaba mis cuidados sin ocultar su odio y daba instrucciones a los sirvientes para que nunca hablaran conmigo, me miraran ni entraran en mi habitación sin un crucifijo en la mano. Vivía en una niebla febril de enfermedad, desesperación y miedo.

Entonces, una tarde, me desperté de mis sueños febriles por culpa de un alboroto en la casa: unos gritos agitados que provenían de la parte frontal de la casa parroquial y subían por las escaleras. Luego unos pasos fuertes y deliberados se dirigieron por el pasillo hasta llegar a la habitación en la que estaba pasando mis días, dando vueltas sobre una cama dura, y, rodeado de unos sirvientes nerviosos y espantados, entró un caballero de cabello blanco vestido con la ropa de cabalgar más elegante que había visto nunca. Sus ojos eran del color del ámbar iluminado por el fuego, y su rostro anguloso era fuerte, llamativo y, por alguna razón, me sonaba. Recorrió la habitación a grandes zancadas y me levantó de la cama. Si bien estaba débil y sin duda pesaba muy poco, el anciano cargó conmigo como si fuera un joven que había recogido algo que no pesaba más que una capa.

El diácono Whilt irrumpió en la habitación detrás del hombre.

—¿Qué está pasando aquí? —les preguntó a los sirvientes. Entonces se dirigió al caballero—: ¿Qué hace aquí?

—Soy el familiar más cercano de esta niña —repuso el hombre, con una voz grave y un acento marcado de un modo que, al igual que su rostro, me resultó familiar—. Su padre me escribió para hablarme de su muerte inminente y me pidió que fuera el tutor legal de sus hijos. ¿Imagino que ya ha muerto?

—Se equivoca, caballero —dijo el diácono, mordaz—. La niña es huérfana. No tiene ningún familiar con vida.

El anciano extrajo las páginas dobladas de una carta del bolsillo de su chaqueta y la colocó contra el pecho del diácono mientras cargaba con mi cuerpo inerte más allá del hombre, hacia la puerta.

—Verá que es usted quien se equivoca, buen hombre.

El diácono se apresuró a seguirnos mientras ojeaba la carta y protestaba, y yo gimoteaba, confundida y somnolienta.

—Tranquila, niña —me dijo el anciano, mirándome desde arriba—. Soy tu abuelo.

»¿Dónde está el chico? —le preguntó al diácono.

—El chico murió —respondió con frialdad.

El anciano me llevó la cabeza contra su pecho, como si quisiera protegerme de lo que ya sabía, y empezó a bajar por las escaleras.

En el exterior, los sirvientes se agruparon en el porche y se quedaron mirándonos boquiabiertos, pero el diácono siguió corriendo detrás del abuelo según este cargaba conmigo hacia su carruaje.

—Debo advertirle que es muy mala idea que se lleve a esta niña a su casa. Está atormentada por espíritus malignos. Es posible que haya sido ella quien ha llevado a los demás a la tumba.

El abuelo me colocó en el carruaje y puso unas gruesas y suaves mantas a mi alrededor antes de volverse para mirar al diácono.

—¿Qué es lo que teme? —preguntó en un tono bajo y serio.

Por la gravedad del asunto, el rostro del diácono estaba enrojecido e hinchado, y se inclinó hacia delante para hablar con una voz forzada por la intensidad.

—Es muy bien sabido que, en estos lares, nos encontramos en medio de una epidemia impía, que Satanás y sus demonios nos acechan, a la espera, para negarnos el descanso eterno a aquellos que abandonamos este mundo, para convertir a quienes deberían ser los gloriosos alzados de Dios en los torturadores de los creyentes.

—¿Torturadores? ¿Qué tortura?

—Hay algunos que, obligados por el príncipe de las tinieblas, vuelven a la vida después de la muerte. Se arrastran desde sus tumbas para drenarles la sangre a sus familiares vivos y conducirlos a una muerte similar al servicio de Satanás. Se han producido casi cien casos tan solo en este condado, todos ellos reales como la vida misma y documentados a conciencia.

—¿Para drenar la sangre? Ah, *verdilak*. En mi país también los conocemos. —El abuelo miró de reojo hacia el carruaje—. ¿Habla de esta niña?

—Si muere, sí. —El diácono asintió—. *Cuando* muera. O quién sabe, tal vez antes. Tiene una impetuosidad antinatural ya de por sí y resiste cualquier intervención sagrada.

El abuelo se quedó quieto durante un momento y consideró, muy pensativo, tanto al hombre que tenía delante como lo que le acababa de decir. Entonces, de repente, echó la cabeza hacia atrás para soltar una gran carcajada que hizo que el diácono temblara por el sobresalto.

—*Koještarija!* —exclamó el abuelo, sonriendo. Se volvió para mirar al diácono, perplejo—. Paparruchas. Esta niña está enferma de tisis como todos los demás. En la ciudad, a escasos ochenta kilómetros de aquí, la enfermedad se trata con aceite de hígado de bacalao, reposo y aire fresco; pero aquí, en este encantador pueblecito de tres al cuarto, se trata con exorcismos y vaya a saber qué otras tonterías. Que un hombre de fe se deleite con las supersticiones como si fuera un sacerdote pagano…, vaya, me gustaría poder decir que me sorprende.

Recuperó las páginas temblorosas de la carta de la mano del diácono, las alisó, las dobló y se las volvió a meter en el bolsillo.

—Ahora mi pequeña *verdilak* y yo debemos marcharnos, pero quisiera darle las gracias por su tiempo y por el… entretenimiento. —Soltó una carcajada y le dio una palmada jovial al diácono en el hombro, tras lo cual se dio media vuelta y subió al asiento del conductor del carruaje.

Silbó y tiró de las riendas, y Stratton se alejó de mí para siempre.

Nos llevó varias horas llegar hasta la mansión del abuelo en Millstream Hollow, situada a unos treinta kilómetros de allí, lo cual para mí era una distancia inconmensurable. Pese a que mi padre me había dicho que mi abuelo era un hombre acaudalado, me lo había imaginado en los términos de nuestro pueblo: tal vez una granja grande y exitosa, con una bonita casa de madera y un carruaje. Por ello, la casa de ladrillos de tres pisos, con pórtico, un enorme invernadero de cristal y media docena de chimeneas me habría impresionado con un esplendor distinto al de cualquier estructura que hubiera visto antes si la enfermedad me hubiera permitido percibirla.

El rostro de mi abuela, anciano pero encantador, aparecía de vez en cuando sobre la cama en la que reposaba, acompañado de la sensación de un paño frío y húmedo contra la piel. Sin embargo, lo que ocurría más a menudo era que mi abuelo iba a cuidarme. Se encargaba de la hoguera, cambiaba las sábanas y se pasaba horas sentado en un sillón en la esquina de la habitación mientras leía poesía en voz alta en un idioma extraño y vibrante y en una voz baja y resonante que entraba y salía de mi estado medio consciente. A veces se sentaba más cerca de la cama y me daba unas órdenes raras.

—Tienes hambre, Anya. Te está volviendo el apetito. Comerás.

Y, por alguna extraña razón, por mucho que llevara días apartando el rostro al ver algo de comer, notaba una repentina sensación de hambre y abría la boca ante la cucharada de caldo que sostenía frente a mí.

El anciano parecía poseer una energía infinita, y su presencia, anunciada por el olor a tabaco, a cuero y a establo de caballos, se convirtió en algo reconfortante y constante para mí, tanto que sollozaba y me agitaba cuando me despertaba y no lo veía allí.

A pesar de mis circunstancias mejoradas, me enfermé más y me volví más delgada todavía. Mis brazos eran huesos envueltos en una tela de piel como de muselina. El sudor que me empapaba el cuerpo olía a cerveza rancia, y solo podía tomar un poco de caldo sin empezar a vomitarlo. Como último recurso, llamaron a un médico de Greenwich para que intentara una operación que decían que había ayudado a algunos. Me colocó un pañuelo empapado en éter en la nariz y me hizo un agujero en el pecho para sacar el aire malo mientras el abuelo me daba la mano y yo balbuceaba en sueños. Hacia el final de la operación, mi sangre había empapado tantos paños que estaban tirados por todo el suelo, y yo solo había empeorado. Como una roca que se empuja por la cima de una colina, caía en picado hacia la muerte.

Hay un espacio numinoso que se abre justo antes de la muerte, un heraldo espectral con una trompeta que no suena y que anuncia la llegada de una criatura distinta a todas las demás de la existencia. El aire vibra a una frecuencia diferente, el ambiente se torna más frío y no se puede hacer otra cosa más que esperar. Fue en aquel espacio, sumida entre aquellas vibraciones y la agradecida certeza de la muerte, donde abrí los ojos un poco y vi a una figura encapuchada y oculta entre los pliegues de una capa negra. *La Muerte*, pensé con una convicción llena de horror. Así que de verdad era real, de verdad llevaba una capa negra. Pero ¿cómo podía ser? ¿Dónde estaba Jesucristo con todos sus ángeles representantes para conducir mi alma hacia el paraíso, tal como me habían prometido? ¿O acaso había cometido algún pecado grave, por lo que había un demonio allí para llevarme de aquel mundo pasajero lleno de sufrimiento a otro eterno?

Un miedo completamente ajeno a la realidad se alzaba y descendía en mis últimos atisbos de conciencia febril. Pasó el tiempo; en aquel espacio numinoso, ¿quién sabe cuánto? Aterrada, cerré los ojos. Aterrada, me resbalé y me tambaleé entre el borde de la vigilia y los sueños, incapaz de distinguirlos, solo que, estuviera despierta o no, la figura estaba allí, inmóvil, con su mirada oculta pero pesada clavada en mi rostro. Quería gritar, aunque lo único que conseguí al final fue soltar un pequeño gimoteo lleno de miedo.

La figura se puso de pie. Avanzó hacia mí, no en silencio como un espectro, sino con unos pasos que resonaban suavemente contra la madera del suelo. Se me escaparon unas lágrimas que me resbalaron por las mejillas, y me tembló el cuerpo de puro miedo según me preparaba para el tajo de una guadaña divina. Aun así, durante un largo rato, no ocurrió nada.

Entonces se produjo una leve respiración y un movimiento, casi imperceptible, como la sacudida del músculo de una serpiente que se prepara para atacar. La capa negra cayó sobre mí, y noté unas agujas que se me hundían en el cuello. Todo era confusión. Estaba confundida por las agujas que tenía clavadas en el cuello, confundida por aquel extraño acto de la Muerte y por la vertiginosa sensación drenante de la sangre y la vida que se alejaban de mí, pero, por encima de todo, estaba confundida por el olor de mi abuelo que tanto conocía, el tabaco, el cuero y el establo de caballos que me indicaban que estaba cerca.

Me dijeron que hubo un funeral: una niña bonita con un vestido bonito, cabello rizado y un agujero en el pecho, velas encendidas en un recibidor poco iluminado y unos invitados que pasaron deprisa y a desgana por allí. Mi abuela me puso un rosario en una mano, y mi abuelo, una campana en la otra. El rosario no sirvió de nada (a mi abuelo le gusta recalcar ese hecho cuando cuenta la historia), pero, unas semanas más tarde, cuando estuve lista, hice sonar la campana.

Me dijeron que, en una noche despejada de primavera, mi abuelo, con la camisa arremangada hasta los codos y el cuello oscuro por el sudor de excavar, se tumbó en la hierba y estiró los brazos hacia una niña pequeña con un vestido sucio que estaba sentada, llorando, en su tumba. Un tiempo después, como ella no se movía, él tuvo que meterse en la tumba y sacarla en brazos.

Sentados en la ribera iluminada por la luna de un riachuelo, la alimentó con la sangre de un armiño y le explicó con mucha paciencia los parámetros de su nueva existencia: a partir de entonces, iba a tener que vivir mediante la sangre de los demás; iba a florecer, pero nunca se iba a marchitar; iba a vivir con total libertad de la hostilidad oculta del mundo físico, cuyas leyes siempre conspiraban para acabar con la vida. Aquella noche, según lo cuenta el abuelo, fue muy emocionante y pintoresca.

Mis propios recuerdos tienen lagunas y son menos idílicos. Recuerdo la tierra. Recuerdo haber gritado. Recuerdo una zarigüeya —no un armiño— y recuerdo la niebla temblorosa y llena de delirios de mi mente, la cual escampó solo lo suficiente para preguntarle a mi abuelo:

—¿Por qué? ¿Por qué has hecho esto? ¿Por qué me has hecho esto a mí?

Y recuerdo su respuesta, además del sereno tono filosófico de su voz al proporcionármela.

—Este mundo, querida mía, todo este mundo, hasta el mismo final si es que lo hay, es un regalo. Pero es un regalo que muy pocos tienen la fuerza suficiente como para recibir. He determinado que tú puedes ser de esos pocos, que a ti te podría ir mejor en este lado de las cosas, en vez de en el otro. Creo que podrías encontrarle un uso al mundo, y viceversa.

Alzó la mirada hacia la luna, me dio una palmada en el hombro, casi distraído, y añadió:

—Pero, si no, lamento mucho el error de cálculo.

CAPÍTULO DOS

1984

Son las primeras horas de la mañana. La casa es una montaña silenciosa, enorme, tranquila y encantadora. Un octubre fresco ha tallado las ventanas del aula con unos diseños arabescos de escarcha, y, al otro lado de ellas, el terreno es un panorama de otoño, con arces azucareros de color encendido, hojas de roble caídas que cubren la hierba como si estuviera en llamas y, en ciertos lugares, unos avellanos de bruja que abren sus brazos negros y retorcidos cubiertos de incontables brotes amarillos.

Qué curioso que, en la naturaleza, los colores más vivos sean los que preceden a la muerte. Los rosas y azules delicados de la primavera parecen demacrados en comparación con el dramático escarlata de las majuelas o los cortes sangrientos de las hojas de espino cerval a finales de noviembre. Las estrellas muestran su brillo pálido durante su infancia, pero, cuando tienen una edad más avanzada, se funden y relucen con colores rojos y naranjas, al igual que los robles y los arces. La juventud, según parece, es un estado de abundancia difusa, mientras que la llegada de la muerte lo concentra todo.

El color es algo en lo que pienso mucho. Al fin y al cabo, soy artista, y esta escuela de la que me encargo es una escuela de arte para niños. En la juventud y en la muerte pienso incluso más que en el color: los niños a los que enseño son muy jóvenes (tres, cuatro o cinco años), mientras que yo, según la mayoría de los estándares, soy muy vieja (alrededor de ciento cuarenta años, si no lo calculo mal). Además, los niños a los que enseño se harán mayores, se marchitarán y morirán algún día; yo no. Yo me quedaré tal como estoy. Para siempre... sea lo que fuere lo que signifique esa palabra tan incomprensible. Todo ello, acompañado de la quietud silenciosa del amanecer, tiende a tornarme contemplativa por las mañanas.

La luz del sol que se alza se cuela entre las largas filas de ventanas y roza las partes superiores de las cuatro mesas bajas hexagonales, y mi sombra, nítida e iluminada desde atrás, atraviesa la luz como dedos oscuros mientras camino de una mesa a otra, coloco papeles para colorear y lleno los cubos de ceras en el centro de cada una. Si bien en el exterior hace más frío del normal para la estación, el aula está demasiado caldeada debido a los antiguos pero ansiosos radiadores que traquetean y sisean por todas las paredes, y las magdalenas de campanillas de Marnie crecen en la cocina al final del pasillo y llenan el ambiente de un olor a especias. En una esquina del aula, un lavabo antiguo está lleno de varias partes metálicas: las complejas entrañas de radios y relojes rotos, bobinas de cable, tornillos con puntas desgastadas y suficientes destornilladores de estrella para todo el mundo. Unas pequeñas y extrañas obras de arte metálicas, todas cllas encantadoras, reposan en un estante sobre el lavabo. En otra esquina, unas madejas de tela suelta, grandes agujas de coser con puntas romas y bobinas de hilos de colores están desplegadas por toda una mesa. Junto a dicha mesa, unos disfraces para representar obras de teatro —diminutas batas de médico, camisas de pirata con agujeros hechos con cuidado, sombreros y zapatos de cada talla y forma, además de algunas de las propias creaciones de los niños— sobresalen de un arcón de madera donde una de las dos gatas de la escuela, Myrrh, está tumbada de lado y da zarpazos a las borlas enredadas de una bufanda. Un concierto de Mozart —la melodía de la función cognitiva óptima— flota en el ambiente iluminado por el oro. Excepto yo misma, todo está preparado y dispuesto para el aprendizaje.

A pesar de que no han transcurrido cuarenta y ocho horas desde que me alimenté por última vez, el estómago me ruge con cada movimiento, como un cortacésped, y no puedo dejar de pensar en sangre. Es una molestia para la que no tengo tiempo; los niños llegarán en cualquier momento. Paso por encima de la alfombra, donde los niños se sentarán con las piernas cruzadas dentro de poco para la hora de sentarse en círculo, y reinicio el horario diario que separa las actividades con barras de cartulina etiquetadas en francés con buena letra. Lo que es la hora de la siesta para los niños —o *sieste*, en francés, según las cartulinas— es mi hora de comer. Seis coloridas barras separan mi hambre insistente de su alivio.

Un minuto o dos más tarde, suena el timbre, y recorro el pasillo. Deben ser Thomas y Ramona, unos hermanos que llegan temprano cada mañana para amoldarse al viaje de sus padres a Bridgeport para ir a trabajar, o tal vez Rina, la ayudante de oficina que contraté el año pasado. Marnie, la dulce y descuidada anciana que prepara la comida para la escuela, tiene su propia llave y entra por la puerta trasera de la cocina.

La casa es enorme, un laberinto de tres pisos hecho de piedra áspera, por lo que tardo un poco en ir desde la parte trasera hasta la delantera. Es la casa de mi abuelo, la misma a la que me llevó cuando era pequeña. En aquel vestíbulo justo al lado de las escaleras, estuve muerta en un ataúd dispuesto con elegancia junto a lirios blancos y velas titilantes. Debe haber sido a un kilómetro por detrás, más allá del riachuelo, donde me enterraron. Hace unos años, mi abuelo me preguntó si consideraría regresar a Estados Unidos, dado que él necesitaba a alguien de confianza para que cuidara de la casa. Al principio lo dudé, pues había unos recuerdos casi olvidados por los que no quería volver a pasar, además de cierta animadversión a cooperar con cualquiera de los planes de mi abuelo —ya que no me había ido muy bien con ellos en el pasado—, aunque entonces tuve la peculiar idea de montar una escuela (*¿O tal vez había sido idea del abuelo? Nunca se sabe con ese cabrón tan astuto*). Si bien traté de apartar la idea y de encontrar todos los agujeros y las razones por las que sería poco práctico —las cuales eran muchas—, al final accedí.

El timbre vuelve a sonar conforme me acerco a la puerta, pero, antes de abrirla, me tomo un momento para arreglarme frente al espejo de la entrada: cabello castaño rojizo atado en un moño bajo, ojos azul brillante que llaman más la atención de lo que me gustaría, pómulos marcados y tez pálida. A pesar de mi considerable edad, tengo que vestirme con cuidado para parecer lo suficientemente mayor para el trabajo. «Florecerás, pero nunca te marchitarás», me había dicho el abuelo tantos años atrás. Ese hecho ha demostrado ser cierto, y, en varias ocasiones, no me ha sido demasiado útil. Creo que preferiría ser de mediana edad siempre, con la libertad para alquilar un coche sin que nadie me hiciera preguntas. Para más credibilidad, la pared de mi oficina está decorada con diplomas enmarcados de instituciones europeas (todos ellos falsos, aunque convincentes) con mi nombre actual inscrito: Collette LeSange.

Me miro los dientes en el espejo en busca de manchas de pintalabios. Mis otros dientes, curvados, transparentes y de lo más afilados, están replegados de forma discreta en las ranuras quelíceras del paladar. Normalmente me olvido de que están ahí, pero, cuando tengo mucha hambre, como ahora, los noto moverse de forma casi imperceptible, hacia delante y hacia atrás, tensos y listos para que los pueda usar.

Según entiendo, el apetito de la gente común —*vremenie*, o «los breves», tal como los llama el abuelo— puede ser algo caprichoso. Comer es tanto una forma de entretenimiento como de satisfacción de una necesidad biológica, y el deseo de comer, incluso la impresión del hambre física, puede despertar por una mera sugerencia. En muchas ocasiones he cometido el error de hablarles de comida a los niños, tras lo cual me bombardeaban al instante con afirmaciones sobre un hambre tan intensa y desesperada que acabaría con ellos. No es así para mí. No hay mucha diversión en una dieta tan monótona como la mía, por lo que como lo que debo cuando debo sin ningún entusiasmo en especial. Durante más de un siglo, fui capaz de ponerle una alarma a mis antojos, y un cuarto de litro de sangre cada tercer día siempre me satisfizo. Sin embargo, por alguna repentina y misteriosa razón, eso ya no es así. Me llevo la lengua contra el paladar, pero, cómo no, no sirve de nada. Nada sirve, salvo la sangre.

Me meto un mechón suelto de vuelta en el moño, me doy media vuelta y abro la puerta.

—*Bonjour, mes petites canards!*

—*Bonjour*, madame LeSange —murmuran los niños en un coro adormecido y sincopado. Arrastran los pies para pasar por la puerta y se dejan caer sobre la moqueta para quitarse sus zapatos deportivos. Myrrh pasa entre ellos y se roza con sus espaldas a modo de saludo.

Con sus cuadros de marcos dorados y plata deslustrada, la vieja mansión podría parecer un bastión impenetrable contra el paso del tiempo, pero los niños arrastran la época actual tras de sí. Es 1984, y los estadounidenses están sumidos en una obsesión febril con la producción. Por todas partes hay una cornucopia de elementos sintéticos que se sale de su cauce: plástico, rayón, gomina, colores que son más como reacciones químicas que cualquier cosa que se pueda encontrar en la naturaleza (verde azulado, magenta, neón), y todo con puñados de purpurina añadidos para más inri. Thomas y Ramona se quitan unas chaquetas de esquí color neón que bien podrían dañar la vista.

Hay unas cajitas y perchas en el guardarropa, justo al doblar la esquina desde la entrada, y Thomas y Ramona se dirigen hacia allí para colocar sus mochilas en las cajitas, colgar las chaquetas y cambiar sus zapatos de calle por las zapatillas de andar por casa.

—¿Vamos a por la comida para la clase? —les pregunto a los dos cuando vuelven de dejar sus cosas. Ramona se está alisando la electricidad estática de su cabello castaño y rizado. Me da la mano y asiente.

—Eh... —Thomas se coloca frente a mí y se tira, distraído, del molesto cuello de un jersey de punto trenzado—. ¿Puedo ir a leer a la biblioteca?

Thomas es un lector precoz que devora libros mucho más allá del típico nivel para su edad. Mientras les leo a los niños más pequeños en la alfombra frente a la hoguera, él lee por sí solo, acurrucado contra los cojines del asiento de la ventana. Hace poco le he presentado los libros del Mago de Oz de L. Frank Baum, y es a *La Ciudad Esmeralda de Oz* a donde tiene tantas ansias por volver.

—¿Puedo ir a leer a la biblioteca, *por favor*? —lo corrijo con cariño—. Y sí, claro que puedes.

El niño da un saltito animado de un pie a otro antes de salir corriendo. Ramona y yo recorremos el pasillo juntas y llegamos a la cocina justo cuando el temporizador del horno empieza a sonar.

—*Ah, ce moment!* —exclamo—. ¡El momento justo!

Ramona conoce la rutina. Mientras yo voy a buscar las manoplas del horno, ella va a por un taburete plegable tan alto como ella que se encuentra al lado de la nevera de acero inoxidable y lo arrastra hasta la repisa en la que tenemos la bandeja de plata. Saco las humeantes magdalenas del horno y las dejo en la encimera. Ramona ha colocado servilletas en la bandeja y ahora está ocupada haciendo una torre de vasos de zumo con cuidado a su lado.

—*Très bien, mon chou. Très soigneusement!*

Ramona me observa mientras saco las humeantes magdalenas de la bandeja, una a una, y las coloco sobre la rejilla para que se enfríen.

Una gata atigrada salta sobre la encimera y se lamenta con un maullido, mientras su ágil forma serpentea hacia delante y hacia atrás, agitada. Con sus afilados y brillantes dientes y su leve quejido de deseo impaciente, parece hablarme sin palabras sobre mi propio estado frustrado y hambriento. Ramona alza a la gata en brazos y la acaricia y la riñe a partes iguales.

—No, Heloise. ¡Abajo!

La gata la muerde de forma juguetona, resentida pero sin fuerza, y luego se pone a lamer el lugar en el brazo de la niña en el que ha fingido agredirla. Tras soltar un resoplido, Ramona desliza al inoportuno animal hacia el borde de la encimera y luego fuera, sin preocuparse en absoluto por que la gata vaya a caer de pie, lo cual hace. Heloise nos dedica una mirada enfurruñada, suelta un último maullido a modo de reproche y se aleja para pedir socorro en alguna otra parte.

Le alcanzo un pañuelo a Ramona para que se suene la nariz, y ella lo hace con delicadeza antes de frotarse el pañuelo manchado de mocos bajo la nariz.

—¿Son magdalenas de campanillas? —me pregunta, mientras señala con un dedo regordete y sin duda cubierto de mocos demasiado cerca de un arándano.

—Así es —contesto, y luego levanto su diminuto y ligero cuerpo hasta el fregadero para que se lave las manos.

—¡Ooooh! —exclama con el entusiasmo tan maravillosamente poco moderado de los muy jóvenes—. ¡Me *gutan* las magdalenas de campanillas!

—¿Te *gutan*? —bromeo, mientras me echo a reír y le doy un toquecito en su nariz de botón, donde le dejo un puntito de agua con jabón.

La vuelvo a colocar en el taburete y le hago cosquillas bajo la barbilla. Ella se aparta con una risita. Dispongo las magdalenas en un plato, junto a una jarra de leche, vasos y servilletas, y cargo con toda la bandeja.

—¿Lo tenemos todo?

Ella asiente, radiante.

—Muy bien pues, guarda el taburete, por favor, y nos vamos.

Vuelve a arrastrar el taburete por la cocina, le cuesta un poco volver a plegarlo y lo guarda.

—¿Cómo vas, *mon poussin? As-tu besoin d'aide?*

Ella coloca el taburete en su lugar, y, después de negar con la cabeza, se me acerca en la puerta.

—Bien hecho, *ma belle. Quelle force! Quelle determination!*

—*Merci* —contesta con delicadeza, apartándose el cabello del rostro para seguirme por la puerta y el pasillo.

Incluso lejos de mi influencia, los alumnos de la escuela son precoces y suelen comportarse bien; son los hijos de familias de clase alta que han abandonado Manhattan en busca de algún ideal de lo bucólico, pero que han conservado la necesidad de lograr hazañas y mostrarlas a través de su descendencia. Como resultado de ello, ya saben ir al baño ellos solos, pues les han enseñado unos profesionales. Muchos han aprendido a leer y a contar y disponen de habilidades preliterarias, además de para jugar de forma cooperativa. Harvard, según parece, está en la cuerda floja ante cada pataleta o pelea en el patio. Dado que ya se han encargado de la parte más desagradable, el proceso de admisión que tanto separa el grano de la paja, mi programa cuenta con total libertad para ser lo que quiero que sea: europeo, neoclásico, aunque con una pizca de Rousseau, lleno de canciones, danza y arte. Por las tardes, el sol entra por las puertas de cristal tallado del estudio de danza y reluce en los delicados vellos de los brazos de los niños conforme los estiran, doblan y flexionan por encima de la cabeza como pequeños dientes de león que se mecen ante la brisa. Cuando hace buen tiempo, salimos al jardín con batas manchadas de pintura para dibujar *en plein air*, y, después, los niños comen sobre mantas de pícnic bajo la floreciente fresia que hace flotar pétalos morados hacia el césped que los rodea, de modo que parecen una flota de gondoleros en miniatura que navegan por un mar inquieto de lavanda.

Encantador y alegre, tal como deberían ser todos los entornos de preescolar. He hecho que fuera así a propósito, tanto por mi bien como por el de los niños. Tras conocer muy bien este mundo, he llegado a la conclusión de que se trata de un lugar muy siniestro, un lugar en el que, en la mayoría de las ocasiones, los fuertes aplastan a los débiles; la enfermedad, el hambre y la pobreza acechan a los jóvenes y los vulnerables; los idiotas lideran a los sabios; y la entropía hace avanzar todo hacia el caos y la putrefacción. Nada bueno que haya conocido se ha salvado de su propia destrucción. He perdido todo lo que he amado, y no con bonitas despedidas ni abrazos anegados en lágrimas, sino con violencia, de forma terrible, tanto que parece que «amar» es sinónimo de «perder».

Pero ¿quién puede vivir mirando a esas lúgubres verdades a la cara cada día durante toda la eternidad? Yo no. Ya no. Por tanto, en esta escuela he creado una especie de invernadero: un lugar encantador, aunque artificial, de florecimiento y belleza perenne en el que puedo vivir en paz sin hacer caso de las fuertes tormentas invernales del exterior. Durante mucho tiempo me preocupaba por todo el dolor y el sufrimiento del mundo. Luché durante demasiado tiempo contra la marea de realidad hasta que se me agotaban las fuerzas y me ahogaba. ¿Y cómo me ha ayudado eso a mí o a cualquier otra persona? En nada. Hay que nadar a favor de la corriente y no en contra, o eso dicen. Tengo que estar ocupada en mi invernadero, vivir sin problemas, evitar sentir demasiado apego por alguna flor en particular, porque, cuando llega el día en que esa flor se marchita, hay que cortarla, lanzarla al exterior y olvidarla.

Para este tipo de existencia encantadora pero distante, una escuela de parvulario es ideal. Al fin y al cabo, ¿qué otra cosa es más explícitamente pasajera que el inicio de la infancia? La etapa de parvulario es de lo más breve. Dos años llenos a rebosar de energía, curiosidad y movimiento. Lo más viva que va a estar cualquier persona es a los tres, cuatro y cinco años. Preescolar es un visto y no visto, un tobogán acuático, una carrera enloquecida hacia algo más. Disfrútalo, pero no te apegues a nada. Come, bebe y sé feliz, porque mañana todo eso desaparecerá en forma de pubertad, acné y ansiedad. Y, una vez que haya desaparecido, olvídalo. Hay nuevos alumnos en la puerta, y todo empieza de nuevo.

De vuelta en el aula, Ramona se dirige a la zona de teatro y empieza a cubrirse de disfraces traslúcidos. Limpio el cristal del terrario en el que cuidamos de un puñado de orugas peludas para observar cómo se transforman en mariposas papilio. Hay huellas de manos, narices y frentes por todo el cristal: pruebas de la gran fascinación y tal vez simpatía inarticulable que los niños sienten respecto de esas diminutas criaturas que llevan a cabo sus breves y milagrosas transformaciones a un ritmo tan solo un poco más rápido que el de los propios niños.

Unos minutos más tarde, suena el timbre tres veces seguidas, por lo que me figuro que hay varios niños acurrucados en la puerta. Todos los niños que he conocido se han visto afectados por una manía desesperada por llamar al timbre, pulsar botones en el ascensor, y, si llegan, encender y apagar las luces.

Vuelvo a recorrer el pasillo, abro la puerta, y varios niños entran en la casa a toda prisa. Con coletas y parkas, mochilas a la espalda, aliento de pasta de dientes sabor chicle y vitaminas afrutadas disolviéndose en sus respectivas corrientes sanguíneas, se quitan sus guantes y se hacen muecas los unos a los otros. Unos cuantos adultos se encuentran frente a la puerta, aunque la mayoría de los chóferes, canguros y padres observan desde detrás de los volantes de los coches que forman una fila en la entrada. Les dedico una sonrisa y un ademán a modo de señal, y empiezan a pelearse entre ellos para salir de allí, como pilotos de una carrera de carruajes.

—¡Madame! ¡Madame!

Annabelle, de cinco años y nueva alumna de este curso, viene corriendo hacia mí y abre la boca de par en par en una sonrisa extravagante. Su incisivo derecho se ha convertido en un recuerdo en forma de vacío. Abro mucho los ojos, le acuno su bonito rostro de piel morena con una mano y me llevo la otra a la frente en un gesto de consternación fingida.

—*Mon Dieu! Quelle catastrophe!* ¡Niños, *enfants*, a Annabelle se le ha caído un diente! ¡Rápido, todos a buscar el diente de Annabelle!

Los niños sueltan risitas. Algunos de los más jóvenes se quedan observando la situación, boquiabiertos, mientras se sientan para cambiarse de zapatos.

—No te preocupes, Annabelle. Tiene que estar por aquí en alguna parte, lo encontraremos.

Annabelle se echa a reír y se retuerce de alegría.

—No —dice, entre risitas—, se me cayó anoche.

Vuelve a esbozar su sonrisa llena de dientes a modo de prueba, y esta vez saca la lengua por el hueco. La rodeo con el brazo y la aprieto contra mi costado.

—Ah, claro que sí. ¿Y te vino a ver *la petite souris*? ¿El ratoncito Pérez?

—¡Sí! ¡Me dejó cinco dólares!

Me llevo una mano al pecho en un gesto de sorpresa no del todo fingido.

—¡Oh la la! —exclamo, agachándome para ayudar a Sophie con un calcetín que se le ha retorcido—. ¡Eres *une femme riche, très, très riche*!

Después de que los niños dejan sus bártulos, recorren el pasillo uno a uno hacia el aula, donde pueden escoger entre todas las actividades desperdigadas por la sala. Algunos rezagados siguen en el guardarropa y tratan de desatar nudos persistentes en los cordones de sus zapatos, echan miradas furtivas a los objetos de las exposiciones de sus compañeros o se limitan a quedarse sentados en la moqueta, sumidos en un aturdimiento causado por el sopor.

Cada año, alrededor de la mitad de mis alumnos se gradúan —mariposas con alas recién formadas que vuelan hacia el resto de sus vidas—, y un nuevo puñado de oruguitas se matriculan. Este año tengo cuatro estudiantes nuevos. De piel de color del chocolate y una belleza angelical, Annabelle es la hija del embajador estadounidense en Argelia. Llegó el primer día de clase con una tiara de verdad y montó una pataleta formidable durante nuestra primera clase de pintura, cuando una gota de amarillo Nápoles aterrizó en uno de sus zapatos de montar, pero, tras varias semanas de hacer caso omiso de su teatralidad, fue capaz de dejarla atrás con lo que pareció ser un alivio sincero y empezó a pasárselo bien.

También está Octavio, un niño adorable y gracioso que sabe muy bien que lo es; y Sophie, quien ya ha dejado sus cosas y ha corrido por todo el pasillo para ponerse a jugar con los destornilladores y la chatarra mientras entona canciones de programas infantiles para sí misma con su dulce vocecita desafinada. Su hermana mayor participa en obras musicales, por lo que Sophie siempre acaba cantando canciones graciosas e inesperadas como «Gee, Officer Krupke», de *West Side Story*, o «Make 'Em Laugh», de *Cantando bajo la lluvia*.

El último es Leo Hardman, quien debo admitir que tiene un porte diminuto, pues es delgado como un palo, tiene la piel amarillenta y es muy tranquilo. Aún no ha llegado. Me habría sorprendido si lo hubiera hecho, porque se presenta al menos media hora tarde cada día. Su canguro, una estudiante internacional bastante joven de Ciudad de México llamada Valeria, lo deja cada mañana mientras agacha la cabeza y se disculpa por la tardanza. La única vez que le pregunté por ello, la chica me contestó con un inglés dudoso que ella siempre llegaba a su casa a tiempo para recoger a Leo, pero que él casi nunca estaba listo, que a veces ni siquiera estaba despierto.

—¿Quizá sus padres podrían considerar pedirte que fueses antes? —le pregunté—. Así podrías ayudarlo a levantarse y a prepararlo para salir. Podría sugerírselo.

—Ya se lo pedí —dijo, negando con la cabeza y encogiéndose de hombros—, pero no quieren.

Casi no había aceptado a los Hardman en la escuela para empezar. Leo es un niño muy dulce, aunque no sea el tipo de semilla robusta que suelo admitir en mi escuela invernadero —demasiado enfermizo, demasiado vulnerable, propenso a hacer que me preocupe—, y sus padres eran incluso más distintos de lo que esperaba. La verdad es que lo que escojo con mayor detenimiento son los padres, no los niños. Me caen bien la mayoría de los niños, incluso los más rebeldes; son demasiado pequeños como para que se les pueda culpar por sus defectos, y responden tan bien a la consistencia y la amabilidad que reformar a un *enfant roi* empedernido, como los franceses llaman a los niños más traviesos, puede resultar de lo más divertido. Los adultos son más inconsistentes, y, cuando uno no tiene buena educación, es incorregible con todas las de la ley. Para cumplir con mis propósitos, quiero padres agradables, amables y poco críticos que se aparten de mi camino y rellenen los formularios a tiempo.

Los padres de Leo, Dave y Katherine Hardman, parecían estar bien sobre el papel —un comerciante de bonos y una diseñadora de interiores, respectivamente—, por lo que no se cuestionaba que no fueran a pagar la matrícula al completo y a tiempo. Y, en persona, resultaban atractivos y educados. Dave era alto y corpulento, con unos rasgos marcados que le daban una apariencia imponente, como de halcón. Katherine vestía de forma elegante y era guapa, con un cabello oscuro que le llegaba a los hombros y formaba una especie de corazón alrededor de su rostro y unas gruesas pestañas que rodeaban unos ojos verdes tan grandes que me recordaron a una muñeca o a una princesa de dibujos animados. Ella escuchaba con una atención absoluta y respondía a mis preguntas de forma bien meditada, pero su marido casi parecía que intentaba, de forma deliberada y hasta creativa, causar la peor impresión posible.

Mientras que Katherine se echaba hacia delante, muy atenta, con un codo sobre su rodilla cruzada y sus largos y bonitos dedos apoyados en la barbilla, Dave estaba reclinado en su silla, con sus dedos gruesos cruzados sobre su estómago, y bostezaba y miraba por toda la sala con un aire que oscilaba entre el aburrimiento y la hostilidad manifiesta. Cuando hablaba, solo lo hacía para contradecir en voz baja algo que había dicho su mujer. Katherine se pasó la mayor parte de la entrevista ignorando aquellas sutiles agresiones y sonriendo demasiado mientras la piel que se asomaba sobre el cuello de su camisa delataba la vergüenza que sentía con su brillante sonrojo.

En un momento dado, le pregunté a Dave si tenía alguna pregunta que hacerme.

—¿Cuánto es? —repuso en un tono de mártir. Cuando saqué los formularios de matrícula, los desestimó con un ademán de la mano—. Da igual. Sea lo que fuere, lo pagaré pronto.

A lo largo de todo ese proceso, Leo había permanecido sentado junto a su madre, pequeño y delicado como un pajarillo, con ojos grandes y párpados caídos, una melena caótica de cabello oscuro y el color amarillento y enfermizo de una persona de Oriente Medio que hace tiempo que no ve la luz del sol. Se mantuvo en silencio, salvo por unos esporádicos ataques de tos, los cuales amortiguaba con la manga de la chaqueta de su madre y dejaba marcas húmedas sobre la tela. Tras el silencio incómodo del último comentario del señor Hardman, se sumió en otro de esos ataques de tos.

—¿No te encuentras bien, Leo? —le pregunté—. Esa tos que tienes suena muy fea.

El niño se encogió un poco más contra la manga de su madre.

—Tiene un sistema respiratorio débil —me explicó Katherine—. Siempre lo ha tenido, desde que nació. De hecho, ahora está mucho mejor. Cuando era bebé, le juro que siempre estaba enfermo: bronquitis, virus respiratorios, otitis; juro por Dios que cualquier enfermedad que se le ocurra él la ha pasado, algunas incluso más de una a la vez. Pasó una semana ingresado en el hospital con neumonía cuando tenía dos años. Ahora está *mucho* mejor. La tos viene y va, y tiene algo de asma, pero no es tan malo como antes. En Urgencias nos llamaban por el nombre de pila.

Torció el gesto al ver la manga de su chaqueta, pues se acababa de percatar de que su hijo la estaba usando de pañuelo.

—¿Ah, sí? —preguntó Dave con un tono de escepticismo lleno de desdén—. ¿Te llamaban por el nombre de pila en Urgencias?

—Leo —lo llamé, haciendo caso omiso del comentario tan súbitamente hostil y del intercambio de miradas que se produjo entre marido y mujer tras él—, ¿quieres que te traiga un vaso de agua? ¿Crees que eso te ayudará con la tos?

Una vez más, Leo se limitó a mirarme con sus ojos grandes y oscuros.

—También está pasando por una época un poco tímida estos días —lo excusó Katherine—. Leo, ya has oído a la señorita Collette. ¿Quieres agua?

—La verdad —añadió el señor Hardman, tras inclinarse hacia mí y bajar la voz como si me fuera a contar un secreto—, creo que solo lo hace por llamar la atención. Es igual que su madre.

No estaba segura de si se refería a la tos o a la timidez, aunque me daba igual. De repente me vi sumida en una especie de claustrofobia, como si la tensión marital de los Hardman fuera una quinta presencia, de un tamaño descomunal, que no dejaba espacio en el pequeño despacho para el resto de nosotros.

—¿Puedo llevarme a Leo a dar un paseo? Alrededor de la escuela.

Si bien una visita por la escuela con el niño era una porción del proceso de entrevistas que solo reservaba para aquellos a quienes de verdad consideraba admitir, de repente noté un deseo ardiente de escapar de la tensión opresiva que provocaba la compañía de los Hardman.

Los adultos se pusieron de pie para acompañarnos, pero les hice un gesto para que se volvieran a sentar.

—Quédense aquí, por favor. Rina les traerá café y leche fresca de la granja que hay cerca de la escuela, donde suelo llevar a los niños de excursión. Volveremos en un momentito.

Pese a que no estaba segura de si el tímido niño iba a querer venir conmigo, cuando le ofrecí la mano, él me la tomó, por lo que salimos del despacho, dimos una vuelta por las distintas salas de la escuela, donde caminó y dobló esquinas con cierta apatía mientras lo observaba todo. Tocó un libro con desgana por aquí, un hula-hoop por allá, y respondió a mis preguntas con asentimientos, negaciones con la cabeza y miradas estoicas. Sin embargo, cuando entramos en el aula de arte, su semblante se transformó. Echó los hombros hacia atrás. Su mirada letárgica se tornó avispada y dio vueltas por toda la sala para asimilar hasta el último detalle, maravillado.

—Puedes probar lo que quieras —le dije, y él se volvió hacia mí con una expresión de incredulidad.

»Lo que quieras —repetí, asintiendo—. De verdad, no pasa nada.

Se dirigió a una mesa con un modelo de madera de la forma humana, un surtido de colores Conté, lápices y ceras de colores y me volvió a mirar. Yo le sonreí y asentí. Leo se sentó en la sillita, agarró una cera y la arrastró por una hoja de papel, lo cual dejó una gruesa línea verde tras él. Cambió la cera por otra y dibujó otra línea, y luego otra más. Examinó el pigmento aceitoso. Lo difuminó con el dedo, y luego se quedó mirando la mancha brillante de su dedo, asustado.

—No pasa nada —le dije mientras le alcanzaba un trapo—. Los dedos son el instrumento más importante para el arte. Si trabajamos duro, es normal que se ensucien.

Sacó un lápiz de una lata y se dispuso a dibujar. Yo me quedé de pie en silencio tras él y lo observé. La mayoría de los niños empiezan a dibujar mediante trucos o estrategias: una estrella siempre son dos triángulos invertidos dispuestos uno contra el otro; los pájaros en el cielo siempre son uves que se marchitan; el sol, de forma invariable, es un círculo con líneas que salen de él, como una rueda de bicicleta. Leo dibujó una casa —algo bastante común—, solo que no era para nada genérica; tenía rasgos específicos y detalles. La reconocí como una casa de piedra rojiza de tres pisos, de las que suele haber en la ciudad, de donde su familia se acababa de mudar. Dibujó a varias personas frente a la casa, y no muñecos de palo, sino más bien figuras con forma de muñeco de nieve. Sus rostros y su cabello eran complicados y resultaban fascinantes. Con el lápiz, dibujó con cierta delicadeza unas dos docenas de mechones de pelo con forma de fideos en cada figura.

Los miembros de la familia estaban dispuestos de más alto a más bajo, que es lo común: primero una mujer de cabello largo y boca bonita, luego un hombre de cabello salvaje que se alzaba casi como la punta de una llama, seguido de una figura casi idéntica a la anterior pero más pequeña, y, por último, un gato con varias manchas en el costado y en el rostro.

—¿Esa es tu familia, Leo?

No me respondió, sino que se limitó a mirar abajo hacia el dibujo y pintó otra mancha en el gato con el lápiz.

—Es un dibujo muy bonito. ¿Sabes que tenemos gatos aquí en la escuela? ¿Es ese tu gato?

—Era mi gatita —Suspiró con pena—. Pero Puzzle se escapó, y luego nos mudamos, así que nunca podrá encontrarme.

—Ay, lo siento mucho. Debes haber estado muy triste. ¿Se llamaba Puzzle? Es un nombre maravilloso para una gatita.

Leo continuó pintando varias partes del dibujo sin hacer ningún otro comentario.

—¿Es esa tu madre?

Asintió.

—¿Y tu padre?

Negó con la cabeza y se dispuso a rellenar el cabello de las cabezas de las figuras.

—¿Y ese de ahí? ¿Es ese tu padre?

Volvió a negar con la cabeza.

—¿Dónde está tu padre, entonces? —le pregunté con una risa. Las alianzas y los afectos familiares suelen reflejarse de forma despiadada en los dibujos de los niños. Leo solo se encogió de hombros.

»Imagino que uno de esos dos eres tú —dije, señalando hacia los dos hombres de tamaño medio del dibujo—. Ese, ¿verdad?

Asintió.

—Entonces, ¿quién es el otro?

Leo posó su mirada de ojos grandes en mí y pareció que me estudiaba durante un momento antes de volver a encogerse de hombros.

—Eres muy buen artista, Leo. *Muy* bueno. Vamos a probar algo.

Estiré la mano por encima de su hombro y le acerqué la figura de madera. Levanté los brazos de aquella persona sin expresión como si estuviera a punto de hacer una profunda reverencia desde un escenario.

—¿Puedes dibujarme esto? —le pedí.

Dirigió su mirada hacia la figura y la fijó en ella con ojos entrecerrados. La lengua se le asomaba por un lado de la boca cuando se inclinó hacia delante. Sostuvo el lápiz con más fuerza, dispuesto a ello, y dibujó la figura. En unas líneas estrechas, desde su agarre tan dolorosamente fuerte, surgió, rígida y angular, aunque todavía increíble para un niño tan pequeño.

Entonces hice que la figura hincara una rodilla, con la pierna doblada escorzada, lo cual resultaba todo un desafío incluso para los artistas avanzados. Los niños suelen cambiar la posición en su dibujo de modo que la pierna problemática aparezca en un ángulo distinto, una solución muy a lo Picasso para el problema de la perspectiva. Leo no lo evitó ni colocó la pierna como la lógica le indicaba que una pierna debía estar, sino que la dibujó tal como la vio: ya no una pierna, sino un conjunto de formas que, al combinarse, formaban una pierna. Era el dibujo de un niño, no cabía duda, pero su falta de miedo era impresionante, su libertad ante las ataduras de la lógica, su arte instintivo. Sostuve los dibujos en alto para que los viéramos bien los dos.

—Tienes mucho talento, Leo. ¿Te gusta dibujar? ¿Te hace feliz?

Me miró, y sus ojos parecían de todo menos felices, aunque entonces asintió, y la más leve de las sonrisas apareció en las comisuras de sus labios.

—Bueno, vamos a enseñarles estos fantásticos dibujos a tus padres, ¿vale? Creo que se van a quedar impresionados.

Muy para mi sorpresa, Leo negó con la cabeza. Con mucho cuidado, llevó una mano al primer dibujo que había hecho, el de la casa y su familia, y me dejó el resto a mí. Tomó el borde del dibujo y empezó a doblarlo con fuerza. Cuando quedó en forma de pergamino, se lo metió en el bolsillo.

—¿Prefieres quedarte con ese solo para ti?

Asintió.

—¿Y los otros? ¿Puedo enseñárselos a mamá y a papá?

Asintió una vez más, y me pregunté si tal vez pensaba que su padre se iba a molestar porque no lo hubiera incluido en el dibujo de la familia. Sin embargo, cuando volvimos a la oficina, Katherine estaba sola. Me ofreció una excusa sobre una cita olvidada pero sumamente importante a la que Dave había tenido que acudir a toda prisa, y ambas pretendimos sentirnos afectadas por su ausencia. Cuando le mostré a Katherine los dibujos de la figura que había hecho su hijo, me pregunté si él iba a sacar el que se había metido en el bolsillo para mostrárselo, ya que Dave se había ido, aunque no lo hizo.

Más tarde, cuando me quedé sola, contemplé los dibujos de la figura que había hecho Leo. Mostraban un talento verdadero que no solía encontrar. Pensé en Katherine y en Dave Hardman, en su matrimonio podrido que apestaba como una fruta pasada. Si bien era probable que muchos de los padres con los que lidiaba en la escuela tuvieran matrimonios no precisamente felices, al menos tenían el decoro y el autocontrol suficiente para fingirlo cuando estaban en público. Pensé en reuniones entre padres y profesores con los Hardman, en excursiones escolares con ellos como cuidadores. No era para nada tentador. Aun así, llegué a la conclusión de que los hombres como Dave Hardman no solían ser el tipo de padres que se involucraban en la vida de sus hijos o acudían a las excursiones para ayudar. Lo más probable era que solo tuviera que interactuar con Katherine, y ella sí me pareció lo suficientemente agradable. Los Hardman eran un riesgo y presentaban más problemas de lo que me habría gustado, pero pensar en trabajar con un niño con una habilidad artística tan genuina me llamaba la atención. Me decidí y le ofrecí a Leo un lugar en la escuela.

Y ha resultado ser que ese lugar solo lo llena un poco más de la mitad del tiempo.

Salgo a la escalera frente a la puerta principal y le echo un último vistazo a la entrada mientras me pregunto a qué hora llegará Leo hoy. Siempre se frustra cuando se pierde parte de la clase de pintura.

—*D'accord*, pequeñajos —digo al tiempo que cierro la puerta principal y me vuelvo hacia los niños que siguen apiñados en la entrada o tumbados en el suelo—. ¿Todos listos para ir al aula?

—Mmmm, ¡algo huele muuuy bien! —exclama Octavio desde su asiento en el suelo mientras se frota el estómago en un gesto muy teatral.

—*C'est vrai*. Tienes razón —digo—. ¿Alguien más tiene hambre?

Un rugido de mi propio estómago se suma a la respuesta entusiasmada de los niños. El aroma de la sangre está por todas partes y es tentador, y yo, al menos, sí que tengo hambre.

CAPÍTULO TRES

Durante un breve periodo, me dejaron en la pequeña cochera de la mansión de mis abuelos. Pasé las solitarias horas de aquellos días jugando a desgana con una muñeca de trapo que el abuelo me había traído o poniendo un ojo en la rendija de las amplias contraventanas azules. Desde aquella rendija veía la casa que se alzaba en el horizonte, con su gran forma de piedra que se cernía sobre los pinos que la rodeaban y sus cinco chimeneas que asaltaban el cielo. La mayoría de las tardes, mi abuela, vestida del color negro del luto, salía a pasear al jardín. Por la ventana la veía detenerse para alzar con delicadeza los pétalos de un lirio o acercarse con los ojos cerrados para oler la fragancia de un rosal.

—Comprendes que no debes hablar con ella —me dijo el abuelo cuando entró en la cochera una tarde y me vio de pie junto a la ventana—, ¿verdad, Anya?

—Anna —susurré con una beligerancia silenciosa—. Me llamo Anna.

Mi propia insolencia me asustó, por lo que me empezó a temblar el labio y tuve que parpadear para contener unas lágrimas cálidas que amenazaban con salir de mí, pero sentía una necesidad desesperada de oír mi nombre, el nombre que me habían dado al nacer, el nombre con el que mi padre me había llamado. Mi mundo había dado un vuelco. El abuelo lo había cambiado todo, ¿e incluso me llamaba por un nombre distinto? Era demasiado.

El abuelo se echó a reír, alegre y con la panza hacia fuera, como si acabara de decir algo de lo más gracioso. Cuando dejó de reír, sostuvo una mano frente a él y abrió sus dedos gruesos y fuertes.

—Rausium, Rhagusium, Rausia —empezó a decir mientras contaba con los dedos—. Raugia, Rachusa, Lavusa, Labusa. Esos son los nombres, y solo algunos de ellos, debo decir, con los que se ha llamado a mi país.

Sacudió un dedo hacia mí en un gesto de riña.

—Los nombres son como sombreros, Anya. Nos los ponemos, nos los quitamos. Si hace frío, llevamos uno que nos abrigue más. Lo antiguo recibe muchos nombres a lo largo del tiempo. No te apegues demasiado a ninguno.

Caminó hacia la ventana a grandes zancadas y echó un vistazo por la rendija junto a la que me yo había estado.

—No debes hablar con ella. Nunca. Te aseguro que hacerlo no solo no mejorará tus circunstancias, sino que podría poner en peligro las suyas. Sé que es difícil para ti, pequeña, y lo siento mucho, pero así debe ser. Tiene que serlo. Los *vremenie*, aquellos que mueren jóvenes, son como bebés. Su comprensión es limitada. Hasta los que son buenos como tu abuela. Es una imprudencia hablar con ellos sobre asuntos que no son capaces de comprender.

—¿Y yo qué, abuelo?

—¿Tú? —preguntó. La expresión en su mirada pasaba peligrosamente de la diversión a la irritación—. ¿Qué pasa contigo?

—Yo tampoco me entiendo —respondí. Se me escapó una lágrima, y la limpié con la manga, enfadada.

Mi abuelo me miró sin expresión, con sus ojos del color de la miel oscura. Una comisura de sus labios se alzó en una ligera sonrisa.

—Sí —dijo—, sí que te entiendes. A través de mucha práctica, he aprendido a ver lo que se encuentra en el interior de las personas del mismo modo que otros ven lo que se encuentra en el exterior, y en ti veo una capacidad tremenda de comprensión. Me comprendes a mí, por ejemplo. Contuviste tus lágrimas en mi presencia porque tu intuición te indicó que yo soy un hombre que disfruta de la fuerza y que no tiene mucha paciencia para la debilidad y la autocompasión. También, si es que no lo has notado ya, soy un hombre que rejuvenece con la batalla.

Ante esas palabras se llevó un puño al pecho y esnifó el aire con fuerza, como un alpinista al llegar a la cima de alguna montaña.

—¡Cuanto más se resisten los demás a mí, más fuerte me hago! Aquellos que se oponen a mí bien podrían oponerse a que se alzase el sol o a que las olas del mar rompiesen contra la costa, pero aquellos que confían en mi protección pueden contar con el cuidado más solícito y constante por mi parte. Y tú lo comprendes, como la chica lista que eres, y por eso sé que me harás caso. No hablarás con ella ni con ninguna otra persona, salvo conmigo y con Agoston.

Su tono, en algunas partes de su discurso, me pareció que albergaba cierta dureza, casi hasta el punto de la amenaza, aunque en aquel momento se volvió más suave y amable.

—Estás sola y triste. Lo sé y estoy pensando en una solución. La situación no será así durante mucho tiempo más. Solo tienes que confiar en mí y hacerme caso, ¿vale?

Por alguna razón, tal vez porque, tal como había dicho, lo *comprendía*, me quedé temblorosa y más al borde de las lágrimas que nunca. Me senté en el borde de mi cama, con las manos en el regazo.

—¿Vale, Anya? —insistió, inclinando la cabeza para mirarme a los ojos, los cuales había clavado en el suelo—. Ah, perdona. ¿Vale, *Anna*?

Se produjo un momento de silencio.

—Vale, abuelo —respondí en voz baja.

El abuelo tenía un mayordomo, Agoston, cuyas tareas incluían cuidar de mí. Agoston era un hombre alto y corpulento, de cabello oscuro y con una barba poblada y también oscura que mostraba un solo mechón blanco en un costado. Cada día, entraba en mi habitación sin llamar a la puerta para reemplazar la leña de la hoguera, vaciar el bacín y echar un cadáver de animal recién sacrificado sobre la mesa de madera, todo ello con una sonrisa en el rostro que a mí me parecía que contenía una amenaza sutil. Me daban miedo él y su sonrisa, por lo que fruncía el ceño cada vez que lo veía, aunque aquello solo conseguía que su sonrisa se volviera más amplia y aterradora.

Pasé mucho tiempo sin comer. Por mucho que me rugiera el estómago, el hecho de cruzar la habitación hacia el animal, agarrarlo y notar cómo mis nuevos dientes ocultos se desplegaban, se movían hacia delante y perforaban la piel me parecía del todo impensable. Daba demasiado miedo.

Cuando Agoston volvía y encontraba el conejo o el ave que me había llevado el día anterior intacto, lo asía por sus patas tiesas y lo sacudía de forma estridente hacía mí mientras balbuceaba en el dialecto indescifrable que él y el abuelo compartían. Luego lanzaba la criatura al aire y le atrapaba el cuello con su propia boca sonriente mientras unos riachuelos de sangre caían como si nada por su barbilla. Cuando yo apartaba la mirada, llena de asco, él se echaba a reír.

En lugar de comer lo que me llevaba Agoston, solía escabullirme al piso de abajo por la noche y mordisqueaba la remolacha y las zanahorias sucias que guardaban allí para los caballos de los carruajes. Los tubérculos me sabían extraños y me parecían incomibles, pero, aun así, me sentaba en el suelo de tierra, trataba de obligarme a comer, lo acababa vomitando todo y lloraba con furia contra mis manos rosadas, manchadas de remolacha. Olía la sangre de los caballos, lo cual me daba un hambre voraz y solo añadía más furia a la desesperación que ya sentía.

A pesar de la advertencia del abuelo, estuve tentada de acudir a mi abuela, de salir corriendo hacia el sol y las flores, abalanzarme sobre ella y enterrar el rostro en la lana suave de su mantón negro. Sin embargo, después de nuestra conversación, el abuelo, quien no se quería arriesgar, se aseguró de acompañar a mi abuela al jardín. A pesar de que era invisible detrás de las contraventanas, lograba mirarme directamente, con ojos tranquilos, aunque lo que quería decir quedaba clarísimo en ellos.

Fue poco después de eso que me despertó en mitad de la noche. El abuelo me llamó y me dijo que me vistiera. Eché un vistazo a la ropa de viaje que me había llevado y oí el cálido resoplido de los caballos en el exterior y sus pezuñas que chocaban contra la gravilla. Por la ventana, vi el pelaje oscuro de los animales, el cual relucía bajo la tenue luz de las lámparas del carruaje.

—¿A dónde vamos? —pregunté, pero, cuando me volví para mirarlo, el abuelo ya no estaba allí.

En la calle, Agoston cargó con un arcón hasta el carruaje.

—¿A dónde vamos, abuelo? —pregunté de nuevo.

Me dio la mano para ayudarme a subir al peldaño del carruaje. En el interior, colocó una manta sobre la falda de terciopelo de mi nuevo traje de viaje Brunswick con unos movimientos diestros y delicados de sus grandes manos.

—Yo, a ninguna parte —dijo él, antes de salir del carruaje y cerrar la puerta tras él con firmeza—. Tú te vas. A mi país. Agoston te acompañará. Serás tan feliz allí como lo fui yo en mi juventud.

Llevé la mano adonde él tenía apoyada la suya, en la cerradura de la puerta.

—No, abuelo, no. —Por miedo del lío en el que podía meterme si causaba un alboroto, hablaba en voz baja, pero la histeria estaba clara en ella, y unas lágrimas empezaron a deslizarse por mis mejillas.

»Por favor, abuelo, te lo pido. Me portaré bien. No hablaré nunca con la abuela. No me lleves de aquí. No me dejes sola.

—No estarás sola. Como he dicho, Agoston estará contigo.

—Abuelo —susurré, con mis manos temblorosas contra la suya—, no quiero ir con él. Me da miedo.

—Si él te da miedo, bien podría dártelo yo también, pues confío en él tanto como en mí mismo. Es más que un hermano para mí.

—¿Cuánto tiempo debo estar fuera? —le pregunté, aferrándome a él y buscándole los ojos en la oscuridad—. ¿Vendrás a buscarme en algún momento?

—Sí, sí, después de cierto tiempo. Iré a buscarte. No tengas miedo —me dijo para calmarme, y trató de apartar la mano de mi agarre, pero me aferré a él, entre sollozos. Al final, me apretó ambas manos con las suyas, con un agarre tan cariñoso como ineludible.

—Anya, ahora hablaré yo, y tú me vas a escuchar bien.

Con esas palabras, la fuerza de sus manos sobre las mías y sus ojos posados en mí, la voluntad de hacer cualquier otra cosa se escapó de mi alcance. Noté que tanto mi cuerpo como mi mente se ralentizaban y se detenían. Se me hizo difícil saber si habían sido sus palabras las que me habían convencido u otra cosa, un poder invisible pero sobrecogedor que emanaba de su ser. Satisfecho, continuó:

—Todos los seres de todos los reinos del mundo están divididos así...

Alzó dos dedos. Mis manos, cuando las liberó, cayeron de forma pesada sobre mi regazo y se quedaron quietas.

— ... los que tienen miedo y los que no. Contienes un gran poder, *lyubimaya*, pero tienes miedo. El único pecado imperdonable es impedir a otra persona que logre la muerte de su miedo. Nunca cometeré un pecado semejante. Nunca te alejaré de la muerte de tu miedo. De hecho, Anya, por el gran afecto que te tengo, quisiera acercarte a ella. Es un regalo.

El abuelo hizo un ademán con la cabeza hacia Agoston, quien se encontraba en el asiento del conductor. Se produjo el chasquido de un látigo, tras lo cual el carruaje empezó a moverse, y el abuelo desapareció en la distancia y la oscuridad.

Luego abordamos un barco. Un paquebote en un puerto al amanecer, con velas brillantes y el sol que se alzaba en el horizonte más allá. A mí me pareció un ángel de alas blancas, o alguna especie de diosa mitológica del océano, con los brazos abiertos con benevolencia y una túnica blanca que se mecía al viento.

Agoston tenía un camarote privado, una habitación limpia y angosta con una litera estrecha y un lavabo, que estaba destinado para los dos. Cuando llegamos, un botones nos llevó bajo la cubierta hasta el camarote, pero no quise entrar. Más allá de lo que me había dicho mi abuelo, todavía me daba miedo Agoston y lo detestaba.

Agoston se plantó en el estrecho camarote, su enorme figura llenó aquel espacio sofocante como una mano en un guante, y señaló con la barbilla la litera de arriba para ordenarme que subiera. Cuando no me moví, dio un paso hacia delante para colocarse justo antes del umbral, con la cabeza inclinada debajo de las bajas vigas de madera del techo. Una vez más, señaló con la barbilla hacia mi litera. Me quedé donde estaba y negué con la cabeza casi de forma imperceptible. Él me miró a los ojos durante un largo momento antes de que su expresión se transformara de forma horrible en aquella sonrisa que tanto había visto ya. Soltó una risotada y, en un movimiento repentino que me asustó, cerró la puerta de un golpe.

Si hubiera sabido lo que me esperaba, tal vez me habría pensado mejor lo de compartir el camarote con Agoston. En el puerto de Long Island, al menos doscientos pasajeros subieron a bordo del paquebote y se abrieron paso a empujones bajo la cubierta con sus mochilas y arcones, sus niños pequeños y sus bebés llorones. Condujeron un par de enormes caballos con dificultad hacia un redil estrecho junto a las literas y los ataron con arneses que crujían y tintineaban con su constante movimiento.

Los demás me miraban con curiosidad: una niña pequeña con un traje de viaje Brunswick azul que debía haber costado más que todo el contenido de sus arcones y que estaba sentada a solas en una litera dura de tercera clase. Como no quería llamar mucho la atención, había escogido una que estaba más apartada, hacia la parte trasera del barco. No sabía que el mejor lugar era el centro de la embarcación, pues allí el movimiento daba menos náuseas, ni que poco después todos íbamos a estar desesperados por encontrar las pequeñas ráfagas de aire fresco y rayos de luz que provenían de las escaleras.

—Jesús todopoderoso, pero ¿qué tenemos aquí? —exclamó una mujer que cargó con una niña pequeña hasta la litera al lado de la mía y luego colocó a un bebé de rostro colorado que llevaba un mullido gorrito en el regazo de la niña—. Debes haberte perdido. Este no es para nada el alojamiento apropiado para una joven dama como tú.

Me quedé en silencio. El bebé estiró uno de sus dedos llenos de babas en dirección a mi codo. La madre soltó un grito ahogado y apartó el dedo de la criatura con fuerza.

—¡Mercy! Ese terciopelo vale tres veces más que nuestro pasaje. No dejes que Jonas le ponga un dedo encima o nos tendremos que quedar en este barco un mes después de haber llegado a tierra firme.

La niña pequeña, Mercy, tal vez dos años menor que yo, cambió al niño de posición hacia su otra cadera.

—Lo siento, señorita —murmuró.

—No pasa nada —dije—. No importa.

La mujer se dirigió a su hija, como si fuera ella quien la hubiera refutado, y no yo.

—Es probable que a su papá y a su mamá sí les importe, así que ten cuidado de todos modos.

—Mi madre y mi padre murieron —dije—. Mi hermano también. Toda mi familia ha muerto. No hay nadie a quien le pueda importar salvo a mí, y no me importa.

La madre, que había estado organizando sus pertenencias en su litera, se detuvo a medio movimiento y se volvió hacia mí. Me dedicó una larga mirada preocupada, apretó los labios y desvió los ojos.

CAPÍTULO CUATRO

No se han investigado demasiado los beneficios de que los niños interactúen con animales, pero se ha aceptado que existen, por lo que no hay muchas escuelas de preescolar que no contengan una jaula de conejos que mastiquen su pienso, distraídos; el chillido intermitente de un jerbo que corre por su rueda; o, como mínimo, un pez que da vueltas por una pecera. En nuestra escuela tenemos gatos. Las dos que deambulan libremente por el piso de abajo, Myrrh y Heloise, son hipoalergénicas y muy amistosas. El resto está en el piso de arriba, y los tenemos más por mi beneficio que para el de los niños, aunque se podría decir que el beneficio que aportan a los niños es bastante importante, por muy indirecto que sea.

Una a una, hora hambrienta tras hora hambrienta, las barras de colores de nuestro horario diario se retiran y restan poco a poco el tiempo que falta hasta la siesta de los niños por la tarde, cuando mi molesto apetito se saciará por fin. Aun así, insistimos mucho con nuestras rutinas, por lo que debo atravesar todos los rituales de la hora de la siesta: visitas al orinal; un pañal por aquí y por allá para los que tienen el sueño más profundo; mantitas, chupetes y animalitos de peluche administrados con la misma exactitud que la medicación de los pacientes de un hospital psiquiátrico; y todo ello mientras hago todo lo posible por no hacer caso a la impaciencia de mi apetito cada vez mayor.

Los gatos siempre están a mi lado, calman a los niños con ronroneos y al frotarse contra ellos con afecto, y recorren caminos delicados entre las cunas de modo que sus colas sobresalen entre ellas, como periscopios de submarinos. Los niños intentan tocarlos, adormecidos, desde donde están tumbados, con los ojos cerrándose por el sueño. Cuando corro las cortinas, la sala se queda llena de sombras, y los únicos sonidos son los de los pulgares que se llevan a la boca y los vagos golpecitos rítmicos de los pies con pantuflas que chocan con las vallas de las cunas. Por fin puedo encargarme de mi hambre. Mis dientes de sangre están listos y dispuestos. Al igual que el flujo de saliva justo antes de darle un bocado a la comida, no hay modo de contenerlos una vez que han notado que el acto de comer es inminente.

Me levanto en silencio de la mecedora cuyo rítmico crujido ayuda a los niños a dormir cada día. Recorro la sala poco a poco y con cuidado entre las cunas llenas de mantas y niños medio dormidos y observo su progreso hacia el sueño. Una cuna está vacía; en lugar de haber llegado tarde hoy, Leo está ausente. Tras doblarme por aquí y por allá para colocar bien una manta o recoger un chupete de la moqueta sobre la que ha caído, me deslizo por la puerta y subo las escaleras hasta la segunda planta y luego otra —una tambaleante escalera abatible que desciende en una cascada llena de crujidos— hasta el ático.

En la parte superior de los últimos peldaños de madera, alzo las manos con las palmas hacia arriba contra la puerta para levantarla poco a poco y con cautela.

Percibo de inmediato el hedor a amoníaco de la orina que ninguna cantidad de limpieza ni ventilación ha sido capaz de erradicar. Abro la puerta un poco más, y los maullidos como de bebé de los gatos son un coro tenue y dispar.

Sin previo aviso, Myrrh, que no me había dado cuenta de que me había acompañado hasta la tercera planta, pasa corriendo por las escaleras para dirigirse a la sala bañada por el sol, la cual sus amigos felinos, unos veinte, llenan con unos movimientos muy delicados.

Los gatos se estiran y bostezan bajo el sol, sobre el suelo de madera dura. Se lamen sus patas y sus vientres blancos como el algodón en los alféizares de las ventanas. Sobre las partes traseras de los sofás cubiertos de fundas ancestrales, las colas de los gatos se mueven de aquí para allá y se quedan suspendidas en el aire, como interrogantes al final de frases sin palabras. Unos veinte pares de ojos de diamante se vuelven y relucen en mi dirección. Algunos de los más sociables saltan de donde estaban echados y pasean hacia mí para saludarme.

Mi hambre es impaciente, pero no sería apropiado ponerme a ello de inmediato. He cuidado de cierta variedad de animales en distintos momentos de mi vida, y, de entre todos ellos, los gatos son los más quisquillosos. Hay formalidades, rituales de saludos tan estrictos y obligatorios como los que se llevan a cabo entre dignatarios extranjeros. Me siento en el suelo con las piernas cruzadas y paso varios minutos acariciando a los gatos conforme pasan por ahí con unos movimientos similares a los de los tiburones, sinuosos y de depredador al mismo tiempo.

Al fin, saco una golosina de la bolsa que he traído, la escondo en la palma de la mano y silbo con discreción. Los gatos que se habían quedado donde estaban saltan de sus lugares y trotan hacia mí. Myrrh, mi preciosa gata azul ruso, mi querida mascota de profesora, está por delante del resto, como de costumbre. Sube con elegancia sobre mi regazo y se acomoda. Le acaricio el pelaje suave y gris, y ella empieza a ronronear. Cuando le aparto el pelaje del cuello, ella se queda quieta, obediente.

—Qué buena chica eres. Tan bonita y buena.

Cuando acabo, baja de un salto, me quita la golosina de la mano abierta con sus afilados dientes de porcelana, se acurruca a mi lado y empieza a mordisquearla.

Otro gato se me sube al regazo con gran agilidad.

CAPÍTULO CINCO

El Atlántico norte es un océano lunático, una bestia enfurecida, aullante, fría y llena de odio. No es difícil imaginarse a un *kraken* depredador que surge de sus oscuras profundidades y rodea el casco de una embarcación con sus brazos sensibles y famélicos, como si la travesía por el mar necesitara más horrores imaginarios.

El espacio entre las cubiertas era un lugar húmedo, frío y repleto de personas. Los pasajeros recibían sus raciones de gachas, harina, arroz, galletas y té, pero tenían que cocinarlo todo ellos mismos en una sola cocina, por lo que se produjeron peleas casi de inmediato. Luego empezó a soplar una fuerte ventolera, y nadie comió comida caliente porque ningún pasajero era capaz de cocinar mientras el barco se alzaba sobre olas altas como montañas antes de su vertiginoso descenso. Los bebés gritaban, y los niños lloraban. Cuando a alguien le daban ganas de vomitar, no había otra cosa que hacer que sacar la cabeza por la cama, por lo que el vómito cubría el suelo de la tercera clase y alimentaba a las ratas que aprovechaban la oportunidad para escabullirse por el lugar sin miedo a nada.

Estaba tumbada de espaldas en una de las literas de abajo, donde el vómito salpicaba cuando a los pasajeros les daban arcadas y las ratas se paseaban al alcance de la mano. La niña pequeña, Mercy, estaba tumbada en la litera situada sobre la mía y me miraba, temblorosa y con los ojos muy abiertos. En la misma litera, a su lado, su madre sostenía a su hermano bebé y trataba en vano de calmar los gritos del niño.

El abuelo me había dicho que nunca iba a morir. ¿Sería cierto? ¿Y qué significaría eso si el barco quedaba destrozado, tal como parecía que iba a suceder en cualquier momento? Me imaginé a Mercy, a su madre, a su hermano y a mí misma hundiéndonos juntos en aquel azul helado, con la madera a la deriva danzando a nuestro alrededor y los caballos dando patadas mientras se ahogaban. Iban a morir todos… ¿y yo iba a verlos morir? ¿Me dolería ser incapaz de respirar bajo el agua y ser incapaz de morir al mismo tiempo? En mi mente, vi al *kraken* alzarse desde las profundidades más oscuras y rebuscar con sus tentáculos succionadores con curiosidad entre los restos. Me quedé en mi litera, inmóvil. No temblé ni lloré en silencio como hacía Mercy, aunque sí pensé que tenía más miedo que ella, que preferiría morir a quedarme en el mar, junto al kraken y a tantos cadáveres que podían llenar un barco entero.

Tras cuatro días, la primera tormenta amainó por fin, y los pasajeros escalamos, agradecidos, hacia la cubierta superior para notar el sol en la piel y para arrojar dos cadáveres amortajados por la borda. Uno era el de una mujer embarazada que se había puesto de parto en plena tormenta y no había sido capaz de dar a luz. Su marido estaba a un lado, sin ninguna expresión en el rostro, pero se mecía demasiado teniendo en cuenta el suave movimiento del barco. Estaba borracho, y, cuando se resbaló, se cayó y se quedó inmóvil, el resto de los pasajeros intercambiaron una mirada significativa. El otro cadáver era el de un niño pequeño que se había ahogado con su propio vómito mientras dormía. No había ningún sacerdote a bordo, por lo que el capitán se retiró el sombrero y pronunció una elegía breve y sin piedad.

—De las penurias de este mundo, Padre nuestro, al descanso del siguiente.

—No hay derecho —musitó una mujer a mi lado mientras se santiguaba—. Esas pobres almas desdichadas deberían haber tenido un entierro cristiano decente como mínimo. No hay descanso eterno en el mar.

Durante la tormenta, ninguno de los pasajeros había logrado dormir más que unos instantes intermitentes, por lo que, durante la primera noche de calma tras la tempestad, todos dormimos de sobra para compensar. Fue lo más silenciosa que estuvo la zona de tercera clase desde que habíamos subido a bordo —solo un leve coro de narices que silbaban, ronquidos y resoplidos—, pero, por alguna razón, igual me desperté.

La oscuridad en el mar, cuando la luna está oculta tras las nubes, es más completa que ninguna otra, solo que mi visión había cambiado junto con el resto de mi cuerpo, de modo que pude ver algo en el extremo de la sala, una silueta que parecía haberse quedado de pie en la oscuridad. Al principio, la silueta se quedó quieta, por lo que llegué a pensar que solo me lo había imaginado y empecé a quedarme dormida otra vez, solo que entonces se movió, con rapidez y en silencio, como si solo hubiera dado un gran paso hacia la izquierda antes de volver a quedarse quieta.

Despierta y rígida por el miedo, me quedé quieta, observé la oscuridad de la lejanía y traté de distinguir quién o qué se movía entre las sombras. Con unos movimientos como los de un gran depredador, la silueta continuó su progreso intermitente, el avance seguido de la inmovilidad con el que se desplazaba entre las literas. Mi primer pensamiento confuso e infantil fue que se trataba de un fantasma o de un monstruo, pero entonces, conforme se me aclaraban las ideas, pensé en un ladrón: alguien que rebuscaba con descaro entre las pertenencias de los pasajeros mientras estos dormían. Sin embargo, cuando se me ajustaron los ojos y vi mejor, pude ver que la silueta inclinaba la cabeza sobre las formas dormidas de los pasajeros, como si le estuviera dando a cada uno de ellos un largo beso de buenas noches.

Era Agoston. Me di cuenta de ello de repente, y la oscuridad abierta de la puerta de su camarote me lo confirmó cuando miré hacia allí. Se estaba alimentando de los pasajeros, bebía de ellos uno a uno del mismo modo que una abeja va de flor en flor.

Nunca me había alimentado de un humano, ni siquiera había sido testigo de ello. Durante la tormenta, la desesperación me había llevado a atrapar a una rata que se había escabullido cerca de mi litera. Luego había corrido las sucias cortinas alrededor de mi cama y me había dirigido a gatas hasta colocarme de cara a la pared, donde ni siquiera Mercy, la niña pequeña de la litera de arriba, me vería si bajaba a visitarme sin previo aviso, como hacía en ocasiones. Según contenía mis propias ganas de vomitar, sostuve en el puño con fuerza a aquella criatura grasienta que se retorcía y me arañaba, le hinqué los dientes y la oí chillar. Todavía no había aprendido a ser delicada.

El corazón empezó a latirme con fuerza al observar a la silueta corpulenta de Agoston avanzar por la fila, cada vez más cerca de mí. Salí de mi litera y escalé hasta la de Mercy, donde me coloqué entre ella, su madre y su hermano, los cuales dormían a pierna suelta. No sabía qué iba a hacer, pero sí sabía que no iba a permitir que Agoston los tocara.

Se acercó más aún, con unos movimientos perfectamente silenciosos, tanto que parecía que podía oír la sangre y la adrenalina que circulaban a toda velocidad por mi cuerpo. ¿Qué iba a hacer él? ¿Iba a enfrentarse a mí? ¿Iba a morderme? ¿A morderme y a echarse a reír mientras mi sangre le caía por la barbilla?

La silueta negra de su forma estaba a una sola litera de distancia, y entonces, sumida en el terror, recordé su gran tamaño, los gruesos músculos de sus brazos, gracias a los cuales cargaba con un arcón como si no pesara más que una sombrilla.

Una gotita de sudor cayó de mi barbilla. Casi no podía respirar. Y entonces la figura se colocó frente a mí y se detuvo durante mucho tiempo sin moverse. Al final, y con mucha lentitud, se inclinó hacia la madre de Mercy, quien yacía de espaldas con su hijo dormido y acurrucado en la curva de su brazo.

Apreté la mano en un puño y, cuando él metió la cabeza en la litera y la sostuvo sobre la mujer, le di un puñetazo. Mis nudillos golpearon un hueso, la cima afilada de la frente de Agoston. Él se echó atrás de repente y se llevó una mano a la cabeza mientras la madre de Mercy resoplaba, todavía dormida, y yo esperaba las represalias, llena de miedo. Una fracción de segundo más tarde, se volvió a echar hacia delante, yo solté un grito ahogado de miedo y noté una mano fuerte que me rodeaba la muñeca. Tiró de mí y salí volando de la litera, con mis extremidades sacudiéndose en el aire mientras caía.

Antes de que impactara de cabeza, me tomó de la cintura y me lanzó al suelo de culo y talones.

Las manos que me habían lanzado por los aires me sujetaron de los hombros y me pusieron de pie de modo que estuviera cara a cara con la enorme figura. En la oscuridad, casi no podía verle el rostro a

Agoston, pero lo que vi, para mi sorpresa, no fue enfado, ni siquiera su mirada maliciosa de siempre, sino una sonrisa de verdad.

Me aferró uno de los brazos, lo dobló por el codo y lo impulsó hacia delante. Confundida y todavía aterrada, me resistí, y él me dio una sacudida en el brazo para soltarlo y volvió a intentarlo. Aunque no entendía nada, dejé de resistirme, y él asintió con aprobación, me rodeó la mano con la suya para hacer un puño y me empujó el brazo hacia atrás hasta que estuvo apoyado contra el costado de mis costillas. Entonces tiró de él en un movimiento controlado hasta que le golpeó en el centro de su propio pecho. Asintió, me empujó el brazo hacia atrás una vez más y luego hacia delante en una línea recta hacia el centro del pecho. Pese a que le había dado un puñetazo a Agoston en la cabeza, al parecer no lo había hecho bien; me estaba corrigiendo la técnica.

Me soltó el brazo y se llevó los dedos al mismo lugar en su abdomen. Algún pasajero en una litera soltó un resoplido y se dio la vuelta, y yo miré en dirección al sonido. Agoston se volvió a tocar el abdomen y musitó con impaciencia algo en su idioma. Yo dudé y le di un puñetazo lento como él había hecho. Me dijo que no con el dedo y se dio un golpe fuerte contra el pecho antes de inclinar la mano hacia mí, no tanto como una invitación, sino como una orden para que le diera un puñetazo con todas mis fuerzas.

En mi mente, una niebla escampó, y, en lugar de pensamientos, vi las lápidas oscuras de mi familia, las cuatro alineadas en la nieve. Noté las manos de mis vecinos en los brazos, en la cintura, en la frente y en la barbilla para sostenerme con firmeza mientras el sacerdote me colocaba cenizas en la boca que los demás me obligaban a abrir. Vi al abuelo, con su expresión tranquila mientras me mandaba a la oscuridad, y noté que la furia fluía, cálida y encantadora, a través de mí. Entorné los ojos hacia el lugar indicado en el centro del pecho de Agoston. Apreté la mandíbula, eché el puño hacia atrás y le di un puñetazo con todas mis fuerzas.

Noté el impacto resonar por todos mis huesos como una onda expansiva y a través de él, aunque, con cierto esfuerzo, se mantuvo firme como una pared. Fue como las olas que se lanzan contra una costa rocosa, como el viento de un ciclón que azota las casas y arranca árboles del suelo. Aquella fuerza incomprensible que ninguna niña de brazos delgados debía poseer me dejó perpleja y mareada.

Con una expresión maravillada e incrédula, alcé la mirada hacia el rostro de Agoston y vi que asentía, satisfecho, con su sonrisa complacida en el rostro. Entonces me dio unas palmadas en la cabeza, se dio media vuelta, se dirigió a su camarote y cerró la puerta tras él.

Me volví a escabullir hacia mi litera, pero me quedé despierta en la oscuridad durante cierto tiempo, mareada y emocionada por la sensación de mi propia fuerza.

CAPÍTULO SEIS

Vano me enseña a la luz de las velas. Con su voz musical me habla de Mokos, la húmeda. Mientras habla, sus grandes ojos marrones pasan de mirarme a mí al cuerpo que hay en la mesa y de vuelta a mí, y sus manos morenas se encargan de la tela. La túnica demasiado grande que viste le otorga un aspecto joven y delicado, aunque es mayor que yo, y su solemnidad lo hace parecer mayor aún.

Piroska está en algún lugar del fondo, un alboroto sombrío que se encarga de sus hierbas y tinturas.

Estoy soñando, muchos años después, pero noto todo lo que noté de joven en presencia de Vano, toda la admiración y la añoranza insoportable. Quiero notar el marrón líquido de sus ojos en mi boca. Quiero enterrar el rostro en el terciopelo de su voz y nadar en el siena cálido de su piel, contar su belleza como monedas pesadas, *tin, tin, tin*.

Por favor, Vano, sigue hablando. Cuéntamelo todo. Háblame de mí misma y del mundo, y de todas las deidades serviciales que ves escondidas en las arboledas, acechando en las cimas más altas o iluminando el cielo.

—Mokos, la tierra húmeda, la madre de Morana —dice Vano, antes de observar la efigie que se encuentra entre nosotros, el cuerpo muy envuelto hecho de vainas de maíz y sus brazos de paja atada. Alza una rama de sauce de una pila de la mesa junto a ella.

»Morana, quien vive y muere, vive y muere y vive y muere una vez más. Hija sacrificial de la muerte y el renacer, el eje sobre el que giran las estaciones y las vidas de los humanos. La atamos con ramas de sauce, la barba del oscuro amante de Mokos: Veles.

Las velas parpadean a su alrededor, y su luz muerde los bordes de su silueta oscura. La hoguera está llena de un fuego hambriento. Con un firme tirón, ata los juncos de sauce alrededor del pecho de la muñeca de Morana. Coloca un junco en la palma de mi mano para que lo imite, y, por un instante, me deleito con la calidez de la suya. Por último, coloca un collar de cáscaras de huevo en el cuello de Morana antes de poner la figura en mis manos y conducirme hacia la hoguera.

—Las estaciones son puertas. Las estaciones son ventanas que se abren y cierran una tras otra —continúa Vano—. Hay una verdad única en la primavera, otra en el invierno, en el otoño y el verano. Ningún acto de la primavera puede suceder en el otoño. El invierno es para morir, para descender, ocultarse y olvidar. Para vaciarnos de todo lo que somos y prepararnos para recibir algo nuevo. Las eras también son así. Los sucesos de esta época son los únicos que pueden suceder. Lo que ocurre en el mañana nunca lo hace antes de hora. Nada sucede demasiado tarde.

Juntos, mientras sigue hablando, alimentamos el fuego con el cuerpo de paja poco a poco, y las primeras trenzas en prenderse fuego y arder son las del brazo.

—Damos la bienvenida, por un tiempo, a la destrucción, el caos y la muerte —dice Vano mientras la paja más gruesa del cuerpo se prende fuego—. No nos resistimos. Nos entregamos a ello, pues es lo que exige la estación.

Suelto la figura en llamas, pero Vano se queda aferrado a ella. Con la estatua, da un cuidadoso paso hacia el fuego.

—No —digo, mientras tiro de él, confundida—. ¡No, Vano!

Vuelve su mirada serena hacia mí, con unos ojos que arden ante el corazón blanco del fuego.

—¡Vano! ¡No! ¡Para!

—A todos nos llega nuestro final, Anya —me dice con calma conforme la carne se le quema y se le cae a pedazos—. Y este llega en la estación que le toca. Podemos aceptarlo o resistirnos a él, pero, sea como fuere, llega. Él lo trae. Tú huyes de él, Anya, pero Chernabog el de las cenizas, el que trae los finales, nos tiene a todos en el punto de mira. No podemos escondernos de él.

El nombre de Chernabog hace que una oleada de miedo me recorra el cuerpo. Aparto la mirada de las llamas, de la terrible y tan conocida visión y del olor de la carne quemada, y el esfuerzo físico me despierta.

Me incorporo de golpe, entre jadeos, con el dolor y el terror todavía en el cuerpo. Transcurre un momento hasta que consigo aceptar que estoy en mi habitación, en la tranquila Millstream Hollow, en Nueva York, y no en una cabaña de madera y paja en un bosque en alguna parte al otro lado del mundo, que no estoy rodeada de llamas mientras oigo los terribles sonidos de los moribundos.

Si bien pasé muchos años atormentada por unos sueños terribles, con mi mente hecha una cornucopia oscura de material para pesadillas, hace un tiempo que mi mente durmiente se quedó en blanco, por suerte. Este sueño tan vívido, emocional y fuera de lo común me deja temblorosa. Me siento desorientada, expuesta y vulnerable. Hace años que no pienso en Vano ni en la pequeña y extraña familia de la que formábamos parte —Vano, Ehru, Piroska y yo—, pero, aun así, allí estaba, con toda su belleza seria, tan vívido y sobrecogedor como lo había sido siempre.

Vano había sido una especie de aprendiz de Piroska, aunque sabía más que nadie cosas que no se podían enseñar ni aprender, y todo lo que decía era cierto, siempre que se pudiera comprender. En ocasiones, ni siquiera él comprendía lo que sabía —nos habló de fuego durante meses antes de que ninguno de nosotros supiera por qué—, pero confiaba en su conocimiento: los indicios en el musgo; los patrones en la arena que dejaba la marea tras de sí; la forma de desmoronarse de los terrones de turba de la hoguera, los cuales eran de todo menos aleatorios; y el resto de nosotros también lo hacíamos. Incluso ahora, el instinto me dice que trate sus palabras con toda la seriedad del mundo, que las examine para ver qué presagios nos indican. A todos nos llega nuestro final. Eso era lo que había dicho Vano, pero ¿cómo podía ser? Nunca habría ningún final para mí, por mucho que lo deseara. Y lo que había dicho sobre que estaba en el punto de mira de Chernabog, que este aún me perseguía; un dios de una antigua religión de campesinos a miles de kilómetros y cien años de distancia. Era absurdo, y, aun así, terrorífico. Tal vez había creído en ello mucho tiempo atrás. Tal vez, durante muchos años, había creído notar su temible presencia y ver su mano brutal detrás de cada tragedia; una vez incluso creí haber visto su rostro en un río, aunque ahora todo aquello estaba en el pasado. Casi no resultaba creíble en aquel entonces, y mucho menos ahora.

Todo aquello, además de Vano, con sus conocimientos, su magia y sus presentimientos, pertenecía a una época distinta, a un mundo que era más poroso, más numinoso. El mundo había cambiado y se había alejado del misterio y la divinidad. Ahora las personas llevan hombreras y se hacen la permanente. Si quieren ser testigos de maravillas, pulsan un botón o giran un dial. Sus posos de té se pudren en bolsitas, no muestran el futuro según cómo se hayan dispuesto en el fondo de una taza. Los dioses no persiguen a nadie, y las estaciones no provocan finales predestinados. Era un sueño, y eso era todo, un eco, algo tal vez significativo en origen, pero disuelto en tonterías a lo largo del tiempo y la distancia.

Me incorporo y me froto la frente. Medio adormilada, miro por la ventana. El cielo al otro lado sigue oscuro y cubierto de una niebla del color de la leche que oculta las estrellas. No necesito dormir demasiado; alrededor de cuatro horas me suelen bastar, lo cual me da la oportunidad de pintar durante unas horas antes de que el día empiece de verdad. Observo la oscuridad y noto a Vano y las emociones intensas de mi sueño aferrándose a mí como unos residuos o un fantasma invisible. Y ya estoy harta.

—Estás muerto, Vano —le digo a la habitación, a los silenciosos paneles de madera de las paredes, a los cuatro postes tallados de la cama, a la alfombra oriental y a las amplias y atentas ventanas—. Tú y Piroska, y mi padre, y Eli, Paul y Halla. Todos habéis muerto y yo sigo viva. Me cambiaría por vosotros si pudiera, pero no puedo.

Suelto un largo suspiro, como si así pudiera sacarlo todo de mi interior. Bajo de la cama hacia el frío suelo de madera dura.

—Así que, bueno, supongo que no puedo hacer otra cosa que seguir adelante.

Mi estudio está en el entresuelo del conservatorio. Si miro por el balcón, veo los caminos de adoquines que serpentean entre las plantas tropicales bien cuidadas; el elegante y pequeño estanque moteado de color naranja por los grandes peces koi y los pequeños caballetes de los niños, desplegados alrededor del bodegón en el que hemos estado trabajando.

Heloise, la gata atigrada, está sentada en el borde del estanque y observa con cierta añoranza el movimiento de los peces mientras nadan.

Los cuadros en los que estoy trabajando están colgados en las paredes del estudio frente a mí: varios bocetos de estudios pequeños, además de un par de lienzos más grandes, todos en distintas fases de su pintura. Se trata de una serie de bodegones, retratos de lápidas: una cubierta de musgo y casi enterrada en espinosas zarzas, mientras la luz del sol naciente se alza sobre una de sus esquinas superiores; otra con los restos chamuscados de una vela y un ramo de flores putrefactas y sin pétalos que yace en la hierba frente a ella, mientras una abeja llena de esperanza investiga las secas anteras en busca de polen. Otra lápida es más pequeña y está casi toda tapada por hierba bohordillo. Los años de nacimiento y fallecimiento parecen casi invisibles sobre la placa metálica, y, si se cuentan los años de diferencia, estos suman cuatro. Produce una sensación —o, al menos, espero que la produzca— de *vida* privada y plena en los retratos. La hierba crece, salvaje y codiciosa, se ve que el viento sopla como unos dedos que rebuscan entre la hierba y la doblan y la apartan, y los insectos están ocupados explorando la escena sin nada de solemnidad. Quiero que el espectador vea (aunque ningún espectador vaya a verlo nunca) la alegría de las tumbas, la serenidad sin pensamientos pero llena de paz de los lugares de descanso eterno.

Estoy colocando mis materiales, rascando el pigmento seco de mi paleta, y preguntándome por qué ya noto un hambre voraz nada más despertar por la mañana, teniendo en cuenta que comí ayer mismo (¿por qué de repente tengo tanta hambre en todo momento?), cuando oigo un ligero sonido que proviene de algún lugar de la casa.

Durante un segundo ni siquiera reparo en ello. Suelo culpar de los sonidos extraños a los gatos que dan vueltas por la casa, solo que en esta ocasión Myrrh está a mis pies, y a Heloise la he visto junto al estanque de los peces. Es demasiado temprano como para que Marnie o Rina hayan llegado. Detengo mi cuchillo de paleta a medio rascar y escucho con más atención. Pese a que intento no hacerlo, no puedo evitar pensar en las palabras de Vano en mi sueño. Sin duda es la mención del nombre de Chernabog, cuyos ligeros ruidos acechantes han hecho que el corazón me diera un vuelco en tantas ocasiones, lo que hace que ahora escuche con tanta atención y estupidez.

Estoy a punto de volver a ponerme a rascar la pintura cuando oigo otro ruido, un chirrido como de una bisagra distante o un cajón al cerrarse. Dejo el cuchillo de paleta y me pongo de pie. Mientras trato de pensar en todas las cosas perfectamente inocentes que pueden hacer un ruido como ese, abro la puerta del conservatorio hacia el pasillo de la segunda planta. Las alas este y oeste de la casa están divididas por una escalera serpenteante, y, cuando miro por el pasillo hacia dicha escalera, no veo nada fuera de lo normal.

Recorro el pasillo mientras sigo escuchando con atención. En la escalera, miro arriba y abajo, pero, una vez más, solo me encuentro con silencio. Sigo por el pasillo, y, justo cuando estoy a punto de decidir que no ha sido nada más que «ruidos de casa», como se suele decir, llego a mi habitación. La puerta está abierta, lo cual es extraño, porque soy muy cuidadosa y la cierro siempre. Soy una persona muy privada que tiene que lidiar con la incomodidad constante de tener a muchas personas entrando y saliendo de mi casa cada día, por lo que protejo mi habitación como un perro guardián. Es posible que me haya olvidado de cerrarla por la mañana, aunque sería extraño. Y mi instinto me dice que no se me ha olvidado.

Me quedo en el pasillo mientras trato de recordar lo que he hecho esta mañana, y entonces un alarido agudo surge del silencio.

¡Piiiiiiiiiii! ¡Piiiiiiiiiii! ¡Piiiiiiiiiii!

El repentino alarido de sirena hace que me lleve las manos a los oídos, y una oleada de frío me recorre el cuerpo. Un intruso que hubiera saltado de las sombras me habría asustado menos.

En el techo, sobre mi cama, por ninguna razón aparente, el detector de humo de mi habitación ha empezado a hacer sonar su alarma.

¡Piiiiiiiiiii! ¡Piiiiiiiiiii! ¡Piiiiiiiiiii!, grita para advertirme del humo, para advertirme del fuego, por mucho que no pueda ver ninguno de los dos.

CAPÍTULO SIETE

Siete semanas para cruzar el Atlántico. ¿Cuántas tormentas se desataron sobre nosotros? Habría sido inútil tratar de contarlas. ¿Y cuántas personas murieron? Tampoco lo sabía a ciencia cierta. Doce, o tal vez más, la mayoría de las cuales eran niños pequeños. Uno de ellos se fue mientras su madre dormía y no lo encontramos por ninguna parte. Algunos se aventuraron a decir que el niño se había colado por un imbornal, pero no podíamos estar seguros.

La mayoría se pusieron enfermos, eso sí. La comida se pudría y se llenaba de insectos y gusanos y había excrementos de rata por doquier. Se podía ver cómo los piojos saltaban de las barbas de los hombres, y las madres los quitaban del cabello de sus hijos con sus peines, pero era solo por pasar el rato, puesto que no había modo de escapar de ellos. En el casco de una embarcación, no se puede escapar de nada.

Mercy cada vez se pasaba más por mi litera y traía consigo un cordel raído y desgastado, tan pálido y sucio como su propio cabello, para que jugáramos a hacer figuras de cuerdas. Se sentaba cerca de mí y me enseñaba a hacer las numerosas figuras que sabía mientras hablaba sobre su padre, quien, según ella, los estaba esperando en Inglaterra.

—Tengo muchas ganas de ver a papá —decía mientras tiraba del cordel de uno de mis dedos desplegados y lo enganchaba alrededor de otro—. Casi no me acuerdo de él, lleva mucho tiempo fuera. Rezo para que el barco no se hunda por el camino y para que no nos pongamos enfermos y nos muramos.

Solo que Mercy sí se puso enferma, al igual que su madre y su hermano: fiebres abrasadoras que irradiaban de su cuerpo, acompañadas de delirios. Pese a que cuidé de ellos, no había mucho que pudiera hacer. Estrujaba trapos empapados de agua de olor hediondo sobre su boca, por mucho que no estuviera segura de si aquello los iba a ayudar o no, y me abría paso a empujones hasta la cocina para prepararles gachas. Empecé a cocinar durante las tormentas, porque al menos entonces solo tenía que enfrentarme a la tormenta en sí y a las sacudidas del barco, en lugar de a los otros pasajeros.

Durante una de aquellas tormentas, en mitad de la noche, estaba cocinando para Mercy y su familia. La olla se mecía y se movía sobre el fuego y amenazaba con volcar la comida, mientras la linterna, que pendía de su gancho, danzaba y arrojaba unas sombras salvajes y retorcidas por todas partes.

—Jesús todopoderoso, qué bien me vendría una comida caliente.

Alcé la cabeza de repente, sobresaltada por la voz que había venido del umbral de la puerta.

—Era mi mujer quien cocinaba. No he comido nada caliente desde que lanzaron su cuerpo a las profundidades.

Era el borracho cuya esposa había muerto dando a luz. Todos lo habíamos visto en su litera, donde bebía y bebía de un suministro oculto de alcohol hasta sumirse en un estado de estupor, y todos nos habíamos enterado de cuándo se le había acabado, pues había empezado a gemir y a dar sacudidas y a buscar pelea.

—Lamento mucho su pérdida, señor, pero tengo las porciones de gachas contadas y no me sobrarán.

El barco se inclinó hacia delante, en la pendiente descendente de una ola. Me caí al suelo y me deslicé por la cocina hacia el hombre, quien se había aferrado al marco de la puerta para evitar caerse de espaldas. Me levantó del suelo y me ayudó a ponerme de pie, y, antes de soltarme, me acarició despacio el brazo, del hombro al codo. Me solté de su agarre, fastidiada, y volví a la olla a grandes zancadas.

—Los hombres tenemos otras necesidades, y no *me se* han *satisfacido* desde que mi mujer la palmó. Te he visto cuidar de esos otros. Pareces una chica muy servicial.

—Cuidar de tu propia familia no es ser servicial, es un deber.

—Pero es que no son tu familia. Esa ropa de viaje tan bonita... Eres de una clase diferente. Estás sola aquí. ¿Qué haces aquí sola?

No le hice caso, sino que me limité a colocar las gachas en un gran cuenco mientras trataba de hacer que no viera que me temblaban las manos.

—No están bien —continuó—. Seguro que terminan palmándola también. Si quieres, puedo cuidarte. Podemos cuidarnos los dos.

Apreté la mandíbula, y tomé el cuenco y una cuchara.

—Puede comer de los restos —le dije, mientras me abría paso a través de él con un empujón—. Eso es todo lo que haré por usted.

Continué cuidando de Mercy y de su familia, aunque de vez en cuando alzaba la mirada y veía que el hombre de la cocina estaba tumbado en su litera y me miraba. Se había acomodado frente a mí, en una cama que la muerte había dejado vacía, y no tuve ningún descanso de su mirada intrusiva. Acabé acudiendo a la puerta de Agoston y llamé. No estaba segura de cómo iba a hacer que me entendiera, ni tampoco de si, una vez que me entendiera, le importaría.

—Agoston —susurré hacia la madera granulosa—. Necesito ayuda, Agoston. Tengo miedo.

No se produjo ningún sonido en el interior. Di un fuerte pisotón.

—Agoston, el abuelo me dijo que podía confiar en ti —siseé, enfadada—. El abuelo te mandó a cuidar de mí. No estará contento.

Los ojos me ardían por las lágrimas, pero la puerta no se movió; al igual que Agoston, o eso parecía. Tras limpiarme las furiosas lágrimas de los ojos, me di media vuelta para volver y pasé por el salón, donde el capitán fumaba cigarros junto a los pasajeros de clase alta de los camarotes, de vestimenta elegante y bien aseados, mientras bromeaban y reían como si no tuvieran ni idea de lo que estaba ocurriendo en tercera clase, como si no tuvieran ni idea de que, en aquel mismo barco, madres, padres y niños se pudrían en su propia suciedad y morían día tras día.

Cuando llegué a mi cama, se me secó la garganta. El hombre de la cocina estaba junto a la litera de Mercy, apoyado contra una viga, mirándola desde arriba y hablando con ella.

—Márchese, señor, por favor —le pedí con voz temblorosa—. Acaba de despertar, y no debería malgastar su aliento hablando.

El hombre me sonrió y continuó hablando con Mercy para ofrecerle una despedida demasiado educada.

—Es difteria lo que tiene, por si le apetece contagiarse —insistí.

El hombre se limitó a sonreírme de nuevo y volvió a su propia litera con un andar indiferente.

—Creo que yo misma la he pescado ya. —Puntué el comentario con una tos ronca.

Él inclinó la cabeza hacia la madre y el hermano de Mercy.

—No sobrevivirán. Dos chicas jóvenes solas en un barco... necesitaréis alguien que os cuide.

—¿Como cuidó usted de su mujer y de su hijo?

La terrible sombra que pasó por sus rasgos fue aterradora, y pensé que tal vez me había pasado de la raya en mis intentos por provocarlo.

—Estaremos bien —me apresuré a añadir, antes de escalar a la litera de arriba junto a Mercy, donde le pasé un paño por su frente empapada en sudor mientras trataba de no volver a mirar al hombre.

»Mercy, querida, me alegro mucho de verte despierta. Eres muy fuerte. Vas a ponerte buena pronto.

—Mamá —gimió ella.

—Está descansando —mentí—. Jonas también.

Me incliné más cerca de ella para susurrarle al oído:

—No deberías hablar con ese hombre. No es bueno. Llámame si vuelve a molestarte.

—Me alegro mucho de que no estés enferma, Anna —dijo Mercy, sin aliento. Una lágrima se le deslizó por la mejilla—. Has cuidado de nosotros.

—Shh. Seguiré cuidando de vosotros. No os dejaré y no me pondré mala. Ahora descansa, nada de hablar ya.

Durante los días siguientes, el hermano de Mercy empezó a recuperarse, pero su madre empeoró. Entonces, una mañana, oí que Mercy lloraba, y, cuando subí a su litera, la vi abrazar y besar el cadáver frío de su madre, entre sollozos.

En la cubierta, con un sol turbio que apenas iluminaba tras las nubes que parecían humo, me quedé junto a Mercy, mientras Jonas se retorcía en mis brazos porque su hermana todavía no tenía fuerzas para cargar con él. Cuando llevaron el cadáver hacia delante, la niña se volvió y enterró el rostro en mi hombro mientras lloraba y temblaba.

—No tienes que mirar, Mercy —le dije—. Ese recuerdo no te hará ningún bien. Ven conmigo.

La conduje hacia el otro lado de la cubierta, donde nos apoyamos contra la baranda mientras el aire nos sacudía el cabello y sus lágrimas caían con total libertad. La voz del capitán, monótona después de hartarse de tanta repetición, nos llegaba a través del aire, y Jonas se retorcía y se quejaba en mis brazos.

—Hagamos algo —le dije, combatiendo contra el nudo en mi garganta—. Hagamos como si tu madre siguiera en Estados Unidos.

Mercy alzó la cabeza y miró hacia el horizonte con sus ojos anegados de lágrimas.

—Ha tenido que mandaros a los dos primero, pero irá a buscaros en el siguiente barco. Necesita que seas fuerte y lista y que cuides de tu hermano hasta que pueda volver con vosotros.

Aspiré por la nariz y me limpié los ojos con la manga.

—Está pensando en ti. En los dos. Ahora mismo. Está en Estados Unidos y espera que estéis bien. Está rezando por los dos.

Se oyó algo caer al agua detrás de nosotros. Mercy soltó un grito ahogado y se volvió, pero yo la sostuve y negué con la cabeza.

—No, Mercy, no. No está ahí.

Señalé por encima de las olas, donde las gaviotas daban vueltas justo por arriba de la disminuida estela del barco.

—Está allí. Está haciendo las maletas y espera que estéis bien. Espera y reza con todas sus fuerzas para que estéis bien. Escucha bien y podrás oír sus pensamientos, que vienen por encima del agua. ¿Los oyes?

Mercy me miró con sus grandes ojos.

—«Mercy», piensa. «¿Estás bien? No te has puesto mala, ¿verdad? ¿Tienes comida suficiente?». ¿Y bien? Contéstale, no la dejes esperando.

Mercy dirigió la mirada al horizonte y se limpió las lágrimas.

—Estoy bien, mamá —dijo en una voz baja y temblorosa—. Estoy bien. Ya no estoy mala, ni Jonas tampoco.

—Dile que estás cuidando muy bien de Jonas.

Mercy cerró los ojos, con sus pestañas pálidas pesadas contra su mejilla con pecas, y una lágrima resbaló de ellos.

—¡Estoy cuidando de él, mamá! ¡Tengo mucho cuidado! Y Anna está aquí con nosotros. Es nuestra amiga y está cuidando de nosotros, mamá, así que no tienes nada de qué preocuparte.

—No, Mercy —le dije, poniéndole una mano en el hombro y mirándola a sus grandes ojos—. No estoy cuidando de vosotros. Tú estás cuidando de vosotros, ¿me oyes? Yo solo ayudo. No estaré siempre con vosotros, así que tienes que ser fuerte para cuidar de Jonas y de ti misma.

Los ojos de Mercy se anegaron de lágrimas. Los cerró y empezó a sollozar, desesperada, y la abracé contra mí, enfadada, mientras odiaba las lágrimas de sus ojos y de los míos, mientras odiaba el mundo en el que sabía que ella no iba a tener ninguna oportunidad al estar sola.

—Te estás haciendo fuerte, Mercy, te lo aseguro —le susurré en el cabello para tratar de hacer que las dos lo creyéramos—. Vas a estar bien.

La niña se limitó a seguir llorando.

El hombre de la cocina no perdió el tiempo. El mismo día en que lanzaron a la madre de Mercy por la borda, me trasladé a la litera en la que ella había dormido para estar más cerca de Mercy y de Jonas cuando se hizo de noche, y me desperté al notar unas manos que se movían por mi cuerpo.

Despierta de un sobresalto, las aparté de un golpe y me incorporé. El hombre estaba en el extremo de la litera. La luna sobre nosotros estaba menguante y no había ninguna nube en el cielo, por lo que una fuerte luz plateada caía por la abertura de la cubierta superior y podía ver casi con tanta claridad como de día. El hombre estaba allí de pie, apestaba a alcohol y se tambaleaba un poco.

—No hagas ruido —dijo—. Te lo explico; es simple. Vamos a casarnos esta noche en una ceremonia privada. Soy justo y razonable, así que o *me te* portas bien o tiro a estos críos por la puta portilla y nadie se enterará.

Mercy, quien se había quedado dormida mientras lloraba en silencio, soltó un pequeño sollozo al resoplar dormida y apretujó más a su hermano entre sus brazos. Los ojos de Jonas se movieron tras sus párpados e hizo ruido al chuparse el pulgar por unos segundos. El hombre estiró las manos una vez más y me tomó de los brazos, y, por la desesperación, dejé que lo hiciera.

El hombre me llevó desde la litera hasta el otro lado de la sala mientras yo pateaba y me sacudía, aunque a desgana. No quería que le hiciera daño a Mercy o a su hermano y no sabía qué hacer.

—Te lo advierto, guapa, no es ninguna broma. Nadie se enterará de que esos críos no están. Ni tú tampoco, ya que estamos.

Me colocó en su litera, donde me arrastré hacia atrás, sumida en el pánico, por mucho que así solo estuviera quedando más atrapada aún. La cubierta de tercera clase había reducido su número de pasajeros alrededor de un tercio por culpa de todos los fallecimientos, por lo que no había ninguna persona durmiendo en al menos tres literas a cada lado. Aun así, incluso si hubiera habido alguien, dudaba de que fuera a intervenir. Las insinuaciones del hombre no habían sido nada discretas, y antes, cuando lo había fulminado con la mirada o lo había mandado a paseo, los demás pasajeros varones solo se habían reído, mientras que las mujeres habían apartado la mirada. La mayoría de las mujeres acababan siendo propiedad de idiotas borrachos y apestosos, ¿por qué iba yo a ser diferente?

El hombre subió a la litera y gateó hacia mí con una mano, mientras con la otra se quitaba el cinturón.

—¡Agoston! —grité en un susurro ronco—. ¡Agoston!

—Te he dicho que no hicieras ruido —dijo el hombre, y me cubrió la boca con una mano mientras me sujetaba los tobillos y tiraba de ellos hasta que quedé tumbada bajo él. Olí el hedor del aliento del hombre, así como su whisky y sus semanas de sudor. Saboreé la sangre en mi boca y noté sus manos moviéndose por mi ropa en un frenesí, tirando y arrancando. Me rompió los botones de la blusa al abrirla, y entonces, con las dos manos, rasgó el lino del camisón que llevaba debajo.

»¡En el nombre de todos los putos santos! —soltó al mirar mi pecho al descubierto bajo la luz de la luna, aquella suave extensión de piel pálida y blanca.

Durante los días posteriores a que el abuelo me sacara del cementerio, había descubierto con cierta confusión que mis partes femeninas habían desaparecido, tanto las partes de amamantar como el lugar entre mis piernas del que algún día un bebé debería salir. Habían desaparecido sin más, de forma tan completa como si no hubieran existido nunca.

Con una expresión de indignación llena de asco, el hombre me apartó la falda con dificultad. Inclinó la cabeza hacia abajo, lejos de la mía, y el tendón de su cuello sobresalió, grueso y tenso. Volví a experimentar la ira que me invadía el cuerpo, la misma que cuando le había dado el puñetazo a Agoston. Un gruñido surgió de las profundidades de mi garganta, y entonces me abalancé sobre él y lo mordí; le hinqué mis nuevos dientes en el cuello. Gritó y trató de liberarse, pero lo tenía sujeto como si yo fuera un perro salvaje.

La sangre surgía a borbotones de él. Me salpicó el rostro y se me metió en los ojos. Entonces lo solté, y el hombre, mientras se sostenía el cuello herido y soltaba un grito ahogado, cayó de espaldas fuera de la litera y aterrizó en el suelo de madera, donde se llevó las manos al cuello con una expresión de sorpresa.

Escuché el ruido de la gente al despertarse en sus respectivas camas, y, desde el otro lado de la sala, oí a Mercy llamarme con una voz somnolienta.

—¿Anna?

Entonces un hombre salió de entre las sombras, donde había estado desde hacía quién sabía cuánto. Agarró al hombre de la cocina como si no pesara más que un saco y cargó con él deprisa hacia la sala donde los caballos se encontraban en sus rediles. Alzó al hombre y lo lanzó sobre los listones de madera, tras lo cual aterrizó con un golpe amortiguado por la paja. Tras ello, con los movimientos ágiles de una danza, Agoston —pues entonces ya pude ver que se trataba de él— saltó por encima de los listones, sacó un látigo de donde colgaba en la pared y azotó los cuartos traseros del caballo para hacerlo danzar y pisotear mientras el hombre gruñía y gritaba bajo las pezuñas hasta quedarse en silencio.

Entre las exclamaciones somnolientas de los pasajeros que se despertaban, confundidos, Agoston recorrió la sala con calma hacia mí y, al pasar por la litera en la que me había quedado sentada y aturdida, me hizo un gesto con la cabeza para que lo siguiera. Salté de la cama y lo seguí al tiempo que contenía un jadeante impulso lleno de espasmos de echarme a llorar o de ponerme a vomitar. Agoston sostuvo la puerta de su camarote abierta y la cerró tras de mí.

En el camarote, mojó un trapo limpio en la encantadora agua cristalina de su lavabo y empezó a frotarme la sangre y la suciedad del rostro mientras me quedaba sentada en el borde de la cama, temblando y llorando, ya incapaz de contenerme. Cuando acabó, dejó el trapo en el lavabo, donde el agua se había tornado de un color escarlata turbio. Me sostuvo la cabeza con sus manos como pezuñas de oso, me miró a los ojos y asintió con una sonrisa amable en sus ojos negros.

Entonces se marchó del camarote y regresó un momento más tarde, con Mercy dormitando en sus brazos. La colocó en la litera de arriba, la cual había estado destinada para mí desde el principio, y volvió a salir para ir a buscar a Jonas. Los tres dormimos en aquella cama —no un saco delgado relleno de paja, sino un colchón de plumas de lo más suave— durante el resto de la noche, acurrucados como gatitos.

El capitán y el primer oficial de cubierta llamaron a la puerta del camarote al día siguiente. Se mostraron incómodos, intimidados por la enorme presencia de Agoston, con toda su masa gigantesca, su mirada quieta y directa y su gabardina cara y tejida de forma inmaculada. Agoston había hecho que Mercy y yo nos pusiéramos los atuendos más elegantes que había en mi arcón. La clase sería nuestra mejor defensa contra cualquier fechoría que hubiéramos podido cometer.

—Es solo que algunos dicen haberlo visto, señor —dijo el capitán, con los ojos entrecerrados y la mirada desviada para evitar la de Agoston—. Anoche, en la cubierta en la que el hombre murió pisoteado. Claro que, según dicen ellos mismos, estaban durmiendo y podían no haber sabido lo que veían.

—No lo entiende —dije desde el umbral de la puerta, junto a Agoston—. No habla inglés.

—Bueno, dile...

—No puedo decirle nada. No hablo el idioma que habla él.

El capitán apartó la mirada, y el primer oficial se entretuvo con una astilla del marco de la puerta.

—Bueno —dijo el capitán finalmente—. El hombre era un borracho problemático igualmente. El muy estúpido seguro que se cayó allí él solo. Se lo habrá buscado.

Miró por encima de mí hacia Mercy, quien estaba sentada con las piernas cruzadas en la litera, con Jonas sobre el regazo.

—Siempre son las dulces madres y los niños quienes no sobreviven, y los borrachos apestosos los que siguen adelante como si nada. Diremos que se ha hecho justicia y lo dejaremos ahí.

Solo que no era justicia de lo que hablaba el capitán, y yo lo sabía. Lo que pasaba era que el capitán era un cobarde. Me estaba dando cuenta de que la mayoría de las personas eran cobardes y de que la mayoría de las leyes no tenían nada que ver con la justicia. La justicia era un asunto privado, y no se debía esperar a que otra persona la librara por ti. Una misma tenía que encargarse; si no, la justicia nunca llegaba.

CAPÍTULO OCHO

—¿Alguien quiere venir al tablón a ayudarnos con el calendario?

Los niños, sentados con las piernas cruzadas y desplegados por toda la moqueta, alzan los brazos al aire de inmediato. Tienen los dedos bien separados y se sacuden de todas las maneras posibles para añadir énfasis a sus gestos; algunos tienen unas expresiones de sufrimiento en el rostro, por lo desesperados que están para que los escoja. Cuando señalo a Sophie, se producen los suspiros de frustración de siempre, los cuales me hacen reír como de costumbre.

—*Quel enthousiasme! Je l'aime.* ¡Estáis todos muy despiertos y animados hoy!

Sophie se pone de pie, con su falda de pana rosa arrugada contra sus muslos por haber estado sentada. Con la mirada hacia abajo y apartándose del rostro el cabello rubio que le llega a la barbilla, se abre paso entre el laberinto que forman los demás niños. Al terminar de sortearlo, se coloca frente a sus compañeros de clase y, con su ayuda, anuncia tanto en inglés como en un francés admirable que es viernes diecinueve de octubre de 1984 y que la estación es otoño.

—Niños —digo mientras Sophie vuelve a su sitio—, ¿hay alguna fiesta a final de este mes que todos tengáis muchas ganas de celebrar?

—¡Halloweeeeen! —gritan con cierta violencia. Entonces se produce un clamor casi con pánico para compartir sus planes de disfraces, mientras trato de reconducir la conversación.

—En Francia, niños, esa fiesta se llama *La Toussaint*, o el Día de Todos los Santos. El Día de Todos los Santos es una fiesta en la que recordamos a nuestros seres queridos que han fallecido y se celebra diferente en distintos países, pero, si vivierais en Francia, ese día no tendríais que ir a la escuela y llevaríais ramos y coronas de flores y velas al cementerio para decorar las lápidas y tal vez organizaríais un pícnic con vuestra familia.

—Eso suena como una fiesta que celebra mi familia —interpone Octavio tras alzar un dedo de manera educada.

—Así es, Octavio. Esperaba que pudieras hablarles a tus amigos sobre ella. ¿Cómo se llama esa fiesta que celebra tu familia?

—Se llama Día de los Muertos, ¡y es superguay! ¡Llevamos flores al cementerio, como decía, y nos pintamos la cara como una calavera! ¡Y también hay unas calaveritas hechas de azúcar y chocolate y cosas así y podemos comérnoslas!

Los otros niños se quedan muy impresionados por todo ello y se miran con los ojos y la boca muy abiertos.

—Niños —los llamo—, tengo algunas fotos del Día de los Muertos, de lo que os estaba hablando Octavio, y de *La Toussaint*, la fiesta que se celebra en Francia. ¿Os gustaría verlas?

A modo de respuesta, los niños extienden las manos para que se las llene, por lo que empiezo a pasar algunas revistas de *National Geographic* con imágenes de un cementerio parisino adornado con crisantemos coloridos, y otra que muestra un cementerio mexicano moteado por la dorada luz de las velas y unas sombras largas. Hay una imagen de una ofrenda fastuosa, y los niños se quedan fascinados por otra que muestra a los asistentes al festival con sus vestidos multicolores y los rostros pintados como calaveras.

—Bueno, Halloween —empiezo a decir cuando han acabado de deleitarse con las imágenes— trata más o menos sobre los muertos, ¿verdad? Un poco. Hay fantasmas y esqueletos. Y *La Toussaint* es sobre recordar a los muertos, igual que el Día de los Muertos. Y todas esas fiestas suceden más o menos al mismo tiempo, en otoño. ¿A alguno de vosotros se le ocurre por qué todas estas fiestas que tratan sobre la muerte ocurren en otoño?

—Porque —ofrece Sophie— ya hay fiestas en las otras estaciones. Como Navidad y el Día de San Valentín, y en verano estamos demasiado ocupados con la piscina y nadar y todo eso.

—Es una idea interesante —respondo con una pequeña risita—. Es cierto que hay otras fiestas repartidas por todo el año. Bien pensado, Sophie. ¿A alguien se le ocurre alguna otra razón? Tal vez algo que sea único o especial sobre el otoño que haga que las personas pensemos en la muerte.

—¿Halloween? —propone alguien en lo que resulta una demostración excelente de razonamiento circular.

—¿Qué pasa en la naturaleza durante el otoño? —pregunto—. ¿Qué veis cuando salís a la calle?

—¿Las hojas cambian de color? —intenta Annabelle—. ¿Y se caen de los árboles?

—¡Se mueren! —exclama Sophie con la emoción de ojos brillantes de haberse dado cuenta de algo de repente—. ¡Y la hierba se muere también!

—¡Las flores y las plantas se mueren!

—Entonces, como hay tantas cosas que se mueren en otoño —resume Thomas para nosotros—, ¡es por eso que hay todas esas fiestas sobre la muerte y cosas así!

—¿A que es interesante? —digo—. ¡Y qué listos sois todos por haberos dado cuenta! Pues bien, este otoño vamos a observar lo que ocurre en la naturaleza en esta estación, y, para la jornada de puertas abiertas, que es muy pronto, les enseñaremos a vuestros padres cómo se celebran *La Toussaint* en Francia y el Día de los Muertos en México. Prepararemos proyectos de arte y de repostería y haremos nuestra propia ofrenda, como en las fotos. Va a ser *très, très amusant*.

—¿Podemos pintarnos la cara como esqueletos?

—¡Me parece una idea genial! ¿Que os parece a los demás?

El «sí» es el consenso general entre las exclamaciones de alegría y los puñitos alzados.

Entonces alzo la mirada y veo a Rina, mi ayudante de oficina, que está de pie en el umbral de la puerta del aula. Es una mujer bajita, regordeta y nerviosa, mona de un modo que recuerda a ciertos roedores, una ardilla adorable o algo por el estilo. A su lado, alta y delgada, y más aún por el contraste, se encuentra Katherine Hardman. Y junto a Katherine está Leo. La niñera de Leo es quien siempre lo deja y lo viene a buscar, por lo que me pregunto por qué Katherine ha venido hoy.

—Niños, ya vengo —digo mientras me dirijo al pingüino de peluche que usamos durante la hora de sentarnos en círculo—. Por favor, id pasándoos a Monsieur Manchot y, cuando sea vuestro turno, contadles a vuestros amigos de qué os queréis disfrazar para Halloween.

Dejo a los niños a lo suyo y me acerco a la puerta, donde Rina ya se está despidiendo con una graciosa reverencia demasiado servil.

—Leo —le digo al niño—, me alegro mucho de verte. Te echamos de menos ayer. ¿Quieres ir con tus amigos para que puedas contarles de qué te quieres disfrazar para Halloween?

—Vale —responde, y camina en silencio hacia el aula para sentarse junto a Annabelle. Me vuelvo hacia Katherine para despedirme de ella.

—¿Tiene un momento? —me pregunta—. Lo siento, no quiero entretenerla…

—¡Claro! No hay ningún problema. Salgamos al pasillo.

Katherine va vestida con la misma elegancia despreocupada que el día en que la conocí, con un pantalón de vestir holgado hecho de algún material caro y un bléiser igual de elegante. Pese a que su cabello negro bien recortado está peinado y ordenado y se ha maquillado, hay algo que falla en su apariencia hoy. Parece como si se hubiera esforzado demasiado. Bajo sus grandes ojos hay unos círculos oscuros como los de Leo, solo que ella ha tratado de ocultarlos demasiado con el maquillaje, por lo que su rostro parece pálido y cansado. Sostiene una hoja de papel, alguna especie de formulario, y, tras él, dos de sus dedos están atados con una tablilla, aunque parece que trata de ocultarlos tras el papel.

—¿Va todo bien, Katherine?

—Todo está bien ahora, pero le seré sincera, hemos pasado un par de días muy malos.

—Vaya, lo lamento mucho. ¿Qué ha sucedido?

—Hace dos noches, Leo se cayó y se dio un golpe en la cabeza.

—¡Ay, no! Qué horrible. ¿Cómo ocurrió?

—Ah, solo se cayó por las escaleras en casa, y creemos que se dio con un peldaño. Todo pasó muy rápido. Fue difícil saberlo a ciencia cierta, pero bueno, tenía todos los síntomas de una conmoción cerebral. Vomitó, se quedaba dormido y no conseguía mantener los ojos abiertos. Fue… —Cerró los ojos y se llevó una mano al rostro, como si quisiera bloquear el recuerdo—. Fue horrible.

—¿Usted también se hizo daño?

—¿Cómo? —Me miró con una expresión interrogativa durante un momento—. No, yo no. ¿Por qué?

—Ah, lo decía por su mano. Pensaba que quizá…

—¡Ah, esto! —Alzó la mano herida y la reconoció por fin—. No, esto es que soy muy patosa. Me tropecé la semana pasada y aterricé mal. Supongo que todos hemos estado accidentados últimamente. Bueno, solo quería darle esta nota del médico. Son unas cuantas cosas con las que Leo debe tener cuidado y síntomas que tenemos que controlar si ocurren. No le ha pasado nada desde la caída, así que no imagino que vaya a empezar ahora. El médico nos dijo que los niños suelen curarse muy deprisa de estas cosas.

Tomo la hoja de papel y empiezo a leerla por encima.

—¿El señor Hardman estaba en casa cuando pasó eso?

—Sí, y menos mal. Yo me puse a temblar y no sabía qué hacer. No podría haber llevado a Leo al hospital yo sola.

La miro de reojo. Hay algo frágil y falso en ella hoy, como alguien que está enfermo o a quien le han dado una mala noticia, pero que tiene que fingir para enfrentar el día de todos modos.

—Cuidaré muy bien de él, Katherine, no se preocupe. Estoy segura de que todo esto ha sido muy duro para usted también, debe de estar agotada. Tal vez debería volver a casa y descansar un poco.

—Creo que sí —dice, y, tan solo por un instante, se queda mirando hacia la nada con una expresión contemplativa.

»Muchas gracias —continúa tras volver en sí. Entonces se da media vuelta y recorre el pasillo para salir por la puerta principal.

Me quedo allí durante unos segundos mientras pienso en la interacción y me pregunto qué ha sido lo que me ha parecido siquiera un poco raro sobre ella. La palabra me viene a la mente: preocupada. Katherine parecía preocupada. No solo angustiada por lo que había pasado dos noches atrás ni nerviosa sobre si Leo iba a estar bien hoy, sino molesta por algo, perturbada.

No obstante, un gritito de conflicto me llega desde el aula y me saca de mi reflexión sobre la señora Hardman. Giro sobre mí misma y vuelvo con los niños.

Cada día, después de la hora de sentarnos en círculo, los niños cambian sus elegantes chaquetas y jerséis por batas de lino con las que corren con más libertad y parecen una asamblea revoltosa y en miniatura de políticos de la antigua Grecia. Yo también me pongo mi bata de pintura, arrastro el gramófono con sus ruedas para poner algo de Dvorák o Debussy, y disponemos los caballetes alrededor de un jazmín en flor o de uno de los árboles cítricos en maceta, con sus brillantes grupos de limones, limas y mandarinas.

Algunos días coloco un bodegón al preparar un mantel en una mesa y llenarla de jarrones de porcelana, ornamentados juegos de té o cuencos con fruta. Nuestros pinzones mascota, Turner, Sargent y Mona, pían y aletean en su jaula suspendida. El aliento de los niños y las exhalaciones de los helechos se mezclan y nublan las paredes de cristal al tiempo que hacen que la sala se torne cálida y húmeda, con un toque tropical, de modo que estar en el interior no parezca tanto sacrificio.

Hoy pintamos un bonsái ornamental. Su forma recuerda a una mujer que carga con dos platos a sus costados, uno en lo alto, en el hombro, y otro más abajo, en su cadera. Frente a mi propio lienzo, les muestro a los niños cómo eliminar el espacio primero, cómo asestar un trazo libremente con el borde recto de un pincel plano en todo el lienzo que esté fuera de la forma del árbol. Es algo contradictorio, y los alumnos suelen resistirse a este método, pues prefieren empezar de golpe y dibujar al sujeto en sí en lugar de ir estrechando el espacio hacia él, pero, en ese caso, sus proporciones siempre acaban estando mal y es algo que no puede corregirse sin arrancar desde cero.

Tras mi demostración, recorro un circuito entre los demás caballetes. Thomas, quien ya lleva un año pintando conmigo, está desarrollando un árbol muy bien proporcionado sobre su lienzo. Junto a él, Sophie está formando una abstracción colorida y viva en el suyo. No creo que ni siquiera se haya percatado de que tiene un bonsái delante.

Llego al lienzo de Leo, y, por un momento, me quedo en silencio detrás de él mientras lo examino. Cuando el arte de un niño es bueno, el impulso es llenarlo de elogios, pero, cuando la obra de un niño es prodigiosa, ello provoca silencio, maravilla, sorpresa. La diferencia entre la pintura de Leo y la de los demás niños, incluso en aquella fase inicial de bocetos, es inconfundible. Es la facilidad de la línea, la confianza al trazar las pinceladas, la fidelidad a la esencia del objeto que se quiere representar.

Leo está absorto en su pintura. A pesar de su reciente traumatismo en la cabeza, su concentración es tan intensa como siempre. Ya ha eliminado el espacio en blanco, ha trazado las líneas del tronco y las hojas y está empezando a construir el pigmento del tronco. Solo él ha intuido la forma femenina del árbol. Hay una bella inclinación hacia el lado de una cadera, el arco vago de los brazos doblados bajo el peso de los platos que lleva en las manos.

—*Très bien, Leo. C'est formidable.*

Está tan concentrado que parece no haberme oído siquiera. Me acerco más a él.

—Muévete por el dibujo, Leo. No te quedes en un solo sitio durante demasiado tiempo. Perderás la perspectiva.

«Perspectiva». Una palabra un tanto demasiado complicada para un principiante. Decido reformularlo.

—Perderás la sensación del árbol entero. Quédate siempre en movimiento.

Consigo sacarle un ligero asentimiento, tras lo cual hace caso de mi consejo y se mueve más arriba para trabajar en las ramas de la parte superior. Me alejo del caballete de Leo.

—No olvidéis, niños —le digo al resto de la clase—, que debéis moveros por el lienzo. No os quedéis trabajando en la misma parte de la pintura demasiado tiempo, o quedará desequilibrada, desigual. Tendréis demasiado pigmento o detalles en un lugar e insuficiente en otro.

Thomas y Annabelle, los niños mayores, me responden con unos asentimientos de comprensión sincera. Ramona, situada entre ellos, satura unos brotes de verde ftalo bajo unas flores amebianas de color amarillo brillante. Su bata es una mancha reluciente de huellas de manos manchadas de pintura. Los otros dos niños pequeños, Octavio y Sophie, pintan unas criaturas imposibles de identificar, llenas de colores y de patas. Octavio, delante y sin saber que lo estoy mirando, se vuelve hacia Thomas, quien está a su lado, con el pincel dispuesto como si fuera a pintar al otro niño. Tiene una sonrisa en la boca, y se le sale la lengua en un gesto travieso.

—Ah, ah, ah —rechisto, y él vuelve aquella misma expresión graciosa, con los ojos muy abiertos y la lengua todavía fuera, hacia mí.

»Las manos y los pinceles en los lienzos, *s'il vous plaît*. Solo podemos pintar en nuestros propios lienzos.

Octavio clava los pelos de su pincel en su lienzo de modo deliberado y me sonríe, y yo me esfuerzo por mantener mi expresión seria.

Junto a mí, Leo suelta una tos ronca y traqueteante.

—¡Esa tos, *mon Dieu*! ¿Estás bien, Leo? —le pregunto mientras le doy unas palmaditas en la espalda y él se echa hacia delante.

No me contesta, sino que continúa tosiendo. Sus ojos, cuando por fin se le pasa el ataque, están débiles y medio cerrados. Se limpia la boca con la parte trasera de una manga y vuelve a pintar.

—Leo —lo llamo tras agacharme a su lado—. Tu *maman* me ha dicho que te diste un buen coco el otro día.

Me mira y asiente. Sus ojos grandes y oscuros están muy serios y parecen cansadísimos.

—¿Cómo estás hoy? ¿Te duele la cabeza?

No me responde durante unos segundos, sino que se limita a mirar al techo, como si estuviera comprobando el dolor del interior de su cráneo.

—No —dice finalmente—. No me duele.

—Qué bien. Me alegro mucho. Nuestras cabezas son muy importantes, así que tenemos que andarnos con mucho cuidado con ellas. Por favor, dime si empieza a molestarte, aunque sea un poquito. ¿Vale?

—Vale, se lo diré.

—¿Cómo pasó, *mon petit*?

—Bueno —empieza, poco a poco—, primero estábamos en las escaleras, y luego nos caímos desde arriba. Nos caímos mucho. Y…

—¿Os caísteis? ¿Alguien se cayó contigo por las escaleras?

—Yo me caí, y Katherine se cayó también.

Durante la primera semana de clase, me había llevado toda una sorpresa al descubrir que Leo suele referirse a sus padres por su nombre de pila. Todavía me suena extraño cada vez que lo hace, y no he sido capaz de hablarle de ellos de aquel mismo modo.

—Los dos —continúa—, pero solo yo me hice daño en la cabeza. Katherine se hizo daño en la mano. En estos dedos —dice mientras junta los dos dedos que ella llevaba entablillados—. Y también se hizo un morado en la pierna. Aquí.

—¿Eso le pasó a tu madre? ¿Se hizo daño en esos dedos al caerse contigo por las escaleras?

Asiente deprisa antes de encorvarse, levantarse una pernera y señalarse el tobillo.

—Aquí se hizo un morado. Y yo me hice uno aquí. —Se lleva una mano a la espalda—. Y me hice daño en la cabeza y tuve que ir al médico.

Tras su demostración. Leo vuelve a tomar su pincel, lo moja en el pequeño vaso de agua junto a su paleta y lo remueve de modo que el agua queda turbia y marrón.

—¿Cómo os caísteis los dos por las escaleras al mismo tiempo? Parece complicado.

—Katherine me tenía aúpa. Eh... me tenía en brazos. Y estaban un poco enfadados, así que...

—¿Quiénes estaban enfadados?

—Katherine y Dave. Y entonces ella se cayó por las escaleras, y yo también.

—¿Dave, tu padre?

Limpia el pincel con un trapo y se encoge de hombros, tras lo cual hunde el pincel un poco en el charco de pintura verde oscuro de su paleta y lo alza hacia el lienzo.

—Supongo —dice, antes de volver a encogerse de hombros—. Sí, supongo que sí.

—¿Lo supones? ¿Estamos hablando de Dave, tu padre, o de otro Dave?

Con el pincel todavía colocado en posición, se vuelve hacia mí.

—Ah, sí, él —responde, asintiendo con seriedad—. Sí, Dave, mi padre.

Por unos momentos, lo único que puedo hacer es quedarme parpadeando, confundida.

—Vale, entonces ¿tu madre y tu padre estaban enfadados antes de que los dos os cayerais por las escaleras? ¿Cómo sabías que estaban enfadados?

—Estaban gritando, y mmm... tenían las caras enfadadas.

—¿Se estaban pegando o empujando o algo así?

—Empujando un poco, creo. Y Dave me estaba intentando separar de Katherine, pero ella no quería.

—Leo, siento mucho que te haya pasado eso y que te hicieras daño. Parece que eso debió dar mucho miedo. ¿Te asustaste? ¿Te dio miedo que los adultos se pusieran a gritar y que luego te cayeras por las escaleras?

Se queda en silencio y dirige la mirada hacia abajo, donde estudia el suelo.

—Ya no quiero hablar de eso.

—Vale —respondo, pensativa—. *Bien*, no tenemos que hablar más de eso ahora mismo. Pero si quieres que lo hablemos luego u otro día, podemos hacerlo.

Leo alza el pincel de nuevo hacia su lienzo y vuelve a ponerse a pintar, y yo me lo quedo mirando, aunque solo pienso en lo que me ha contado y en cómo ello se contradice con lo que Katherine me ha dicho antes.

—Muy buen trabajo, Leo —añado en voz baja—. *Magnifique*.

¿Qué se supone que debo hacer ahora?

Eso es lo que me pregunto conforme subo las escaleras hacia el ático. Es hora de la siesta, lo que significa que por fin puedo saciar el hambre que por alguna razón me ha carcomido por dentro desde esta mañana y que puedo dedicarle toda mi atención a lo que Leo me ha contado.

Se ha hecho daño de verdad, y, según lo ha explicado él, el daño fue el resultado de algún tipo de altercado físico entre sus padres. Si lo que me ha contado es cierto, su madre me ha mentido. Katherine me ha contado que tenía los dedos entablillados por haber aterrizado mal tras haberse tropezado y que no tenía nada que ver con la caída de Leo por las escaleras. ¿Por qué iba a mentirme sobre algo así?

Me pregunto si es Leo quien no está contando la verdad. Aun así, cuando lo pienso bien, no me parece lo más probable. El modo en el que los detalles contradictorios han surgido ha sido demasiado natural para ser mentira, y, además, no tenía ningún incentivo para mentir. ¿Tal vez se hubiera equivocado? Supongo que podría haberse confundido sobre la pelea que se produjo antes de la caída —un niño podía confundir una conversación intensa con una pelea—, pero ¿cómo iba alguien que no sufre de alucinaciones creer que otra persona se había caído por las escaleras con él cuando no había sido así? Y los detalles... «Se hizo daño en estos dedos», me había dicho Leo mientras estiraba los dos dedos que ella llevaba entablillados. No, no podía haberse confundido.

Claro que, si acepto el testimonio de Leo como fiable, al menos en las partes cruciales, es Katherine quien me ha mentido. Pero ¿por qué? ¿Por qué iba a sentir la necesidad de negar que ella también se había hecho daño en la misma caída? Solo se me ocurre una posible respuesta: quería convertir una historia problemática sobre conflictos maritales y quizá también sobre violencia en un cuento más simple de torpeza infantil. Quería proteger a alguien de la responsabilidad y las consecuencias.

Levanto la puerta del ático, distraída, subo los últimos peldaños hasta llegar a la sala, vuelvo a bajar la puerta y me acomodo en el suelo. Acaricio los lomos de los gatos sin hacerles mucho caso mientras pasan por mi lado. Invadida por la sospecha que Katherine quería evitar, me pongo a recordar hasta el último detalle desagradable de mi reunión con Dave Hardman: el modo en que la había refutado con una hostilidad tan obvia; aquellos rasgos duros y arrogantes, con sus expresiones insolentes; el modo en que se había quedado sentado en su silla sin poner nada de interés, impaciente y de mal humor. En mi experiencia, los hombres más peligrosos son los que están siempre de mal humor. ¿Por qué las mujeres protegen a ese tipo de hombres? ¿Por qué llegan tan lejos para protegerlos de las consecuencias de sus actos?

Estoy segura de que también puedo imaginarme respuestas a esas preguntas, solo que no me interesan. Estoy demasiado molesta. Me molesta todo ese drama, me molesta que yo esté involucrada en él y el hecho de que la culpa sea solo mía. Sabía que los Hardman eran una pareja podrida desde el principio. Y ahora, ¿qué? Lidiar con problemas domésticos —abuso, abandono, poner en peligro la vida de un niño— significa prestar declaraciones, llenar informes, dar testimonios; significa escrutinio, someterse a investigaciones de «las autoridades». Pero ¿autoridades para hacer qué? ¿Para hacer que Dave Hardman sea un buen hombre, una persona amable? No. ¿Para darle a su mujer los recursos internos necesarios para plantarle cara? No parece lo más probable. ¿Para causar mucho alboroto sin solucionar nada? ¿Para destruir todo lo que me ha costado conseguir sin resolver el problema? Seguramente.

No, acudir a las autoridades no es una opción. Lo mejor que puedo hacer es vigilar de cerca la situación, esperar que sea cosa de una sola vez y tal vez tratar de sonsacarle más información a Katherine. Si de verdad hay un problema, ella es la única que puede resolverlo de verdad.

CAPÍTULO NUEVE

El barco echó anclas por fin en Liverpool, y los pasajeros que seguían con vida y habían logrado pagar por el viaje desembarcaron. Todos aquellos que no habían saldado su deuda por el viaje o por el de cualquier familiar que hubiera muerto en alta mar tuvieron que quedarse en el barco hasta pagarlo todo o hasta que los ricos propietarios de mansiones los hubieran comprado mediante los mayordomos que enviaban al puerto para escoger a los más fuertes y capaces para que fueran sus sirvientes.

En la húmeda y tupida niebla de la mañana, con las gaviotas graznando mientras volaban bajo, Mercy y yo nos apoyamos, nerviosas, contra el lateral del barco al tiempo que observábamos la antigua ciudad de Liverpool, manchada por el humo, y rebuscábamos entre los rostros del bullicioso puerto para encontrar a su padre. Aun así, yo no sabía qué aspecto tenía el hombre y tampoco estaba segura de que Mercy lo supiera. Me dijo que era «alto» y que «se parece mucho a mí», y me pregunté si lo sabría a ciencia cierta o si solo lo suponía, pero cargué con Jonas y entorné los ojos en dirección a los rostros del puerto, en busca de un hombre alto y apuesto y con un cabello rubio como el de Mercy.

Ni Mercy ni yo, tan jóvenes e inocentes que éramos, nos hicimos ninguna de las preguntas prácticas que me he formulado desde entonces. Los barcos funcionaban mediante unos horarios nada estrictos por aquel entonces, pues zarpaban cuando lograban llenarse con cargamento y pasajeros, así que ¿cómo iba a saber el padre de Mercy que debía estar en el puerto en aquel preciso momento? Las cartas cruzaban el océano de forma menos predecible incluso que los barcos, por lo que ¿cómo podíamos estar seguras de que el hombre siquiera estuviera al corriente de que su familia había embarcado? Aun así, la peor pregunta de todas, la cual solo el tiempo y la experiencia hicieron que me preguntara: ¿de verdad el padre de Mercy iba a esperarlos en algún momento? ¿Y si la verdad era que había muerto o que era un sinvergüenza que los había abandonado? A mí misma me habían contado una bonita historia —que el abuelo me iba a ir a buscar, que se preocupaba por mí y que iba a ir a verme pronto— para que aceptara emprender aquel largo viaje. ¿Y si lo que la madre de Mercy le había contado no era más que una bonita historia para hacer que un viaje complicado le resultara más sencillo?

Tras un largo rato, llegó el momento de que aquellos que iban a desembarcar lo hicieran, pero, cuando Mercy trató de seguirme por la plancha, no se lo permitieron.

—Solo se ha pagado el pasaje de un adulto —dijo el capitán mientras pasaba uno de sus gruesos dedos por su libro de contabilidad—. Y esa es tu madre. Queda pagar dos medias tarifas.

Cuando vio la expresión de miedo en el rostro de la niña, suavizó un poco el tono.

—No te preocupes, pequeña. Eres una chica fuerte y saludable. Si ocurre lo peor, te llevarán para que trabajes en la cocina de alguna de las buenas casas que hay por aquí.

—Pero papá va a venir a buscarme. ¿Cómo me va a encontrar?

—Puedo avisar a la gente del puerto si quieres. Si pregunta por ti, te encontrará. Aunque tendrá que traer dinero. Nadie dejará ir gratis lo que ha comprado con su dinero.

—¿Y Jonas? ¿Qué pasará con mi hermano? ¿Dejarán que lo lleve conmigo?

—No creo. Un bebé no le sirve de nada a nadie y da muchos problemas.

Vi el pánico en el color rojo que se esparcía por el rostro de Mercy y en las lágrimas que se abrían paso por sus ojos.

—¿Qué pasará con él? ¿A dónde irá?

—Al orfanato, claro —repuso el capitán, tras apartar la mirada.

Salí corriendo por la plancha hacia el puerto, donde Agoston estaba pagando por un carruaje, con mi arcón sobre los adoquines. Abrí la tapa con fuerza y rebusqué hasta dar con el terciopelo arrugado del traje Brunswick y el rosario de nácar que mi abuela me había puesto en las manos durante mi funeral. Corrí de vuelta hacia donde el capitán estaba sentado frente a su libro de contabilidad mientras regañaba a Mercy, de mal humor, para que se apartara y dejara pasar a los demás. La niña temblaba y parecía estar a punto de desmayarse. Solté los objetos encima del libro.

—¡Tome!

Al capitán le brillaron los ojos al ver las perlas blancas engarzadas en el rosario.

—Eso es suficiente para cubrir su pasaje —continué—. El de los dos, y hasta diez veces más. Déjelos bajar.

El hombre tanteó los tesoros para estudiarlos durante un momento, tras lo cual hizo un ademán con la cabeza para permitirle el paso a Mercy sin elevar la mirada siquiera. Sujeté a Mercy y la detuve en seco.

—Es más de lo que cuesta su pasaje. Puede darle lo que se le debe.

El capitán se quedó mirándome unos segundos para medir mi insolencia. Notaba la tensión de la violencia en su cuerpo, con sus músculos tensos y listos para golpear, pero echó un vistazo alrededor y vio la enorme figura de Agoston al final de la plancha, donde me esperaba.

—Anya —me llamó Agoston con su voz profunda—. *Ydziom!*

El capitán destapó su caja de dinero y, sin contarlas, soltó un puñado de monedas de cobre en las pequeñas manos acunadas de Mercy, más de las que podía sostener, y algunas tintinearon al caer a la cubierta. Nos agachamos para recogerlas.

—Ahora fuera de aquí —gruñó.

Fue en aquel puerto donde dejé a Mercy, sentada sobre la madera húmeda, con su hermano bebé en el regazo y a sus ocho años, con algo de dinero y sola, a la espera de un padre que tal vez fuera a ir a buscarla o tal vez no.

Pasé muchos años diciéndome a mí misma que sí que había ido a buscarla, que, en cuanto mi carruaje dobló la primera esquina de la calle y la perdí de vista, su querido padre fue y se los llevó a su hermano y a ella a su casa, donde crearon una vida juntos, a salvo y felices. Ya no me cuento esas historias. Ahora asumo que el hambriento universo, tras tanto sufrimiento y dolor, se los comió a los dos vivos mientras gritaban. Pues así es como funciona el mundo, y yo, al menos, no seré quien cuente historias falsas y esperanzadoras.

Hubo unos días frenéticos de calesas y transbordadores sobre aguas agitadas, tras lo cual el viaje se tranquilizó en forma de largos días y noches traqueteando sobre un camino sin fin. Unos bosques color verde oscuro dejaron paso a unos amplios páramos, y estos, a unos peñascos rocosos y angulados. Las aldeas iban y venían. Los carruajes cambiaban, y, con ellos, los conductores, así como las tabernas y los idiomas.

En aquel entonces no tenía ni idea de dónde estaba ni de a dónde estaba yendo, e incluso en la actualidad se me hace imposible volver a trazar la ruta o nombrar el destino con precisión. Lo único que puedo decir es que viajamos al este por Europa y que acabamos en algún lugar cerca de los montes Cárpatos, los cuales se alzaban en la intersección cambiante del Imperio austríaco, del otomano y de los territorios de Valaquia, lo que en la actualidad sería el este de Serbia, el oeste de Rumania o el norte de Bulgaria.

Si bien la diferencia de idiomas me hizo imposible sacarle respuestas a Agoston para los cientos de preguntas que tenía, había llegado a confiar en él del mismo modo en que había confiado en mi abuelo, o tal vez más aún, y me aferré a esa confianza y a la promesa del abuelo de venir a buscarme, pues no tenía nada más a lo que aferrarme.

Agoston y yo no teníamos que comer más que tres veces a la semana. Cuando estábamos hambrientos, Agoston indicaba al conductor que se detuviera. Tras bajar del carruaje, él arrancaba un puñado de tojo por las raíces y se lo daba de comer a los caballos antes de adentrarse en el bosque con un rifle de cazador. Tras un rato sonaba el estruendo de un disparo, los pájaros alzaban el vuelo, y Agoston me llamaba para que lo acompañara entre los árboles. Allí me estaba esperando con un animal sangrante que acababa de cazar con sus propias manos y con otro al que había disparado y que iba a llevar hasta el carruaje a modo de coartada. Bebí de campañoles, tejones, zorros e incluso ciervos, y me acabé acostumbrando, aunque nunca sin cierta tristeza, a la sensación de una criatura cálida y de pelaje suave que inspiraba con dificultad su último aliento debajo de mí.

Cada vez que Agoston y yo, al fin, salíamos de la hierba alta en dirección al carruaje, el conductor estaba mirando adelante y atrás por el camino, nervioso. A pesar de que había bandidos por aquellas partes, lo más importante eran las supersticiones: espíritus y demonios y criaturas traviesas y malditas que acechaban a los viajeros incautos.

Según continuábamos hacia el este, cada nuevo carruaje parecía estar adornado de forma más elaborada con dijes y talismanes: crucifijos, fardos de hierbas secas, bolsas de dientes que repiqueteaban y pares de uñas que se suponía que habían dejado atrás unos santos viajeros. En ocasiones pasábamos por colinas sin vegetación coronadas en la distancia por unas pequeñas y rústicas estructuras de listones; cada vez que aparecía una de esas tétricas chozas, el conductor se santiguaba y le daba un latigazo a los caballos para que aceleraran el paso. Con el tiempo me enteré de que se trataba de casas para los muertos, construidas para contener las almas de los fallecidos durante un breve periodo hasta que se orientaban hacia la naturaleza sombría del más allá. Aquellos recuerdos de las antiguas creencias y prácticas paganas estaban por doquier en aquellas partes. Si bien el cristianismo había pasado por todas esas tierras y había derrotado a las demás religiones de forma oficial, las creencias y prácticas que lo habían precedido durante cientos de años nunca habían sido erradicadas por completo, sino que se habían mezclado con la nueva fe en modos extraños o habían crecido como malas hierbas en los bordes y las rendijas.

Un tiempo después, no fueron solo las palabras de las señales las que se volvieron extrañas, sino las letras también, y a Agoston empezaron a entenderlo los demás. Así fue cómo descubrí que Agoston era voluble y que bromeaba y peleaba con los posaderos y los mercaderes, quienes no solo hablaban como él, sino que también tenían un aspecto similar. Eran hombres corpulentos, de pecho ancho y barbas oscuras y frondosas como la de Agoston, además de un vello oscuro y espeso que les recorría los antebrazos y sobresalía del cuello de sus camisas holgadas. Agoston empezó a hablar más conmigo también, aunque todo me sonaba a balbuceos inescrutables que giraban en torno a una palabra que no dejaba de pronunciar: Piroska.

—¿Piroska? —repetí, insegura.

—Ya —respondió y asintió—. Piroska.

—¿Qué es una piroska?

—Piroska. —Se limitó a asentir una vez más.

La última aldea por la que pasamos era diminuta, pero estaba construida alrededor de un enorme monasterio con torres y capiteles de color verde y dorado brillante. Nunca había visto una estructura tan exótica. Los capiteles eran redondeados como frutas y luego se inclinaban hacia arriba hasta acabar en unas puntas doradas y afiladas que se dirigían hacia el cielo y relucían con la luz del sol reflejada.

En aquella aldea, Agoston compró muchos objetos extraños: velas, herramientas y conjuntos de papel telado atado con cintas, una linterna y varios vestidos del estilo del lugar para mí, e incluso un cordero y dos pollos. Colocó todo aquello y más en un carruaje que él mismo condujo, y, durante un día completo, llevó y persuadió a los caballos sin ganas para que pasaran por un bosque tan denso que parecía impracticable, hasta que llegamos a un diminuto claro redondo, en el borde del cual había una casa hecha de madera con musgo y con un tejado de paja. Un pequeño campo sin vallas llenaba lo que quedaba del claro, y, en él, un poni de crin enmarañada de color beis que le caía por los ojos masticaba hierba, una vaca y un ternero bebían agua de un estanque, y numerosas ovejas yacían sobre la hierba.

Agoston sacó mi arcón y todo lo demás con lo que pudo cargar del carruaje y lo llevó al interior de la casa, pero no lo seguí. Me quedé en el carruaje, admirando la casa, el campo, el bosque oscuro y denso que nos rodeaba y las altas cimas escarpadas que se alzaban a la distancia mientras trataba de averiguar dónde estaba y por qué.

Había fardos de hierbas y flores secas acomodadas entre la paja del tejado. Unas campanas y piedras atadas en cordeles colgaban de los aleros. En la madera oscura de las paredes y de la puerta había unos símbolos más oscuros. No los podía distinguir bien desde el carruaje, por lo que bajé y caminé poco a poco hacia la casa. Alcé una mano para tocar las campanas de metal oxidado que colgaban lo suficientemente bajo como para que llegara a ellas. Examiné los símbolos de la pared: líneas entrecruzadas, rombos y triángulos. Algunos estaban tallados, mientras que otros estaban pintados o eran manchas. Ninguno de ellos me resultó familiar.

Un sonido de algo que se arrastraba por encima de mí me hizo alzar la cabeza de golpe, y vi, aunque solo por un instante, un ojo que me observaba desde una rendija en las vigas del tejado antes de desaparecer.

Agoston reapareció en la puerta y me hizo un gesto para que fuera con él. Aquella vez sí lo acompañé, llena de miedo y de preguntas, solo que carecía de un modo para formularlas o para entender sus respuestas. La casa era oscura y pequeña; tan solo una sala dividida en varias secciones sencillas con particiones de madera y una buhardilla por encima.

Un extraño olor invadía el ambiente, amargo y dulce, y, cuando mis ojos se ajustaron a la penumbra tras haber estado en el exterior, vi que una tetera colgaba sobre un fuego bajo de carbones encendidos, y parecía que el olor provenía de allí. Frente a él estaba la silueta encorvada de una anciana, la cual removió el contenido de la olla antes de volverse hacia nosotros.

—Piroska —dijo Agoston, y estiró una mano con cierta reverencia hacia la mujer.

La anciana sonrió con tanta alegría que los dos bien podrían haber sido una madre y un hijo que se volvían a ver, y, con su mano nudosa, le dio unas palmaditas a la de Agoston. Su rostro debía de tener mil arrugas, y su cabello era blanco como el algodón, pero, aun así, incluso bajo aquella tenue luz, tenía un sorprendente brillo en el rostro, en los ojos y hasta en la piel que hacía parecer que, bajo el revestimiento de la edad, podía ser una mujer joven y de belleza radiante, como si se le hubiera lanzado un hechizo para que envejeciera y en aquel momento se encontrara al borde de una transformación milagrosa de vuelta a la juventud y el brillo. Recuerdo muy bien haber notado que la luz y la calidez de su sonrisa me proporcionaban una calma y una seguridad que no había experimentado nunca.

Había cinco vasos en la mesa, junto a un pequeño barril de madera. Piroska destapó el barril y llenó cada uno de los vasos con la bebida oscura y espumosa que salió de él. La bebida desprendía el mismo olor salobre que cargaba el ambiente, y, cuando la probé, el sabor me sobresaltó con su punzada fría y su sabor amargo y dulce. Al igual que todo lo demás, fue algo tan extraño para mí que me sentí sobrepasada de repente, abrumada por el frío y la tristeza. Me quedé allí sentada, atragantada y al borde de las lágrimas.

La mujer, Piroska, se sentó en la silla situada a mi lado. No me había estado mirando y yo no había hecho ningún sonido, pero se volvió hacia mí para mirarme a los ojos tan de repente como si hubiera gritado. La expresión de sus ojos contenía tal compasión y ternura que pareció extraerme, casi a la fuerza, las lágrimas de los ojos. Todavía mirándome, estiró una de sus manos arrugadas, me puso un dedo en la mejilla con cariño y me secó una de las lágrimas.

Se llevó el dedo húmedo por la lágrima de vuelta hacia ella e inclinó la cabeza hacia él para examinarlo de cerca. Ladeó la cabeza y llevó una oreja hacia el dedo, como si quisiera escuchar la lágrima. Con su nariz nudosa, la olisqueó varias veces. Por último, sacó la lengua y la saboreó con delicadeza. Cuando volvió a mirarme, me sorprendió ver que sus propios ojos brillaban por las lágrimas.

—Ay, *lyubimaya* —susurró—. Ay, *lyubimaya. Lyubimaya.*

El abuelo también había empleado aquella palabra conmigo. Piroska estiró el garfio marchito que era su mano hacia mí y me acarició la cabeza con cariño, y aquella calma que había experimentado al mirarla regresó a mí y me envolvió.

—Vano —dijo, con un ligero ademán de la cabeza hacia la puerta, y luego repitió el mismo leve gesto hacia la buhardilla sobre nosotros—. Ehru —añadió, con una leve sonrisa de felicidad en el rostro.

Estaba confundida, pues no sabía qué querían decir aquellas palabras. Sin embargo, un instante después, una silueta apareció en la puerta de la cabaña.

—Vano —repitió, tras cerrar los ojos y sonreír.

Se volvió a producir aquel sonido de algo que se arrastraba encima de nosotros, y una cabeza de cabello oscuro apareció en lo alto de la escalera de madera que conducía hacia la buhardilla.

—Ehru —dijo Piroska una vez más.

Y entonces, desde dos direcciones distintas al mismo tiempo, desde la buhardilla y la puerta, apareció el mismo chico. Un chico alto, delgado y de piel oscura. El chico más apuesto del mundo.

CAPÍTULO DIEZ

Nos damos un respiro de nuestro bodegón del bonsái para empezar a elaborar la ofrenda de nuestra clase. Siempre intento hacer que nuestras reuniones con los padres sean tan deslumbrantes e impresionantes de modo que casi no tenga que soportar la incomodidad de sus atenciones. No soy una persona particularmente sociable en general y estoy más incómoda aún cuando hay un gran número de adultos en la escuela. A pesar de que soy una profesora muy competente y esta es una escuela muy buena, también soy un absoluto fraude, y la escuela, un escenario elaborado. No me gusta engañar a los demás, solo que no tengo muchas otras opciones. O bien vivo de forma honesta pero solitaria, o vivo acompañada como una mentirosa. Aunque la decisión ya está tomada, me pongo nerviosa cada vez que alguien tiene la oportunidad de examinar la mentira desde cerca.

Hoy enseño a los niños a preparar papel picado, un adorno común en las ofrendas tradicionales. Les interrumpo las actividades que cada uno lleva a cabo por el aula para reunirlos y darles instrucciones. Leo, el primero en llegar a la moqueta y sentarse con las piernas cruzadas y en silencio cerca de mi rodilla, alza la mirada.

—¿Cuándo vamos a volver con los cuadros? —me pregunta.

No está muy contento por haber tenido que perder un día de progreso en su obra.

Le aseguro que volveremos a ello mañana, y luego, cuando todos los niños se han reunido en la moqueta, empiezo a explicar la actividad del día.

—Ayer aprendimos que el propósito de la ofrenda es recordar y honrar a los seres queridos que han fallecido, y, para hacerlo, se suele colocar una foto de la persona en la ofrenda, pero también podemos incluir cualquier objeto que nos recuerde a esa persona, como un collar que siempre llevaba, un plato que le gustaba mucho comer o una pelota de fútbol si le gustaba jugar.

Los niños se quedan encandilados con esa idea, pues se parece mucho a cuando preparan exposiciones con sus propios objetos, solo que en este caso es para los muertos.

—Mi abuela murió —interpone Thomas—, y a ella le gustaba ver a los New York Giants por la tele, ¡así que pondría una pelota, o a lo mejor un mando!

—Si yo estuviera muerto —exclama Octavio, con los ojos brillantes y saltando sobre sus rodillas, como si estuviera a punto de compartir su deseo más ansiado—, ¡querría tener un mando y una tele solo para mí! ¡Así podría ver *Danger Mouse* desde el espacio!

—Tu concepto del más allá suena fascinante, Octavio, y lo que es más importante es que todos estamos captando la idea. Bueno, además de esos recuerdos de nuestros seres queridos, las ofrendas también incluyen muchas decoraciones bonitas como flores y velas y algo que se llama «papel picado», que es lo que vamos a preparar hoy.

Les enseño a los niños unos cuantos ejemplos mediante unas fotos, les demuestro el proceso en un momento y los mando a sus respectivas mesas para que se pongan a ello. Durante un minuto o dos, los sonidos de los niños al moverse y apresurarse para ubicarse ante sus mesas de arte invaden el aula, seguido del que producen al organizarse y discutir por los materiales, pero acaban por acomodarse para trabajar y solo levantan la mano de vez en cuando para hacerme alguna pregunta o pedir ayuda.

Durante un momento muerto en el que los niños han entrado en su ritmo y trabajan con una concentración silenciosa, tomo un puñado de fichas. Las colorearán y las rellenarán en sus respectivas casas con información sobre su ser querido fallecido —fechas de nacimiento y fallecimiento, relación familiar con el niño, cosas favoritas y demás— y las volverán a traer a la escuela.

Todavía nos queda mucho que preparar para la jornada de puertas abiertas y la celebración del Día de Todos los Santos. He organizado una excursión para la mañana del día de puertas abiertas, en gran parte para darles a los niños menos oportunidades de desordenar la escuela antes de que lleguen sus padres. Vamos a ir al cementerio histórico de Millstream Hollow, donde, según la tradición francesa, decoraremos las lápidas con flores y velas.

El hombre con el que había hablado por teléfono para organizarlo se mostró del todo desconcertado por mi petición, y nada de lo que le decía parecía hacer que la idea le resultara más comprensible.

—¿Una fiesta francesa? —me había preguntado con brusquedad desde el otro lado de la línea—. ¿Los niños van a hacer *qué*? ¿A decorar *lápidas*? ¿Qué clase de escuela ha dicho que es? ¿Una escuela de preescolar francesa?

Al final, el hombre se había rendido en intentar entenderlo y había declarado:

—Bueno, no me suena de nada, pero supongo que no hay problema. Solo asegúrese de que no dejen ninguna de esas velas encendidas cuando se marchen. Hay robles blancos de doscientos años por todo el cementerio.

—Por supuesto. Muchas gracias por todo.

—Y traiga a esos niños al centro de visitantes. Pueden aprender mucho sobre Millstream Hollow aquí. Es un lugar histórico, ¿sabe? Las lápidas más antiguas son de mediados del siglo dieciocho.

—No nos lo perderíamos por nada en el mundo, señor. Tengo muchas ganas de ir.

Para el viernes, casi todos los niños ya me han devuelto sus fichas, en las cuales identificaban al amigo o familiar al que querían honrar con su ofrenda. Los niveles improvisados de la ofrenda, que habíamos creado a partir de pilas de cajas de zapatos pintadas, ya están llenos de fotografías y pequeños objetos representativos. Las fotografías son en su mayoría de bisabuelos, aunque hay una abuela, un tío y un perro; el collar del perro y una pelota de tenis muy masticada se encuentran cerca de la foto. Solo Leo no ha traído su ficha ni nada que colocar en la ofrenda.

Durante la mañana del día de nuestra excursión y de la jornada de puertas abiertas, le pregunto sobre ello. El niño tiene un aspecto nervioso y se retuerce las manos frente a él en modos que parecen desafiar la anatomía.

—Mi madre —dice, arrugando la nariz y dándose una patada en una bota con el otro pie—. Me dijo que no podía ayudarme.

—Vaya… —respondo, sorprendida—. ¿Y por qué no?

Alza los hombros casi hasta las orejas y pone una expresión de perplejidad absoluta.

—No sé. Solo me dijo que no. Me dijo que es maacrabro, ma… crabro.

—¿Macabro?

—Eso. Macabro.

—*Touché* —digo entre dientes con una pequeña carcajada—. Interesante. Vale.

—¿Qué significa «macabro»?

—Significa que se tiene un interés poco saludable en cosas desagradables. Como la muerte. —Suelto un suspiro—. Vale, puedes ayudarnos igualmente con las decoraciones. A menos que… ¿hay alguien que tú quieras incluir en la ofrenda? Si lo hay, puedo ayudarte aquí en la escuela.

Leo parece pensárselo durante unos momentos. Sigue retorciéndose las manos como si fueran pomos de puertas y se muerde las mejillas, primero una y luego la otra.

—¿Se te ocurre alguien? ¿Quizás una abuela o un abuelo? ¿O tal vez tu gata?

—¡Mi gata no murió! Se escapó.

—¡Ah, sí! Tienes razón, perdona. Lo… lo he recordado mal. Bueno, ¿se te ocurre alguien?

Leo me mira un poco de reojo, todavía pensativo y lleno de dudas, como si estuviera evaluando si podía confiar en mí. Le dedico una pequeña mirada a la expectativa que dice «¿Y bien?», y él niega con la cabeza de repente, tras decidirse.

—Vale, no pasa nada. Ve a ponerte los zapatos con los otros niños, y luego puedes ayudarme a llevar las flores hasta la furgoneta y nos iremos.

El día es soleado y radiante. Los árboles están en su punto álgido de color, y el cielo tras ellos es de un azul temerario. Aparco la furgoneta en el lateral de una colina de hierba para que podamos disfrutar de un breve paseo y de un poco de ejercicio de camino al cementerio. Los niños salen de la furgoneta, escondidos en sus sombreros y bufandas, y les pido que me ayuden a descargar los jarrones de crisantemos y las velas del maletero hacia un carrito rojo.

Con el carrito lleno, emprendemos la marcha. Thomas quiere ser el primero en tirar del carrito, y los demás niños salen corriendo por la hierba, dan saltitos, se empujan y se tironean entre ellos y sueltan risitas. Octavio y Sophie se sumergen de inmediato en un juego de aventuras imaginario sobre piratas, superhéroes o algo por el estilo. Annabelle se pone a dar unas volteretas laterales impresionantes de verdad y, con cada una, pierde su diadema en la hierba. Otros niños soplan dientes de león o giran sobre sí mismos hasta que se marean y se caen al suelo.

¿Por qué es siempre en estos momentos —en estos momentos bonitos y despreocupados en los que los niños, tan bien vestidos, alimentados y felices, disfrutan con total libertad— que pienso de repente en los niños menos afortunados que he conocido? ¿Por qué es siempre en esos momentos que un recuerdo intrusivo se abre paso, un recuerdo de niños vestidos con harapos, niños con la mirada perdida por la fiebre, niños huérfanos y asustados, niños con bocas sangrantes, úlceras sangrantes, cabezas sangrantes? Mi esperanza había sido que aquellos niños felices me ayudaran a olvidar toda la miseria de la que había sido testigo, que su risa amortiguara todos los gritos de terror que siguen resonando dentro de mi cabeza, pero en ocasiones parece que solo lo empeora todo, que me hacen percibir todavía más, como un sexto sentido, todo el sufrimiento que sé que continúa cada minuto de cada día, solo que en otra parte, en otro lugar. Por desgracia, parece que nada puede protegerme de mi propia mente, de su conocimiento y sus recuerdos. Cuanto más me resisto a esos pensamientos, más fuerte me golpean con su ariete para abrirse paso. Si estos niños tan felices pudieran ver los pensamientos oscuros y turbios que dan vueltas por la cabeza de su profesora durante una plácida y soleada excursión, dejarían sus juegos y piruetas, se dejarían caer sobre la hierba y se echarían a llorar.

—¡Qué buen día que hace! —exclamo hacia todos y hacia nadie en particular para tratar de obligarme a estar más animada, para tratar de fingirlo.

Hago un conteo de niños por encima y me doy cuenta de que Ramona no está por delante con los demás niños. Me doy media vuelta y la veo unos diez metros por detrás, agachada para recoger un puñado de tréboles.

—*Dépêche-toi, biquet!* —la llamo, y empieza a correr para acercarse a nosotros, con las mejillas sonrojadas.

Los niños y yo subimos por una colina y nos detenemos en la cima para admirar el paisaje. Las copas de los árboles son un cuadro a retales de color escarlata, ocre oscuro y siena. Al oeste veo las pasturas bien cuidadas de mis vecinos, los Emerson. Sus vacas están paciendo y parecen manchas marrones en contraste con todo el verde. Más al oeste de los Emerson, en una densa arboleda de pinos, se ve un atisbo de los pináculos del tejado de la escuela, junto a un pequeño tramo del conservatorio, el cual se asoma entre los árboles y cuyo cristal reluce bajo el brillo de la luz del sol. Un frío viento metálico sopla contra nosotros y nos trae una primera muestra del invierno, como si la estación que nos espera fuera un glaciar gigante que avanza despacio más allá del horizonte.

—*Regardez, mes enfants. Que voyez-vous?* —les pregunto mientras señalo hacia las vacas.

—*Les vaches!* —gritan varias vocecitas.

—*Oui, les vaches. Et aussi les arbres* —añado, señalando hacia los árboles—. *Et les collines.* —Imito el movimiento ondulante de las colinas con la mano.

—*Et les nuages!* —grita Audrey y señala hacia las nubes.

—*Oui, Audrey. Les nuages, très bien.*

Continuamos por el otro lado de la colina, en cuya base se encuentra el cementerio, rodeado de una valla metálica de poca altura y bajo la sombra de lo que, según me había enterado por el señor Riley, eran unos robles blancos de doscientos años. Los niños gritan y exclaman y corren para descender la colina. Ver un cementerio es algo nuevo para ellos. Lo más probable es que muy pocos hayan estado en un sitio así alguna vez.

Por otro lado, cuando veo las despuntadas lápidas grises que se encuentran en una reunión silenciosa, como un regimiento de soldados olvidados, me invade la sensación más extraña y potente de estar en casa que he experimentado en años. Pienso en mi padre. Pienso en él y me sorprende no haberlo hecho antes, me sorprende que no hubiera reconocido que mi deseo de ir a este cementerio, al menos en parte, es el deseo de estar cerca de él. Me quedo mirando las piedras y recuerdo de un modo táctil, con un recuerdo del cuerpo, más poderoso que los recuerdos de la mente, el primer arte que aprendí, el de tallar piedras, el de tallar lápidas. De repente me supera una añoranza que es difícil de percibir con exactitud o describir, una añoranza por el descanso, por el silencio, por la nada.

«Pero, si no —me había dicho mi abuelo la noche de mi segundo nacimiento, tras haberme otorgado el "regalo" de la eternidad—, lamento mucho el error de cálculo». ¿Acaso alguien había cometido un error de cálculo peor que ese? ¿Acaso existía una persona que se sintiera más cómoda con los lugares de descanso eterno que yo, la hija huérfana del tallador de lápidas?

Algunos de los niños llegan hasta la valla que rodea el cementerio y hacen el ademán de escalarla. Podrían hacerlo con bastante facilidad, pues solo se trata de una valla en concepto.

—¡Ah, ah, ah! *Mes enfants!* Vayamos por la entrada principal como jovencitos y jovencitas civilizados, *s'il vous plaît. Comme de bons garçons et filles français*.

Los que habían pretendido escalar se alejan de la valla, apesadumbrados, y me siguen hasta la entrada y el centro de visitantes. En el centro, un anciano afroamericano alza la mirada desde su asiento tras un escritorio y nos saluda conforme cruzamos las puertas de hierro forjado y hacemos ruido al pisar las hojas que crujen bajo nuestros pies.

Cuando hemos escogido las lápidas que queremos decorar y hemos colocado el carrito ante ellas, el hombre sale del centro y nos acompaña en la hierba.

—Debes de ser Collette —dice con amabilidad, antes de ofrecerme la mano para estrechármela con firmeza—. Con la escuela de preescolar francesa.

—Así es. Y usted debe ser el señor Riley.

—Ese soy yo. ¡Buenos días, niños!

—¡Hola! —le contestan a gritos mientras lo saludan con la mano.

—Un momento —dice, entornando los ojos con sospecha hacia los niños—. ¿No deberíais decir… *bonjour*?

Los niños sonríen, complacidos como siempre con cualquier adulto que bromee con ellos.

—*Bonjouuuuuuurrr!* —chillan con una penitencia desmedida.

—¡Eso me gusta más! —exclama el señor Riley—. Si estudiáis en una escuela de preescolar francesa, deberíais saber al menos tanto francés como yo.

Asiento, de acuerdo con él.

—Muchas gracias por permitirnos hacer esto —le digo.

—Es un placer —responde—. Un placer de verdad. No tenemos muchas visitas por aquí en esta época, así que me habéis alegrado el día. Tengo muchas ganas de ver cómo queda todo cuando hayáis acabado.

Los niños ya están sacando del carrito floreros de crisantemos casi tan grandes como ellos.

—Sí que trabajan duro —comenta el señor Riley, antes de darme una palmadita en el brazo, darse media vuelta y volver al centro de visitantes.

—No todos en el mismo lugar, *mes petites*, esparcid las flores entre las tres lápidas —les aconsejo—. ¿Quién quiere empezar a colocar las velas?

—¡Yoooooooo!

Cuando ya hemos vaciado el contenido del carrito y hemos convertido las tumbas en una profusión de crisantemos rojos, naranjas y verdes, saco una caja de cerillas del bolsillo y me dispongo a encender las velas.

Oigo el chasquido de una cámara de fotos, y alzo la mirada para ver que el señor Riley está agazapado tras el visor de una.

—¡Qué bonito ha quedado todo! —exclama—. Habéis hecho un trabajo increíble.

»¿Puedo hacer algunas fotos para colocarlas en el tablón de anuncios de dentro, para que nuestros futuros visitantes puedan ver lo que habéis hecho hoy? —me pregunta.

No me gusta que me hagan fotos, puesto que no quiero que queden registros de mi rostro que no envejece por aquí y por allá, pero ¿qué otra opción me queda?

—Claro —respondo—. Claro, no pasa nada.

—Vale, poneos todos juntos entonces.

Desde el otro lado de la cámara, el señor Riley nos hace un gesto para que nos juntemos para una foto grupal. Los niños se agrupan y muestran unas sonrisas radiantes y desdentadas hacia la cámara. Yo me pongo a su lado y esbozo lo que estoy segura que es una sonrisa incómoda. Cuando el señor Riley cuenta hasta tres, todos gritamos *fromage!*, y nos hace una foto.

—¿Estáis listos para ir al centro y aprender muchas cosas interesantes sobre lo interesante que es la ciudad de Millstream Hollow y sobre este cementerio tan interesante y tan tan antiguo?

—¡Sí! —gritan los niños.

—Niños, soplad las velas primero —les digo—. Y luego podemos ir con el señor Riley.

Soplar las velas resulta ser la actividad más ansiada del día, supongo que porque a los niños les recuerda cuando soplan las velas de cumpleaños, por lo que se producen unas pocas peleas insignificantes sobre quién lo va a hacer, pero, al final, todas las llamas se han apagado, y los niños siguen al señor Riley hacia el centro de visitantes como una tambaleante fila de patitos.

En el centro, llevo a Audrey y a Octavio a los baños mientras el señor Riley le muestra al resto de los niños algunas fotos agrandadas y en blanco y negro de Millstream Hollow que cuelgan de la pared. Audrey y Octavio surgen de los baños unos minutos después, y ella corre hacia los demás mientras ayudo a Octavio a abrocharse el botón superior de sus pantalones. Cuando acabo, él también sale corriendo para ir con los demás niños.

El señor Riley ha nacido para contar cuentos, y los niños se le dan muy bien. En este momento está pasando un tambor del estilo de la Guerra de Secesión para que los niños lo toquen por turnos, y, mientras toda la clase lo escucha con suma atención, yo me doy una vuelta por la sala y examino las otras fotos de las paredes y los objetos variopintos que se exhiben en estanterías y en el interior de vitrinas de cristal.

Hay retratos de alcaldes con barba y capitanes de la Guerra de Secesión; una foto del puerto de la ciudad, lleno de barcazas antiguas y veleros elegantes, donde en la actualidad hay lanchas de motor y un barco con teatro falso que lleva a personas a cenas crucero demasiado caras. Hay imágenes de algunas de las casas históricas de la ciudad, entre ellas, muy para mi sorpresa, una de la escuela que se había tomado cincuenta años atrás. Lo más probable es que no debería haberme sorprendido, dado que la sociedad histórica no deja de incordiarme para que deje que desconocidos con zapatos llenos de barro entren y salgan de la casa para la gira de hogares históricos que organizan cada Navidad.

En una de las vitrinas, veo ciertos objetos que me interesan en particular: antiguas herramientas de hierro para trabajar la piedra, muy oxidadas, llenas de golpes y con agujeros por el paso de los años. Hay punzones, media docena de cinceles de varios tamaños y pesos y un martillo redondo cuyo mango de madera está oscuro y podrido.

—Señor Riley, estas herramientas… —lo llamo—. ¿Puede hablarles a los niños de ellas?

—Cómo no —responde el señor Riley, antes de ponerse de pie con cierta rigidez del taburete en el que se había sentado. Hace un gesto a los niños para que lo sigan hacia la vitrina y, como cachorritos tras una golosina, todos lo hacen.

»Miradlas bien —empieza—. Creemos que estas herramientas tienen unos doscientos años. Las lápidas de ahora se hacen con grandes máquinas que tallan y pulen la roca así: *zaaaaaaas* —dice mientras pasa una mano con suavidad y rapidez por encima de la otra—. Y por eso las lápidas de ahora son casi todas iguales. Pero hace mucho tiempo no tenían todas esas máquinas sofisticadas, así que unas personas que trabajaban de algo llamado «picapedrero» o «cantero» tallaban las lápidas a partir de rocas grandes con todas estas herramientas. Todas las lápidas de este cementerio han sido talladas a mano con herramientas como estas, y no con máquinas. Es una de las razones por las que este cementerio es tan especial.

Con eso, la presentación del señor Riley a los niños llega a su fin. Le damos las gracias y echamos un vistazo alrededor para recoger unos cuantos gorros y guantes caídos antes de salir por la puerta. Estoy conduciendo a los niños hacia el exterior y le estoy dando las gracias de nuevo al señor Riley cuando, justo al lado de la puerta, veo de reojo otra vitrina en la que hay una pequeña losa de piedra, de esteatita para ser más exacta, de un tamaño aproximado de veintidós centímetros de largo por quince de ancho. En ella, inscrita con elegancia por la mano confiada y encantadora de un maestro tallador de piedras, hay un verso de un poema del décimo Soneto Sacro de John Donne. Bajo ese verso hay un intento de aficionada de la siguiente línea del poema. Las letras cambian entre demasiado tenues o demasiado profundas, y una de ellas está mancillada por un agujero hondo. Recuerdo la frustración desconsolada al hacer aquel agujero como si hubiera dado el golpe equivocado hace tan solo un segundo.

Me quedo sin palabras por un momento. Leo está a mi lado, peleándose con un guante del revés, pero los otros niños desaparecen de mis pensamientos, por lo que bien podrían estar perdiéndose a los cuatro vientos sin que yo me enterara. Lo único que puedo hacer —lo único que quiero hacer— es quedar mirándome la lápida: la piedra de mi padre, la mía.

—Señor Riley —le digo mientras señalo hacia la piedra que se encuentra tras el cristal de la vitrina del centro de visitantes y trato de recobrar la compostura—. ¿Qué es eso? ¿Qué sabe de eso?

El señor Riley esboza una sonrisa llena de gusto, asiente y suelta un silbido mientras camina hacia mí.

—Ah, eso —dice, señalando la piedra— puede ser mi objeto favorito de todos los que tenemos, y todo porque es muy extraño y no sé casi nada sobre él. Lo encontraron a unos once kilómetros de aquí, al suroeste, en el lugar en el que construyeron una gasolinera. No era una tumba de verdad, pues no había ningún cadáver debajo, pero está claro que al menos tiene ciento cincuenta años. Por lo menos. Podría tener más de doscientos. La esteatita, que es el material con el que está hecha la lápida, no se llegó a emplear demasiado. Era tan fácil de tallar que la gente no creía que pudiera durar mucho tiempo, solo que, debido a la composición mineral tan singular de la esteatita, resulta que es una de las piedras más resistentes a la lluvia ácida, por lo que sí que aguanta muy bien el paso del tiempo, mucho mejor que el mármol.

»Aun así, lo más interesante es la inscripción. Es un verso de un poema de John Donne, uno de los poetas más famosos del siglo dieciséis, pero mira esa línea de arriba. Es perfecta. Obra de un maestro cantero, sin duda. Pero ¡la línea de abajo!

Suelta una carcajada alegre y se da una palmada en la pierna.

—¡Parece la de un novicio! Es un desastre. Lo que creo, aunque no tengo cómo demostrarlo, claro, es que esta piedra es obra de un maestro y de su aprendiz. A modo de práctica tal vez. Como un niño pequeño —señala a Leo, quien está a mi lado y nos mira a los dos— que copia sus letras en un pequeño cuaderno.

Se echa a reír otra vez.

—Ves, esas son las cositas que uno encuentra como historiador y que de verdad hacen que el pasado vuelva a la vida. Me encanta. Me encanta de verdad. Me alegro de que me hayas preguntado por ello.

—Gracias —le digo, tratando de contener las lágrimas que se me acumulan en los ojos—, muchas gracias por esa maravillosa descripción. Se le da muy bien lo que hace, y ha hecho que esta excursión fuera perfecta para todos nosotros. De verdad.

—Muchas gracias —dice—. Espero volver a veros el año que viene por estas fechas.

—Me encantaría —respondo.

CAPÍTULO ONCE

Poco después de que Agoston me llevara hasta aquella pequeña cabaña situada en el centro denso de un bosque en un país del que no sabía nada, me dejó allí. Lo hizo en un modo al que ya me estaba acostumbrando: no me ofreció ninguna explicación acerca de a dónde se dirigía, así como tampoco ninguna indicación de si iba a volver o cuándo. Aquella marcha, la cual le pisó los talones a la anterior, habría sido devastadora si no hubiera sido por las curiosas cualidades de la familia de la que de repente había empezado a formar parte.

El chico que había visto acercarse a la mesa desde dos direcciones distintas aquel primer día era, en realidad, dos chicos: Vano y Ehru, gemelos romaníes, con quienes iba a compartir el hogar y los cuidados de Piroska. Si bien sabía lo que eran los gemelos, nunca había visto a ninguno antes, por lo que, cuando habían aparecido desde lugares opuestos en una sincronicidad perfecta y habían avanzado hacia la mesa como una sola persona que se acerca a su reflejo en un espejo, me había sumido en una sorpresa confusa y me había maravillado por partes iguales. En retrospectiva, me parece que aquella combinación de sensaciones no se apartó de mí en todo el tiempo que pasé en aquella casa.

Los gemelos tenían una historia oscura y dolorosa. Al igual que muchos otros niños romaníes, tanto por aquel entonces como cientos de años atrás, los habían secuestrado cuando eran pequeños y los habían vendido como esclavos. Ciertas cualidades perturbadoras del par habían conseguido que los pasaran de propietario en propietario cada poco tiempo hasta que habían acabado vendiéndolos al mismo monasterio por el que Agoston y yo habíamos pasado en la última aldea.

En aquel monasterio, los hermanos habían estado varios años trabajando mientras los convertían a la fuerza a la fe ortodoxa y les daban palizas. Ehru lo había pasado peor que Vano por varias razones: no hablaba y tenía un temperamento obcecado y belicoso, lo cual provocaba a sus propietarios, aunque lo que más les molestaba era el asunto de la comida. A los dos se les proporcionaba una dieta miserable que consistía en gachas y pan de vez en cuando que, combinada, solo habría podido mantener vivo a uno de los dos. Vano comía lo que se le había proporcionado, y, con el paso del tiempo, había quedado reducido a poco más que piel y huesos. Ehru se negaba a comer, y, aun así, por alguna razón, ganaba kilos como un cordero en primavera. Al principio lo habían acusado de robar comida y lo habían castigado por ello. Más adelante, cuando descartaron la posibilidad del robo, habían empezado a sospechar de brujería o de algún trato con el diablo, y el superior a cargo de la disciplina se había tomado con mucho entusiasmo su responsabilidad de extraer a base de palos la fuerza oscura que se aferraba al chico.

Tras una intervención espiritual especialmente violenta que había dejado a Ehru con varias costillas rotas y una pierna torcida de un modo horrible, los hermanos, uno lleno de golpes y el otro a punto de morir de hambre, se fugaron del monasterio en mitad de la noche durante una atronadora tormenta. Ambos niños habían cojeado con dificultad a lo largo de varios kilómetros bajo la gélida lluvia hasta que acabaron desmayándose de puro agotamiento a menos de un kilómetro de distancia del hogar de Piroska. La anciana, con aquel don que tenía, había percibido su angustia, había salido hacia la fuerte tormenta y los había encontrado al borde de la muerte por todas las heridas, la desnutrición y el frío.

Los había llevado hasta su casa, donde había entablillado y vendado el cuerpo roto de Ehru y había cuidado de ambos. Vano respondió con rapidez a sus cuidados, pero Ehru no. Cuando había tratado de darle de comer el mismo caldo de hierbas que estaba ayudando a su hermano, a él le habían dado arcadas, lo había escupido e incluso vomitado. Cada vez se había vuelto más delgado y salvaje, se sacudía con violencia mientras dormía, ponía los ojos en blanco, hacía rechinar los dientes y soltaba unos gemidos horribles.

Vano, una vez que se recuperó, daba vueltas por la casa, nervioso y asustadizo. A pesar de que sabía lo que su hermano necesitaba, no se había atrevido a mencionárselo a su amable y nueva cuidadora. Aquello siguió así durante varios días, hasta que Piroska se levantó una noche y encontró a Vano haciendo gotear sangre sobre la boca de su hermano mediante un corte que él mismo se había hecho en el brazo.

Fue Vano principalmente quien me contó la historia, aunque en una ocasión Piroska comentó que había sido todo un lapsus vergonzoso por su parte el no haberse percatado de lo que Ehru era y de lo que necesitaba. A fin de cuentas, había tenido experiencia más que de sobra con los de su especie; había escondido a mi propio abuelo tras su transformación, aunque él había sido un anciano cuando había ocurrido y no un chico, y había sido su mente lo que había necesitado sanación, más que su cuerpo (no me contó mucho más que eso sobre mi abuelo; su historia, según dijo, no la tenía que contar ella, y, además, había muchísimas versiones distintas, y solo el abuelo sabía cuáles eran ciertas, si es que alguna de ellas lo era).

Cuando Piroska descubrió aquella escena sangrienta en la cama de Ehru, había apartado a Vano de su hermano y le había vendado la herida, de una profundidad peligrosa, antes de irse de la cabaña. Vano temió que los hubiera abandonado o que hubiera ido a buscar a otros que la ayudaran a echar a los chicos, pero sí que había vuelto, y, cuando lo hizo, había estado sujetando algo con fuerza en las manos: un pequeño topo, tenso y jadeante y ansioso por salir de su agarre. Se había puesto junto a Ehru, le había susurrado una palabra, al parecer, al animal, y había empuñado un cuchillo para asestarle un tajo a la criatura y matarla con rapidez. Entonces había vertido la sangre en la boca de Ehru, y él, a pesar de estar medio dormido y medio salvaje, se la había bebido con la desesperación codiciosa de un bebé hambriento.

Después de aquello, los chicos se habían quedado con Piroska, y ella los había cuidado del modo que cada uno necesitaba. El tranquilo y observador Vano había aprendido de ella los usos especiales de las hierbas; a escuchar los sonidos de los sucesos que estaban por venir; a preparar medicinas y tés, cataplasmas y tinturas y el kvas que bebían del barril. Sin embargo, el silencioso y furioso Ehru había necesitado otras enseñanzas. A él le había enseñado a soltar su ira al talar árboles o cortar leña, a llorar con total libertad cuando cazaba los pequeños animales que representaban su sustento y a liberar su dolor a base de gruñidos al arrancarles las plumas que Piroska usaba para hacer plumones de las aves que Vano se comía. Del mismo modo que una madre hacía que su hijo practicara su escritura, Piroska había enseñado a Ehru a sacar con fuerza, como en una especie de sangrado espiritual, la ira mortal y enfermiza que lo carcomía por dentro. Con el paso del tiempo, la furia de Ehru había pasado de estar al rojo vivo a reducirse a unas ascuas crepitantes, de modo que ya no se estremecía cuando alguien le acercaba una mano, y Piroska había sido capaz, al fin, de lograr que volviera a hablar.

Cuando fui a vivir con ellos, fue años más tarde de aquello, y ellos me contaron su historia poco a poco, en fragmentos, del mismo modo que aprendí su idioma para que pudiéramos hablar. La pena por la muerte de mi padre y de mi hermano y la añoranza que sentía por mi casa me mantuvo silenciosa y retraída al principio, pero la bondad constante que me rodeaba me hizo salir de mi caparazón tras poco tiempo, y las pequeñas tareas ordinarias que llevábamos a cabo juntos —cuidar de los animales, tender la ropa, resanar las paredes de la cabaña, sacar la piel de los pequeños y relucientes músculos de los conejos y los zorros— me calmaron con su ritmo y su familiaridad.

Ehru y yo teníamos mucho en común. Ambos vivíamos a partir de la sangre de otros; los dos teníamos una fuerza y una rapidez inconmensurables. Fue Ehru quien me enseñó a usar esa fuerza y esa velocidad para cazar. Me enseñó a apartarlo todo de mi mente y dejar que los músculos se adueñaran de mi cuerpo y me impulsaran a correr más deprisa, a saltar más alto, a abalanzarme sobre un animal de forma más súbita que si lo hacía pensando. Con el paso del tiempo, aprendí a cazar ciervos y antílopes como él, además de a matar a un jabalí salvaje con mis propias manos y un cuchillo.

Llegué a querer a Ehru como a un hermano, aunque también me daba miedo. Era salvaje como ninguna otra persona que hubiera conocido. En lugar de huir del peligro, corría hacia él con unos ojos alocados mientras gritaba y se burlaba del destino. Siempre había una ira destructiva que lo llenaba, casi sin contener, y en ocasiones esta se desbordaba. Cuando eso sucedía, asustaba a osos con su aullido y se enfrentaba a lobos con un salvajismo desmesurado. Tras ello, lleno de sangre tanto del animal como suya, se echaba a reír ante las profundas heridas de zarpas que tenía por todo el cuerpo y ante el hueso que se le veía entre la carne arrancada.

Vano no era como su hermano ni como yo, sino que comía alimentos ordinarios dos veces al día. Si se hacía daño, necesitaba tiempo y cuidados para sanar, y, donde la ira salía de Ehru como el humo espeso, él despejaba el ambiente como el viento con su poderosa calma. Pese a que Vano era *vremenie*, de vida breve, no había muchos otros aspectos de él que fueran ordinarios. Su mirada albergaba un poder extraordinario por sí sola, un modo de posarse en ti y quedarse allí para que notaras que veía tu interior, que abría puertas y cajones en los lugares más secretos y se disponía a tratar con cuidado y amabilidad los objetos frágiles como el cristal que encontraba escondidos en su interior. Cuando hablaba con él, escuchaba con el interés de un cazador que prestaba atención a los pasos sobre la hierba distante, y no se le podía ocultar nada mediante un tono fingido o palabras falsas. Estar cerca de él era como estar desnuda y con la carne del revés, pero él nunca traicionaba esa vulnerabilidad que, fuera a conciencia o no, extraía de los demás como una cataplasma. Siempre tenía cuidado con nosotros y nos trataba con amabilidad; de hecho, a Ehru y a mí solía tratarnos con más amabilidad de la que nosotros mismos nos dedicábamos.

Su mirada penetrante y su sensibilidad no se extendían solo a nosotros, sus compañeros, sino al mundo que lo rodeaba: era un vidente, un profeta, un sacerdote sin ordenación, y todo lo que pasaba por su mirada lo veía por completo y lo comprendía a la perfección. También quería a Vano, aunque no solo como a un hermano. Lo quería de un modo rápido, doloroso y que me dejaba sin respiración y me hacía querer llorar y gritar y cantar al mismo tiempo, y, por encima de todo, hacer cualquier cosa para estar cerca de él. Aun así, lo que pasaba era que me quedaba callada, insegura y, muy a menudo, incómoda en su presencia. En todo momento me acercaba a él para luego alejarme, como si flotara a la deriva sobre las mareas de la esperanza y la vergüenza que cambiaban cada pocos segundos. Aquel amor por Vano, que era como una tortura y que siempre llevaba como una pesada carga conmigo, parecía ser el único aspecto de mí que él no veía con tanta claridad como si estuviera escrito en la pared.

Vano me dejaba acompañarlo a través del bosque, junto al río y hacia lo alto de los riscos rocosos durante cada estación, y me enseñaba cosas, o trataba de hacerlo; cosas que había aprendido de Piroska sobre los antiguos dioses eslavos que el monasterio había obligado a esconder y que había desacreditado, sobre los resplandores que lo animaban y lo conectaban todo, y los sucesos que estaban por venir, todo aquello que el mundo y las criaturas y nuestros propios cuerpos esperaban con ansias. Si bien asimilé cada una de las palabras que me dijo, no tenía buen oído para las palabras del viento, y las estrellas no me contaban sus sagas del modo que sí lo hacían con él. El único talento que demostré poseer como estudiante de Vano fue el de mezclar pigmentos de rocas, corteza de árbol y bayas para pintar los símbolos de los dioses eslavos abandonados que me había enseñado: Belobog, el dios de la luz, cuyo símbolo era como un nido de eles entremezcladas; Chernabog, el dios maldito de la oscuridad, el portador de los finales, cuyo símbolo parecía la cabeza de una cabra con un rombo entre los cuernos. Y muchos otros: Mokos, la madre húmeda; y Veles, quien camina a través de los bosques y nada en cualquier agua.

Vano también me habló de Ehru. Según me dijo, cuando eran jóvenes habían vivido en una aldea en la que casi siempre hacía calor. Un día, un viajero había aparecido por allí y se había llevado a Ehru al bosque y lo había asesinado. Habían encontrado el cadáver de Ehru, lo habían enterrado, y su familia y la aldea habían llorado su pérdida, pero más adelante, tras un tiempo, había vuelto, cubierto de tierra y con hambre solo de sangre. Como eran gemelos y se decía que estaban unidos de forma mística, a ambos los habían alejado de su aldea y los habían abandonado. Poco después había sido cuando los comerciantes de esclavos los habían encontrado, los habían llevado a aquella tierra fría y los habían vendido. Por lo que parecía, la vida de Ehru, desde su infancia, había estado llena de brutalidad, lo cual había hecho que él fuera brutal, consigo mismo más que con nadie.

Una vez, cuando solo éramos adolescentes, Vano y yo vimos a Ehru lanzarse desde lo alto de una cascada hacia un estanque de agua blanca que fluía con fuerza entre unas enormes rocas afiladas. Nos enfrentamos al agua embravecida, arrastramos el cuerpo inerte y sangrante de Ehru a tierra firme y lo colocamos sobre la hierba de la ribera, donde permaneció inconsciente durante un tiempo.

—¿Por qué tiene que hacer estas cosas? —grité, desesperada por el agotamiento—. ¡Es una locura!

Vano guardó silencio unos momentos mientras observaba el rostro inmóvil de su hermano. Cuando volvió a alzar la mirada hacia mí, unas lágrimas relucían en las comisuras de sus ojos.

—Siempre ha sido Ehru a quien han escogido para la violencia. Aquel hombre, el viajero, nos vio a los dos, lo recuerdo muy bien, pero fue a Ehru a quien escogió. Y luego en el monasterio... le dieron muchas palizas. Le pegaban para sacarle los demonios de dentro. Le pegaban y lo torturaban en el nombre de Jesucristo, su propio dios golpeado y torturado, del cual no sabían nada. Veían lo rápido que sanaba Ehru y lo golpeaban más por ello. No hay nadie que golpee con más fuerza que quien lo hace para salvar a alguien. Estoy seguro de que habría muerto muchas veces si hubiera sido capaz de morir.

Vano se acercó a su hermano y se tumbó junto a su cuerpo inerte y húmedo, con su piel morena todavía reluciendo por el agua del río.

—Y ahora —continuó, tras mirarme de nuevo— sigue por donde ellos lo dejaron y se hace daño porque cree que está hecho para eso.

La expresión de Vano se llenó de dolor, y una lágrima le goteó por la nariz. Tras mirarlo a la cara, le dijo en voz baja:

—Bar —la palabra para «hermano» en su idioma—, pequeño y dulce chico, ¿dónde estás? ¿A dónde has ido? Vuelve. No te hagas más daño. No hagas su vil trabajo por ellos. En el nombre del dios que defendían pero no conocían, ese Jesucristo que sufrió tanta crueldad y la convirtió en piedad, te pido que vivas. Para eso estás hecho. Ten piedad, hermano; ten piedad contigo mismo.

Empezó a susurrarle a Ehru en el idioma que compartían, y noté el deseo ardiente de querer, tan solo por un momento, ser yo quien estuviera ahí tumbada sobre la hierba con Vano, con su boca cerca mientras me susurraba bendiciones al oído. Ruborizada, me puse de pie y los dejé allí.

CAPÍTULO DOCE

En el exterior del centro de visitantes del cementerio de Millstream Hollow, los niños están todos vivos y a salvo. Thomas ha encontrado un insecto hoja y lo tiene sobre la palma para mostrárselo a los demás mientras se aleja un poco de ellos para que no se lo roben. Los reúno y empezamos a escalar la colina de vuelta a la furgoneta para ir a buscar la comida que han traído los niños para hacer un pícnic sobre la hierba. Como de costumbre últimamente, tengo un hambre voraz.

Ahora es Annabelle quien tira del carrito, solo que, en lugar de crisantemos, son Audrey y Sophie a quienes transporta. Octavio y Thomas ayudan a empujar desde atrás, y Ramona corre a su lado y les lanza trocitos de tréboles.

Estoy mareada, perdida en el ensimismamiento provocado por haberme encontrado con la lápida olvidada de mi padre. El enorme periodo que ha transcurrido entre aquellos tiempos y la actualidad se ha desvanecido como si no fuera nada y he vuelto a ser una niña que carga con el frío peso de aquella piedra por el bosque durante un día de primavera de hace tanto tiempo, en busca de un lugar en el que enterrar a mi padre para mantenerlo a salvo de las palas y la perturbación. Estaba tan afligida, tan enferma, triste y sola... Pensaba que nada podía ir a peor ya, y, aun así, ahora lo pienso en retrospectiva y deseo regresar a aquellos momentos, antes de que todo cambiara. Si pudiera volver atrás en el tiempo, miraría a mi abuelo a los ojos cuando viniera a buscarme y le diría que se marchara. Que me dejara allí. Que, sin importar lo que me pasara, incluso si me arrancaban el corazón, me quemaban y les daban mis cenizas a los enfermos, al menos llegaría a mi final. Al menos en algún momento disfrutaría de esa tranquilidad, de ese vacío pacífico que tanto ansío.

Tras volver en mí, echo un vistazo a los niños con sus chaquetas tejanas y sus zapatos de plástico, con sus coleteros de color rosa brillante colocados en coletas torcidas. ¿Cómo he llegado hasta aquí? ¿Qué hago yo en 1984? ¿Qué diablos voy a hacer con los años noventa? Y, por Dios, ¿con los 2000? Me invade algo similar al pánico, y tengo que esforzarme para centrarme en otras cosas y poder volver a poner los pies sobre la tierra: los árboles, las nubes, los niños.

En lo alto de la colina, Octavio se tropieza con la hierba. Le estoy dando la mano para ayudarlo a ponerse de pie cuando Ramona empieza a gritar.

—¡Madame! ¡Madame! —exclama, corriendo por la colina hacia nosotros.

—¿Qué pasa, Ramona?

Tiene las mejillas sonrojadas, y su nariz cortada por el frío está roja y brilla por los mocos.

—¡Leo! —dice, y señala hacia donde la pequeña silueta del niño está a medio camino por la colina, doblado sobre sí mismo y jadeando.

Bajo por la pendiente a toda prisa. Los niños me siguen; Annabelle suelta el mango del carrito, y las niñas más pequeñas bajan de un salto. Cuando llego a Leo, este se ha hundido al ponerse en cuclillas y se rodea las rodillas con los brazos. Su frente pálida tiene gotitas de sudor, y el color azul de su boquita se asemeja a los círculos bajo sus amplios ojos asustados. Un silbido agudo acompaña cada uno de sus jadeos. Veo que la base de su garganta se hunde con el esfuerzo de cada respiración.

—Leo, ¿te cuesta respirar? —le pregunto tras arrodillarme a su lado en la hierba—. Di que sí con la cabeza si te cuesta respirar.

Alza su mirada hacia mí y veo el pánico en ella. Asiente. Los demás niños se han reunido a nuestro alrededor, una piña silenciosa y asustada. Ramona está al lado de Leo y lo mira con clara preocupación.

Tiene un ataque de asma. Por suerte, tengo el inhalador que sus padres me proporcionaron en un neceser, además de medicación para la alergia de Thomas y un autoinyector de epinefrina para Annabelle. El neceser está enterrado en alguna parte del fondo de la mochila que llevo. Me la quito de los hombros y empiezo a rebuscar entre la mochila a rebosar.

—Leo, cielo, vamos a cuidar de ti y no te va a pasar nada. Necesito que hagas todo lo posible por calmarte y por respirar tan hondo y tan despacito como puedas.

Leo asiente una y otra vez, desesperado. Dirige la mirada a todas partes, con los ojos sumidos en el pánico, como drogado, y la base de su garganta se hunde cada vez más conforme se esfuerza por llevar aire a sus pulmones. En la mochila, mis dedos por fin descubren el neceser y lo saco, con lo cual tiro algunos otros objetos a la hierba.

—Leo, ¿sabes cómo se usa esto o debería leer las instrucciones?

No me contesta. Sigue jadeando y volviendo la cabeza de un lado a otro, confundido. Saco el diminuto prospecto doblado y lo despliego. Hay párrafos y párrafos escritos con una letra densa y diminuta. No entiendo nada de lo que dice. Acabo por quitarle el tapón al inhalador y se lo pongo a Leo en la boca.

—Suelta el aire, Leo.

Me hace caso.

—Ahora cuando apriete el inhalador, toma aire.

Lo pulso, y él respira hondo, pero sus ojos se posan sobre mi rostro con una expresión de preocupación. Le aparto el inhalador de la boca y veo que su respiración sigue siendo ronca y jadeante. ¿Ha funcionado? No tengo cómo saberlo. Los demás niños nos rodean desde más cerca que antes. Noto a uno de ellos en cada codo.

—Dad un paso atrás, niños —les pido—. Dadnos algo de espacio. Leo, ¿ha funcionado? ¿Has notado que el medicamento haya salido?

Niega con la cabeza y confirma lo que me temía. Sostengo el inhalador frente a mí en el aire y lo vuelvo a pulsar. Tan solo la nube más tenue sale de la boquilla. Lo sacudo bien y vuelvo a echarle otro vistazo al prospecto, y es entonces cuando lo huelo: cobre cálido y líquido. Un olor que conozco mejor que ningún otro, uno que me provoca una reacción salival tan inmediata como el que despierta en otras personas la carne que se cocina en un asador. Un delgado hilillo de sangre brillante y roja cae de repente por la nariz de Leo y le salpica los pliegues de la bufanda que lleva en el cuello.

Los niños sueltan un grito ahogado. Leo se lleva las manos al rostro, y la sangre le cae entre los dedos. Se ve el rojo en las manos, y sus hombros empiezan a sacudirse con más violencia todavía. Se pone a llorar. Los niños se han llevado las manos a la boca por el miedo. Casi sin respirar, me miran a mí y luego a Leo, una y otra vez. Ramona, a su lado, se echa a llorar también.

—Niños, respirad hondo y calmaos. Leo, escúchame. No te pasa nada. Es un poquito de sangre de la nariz, nada que deba darte miedo. —La boca se me hace agua de forma involuntaria, y casi puedo saborear la sal de la sangre en la lengua—. Pero tenemos que conseguir que respires con calma. Vamos a intentarlo otra vez con el inhalador. No será mucho, pero algo es algo. Te ayudará.

Pese a que no tengo ni idea de si eso es cierto, un poco de efecto placebo me vendría de perlas ahora mismo. Vuelvo a pulsar el inhalador, le agarro su mano ensangrentada y me la pongo en el centro del pecho antes de inhalar lenta y profundamente y exhalar a la misma velocidad.

—¿Notas eso, Leo? Es mi respiración. Vamos a respirar juntos, y voy a compartir algo de mi aire contigo, ¿vale? Tengo mucho aire y te voy a dar un poquito. Tú solo mírame y haz lo que hago yo.

Sigo respirando de aquel modo varias veces más. Su mano roja se alza y desciende contra mi pecho. La sangre le gotea por la barbilla, y me pregunto por un momento qué es lo que va a hacer que se desmaye antes, si la falta de oxígeno o la de sangre. Me mira directamente a los ojos, y lo acompaño con varias respiraciones largas y profundas más.

—¿Lo notas? Así, poco a poco.

Su respiración traquetea, con sacudidas y jadeos al principio, aunque con cada repetición se torna más lenta y acompasada, y sus ojos siguen fijos sobre los míos. Los niños y los árboles que nos rodean se desvanecen. La sangre se vuelve más y más brillante; parece expandirse hasta consumir todo mi campo de visión. Tengo que esforzarme por no mirarla, por centrarme en los ojos asustados de Leo.

—Muy bien, Leo. ¿Lo notas? ¿Notas todo ese aire bueno en los pulmones?

Su manita se alza y se hunde contra mí. Su respiración ya solo es un poco irregular. El color morado alarmante de sus labios se ha transformado en un azul oscuro, y al poco tiempo se convierte en tan solo una sombra en su boca. Todavía tiene lágrimas en los ojos, y una se le desliza por la mejilla como una perla que cae, pero ya no llora.

—Eso es. Así está mejor —me oigo murmurar a mí misma una y otra vez en una especie de bucle de calma.

Consigo, al fin, apartar la mirada de Leo y de la sangre y me vuelvo hacia los otros niños; casi había olvidado que seguían reunidos a nuestro alrededor y que nos miraban tan fijamente.

—Todos estaremos mejor si nos calmamos y respiramos hondo.

Leo se ha quedado sentado en la hierba, mareado, y Ramona y Audrey le echan agua de sus cantimploras en las manos para limpiarle la sangre, mientras yo recojo los objetos que se habían caído en la hierba y los devuelvo a la mochila.

—Leo, ¿quieres que te lleve durante el resto del camino hasta la furgoneta? —le pregunto una vez que acabo de recogerlo todo.

Con sus ojos grandes y oscuros medio cerrados, me dedica una mirada triste y húmeda desde la hierba y asiente, por lo que lo alzo en brazos.

De vuelta en la casa, le paso los niños a Rina y le pido ayuda para prepararlos para la hora de la siesta. Ella ve a Leo, cuya bufanda ensangrentada todavía cuelga de su cuello, y me dedica una expresión asustada y un gesto para decirme «Vale» antes de conducir a los niños hacia el vestíbulo.

Voy a buscar una muda de ropa limpia para Leo de su cajita y lo dejo un momento a solas en el baño para que se cambie. Cuando ha acabado de vestirse, entro en el baño, lo levanto y lo siento junto al lavabo para ayudarlo a limpiarse la sangre seca que todavía tiene en la nariz y en la boca.

—¿Cómo estás ahora? ¿Mejor?

Su barbilla tiembla de forma intermitente con algunos sollozos rezagados, pero asiente.

—¿Te suele pasar eso, Leo? ¿Te cuesta respirar?

—Solo a veces —responde—, pero nunca me había salido sangre de la nariz. ¿Por qué me ha salido sangre? ¿Me voy a morir? Una vez vi un ratón en la entrada de casa, y tenía sangre en la nariz, y Katherine me dijo que era porque se iba a morir.

—Ay, no, Leo. No, no significa que te vayas a morir. A los niños pequeños a veces les sale sangre de la nariz y no quiere decir nada. No tienes nada por lo que preocuparte.

No dice nada, sino que se queda mirando hacia la nada, pensativo.

—¿Te puso triste ver a aquel ratón que se moría? ¿O preocupado?

Hunde la barbilla un poco antes de asentir.

—Odio cuando las cosas se mueren. Me pone muy triste.

Muy para mi sorpresa, los ojos se le anegan de lágrimas.

—Ojalá nada muriera nunca —dice con pasión, y entonces echa la cabeza hacia delante y se pone a llorar.

—Ay, Leo, cariño —le digo, aunque no sé qué hacer—. Leo, *mon petit*, ¿puedo darte un abrazo? Parece que lo necesitas ahora mismo.

Asiente levemente, y rodeo su pequeña forma con los brazos.

—No tienes de qué preocuparte, cielo. Te prometo que no te vas a morir solo por un poquitito de sangre en la nariz.

—Pero todo se muere —dice, tras incorporarse de nuevo—. ¿Lo sabía? Katherine me dijo que todo lo que está vivo se muere.

—Más o menos —admito, con un leve asentimiento—, pero no antes de que hayan vivido mucho tiempo. No hasta que son viejos y han hecho todo lo que querían hacer.

—A veces las cosas se mueren cuando no son viejas. A veces las personas también.

Tiene mejores argumentos que yo. Se me han acabado las tranquilizadoras verdades parciales que ofrecerle a aquel niño para asegurarle que no pasa nada. Me pregunto por qué se preocupa tanto por la muerte. Tal vez Katherine tenía más razón de la que creía al alejar a su hijo de los temas «macabros».

—Bueno, pequeño —le digo mientras le acuno el rostro con las manos—, hoy los dos estamos vivos y estamos aquí en la escuela con nuestros amigos, y nuestros padres van a venir pronto para celebrar una fiesta que va a ser muy divertida, solo que primero tenemos que echarnos una siesta para descansar lo suficiente para que podamos pasárnoslo bien, ¿vale?

Cierra los ojos y asiente.

Lo levanto del lavabo, lo dejo en el suelo y le ofrezco la mano.

—¿Vamos?

Me da la mano y nos vamos al vestíbulo.

Una vez que he dejado a Leo con los demás, me dirijo al teléfono para llamar a Katherine Hardman. Quiero contarle lo del ataque de asma de Leo y pedirle que traiga un inhalador de repuesto cuando venga a las puertas abiertas esta tarde, pero la línea está ocupada.

Decepcionada, voy al piso de arriba, a mi habitación, para lavarme y cambiarme, pues también tengo manchas y motitas de sangre de Leo. Tengo restregones en los brazos y en el cuello de cuando se aferró a mí al cargarlo, además de una mancha bastante grande en la parte delantera de mi blusa, donde la nariz de Leo me goteó mientras volvíamos a la furgoneta.

Me quito la camisa manchada, y, conforme lo hago, el olor de la sangre me supera. Por un momento, lo único que puedo hacer es quedarme allí plantada, con la camisa en las manos, el estómago rugiendo, y las manchas de sangre mirándome como ojos rojos y sugerentes.

No bebo sangre de niños. *Nunca* bebo sangre de niños.

Aun así, me quedo allí y escucho cómo las manchas me llaman y cómo mi estómago ruge a modo de respuesta. Entre los dos articulan de repente y con una claridad casi descarada un hecho que he notado desde hace algunas semanas, por mucho que me haya negado a reconocerlo: mi cuerpo está cambiando de algún modo; cada vez tengo más hambre. Si bien unos cuantos cuartos de litro de sangre a la semana siempre habían sido más que suficientes, ahora medio litro al día me resulta inadecuado. Los pensamientos sobre la sangre me molestan sin cesar, y los ruidos de mi estómago vocalizan los deseos de mi cuerpo con la perseverancia de un niño pequeño que llora. Sin embargo, mis raciones son fijas, pues un gato de menos de cuatro kilos no puede dar mucho más de sí. Allí, en el baño, mientras pienso en la camisa manchada de sangre de un niño durante más tiempo del que debería, acabo por admitir el problema ante mí misma: necesito más sangre.

Me llevo la camisa a la nariz, y el aroma me invade los sentidos: afrutado y metálico, dulce y sabroso. Me llena la cabeza. La sangre de los niños es más limpia, tiene un sabor menos fuerte que la de los animales y está menos mancillada que la de los adultos, con sus tintes de pelo, alcohol y medicamentos. Aun con todo, hay algo fuera de lugar en aquella sangre: un ligero toque terroso, un aroma dulzón a enfermedad, como la fruta demasiado madura. La sangre nunca miente, y esa sangre me dice que Leo no está bien del todo.

Con una repentina oleada de determinación, abro el cesto de la ropa sucia y echo la camisa dentro.

Los niños se despiertan de sus siestas, y entre todos damos los últimos retoques a la ofrenda de la clase. Ha quedado magnífica. Entre las velas y los recuerdos de los seres queridos fallecidos, unas caléndulas rojas y naranjas llenan cada superficie. Unos marcos de caléndulas hechas con pañuelos delinean los bordes de las fotos, las cuales he colgado en la pared, y los papeles picados de colores brillantes están intercalados entre ellas. Las brillantes hogazas de pan de muerto embadurnadas con huevo que Marnie ha horneado con los niños durante la semana están apiladas sobre unos platos muy coloridos. Pienso en la lápida de mi padre en el cementerio, tras el cristal de la vitrina. ¿Qué estaría dispuesta a hacer por tenerla aquí? ¿Por poder honrar su recuerdo, aunque solo fuera de este modo tan insignificante?

Los alumnos pasarán la siguiente hora con Marnie para preparar *niflettes*, la pastita rellena de crema tradicional de Francia para celebrar *La Toussaint*. Hacen una fila en la puerta de la cocina, y, cuando llega la hora, Marnie —de caderas anchas, cabello gris y aspecto de abuela— los hace pasar para reunirse alrededor de la encimera situada en el centro de la cocina. Los ingredientes, cuencos para mezclar, vasos medidores y cucharas de cocinar están todos apilados en el centro, y los niños van a prepararlo todo bajo la amable guía de Marnie. Tamizarán harina, batirán huevos, medirán especias y cortarán los círculos de masa con forma de corona por turnos.

Las primeras veces que pasan por esas lecciones, los más pequeños intentan meter los dedos en el azúcar o en la mantequilla, pero los mayores, ya versados con un año de experiencia en ese tipo de lecciones, los riñen en francés: *Non! Non! Ne touche pas!,* tal como a ellos los riñeron otros niños durante los cursos anteriores. Es de lo más efectivo. Los pequeños, escarmentados, retiran los dedos, y a partir de entonces no tocan nada sin permiso, mientras observan a los mayores en busca de señales. En ocasiones el comportamiento de manada que tienen las personas cuenta con sus ventajas.

Estaba demasiado ocupada con los preparativos de última hora como para alimentarme durante la siesta de los niños, por lo que ahora, mientras ordeno el conservatorio, mi estómago se dispone a hacer unas acrobacias incómodas y ruidosas. El hambre, sumado al inminente descenso de una horda de padres sobre la escuela, hace que me ponga nerviosa y ansiosa. Todavía tengo mucho que preparar mientras los niños están con Marnie, pero el hambre me distrae tanto que me cuesta hacer cualquier cosa. Me veo poco centrada, casi mareada. No estoy acostumbrada a batallar contra mi propio cuerpo de este modo. Tras tantos años de salud predecible, cualquier cambio repentino que se produzca me pone de los nervios, y no tengo la opción de ir al médico a por un chequeo. ¡Imagina que voy a hacerme una radiografía! ¿Qué extraños órganos inhumanos podrían revelarse? ¿O qué vacíos oscuros podrían marcar el espacio en el que otros órganos deberían estar?

Los pinzones pían y aletean sus alas blancas y amarillas en su jaula, y, cuando me doy cuenta de que me los he quedado mirando fijamente como si fuera un gato frustrado, decido que voy a tener que pasar por el ático durante la lección de horneado de los niños. Si no lo hago, no creo que pueda soportar toda aquella tarde.

Tomo una pila de los dibujos más recientes de los niños para colgarlos en el vestíbulo de camino a la planta de arriba. Cuando paso por delante de la puerta de la cocina, oigo a Leo toser.

—Leo, cielo, gira la cabeza y tose hacia el codo, por favor —le pide Marnie—. No queremos que nuestros amigos se pongan malos.

Leo vuelve a toser. Esta vez el sonido es más amortiguado.

—¡Así me gusta! —exclama Marnie—. No es una masa de gérmenes lo que estamos preparando, ¿verdad? —les pregunta a los niños con una voz graciosa.

—¡No! —responden con alegría.

—No estamos preparando pastitas de mocos para nuestros padres, ¿verdad?

—¡Noooooo! —gritan incluso más alto que antes, y sus risitas infantiles surgen de la cocina.

En el vestíbulo, que también hace las veces de galería de los estudiantes, empiezo a colgar los dibujos con chinchetas: bocetos hechos con bolígrafos del follaje otoñal, de un árbol del caucho, tegumentos negros de nueces, conjuntos de bellotas, hojas y demás. Los dibujos de los estudiantes de primer año son inestables y exuberantes. Las bellotas de Sophie sonríen de verdad. El dibujo de Ramona de un grupo de hojas de nogal muestra un nivel de detalle muy prometedor. El boceto de Annabelle es un retrato bonito y ordenado de tres hojas de arce; un poco demasiado bonito y ordenado. Dibuja lo que cree que debería dibujar, en lugar de lo que ve de verdad. Resulta que ver es siempre la parte más complicada.

Saco el dibujo de Leo de la pila y lo cuelgo en el tablón: una frágil vaina de algodoncillo con unos plumosos mechones blancos que sobresalen de su parte abierta, junto con un tallo recto y seco. Es el dibujo más rústico e impresionista de toda la pila, y es el mejor de lejos. No hay ningún rastro de la idea de la vaina de algodoncillo, sino tan solo la vaina en sí, la cual está punteada con bellas imperfecciones, y hay un charco oscuro y plano bajo ella: la sombra de la vaina. Cada día que pasa mejora y se arriesga más. Es algo muy emocionante de ver.

Cuando por fin me dirijo a la planta de arriba y abro la puerta del ático, la luz cambia de repente. Una nube oculta el sol, y la sala se sume en una penumbra extraña. El olor a amoníaco está ahí, como siempre, pero hay otro olor que se acomoda con sutileza a su lado, un olor que me resulta familiar y me pone nerviosa incluso antes de que lo haya identificado de forma consciente. Es el olor a humo, a algo chamuscado; la huella aromática de algo que se quema y llega a su final. Es un olor que he percibido sin motivo alguno en muchas ocasiones, aunque hacía tiempo que no me ocurría.

Un gato pasa corriendo a mi lado y baja por las escaleras, y yo me llevo un buen susto, pero entonces el olor desaparece, y me quedo preguntándome si de verdad estuvo ahí en algún momento. Desorientada, subo los últimos peldaños hacia el ático. Todavía está invadido por una extraña oscuridad. Por un instante, creo volver a percibir el olor, solo que, una vez más, desaparece. Los gatos maúllan y caminan, nerviosos. Doy un paso y oigo un gritito repentino. Un gato atigrado sale corriendo de debajo de mi pie.

—¡Emile! ¡Ay, Emile! Perdona, gatito.

Hay una sensación de incomodidad palpable. Todos lo notamos, tanto los gatos como yo. Respiro hondo y trato de desprenderme de aquella sensación antes de sentarme. Como de costumbre, los gatos se me acercan para que los acaricie, pero hay una tensión nerviosa en sus espaldas arqueadas. Saco una golosina de la bolsa, silbo y saludo a Myrrh cuando se acerca alegremente a mi regazo. Bebo de ella antes de darle el premio, y luego repito el proceso con Chaussie y con Miloz. La luz sigue cambiando con locura, como si unos rápidos estuvieran impulsando las nubes por el cielo. Luz. Oscuridad. Luz.

Coco, una abisinia de ojos amarillos, se me sube al regazo. Vuelvo a notar el olor, y, aunque espero que desaparezca, en su lugar se torna más fuerte. Si bien Marnie y los niños están horneando, están en el lado opuesto de la casa. Si algo se estuviera quemando en la cocina, el detector de humo de allí empezaría a sonar mucho antes de que a mí me llegara el olor en la otra punta del edificio. Tras el incidente con el detector de humo de mi habitación, fui sala por sala, por toda la casa, y cambié las pilas de cada alarma, incluida la que hay en el ático. Y todo está en silencio.

Por la ventana veo unos cuantos copos blancos que caen contra el cristal. *¿Nieve ya?* En mi regazo, Coco está nerviosa, con el cuerpo tenso, y suelta unos maullidos de lamento. Da una leve sacudida bajo mi mano cuando le acaricio el pelaje para tratar de calmarla, mientras trato de encontrar el origen del olor. El rostro de Vano de mi sueño, en llamas, aparece en mi mente. Meneo la cabeza y pienso en el nombre al tiempo que me niego a pensar en el nombre. No es él. No puede ser él. No es lo que sugieren mis recuerdos ni mi miedo irracional que enterré hace tanto tiempo. Chernabog. El destructor, el dios de los finales.

Pensativa y distraída, miro por la ventana hasta que veo que los copos que se amontonan en el alféizar tienen algo extraño. No parecen ser nieve del todo, por el modo en el que vuelven a flotar hacia arriba en lugar de quedarse donde aterrizan.

En el mismo instante en el que me doy cuenta de lo que esos pequeños copos irregulares parecen —no nieve, sino cenizas—, un ruido ensordecedor estalla en el silencio. La alarma de incendios que tengo sobre la cabeza suelta su chirrido agudo. En un movimiento explosivo, como si le hubiera caído agua hirviendo, Coco salta de mi regazo al aire, con las extremidades moviéndose de forma frenética a medio salto, como un trapecista, tras lo cual sale corriendo y desaparece en el refugio bajo un armario. Asustados del mismo modo, los otros gatos se han escondido bajo otros muebles y telas.

Por culpa de la confusión de los gatos y de la sirena que sigue sonando a todo volumen, me lleva un momento notar el dolor y el escozor en el rostro. Los gatos siguen siseando cuando me llevo una mano a la cara. Con las puntas de los dedos, encuentro la línea alzada, caliente y pulsante del arañazo que va desde mi ceja izquierda hasta mi mejilla derecha, un horrible corte en diagonal por toda la cara.

Una sombra se mueve. La sala vuelve a quedar iluminada.

Tan de repente como había empezado a sonar, la alarma de incendios cesa sus chirridos, y todo se sume en el silencio.

Los gatos se tranquilizan. Se lamen las patas sin hacer ningún ruido.

Mi rostro gotea sangre al suelo.

CAPÍTULO TRECE

Mi abuelo nunca fue a buscarme como me había prometido, pero no mucho después dejé de desear que lo hiciera. Estaba contenta allí, y, si me hubiera dado la opción, no habría querido irme. Además, si tan poco le importaba a mi abuelo, si podía llevarme a aquella nueva existencia extraña de forma tan despreocupada para luego dejarme a la deriva en ella, ¿por qué debería él significar algo para mí? Fuera cual fuere la fe o la admiración que había depositado en él, se convirtió en amargura y desdén*.

En poco tiempo, Piroska pasó a significar más para mí que el abuelo. Podía confiar en ella en todos los sentidos. De hecho, en todos los años que viví con ella, no cambió para nada desde el día que la conocí. Seguía siendo anciana, aunque no envejecía más. Encorvada y de voz ronca, brillaba y tenía una amabilidad sin fin. Nunca llegué a saber qué era Piroska. Si era como Ehru y yo o si era como Vano o algo completamente diferente. Nunca la vi comer, ni lo que comía Vano ni la sangre que Ehru y yo consumíamos. Bebía el kvas y los tés que preparaba a base de las hojas, semillas y pétalos que tenía en cajas de madera, pero, si alguna vez comió alguna otra cosa, nunca vi lo que era.

---

* No me equivocaba. Desde entonces, mi abuelo me ha confirmado (y debo añadir que sin ninguna vergüenza) que de verdad fue solo un impulso lo que lo llevó a convertirme en lo que iba a ser para siempre. Y, en cuanto a su promesa de ir a buscarme, su respuesta fue tan jovial que casi resultó encantadora: «Aunque no recuerdo esa promesa de la que me hablas en concreto —me escribió en una carta hace no mucho tiempo—, creo que puedo decir con total confianza que no, seguramente no tenía ninguna intención de recorrer medio mundo para ir a buscar a una niña pequeña. Muchas criaturas de este planeta otorgan una vida preciosa a los jóvenes y luego los dejan ir por libres, y esas crías que consiguen luchar contra las mareas y salir del mar por sí solas son más fuertes por haberlo logrado. Aun así, te ofreceré lo que ninguna madre de la naturaleza ha ofrecido nunca a sus crías: felicidades, cariño. Lo has conseguido».

Su habilidad para calmarme con tan solo su presencia tampoco cambió nunca. Sabía cuándo estaba nerviosa, mejor que yo incluso, y, en esos momentos, me colocaba una cesta en las manos y veía que ella tenía otra en las suyas: su invitación sin palabras para que la acompañara a buscar plantas de ajuga y saúco, hierba de Santa Catalina y grifola frondosa. Mientras caminaba con ella a través de un claro, con la hierba que me mojaba el borde del vestido, o al arrodillarme en el borde del bosque y cortar los tallos de las setas con los cuchillos, me ponía contenta de repente y me daba cuenta de que aquella astuta mujer había vuelto a lograrlo.

Ehru, Vano y yo sí que cambiamos. Se nos estiraron los huesos, nos hicimos más altos y el rostro se nos volvió más delgado. Reíamos un poco menos y pensábamos más. Yo pensaba más que nada en Vano. Se hizo más grande en mi mente hasta que ocupó casi todo lo que veía. Trataba sus palabras como si fueran un tesoro y no quería perderme ni olvidar ninguna. El único camino que conocía era Vano. Todos mis sentidos filtraban lo que percibían a través de Vano; aun así, por mucho que él me quisiera con calidez y con sumo cuidado y ternura, yo me convertí en algo más pequeño en sus ojos. Sus sentidos se habían transformado en algo similar a grandes cuencos en los que el mundo se arrojaba a sí mismo, y él ardía cada vez más con un amor hacia un espíritu que había empezado a notar a su alrededor, un espíritu que le hablaba a menudo y que hacía que no me escuchara a mí. Solo que yo quería a Vano con tanta pureza que no tenía lugar para el resentimiento. Lo quería al ayudarlo a querer al espíritu y al escucharlo con atención cuando compartía conmigo los mensajes susurrados que recibía.

—Hay una puerta, Anya —empezó a decirme durante los meses antes del final—. Ahora está cerrada, pero pronto se abrirá. Pasaremos por ella, y a cada uno nos llevará a donde debemos ir.

—Una puerta —le susurraba yo a modo de respuesta, mientras admiraba el color crema de su piel ante la luz del fuego, los tinteros que eran sus ojos. Vano me decía lo que iba a suceder, solo que yo no lo escuchaba porque no me importaba lo que iba a suceder. Solo me importaba lo que estaba delante de mí: él.

Llévame adonde vaya él, le suplicaba en silencio al amado espíritu de Vano.

—Las hojas muertas —me dijo en otra ocasión, mientras se llevaba una pila suave y podrida de ellas a la nariz— huelen a humo, y el viento lleva el calor. ¿Lo notas?

—No sé —respondí en voz baja, avergonzada por no ser capaz de notarlo.

Por las noches, se quedaba observando los movimientos de las llamas de la hoguera y comentaba el extraño ánimo del fuego.

—La puerta se está abriendo, Anya —me dijo una de esas noches—. Algo está en camino, algo importante. La expectativa está por todas partes. Las rocas, los árboles y las nubes no dejan de hablar de ello.

—¿Y no dicen lo que es? ¿El espíritu no te lo cuenta?

Negó con la cabeza.

—El espíritu solo me dice que será importante y que será doloroso.

—¿Estás seguro? ¿Hay algún modo de saberlo a ciencia cierta?

Me arrepentí de aquella pregunta al instante. Vano no me contestó, sino que posó los ojos en mi rostro, y en ellos había una expresión apenada, como si estuviera preocupado por mí.

—Pero bueno, ¿tienes miedo? —le pregunté.

—No —repuso, y la preocupación se desvaneció de su expresión—. El espíritu me dice que no debo tener miedo. Me ha prometido que estará con nosotros. No nos abandonará.

Ehru también había crecido. No tardó en ser más alto que Vano, y su tremenda fuerza quedó de manifiesto en sus grandes músculos nudosos, como los de las bestias salvajes. Era un depredador nato, y ello se mostraba en su aspecto. A diferencia de Vano, tenía un vello espeso en el rostro y en el pecho. El chico dulce que se había perdido en su interior, aquel al que Vano había llamado aquel día junto al agua, no había regresado. Ehru estaba más tranquilo y silencioso, pero no había encontrado la paz. En ocasiones me lo encontraba en el bosque, sentado en silencio sobre una roca, cuchillo en mano, mientras se cortaba tiras de carne de sus propios brazos. Nunca alzaba la mirada, aunque sabía que me había oído acercarme. Era más fácil acercarse con sigilo a un leopardo de las nieves.

Luego empezó a desaparecer. Se iba durante días enteros hasta que regresaba de repente sin una sola palabra a modo de explicación.

No me extrañaba demasiado. Ehru era salvaje, del tipo de personas que una espera que desaparezcan sin despedirse, del tipo que te sorprende cada día que no lo hace.

—Había un hombre…

Fui yo quien dijo eso, una noche en la cabaña de Piroska, tras hacer una pausa en mi tarea de dibujar en un papel con una pluma.

— … he visto a un hombre hoy. Se me había olvidado mencionarlo.

Era la única de nosotros que sabía leer y escribir, por lo que a menudo pasaba las noches con ello. Transcribía las recetas de Piroska junto con unos pequeños dibujos de las flores, bayas, setas y raíces que metía en su olla. Registré todo tipo de conocimiento diverso de Vano: la mitología que me dictaba, los nombres que los monjes le habían enseñado sobre los santos cristianos que habían sustituido a las deidades eslavas exiliadas: Ognyena, quien había pasado a ser la virgen santa Margarita; Yarilo, quien se había convertido en san Jorge. En aquel momento, Vano y yo estábamos elaborando un mapa de las constelaciones de verano, colocábamos las estrellas en sus cuadrantes y delineábamos las formas de los objetos y las bestias que formaban.

Ehru alzó la mirada del mango de madera de la herramienta que estaba puliendo con un manojo de cola de caballo. Piroska, en el fuego, retiraba la espuma de la decocción hirviente que estaba preparando, pero ella también se detuvo y me miró.

—¿Dónde estaba ese hombre? —me preguntó Ehru, a su modo brusco—. ¿Dónde lo has visto?

—En la cima, cerca del banco de arena en el que el arroyo se dirige al desfiladero.

Una mirada preocupada pasó entre nosotros, como un brindis solemne.

Cada uno de nosotros teníamos nuestros propios motivos para evitar la aldea. Los hermanos ya habían arriesgado sus vidas una vez para escapar de ella, y sus historias, junto con mis propias malas experiencias en mi aldea natal, habían hecho que no confiara en los asentamientos en general. Además, Piroska nos había advertido en numerosas ocasiones que guardáramos las distancias y que evitáramos que los aldeanos nos vieran.

Hubo una época en la que las mujeres de la aldea habían subido por la escarpada inclinación de la montaña y habían recorrido el bosque nudoso para llevarle a Piroska niños enfermos, vientres infértiles o hinchados por partos difíciles. Ella había hecho todo lo posible por auxiliarlas, hasta que la fe se había asentado en el lugar, impulsada sin duda por las enseñanzas del monasterio, las cuales indicaban que el sacramento y las plegarias eran la única ayuda santa que existía y que todo lo demás provenía de Satanás y lo administraban sus consortes, los cuales no merecían mayor piedad que un viaje rápido hacia el eterno fuego del infierno que los esperaba.

—Para ellos ya no soy más que una historia —nos había contado Piroska una vez, con una sonrisa—. Mi nombre asusta a los niños para que hagan caso y hace que los viajeros no se acerquen a este bosque. Así que, ya veis, la aldea y yo seguimos ayudándonos mutuamente.

—¿Te ha visto? —me preguntó Ehru, con su mirada fija clavada en mí.

—No.

—¿Estás segura?

Ladeé la cabeza, molesta, en su dirección.

—No lo pregunto por burlarme de ti, Anya —se explicó Ehru—, sino solo para estar seguro. Puede que no sepas que ahora eres una mujer guapa. Si ese hombre te ha visto, podemos estar seguros de que no será lo último que sepamos de él.

Avergonzada, dirigí la vista hacia mi regazo antes de dedicarle una mirada furtiva a Vano y buscar en su expresión algún tipo de reacción a aquellas palabras, pero él solo estaba observando a su hermano con una expresión pensativa.

—No me ha visto. Estoy segura.

—¿Qué aspecto tenía? —continuó preguntándome Ehru—. ¿Qué hacía?

—Era corpulento. No tenía pelo, pero sí una barba espesa atada en la punta. Estaba mirando el suelo y rastreaba algo.

—Tu mala fama desaparece, Piroska —le dijo Vano con una sonrisa—. Te has comportado demasiado bien. Deberías aprender a plagarles sus cosechas o a hacer que sus terneros nazcan muertos para que nos vuelvan a dejar en paz.

Piroska le dedicó una sonrisa a Vano, y a Ehru, que seguía con el ceño fruncido, le entregó un vaso de su brebaje.

—¿Estás preocupado, Ehru?

—No —dijo sin sonreír—. Cuando uno se encuentra a un animal peligroso, y eso es lo que son esos idiotas ignorantes de la aldea, la preocupación no sirve de nada. Hay que trazar un plan.

Bebió un sorbo del vaso que Piroska le había dado, hizo una mueca por lo amargo que era y le dedicó un asentimiento para mostrarle que le gustaba.

—Vayamos todos con cuidado, ¿sí?

Piroska le retiró el vaso y le dio una palmadita en el brazo con cariño.

—Claro —dije—. Tendremos cuidado.

—Sí, hermano —dijo Vano, a mi lado.

CAPÍTULO CATORCE

Dos horas más tarde, el aula está llena de cuerpos y repleta de cháchara. Tal como habían prometido, muchos de los niños tienen calaveras del Día de los Muertos pintadas en la cara y caléndulas en el cabello o en las camisas.

Los padres se pasean por el lugar y dejan que sus ansiosos hijos de cara de calavera les expliquen y señalen varias cosas. La ofrenda es todo un éxito. Los padres se quedan boquiabiertos al verla, y a algunos incluso se les saltan las lágrimas al ver a sus familiares tan honrados.

En la zona de teatro, Sophie envuelve a su madre y a su hermana con unas capas y pretende hacerles un corte de pelo. El doctor y la doctora Snyder, los padres de Ramona y Thomas, están en el vestíbulo, dan vueltas por la galería de los alumnos y se emocionan ante los dibujos de sus hijos. Leo, según descubrí con una punzada de dolor, está esperando junto a la ventana de la puerta principal a que lleguen sus padres. Como de costumbre, van tarde.

Yo trazo un circuito sin destino fijo por todas las salas, en teoría para charlar un poco con cada padre, aunque en realidad hago todo lo posible por evitar a todo el mundo. Pese a que el arañazo de gato que tengo en la cara ha empezado a sanar de inmediato, era horrible de todos modos. He tenido que escoger entre una enorme venda por toda la cara o el espectáculo de una herida llamativa que se cierra y sana a lo largo de una sola noche. Me he decantado por la venda.

Lo más difícil ha sido pensar en una explicación para la herida. A los padres no les sentaría muy bien saber que uno de los gatos que viven en la escuela me ha hecho un arañazo de quince centímetros en toda la cara. Habría acabado con una petición para prohibir a los gatos en la escuela firmada por todos los padres antes del final de la noche.

Por tanto, me inventé una pobre explicación que involucraba una percha rota en un armario.

Se lo estoy contando a los padres de Annabelle sin muchas ganas, y ellos me miran con una expresión de semejante preocupación que casi entro en pánico y me marcho de allí.

—Podría echarle un vistazo —me dice el padre de Annabelle—. Fui médico en la marina durante once años.

Abro la boca para inventarme cualquier excusa cuando suena el timbre, por lo que aprovecho la oportunidad para escabullirme por el pasillo. En cuanto entro al vestíbulo, con los tacones traqueteando contra el suelo de madera, veo un atisbo de movimiento rápido, una mancha oscura que pasa con rapidez por la esquina de la puerta principal cerrada hasta el guardarropa situado al lado: algo similar a un gato, solo que más grande. Estiro el cuello para mirar mejor hacia el guardarropa, pero vuelve a sonar el timbre, por lo que dejo de lado mi investigación y abro la puerta. Allí, muy para mi sorpresa, me encuentro con «las autoridades» frente a mí: una agente de policía, con cabello oscuro recogido en una coleta y una pistola en la cadera.

—¿Puedo ayudarla? —le digo, con la voz llena de confusión.

—Hola. No estoy segura de si estoy en el lugar correcto. ¿Es esto una escuela?

Todavía confundida, parpadeo y asiento, un poco insegura.

—Perdone, soy Samantha McCormick. Agente McCormick. Soy la tía de Audrey. Sus padres están fuera de la ciudad esta semana, y estoy cuidando de ella y de su hermana, así que parece que me toca venir a las puertas abiertas también. Es eso… ¿Estoy en el lugar correcto?

Parece tan sorprendida como yo. Su mirada se posa con incertidumbre en mi rostro. Las vendas, las cuales había olvidado por un momento, vuelven a mi mente junto a una nueva oleada de vergüenza.

—Ah. Eh… sí, sí —tartamudeo, y me llevo la mano al rostro de forma inconsciente—. Por favor, pase. Discúlpeme. Debo confesar que el uniforme me ha confundido por un momento. Estaba repasando mentalmente mi conducta reciente en los semáforos.

—No hay problema, señorita. Me suele pasar —dice la mujer antes de entrar.

Es una mujer menuda, tal vez unos treinta centímetros más baja que yo. Su voz, por otro lado, no tiene nada de menuda. Ha sido esculpida mediante el control de masas y las direcciones de tráfico; suena fuerte, llana y eficiente.

—¿Estoy loca —dice, alzando una ceja— o acabo de ver un esqueleto a través de la ventana?

Leo, con la cara pintada y mirando a través de la ventana, sí que podía resultar un tanto curioso visto desde fuera. Debía haber sido él a quien he visto salir corriendo por la esquina a tal velocidad.

—Seguramente, sí —respondo con una carcajada—. Hemos organizado una especie de celebración de Halloween hoy. Audrey le puede hablar más de ello, si es que consigue encontrarla entre la manada de esqueletos que corretean por todas partes. Deberían estar todo recto por allí.

Señalo en dirección al aula y al comedor.

—Perfecto. Muchas gracias, señorita.

La mujer se dispone a recorrer el pasillo, con su traje corpulento dispuesto por su cuerpo de modo que se sacude poco a poco, como las placas tectónicas, con cada uno de sus movimientos. Espero que le haya parecido placentera y totalmente tranquila a la tal agente McCormick, porque la verdad es que no me sienta nada bien tener a una policía en la escuela, en mi casa. No se me ocurre nada en concreto que pueda llamarle la atención por estar mal, pero tampoco es que todo funcione como debe ser. Mi vida entera es una mentira, y es probable que eso sea ilegal por alguna razón. Pese a ello, lo único que puedo hacer es actuar con «naturalidad», como dicen.

Cierro la puerta y doblo la esquina. El guardarropa parece desierto, salvo por un arcoíris desordenado de chaquetas de invierno que cuelgan de perchas, con unas botas alineadas —o, más a menudo, lanzadas de cualquier manera— debajo de ellas y fiambreras guardadas en las cajitas encima. Ninguna criatura se mueve allí, ni un gato, ni un niño ni nada más. Y aun así… noto el leve pero distintivo olor de la sangre que aumenta con cada paso que doy hacia el interior del guardarropa. Cuando llego a la esquina opuesta, oigo una ligera aspiración, y la manga de una de las chaquetas se mueve de forma casi imperceptible.

Cuando estiro una mano e intento apartar las chaquetas con delicadeza, se me resisten.

—Vaya —pienso en voz alta, mientras me agacho frente a las obcecadas chaquetas inmóviles—, este es un escondite muy bueno. Quien haya encontrado un escondite tan bueno tiene que ser muy listo.

Las chaquetas se apartan por fin, aunque solo un poco, y de entre ellas se asoma una cara de esqueleto, muy manchada y emborronada, pero identificable por su delicada forma de corazón y los rizos de pelo salvajes y oscuros que se alzan sobre ella. Leo no me está mirando, sino que tiene la mirada fija en la puerta del guardarropa, con una expresión de preocupación intensa.

—Leo, ¿pasa algo? ¿Qué haces aquí?

Se oyen unos pasos en el pasillo al otro lado de la puerta del guardarropa, y Leo coloca de golpe las mangas de las chaquetas de nuevo frente a él. Se trata de la madre de Thomas y Ramona, la doctora Snyder, que ha entrado en la sala para ir a buscar algo del bolsillo de su chaqueta; cuando me ve, me dedica una sonrisa que se transforma en una mirada curiosa, pues seguramente se pregunta qué hago agachada frente a la parka de un niño. Hago un gesto hacia los zapatos y los tobillos que seguro que se pueden ver bajo las chaquetas, y la doctora Snyder suelta una carcajada silenciosa al entenderlo todo antes de abandonar el guardarropa con lo que fuera que había pescado de su bolsillo.

—Leo, solo era la mamá de Ramona y de Thomas, y ya se ha ido. Solo estoy yo aquí. ¿Qué haces entre las chaquetas? ¿Por qué te escondes?

Trato de apartar las prendas una vez más, y esta vez no se me resisten.

Leo mira en mi dirección, aunque con los ojos todavía clavados en la puerta. La fuerza de su mirada y la pintura blanca que le rodea los ojos exageran las sombras oscuras y enfermizas que siempre tiene bajo ellos.

—¿Leo? —lo vuelvo a llamar, y él me mira—. Leo, ¿qué haces aquí?

—Espero a Katherine —murmura.

—Qué sitio más extraño para esperar a alguien. ¿Quieres darle una sorpresa? ¿O que se lleve un buen susto?

Su mirada había vuelto a fijarse en la puerta, pero, tras decir eso, me mira otra vez y asiente, distraído.

—Bueno, pues te estás perdiendo toda la fiesta. Los *niflettes* están a punto de salir del horno. ¿No quieres venir conmigo? —Le ofrezco una mano—. No quiero que te quedes sin comer nada.

A pesar del recelo que se refleja con tanta claridad en su rostro, parece que le he dado un argumento muy convincente. Leo me da la mano y sale de detrás de las chaquetas. Dejamos el guardarropa, pero me agarra la mano con fuerza y mira de un lado a otro con cautela, como si esperara que alguien se le abalanzara encima en cualquier momento.

—¿Cómo estás? —le pregunto, con la esperanza de distraerlo de lo que sea que lo ha puesto nervioso—. Por tu ataque de asma, digo. ¿Estás mejor?

Se lleva una mano a la frente y cierra los ojos por un momento, apesadumbrado. Es un gesto extrañamente adulto, solo que con las uñas de un niño, oscuras por la suciedad.

—Un poquito mal —responde.

Me detengo frente a la puerta del aula para tocarle la frente a Leo en busca de indicios de fiebre. En el aula, Audrey le está enseñando a su tía, la agente de policía, la ofrenda de la clase.

—¿Qué te parece? —le pregunta la niña, girando sobre sí misma.

La policía inclina una fotografía enmarcada del perro fallecido de Annabelle.

—Es... —empieza a decir, según mueve la cabeza en un gesto ambiguo—. Es... un poco raro.

Audrey se echa a reír y da otra vuelta sobre sí misma.

De repente, la pequeña frente cálida bajo la palma de mi mano desaparece; cuando vuelvo a mirar a Leo, veo que ha salido corriendo por el pasillo y que se desvanece hacia la cocina, mientras la puerta bate con suavidad tras él. Miro hacia la clase una vez más, hacia Audrey y su tía. La niña se ha puesto a señalar uno de los dibujos de la pared, y su tía se ha plantado delante con las piernas abiertas y las manos en las caderas para observar el dibujo. Su pistola, de color negro mate denso, está enfundada bajo la mano que reposa sobre su cadera derecha. ¿Podría ser esa agente de policía lo que ha asustado tanto a Leo?

En la cocina, Leo se ha colocado junto a la encimera del centro, a la altura de las caderas de Marnie, con un aspecto de lo más diminuto en contraste con las amplias curvas de la mujer.

—¡Mira, tengo un ayudante! —exclama Marnie, alegre.

—Ya veo —digo desde el otro lado de la encimera, tras lo cual me doy un momento para admirar el esplendor de las bandejas llenas de galletas y rebanadas de panecillos dulces varios. Leo está sacando galletas de una bandeja de horno con una espátula y mucha concentración, probablemente para evitar mi mirada también.

»Leo —digo en voz baja—, ¿es esa policía lo que te ha puesto tan nervioso? ¿O tal vez su pistola? Ya me imagino el miedo que puede dar todo eso. Las pistolas también me ponen un poco nerviosa a mí. ¿Es por eso que te estabas escondiendo?

Marnie, detrás de Leo en el horno, ha oído mis palabras, y hace una mueca en solidaridad. Leo se lo piensa por un momento y mira hacia la puerta y el aula al otro lado, donde Audrey estaba con su tía, pero entonces niega con la cabeza.

—Vale —suspiro. Pese a que no me ha convencido para nada, no hay mucho más que pueda hacer—. Bueno, solo quiero que sepas, Leo, que esa agente de policía es la tía de Audrey, y es muy buena persona, y su trabajo es proteger a los demás y hacer que estén a salvo. La pistola también es para eso, para asegurarse de que, si un malo intenta hacerle daño a alguien, ella pueda pararlo. No debes tenerle miedo.

Leo me mira por un momento y me dedica un ligero asentimiento para calmarme, tras lo cual sigue sacando galletas de la bandeja.

—Estoy segura de que le encantaría conocerte y hablarte sobre…

Las vehementes sacudidas de la cabeza de Leo me interrumpen a media frase.

—¡No, por favor! —me suplica—. Por favor, no.

Quince minutos más tarde, estoy en el comedor y hago todo lo posible por entablar conversación con varias madres a pesar de la cada vez más larga lista de preocupaciones que me distraen: Leo, quien todavía sigue escondido en la cocina con Marnie; mis propios nervios por la policía que da vueltas por mi casa; y mi vergüenza por la venda que llevo en la cara. Además, los padres de Leo ya van cuarenta minutos tarde, y Rina, a quien le había encargado que los llamara, me viene a buscar al comedor.

—He llamado a los Hardman —me dice de cerca para que las demás madres no oigan nuestra conversación—, pero la línea estaba ocupada.

—Qué raro —digo—. Los he llamado hace unas horas y me ha pasado lo mismo.

»¿Tenemos el número de Valeria? —pregunto—. La canguro de Leo. Si a los Hardman se les ha olvidado la jornada de puertas abiertas, al menos tendría que venir a recogerlo.

—Sí, y ya la he llamado, pero me ha dicho que ya no trabaja para los Hardman.

—*¿Cómo?*

Rina solo puede ofrecerme un encogimiento de hombros y una mirada perpleja antes de volver a su oficina.

No tengo tiempo para pensar más en ello. Tras mi señal, la mitad de los niños empiezan a pasar platos y cubiertos a sus padres con un decoro muy bien ensayado, mientras que los demás traen los platos de dulces de la cocina y los colocan en la mesa, entre los centros de caléndulas. Marnie, tan considerada, le ha preparado un plato a Leo en la cocina, donde comerán sus dulces juntos. Se lo agradezco encarecidamente. Por mucho que me gustaría encargarme de Leo, tengo obligaciones que cumplir como anfitriona. Me siento con los Castro, la familia de Octavio, a un lado, y los padres de Sophie al otro. Audrey y su tía estaban sentadas en la esquina opuesta de la mesa, pero, cuando vuelvo a mirar en aquella dirección, veo que ya no están y noto una oleada de alivio por su marcha. Una cosa menos de la que debo preocuparme, y Leo también.

La hermanita bebé de Octavio, de tres meses, duerme cerca de nosotros, en un carrito envuelto con una manta. Cuando se despierta, me la pongo sobre el regazo y le doy el biberón para que su madre pueda comer tranquila. La bebé me mira, mientras chupa del biberón con sus labios rosados como un pétalo, con unos ojos oscuros, brillantes y pensativos. Sus dedos, tan pequeños y complicados por las arrugas, hoyuelos y uñas, necesitarían el pincel redondo más delgado para pintarlos con sus detalles delicados. Es preciosa, dulce y cálida, y, después del día que he tenido, sostenerla resulta de lo más reconfortante. Aun con todo, al mismo tiempo, noto una incomodidad que se asienta en mí, que no puedo describir y que me lleva casi a las lágrimas. Estoy... asustada. Eso es lo que es: miedo. Temo por esa niña, por esa niña indefensa y vulnerable, y, por alguna extraña razón, tengo miedo de ella, del poder que tiene, precisamente debido a su vulnerabilidad, de provocar dolor, un dolor terrible, a quienes la quieren. Según mi experiencia —y he tenido demasiada—, el horror impotente de ver sufrir a alguien o algo que te importa es mucho peor que el dolor del sufrimiento propio. ¿En qué estaban pensando sus padres al traer algo tan vulnerable a este mundo de crímenes y accidentes, de depredadores y catástrofes? Una parte de mí quiere quedarse con ella, defenderla con violencia contra todo un mar entero de problemas; mientras que otra parte quiere volver a tumbarla en su carrito y salir corriendo lo más lejos posible.

El hambre ruge de forma perceptible en mi estómago. Parece haberse apoderado de mi médula ósea de repente. Los brazos que sostienen a la bebé me duelen debido a ello, y, por algún motivo, la imagen de un foso —un espacio vacío pequeño y oscuro en el que podría esconderme, un lugar en el que dormir sin soñar— se me pasa por la cabeza, y, junto a ella, hay una sensación de añoranza tan dolorosa como inexplicable. Se produce una repentina oleada de calor, un aluvión de lágrimas que hacen que vea borroso y amenazan con desbordarse de su cauce, y entonces me pongo a llorar.

Una lágrima cae de mi ojo y aterriza en la mejilla de la bebé, lo cual nos asusta a las dos. La sala parece quedarse de pronto en silencio. La bebé se estira, se retuerce y abre la boca para soltar un lloriqueo ligero, como el de un pájaro, mientras la lágrima se queda brillando sobre su rostro, como una prueba extraña.

—Ay, deje que me la lleve un rato —dice Mireilla Castro, mientras se limpia la boca deprisa y estira las manos hacia la bebé—. Ha sido muy amable al darle el biberón mientras yo me quedo aquí y me doy un atracón. Y ni siquiera ha comido nada. Mire lo delgada que está; usted necesita un plato de galletas más que yo.

Con el rabillo del ojo, la veo apresurarse a limpiarle la lágrima con la manga.

Mi silla hace ruido al rozar contra el suelo cuando me echo atrás con demasiada prisa y me pongo de pie.

—Disculpen —digo—. Tengo algo... se me ha metido algo en el ojo. Discúlpenme, por favor.

En el baño, abro el grifo y dejo que las oleadas de horror avergonzado fluyan desde mi interior. Me miro en el espejo y veo mi rostro vendado, ruborizado por la emoción. Me quito las vendas con suavidad. La herida ya casi ha sanado y parece poco más que un rasguño. Me examino la cara en el espejo y le hago preguntas en silencio. *Te estás comportando como una loca. ¿Se puede saber qué te pasa?*

No es ningún misterio lo que los padres deben estar pensando: pobre mujer solitaria, sin marido ni hijos. Claro que está al borde de las lágrimas en todo momento. Claro que se pone a llorar cuando alza a un bebé en brazos. No tenían cómo entenderlo de verdad. Yo ya había estado donde ellos: feliz, llena de esperanza, sin tener ni idea de la falta de seguridad con la que sostenía las cosas que tenía, las cosas a las que quería. Sin embargo, a diferencia de ellos, yo no puedo engañarme a mí misma. Nada de lo que tenemos es nuestro de verdad; nos puede ser arrebatado en cualquier momento, y, si una vive el tiempo suficiente, puede estar segura de que acabará ocurriendo.

Es cierto que les tengo mucha envidia a esas personas, sí, pero no por sus hijos o sus familias; envidio su brevedad. Envidio lo poco que está en juego con sus decisiones. Sea lo que fuere que pierdan, o lo que sufran, no lo hacen durante demasiado tiempo. Solo tienen una vida breve. Nacen, experimentan algunas alegrías, algunas penas, y entonces la muerte se lo lleva todo. Su carrera es corta, por lo que pueden correr a toda prisa tras el pistoletazo de salida y darlo todo sin contenerse durante unas pocas vueltas antes de caer rendidos y sumidos en la gloria; mientras que mi carrera es un maratón sin fin. Mi vida es lenta y constante. Algo donde acomodarse. Algo que soportar. «Comed, bebed y sed felices, pues mañana moriremos», tal como indica el dicho; solo que es un dicho que solo aplica a los *vremenie*. ¿Qué no daría yo por vivir así? ¿Qué no daría para mirarme al espejo y encontrar una arruga o un par de patas de gallo asomándose por las comisuras de los ojos, o cualquier indicio de que también hubiera un final esperándome, una meta hacia la que pudiera correr sin preocuparme de nada? Solo que siempre me encuentro con esta cara en el espejo: suave, sin marcas, un rostro alejado del más ligero indicio del paso del tiempo; una línea plana y recta que se extiende hasta el infinito sin ascender ni descender ni culminar en nada, sino que se limita a avanzar sin más. Lenta y constante. Algo que soportar.

Por un momento creo que me voy a poner a llorar otra vez, que tal vez me voy a hacer una bola en el suelo y voy a dejar caer las lágrimas hasta que me canse y me quede vacía por fin, pero no puede ser. Llamarían a la puerta, se quedarían en silencio cuando saliera, me dedicarían miradas inquisitivas e incluso estaría dispuesta a apostar que sacarían a algunos niños de la escuela. No se puede enviar a un hijo al cuidado de una profesora de emociones inestables. Así que respiro hondo, que es lo que debo hacer, me mojo las mejillas y la frente con una toalla húmeda y ensayo una sonrisa frente al espejo. Tiro la venda a la basura, pues ya no me hace falta, y salgo del baño, dispuesta a convencer a una sala llena de padres de que todo va bien.

CAPÍTULO QUINCE

La siguiente en ver al hombre fue Piroska, y aquella vez fue desde más cerca que la anterior.

—Si el siguiente en cruzarse con él soy yo, el asunto se resolverá rápido —dijo Ehru cuando lo hablamos—. Anya, tú también eres muy capaz de solucionar el problema.

—¿Al matarlo? —pregunté.

—Claro —repuso, sin alzar la mirada—. Es lo que haríamos con un lobo que acecha por el redil.

—Pero... no nos ha hecho nada malo.

—Te aseguro que no nos ha hecho nada malo solo porque todavía no ha tenido la oportunidad.

No se lo discutí, pero, al día siguiente, mientras Vano y yo recogíamos arándanos rojos de un arbusto, le dije que no me creía capaz de hacer lo que Ehru quería que hiciera.

Él me miró a los ojos y sonrió.

—Anya la piadosa —dijo, con sus manos ágiles moviéndose con destreza entre las ramas.

La mirada, la sonrisa y las palabras amables convirtieron mi pecho en una colmena llena del aleteo de mil abejas. Ansiaba aferrar la mano suave que tenía frente a mí. Él me miraría entonces, y yo le tocaría el rostro.

—¿Soy tonta? —pregunté en su lugar—. ¿Arriesgarse es una tontería? Si tiene razón...

Alzó un arándano, redondo, rojo y brillante.

—La piedad —empezó a decir— es como un tesoro valioso y poco común; para encontrarla y poseerla, uno debe actuar como un tonto y ponerse en peligro. Eso es la piedad: amar al prójimo a pesar de ponerte en riesgo; eso es lo que la hace ser tan valiosa y poco común.

—Colocó el arándano en la cesta y estiró la mano hacia otro—. Pero no puedo decirte si has tomado la decisión correcta. Nadie puede decidir por otra persona lo que está dispuesta a arriesgar.

Me quedé mirando hacia la nada mientras lo pensaba, hacia el oscuro bosque sin fin que cubría la montaña como el pelaje espeso del lomo de una bestia jorobada. Qué infinito y oscuro y solitario parecía todo en comparación con la cálida y brillante cabaña de Piroska. ¿Debería matar a un hombre para proteger la casa y las personas a las que quería más que a nada? ¿O debería poner en riesgo todo lo que quería en aras de la piedad? No me gustaba actuar como una tonta, aunque fuera para conseguir un tesoro valioso y poco común, y menos cuando ya tenía un tesoro.

Volví a mirar a Vano, pero él ya no estaba pensando en mí. Sus ojos agudos habían visto algo. Los entrecerró, inclinó la cabeza y sacó a un escarabajo de donde se escondía, tras una hoja.

—Aun así… —dijo, alzando el insecto de modo que sus patas retorcidas se mecieran en el aire y su caparazón opalescente brillara, de color verde y negro, bajo la luz del sol—. No sé si vas a tener la oportunidad de escoger de un modo u otro.

Examinó el escarabajo como si fuera un artefacto de importancia trascendental. Yo también lo miré y traté de buscarle el significado.

—El patrón de su espalda —dijo—. Míralo. Un triángulo que apunta hacia abajo, un rombo por encima y esas líneas de ahí: cuernos.

—Sí —dije, todavía perpleja.

—Y las patas que van hacia delante y hacia atrás. —Dejó el insecto sobre una rama, donde reposó sin moverse—. Lo he visto por todas partes.

—¿Al hombre? —le pregunté—. ¿También lo has visto?

—No. —Negó con la cabeza—. Al dios de los finales. Chernabog. Ese es su símbolo. ¿No lo reconoces? Se me aparece cinco veces al día. Está en camino, lo noto. Él no siempre deja elecciones.

—¿Qué significa que Chernabog esté en camino? ¿Qué ocurrirá si aparece?

—Es imposible saberlo exactamente —repuso, con su mirada pensativa clavada en el escarabajo, el cual había vuelto a emprender una marcha lenta y cautelosa por la rama.

»Significa —añadió, con un leve asentimiento resignado— que algo acaba.

Al final, Vano se decidió a consultar a la halcón sacre. Estaba muy preocupado por los indicios y los mensajes que recibía, por lo que quería alcanzar una mayor claridad. Lo acompañé. Vano vivía en paz con todo. Los ciervos de las cañadas no se molestaban en alzar la cabeza de la hierba cuando él se acercaba, y una vez había presenciado que un lobo se dirigía a la cabaña con lo que habría jurado que era un paso arrepentido para devolver un cordero robado porque Vano se lo había pedido, pero, aun así, la halcón sacre era un animal muy peligroso, con garras curvas de cinco centímetros de largo y una naturaleza más salvaje incluso que la de Ehru. Pese a que no pensaba que la halcón fuera a hacerle daño a Vano, iba a estar allí de todos modos para cerciorarme de ello.

Con un ratón de abedul como ofrenda, emprendimos la marcha y nos dispusimos a buscar entre los acantilados cerca del río, donde a la halcón sacre le gustaba construir sus nidos, aunque no la encontramos ni a ella ni a ningún indicio de su presencia: no había ramas mezcladas que sobresalieran de las fisuras en las rocas, así como ningún conjunto de plumas arrancadas de sus presas, por lo que seguimos avanzando hacia el alto pico occidental que lo observaba todo desde arriba.

Allí, mientras escalábamos las pendientes rocosas, oímos el grito de alegría irascible que tanto nos sonaba y que solo podía venir de parte de la halcón. Nos volvimos para ver a la elegante ave dar vueltas por el aire como un acróbata, con las alas como manos que le acunaban su cuerpo al descender y las garras peleando con algo de pelaje oscuro.

El pájaro descendía sin cuidado, con la misma falta de preocupación que un pez que se sumergía en el agua, pero entonces el trozo de pelaje negro cayó del agarre del ave de repente. La halcón detuvo su caída en picado de forma abrupta, se alzó y se lanzó hacia arriba en el aire al batir las alas en un gesto de derrota estoica. Con una velocidad inimaginable, voló más allá de nosotros y se posó sobre un nido en los árboles un poco más arriba por la pendiente.

Seguimos subiendo, poco a poco y en silencio, sin apartar la mirada del ave, hasta que nos acercamos lo suficiente y nos detuvimos.

La halcón sacre estaba posada sobre una rama cerca de su nido, el cual en realidad era el nido de algún otro pájaro hasta que ella se lo había quitado del mismo modo que una reina se llevaba lo que quería como tributo real. Sus duras y oscuras garras envolvían por completo la rama del árbol, y la halcón nos miraba con los orbes negros que tenía por ojos —los cuales se decía que veían más que los de ninguna otra criatura—, como si nos hubiera estado esperando.

Vano liberó el ratón de abedul de la pequeña jaula de madera que llevaba en su mochila, y el animalito se arrastró a toda prisa hacia delante, entre las rocas. La halcón se erizó y se lo quedó mirando para rastrear su paso, tras lo cual se tensó como si fuera un solo músculo y salió volando de la rama para cazar al ratón con un salvajismo de precisión quirúrgica.

Mientras nos observaba con un ojo, clavó su afilado pico en el pequeño roedor que se retorcía, le arrancó alguna extremidad del cuerpo y alzó el vuelo de improviso. Tras colocar al animal muerto en el nido, volvió la cabeza para un lado y para el otro, erizó las plumas de un modo estridente y empezó a comer. Entre cada mordisco que daba, nos miraba fijamente hasta que, al fin, dejó de comer y se limitó a mirarnos. Las plumas de su nuca se erizaron de repente, y entonces salió volando hacia delante con un gran movimiento de alas y el mismo grito feroz que había soltado antes. Voló con suavidad hacia abajo, sobre las copas de los árboles, en dirección al monasterio que se cernía a lo lejos.

Vano la siguió con la mirada, y yo lo imité hasta que vi, bajo el ave, un camino entre el bosque. Era de lo más sutil, pues no estaba hecho con la violencia torpe de los humanos, sino que más bien parecía el tipo de senderos en los que confiaba un animal para que lo condujera al agua. Di unos pasos hacia delante mientras lo examinaba con la mirada, la cual no podía competir con los ojos de la halcón sacre, aunque sí veía tan bien como otros animales.

—¿Te ha dicho algo? —le pregunté.

Cuando Vano no me contestó, me di la vuelta y vi que me estaba mirando.

—¿Qué te ha dicho? —insistí.

—Me ha dicho que te siguiera a ti.

—*¿A mí?*

Avanzamos con cuidado y en silencio por el camino. No tardé en darme cuenta, gracias al olor, de que el camino le pertenecía a Ehru, o de que al menos él lo había usado poco tiempo atrás.

Vano me siguió a paso lento y dudoso, como si recorrer aquel sendero le provocara algún dolor, o como si unas zarzas espinosas se le estuvieran clavando o el aire se volviera menos espeso e imposible de respirar, solo que no había ninguna zarza, y el camino, por discreto que fuera, era plano y fácil de transitar.

Al verlo estremecerse y respirar deprisa, me detuve.

—¿Qué pasa? —le pregunté—. Sé que pasa algo. ¿Deberíamos dar media vuelta?

—No —dijo con cierto esfuerzo—. Continúa, por favor. Tú primero.

Continué, mientras el aroma de Ehru se volvía cada vez más fuerte y llegaba acompañado por otro aroma, el de la sangre, aunque era diferente de algún modo al olor normal de la sangre, pues el nuevo aroma era más rico y complejo. No sabía de dónde procedía.

Vano y yo nos dimos cuenta de que nos estábamos acercando a la aldea que se encontraba al oeste de la cabaña de Piroska y al monasterio del que Vano y Ehru habían huido hacía años. La tarde estaba llegando a su fin, y, en las sombras crecientes, el aire de finales de otoño se tornaba frío; aun así, Vano estaba sudando. Entornó los ojos y apartó la mirada ante los embates de algo que yo no podía ver.

—¿Qué pasa, Vano? ¿Qué te hace daño?

Se limpió el sudor que le goteaba de la frente.

—El calor —respondió, antes de soltar una larga y lenta exhalación—. Hace muchísimo calor.

Se cubrió sus ojos entrecerrados con las manos para dejar que reposaran durante unos instantes.

—Y el humo, las cenizas; me cuesta respirar, me cuesta ver.

El ambiente a mi alrededor parecía despejado, había un olor dulce por la hierba de Santa Catalina y estaba fresco por la noche que se cernía sobre nosotros, pero los ojos de Vano, detrás de sus gruesas pestañas casi unidas, se habían puesto rojos y mostraban una expresión de dolor. No podía dudar de lo que me acababa de decir.

—Deberíamos volver —insistí—. Cada paso que damos hace que te duela más.

—No, Anya. Tenemos que seguir adelante, no hay otra alternativa. Cada paso que damos nos lleva más cerca de un momento, no de un lugar.

Seguimos caminando hasta que, bajo el destello de la puesta de sol, con el cielo en llamas y las torres y cúpulas del monasterio que se alzaban con seriedad por encima de las copas de los árboles, Vano se detuvo y se apoyó, agotado, contra una gran roca.

—Te esperaré aquí —me dijo—. Ya no queda mucho.

Asentí y continué. Yo también sabía que no estábamos lejos de nuestro destino, pues había empezado a oír unos ruidos tenues, el jadeo de un esfuerzo mortal, de algo que moría. Ehru y su aroma también estaban cerca, junto a aquel olor a sangre rica y terrosa. Temía con lo que iba a encontrarme. *Ehru* —pensé con cierto terror—, *¿qué has hecho? ¿Qué has matado?*

Entonces, de un modo tan repentino que resultó aterrador, Ehru, el depredador más rápido y astuto de todos, estaba frente a mí. Sin embargo, por primera vez había sido yo quien lo había tomado desprevenido. No sabía que era yo. Cuando vio que así era, el gruñido feroz de su rostro desapareció, y se dio media vuelta para alejarse.

—Ehru —le susurré mientras lo seguía—, ¿qué pasa? Vano y yo…

Y entonces lo vi.

En un hueco formado por las raíces de un árbol yacía una chica, y de la chica emanaba el olor a sangre rica y sustanciosa. Era joven, probablemente no mayor de quince años, tenía el cabello empapado y pegado contra su cabeza, además de un vientre redondeado al que se aferraba su falda, manchada de sangre y líquido amniótico.

Ehru se dirigió hacia ella y se tumbó a su lado. Le dio una mano, y con la otra empezó a empujar en su vientre hacia abajo, desde lo más alto. La chica tenía un palo en la boca, y, a medida que Ehru empujaba en su vientre, lo mordía para amortiguar los gritos.

Me dirigí a la chica a toda prisa, le subí la falda y vi, entre sus piernas temblorosas, una cabeza sangrienta que sobresalía.

Ya había presenciado partos antes, muchos años atrás, en la aldea. Solo que nunca había ayudado en ninguno. La chica era tan pequeña, y su estómago, tan grande… Cualquier bebé habría sido demasiado grande para un pasaje tan estrecho. Las chicas tan jóvenes y pequeñas como aquella no debían tener bebés.

—Sácalo, Anya —me siseó Ehru—. Sácaselo.

—¡No debería estar en ella! —le espeté en un susurro lleno de ira. Aun así, estiré las manos y rodeé la cabecita con los dedos. La chica contuvo una arcada y gruñó contra el palo.

—¡Sácalo, Anya! —gruñó Ehru una vez más—. ¡Que lo saques ya!

Sus dientes de sangre se movieron hacia delante de forma amenazadora.

Le dediqué una mirada asesina, pero metí los dedos todavía más, mientras la chica daba unas débiles patadas. El bebé estaba atascado, pues sus hombros eran demasiado anchos para el canal de parto. Busqué la diminuta clavícula del bebé, la tomé entre el pulgar y el índice y, tras dudarlo un segundo, la partí. Entonces, tan deprisa como pude, doblé el hombro inerte hacia el pecho y estiré. Por un momento, la cabeza se movió poco a poco, y entonces, de repente, se deslizó hacia delante como un corcho que salía de una botella, y el resto del cuerpo salió tras ella. Alcé a aquella pequeña y resbaladiza forma en brazos, sin saber si estaba viva o muerta. No soltaba ningún sonido ni se movía.

La chica yacía inconsciente contra Ehru, y él la cargó casi como había hecho yo con el bebé, tras lo cual empezó a caminar por el bosque en la dirección por la que Vano y yo habíamos venido. Me quedé allí por un momento, perpleja, hasta que volví en mí y lo seguí. Cuando llegamos donde estaba Vano, apoyado contra la roca, sudando y esperando, Ehru pasó por su lado sin pronunciar ni una sola palabra. Me arranqué un trozo de falda y envolví al bebé con firmeza en la tela, tras lo cual Vano y yo lo seguimos a través del bosque oscuro.

Pensé que la incomodidad de Vano iba a desaparecer conforme nos alejáramos del lugar de nacimiento y de la amenaza de la aldea y el monasterio, pero no fue así. Empeoró. Si bien no dijo nada, cada vez hacía más ruido al respirar, y de vez en cuando se tropezaba. Cuando apoyé una mano en él para ayudarlo a recobrar el equilibrio, noté que tenía la piel resbaladiza por el sudor y que los músculos bajo ella daban sacudidas y sufrían espasmos.

Piroska, de algún modo y como de costumbre, sabía que estábamos en camino, por lo que había puesto agua a hervir en la tetera y había preparado la cama para la chica para cuando llegamos a la cabaña. Ehru colocó a la chica en la cama, la desvistió y le puso una manta sobre el pecho y los brazos, pues tiritaba incluso inconsciente. Tomó la tetera y, como si fuera agua fresca de un manantial, mojó un trapo, le estrujó el agua hirviendo y lavó a la chica con él. Conforme limpiaba la sangre de su piel, el color verde y morado de unos cardenales oscuros se hizo visible en las piernas de la chica. Se había hecho un desgarro horrible por donde había salido el bebé. Piroska sostuvo la punta de una aguja sobre una llama y luego se acercó a la cama para coserla, pero Ehru le quitó la aguja y, sin soltar ni una palabra, se volvió hacia la chica.

—Espera —le pidió Piroska con voz ronca. Se dirigió a sus estanterías y volvió con una botellita. Puso una gota de la tintura en la boca de la chica y luego varias más en sus partes femeninas. Entonces le hizo un ademán con la cabeza a Ehru, y este empezó a coser la carne de la chica con un cariño delicado que nunca habría imaginado que albergaba.

Piroska se acercó a mí, junto al fuego, mientras sostenía y frotaba aquel bultito inmóvil envuelto en mi falda. Vano estaba agachado cerca y movía los carbones de la hoguera con el atizador como si se le hubiera perdido algo entre las brasas y lo estuviera buscando. Tenía el cabello tan mojado que parecía que acababa de salir del río. Varias gotas de sudor le recorrían la frente y el cuello. Piroska le tocó el hombro, él la miró desde el suelo, y entre los dos hubo una mirada de entendimiento sin palabras. Piroska estiró las manos hacia el bebé, y yo se lo entregué mientras las lágrimas se derramaban por fin de mis ojos.

—Creo que está… —El nudo en la garganta me impedía sacar las palabras—. Creo que está muerto.

Me acerqué a Ehru conforme acababa de coser los últimos puntos.

—Tu hijo, Ehru —le dije, apartando la mirada del cuerpo destrozado de la chica—. No he notado que se moviera. No ha llorado. Me temo que...

—El bebé no es mío, Anya. ¿Aún no sabes cómo funcionan las cosas? El bebé se lo puso dentro el mismo hombre que le hizo todos esos moretones en el cuerpo. El mismo hombre que viste en el río, sin duda. Estoy seguro de que era a mí a quien estaba cazando. Pero ahora ya no volverá a cazar nada.

Aquello me sorprendió tanto que me quedé sin palabras. Todo ese tiempo Ehru había sabido quién era el hombre, o al menos lo había sospechado.

Ehru ató el hilo y, con un cuchillo afilado, lo cortó de la aguja.

—Pero la niña será mía —añadió, antes de estirar la manta hacia abajo para cubrirle las piernas desnudas a la chica y acomodarlas con delicadeza—. Igual que ella es mía y yo soy suyo.

Junto al fuego, Piroska había desenvuelto a la bebé —pues sí era una niña— y la había lavado. Volvió a envolverla con unos paños limpios y le puso una gota de alguna otra tintura en la boca, tras lo cual le frotó el cuerpo con vigor al tiempo que le susurraba al oído. Ehru se acercó y se quedó de pie a su lado.

—Está viva —le dijo Piroska—, pero solo apenas. —Juntó los dedos—. Y no por mucho tiempo. Ha sido muy difícil para ella. Siente que no puede seguir adelante.

Le entregó la bebé a Ehru, y él miró hacia aquel rostro todavía arrugado que respiraba de forma débil.

—Iré a por leche de las ovejas —dijo Piroska.

—No —la detuvo Ehru—. No hay tiempo para eso. Y no hace falta.

—¿Qué quieres decir? —pregunté.

—Enterraremos a la niña esta noche —repuso, mirándome, y me di cuenta de que todos me observaban: Piroska, Vano y Ehru.

—¿Qué quieres decir? —repetí—. Puede que sobreviva. Si Piroska le da de comer, quizá...

Me volví hacia Piroska, y la mujer me devolvió la mirada con una amable sonrisa llena de compasión, como si yo fuera una niña pequeña que no entendía nada. Vano, reluciendo por el sudor en el que se reflejaba la luz del fuego, también se quedó mirando hacia delante, con calma. Ninguno de ellos parecía sorprendido. ¿Por qué? Me pregunté cuánto habían sabido o sospechado antes de aquella noche. ¿Por qué, como de costumbre, yo era la única que no entendía lo que pasaba?

—Puede que sobreviva —insistí, con la voz ronca por la frustración.

—Sí que sobrevivirá —dijo Ehru—. Y vivirá para siempre.

—¿Qué?

—Viviremos para siempre, juntos. —Ehru se volvió y miró a la chica de la cama—. Son mi familia ahora. Lada y yo lo hemos hablado. Ella también quiere que sea así.

—¿Los harás… como nosotros? —pregunté, antes de dejarme caer sobre una silla, aunque solo lo dije para mí misma. Nadie más me escuchaba. Piroska y Vano estaban observando a Ehru mientras él se acercaba a la cama y dejaba a la bebé en la curva del brazo de su madre dormida. Si tenían alguna opinión al respecto, no la indicaron con palabras ni con expresiones.

Ehru le susurró a la bebé en el idioma que él y Vano compartían. La besó en la frente y le sacó uno de sus diminutos brazos de la tela. Le dio otro beso en el rostro y en la mano, y entonces le dio la vuelta al brazo y se lo llevó a la boca. La bebé arrugó la cara por un instante cuando Ehru le perforó la piel con los dientes con mucho cuidado. Entonces se puso a beber.

—No —susurré—. No.

Me levanté y me puse a dar vueltas mientras observaba de vez en cuando lo que ocurría. Ehru dejó el brazo de la bebé por fin, y esta se quedó quieta, con una palidez de color gris ceniza en su diminuta mano y en el rostro.

Ehru se puso de pie y salió de la cabaña. No pude soportar la quietud de la bebé, la quietud de Piroska y de Vano, sentados en silencio en sus sillas y escuchando atentamente a nuestros futuros, por lo que seguí a Ehru al exterior y lo encontré partiendo madera con destreza para hacer unos listones planos.

—¿Acabas… acabas de beberte la vida de esa bebé?

—Sí —dijo, antes de volver a levantar el hacha por encima del hombro y hacerla descender hacia la madera una vez más—. Y le he dado de mi propia vida.

Me miró, y su rostro contenía más calma y paz de la que había visto nunca en él. Se parecía mucho a Vano, al igual que cuando eran más jóvenes, aunque no había sido así desde hacía muchos años.

—Es un intercambio, Anya. Das y recibes. Cuando estás listo, tu cuerpo sabe lo que hay que hacer y lo hace. El cuerpo siempre sabe lo que hay que hacer, siempre que puedas apartar la mente de su camino.

—Pero ¿cómo puedes decidirte por esto? ¿Cómo puedes tomar esa decisión por ellas? Vivir… para siempre.

No me contestó, sino que se limitó a blandir su hacha de forma grácil hacia delante e hizo que las mitades de la madera se separaran como si estuvieran bailando.

—Ehru, tú y yo nos parecemos. Sé que has sufrido mucho. Yo también lo he pasado mal. Este mundo no nos ha tratado bien a ninguno de los dos, y, aun así, estamos obligados a seguir en él. No podemos escapar. ¿Es eso lo que quieres para ellas? ¿Es eso lo que ellas quieren? ¿De verdad?

Ehru apoyó la punta del hacha contra la tierra por un momento y negó con la cabeza.

—Dejar que un hombre se muera de hambre parecería un acto cruel, una falta de compasión, ¿no? —me preguntó, mirándome.

»Y, aun así, imagina que ese hombre que se muere de hambre por fin se lleva algo de comer a la boca. ¿Cómo le sabrá eso? —Se llevó los dedos a la boca, como si saboreara algo indescriptible—. Te aseguro, Anya, que, aunque fueran las gachas más insípidas del mundo, le sabrán mejor que cualquier plato que haya comido un rey bien alimentado. Y te pregunto, en ese momento en el que el muerto de hambre come el primer bocado y descubre, cuando antes no podía, el placer que la comida puede proporcionar a una persona, ¿la inanición que precedía a ese momento era algo malo o bueno?

Alzó uno de sus gruesos dedos ante él.

—Será él quien lo decida. Y, decida lo que decida, eso será lo que es cierto para él.

Se echó hacia delante y le dio la vuelta al bloque de madera antes de blandir el hacha en otro arco delicado. Como dos buceadores gemelos, espalda a espalda, que saltan hacia unas piscinas idénticas, las mitades se separaron.

—Tu mente te provoca sufrimiento, Anya. Tu miedo al dolor que has experimentado y al que puedes experimentar en el futuro. Yo he experimentado mucho dolor, es cierto, pero ahora…

Se enderezó. Unas pálidas lunas crecientes brillaban de forma tenue en sus ojos, los cuales podrían haber estado anegados en lágrimas. Señaló hacia la cabaña en la que la luz de las velas brillaba a través de las ventanas.

—Soy ese hombre. He probado el primer bocado después de haber pasado tanta hambre. No estoy enfadado con el mundo. Y lo daré todo, todo lo que tengo, sin dudarlo. Pero tienes razón, Anya, son ellas quienes tienen que decidir por sí mismas, tal como he hecho yo. Todo el mundo debe decidir si este mundo y la vida en él son algo bueno o malo, una bendición o una maldición.

Tras acabar de partir la madera, agrupó los pequeños listones los unos con los otros.

—Ayúdame —me pidió—, por favor.

Todavía incómoda y sin saber qué pensar de sus palabras, me acerqué a él, me arrodillé y dejé que me guiara las manos hacia la madera para que los pudiera sostener sin que se movieran. Entonces buscó un martillo y varios clavos y unió los listones, de modo que Ehru y yo construimos un ataúd para su hija.

Enterró a la bebé aquella misma noche. Colocó una manta suave dentro del ataúd. Extrajo un conjunto de campanas del alero del tejado, liberó las piernas de la bebé de la manta y le ató las campanas en los tobillos. Por último, tumbó a la bebé en el ataúd, clavó el último listón en la parte superior y, bajo la luna creciente, colocó el féretro en el agujero que había cavado entre los árboles, justo al otro lado del claro del campo.

De vuelta en la cabaña, Ehru se acurrucó junto a la chica, Lada, en la cama. Vano y Piroska estaban sentados en sus sillas, mientras Vano empapaba su ropa en sudor y se estremecía en extraños intervalos y Piroska lo observaba con atención y le daba sorbos a uno de sus tés. Yo me tumbé con una manta en la moqueta que cubría el suelo de tierra entre ellos y me quedé dormida.

Me desperté en algún momento al oír que alguien hablaba.

Vano estaba en su silla, todavía despierto y con la mirada clavada en el fuego. Hablaba en su idioma en voz baja. Ehru y la chica estaban dormidos, y Piroska también se había retirado a su cama. Vano le hablaba al espíritu y lloraba en silencio. Cada cierto tiempo se limpiaba las lágrimas de la mejilla con la parte inferior de la mano.

—Vano, ¿qué te pasa? —le susurré—. Te estás poniendo peor. El problema no era la chica, Ehru y la bebé, ¿verdad? Hay algo más. Algo peor.

Se volvió hacia mí y me dedicó una media sonrisa llena de esfuerzo, aunque sudaba y temblaba tanto que verlo solo hizo que tuviera más miedo.

—Ponerme peor es ponerme mejor —dijo en una voz baja y ronca.

—No lo entiendo. —Mi voz sonó llena de amargura—. Nunca lo entiendo. ¿Estás en peligro? ¿Te está pasando algo?

—Lo siento —se disculpó al notar mi frustración—. Son cosas que no son fáciles de entender. Lo que va a suceder es lo que tiene que suceder, y, si eso es así, entonces es bueno, y seríamos unos idiotas si quisiéramos algo distinto. Es como... —Miró hacia la cama, donde Lada y Ehru dormían—. Como dar a luz. Te lleva a través del dolor hacia más dolor, y no puedes estar segura de que no te vaya a matar, pero, aun con todo, no puedes hacer nada más que confiar en ello y seguir hacia donde te lleve. Tomar cualquier otra decisión significaría que nuestros destinos morirían, así como todo lo que debemos hacer.

—Me da igual el destino —le espeté, feroz—. No voy a dejar que te pase nada. —Entonces, de repente, me puse a llorar, con el rostro enterrado entre las manos.

Vano me rozó con amabilidad el dorso de la mano, y alcé la mirada. Cuando me aparté las manos de la cara, no me las soltó, y, por un momento, sus ojos me miraron con más ternura de la que había visto nunca, y supe que nada había estado oculto ante él, y mucho menos mi amor.

—Podría... podría hacerte... —Me costaba hablar; las palabras temblaban y se resistían a que las pronunciara—. Como yo. Como ha hecho Ehru...

Miró mi mano, todavía en la suya.

—Ese sería un camino muy bonito —dijo en voz baja—. Pero mi puerta no se abre hacia él.

Cerré los ojos y dejé que las lágrimas brotaran de ellos. Me dolía el vacío en el pecho, donde sentía que me habían arrancado todas mis esperanzas.

—¿Qué puedo hacer? —le supliqué—. ¿No hay nada que pueda hacer?

—¿Podrías...? —Dudó. Lo vi más débil e inseguro de lo que lo había visto nunca—. ¿Podrías quedarte conmigo? ¿Podrías quedarte despierta y hacerme compañía? Lo que me espera me exigirá valentía, pero no me veo valiente. Tú sí lo eres, Anya. Tu compañía me vendría muy bien.

Como respuesta, solo fui capaz de limpiarme las lágrimas del rostro.

—¿Podrías quedarte cerca de mí, a mi lado, y tal vez darme la mano?

Me acerqué a él, con nuestros hombros el uno contra el otro, y le di la mano con firmeza. Nunca había estado tan cerca de Vano, nunca habíamos tenido tanta intimidad física, por mucho que lo hubiera deseado. Y, aun así, por alguna razón, mientras estábamos allí sentados, aferrados el uno al otro, me sentí más que nunca como una hermana para él, y él como un hermano para mí.

Me pidió que me quedara despierta con él, y eso hice. Durante un tiempo. Sin embargo, en algún momento, mi cabeza cayó contra una lana suave, y, en el sueño en el que me sumí, oí unas palabras pronunciadas en voz baja, una bendición susurrada en mi oído que, de algún modo, nunca llegué a olvidar.

—E irás por un nuevo camino —dijeron las palabras susurradas de Vano—. Un camino por el que no has ido nunca, un camino que no imaginabas que ibas a emprender. Entonces me verás, cuando llegue el momento. El espíritu y yo iremos contigo. Algún día, cuando seas tú quien necesite ser valiente, estaré contigo. Y seré yo quien te dé la mano.

CAPÍTULO DIECISÉIS

Los Hardman nunca aparecen.

La luz se hunde más en su inclinación descendente.

Las galletas y las pastitas desaparecen de los platos, y solo dejan tras de sí miguitas y manchas de crema. Los primeros padres empiezan a excusarse y a irse con sus hijos. Cuando salí del baño, la mayoría de los padres me concedieron un espacio sospechoso y pretendieron no haber visto —o que no les hubieran contado en un momento— mi pequeña crisis. Aun así, algunos de los menos evasores me ofrecieron unas despedidas de lo más sinceras sumadas a miradas llenas de comprensión y palmaditas suaves en el codo. Sin embargo, un tiempo después, el caos de adultos y niños se trasladó a la entrada, y luego a la calle, y luego se habían marchado. Todos salvo Leo, quien vuelve su carita de esqueleto hacia mí y me pregunta, tal vez por décima vez durante las últimas dos horas:

—¿Cree que Katherine va a venir?

Cada vez que me ha repetido la pregunta, mis respuestas han sido más vagas.

—No —admito por fin—, no lo creo. Debe haber pasado algo.

Con un paño húmedo en una mano, le inclino la barbilla hacia arriba y empiezo a limpiarle la pintura y a revelar unos tramos de piel enrojecida y húmeda debajo.

—A lo mejor está durmiendo —propone Leo, estremeciéndose por la tela rugosa con la que le froto las mejillas.

Ladeo la cabeza, sorprendida.

—¿Por qué lo dices? ¿Por qué iba a estar durmiendo?

—Está muy cansada, así que a veces tiene que dormir.

—¿Ah, sí? ¿Está muy cansada?

—Sí.

—¿Tu madre duerme mucho?

—Sí.

—¿Y qué haces tú mientras duerme?

—Veo *Barrio Sésamo* o, si no quiero ver *Barrio Sésamo*, me voy a mi habitación y pinto con mis colores.

—¿Tú solo?

—Sí —asiente—, yo solo o con Max.

—¿Quién es Max?

—¡Te lo enseño! —exclama, y sale corriendo hacia el aula. Lo sigo. Se ha dirigido hasta la ofrenda, de donde saca una jirafa de peluche que lleva una diminuta camiseta marrón y que no me había dado cuenta de que estaba allí.

—¿Esto es tuyo? ¿Lo has puesto en la ofrenda?

—¡Sí! Este es Max.

—Es un placer conocerlo. Pero ¿qué hace Max en la ofrenda?

—Me dijo que podía poner algo en la ofrenda si quería.

—Bueno, sí, tienes razón. Pero quería decir algo para alguien que hubiera muerto. La ofrenda es para eso, ya sabes.

—Sí, lo sé. ¡Se murió!

No tengo ni idea de cómo responder a eso, por lo que, tras una pausa confusa, acabo diciendo:

—Vale, ya veo. —Y cambio de tema—. Leo, ¿qué le ha pasado a Valeria? ¿Ya no va a tu casa?

—No —dice, con una expresión frustrada—. Pero quiero que venga.

—¿Sabes por qué dejó de ir?

Niega con la cabeza. Respiro hondo y suelto un suspiro.

—Bueno, déjame que te quite lo que te queda de pintura de la cara, y luego supongo que tendré que llevarte a casa.

El sol ya se ha hundido más allá de los árboles que rodean la escuela para cuando recogemos las cosas de Leo y caminamos hasta el coche. Pese a que los días son cada vez más cortos ahora, en un abrir y cerrar de ojos empezarán a ser más largos de nuevo. Cortos, largos, cortos, largos... Las estaciones me pasan de largo a la velocidad de los patrones cambiantes de una peonza.

He encontrado la dirección de los Hardman en su archivo. Según el mapa que llevo en la guantera, viven al sur del centro, una zona que no me suena, aunque no es que salga demasiado de casa, por lo que hay muchas partes de la ciudad que no me suenan de nada.

Tras quince minutos de conducir por carreteras secundarias, acabamos en una línea curva poco iluminada de pseudomansiones enormes pero construidas a toda prisa. Empiezo a buscar las direcciones de las casas. Si bien hay piscinas y canchas de tenis y señales para que los caballos crucen la carretera, no hay muchas farolas, y aún menos direcciones visibles. Tras un par de giros equivocados, aparco al fin delante de una casa que Leo confirma que es la suya. Está a oscuras y no hay ningún coche en la entrada.

Me acerco a la puerta a solas y llamo al timbre, el cual resuena hacia el terreno que hay al otro lado de la puerta, pero nadie contesta. Llamo a la puerta. Pese a que solo encuentro la perfecta quietud de la ausencia, trato de llamarlos de todos modos.

—¿Señora Hardman? ¿Señor Hardman? ¿Hay alguien?

Un perro ladra desde un jardín cercano, y me pregunto con cierta incomodidad si será de los Hardman. Los perros suelen tener opiniones variadas sobre mí, aunque siempre las expresan con fuerza.

Vuelvo al coche, y se me ocurre que tal vez haya ocurrido algo malo de verdad. Quizá Katherine ha tenido un accidente de tráfico de camino a la escuela. ¿Qué debería hacer? ¿Debería ir a buscar una cabina telefónica para llamar a la policía, para preguntar si se ha producido algún accidente? Me vuelvo a estremecer al pensar en la policía. Una de mis normas generales es alejarme de toda burocracia y de las instituciones que me podrían incluir en un archivo que pudiera ser consultado más adelante. Llamar al hospital es una alternativa más aceptable, pero quién sabe dónde estará la cabina más cercana.

—¿Qué hace? —me pregunta Leo.

—Estoy pensando un momento —digo, tras soltar un suspiro.

—¿Vamos a ir dentro?

—Bueno, ahora mismo no hay nadie en casa, y la puerta está cerrada, así que no podemos pasar, pero espero que podamos pronto.

Se vuelve a quedar en silencio mientras observa las casas oscuras a través de la ventana.

Al otro lado de la calle, las luces azules de un televisor se lanzan como locas contra las cortinas corridas de la ventana del salón.

—Eres muy paciente, Leo. Hoy no ha salido como esperábamos, ¿verdad? Pero te lo has tomado todo muy bien. Estoy muy orgullosa de ti.

Sonríe y disfruta del halago con una transparencia que solo los niños tienen, y solo durante un tiempo.

—¿Va a entrar a casa? Quiero enseñarle unos dibujos que hice con acuarelas cuando Valeria estaba aquí aún.

—Me encantaría, pero tendremos que ver qué dice tu *maman* cuando llegue. Por curiosidad, Leo, ¿tienes un perro?

—No. —Niega con la cabeza—. Me dan miedo los perros.

—Debo admitir que a mí tampoco me gustan demasiado.

—Hay un perro malo en la casa de al lado, y cuando salgo a jugar me ladra. Me da mucho miedo, así que no salgo mucho.

—Qué horrible. ¿Es esa casa de ahí? —Señalo hacia la casa en la que había oído los ladridos.

—Sí. Se llama Vlad. Es muy grande y hasta ha llegado a saltar por encima de la valla alguna vez.

Nos quedamos sentados en el coche otros cinco minutos mientras hablamos de Vlad y debatimos los méritos generales de los distintos tipos de mascotas. Estoy pensando si ir a casa de sus vecinos, la de las luces saltarinas, para usar su teléfono para llamar al hospital o si debería volver a mi casa con Leo, cuando una luz parpadea en el garaje de la casa de los Hardman. La puerta del garaje se sacude de repente a todo volumen y empieza a abrirse. La puerta no ha subido mucho más de la mitad cuando un coche sale patinando bajo ella.

—¡Mamá! —grita Leo, antes de abrir la puerta del coche de golpe y saludarla con su manita en el aire.

El coche ha recorrido la entrada de la casa a toda prisa y se ha dirigido a la calle, pero ahí frena en seco. A menor velocidad, tras haber visto mi coche aparcado junto a la acera, con las luces encendidas y con Leo saludando desde el asiento del copiloto, el conductor vuelve a dirigirse a la entrada de la casa y aparca, tras lo cual se produce un largo momento de quietud.

Me percato de que acabo de ser testigo de un gran fallo parental, y mi estrategia será la misma que la que han empleado algunos de los padres esta misma tarde: hacerme la loca. Salgo del coche y me dirijo hacia la puerta de Leo. Unos instantes más tarde, lo estoy ayudando a recoger la mochila cuando Katherine, por fin, sale de su coche y empieza a caminar poco a poco hacia nosotros. Lleva unos pantalones finos y una blusa cruzada que bien podrían ser un pijama, y cojea un poco al andar.

—¿Has estado aquí todo este rato? —grita Leo, y me gustaría haberle contado antes lo de la estrategia de hacernos los locos.

Katherine no contesta, sino que se limita a cojear hacia nosotros. Sus pantalones se mecen, holgados, ante el aire frío y revelan lo sumamente delgada que es su forma.

—Llevamos mucho tiempo aquí sentados —continúa Leo— y hemos llamado al timbre. ¿Por qué no has contestado?

Su madre sigue sin decir nada, y se encuentra con nosotros a medio camino en la entrada de la casa, donde se detiene y se lleva las manos a la boca en un gesto de vergüenza.

—Lo siento mucho —dice, y sus grandes ojos expresan su humillación.

—No pasa nada, Katherine. Pero ¿está bien? La veo cojear. ¿Le ha pasado algo?

—Dios, voy a parecer todo un desastre. Le juro que no siempre me accidento tanto, pero ayer se me clavó un trozo de cristal en el pie, así que hoy he ido al médico para que me lo sacara. *Dave* me ha dicho que me ayudaría y que iría a recoger a Leo a la escuela —pone los ojos en blanco por la frustración—, así que me he tomado un analgésico y me he echado una siesta. Me he despertado hace cinco minutos y me he encontrado con la casa a oscuras, sin Dave y sin Leo. Me he llevado un susto de muerte.

Respira hondo y ladea la cabeza.

—Muchísimas gracias por haberlo traído hasta aquí. Siento mucho que haya tenido que hacerlo. ¡Arg! Seguro que estaba muy preocupada. ¡Qué desastre!

—De verdad, no ha sido nada, y… no quisiera añadir más problemas a su lista de preocupaciones, ya que parece que ha tenido un mal día, pero a nosotros tampoco nos ha ido demasiado bien. A Leo le ha dado un ataque de asma por la mañana, con sangrado por la nariz incluido...

—*Ay, no* —susurra Katherine, y se vuelve a llevar las manos a la cara.

—Tiene una bufanda ensangrentada en la mochila, pero, más allá de eso, está bien, como puede ver. Aunque el inhalador... Lo tenía a mano, la cosa es que no ha funcionado como debía. Creo que tal vez estaba vacío.

—Ay, no —susurra una vez más y cierra los ojos—. Menudo día de...

Articula la palabrota en mi dirección.

—¿Podría habernos ido peor el día? —le pregunta a su hijo.

Leo aprovecha la oportunidad para tirarle de la manga y preguntarle:

—¿Puede la señorita Collette entrar a casa? Quiero enseñarle los dibujos con acuarelas que pinté.

Se produce un momento incómodo de dudas y frases a medio formar por parte de Katherine y de mí, mientras Leo mira con esperanza de la una a la otra.

—¡Claro! —exclama Katherine al fin—. Creo que le debemos algo de hospitalidad por todo lo que ha hecho por nosotros hoy.

—¿Quiere pasar? —me pregunta Leo, mirándome.

No me apetece para nada. Estoy agotada tanto mental como emocionalmente, pero no puedo decirle que no a esa carita con forma de corazón que me suplica y me mira expectante, y menos aún después de todo por lo que él ha pasado hoy. Además, he estado esperando que surgiera una oportunidad para hablar con Katherine para comprender mejor cómo es su vida cotidiana, y es probable que no me vaya a salir una oportunidad mejor que esta.

—Solo un ratito, siempre que no sea ninguna molestia.

—¡Por favor, faltaría más! Venga, estamos encantados de que esté aquí. Ha sido como nuestro ángel de la guarda personal hoy. Aunque tendrá que perdonarme el desorden. Como ya se habrá dado cuenta, hoy no he estado precisamente para esos trotes, y la señora de la limpieza no viene hasta el lunes.

Cuando Katherine se disculpó por el desorden, no estaba exagerando. La cocina de los Hardman es toda de colores blancos y negros y de acero inoxidable, el tipo de cocina que debe estar impoluta. Solo que esta es todo lo contrario. Hay platos apilados en el fregadero, una fila de tazas de café sucias alrededor de la cafetera, miguitas desperdigadas por toda la encimera y por la mesa, y unas manchas oscuras que se ven en las baldosas blancas que se alternan con las negras por todo el suelo. Me doy cuenta de que Katherine se siente mal por ello porque cojea a toda prisa por la cocina sobre su pie lesionado y trata de recoger con tanta discreción como puede mientras la cafetera burbujea y empieza a soltar café descafeinado en la jarra.

En cuanto a mí, me gustaría no haber aceptado el ofrecimiento de entrar; bajo la luz de la cocina, confirmo que Katherine va en pijama y le veo unas manchas de maquillaje alrededor de los ojos, además de unas motitas de rímel que le recorren las mejillas. No me gustaría estar en su lugar, con visita en una cocina sucia, con el rostro arrugado por la siesta y para colmo lesionada, y estoy segura de que a ella tampoco, aunque ya no hay más remedio, por lo que me siento en la mesa con Leo, quien mordisquea un trozo de queso y una rebanada de pan, y con Max la jirafa, que ha decidido no comer nada. Leo me muestra sus acuarelas, las cuales, al igual que el resto de su arte, se me hacen difíciles de aceptar como la obra de un niño pequeño.

Katherine emprende un esfuerzo valiente y diestro para entretenerme con cháchara insulsa mientras limpia y me pregunta sobre mi vida en Francia y sobre mi transición a Estados Unidos. Son las preguntas que me suelen hacer siempre. A los estadounidenses les fascinan las personas que no son (o que pretenden no ser) de allí.

—Dígame —me pregunta en voz baja mientras empuja las miguitas de la encimera y se las barre hacia la mano—, ¿tener hijos en Francia es igual de difícil que aquí?

Alzo la mirada del dibujo con acuarelas que tengo en la mano y le dedico una sonrisa tranquilizadora.

—De hecho, creo que es más difícil aquí.

—Ah, pare —dice, al tiempo que ladea la cabeza y entorna sus expresivos ojos en unas medialunas sonrientes. A pesar del maquillaje arruinado, sigue siendo muy guapa—. Solo lo dice para hacerme sentir mejor.

—No, lo digo en serio. Al menos según lo que he visto. En Francia, para bien o para mal, hay más tradición y consenso sobre cómo se debe criar a los hijos. Me da la impresión de que aquí, en Estados Unidos, hay menos acuerdos sobre cómo ser buen padre y más modas pasajeras, por lo que cada familia acaba reinventando la rueda en cierto modo. Todo eso a mí me parece muy difícil y estresante. Prefiero no tener que descubrir hasta el último detalle por mí misma.

—Ah, así que ese es su secreto.

Tengo tantos secretos que, por un segundo, no estoy segura de a cuál se refiere.

—Es por eso que se le dan tan bien los niños. Leo no deja de hablar de cuánto le gusta la escuela y de cuánto le gusta la señorita Collette.

Le dedico una sonrisa a Leo, quien agacha la cabeza y sonríe avergonzado en dirección a la mesa.

Todo parece ir bien, y Katherine ha demostrado ser una persona con quien es fácil hablar, por lo que decido arriesgarme con una pregunta más directa.

—Por curiosidad, ¿por qué no ha ido Valeria a recoger a Leo a la escuela?

Hay una pausa en la que Katherine enjuaga la esponja que acaba de usar para limpiar la encimera. Tras cerrar el grifo, responde:

—Es que estamos buscando nueva canguro. Tuvimos que despedir a Valeria y todavía no hemos encontrado a nadie que la sustituyera.

—¿Por qué se despidió Valeria? —pregunta Leo, antes de meterse otro trozo de queso a la boca.

—Oh, seguramente encontró otro trabajo, supongo.

Leo suelta un suspiro.

—¿Por qué no podía seguir con este trabajo? Yo quería que siguiera.

—Lo sé, Leo, y lo siento mucho, pero hay partes del trabajo de ser una canguro que solo tienen que ver con el niño, y a Valeria eso se le daban muy bien, pero también hay partes del trabajo que involucran a las personas que la contratan, y ahí tuvimos algunos problemas.

Katherine se lleva una mano al rostro para impedir que Leo le viera la boca y articula «robar» en mi dirección.

Abro mucho los ojos. Estoy sorprendida de verdad: jamás habría imaginado que Valeria fuera del tipo de personas que robaban.

—Me sorprendió mucho —dice Katherine, antes de menear la cabeza, perpleja—. Mucho.

—¿Qué te sorprendió? —pregunta Leo, alzando la mirada de los dibujos esparcidos ante él.

—Ah, nada, cielo —responde Katherine mientras abre la nevera. Entonces me pregunta—: ¿Cómo quiere el café? ¿Leche? ¿Azúcar?

—Solo está bien —digo—, muchas gracias.

Observo a Leo, quien ha bajado la mirada, triste, hacia su queso.

—Quería enseñarle a Valeria los dibujos nuevos de la escuela —murmura.

No estoy segura de si su madre lo ha oído.

—Pensaba que era difícil encontrar niñera en la ciudad —dice ella—, pero, por Dios, aquí es imposible. Es algo muy vulnerable, ¿sabe? El dejar que una desconocida entre en casa y confiarle a un hijo. No hay nada peor que darse cuenta de que se ha tomado la decisión incorrecta, y ahora lo único que pienso es «¿de quién me puedo fiar?».

—Ya me imagino —respondo—. Quizás algunos de los otros padres podrían recomendarle a alguien.

—Tendría que preguntarles, es buena idea. Todo ha pasado tan rápido... Casi creo que necesito algo de tiempo para recuperarme. Es que me parece que desconfiaría de cualquier persona a la que contratásemos ahora mismo. Aunque tampoco es el mejor momento para que yo me encargue de Leo. Tengo unos problemas de salud con los que estoy lidiando.

—¿Sí? ¿Qué le pasa? Si no le importa contármelo, claro. Perdone, puede que sea una pregunta demasiado personal.

—No, no. No se preocupe, no pasa nada. Tengo problemas en la espalda. Me caí hace cosa de un año y desde entonces he estado metida en una saga interminable de médicos y radiografías y dolor. No puedo cargar con nada que pese más de seis kilos. Algunos días me cuesta hasta salir de la cama.

Otra caída. Cuántos «accidentes» se producen en esta casa... Me pregunto si Dave también se accidentará, o si Katherine y Leo son los únicos patosos del hogar.

—Vaya, lo siento mucho —digo—. Y ahora está sola esta noche. ¿Dave llegará pronto?

Katherine se encoge de hombros a modo de respuesta y pone una expresión irónica.

—Trabaja hasta tarde los martes y los viernes... y los jueves, y a veces los lunes. Es gracioso cómo pasan esas cosas, ¿verdad? Primero es una noche a la semana, luego dos y al final acaban siendo todas.

—No puedo decir que tenga experiencia con eso.

—¿Alguna vez ha estado casada? —me pregunta Katherine.

El café ha acabado de prepararse, y ella se dispone a llenar dos tazas. Junto a mí, Leo se ha puesto a toser y ha logrado inhalar miguitas de galleta y soplarlas por toda la mesa frente a él al mismo tiempo.

—No del todo —respondo, distraída por las toses de ojos llorosos de Leo.

—¿No del todo? —repite Katherine, riéndose, mientras me deja la taza de café solo frente a mí.

—Ah, no —digo, volviendo en mí—. No, nunca he estado casada.

—Bueno, piénseselo bien antes de hacerlo —me aconseja con una mirada cargada de significado mientras destapa la botella de leche para echarla en su taza.

Su consejo hace que me pique la curiosidad. ¿Desearía habérselo pensado mejor antes de haberse casado con Dave? Este no parece el momento apropiado para ponerme a hablar de ello, con Leo en la mesa, por lo que dejo pasar el comentario sin decir nada al respecto. En su lugar, estiro las manos por encima de la mesa y agarro a Max la jirafa de sus dos patas delanteras.

—Palmaditas al pastel, pastelero —entono en un susurro al tiempo que muevo las patas de Max de forma exagerada con los movimientos de la canción—, hornéame un pastel muy muy rápido.

Leo suelta una risita y echa la cabeza hacia atrás, con el pan colgando de su boca abierta.

—Hazlo rodar —continúa él mientras sigo moviendo a Max— y palméalo y márcalo con...

—Eme —interpongo.

Leo sonríe y continúa:

—¡Y ponlo en el horno para mí y para Maxy!

—¡Leo! —le grita Katherine de repente, y tanto él como yo alzamos la mirada, sorprendidos. Por un instante, Katherine le dedica una mirada de furia incrédula, como si acabara de transgredir con descaro una regla bien establecida, pero no me imagino qué puede haber hecho mal.

Leo frunce el ceño con una expresión de arrepentimiento y se encoge en su silla.

—Lo siento —murmura.

No tengo ni idea de lo que pasa, y, para evitar mirarlos con la boca abierta con la sorpresa tan obvia que siento, me doy media vuelta y echo un vistazo a un marco con fotos que hay en la pared a nuestro lado. Se trata de uno de esos marcos de madera con espacios separados para colocar varias fotos. Hay una de Leo con su madre en una boda. Él es más pequeño, parece tener dos o tres años, y lleva un diminuto traje de portador de anillos con corbata incluida. Hay otra de él enterrado bajo una pila de hojas, y otra más reciente de él montado en el caballo de un carrusel, con Dave a su lado, sonriendo y saludando a la cámara. Dos de los espacios están vacíos y muestran el fondo de cartón negro.

Cuando vuelvo a mirarlos, Katherine está ocupada en la encimera una vez más, donde remueve su café con leche, y Leo ha vuelto a comer, aunque sigue amedrentado y con los hombros caídos, avergonzado. Un silencio incómodo ha invadido la sala.

—Perdone —dice Katherine con cautela, todavía sin mirar en nuestra dirección—. Parece que alguien... no se está comportando con educación esta noche.

Todavía estoy perpleja y no sé muy bien cómo responder a eso, por lo que acabo diciendo:

—Recuérdeme que me lleve un inhalador antes de irme, si tiene alguno extra a mano.

Es un intento a la desesperada por mi parte para volver a adentrarme en un terreno de conversación más estable.

—¡Sí! —exclama Katherine tras volverse, claramente contenta por cambiar de tema—. Gracias por recordármelo. Debería haber uno en el armario. En un minuto se lo voy a buscar.

Lleva la mano a la taza demasiado rápido, le da un golpecito al asa sin llegar a agarrarla, y la taza cae de la encimera al suelo con un crujido seco de la cerámica y el salpicón húmedo de café contra las baldosas. El líquido marrón se esparce desde los fragmentos de taza por todo el suelo.

—¡Caray! —resopla Katherine, y da un ligero pisotón por la frustración.

—¡Yo te ayudo! —exclama Leo, tras lo cual baja a toda prisa de su asiento. Me pongo de pie para buscar un poco de papel de cocina.

—No, Leo. El café está caliente, y no quiero que te quemes. ¿Por qué no me haces un favor y te vas a ver *Barrio Sésamo* mientras lo limpio todo?

Leo, con su buena voluntad rechazada, se queda allí de pie y mira el estropicio con tristeza.

—Pero no quiero ver *Barrio Sésamo* —murmura.

—Vale, bueno, a decir verdad ya es hora de que te acuestes, así que ve a ponerte el pijama y entonces puedes ver un episodio de *Barrio Sésamo* si te apetece, o te pones a leer un rato en la cama. Como tú quieras.

Leo frunce el ceño y se da media vuelta para salir de la cocina.

—Buenas noches, Leo —le digo mientras se aleja—. Te veré el lunes. Muchas gracias por enseñarme tus dibujos, son maravillosos.

Se despide de mí con la mano, todavía triste, y camina sin hacer ruido por encima de la moqueta del salón.

Me agacho y empiezo a secar el café con papel de cocina.

—Ay, Dios —susurra Katherine mientras recoge un fragmento amarillo de taza—. Parece que hoy soy un peligro para mí misma y para los demás. Qué horror.

Alza la mirada, y, a pesar de la brillante iluminación de las luces de la cocina, sus pupilas están amplias y redondeadas, y recuerdo los analgésicos que ha mencionado que se ha tomado antes.

—Katherine, por favor, deje que me encargue yo. Está mal de la espalda.

Junto todos los papeles de cocina empapados en una gran bola y la llevo hacia la basura. Según parece, Leo ha cambiado de idea sobre *Barrio Sésamo*. A través de la puerta de la cocina, lo veo en el televisor.

El Conde, con sus benignos colmillos de tela y su extravagante acento de Transilvania, cuenta «bebés», uno, dos y tres. Esa pequeña marioneta resulta una representación de los bebedores de sangre un tanto encantadora, preferible a muchas otras que he visto.

Levanto la tapa del cubo de basura. Dentro veo los restos destrozados de un gran cuenco de cristal, seguramente el origen del trozo de cristal en el pie de Katherine. Un poco más de torpeza, supongo. Bajo un gran fragmento de cristal veo, como si estuviera debajo de una lupa, la ficha del Día de los Muertos de Leo, sus deberes que nunca habían vuelto a la escuela. Está arrugada, mojada en una punta y en blanco, salvo por la línea en la que los alumnos debían poner el nombre del ser querido fallecido. En esa línea, con la letra de Leo, dice «MAX». Tiro el papel de cocina empapado a la basura, encima de la ficha y el cuenco, y cierro la tapa.

Una vez que hemos recogido el suelo, Katherine se sirve otra taza de café, y por fin nos sentamos a la mesa.

—Parece que ha sido una cosa detrás de la otra desde que nos mudamos aquí —dice, meneando la cabeza, antes de beber un sorbo de café. Entonces veo que la tablilla que Katherine antes había tenido en los dedos ya ha desaparecido.

—Quería preguntarle... —empiezo a decir, antes de dar un sorbo de mi propia taza— ¿Cómo ha estado Leo desde la conmoción? ¿Han notado algún síntoma? En la escuela no he visto nada.

—No, nada de nada, gracias a Dios.

—Me alegro mucho, entonces.

Vacilo, pues no estoy segura de cómo decir lo que quiero decir a continuación.

—Sabe, Leo mencionó... cuando se cayó...

Katherine alza la mirada de repente hacia mi rostro antes de volver a su café. Deja la taza con un exceso de delicadeza, y hace un gesto extraño con el cuello de echarse atrás, como si hubiera saboreado algo malo. En un abrir y cerrar de ojos, en el espacio de una sola frase, su lenguaje corporal ha pasado de informal y cómodo a protegido, y creo que ha sido un error mencionarlo, pero ya es demasiado tarde como para echarme atrás.

—¿Qué dijo Leo? —Su voz suena grave y ansiosa, y sus dedos resiguen la curva del asa de la taza que tiene frente a ella.

—Oh, no fue nada, solo un pequeño comentario que hizo sobre... sobre que Dave parecía un poco enfadado en aquel momento. Dijo... que Dave estaba tratando de quitárselo cuando se produjo la caída.

—Ah —soltó Katherine, pensativa—. Ya veo. ¿Y dijo algo más?

—Bueno... También dijo que usted se cayó con él.

Se produce un momento de silencio en el que Katherine sigue mirando su café, al parecer muy pensativa, y me apresuro a llenarlo.

—Katherine, puedo entender que no quiera hablar de...

—¿Le preguntó lo que había pasado? —me interrumpe, mirándome con una tristeza llena de dolor, una mirada casi de traición, y por un segundo me quedo sin palabras, pues no sé si he hecho algo muy malo sin darme cuenta de ello hasta ahora.

—No, no. Solo... salió el tema.

—No pasa nada —me dice con una leve pero amable sonrisa—. Supongo que no estaría haciendo bien su trabajo si no preguntara por esas cosas.

—Lo digo —continúo— porque sé que los niños a veces experimentan las cosas de modos sorprendentes, y pensaba que querría saber cómo interpretó él lo que ocurrió.

Espero haber dejado clara la delgada línea que intento trazar, para llamar la atención sobre un hecho sin parecer que acuso a nadie o que me estoy entrometiendo.

—Si puedo ayudarla en algo —sigo—, o si hay algo de lo que usted quiera hablar...

Suelta un largo suspiro.

—Es todo mucho más fácil cuando son bebés, ¿verdad? Antes de que puedan entender lo que se dice a su alrededor. Cuando se les puede distraer con la tele o se les puede engañar con excusas ridículas que ningún adulto se creería. «El coche está aparcado en el jardín porque... papá quería... limpiar la entrada». No siempre nos damos cuenta de cuándo son lo suficientemente mayores y listos como para atar cabos. Como para que no podamos engañarlos con nuestras mentiras.

Katherine me vuelve a mirar antes de desviar la vista.

—Si alguna vez se casa, asegúrese de no querer demasiado a ese hombre. Escoja a alguien amable y apacible, a alguien a quien pueda dejar.

Suelta un suspiro.

—Sé que no pretendía hacerlo. No creo que Dave nos quisiera hacer daño a propósito a ninguno de los dos. Fue un accidente. Es que hay demasiada intensidad entre nosotros, así que siempre nos estamos provocando, y entonces todo se sale de madre y...

Me vuelve a mirar.

—Es lo peor que nos ha pasado, y sé que lo asustó de verdad. Nos asustó a los dos. Lo estuvimos hablando y ambos acordamos que las cosas tenían que cambiar. No es que él sea malo, es que... se desvió del camino. En algún momento teníamos que haber trazado una línea y no lo hicimos. Pero ahora sí. Creo que vamos a acudir a un terapeuta, a un consejero matrimonial o algo así.

—Bien —digo—, me alegro de que todo vaya mejor. De verdad no quiero inmiscuirme, aunque le agradezco su sinceridad. No es un tema fácil, y mucho menos delante de alguien a quien no conoce tanto.

—Creo que puedo confiar en usted —dice—. Una persona a la que se le dan tan bien los niños tiene que ser de fiar.

Respira hondo.

—Gracias por haberme contado lo que dijo Leo. Sé que tengo que hablar con él sobre ello. Lo supe en aquel entonces, pero me acobardé. Me dije que solo haría que cobrara más importancia para él, aunque supongo que ya la tenía.

Oigo el ruido de unas llaves al girar en la puerta principal. Dave ha vuelto a casa. Katherine y yo miramos en dirección al salón, como unas niñas a las que están a punto de atrapar en alguna travesura.

Me levanto de la mesa.

—Debería irme ya —digo mientras llevo la taza de café hacia el fregadero—. Se ha hecho tarde.

Dave entra en la cocina y me mira a mí primero, sorprendido, antes de mirar a su esposa. Deja su maletín sobre la encimera, todavía observándonos con curiosidad.

—Hola —saluda, antes de abrir la puerta de la nevera e inclinarse hacia ella para sacar una cerveza.

Dave es grande como una montaña —se me había olvidado—, y, a su lado, su esposa parece un delgado y diminuto álamo.

—Hola —me apresuro a responder—. Lo siento mucho, me he quedado más tiempo de lo que debería. Ya me marcho.

—No se preocupe —dice Katherine, muy alegre, pues es mucho mejor actriz que yo—. Deberíamos volver a vernos en otro momento. Ha sido un placer.

—Sí, me encantaría. Me alegro de verlo, Dave —digo al pasar por su lado.

Katherine me acompaña hasta la puerta y me da una caja que veo que contiene un inhalador.

—Ah, sí, muchas gracias —le digo.

—No, gracias a usted —responde antes de abrirme la puerta, con una sonrisa de verdad en los ojos—. Lo digo de verdad. Muchas gracias por... por... por preocuparse. Por Leo y por mí.

—Faltaría más.

La puerta se cierra tras de mí, y el perro de los vecinos, aquel al que Leo le tiene tanto miedo, se pone a ladrar en lo que recorro el jardín hasta mi coche. Conduzco hasta casa sumida en una oscuridad absoluta —pues esta noche no hay luna— y pienso en el hogar de Leo: en Katherine y todo lo que me ha contado, en Dave, en el cuenco de cristal en el cubo de basura y en la ficha de Leo. ¿Qué imagen forman todas esas piezas? ¿De qué me he enterado? Entonces, un poco antes de llegar a mi destino, justo cuando estoy a punto de girar hacia la calle que conduce hacia casa, se me ocurre algo, un pequeño y extraño detalle. Si Dave trabaja hasta tarde cada viernes, ¿por qué habían planeado que fuera a recoger a Leo a la escuela?

CAPÍTULO DIECISIETE

—Despierta, Anya. ¡Anya, despierta!

Ehru me estaba sacudiendo del hombro, y me incorporé frente a la hoguera, frustrada por haberme quedado dormida cuando no quería. La chica, Lada, estaba despierta y se había sentado con bastante dificultad en el borde de la cama. Piroska le había puesto uno de mis vestidos, y en aquel momento le estaba colocando una capa sobre los hombros. Vano estaba cerca de la ventana, todavía con escalofríos y respirando poco a poco, e incluso desde el otro lado de la sala podía ver que su delgada silueta temblaba y se estremecía.

—¿Qué pasa? —pregunté.

Ehru se colocó el brazo de la chica alrededor de los hombros y la ayudó a subir despacio por la escalera.

—Ayúdame a llevar a Lada a la buhardilla.

—¿A la buhardilla? —Me puse de pie—. ¿Por qué?

—Están viniendo —dijo con brusquedad—. Vienen a por ella y a por mí. Están prácticamente en la puerta. Date prisa, no tenemos tiempo para quedarnos a charlar.

Piroska se movía por la cabaña con rapidez pero con calma y metía varios objetos en una mochila de cuero. Ehru colocó las manos de la chica en un peldaño de la escalera para dejarla apoyada y subió a toda prisa, tras lo cual se asomó por el borde, con los brazos estirados hacia ella.

—Ayúdala, Anya —gritó desde arriba.

Volví en mí y me abalancé sobre ella cuando vi que su cuerpo se dejaba caer contra los peldaños, con su energía más que agotada durante el parto, que había sucedido tan solo unas horas antes. Me arrodillé, la senté sobre mis hombros, me puse de pie y empecé a subir por la escalera con ella allí. Gimió por el dolor, y noté un líquido cálido en el hombro: la sangre que todavía salía de ella.

—Nos abriremos paso por la paja del tejado y escaparemos hacia la montaña del norte —me explicó Ehru conforme escalaba. Cuando pudo llegar hasta la chica, la tomó en brazos como si fuera una niña pequeña y la cargó el resto del trayecto. Piroska le entregó la mochila de cuero a él.

Me dirigí a la ventana en la que se encontraba Vano. Oía el movimiento de los pies y las ramas al romperse en el bosque hacia el sur, y, de vez en cuando, el brillo bailarín de una o varias antorchas que se movían entre los árboles.

El rostro de Vano estaba empapado en sudor. Sus ojos relucían de modo que parecía tener fiebre, y los músculos de la cara le daban sacudidas rápidas e incontroladas.

—Ya viene —susurró Vano—. Chernabog. El dios de los finales y de las cenizas. Lo oigo, un sonido suave como el movimiento de las llamas. Se podría pensar que la llegada de alguien tan poderoso haría más ruido, pero viene en silencio.

—¡Haz que se vaya! —grité, al empezar a entrar en pánico.

—¡Mira! —dijo, y me aferró el brazo de repente. Aterrada, le seguí la mirada y vi unos diminutos copos blancos de cenizas que revoloteaban al otro lado de la ventana como polillas.

—Los hombres ya casi están aquí —siseé, tratando de controlar mis jadeos—. ¡Tenemos que irnos!

—Solo hacen lo que les ha sido predestinado —dijo—. Al igual que nosotros. No vendrían si *él* no estuviera en camino.

—*Bar!* —La voz de Ehru sonó desde el otro lado de la sala, y Vano se volvió hacia él.

»Bar —lo llamó Ehru una vez más. Era la palabra que significaba «hermano». Su tono era amable, y su expresión, tierna.

—Bar —lo llamó Vano de vuelta. Esbozó una sonrisa llena de dolor—. Cuánto te he echado de menos. —Respiró con dificultad, con los ojos anegados en lágrimas—. ¡Vete, hermano! ¡Vete! ¡Vive! Vive con tu familia.

Ehru se quedó y batalló contra alguna emoción hasta que Vano le volvió a gritar y le hizo un ademán para que se marchara.

Ehru asintió y desapareció hacia la oscuridad de la buhardilla.

—Tienes que irte ya, Anya —me dijo Vano mientras me guiaba con firmeza hacia la escalera al sujetarme del codo.

—Los dos tenemos que irnos —insistí—. Los dos.

Cuando no me contestó, me volví hacia él, pero me acunó el rostro de repente y con brusquedad y me miró a los ojos con una intensidad que daba miedo.

—No tenemos tiempo para discutir. Yo me quedaré y tú te irás. Esos hombres no pueden matarte, pero sí pueden hacer que desees poder morir. Te quemarán y te desollarán y te cortarán en pedazos, y, cuando estés bien, lo volverán a hacer. Dirán que es su deber sagrado y se lo confiarán a sus hijos después de ellos. ¡Vete! ¡Vete con Ehru!

—No puedes quedarte aquí —sollocé, desesperada, aunque sabía que lo iba a hacer. Vano nunca se apartaba del camino que recorría.

—Puedo y debo hacerlo. Esos hombres necesitan la muerte de Ehru, y no pararán hasta que la consigan. Ehru no puede dársela, pero yo sí. Saldrá por su puerta, y mi deber es cerrar la puerta tras él para que no puedan seguirlo. Les daré la muerte que buscan de parte de Ehru. Y lo haré de buena gana, tal como desearía haberlo hecho cuando éramos pequeños. Ese es el regalo que el mundo me ha dado: morir en nombre de mi hermano para que él pueda vivir por fin.

—No tienes que hacerlo —le supliqué—. Los mataré a todos.

—¿Y a todos sus hermanos que se han quedado atrás, en la aldea? ¿Y a todos los hombres que se enterarán de lo sucedido a ciento cincuenta kilómetros a la redonda? Solo conseguirías que vengan más de ellos, más tragedia para Ehru y para ti. No lo harás. Te irás y no mirarás atrás.

Por un momento, me quedé llorando, aferrada con fuerza a los brazos de Vano para tratar de llevármelo conmigo, para tratar de quedarme con él. Para que no me dejara. Una gota oscura de sudor o de lágrimas, pues no pude saber qué era, le recorrió la mejilla, y, sin pensarlo, llevé un dedo hacia ella. Acabé manchada por el color rojo profundo de la sangre. Entonces Piroska vino a mi lado y me sostuvo el brazo con fuerza. Me volví hacia ella mientras lloraba. Me sonrió con cariño, y, por mucho que no quisiera, la paz de su sonrisa se abrió paso, como de costumbre, hacia mi desesperación. Hizo un gesto para señalar la buhardilla.

—Vete, *lyubimaya*.

Me condujo hacia la escalera. Cuando no empecé a subir, repitió:

—Vete, cariño. Ve. Vive.

—¡Anya! —Ehru me llamó con un fuerte susurro desde arriba—. ¡Anya!

Subí por la escalera.

La chica se había puesto a cuatro patas y gemía ligeramente por el dolor junto a un agujero en el tejado de paja que dejaba ver el cielo nocturno y la silueta oscura e irregular de las montañas. Los pisotones cada vez sonaban más alto y estaban acompañados de otro sonido similar al ondeo de un estandarte ante el viento, o del fuego. Unos diminutos copos de cenizas revoloteaban por aquí y por allá, y el olor a humo llenaba el ambiente de forma constante.

—¡Ayúdala, Anya!

Ehru había saltado al suelo del exterior y se había quedado abajo, con los brazos estirados para atrapar a la chica al vuelo.

—Lada, mi amor —la llamó en voz baja—, salta. Te atraparé.

Sujeté a la chica del brazo para ayudarla a ponerse de pie y a subir hacia el agujero del tejado. Sin embargo, el miedo de Lada la había paralizado, por lo que acabé alzándola en brazos y la lancé hacia Ehru, quien la atrapó como si fuera una bolsa llena de plumas, tras lo cual se dio media vuelta y la llevó hacia la noche, hacia los árboles.

Me quedé allí por unos momentos, mientras los veía desaparecer y oía los pasos de los hombres que se acercaban a la cabaña desde el otro lado. Oí el leve tintineo de las campanas que colgaban de los aleros, seguido del sonido de la puerta al abrirse, unos pasos fuertes contra el suelo de tierra batida de la cabaña. Observé la mancha roja que tenía en el dedo: la sangre de Vano. Aparté la mirada del cielo y el horizonte del bosque, me arrastré hacia el suelo de la buhardilla y observé la situación a través de una de las rendijas del suelo de madera.

Cuatro hombres, corpulentos, con barba y brazos gruesos, habían entrado en la cabaña blandiendo hoces y cuchillas para cultivar. La luz que brillaba desde el otro lado de las ventanas me indicaba que había más hombres fuera y que eran ellos quienes portaban las antorchas. Vano y Piroska se habían sentado en sus respectivas sillas junto a la hoguera y los ponían nerviosos con su tranquilidad.

—¿Dónde está la chica? —exigió saber el líder de los hombres.

—Siento comunicarte —respondió Vano, apacible— que la chica ha muerto. Está con Jesucristo en el cielo.

—No pronuncies el nombre de nuestro Señor, demonio —le espetó el hombre.

—Lo lamento. Está con vuestro Señor, entonces. Tuvo un parto largo en el bosque cerca de vuestra aldea y perdió la vida allí. El bebé también.

—Si de verdad ha muerto, la mitad de nuestro trabajo ya ha acabado, pues habrá ido al infierno, adonde van los amantes de los demonios cuando mueren y adonde vosotros dos, la bruja y el demonio, regresaréis dentro de poco. Hemos tolerado vuestra presencia durante demasiado tiempo. Decidle a vuestro amo, cuando lo veáis, que las personas de este lugar no lo tolerarán más.

Uno de los hombres les entregó unas cuerdas a los demás, quienes avanzaron hacia Vano y Piroska para atarlos a las sillas en las que estaban sentados. Los movimientos de los hombres eran bruscos y se producían a toda prisa, pues anticipaban encontrarse con resistencia violenta, por mucho que ambos se hubieran quedado inmóviles y estuvieran cooperando. Los hombres parecían temerosos, como si esperaran que fuera un truco o una trampa.

—Bendiciones, hijos míos. Bendiciones —repetía Piroska una y otra vez hacia los hombres que la estaban atando—. Que esta oscuridad no se os tenga en cuenta en el mundo que os espera.

Vano alzó la mirada y empezó a hablar con el espíritu en su idioma. Pese a que no entendí las palabras, como siempre, sí que noté un extraño poder en ellas, junto a la presencia palpable del espíritu al que le hablaba. Me di cuenta de que en todo aquel tiempo no había creído que existiera de verdad, pero en ese momento, como un animal camuflado que se movía de su lugar de reposo, como algo que siempre había estado ahí y que había pasado inadvertido, reveló su presencia de modo que ya no pudiera dudar de su realidad más de lo que dudaba de la mía.

Los hombres parecieron notarlo también y se pusieron nerviosos.

—Las peticiones de ayuda de un demonio al rey de los demonios —dijo el hombre, agitado—. No lo permitiremos.

Agarró a Vano de la mandíbula y le abrió la boca a la fuerza. Con una mano, tiró de la lengua de Vano, mientras que con la otra alzó su cuchilla.

En aquellos días se creía que, si uno no se aseguraba de que una bruja muriera del todo antes de quemarla, esta tomaría la forma de gusanos y lagartijas y saldría de las llamas para echar peores maldiciones que antes sobre los demás. Y, por mucho que Vano no fuera una bruja, los hombres estaban seguros de que era algo igual de retorcido, por lo que se cercioraron, de muchos modos, de que Vano y Piroska hubieran muerto antes de prenderle fuego a su ropa y al tejado de paja.

Quería dejar de lado todo lo que Vano me había dicho y matarlos a todos, pero no lo hice. En su lugar, me quedé tumbada en el suelo sobre mis seres queridos y lloré mientras las llamas escalaban los muros y azotaban con sus oleadas por toda la paja, hasta que me encontré en una casa hecha de fuego. Noté el ardor del humo en los ojos, el ahogo que me provocaba en los pulmones, el primer latigazo de las llamas contra la piel, y, aun así, no me moví. Vano y Piroska se estaban quemando, así que ¿por qué no debería arder yo con ellos? No obstante, tras un tiempo, tal como me había dicho Ehru, mi cuerpo tomó la decisión por mí y me movió, en contra de la voluntad de mi mente, a través del fuego y por el agujero en llamas del tejado. Me hizo correr a toda prisa por el campo y el bosque hacia la fría agua del río, donde me entregué a la corriente, la cual sabía que necesitaba tanto alivio como dolor, por lo que al mismo tiempo me enfrió las quemaduras, me golpeó contra las rocas y me lanzó contra los dedos afilados y puntiagudos de las ramas de árbol que colgaban cerca del agua. En algún momento de todo ello, me desmayé.

Me acabé despertando bocabajo, flotando sobre unas aguas tranquilas. Abrí los ojos para ver unos ojos abiertos que me devolvían la mirada, un rostro del color del lodoso fondo del río, una barba y cejas formados por musgo negro que se mecía y unos ojos del color negro de la tinta de calamar. Mi grito estalló en un caos de burbujas, y salí del agua de golpe, mientras tosía y escupía, gritaba y lloraba.

Todavía era de noche, o tal vez lo había vuelto a ser, pues no tenía ni idea de cuánto tiempo había flotado a la deriva en el agua. El río estaba oscuro, y no tuve cómo saber si el rostro que acababa de ver había sido real o imaginario, aunque la nitidez que había tenido no se disipó en mis pensamientos.

Me dolía la pierna, y no conseguía encontrar un fondo en el que ponerme de pie. Di unas sacudidas para tratar de darme la vuelta lo suficiente para comprobar de dónde venía el dolor, pero el ángulo y la oscuridad hicieron que fuera una tarea imposible.

Pasé horas batallando para mantener la cabeza fuera del agua y me esforcé con torpeza para liberar el pie de lo que fuera que me lo hubiera atrapado. Solo conseguí lo primero, y dicha batalla me dejó agotada. Me estiré hacia delante y llegué a rozar la ribera arenosa del río, la cual se inclinaba bajo el agua, y algunas rocas del tamaño de un puño que había allí. Me valí de aquel miserable soporte para apoyarme hasta la hora en que los pájaros empezaron a cantar y la luz del alba comenzó a iluminar poco a poco mi entorno.

Cuando hubo luz suficiente, hice acopio de mis fuerzas una vez más para girar el cuerpo y tratar de ver lo que me sujetaba del pie. Vi atisbos de una gran roca que parecía estar involucrada con mi pie de un modo doloroso. Traté en su lugar de nadar hacia el agua y de retorcerme como si fuera a dar una voltereta para mirar bajo la superficie. Con aquella técnica tuve más suerte, si es que se puede llamar «suerte» a ver a través del agua turbia que mi pie estaba atrapado entre una roca enorme y otra más pequeña, con mi sangre que flotaba en una niebla rojiza a su alrededor.

Traté de empujar la roca, aunque aquello me provocó un dolor horrible en la pierna. La roca pesaba demasiado, y, al estar en el agua, no tenía un buen punto de apoyo desde el que empujarla. Volví a escupir al salir a la superficie.

Miré hacia los árboles que tenía delante, donde quería estar con más ganas de las que parecen posibles. Examiné la gravilla arenosa de la ribera y vi una libélula que zumbaba sin preocupación sobre la espuma.

Grité.

La libélula se fue volando.

CAPÍTULO DIECIOCHO

—Wilbur jamás olvidó a Carlota. Aunque...

—¿Qué son esas cosas?

Los niños y yo estamos sentados en círculo sobre la moqueta de lana ante la hoguera de la biblioteca, todos menos Octavio, quien se ha puesto de pie para entornar los ojos hacia la pequeña ilustración en blanco y negro que hay en el libro que sostengo de modo que todos los niños lo puedan ver, y señala con su dedito.

—Son las telarañas de la puerta de la pocilga. Y esas motitas diminutas son los hijos de Carlota. ¡Tiene quinientos catorce!

—¿Por qué tiene tantos? —me pregunta Octavio.

—Pues resulta que la vida es muy dura para las arañas, y muchas de ellas no sobrevivirán. Las arañas mamá tienen que encargarse de que el mundo no se quede sin arañas.

—Ojalá el mundo se quedara sin arañas —murmura alguien.

Esbozo una sonrisa compasiva en dirección al comentario.

—El mundo también era más difícil para las personas, ¿sabéis? Así que también tenían más hijos por ese mismo motivo. Aunque no tantos como las arañas. ¿Os imagináis a una madre llena de quinientos catorce bebés?

Se produce una oleada de risitas y diminutas barrigas extendidas en una imitación del embarazo.

Es el último día de clase antes de las vacaciones por el Día de Acción de Gracias. La primera nevada del año se extiende por el terreno al otro lado de las ventanas. Me asedian el hambre y el temor a la tranquilidad silenciosa que sé que va a caer sobre la casa. Las vacaciones y la soledad llena de calma que trae con ella son cosas que soporto cada año, más que disfrutarlas. Leo parece pensar como yo. Cuando acabo de leer el libro y lo dejo a un lado, dice:

—No quiero Acción de Gracias, quiero seguir viniendo aquí.

—Yo también te echaré de menos, *mon petit*. Os echaré de menos a todos, pero os lo pasaréis muy bien, y quiero que me lo contéis todo a la vuelta.

Pese a que Leo no parece muy convencido, es lo único que puedo hacer. Me estoy esforzando por calmarme y por tratar de centrarme en el día que tengo por delante, momento a momento, y en disfrutar de las últimas horas que pasaré con los niños sin mirar hacia el vacío deprimente que me espera al otro lado.

Tras la hora del cuento, nos ponemos las botas y la chaqueta, el sombrero y los guantes, y salimos a disfrutar de la primera nevada. Los niños están decididos a organizar una pelea de bolas de nieve, solo que, dado que esta primera nieve sigue siendo suelta y suave y no se hace compacta, se disponen a perseguirse mientras se lanzan puñados polvorosos que relucen al caer poco a poco al suelo o se acumulan con destellitos en los sombreros y las pestañas.

Un tiempo después, llega el momento. Son las 3 p.m. Los niños se han puesto la chaqueta y la mochila. Los coches aparcan frente a la entrada. Unos cuantos niños van a salir de la ciudad —Audrey lleva semanas hablando del viaje en tren que va a emprender hacia la casa de su abuela en Burlington— y dan saltitos por la emoción. Saludan a los adultos que vienen a buscarlos con gritos y abrazos. Leo está a mi lado y me da la mano. Tiene la cabeza gacha, alicaído.

—Solo son unos cuantos días —le digo, tras arrodillarme a su lado—. Podrás descansar y comer bien y, cuando menos te lo esperes, ya habrás vuelto a la escuela.

—Pero es que no quiero vacaciones de Acción de Gracias. —Su voz suena temblorosa. Las comisuras de su boca apuntan hacia abajo, y los pequeños hoyuelos que tiene en la barbilla están llenos de tristeza—. Quiero venir a clase todos los días.

—Lo sé, cielo. Ojalá pudieras venir de verdad.

—¡*Au revoir*, madame LeSange! —se despide de mí Ramona conforme su padre cruza con su hermano y con ella por la puerta.

—*Au revoir, biquet!* —le grito desde lejos—. ¡Que pases un buen Día de Acción de Gracias!

El sedán plateado de los Hardman aparca en la entrada. Me vuelvo hacia Leo, a quien le moquea la nariz; empezó cuando la temperatura bajó de los cuatro grados hace cosa de una semana y no ha parado desde entonces. Saco un pañuelo del bolsillo y lo limpio.

—Leo, ¿podrías hacer algo por mí?

Me mira, aunque no contesta.

—¿Me harás un dibujo cada día?

Asiente con tristeza.

—Quedan cinco días hasta que volvamos a vernos, así que espero ver cinco dibujos. Y me gustaría que dibujaras cosas cotidianas, como tu cama, un zapato o un vaso de leche, pero prestándole mucha atención al objeto. ¿Podrías hacer eso por mí? Tengo muchas ganas de ver lo que me vas a dibujar.

Vuelve a asentir, todavía tristón, y alguien llama a la puerta. La abro y me encuentro frente a Dave Hardman. Hago todo lo posible por sonreírle y mostrarme amable.

—Hola, señor Hardman. Creo que no lo había visto venir a recoger a Leo antes. ¿A qué se debe la ocasión?

—Katherine no se encuentra muy bien hoy —dice Dave, mientras se pasa una mano por el cabello—. No sé si se lo dijo, pero nos hemos quedado sin canguro también.

—Sí que me enteré, sí.

Dave pone los ojos en blanco y pone una expresión molesta.

—Pues eso, puede que yo me encargue de venir a buscarlo hasta que consigamos a otra canguro. Venga, campeón —le dice a Leo—. Vámonos.

Miro a Leo y batallo contra mi reticencia a mandarlo con aquel hombre —¿de verdad Katherine no se encuentra bien? ¿O acaso ha sufrido otro «accidente»?—, por mucho que sepa que no me queda más remedio.

Leo me rodea la cintura para darme un último abrazo.

—Nos vemos pronto, Leo —susurro.

Me suelta, sale por la puerta y sigue a Dave por las escaleras y la entrada hasta el coche. Conforme el sedán pasa por delante de la puerta, Leo se despide, con el rostro gris al verlo desde el otro lado de la ventana del coche.

Vuelvo al interior, cierro la puerta y me apoyo contra la madera según pienso en la casa que tengo ante mí. Rina se ha marchado antes de hora para llegar a tiempo a su vuelo a Michigan, y Marnie también hace horas que se ha ido. Me he quedado a solas con el silencio inquebrantable; con las motas de polvo que revolotean poco a poco por las escaleras, en un rayo de luz que entra por la ventana; con el laberinto de habitaciones de muebles elegantes y sin vida que tengo en el piso de arriba. Por unos momentos, las náuseas me invaden el cuerpo, provocadas por el *déjà vu* de la sensación de haber sido enterrada viva que tan familiar me resulta.

La noche de ese mismo día, Vano vuelve a venir a verme en un sueño. Estamos sentados uno frente al otro entre la oscuridad cambiante e iluminada por la luz del fuego de la cabaña de Piroska. Está sudando, y las gotas le caen por la encantadora punta de su nariz. El sudor le gotea del cabello que cuelga sobre sus ojos. Yo también estoy sudando, sumida en un calor abrasador que me asalta por oleadas, y el ambiente húmedo me parece espeso en la nariz y en la boca. Nos estremecemos por turnos mientras lo que parecen ser unas chispas diminutas nos golpean la piel expuesta con violencia.

—Ya viene —dice Vano—. Ya está aquí.

No tiene que especificar el nombre para que entienda que se refiere a Chernabog. A pesar de que pronuncia las palabras con calma, estas me provocan un escalofrío violento que me recorre el cuerpo entero.

—Ya no creo en esas cosas —trato de decir con asertividad, aunque me tiembla la voz—. No creo en él. Antes era joven e impresionable, creía ver cosas que no estaban ahí de verdad. Quizá no podía comprender lo que sí veía y me imaginaba que veía otras.

—Da igual si crees en él o no, Anya —repone Vano, sin ningún reproche, sino con su paciencia amable de siempre. Y aquí sigo aún, incapaz de entender tantas cosas que debería haber entendido hace mucho tiempo—. Está ahí, lo reconozcas o no. Cumple con sus propósitos, por mucho que no cooperes con él.

—Pero... no puedo tener ningún final más. —Mi voz me suena muy aguda. Toda la frialdad que hubiera conseguido fingir ya ha desaparecido—. Ya me ha arrebatado todo lo que me importaba. No me queda nada. Me he esforzado por no tener nada.

—Es imposible no tener nada. Una persona puede tener poco si se lo propone, pero lo que ocurre más a menudo es que no sabe lo que sí tiene. Solo que él sí lo sabe. Mantiene un inventario perfecto.

—Entonces lo único de valor que me queda son mis recuerdos. Todo a lo que he querido está en el pasado, en mi mente. ¿Pondrá fin a eso? ¿Pondrá fin a mi mente? ¿A mi vida? Porque, si es así, lo recibiré con los brazos abiertos. Por una vez, le daría las gracias.

—Ya veremos —dice, y la luz del fuego se le refleja en sus ojos oscuros—. Las estaciones son puertas que se abren hacia lo que te depara al otro lado. Tu puerta se está abriendo. He venido a verte para que puedas prepararte.

—¿Prepararme en qué sentido? ¿Y para qué? —pregunto, y mi voz es un susurro lleno de temor—. ¿Qué pasa, Vano? ¿Qué es lo que me espera?

—Prepara tu valentía, Anya. Estas cosas siempre necesitan valentía. Un final viene a por ti. Un vacío. Una copa derramada. Ojalá pudiera decirte algo más, pero eso es todo lo que sé. —Hace una pausa, y a sus ojos les llega una sonrisa—. ¿Recuerdas la promesa que te hice?

No lo recuerdo, por lo que niego con la cabeza.

—Que, cuando llegara el momento, te daría la mano.

Estira su larga mano de huesos finos hacia mí.

—Igual que tú me diste la tuya aquella noche, hace tanto tiempo.

Le doy la mano, y una parte de mí debe saber que estoy soñando, porque me sorprenden la solidez, la suavidad y la calidez de su mano al tocarla.

Él sonríe y mira hacia nuestras manos entrelazadas.

—¿Ves? Cumplo con las promesas que te hago. ¿Me puedes prometer algo y cumplirlo?

—Lo intentaré —respondo, aunque no las tengo todas conmigo.

Asiente con una sonrisa. Parece que intentarlo será suficiente.

—Prométeme que, cuando llegue el momento, serás valiente.

Me da un apretón en la mano antes de soltarla y ponerse de pie.

—Valiente, Anya, como siempre lo has sido —insiste, mientras pasa a mi lado en dirección a la hoguera—. Solo que hay muchos tipos de valentía. Tienes que encontrar la valentía correcta.

Me quedo donde estoy y le doy vueltas a la palabra «valentía». ¿Cuándo no he sido valiente? Me he pasado la mayor parte de mi vida luchando, protegiendo a alguien y sobreviviendo.

Alzo la mirada tras haberme quedado ensimismada a tiempo para ver a Vano de pie frente a la hoguera, con las manos apoyadas en las piedras a ambos lados, y una punzada de desesperación me atraviesa. Salto de mi asiento para detenerlo antes de que haga lo que hace siempre, solo que es demasiado tarde. Entra en el fuego como si fuera una puerta baja, y la ropa se le inflama.

Me dirijo a la hoguera para tirar de él, pero las llamas que parecen no causarle ningún dolor me queman, y tengo que retirar la mano. Lo único que puedo hacer es verlo arder una vez más y llorar, con unos lamentos agudos y débiles que me suenan extraños incluso a mí misma.

Entonces el rostro de Vano deja de ser el suyo. Se ha vuelto blanco como un carbón desgastado, con venas de fuego. El calor que desprende me quema el rostro. Se inclina hacia mí, con unos ojos de hollín hinchados y hambrientos. Estira las manos en mi dirección, y unas chispas saltan hacia delante con cada movimiento, unas chispas que me queman la piel como un hierro para marcar. Grito e intento alejarme, pero el ardor continúa, y, en cada lugar en el que me toca el fuego, mi piel se torna negra y crujiente.

Me acabo despertando por fin con un grito ahogado, y el mundo de los sueños y el de la realidad se mezclan en una colisión confusa. Estoy tumbada sobre algo duro. No sé dónde estoy, aunque el dolor horrible de mi sueño no ha cesado tras haberme despertado. Mi cuerpo parece haberse prendido fuego.

Con cierto esfuerzo, alzo la cabeza y me doy cuenta de que por alguna razón estoy tumbada en la moqueta que cubre el suelo de mi habitación, como si hubiera estado arrastrándome hacia la cama y me hubiera rendido a medio camino. Oigo un tenue y lejano sonido mecánico que se emite a un ritmo regular en algún lugar de la casa, acompañado de unos leves gemidos que provienen de mi propia garganta. El dolor que me recorre el cuerpo entero es tan intenso que aún no puedo comprenderlo siquiera. Entre jadeos, me incorporo y me examino, pero por un momento no entiendo lo que veo. Estoy ensangrentada, y mi pijama cuelga de mí, hecho jirones. Las mangas, los pantalones... La tela está arrugada, rota y con manchas escarlata por todas partes. El dolor parece volverse más intenso con cada instante que sigo despierta.

Con las manos ensangrentadas y temblorosas, me arremango para ver que tengo el brazo cubierto de arañazos rojos que sangran y se entrecruzan, a los cuales se suman unos agujeros profundos, como si me hubieran atrapado decenas de anzuelos y luego me los hubieran arrancado a la fuerza. Cuando las inspecciono, veo que tengo las piernas igual. Por unos instantes, solo puedo quedarme allí sentada y mirarme con sorpresa y con una confusión temblorosa hasta que en algún momento se me pasa por la cabeza: solo se me ocurre un animal que hubiera podido provocar unas heridas semejantes.

Si bien el pasillo está a oscuras, el sonido —y ya sé lo que es: el chirrido estoico del detector de humo— cada vez suena más cerca. Cuando doblo una esquina, lo oigo más aún. Doy un paso más hacia delante, y entonces, de repente, deja de sonar. Me quedo sumida en un silencio espeso y confuso. No sé qué es peor, si el sonido o el silencio. Veo en el otro extremo del pasillo que la escalera plegable que va desde el ático hasta el suelo está desplegada cuando no debería estarlo. Recorro el pasillo poco a poco, adolorida, con mis brazos heridos temblando y apretados contra el pecho.

Un crujido en el interior de una de las salas que hay por todo el pasillo hace que me detenga en seco.

—¿Hay alguien ahí? —me obligo a gritar. El silencio que obtengo como respuesta me marea.

Empujo con suavidad la puerta de una sala y veo un movimiento rápido. Una cola peluda desaparece bajo un sofá. A pesar de que es mejor que cualquier otra cosa que estuviera esperando, el corazón me sigue latiendo a mil por hora. Entro en la sala y me agacho para mirar bajo el sofá. La bonita cara gris de Myrrh se asoma desde detrás de una de las patas talladas del mueble.

—Myrrh —susurro mientras doy un paso hacia ella—. Ay, Myrrh. Me alegro mucho de verte. No sé qué está pasando. ¿Y tú?

Extiendo los brazos hacia ella, desesperada por el consuelo cálido de su pelaje, pero la gata me muestra los dientes de repente y suelta un grito ahogado de miedo. Su hocico se echa atrás en un rugido rígido, y sus grandes ojos negros están clavados en mí. Extiende una pata tensa hacia delante, y veo sangre en ella y en cada una de las zarpas que ha sacado de forma amenazadora.

—¿Myrrh?

Sacude su pata con cautela. Sisea dos veces antes de darse la vuelta y esconderse más aún en la oscuridad bajo el sofá.

Salgo de la sala y vuelvo al pasillo. Corro tambaleándome hacia las escaleras del ático. Desde debajo de un radiador, otro gato sale corriendo con otro siseo enfadado y me asusta. Ya en la parte inferior de las escaleras, alzo la mirada y veo que la puerta en lo alto está abierta de par en par: otro fallo que nunca cometería.

Subo por la escalera y, cuando llego a lo alto, me llevo las manos a la boca por la conmoción. El ático está patas arriba: muebles del revés; tapizados destrozados, de modo que el relleno sale por los huecos; una ventana rota; y el suelo... El suelo está repleto de diminutos cuerpos peludos, pequeñas extremidades peludas arrancadas y sangre por todas partes, en charcos, manchas y gotas.

Gatos. Las cabezas sin cuerpo de gatos. Los cuerpos sin cabeza de gatos. Cierro los ojos y me pongo a llorar, llena de náuseas.

Cuando vuelvo a abrir los ojos, veo uno de los gatos muertos a mi derecha. Me agacho y tomo el cuerpo en brazos. Es Coco, mi preciosa abisinia. Está mostrando los colmillos y tiene los ojos fijos en una cristalina expresión de terror. Su cuerpo es una carcasa disecada. No pesa nada, seguro que menos de un kilo. Se le ha drenado toda la sangre.

Pienso en el ático otra vez y en mi cuerpo, en el retal de heridas, de marcas de arañazos. Me paso la lengua por el labio y saboreo la sangre. Llevo semanas en las que me he despertado con hambre, pero hoy no. Agacho la cabeza hacia el cuerpo de Coco y lloro en su pelaje manchado de sangre porque ya entiendo lo que ha pasado aquí. El ático es un gallinero después del asalto de unos zorros, y esta vez he sido yo quien ha interpretado el papel del depredador.

CAPÍTULO DIECINUEVE

Pasé días, tal vez semanas, bocabajo en aquel río. Me ahogué muchas veces. Me desperté muchas veces para encontrar el rostro hundido en la superficie. ¿Era el curioso Veles quien venía a examinar a la criatura incontrolada que perturbaba la paz de su río? ¿O acaso era Chernabog, el maldito, quien había ido a visitar a una criatura maldita como él? ¿O todo eran ilusiones mías? ¿El arte figurativo de la locura? Soñé. Deliré. En ocasiones, reunía la fuerza y la conciencia suficientes como para ponerme a gritar.

La carne de mis dedos empezó a disolverse y a separarse de mi cuerpo. Busqué en vano algo afilado con lo que amputarme el pie. Tras rendirme, me sumergí e hice todo lo que pude con las uñas, solo que estas se habían reblandecido debido al agua, por lo que se doblaban en lugar de cortar. Si hubiera podido llegar al tobillo con la boca, me habría liberado a mordiscos, pero no pude. Mi mente se quebró y me convertí en una especie de animal, por lo que, cuando unas manos me sujetaron y me sacaron la cabeza del agua, me resistí con una ferocidad débil.

—*Frieden! Frieden!* —imploró una voz, y había otro cuerpo en el agua conmigo que tiraba de mí. Noté que parte de mi pie podrido por el agua se desgarraba y solté un grito de dolor. Dejé de notar los tirones, y entonces vi un salpicón cuando el otro cuerpo se sumergió en el agua. Noté unas manos en el tobillo, y luego de nuevo otro salpicón cuando el cuerpo salió del agua. Vi que un hombre salía a la ribera, goteando, y volví a caerme hacia delante, hacia el agua y mis delirios.

Un dolor nuevo me recorrió el pie cuando la roca se movió, seguido de otra punzada cuando volvió a moverse hasta acabar rodando lejos de allí. Floté a la deriva durante un instante, sin nada que me atara.

Noté los tirones una vez más, solo que aquella vez no vinieron acompañados de las mismas oleadas horribles de dolor, sino tan solo del dolor insoportable y constante al que ya me había acostumbrado. El hombre me arrastró hasta la húmeda inclinación de tierra de la orilla, y luego hacia la seca inclinación de tierra de la ribera. Entonces me soltó, y me quedé allí tumbada sobre la leve calidez de la tierra y las rocas, la cual había olvidado que existía al haber pasado tanto tiempo sumergida en el frío constante del agua.

Vomité y volví a vomitar. Y así sucesivamente; vomité hasta que vomitar dejó de hacerme echar agua para pasar a soltar gritos seguidos de alaridos con arcadas, hasta que todo se redujo a unos leves gemidos resignados.

Me desperté horas más tarde, cálida y envuelta en una manta de lana que me picaba y me irritaba la piel. Había una hoguera frente a mí, y, al ver las llamas, solté un grito y traté de arrastrarme hacia atrás para alejarme.

Un hombre, reclinado en el otro lado de la hoguera, dejó a un lado un libro y una pluma y rodeó el fuego para acercarse a mí. Me habló con calma, pero no lo entendí, y era probable que hubiera sido así incluso si me hubiera hablado en uno de mis idiomas. Cuando seguí mirando el fuego, aterrada, entre sollozos y tratando de alejarme de él con desesperación, el hombre acabó por buscar una olla y arrojar el agua hacia las llamas.

El fuego siseó al apagarse, y solo entonces pude calmarme. El hombre se agazapó frente a la hoguera apagada y humeante mientras me examinaba en silencio, y yo recobré la conciencia lo suficiente para mirarlo. Era de tez pálida, aunque rojiza y con pecas, y tenía un cabello tan espeso como el de Ehru, solo que el de ese hombre era dorado, con tonos rojos y castaños. Tenía los ojos azules, rodeados de rojo, de aspecto cansado pero atento, intenso y amable al mismo tiempo. Su mirada me examinaba con una curiosidad brillante, como si de unas manos se tratase.

Me volvió a hablar y, cuando no dije nada, pareció comprender que no hablaba su idioma. Señaló algo junto a mí, y me volví para ver un vaso de agua y un plato de comida en el suelo: algo de pan y un poco de carne asada.

Aparté la mirada de todo ello, y él dijo algo que ambos supimos que no entendí. Luego se puso de pie, aunque no del todo, como si no quisiera asustarme al enderezarse por completo. Se acercó a mí despacio y a grandes zancadas. Cuando estuvo cerca, se detuvo y extendió sus manos vacías hacia mí para mostrarme que no llevaba nada en ellas. Seguí en calma, por lo que estiró una mano poco a poco hacia delante y tiró de una esquina de la manta hacia atrás para que viera mi pie y mi tobillo heridos. Era horrible. Siguió hablando, y, a pesar de que no entendía las palabras, sí que comprendí el tono y que estaba expresando preocupación por mis heridas. Señaló hacia el montón de carne podrida que antes había sido mi pie y negó con la cabeza. Quería decir que era algo muy malo.

Se llevó una mano al cinturón poco a poco, mientras la otra la dejaba alzada y abierta, y sacó un cuchillo de su vaina. Lo alzó, me lo mostró y me habló con suavidad, mientras mecía su mano vacía en el aire en un gesto de calma. Me estaba diciendo que iba a tener que amputarme el pie.

Negué con la cabeza con todas las fuerzas que me quedaban.

—¡No! —grité—. ¡No! ¡No!

Alzó las manos en un gesto para aplacarme. Volvió a señalar mi pie, luego el suyo, y se llevó un dedo por la pierna hasta el pecho, donde tenía el corazón. Se clavó el dedo en aquel lugar y se echó hacia delante en una pantomima de la muerte. Decía que aquello me iba a matar. Si no me cortaba aquel apéndice podrido, acabaría muriendo.

Lo miré a los ojos y negué con la cabeza.

—No —repetí—. No.

Pasamos días junto a aquella hoguera. Yo me limité a quedarme allí tumbada, observando el cielo a través de las ramas de los árboles mientras trataba de no pensar ni de recordar nada. En ocasiones, todo aquello me sobrepasaba y me ponía a llorar; en esos momentos, oía su voz, un barítono robusto, que provenía desde el otro lado de la hoguera y entonaba unas nanas suaves y extrañas.

Se pasaba la mayor parte del tiempo con su libro encuadernado en las manos y trazaba unas líneas rápidas en él con su pluma. En otros momentos, escribía sobre unos pequeños fragmentos de papel que doblaba al acabar y sumaba a una pila de papeles que llevaba en su mochila. Por la noche, cuando hacía frío, hacía chocar pedernales sobre algo de leña para encender una hoguera mientras me observaba en todo momento y me hablaba en aquel extraño idioma con su voz tranquilizadora. Dejé que lo hiciera y no volví a gritar. Cada día, daba la vuelta a la hoguera para echarme un vistazo al pie, y, cada día, me miraba, sorprendido. Se había curado en tres días lo que debería haber tardado tres meses, y eso si es que hubiera podido llegar a sanar.

Tenía hambre. No recordaba la última vez que había comido. Unos días más tarde, cuando noté que el pie ya podía cargar con mi propio peso, me puse de pie y cojeé hacia el bosque. El hombre se levantó de un salto y trató de ayudarme, pero le hice un gesto para que me dejara.

En el bosque, a solas y desgarbada, me llevó cierto tiempo, aunque acabé siendo capaz de atrapar una liebre que salía de su madriguera al tumbarme en silencio y esperar. Le drené la sangre con total voracidad, De vuelta en la hoguera, le lancé el peludo animal muerto al hombre, quien me miró, asombrado.

Asó la liebre para cenar esa misma noche. Cuando me ofreció la mitad y lo volví a rechazar, pareció preocuparse. Me dijo algo, y entendí su pregunta por mucho que no hubiera comprendido las palabras. Aun así, pretendí no haber entendido nada.

Después de cenar, se dispuso una vez más a hacer sus marcas en el libro, y aquella vez fui yo quien rodeó la hoguera para ir a verlo a él. Estiré una mano en dirección al libro, y, tras vacilar unos instantes, me lo dio. La página estaba repleta de dibujos: el nido de leña de la hoguera, la silueta del fuego contra los troncos oscuros de los árboles, su punto de vista de su pierna y su bota. Pasé la página y me encontré con más árboles, su vaso, un saltamontes, un cernícalo. Y luego había una página que me mostraba a mí. Yo hecha un ovillo, dormida bajo una manta; mi perfil, con los ojos cerrados; media docena de versiones de unos labios, ojos y nariz que solo podían ser los míos, aunque habían pasado años desde la última vez que había visto mi reflejo en algo que no fuera un charco de agua. Había crecido. Era una mujer. A pesar de que Ehru me lo había dicho, no lo había creído hasta aquel momento.

Miré al hombre. Él sonrió y alzó las manos en un gesto que implicaba «¿Qué puedo decir?».

—Bueno —le dije tras volver a mirar los bocetos del papel, y le dediqué un pulgar hacia arriba.

—*Gut?* —exclamó con una sonrisa exultante y una carcajada—. *Gut. Gut.*

—*Gut* —repetí—, bueno.

—Bueeeeno —dijo con alegría. Entonces, tras un momento, se señaló a sí mismo y añadió—: Paul. Von Steinschneider.

—Paul von... von...

Hizo un ademán para restarle importancia a mi intento de pronunciar la tercera palabra y se echó a reír.

—Paul —dijo—. Paul.

—Paul —repetí.

Extendió una mano hacia mí, todavía con aquella sonrisa cálida en los labios y en los ojos. Entonces pensé en los ojos de Vano, en la sangre que le había quitado del rostro con el dedo, en aquella sangre tan preciada que se había ido en el río. Pensé en Piroska, con su sonrisa de paz imponente. Los ojos se me anegaron de lágrimas una vez más, y me los limpié con brusquedad.

—Nadie —dije.

—Nadie —repitió, y volvió a sonreír—. Nadie. *Gut.*

Al día siguiente, después de que Paul hubiera desayunado, empezó a recoger los bártulos de su campamento. Sacó de su mochila un par de pantalones y una camisa de hombre, una de las pocas mudas de ropa que tenía, y las colocó junto a mí para que me las pusiera y me pudiera quitar el vestido destrozado, lleno de moho y algas que todavía se aferraba a mí. Me escondí detrás de un árbol para cambiarme, y, cuando volví a salir, me sonrió y asintió al tiempo que decía algo que sonaba lleno de aprobación.

Lo observé, insegura, mientras recogía el resto de sus pertenencias: la manta, el plato y el vaso, la pila de cartas dobladas que estaba escribiendo, el par de botas de nieve que parecían fuera de lugar en otoño. No sabía si quería que fuera con él. Y, si así era, no sabía si yo quería ir con él. Pero, si él no quería, ¿qué iba a hacer yo?

Agarró un fardo de listones de madera delgados atados con un cordel, y en el que estaba situado encima vi que tenía varios colores. Me acerqué para observarlo mejor y vi que era un pequeño fragmento de madera extraído del tronco de un árbol, con una imagen dibujada en él. Era el paisaje de los árboles y el río, el mismo río del que Paul me había sacado. El sol relucía sobre la superficie como unas monedas brillantes, y el agua parecía moverse y retorcerse entre las rocas del fondo. Unas nubes como castillos en ruinas se alzaban en el horizonte.

Miré a Paul, con su bastón para caminar y su mochila, con su piel cortada y llena de callos, el sombrero de visera amplia que llevaba en la cabeza y el fardo de cuadros que sostenía en una mano. A pesar de que antes solo había sido el hombre que me había rescatado, en aquel momento vi que había sido algo antes de rescatarme y que era algo ajeno a mí incluso entonces. Era un artista que recorría el bosque, solo y lejos de casa.

Recogí algunas de sus cosas del campamento y las até con mi vestido para poder ayudarlo a llevar la carga. Me dedicó una sonrisa, y emprendimos la marcha juntos.

CAPÍTULO VEINTE

Un lienzo es un lugar aparte, un espejo a través del cual se puede pasar con tan solo un poco de concentración. Las dimensiones no importan. Hasta un pequeño lienzo de veintiocho por treinta y cinco centímetros puede engañar a la mente para que olvide que existen otras cosas más allá de él. Aun así, escojo un lienzo de setenta y seis por ciento un centímetros —un rectángulo del tamaño de una ventana—, solo para asegurarme de que fuera así. Quiero olvidarlo todo. Quiero olvidar dónde estoy, quién soy, qué soy. Quiero que el tiempo pase con la extraña velocidad sin sentido de los sueños y de la abstracción artística total.

He dispuesto los materiales: botes de brillantes pigmentos en polvo, aceite de semillas de lino, aguarrás y pinceles. Muchas personas no se dan cuenta de que la pintura es un arte letal. Los pigmentos casi siempre son veneno en estado puro. El albayalde, por ejemplo, que es tal vez el pigmento más utilizado de todos, carcome poco a poco los riñones, el sistema nervioso y el cerebro. Luego están los verdes —verdeceledón, malaquita, esmeralda y verde agua—, con sus emisiones constantes de gas arsénico. Moler el pigmento azul petróleo, lo cual era una práctica que llevaban a cabo numerosos aprendices del Renacimiento, produce cianuro de mercurio, y el cianuro de mercurio produce en los aprendices cosas como convulsiones, parálisis, necrosis y muerte. Y todo eso por no hablar de los disolventes.

Todo ha ido cambiando con el paso del tiempo, claro. Se han producido distintos avances que han quitado los colmillos a la víbora. Durante las clases, los niños usan pinturas acrílicas, un medio tan inofensivo como los rotuladores. Aun así, yo soy de la vieja escuela. Para mí, nada se compara al brillo del cobalto puro y letal mezclado a mano con aceite de semillas de lino. Además, por alguna razón me parece apropiado que el artista deba pagar un precio muy alto por su arte, que las creaciones más bellas de la humanidad también tengan que ser venenosas. Me parece consistente con lo que he visto en este mundo y en las personas que lo habitan.

Aunque, por supuesto, yo no tengo que pagar nada. Creo que podría bañarme en mercurio líquido y salir perfectamente sana. Soy una domadora de serpientes inmune a sus mordiscos, por lo que no uso nada de protección cuando tomo los pigmentos en polvo rojo de cadmio, amarillo de bario y azul de Prusia, los espolvoreo sobre la paleta y, con un cuchillo de paleta, rasco y mezclo y mezclo y rasco los insidiosos y brillantes minerales con aceite.

Una vez que la paleta está completa, esparzo una ligera capa de pigmento por todo el lienzo para allanar la superficie y procedo a hacer encajar las dimensiones con un pincel plano: dónde estará la piedra en el espacio del lienzo, lo grande que será. Trazo las líneas del objeto en tres dimensiones. La forma no me parece bien hecha del todo, pues es demasiado gruesa por un lado y muy estrecha por otro, por lo que dibujo otras líneas por encima de las originales. Mejor.

Pintar es un proceso de repetición. Se hace un intento, el cual casi nunca sale bien a la primera, por lo que luego se hace otro intento encima del primero. Este sale mejor o sale peor. Sea como fuere, se prueba otra vez. En algún lugar situado entre los cinco y los cuarenta intentos, aparece el resultado esperado, la forma que se quería plasmar. Conseguirlo a la primera sería un golpe de suerte increíble, como un hoyo en uno en un campo de golf; merecería una palmadita en la espalda, sí, pero solo un idiota se dirigiría al siguiente hoyo con la esperanza de lograr el mismo resultado fortuito. La verdad es algo hacia lo que se trabaja para obtenerla, de forma constante mediante ensayo y error. Principalmente error. Tener suerte demasiado a menudo significaría perder la alegría del esfuerzo. No conseguir otra cosa que hoyos en uno acabaría resultando en una partida de golf aburridísima.

Hoy estoy empezando un nuevo cuadro, otro más de la serie que ya he puesto en marcha. Pinto la tumba de mi padre, la sencilla y pequeña lápida del tamaño de una baldosa que él había tallado y pulido hasta dejar suave con el último atisbo de su fuerza terrenal y la que yo había esculpido con lo que pensaba que era toda la energía que me quedaba. Estaba segura de que iba a morir. Estaba preparada. Sabía, incluso desde tan joven, lo que podía esperar del mundo (¿estaba teniendo demasiada suerte? ¿Me estaban saliendo las líneas bien la primera vez?) y no tenía ningún problema con dejarlo atrás.

Si bien tengo fotografías de las otras lápidas de la serie para ayudarme a pintarlas, esta la tengo que hacer de memoria. Y me cuesta. No estoy precisamente en el estado mental más apropiado para pensar. Estoy hecha un desastre, nerviosa, cubierta de vendas y todavía adolorida mientras intento no pensar en lo que he hecho ni en lo que puedo llegar a hacer a partir de ahora. No sé si mis líneas han salido mal de verdad o si el significado del objeto y mi añoranza hacia él me hacen pensar que lo están. Los retratos de los seres más queridos son siempre los más difíciles de plasmar sobre un lienzo. Siempre les falta algo indescriptible que parece tener una importancia vital.

Tras muchos intentos, me aparto del cuadro, frustrada. Tengo hambre. Me siento inquieta. Tengo miedo. Me siento sola. Y todo ello a un grado que me parece insoportable; todos esos sentimientos me mantienen amarrada a mi cuerpo, a la realidad de mi vida, al espacio físico que me rodea; me niegan el paso hacia la realidad de la pintura.

Las ventanas del conservatorio muestran el ocaso. El sol está sangrando sus últimos colores del día hacia unas manchas traslúcidas de nubes por encima de los árboles. El disco de Dvořák que he puesto ya hace tiempo que ha pasado a ser un siseo rítmico y granular, como si yo fuera una bebé que necesita que alguien la calme. Y sí que me siento así: decepcionada, hundida, nerviosa. Me gustaría poder seguir pintando y no parar hasta que los niños volvieran a llenar la casa de vida una vez más, pero no puedo. No estoy progresando, sino que lo único que consigo es frustrarme cada vez más, y, de todos modos, esta capa de pigmento húmedo tiene que secarse antes de que pueda pintar otra cosa encima.

Recojo mis trapos manchados de pintura. Me tomo todo el tiempo del mundo para lavar los pinceles y masajeo las puntas de cada uno con el limpiador poco a poco. Los aclaro. Masajeo otra vez. Los aclaro otra vez. Alargo todas estas tareas porque no sé qué hacer cuando acabe. Un tiempo después, a pesar de todo mi esfuerzo, he terminado y me he quedado sin nada que hacer.

Me dirijo a la biblioteca, enciendo la hoguera y me siento en un viejo sillón de cuero con la esperanza de rodearme de la tranquilizadora presencia de los muchos autores y personajes de los libros que van desde el suelo hasta el techo en las estanterías. Saco *Los hermanos Karamazov* de su lugar y trato de obligar a mi mente a centrarse en las palabras de las páginas amarillentas, aunque no sirve de nada. La casa me parece más una prisión con cada minuto que paso en ella, y no una prisión impersonal, sino una empapada de una personalidad siniestra. Solo la casa me ve y me conoce, pero me conoce como el lobo conocía a Caperucita Roja: como una presa peleona y resistente, una perturbación curiosa en su estómago. Acabo dejando el libro y abandono todo intento por leer. Estoy demasiado distraída por el miedo y el hambre como para que me pueda distraer cualquier otra cosa, y, al mismo tiempo, estoy tratando de escuchar, por mucho que no quiera, aquel sonido, el repentino y calamitoso *piiiii, piiiii, piiiii,* o un aleteo como el de un estandarte ante una brisa, como el crepitar de las llamas en un horno encendido a máxima potencia.

—Ya viene —me había dicho Vano en mi sueño—. Ya está aquí.

Noto que se me eriza el vello de la nuca con tan solo pensar en esas palabras, por lo que trato de apartarlas de mis pensamientos, pero no lo consigo. El sueño en el que había estado sentada con Vano me había parecido muy vívido, muy real. Hasta que había llegado el final, me había parecido demasiado normal incluso, demasiado cotidiano como para tratarse de un sueño. Era como si Vano se hubiera pasado por ahí para visitarme y charlar conmigo desde el otro lado de la tumba. ¿Y acaso no me había dicho que lo iba a hacer? Hacía años que no pensaba en su promesa de venir a verme en alguna estación del futuro y darme la mano, y eso si es que alguna vez había pensado en ella. Me había dicho muchas cosas que no entendía, pero lo que me había dicho en el sueño sobre Chernabog, el dios de los finales, estaba más claro de lo que me hubiera gustado. Un final estaba viniendo a por mí. Un vacío. Una copa derramada. ¿Era una coincidencia que me hubiera despertado para toparme con una destrucción y una pérdida tan horrible? ¿Para darme cuenta de que sí tenía algo que perder después de todo, mis queridas mascotas, y de que las había perdido?

Sí, era una coincidencia. No podía ser otra cosa. Solo sueños, recuerdos y tonterías. Chernabog era un mito, una historia en la que creía cuando era joven e inocente. Y Vano... Vano debía estar... equivocado y ya. Ambos nos equivocamos al pensar que podía existir una persona o un poder que se interesara lo suficiente por nosotros como para seguirnos a lo largo de siglos y continentes a fin de asignarnos nuestros finales. Para bien o para mal, estoy sola.

Oigo un crujido repentino y estremecedor en la hoguera, y, en las profundidades del fuego, un leño, que se ha partido por la mitad, se da la vuelta y cae, lo cual hace saltar unas cuantas chispas. La piel blanca y llena de cenizas y las venas de llamas del leño consumido me recuerdan al rostro de Vano en el sueño, cuando había dejado de serlo. Aprieto los labios y cierro los ojos para esperar a que el corazón deje de latirme tan deprisa, pero un solo pensamiento se repite en mi cabeza: *Tengo que salir de aquí.*

Conducir hasta Nueva York me lleva una hora y media. El sol se pone por el camino, y el agua del East River se convierte en un espejo negro que refleja la iluminación de Manhattan. Es hora punta. Las luces traseras de los coches que recorren la autopista forman una larga serpiente roja que hace cambiar de posición su cuerpo de infinitas articulaciones con cada movimiento. Ha empezado a lloviznar, y el agua motea el parabrisas y hace que el cuerpo articulado de la serpiente roja se torne borroso.

Sé por qué me he ido de casa, he encendido el coche y he huido por la entrada como si algo me estuviera persiguiendo: no podía quedarme donde estaba, sola y a la espera de asfixiarme con la tensión entre el silencio y el ruido. Sin embargo, no sé por qué estoy en este preciso lugar. Tal vez solo sea para ver la serpiente roja o el espejo negro del río, o la ciudad brillante que parece haberse hundido en él, una Atlántida llamativa y llena de neones. Los conductores hacen sonar su claxon, y el sonido es como la banda sonora de una película vanguardista. Veo sus rostros moverse detrás del cristal. Gritan. Están enfadados. Todo es de lo más curioso.

Soy una turista, por lo que todo son imágenes, sonidos y olores sin ninguna implicación. ¿Qué más me da que haya atasco? No tengo ninguna cita a la que acudir, ninguna comida que se esté enfriando, ninguna niñera en casa que esté acumulando horas extra. En este coche, en esta autopista, he encontrado todo lo que había salido a buscar: una demoledora masa impersonal de gente, coches que resuenan y echan humo, ruedas que chirrían, una multitud en la que disolverme.

La autopista se empieza a estrechar, y el tráfico casi llega a detenerse. Delante de mí, las luces rojas y azules de los coches de policía emiten sus destellos. Un accidente ha hecho que la circulación se tuviera que concentrar en un solo carril. Una furgoneta conduce a lo loco por el arcén para saltarse el atasco, y un pequeño cupé la sigue. Más sonidos de claxon. Me recuerda a una bandada de gansos agresivos que se pelean con violencia por unas miguitas de pan.

Una luz se enciende en el salpicadero. El motor se está sobrecalentando. Es algo desafortunado, aunque no me sorprende. Mi coche es un Datsun antiguo y puede ponerse un poco tiquismiquis cuando lleva demasiado tiempo en marchas cortas.

En cuanto aparece la siguiente salida —hacia Port Morris—, desciendo por ella en punto muerto, doblo la siguiente esquina hacia la derecha para dirigirme a una calle lateral y aparco. Ha empezado a llover más fuerte, y, tras salir para abrir el maletero y sacar el bote de refrigerante, me quedo empapada. A menos que quiera que el radiador me escupa agua hirviendo a la cara, tengo que esperar para echar el refrigerante, por lo que me vuelvo a meter en el coche. A través del movimiento repetitivo del limpiaparabrisas y la lluvia, examino mis alrededores.

No tengo ni idea de en qué parte de Nueva York me encuentro, ni siquiera qué distrito es. ¿El Bronx, tal vez? Mis faros delanteros iluminan una calle llena de baches y el lateral de un puente de piedra moteado con hiedra y adornado con unos garabatos curvos de grafiti blanco. A la derecha del coche, el borde de la carretera desciende hacia una maleza llena de botellas y cartones, una valla metálica oxidada y, al otro lado de esta, unas vías de tren que contienen unos grandes charcos de agua.

A la izquierda hay un par de bloques de pisos de piedra, cerrados con listones de madera y llenos de grafitis elaborados. La única farola de la manzana que funciona se encuentra directamente delante de esos dos edificios, y su cono de luz ilumina a la perfección el grafiti de un lobo que muestra los dientes, con su lengua roja sobresaliendo a través de los dientes y un brillo lunático en los ojos. A decir verdad, está bastante bien.

Qué lugar más extraño. Resulta encantador —las estructuras de piedra antiguas y dignas, la hiedra— y horroroso a partes iguales. A pesar de que la calle está vacía, me siento muy expuesta allí sentada en el coche, con las luces encendidas en medio de la oscuridad y la lluvia.

Empieza a llover más fuerte, tanto que ya no veo nada a través del parabrisas que no sea una cascada de agua. La estoy viendo caer y escuchando el traqueteo contra el cristal cuando una sombra pasa de forma súbita por delante del coche. El tirador de la puerta del asiento del copiloto se mueve y, antes de que me dé tiempo a reaccionar, la puerta se abre. La luz del techo se enciende y me deja ver la lluvia que cae y unas piernas muy delgadas envueltas en un material negro, ajustado y brillante. Una mochila de cuero sintético roja entra en el coche y aterriza sobre mi regazo, y entonces alguien se mete en el coche.

Una joven afroamericana se ha sentado en el asiento del copiloto. Se sacude la lluvia de sus gruesas trenzas al tiempo que maldice con cierta creatividad. Mientras está ocupada con su cabello, veo que las uñas con estampado de leopardo rojo que lleva son casi tan largas como sus propios dedos. Bajo una gruesa chaqueta tejana manchada de lejía, el material ajustado y brillante que le había visto en las piernas le cubre todo el cuerpo, del cuello a los pies, como una fina capa de pintura brillante, salvo en la parte delantera, donde se hunde con una forma de uve que le llega casi al ombligo. Lleva unos calentadores y unos zapatos blancos que le llegan hasta los tobillos.

Sigue atendiendo a su cabello empapado un tiempo más sin prestarme atención, mientras yo le sostengo la mochila. Finalmente me acaba mirando, y su rostro me da un buen susto. Tiene casi la misma forma que el de un gato siamés, y sus ojos son de un color verde artificial muy estridente: lleva lentillas. Es joven, de alrededor de veinte años, y, al igual que esos cromos holográficos que mis alumnos coleccionan, la cara de aquella joven parece cambiar por momentos entre bella y perturbadora.

—¿Qué haces aquí, blanquita? —me pregunta, ladeando la cabeza con amabilidad, como si estuviera hablando con una niña pequeña. Cierra los ojos durante un largo instante, y parece que está escuchando música en su cabeza—. O sea, ya he visto que eras blanca desde fuera, pero pensaba que eras un tipo.

Vuelve a cerrar los ojos, adormecida.

—Aunque no pasa nada. Me gustan las blancas, son divertidas. Es divertido fastidiarlas. Siempre tan nerviosas… dan un respingo si estornudo siquiera. ¿Estás nerviosa?

Sus palabras son directas y resultan un tanto perturbadoras, pero hay algo juguetón en ella que hace que todo parezca que lo dice con amabilidad.

—¿Nerviosa? —repito, todavía sorprendida por su mera presencia en mi coche—. No. ¿Hay alguna razón por la que creas que deba estarlo?

—Seguramente. —Asiente con la cabeza a modo de respuesta, y luego sigue moviéndola al ritmo de aquella música que no podía oír. Cierra los ojos—. Sí, seguramente deberías estarlo.

—¿Y por qué?

—Porque no estás en tu barrio —responde, con una ceja alzada.

Echo una mirada hacia la lluvia y me reclino en mi asiento.

—No soy de las que se ponen nerviosas. Ansiedad arraigada en lo más hondo, desesperación existencial grave, todo lo que quieras. Pero ¿nerviosa? Eso no tanto.

La chica esboza una sonrisa y asiente.

—Sí, ya te entiendo. Así solía ser yo.

Casi me echo a reír. ¿Cómo ha tenido tiempo esta joven para «soler ser» algo?

—¿Has leído algo de Sartre? —Su acento francés al pronunciar el nombre es impecable.

—¿A Jean-Paul Sartre? Sí.

—*A puerta cerrada*. ¿Has leído esa obra?

—Sí, es aterradora.

—Ya, me moló mucho esa movida.

—¿Te moló mucho *A puerta cerrada*?

Me dedica una mirada inexpresiva, casi de impaciencia, y, escarmentada, me apresuro a preguntarle:

—¿Qué fue lo que te gustó de la obra?

—Trata sobre cómo nos ven los demás. En plan, sobre estar encerrada en las percepciones que los demás tienen sobre ti. Y eso es lo que pasa de verdad. Como que todos miran a los demás y dicen lo que ven, pero nadie se mira a sí mismo. O sea, es lo que pasa en el colegio, en el trabajo, en la calle, en el tren. Es lo mismo en todas partes.

—«El infierno son los otros», tal como dice Sartre.

Se vuelve hacia mí y asiente.

—Y la puerta está cerrada, por lo que no hay ninguna salida. Incluso si la puerta se abre, no la atraviesan. Es como algo autoinfligido, ¿sabes?

—El infierno autoinfligido. Sí que tiene algo de sentido, ¿no crees?

Su asiento se reclina de repente. Sacude los hombros y se acomoda en él antes de volver a cerrar los ojos.

—Es lo mismo con el cielo.

—¿Con el cielo? ¿Qué quieres decir?

La lluvia está dejando de caer de forma gradual, pero aquella filósofa medio dormida que se me ha metido en el coche parece que se va a echar una siesta aquí mismo.

—¿Estudias algo? —Busco qué decirle, algún tema de conversación que pueda despertar su interés y que tal vez conduzca a que la deje en alguna residencia universitaria.

—¿Conoces a Adán?

—¿Adán? —repito, perpleja de nuevo por el cambio de tema—. ¿Quién es Adán?

Vuelve la cabeza hacia mí y abre los ojos, los cuales me resultan tan sorprendentes como cuando los vi por primera vez. Tiene la nariz moteada con pecas.

—¿Quieres ir al cielo?

Pese a que la pregunta suena ligeramente amenazadora, su mirada no lo parece para nada, sino que tiene una expresión tranquila. Suelto una pequeña carcajada, anonadada por lo absurda que era toda esta conversación, pero luego me dispongo a pensar en una respuesta.

—Si la elección es entre el cielo y el infierno, supongo que preferiría el cielo, la verdad.

—No te he preguntado lo que prefieres. Te he preguntado que si *quieres* ir al cielo.

Vacilo, y la pregunta se queda flotando en el aire, tan simple, al desnudo. No tengo ni idea de por qué me lo pregunta, pero el cielo... ¿Quiero ir al cielo? Un lugar idóneo al otro lado de la muerte. Un lugar sin brutalidad, enfermedades ni pérdidas. Un lugar en el que los niños están a salvo, donde nunca abusan de ellos ni los matan.

—Sí —respondo, con la mirada clavada en la reluciente calle, con las gotas intermitentes de lluvia que caen sobre los charcos—, me gustaría ir al cielo.

—Ven conmigo, entonces —dice, y se incorpora de repente. Abre la puerta del coche y se pone la mochila sobre la cabeza para protegerse de la lluvia, la cual se ha reducido a una llovizna lenta y constante.

»Venga —me insiste, animada, a la espera de que abra mi puerta.

Más allá de lo que pase, sacar a aquella chica del coche al menos parece un paso en la dirección correcta. Saco la llave del coche, abro la puerta, tomo el bote de refrigerante y salgo. Ella sale también. Abro el capó. Está todo muy oscuro, por lo que tengo que tantear entre la negrura casi uniforme bajo el capó para buscar el tapón del radiador. Lo destapo y, casi a ciegas, echo lo que parece una cantidad apropiada de refrigerante.

La chica ha empezado a caminar poco a poco y con torpeza por la calle.

—¿Vienes o qué? —me llama por encima del hombro. Bajo el capó del coche y dejo que caiga con fuerza.

Podría volver a meterme en el coche y salir de allí para dejar a aquella chica y todas sus tonterías atrás. Pese a que sé que es lo que debería hacer, una parte de mí está preocupada por ella. De pie, fuera de los confines del coche, su atuendo parece francamente peligroso, y está claro que ha consumido alguna especie de sustancia controlada. ¿Qué habría ocurrido si el coche en el que se había metido hubiera estado ocupado por «un tipo» en vez de por mí? ¿Cómo se habría resuelto esa situación? Aun así, ¿qué más me da a mí todo eso? ¿Por qué debería asumir que necesita que la ayude? Ella parece estar la mar de tranquila.

—¿A dónde? —le pregunto, aunque a decir verdad solo intento hacer algo de tiempo para acabar de decidirme.

—Te voy a presentar a Adán.

Abro la puerta del coche, me meto y dejo el bote de refrigerante sobre el asiento del copiloto. Tengo las llaves en la palma de la mano.

—¿Adán? ¿Quién es Adán?

—Adán es la salida. —Se vuelve hacia mí, con los brazos en un ángulo similar al de las asas de una urna griega para sostener la mochila por encima de la cabeza—. Adán es la puerta.

—¿La puerta? —Me digo a mí misma que la palabra que ha escogido y cómo esta resuena con lo que Vano me dijo en el sueño no es más que una coincidencia—. ¿La puerta hacia dónde?

—Hacia el cielo.

Me digo que es una locura. Vuelvo a meter la llave en el coche para arrancarlo.

—¿Te molesta ver sangre? —me pregunta.

CAPÍTULO VEINTIUNO

Durante un tiempo, no hice otra cosa que observar a Paul. Me hablaba con cierta constancia, y empecé a entender mucho de lo que me decía, aunque no hice ningún esfuerzo por hablar. Seguía siendo un poco animal. No tenía mucho interés por ser humana, si es que me podía considerar humana. Lo observaba cocinar por la mañana y por la noche. Lo veía empuñar un hacha para tallar una pequeña hendidura en la corteza de un árbol y luego rascar, rascar y rascar hacia abajo hasta que caía un trozo de pergamino o un tablón.

Observaba cómo fabricaba pigmentos. Yo misma había recogido y fabricado pigmentos antes, para pintar los símbolos de las deidades eslavas, solo que los que yo había hecho habían procedido en su mayoría de bayas y de algunas semillas. Paul caminaba poco a poco con la mirada en el suelo y recogía algunas rocas que luego aplastaba entre ellas y molía con otras rocas más grandes hasta que se convertían en un fino polvo amarillo o rojo, tras lo cual lo mezclaba con gotas de un aceite que llevaba consigo. A otros pigmentos, que no se podían encontrar en la naturaleza que nos rodeaba, los llevaba ya en forma de polvo en pequeños botes: ciertos verdes, azules y un blanco brillante.

Admiraba cómo pintaba, y al principio aquello lo ponía nervioso, pero yo me quedaba allí sentada, tan quieta como un ciervo que se esconde, y acababa por olvidarse de mi presencia. Quería observar cada parte de cómo elaboraba sus dibujos. Era un pintor maravilloso, un artista dedicado a su empeño, como mi padre, y al observarlo había algo que me tranquilizaba.

Al principio dibujaba un bosquejo de lo que veía en la madera con la punta encendida de unos palos, tras lo cual desenrollaba una tela de cuero llena de pinceles largos y delgados metidos en bolsillos muy finos, sacaba los pinceles y los mojaba con suma delicadeza en los líquidos de colores que había preparado con tanto esmero. Por último, se disponía a llenar de color el bosquejo chamuscado.

Transcurrieron semanas en las que lo seguí observando y me acerqué cada vez más a él, en silencio, mientras pintaba. Quería más. ¿Cómo hacía que el dibujo fuera constante incluso cuando el sol hacía que las sombras danzaran y se movieran por todo el paisaje? ¿Cómo hacía que el agua pareciera estar en movimiento? ¿Cómo conseguía que los árboles lejanos parecieran estar lejos de verdad?

Entonces, un día, Paul talló un tablón de un árbol, dio un paso a la derecha e hizo lo mismo en otro. En la hoguera, chamuscó dos palos. Tras hincar una rodilla en el suelo, me entregó la herramienta como un hombre que le regala flores a una doncella. La tomé, incapaz de ocultar mi alegría. A partir de aquel momento, pintamos uno al lado del otro con los pigmentos y los estuches de cuero llenos de pinceles dispuestos en una roca o en un tocón entre los dos.

Cuando pintaba, me olvidaba de todo lo demás: el sabor de las cenizas en la boca; el color azul de la madre de Mercy, inmóvil en su litera; lo pequeña e indefensa que había visto a la propia Mercy, sentada en el puerto con su hermano sobre el regazo; Vano y Piroska y lo que aquellos hombres les habían hecho; el dios de los finales, quien vagaba por el mundo y alzaba hogares, niños y parejas para lanzarlos hacia su garganta voraz. Lo olvidaba todo menos lo que tenía frente a mí —los árboles, las rocas y las montañas, con la luz del sol a un lado y las sombras al otro—, y, durante un rato, estaba bien, al menos hasta que dejaba de pintar.

Durante una mañana fría a principios de otoño, Paul y yo estábamos sentados uno al lado del otro y pintábamos. Habíamos visto escarcha en el suelo cuando nos habíamos despertado, y la luz parecía pura y dura como el cristal. Teníamos que frotarnos las manos y calentarlas con el aliento de vez en cuando, y teníamos la manta de lana colocada sobre el regazo. Se produjo un momento en el que el sol se dejó ver entre las nubes, y la luz pasó a través de las hojas para rozarme la piel con su calidez. Estaba notando eso cuando, a mi lado, Paul soltó un sonido extraño.

Lo miré y vi que su mano daba una sacudida por su dibujo, lo cual hizo que el pincel dejara una mancha irregular de color marrón sobre el bello paisaje forestal que estaba pintando. Me volví hacia él. Estaba mirando por encima de su boceto, con una expresión de sorpresa. La boca se le movía de un modo extraño y emitía unos sonidos raros. Miré al cielo, adonde él parecía mirar, pero no vi nada.

—¿Paul? —lo llamé, una excepción en mi constante silencio.

El brazo con el que sostenía el pincel volvió a salir disparado de su pecho. Bajó las pestañas y empezó a sufrir sacudidas y a temblar.

—¡Paul! —grité.

Cayó hacia delante y tiró los pigmentos y los pinceles de la roca. En el suelo, se quedó rígido mientras temblaba, con los ojos todavía medio cerrados.

—¡Paul! —grité una vez más—. ¡Paul! —Me arrodillé a su lado y le di unas palmadas en su cuerpo tenso y tembloroso, pero no había nada que pudiera hacer por él.

Un rato después, el cuerpo se le destensó y se quedó quieto. Su mandíbula apretada se soltó, y por su comisura empezó a salir un hilillo de sangre. Lo sostuve en brazos y cargué con él hacia donde habíamos acampado, donde lo tapé con la manta de lana que tanto picaba y encendí una hoguera.

Durmió durante varias horas. Cuando se despertó, solo abrió los ojos un poco y se quedó allí tumbado, cubierto por la manta, y me miró, aturdido, hasta que me percaté de que se había despertado y le sonreí.

Di la vuelta a la hoguera con el libro encuadernado en el que había estado dibujando con una pluma. Me senté a su lado y sostuve el libro frente a él para que pudiera ver mi «página de Paul». Paul dormido, envuelto en la manta. Paul encorvado ante un panel de madera, con un delgado pincel en la mano. Sus ojos, entrecerrados al mirar en dirección al sol. Su nariz ancha y masculina. Sus labios llenos y curvos, su barba y su bigote espesos y despeinados.

Me miró con cierto esfuerzo.

—Bueeeeno —susurró.

Al oír su voz, algo se apoderó de mí, una dolorosa punzada que me atravesó el pecho. Unas grandes y pesadas lágrimas empezaron a brotar de mis ojos. Había estado asustada. En ese momento me di cuenta de que, mientras él dormía y yo me había dedicado a preparar la hoguera y a cubrirlo con mantas y a dibujar, había hecho todo lo posible por no pensar en el miedo de que él me fuera a dejar, de que quizá no volvería a oír su voz nunca más. Aquella erupción que se abrió paso a través de mí con violencia era el alivio, horrible y doloroso. Quería salir corriendo, quería huir con mi miedo de perderlo y mi alegría de tenerlo de vuelta. Quería no haberlo conocido nunca, o quería matarlo, asfixiarlo con su propia manta, para no tener que volver a tener miedo de perderlo.

Solo que Paul extendió un brazo hacia mí, haciendo unos sonidos tranquilizadores con una preocupación cariñosa, y, en vez de salir corriendo o matarlo, me arrodillé a su lado y lloré contra la tela rugosa de su chaqueta mientras él me acariciaba el cabello y me calmaba como a una niña pequeña.

—¿Te he asustado? —me susurró en su idioma—. Lo siento.

Más tarde aquella misma noche, fue capaz de incorporarse y de tratar de comerse la ardilla que había cazado y había preparado para él, aunque se había mordido la lengua con fuerza durante su episodio, y comer le dolía.

—*Was war das?* —le pregunté. «¿Qué ha sido eso?».

Me miró, impresionado.

—*Was war das?* —repitió, al parecer tanto como para saborear mis palabras como para reflexionar sobre ellas. Dejó su plato en el suelo junto a él y se estiró en su manta, agotado—. *Das... war...*

Se quedó mirando el fuego durante un momento, hasta que una lágrima cayó de uno de sus ojos, y luego del otro.

—*Mein problem.*

—*Problem* —repetí, asintiendo, para comunicarle que había entendido la palabra.

Se llevó una mano a un bolsillo interior de su chaqueta y sacó un pequeño papel cuadrado. Lo miró durante unos segundos antes de sostenerlo frente a mí para que lo viera.

Era un daguerrotipo. Una imagen de color gris y negro oscuro de una joven, tan detallada y nítida como si la estuviera mirando a la cara de verdad. Un niño de mi pueblo me había contado que esas cosas existían: imágenes más perfectas que las que una persona era capaz de dibujar y que se hacían de algún modo con cajas de madera y luz. Yo lo había llamado «mentiroso» y «fanfarrón», pero allí estaba, tal como me había contado. La joven era bella, con la piel pálida y unas cejas oscuras sobre unos ojos inteligentes y amables.

—Johana —dijo en voz baja—. Johana. *Ich wollte sie heiraten.*

Al ver que no lo había entendido, se aferró a su dedo anular y se lo llevó al corazón.

—*Aber*… —continuó, negando con la cabeza con tristeza—, *aber nein.*

—*Nein?* —repetí—. ¿No?

—*Mein problem* —dijo, meneando la cabeza y limpiándose las lágrimas de los ojos con fuerza con el lado lleno de callos de su mano—. *Nein.*

Me quedé allí sentada en silencio, y, tal como solía hacer, Paul pareció olvidarse de mi presencia. Al igual que una de las pesadas mochilas que soltaba de los hombros tras el largo viaje de un día entero, agachó la cabeza y empezó a llorar, y entonces se me ocurrió que quizás estaba ahí en las montañas silvestres por razones que yo no comprendía del todo y que llevaba su propia carga dolorosa que yo no podía ver. Me había cuidado tan bien y de tantos modos… Me había tranquilizado sin que yo ni siquiera me hubiera dado cuenta de ello. Quería poder cuidar de él del mismo modo, tranquilizarlo. No recordaba las palabras de ninguna canción, por lo que empecé a tararear. Era una canción que Piroska solía canturrear mientras cocinaba o golpeaba la colada tendida. Siempre me había calmado, aunque hasta aquel momento no la había entonado por el dolor que me producía recordarla.

Vacilé y estiré una mano. Tenía miedo. Estaba más que claro que quería mucho a la tal Johana, por lo que tal vez no le gustaría que yo lo consolara. Sin embargo, cuando le toqué la mano, Paul la tomó al instante.

Poco a poco y con cuidado, como un animal salvaje que olisquea el viento, me acerqué más y me acurruqué a su lado. Él levantó la manta y me acercó a su calidez. Apoyada contra él, coloqué la mejilla junto a la suya y noté los pinchazos de su barba y cómo su aliento me soplaba contra la curva del cuello. Aterrada y desesperada, alcé su rostro hacia el mío y noté su fuerte mandíbula bajo los dedos. Puse mis labios contra los suyos y noté que algo en mí se rompía y se daba la vuelta, algo que se alejó de mí para siempre y se perdió en él para nunca más volver a estar separado y a salvo.

Tras ello, nos dimos calor cada noche, y a menudo buscaba en sus labios aquella sensación preciada y dolorosa que me asustaba, pero sin la cual ya no podía vivir.

La siguiente vez que me preguntó: *Warum isst du nicht mit mir?*, por qué no comía con él, me dirigí al bosque y volví con una pequeña criatura peluda en las manos.

Me senté delante de él.

—*Mein problem* —le dije—. *Mein problem.*

Paul me miró a los ojos y asintió ligeramente.

Alcé el animal muerto hacia mi boca y noté cómo mis ocultos dientes de sangre se movían hacia delante, preparados. Con la mirada fija en Paul, abrí la boca y dejé que los viera. Entonces perforé la piel del animal con delicadeza y bebí.

Pese a que la sorpresa en sus ojos fue leve, la vi de todos modos. Dejé el animal en el suelo, y, asustada, aterrada por lo que él podría decir o hacer, noté que las lágrimas empezaban a deslizarse por mi rostro.

Paul estiró las manos, y, con sus dedos fuertes y rugosos, me limpió las lágrimas de las mejillas, tras lo cual tiró de mí con delicadeza hacia sus brazos, donde me quedé llorando y escuchando su canción.

CAPÍTULO VEINTIDÓS

¿Cómo puedo describir la sala en la que me encuentro? ¿Estoy aquí de verdad? ¿O acaso mi subconsciente, con su hambre desesperada, ha conjurado este lugar mientras duermo? No, es de verdad. Lo sé porque veo que se me ha puesto la piel de gallina por el frío. Lo sé por el olor.

Es —o, mejor dicho, era— un piso de uno de los bloques abandonados que había visto desde la ventana del coche. Las paredes, desde donde sobresalen por detrás de montones de basura (listones de madera, un lavaplatos vaciado, estanterías decaídas que parecían que habían encontrado en un vertedero), están serpenteadas por las cicatrices irregulares del cableado del edificio que ha sido arrancado. Falta una ventana: el cristal y el marco han desaparecido, y parte de la pared que la rodea está rota, como si la hubieran derribado con un martillo. Una cortina roja y traslúcida está clavada en la pared y cuelga por encima del agujero; se mueve hacia dentro y hacia fuera por la succión del aire, de modo que parece una válvula en el interior de un corazón latiente. El suelo está oscuro debido a la mugre, las colillas, la basura y los *cientos* de trozos de papel de cocina arrugados y manchados de sangre.

Hay gotas de sangre que motean todo el suelo. Además, hay un rostro en el techo. Dicho rostro es casi del tamaño del techo entero y pertenece a la chica que me ha traído hasta este sitio, cuyo nombre, según me enteré mientras nos abríamos paso entre las zarzas y los sombríos charcos del patio para llegar hasta aquí, es Sueño. El rostro que le pertenece a Sueño está pintado con sangre en el techo. Hay unas grandes tiras de papel de acuarelas pegadas a las paredes y a los listones de madera, y en ellas hay figuras y rostros dibujados con sangre, la mayoría retorcidos y con una expresión de dolor. La sala huele como una mina de cobre.

En una esquina, un hombre (supongo que el artista) está sentado en un maltrecho sillón dorado con un torniquete ceñido en su bíceps de tatuajes complejos. Va vestido todo de blanco, con unos pantalones de marinero y una camiseta raída, y todo su atuendo está salpicado de sangre. Me pregunto si va de blanco para hacer que la apariencia de la sangre resulte más impactante. Si es así, lo ha conseguido.

—¿Adán? —pregunto, una vez que me he recuperado de la desorientación provocada por haber entrado en la sala.

Suelta una carcajada irónica.

—Sergio —me corrige, tras lo cual escoge una jeringa de una colección de ellas que se encuentran en una bandeja sobre una mesa a su lado. Con la aguja preparada, entorna los ojos en dirección a su antebrazo en busca de una vena o de al menos un trozo de piel que no haya perforado últimamente para sacarse sangre. Le lleva un segundo, pero entonces se pincha con la aguja, y el tubo empieza a llenarse poco a poco.

Me he quedado sola en la entrada, perpleja y hambrienta. Sueño se ha dejado caer sobre un sofá con motivos florales. Tiene los brazos cruzados sobre su cabeza, a la altura de las muñecas, y sus uñas se despliegan sobre el reposabrazos del sofá de modo que parecen una araña tropical de colores resultones. Mientras subíamos a este lugar, también me había informado de que era la hija de una supermodelo muerta —«Sabrías quién es si te lo dijera», me había dicho—, una afirmación que había recibido con cierto escepticismo, aunque, al verla ahora, sentada en el sofá con sus largas extremidades acomodadas con desdén, me parece posible.

Respiro hondo y avanzo hacia un cuadro que cuelga cerca de allí: otro retrato de Sueño, solo que en este está tumbada sobre una mesa, con los ojos cerrados y los brazos cruzados sobre el pecho, como si la estuvieran preparando para enterrarla. Un nenúfar rosa le sale de la boca.

Se oye música desde el piso de abajo, un zumbido repetitivo a semejante volumen que noto la vibración que produce en el suelo. Mientras subíamos al tercer piso, habíamos pasado por otras salas con más personas en ellas; más artistas, quizá, o vagabundos o vete a saber qué.

Pasamos por delante de una sala que estaba totalmente vacía y a oscuras, salvo por un cuadrado de luz de la luna que entraba por la ventana y un hombre que estaba sentado en una silla en el centro de la sala y que miraba la luna desde la ventana. No se movía ni emitía ningún sonido, sino que se limitaba a quedarse allí sentado, con las manos colgando a sus lados y la boca abierta. En otra sala, un artista pintaba a una modelo que llevaba un traje de novia y una máscara de gas.

—¿Vienes a por Adán? —me pregunta el tal Sergio.

Ha llenado dos viales con su propia sangre, los ha tapado y ahora está aflojándose el torniquete. Alza la mirada hacia mí por primera vez, durante más tiempo del adecuado, mientras me examina.

—Sí —se interpone Sueño desde el sofá en el que se ha tumbado—. Y yo también.

El hombre se pone de pie. Se tambalea un poco antes de recobrar el equilibrio y caminar hacia una mesa llena de suministros de pintura desordenados: vasos de acuarelas, latas repletas de pinceles, jarras de lo que parece ser agua, una docena de rollos de papel de cocina y un rollo de cinta protectora, el cual toma. Escribe algo sobre la cinta, arranca un trozo y luego otro, y pone uno alrededor de cada vial de sangre. Le está poniendo fecha a la sangre. Veo varias filas de botes dentro de la nevera. Debe haber al menos veinte viales allí dentro.

Agarra una pequeña caja de herramientas y cruza la sala en dirección a Sueño. Con los dedos, le abre uno de sus párpados y le mira el ojo. Me doy cuenta de que en la muñeca de él hay una pulsera de hospital. Sueño le aparta la mano.

—Estoy lista —dice.

Sergio se arrodilla a su lado, abre la caja de herramientas con cuidado, saca y despliega una toallita desinfectante y, con el estilo de una enfermera de la Cruz Roja, empieza a prepararle el brazo para sacarle sangre. Me los quedo observando, hipnotizada, casi sin poder creer lo que veo. Cuando vuelvo en mí, me doy media vuelta y me pongo a observar el cuadro.

Cuando ha acabado de etiquetar y guardar la sangre de Sueño, se acerca hacia donde estoy yo, examinando el retrato de un hombre calvo que grita mientras unas lágrimas ensangrentadas caen de sus ojos cerrados. Está muy bien hecho. No hay ninguna duda de que es un pintor de arte emocional, aunque tiene bastante talento de todos modos. Aun así, ahora mismo lo que me apetece es arrancar el lienzo del cuadro y comérmelo, con papel y todo, si pudiera. Mis pensamientos no se han apartado de la nevera que hay bajo la mesa. Noto su presencia, como si fuera una cuarta persona en la sala.

—Cuando lo pinté —dice el artista, tras acercarse a mí—, se acababa de enterar de que su hermano se había llevado una pistola a la boca y había apretado el gatillo.

Lo miro de reojo.

—Ese grito —señala con la barbilla hacia el cuadro— es completamente real.

Vuelvo a estudiar el cuadro, con ese rostro lleno de agonía.

—¿Por qué lo haces? ¿Por qué con sangre?

—Porque nunca tendré hijos.

Me vuelvo hacia él y espero a que continúe. Estos artistas ambiguos, con sus respuestas crípticas que suplican que les supliques que continúen... Si bien resulta un tanto irritante, espero.

—Son mi carne y mi sangre, dispersa por el mundo. Son lo que soy. Mi arte soy yo. No hay ninguna barrera, ninguna separación entre el artista y el arte. O, en ese caso —vuelve a señalar hacia el cuadro frente a nosotros—, el sujeto y el arte; ese está pintado con su sangre. Y aquel —apunta hacia el otro lado de la sala, a un retrato de un rostro inquietante y sin vida, con los ojos cerrados— con la de su hermano.

Examino el retrato del hermano durante unos instantes.

—Pero sin riesgo —digo tras pensármelo un poco.

—¿Qué quieres decir?

—Dices que son tus hijos, propagaciones de ti mismo que has mandado al mundo, solo que no es lo mismo, ¿verdad? Estos son hijos que están a salvo. Sin riesgo. No temerás por ellos, no albergarás esperanzas por ellos ni los decepcionarás, ni ellos a ti. No, los artistas no son padres. Es algo parecido, tal vez, solo que no es lo mismo. El arte no está a salvo, pero sí más que los niños.

—¿Eres madre?

—No —respondo, riendo—. Soy demasiado cobarde.

—¿Cómo te llamas?

—Collette.

—Bueno, Collette, permíteme mostrarte a Adán.

Sostiene algo en la mano frente a mí, una pequeña pastilla.

—Ah —suelto—. La puerta hacia el cielo. Ya veo.

No me responde, sino que se limita a mirarme.

—¿Por qué lo llamáis Adán?

—Su nombre verdadero es metilendioximetanfetamina, o éxtasis, pero Adán suena más real.

Mueve la mano hacia mí para volver a ofrecerme la pastilla.

—No, gracias. ¿Por qué fuiste al hospital? —le pregunto, tras tocarle la pulsera que lleva en la muñeca.

—*Shock* hipovolémico —responde con una carcajada.

—Hipovolémico. Volumen bajo. ¿Pérdida de sangre? ¿*Shock* por pérdida de sangre?

—Parece que he sido un poco descuidado al ir a buscar mis materiales.

—¿Cuánta sangre te estabas sacando?

—No sé, la verdad, Tanta como necesitaba.

—Y un artista siempre necesita tanto como pueda conseguir. *Mon Dieu*, tienes suerte de no haberte arrugado como un albaricoque disecado.

Me dedica una mirada —una sonrisa amable que se queda sobre mí— que no me han dedicado desde hace mucho tiempo, pero que reconozco al instante. Vuelvo a mirar hacia el cuadro.

—¿Eres una artista? —me pregunta.

—Ajá.

—¿Con qué medio?

—Con cualquier cosa que deje marca. Principalmente óleos. Debo confesar que nunca había pensado en pintar con sangre, aunque me parecería todo un desperdicio.

—Ah, ves, yo veo a todas las personas que caminan, van en bus, hacen cola en la oficina de correos o le sacan el dedo a los demás y pienso: *Menudo desperdicio de sangre*.

—Bueno, al menos estamos de acuerdo en eso.

Se echa a reír.

—¿Puedo pintarte?

Me ha vuelto a mirar de ese modo. Le echo un vistazo a Sueño, quien se ha quedado dormida en el sofá. Miro de reojo la mesa en la que la nevera llena de sangre se encuentra entre las sombras.

—Vale —digo, encogiéndome de hombros—. ¿Por qué no?

Me pide que me siente en el suelo, acomodada en una montaña de mantas y hojas de periódico arrugadas, como un pollito en un nido. Me pinta de perfil con mi propia sangre. Me ha pedido permiso, y yo le he dicho que sí, aunque solo un vial. Pese a que es una jugada arriesgada, surte efecto dos horas más tarde, cuando dice que tiene que ir al baño. Dice que tardará unos minutos, porque todos los baños de los pisos de abajo están ocupados.

Abandona la sala, y yo salgo del nido. Mientras vigilo a Sueño, quien se mueve, dormida, en el sofá, me acerco a la nevera. Deslizo la tapa y empiezo a llenarme las manos de viales antes de pensármelo mejor y apoderarme de la nevera entera directamente. Debería darme prisa, pero el cuadro que hay en el caballete hace que me detenga. Es papel de acuarelas pegado con torpeza sobre un tablón de madera, pero con un parecido impresionante, un retrato bello de verdad. Le pongo un dedo encima con delicadeza antes de apartarlo, y entonces miro la mancha que me ha quedado. Menuda ironía aquella: un retrato de mí pintado con sangre, como si el destino me hubiera deparado durante toda la vida que se pintara aquel cuadro.

A pesar de que sé que es una tontería, me lo llevo. Tiene que ser mío. Tal como ha dicho, soy yo. Mi imagen, mi sangre. Yo tampoco tendré hijos nunca. Es mío. Apoyo el tablón contra la nevera y rebusco deprisa algo de dinero en mi cartera. El artista, Sergio, es fuerte. Tuvo que ir al hospital en aras de su arte. No me da lástima, y sé que sobrevivirá. Sin embargo, la justicia exige que le pague por su trabajo. Dejo un montón de billetes en su taburete, tomo el cuadro y huyo.

En la escalera, lo oigo hablar con alguien en el piso de arriba. Alzo la mirada y veo su mano apoyada en la valla, con sus dedos rojizos por la sangre. Bajo por las escaleras en silencio y a un ritmo constante, y, cuando llego a la calle, me pongo a correr.

El cielo nocturno está lleno de nubes. En la autopista ya no hay tráfico. Conduzco unos tres kilómetros antes de ralentizar el paso y detenerme en el arcén. Y mientras los rayos blancos y móviles de los faros de los otros coches pasan cada cierto tiempo por el espejo retrovisor, abro la nevera, saco uno de los viales y lo bebo. Y luego otro y otro más. Me digo que me voy a guardar el resto para luego, pero me los bebo también. Cuando acabo, abro la ventana del asiento del copiloto y, mientras intento no pensar en cómo mis niños me regañarían por arrojar basura, lanzo la nevera. Una nevera ensangrentada es lo último que quiero que encuentren entre mis posesiones.

Cuarenta minutos más tarde, la carretera se vuelve extraña. Unos ratones corren a toda prisa por los caminos rurales. Y no unos cuantos, sino miles de ellos; gotean de las hojas de los árboles como si de lluvia se tratase, con las colas dando sacudidas conforme caen. La luna es una cometa blanca que flota baja por encima de las copas de los árboles, con su cordel amarrado de algún modo al capó del coche, y hay unos niños jugando en el bosque —les veo los dedos en los bordes de los troncos de los árboles, además de sus ojos cuando se asoman para mirarme—, por más que haya pasado mucho tiempo desde su hora de acostarse, pues ahora mismo es entre la medianoche y el infinito.

Las luces del coche pasan de repente por encima de la extraña forma de corazón de un animal que se encuentra en la carretera frente a mí. Ralentizo la marcha mientras me acerco, y la luna, al haber perdido la resistencia del viento, se cae del cielo. Delante de mí veo un ala de plumas de patrones muy elaborados. Una cara se vuelve por encima del hombro hacia mí, con unos ojos salvajes que eran orbes negros y un pico similar a una daga.

La halcón sacre está posada sobre la carretera y arranca con una violencia entusiasta las entrañas de un ratón que sostiene entre las garras.

—Está por aquí —me dice, y alza el vuelo con la carne roja todavía colgando de las garras—. Sígueme.

Aletea poco a poco. La sigo hacia donde está lo que sea que me quiera mostrar. La luna vuelve a alzarse en el cielo de forma irregular.

CAPÍTULO VEINTITRÉS

El frío empezó a invadir el aire nocturno, y Paul y yo supimos que nuestra ropa iba a ser inadecuada dentro de poco, por lo que él consultó un mapa y nos condujo hacia una aldea que vio en él. Le tenía cierta fobia a las aldeas y a las personas que las habitaban, y se lo dejé claro a Paul, pero no cabía duda de que íbamos a necesitar suministros pronto, por lo que lo seguí hacia donde nos llevaba, llena de miedo y precaución.

Por la tarde, nos acurrucábamos juntos cerca del fuego, y por la noche dormíamos en su pequeña tienda de lona que nos resguardaba del viento y la lluvia. Empezamos a conversar más en su idioma, el cual ya era capaz de hablar más o menos bien, y me contó sobre todas las cosas inimaginables que se habían vuelto comunes en la década de 1860: cámaras fotográficas, máquinas que cosían, barcos que usaban vapor en lugar de viento para desplazarse, e incluso un cable que se había estirado por todo el océano y que de algún modo permitía que el presidente de los Estados Unidos le enviara un mensaje al instante a la reina de Inglaterra.

Paul me habló de su vida anterior en su país natal, Austria, y de cómo, durante su infancia en la imprenta de su padre, lo había puesto de los nervios al jugar con las tintas y los tipos de imprenta para crear imágenes. Me habló de las sacudidas que había empezado a sufrir en la adolescencia, y de que, cuando estas se apoderaban de él, dejaba su cuerpo atrás y presenciaba visiones en el cielo de ángeles brillantes y una emanación divina que lo rodeaba y pasaba a través de él y de todo. Me habló de Johana, su amor desde la infancia, y de cómo, cuando la familia de ella se enteró de su enfermedad, pusieron trabas a su matrimonio planeado y entregaron a la mujer a otro hombre.

Lo escuché y le hice muchas preguntas, aunque no le dije casi nada sobre mí ni sobre mi pasado. Todo ello estaba maldito, y mi nombre seguía siendo Nadie. Cuando era él quien me hacía preguntas, yo cambiaba de tema o me quedaba callada.

—Solo quiero conocerte —me había suplicado una vez, al borde de la frustración—. Necesito saber lo que te ha pasado.

—Pero yo necesito olvidarlo —le había contestado, antes de adentrarme a toda prisa en el bosque para estar sola.

Paul me había prometido no volver a hacerme aquellas preguntas. Me había dicho que todavía quería saberlo y que esperaba que se lo contara cuando estuviera lista, pero que no iba a preguntármelo más.

Sin embargo, incluso si Paul dejó de hacerme preguntas como aquellas, no logré olvidar nada. Los recuerdos y los sueños de la pérdida y la violencia se abrían paso hacia mi mente, como unos ratones en busca de un lugar en el que hibernar, y a veces todavía me parecía oír el sonido del crepitar de un incendio enorme.

—¿Oyes eso? —le había preguntado una vez, tras haberme incorporado en la oscuridad, temblorosa.

—¿Qué es? ¿Un oso? —me había preguntado, medio dormido, mientras buscaba su cuchillo.

—No, suena como fuego.

—He cubierto la hoguera. No era nada más que carbón ya. Además, veríamos la luz.

—Lo sé. Tienes razón. Pero ¿no oyes algo que suena como un incendio? Como... como si todo el bosque se hubiera prendido fuego.

Me había respondido que no. Al igual que solo a él le daban esos ataques de temblores y presenciaba sus visiones celestiales, solo yo oía el sonido de una gran conflagración que se alzaba sin motivo alguno en medio del silencio antes de volver a desaparecer.

Por las noches, bajo la luz de una lámpara en la tienda, Paul continuaba escribiendo sus cartas, las cuales ya había entendido que eran para Johana, y yo me quedaba dormida apoyada en su hombro. Cuando acababa, notaba su mano en mi mejilla; me acariciaba mientras yo dormitaba.

—Todavía la quieres —le dije una vez mientras escribía.

—Claro que la quiero —respondió—. Si no la quisiera todavía, significaría que jamás la he querido. El amor, el amor de verdad, nunca se acaba. Es una de las pocas cosas en el mundo que no tiene fin.

Se giró hacia un lado, hacia mí, y me miró a los ojos.

—Si no la quisiera, eso querría decir que algún día sería posible que te dejara de querer a ti.

Noté una punzada de dolor ante aquellas palabras, como una puñalada en el pecho. Se me ruborizó el rostro y me costó respirar.

—Y eso —continuó, dándome las manos— es imposible.

Se tumbó de espaldas una vez más y se puso a mirar el papel que tenía frente a él.

—Y como estoy seguro, seguro del todo, de que ella me quiere, puedo escribirle sobre lo feliz que soy ahora contigo, y sé que ella solo se alegrará por mí.

—¿Le has escrito… *sobre mí*?

—Pues claro. Cuando ella y yo nos separamos, su dolor era tanto por mí como por ella misma. Se casó con un buen hombre y supo que iba a tener hijos y un hogar lleno de calidez con él, pero temía que yo no fuera a tener esas cosas. Yo, por mi parte, estaba seguro de ello, lo cual demuestra todo lo que uno puede equivocarse.

Entonces inclinó la cabeza hacia mí y me dio un beso en la frente.

—Estoy seguro de que su vida está llena de felicidad —continuó—, pero sé que estará más llena aún si sabe sobre mi felicidad, así que corro a decírselo. Mira.

Señaló hacia una línea en la carta y la leyó en voz alta:

—¡Menudo talento tiene mi bella Nadie! Pinta junto a mí, y sus paisajes son muy distintos de los míos, y, aun así, tan reales. Cada día me recuerda todos los modos en los que se puede ver el mundo que tenemos frente a nosotros y en los que se puede hablar de él. Me recuerda a mis elecciones.

Sonreí ante sus palabras, aunque lo que experimenté en realidad fue vergüenza. No sabía mi nombre de verdad, todavía no se lo había contado, y con ello lo había hecho sonar tonto en una carta.

Me giré sobre mí misma y me quedé tumbada en la oscuridad, plenamente consciente de que debía decírselo, de que debía contárselo todo, pues merecía querer a una persona real con un nombre y una historia como la de él, y, al mismo tiempo, consciente de que no iba a hacerlo. De que no podía hacerlo. No con el dios de los finales acechando, dando vueltas por la oscuridad, tal vez buscándome, tal vez soñando, hambriento, con lo siguiente que podía arrebatarme. Anna y Anya, las dos personas que había sido, lo habían perdido todo en el fuego, el terror y la devastación. No podía arriesgarme. No me atrevía a respirar demasiado alto, a pisar demasiado fuerte ni a llamar la atención al ser algo más sustancial que un fantasma. Si fuera sabia de verdad, no me importaría nada ni poseería nada. Mi amor por Paul, la manera en la que lo atesoraba con fuerza y de un modo doloroso y aterrador, era una terrible locura, y lo sabía. Ya me estaba arriesgando demasiado.

Un tiempo después, subimos a lo alto de una cresta y nos encontramos mirando hacia abajo a través de un pequeño espacio entre los pliegues de las montañas. En el centro de aquel espacio, el campanario de una iglesia y el humo de varias chimeneas se alzaba entre unos densos conjuntos de pinos y píceas. Estaba tan cerca como estaba dispuesta a ir, por lo que Paul y yo acampamos a dos o tres kilómetros de la columna de humo más cercana, colocamos nuestros cuadros juntos en una sola pila, y Paul se los llevó, junto a sus cartas, en dirección a la ciudad para venderlos y comprarnos equipamiento y ropa más cálida.

Me quedé sentada en el campamento, sola por primera vez desde que Paul me había sacado a rastras del agua. La tenue luz pálida del invierno caía de forma pesada por encima de los pinos, y dos pájaros carpinteros, uno más cerca y el otro más lejos, se comunicaban a golpecitos a lo largo de la distancia que los separaba.

Recordé el sonido de los pasos de los aldeanos que marchaban a ritmo constante entre los árboles hacia la cabaña de Piroska. Era una aldea como aquella, con sus hoces, sus cuchillas para cultivar y su fuego. ¿Y si descubrían que estaba allí? ¿Y si torturaban a Paul y lo obligaban a confesar que se había juntado con un demonio? «¡Dinos dónde está! ¡Llévanos a ella para que podamos matarte frente al demonio antes de prenderle fuego como a una vela que nunca se consume!». Por mucho que fuera un miedo irracional, me puso de los nervios de todos modos y me hizo esperar el regreso de Paul con mucha ansiedad.

Para pasar el rato, me dispuse a construir un refugio en el que pudiéramos dormir aquella noche, algo más espacioso y cálido que la simple tienda de lona en la que solíamos dormir. Corté varios leños con el hacha, los junté y los até por un lado y, tras colocar el fardo de pie, separé los leños al otro lado para formar la estructura de un tipi burdo, tal como Paul me había enseñado. Entonces fui a recoger palos y ramas verdes para cubrir los laterales.

Oía los ruidos normales de movimiento en el bosque mientras trabajaba. Con mi agudo sentido del oído, era capaz de captar las garras de las ardillas que escalaban por los troncos de los árboles a ochenta metros de distancia, por lo que el bosque siempre estaba lleno de sonidos para mí, pero de repente, en algún momento durante mis tareas, dejó de estarlo. Uno a uno, los ruidos se fueron apagando. Las ardillas que se habían estado persiguiendo por los troncos y hasta lo alto de las ramas dejaron de jugar, y los pájaros carpinteros habían dejado de comunicarse. Se produjo una serie de graznidos de un cuervo cuando salió volando de allí, tras lo cual no volví a oírlo.

Sumida en aquel silencio inquietante, acabé el refugio y fui en busca del libro y de la pluma para ponerme a dibujar e intentar no pensar. Aquello funcionaba durante unos momentos, hasta que bajaba la mirada y me daba cuenta de que la pluma no se movía en mis manos, pues mis pensamientos habían empezado a divagar una vez más. Oí el crujido de una rama al partirse en algún lugar hacia mi izquierda; giré la cabeza en esa dirección y aguanté la respiración, a la espera de ver u oír alguna otra cosa, pero nada. Me acerqué más a la hoguera y me cubrí los hombros con la manta de lana. Traté de respirar de forma más sosegada para ralentizar los latidos de mi corazón y el ritmo de mis pensamientos, que daban saltos a toda velocidad como un conejo. Traté de calcular cuánto tiempo le iba a tomar a Paul completar su tarea y volver, dónde podía esperar que se encontrara la luz del día cuando lo hiciera.

Alcé la mirada del fuego, y el corazón me dio un vuelco, sobresaltada por una formación de vides secas en una roca frente a mí, pues tenía un aspecto demasiado similar al de una cara. Procuré no ver aquel temido rostro en mi imaginación, el rostro que me había estado mirando en el agua —con piel de barro y ojos negros—, pero lo vi de todos modos. ¿Por qué me habría hablado Vano sobre Chernabog? Ojalá nunca me hubiera enterado de su existencia ni de su temible poder.

Oí el sonido de unos pasos, tan claros y sin ocultar que busqué a Paul por si había vuelto, aunque estaba segura de que era demasiado pronto.

—¿Paul? —lo llamé, tras no ver a nadie—. Paul, ¿eres tú?

Me puse de pie, y la manta cayó de mis hombros. Tenía un nudo en el estómago por el miedo. No podía haberme confundido de sonido, pues los pasos habían sido claros e inconfundibles. Me quedé quieta durante un momento, hasta que empuñé el hacha de Paul, la cual estaba tirada al otro lado de la hoguera, y avancé con ella poco a poco y en silencio en dirección al bosque.

Los animales estaban escondidos. No había ni un solo pájaro en las ramas, y nada se movió cuando yo pasé cerca.

—¿Hay alguien ahí? —grité, con voz temblorosa.

La respuesta llegó con un sonido suave que provenía de algún lugar directamente enfrente de mí, un sonidito apenas perceptible: un ondeo, ligero como el de una sola llama que temblaba en lo alto de una vela, pero que creció de forma constante hasta llegar a convertirse en el sonido como de latigazos de las sábanas que colgaban del tendedero de Piroska durante el inicio de una tormenta, y después sonó más fuerte todavía. Era el sonido que en ocasiones me despertaba por la noche y me hacía desvelarme mientras lo escuchaba durante horas. Empecé a notar en la piel del rostro una calidez inexplicable que me hizo pensar en Vano y en el modo en que había sudado y se había estremecido como si unas llamas invisibles lo estuvieran quemando.

—¿Chernabog? —siseé en un susurro tembloroso, al haberme atrevido a hablarle por primera vez—. ¿Eres tú?

Aún podía oír el sonido lejano pero continuo, y el calor que notaba en el rostro aumentó tanto que tuve que dar un paso atrás. Volví la mirada en todas direcciones en busca de alguna explicación, del origen del calor y el sonido, aunque solo vi árboles quietos y rocas grises inmóviles en derredor; aun así, a pesar de lo que vi con mis propios ojos, los oídos y la piel me indicaron que me encontraba frente a algún pilar o figura que tenía una llama invisible pero ardiente.

—¿Qué quieres de mí? —gemí, llena de desesperación—. ¿Por qué me sigues?

Entonces, ante mí, vi un gran copo de ceniza blanca que flotaba y giraba en el aire al caer poco a poco del cielo.

Aterrada, alcé la mano para atrapar el copo, y este se movió en el aire al haberlo perturbado y cayó contra la palma de mi mano. Entonces, de entre los árboles detrás de la ceniza, algo saltó hacia mí de repente, una figura grande y grácil como un bailarín.

Solté un grito y blandí el hacha.

CAPÍTULO VEINTICUATRO

Corro a través de un bosque lleno de nieve... ¿o es ceniza? Sudo y aparto los finos copos blancos que revolotean frente a mí y se me pegan a las pestañas. Un ondeo perezoso, como el aleteo de un pájaro enorme se mueve detrás de mí, y luego a mi lado, y luego delante de mí, paciente, sin prisa, cálido. Corro con una lentitud horrible. La luna me mira desde lo alto con su rostro pálido y despiadado. Y de repente me encuentro con el río. Me caigo en sus grandes brazos oscuros.

Me despierto bocabajo en el agua. Abro los ojos para ver unos ojos abiertos. Un rostro de lodo, con un musgo gelatinoso que se mece y unos ojos oscuros como la tinta. Sin expresión. Un rostro como la eternidad.

Grito y grito.

Me despierto en mi cama, sobresaltada, con un grito ahogado por el sueño. Noto un dolor que me sube por las muñecas y los antebrazos. En la luz escasa de la mañana, alzo los brazos, y mis manos quedan colgando, inertes y adoloridas. Parece como si hubieran estado en un accidente de tráfico, separadas del resto de mi cuerpo. Están marrones por la tierra y moteadas con hierba. Las uñas, o lo que queda de ellas, están desiguales, resquebrajadas y negras por la tierra compacta y varios rastros de sangre. Una hojita amarilla se me ha pegado por el barro en el hueco entre el pulgar y el índice.

Me incorporo, sumida en el pánico, y dejo las manos sucias y adoloridas sobre el regazo, como si de dos palomas cazadas se tratase. Las miro, horrorizada e incrédula. Otra vez no. ¿Qué horrible acto habré cometido esta vez? Todavía llevo la ropa de ayer, y hay manchas de tierra y hierba en el pie de la cama. Llevo puestos los zapatos, los cuales también están llenos de tierra.

Me desvisto y me tambaleo hacia la ducha, asustada y confundida, y dejo que el agua caliente me masajee los brazos mientras observo cómo la tierra se desliza de mi piel bajo los chorros. La tierra enturbia el agua que gira hacia el desagüe, y unas briznas de hierba seca se quedan pegadas a los laterales de la bañera.

Cuando el agua deja de salir caliente, salgo de la ducha, me coloco una venda en los dedos más heridos y me visto con cuidado. Se me hace difícil abrocharme los botones. Lo que parece ser una tormenta eléctrica se ha desatado en el interior de mi cráneo, y la tenue luz de la mañana que entra por las ventanas tiene un brillo que me hace daño en los ojos y me hace pensar en la sangre de dudoso origen que consumí anoche. Mis recuerdos de la noche que he pasado y de más allá están fragmentados y resultan extraños: faros de coche en una oscura carretera rural, una luna errática que se movía por el cielo como un yoyó, árboles, hierba y tierra. Hago todo lo posible por limpiar las manchas de barro de la moqueta con un trapo húmedo y saco las sábanas sucias de la cama, aunque todo me cuesta por cómo tengo las manos.

Cuando bajo, toda la planta baja está sumida en un frío gélido. Tiritando, voy a la cocina y encuentro la puerta trasera que conduce hacia el jardín de atrás abierta, por lo que deja entrar una brisa helada. Hay unas huellas, unas pisadas con zapatos llenos de barro —supongo que los míos— que provienen de la puerta y corren por las baldosas.

A solas en casa, con todavía varios días hasta que los niños regresen de sus vacaciones, el tiempo transcurre como un lento sueño provocado por la fiebre o la agonizante desintoxicación de un adicto. Pese a que intento seguir con el cuadro de la lápida, mi hambre es tan voraz y me distrae tanto y mi mente está tan intranquila que acabo dando vueltas para pasar el rato, y cada marca que dejo sobre el lienzo me parece descuidada, mal hecha. Mientras pinto, estoy segura de que voy a tener que deshacerlo todo más adelante. Cada cierto tiempo, a través de la ventana, veo algún que otro gato. Aparecen de uno en uno, tras haber deambulado sin destino entre los árboles, y alzan la cabeza para rascarse la espalda con algún tronco mientras maúllan. En alguna ocasión he tratado de hacer que entraran a casa, pero bien podría haberles parecido un lobo: nada más verme, sisean, se dan media vuelta y huyen. Y ¿cómo podría culparlos por ello? Sea como fuere, me limito a ponerles comida en el patio de atrás y a dejarlos en paz.

Ante la ausencia de los gatos, me veo obligada a cazar, una actividad a la que le he dedicado tal vez unas veinte agotadoras y poco efectivas horas durante las últimas tres noches. Estoy oxidada; he olvidado cómo cazar bien y, además, ya no tengo estómago para eso. Durante la primera noche, pasé cuatro o quizá cinco horas deambulando a lo largo de kilómetros de bosque helado y lleno de colinas y no atrapé nada. Los resultados de la noche siguiente fueron mejores, aunque por poco: dos ardillas y un conejo, los cuales seguro que me dieron menos calorías de las que perdí con todo el esfuerzo que tuve que hacer para atraparlos. Y, cómo no, a los animales salvajes tengo que matarlos, pues no voy a intentar alimentarme de un conejo mientras no deja de sacudirse y me da patadas en la cabeza, pero no puedo evitar ver a aquellas criaturas bonitas y de pelaje suave como las verían mis niños. Mientras bebía, casi podía oír las exclamaciones sorprendidas y agudas de los niños. «¿Por qué hace eso?», me preguntaría Audrey u Octavio, con los ojos muy abiertos por el miedo. «Porque tengo que hacerlo», le insistí al conejo muerto y a los niños que me acusaban en mi imaginación. «Porque es mi naturaleza. Porque, me guste o no, soy un depredador, un monstruo; y, si no es este conejo, mis queridos y preciosos niños, seréis vosotros mientras dormís tranquilamente durante vuestra siesta de la tarde, alineados en vuestras cunas como si fuerais platos servidos en un bufé libre. ¿Qué preferís que haga, niños?».

Además de todo ello, aquellas comidas casi no me quitaban el hambre. Para el día siguiente, ya volvía a estar de lo más hambrienta. Y hoy, mientras limpiaba la jaula de los pájaros del conservatorio, colocaba papeles de periódico nuevos y llenaba los pequeños comederos de Sargent, Turner y Mona de semillitas, Mona ha aleteado de repente al hacer temblar sus diminutas alas. En un instante de puro instinto animal, la he agarrado y, antes de saber lo que estaba haciendo, me la he metido en la boca. Le he masticado el cuerpecito, por el amor de Dios, y su sangre —¿qué podría haber contenido? ¿Treinta o cincuenta mililitros?— me ha recorrido la garganta antes de que escupiera sus restos llenos de plumas a la basura.

Cuando los niños vuelvan a clase, no tendré la opción de pasar horas cazando cada noche, por lo que hoy voy a probar algo diferente. Si no puedo fiarme de mí misma con mis propios animales domésticos y los salvajes se me hacen demasiado complicados, quizá la solución resida en los animales domésticos de otra persona. Me meto una botellita de WD-40 en el bolsillo y me abrigo. Tengo que recorrer unos tres kilómetros hasta la granja de los Emerson, y hace frío.

Las sombras son muy profundas en el bosque entre mi propiedad y la de los Emerson, y todo está muy tranquilo. Si bien la nevada de la semana pasada se ha derretido y ha dejado tan solo unos anillos de polvo blanco alrededor de la base de los árboles, todavía me hace pensar en el sueño que había tenido, en el que había huido de algo temible e implacable a través de un bosque lleno de ceniza. Ya van dos veces que sueño con eso, y en ambas ocasiones me he despertado sucia de barro y maltrecha, con dedos rotos y sangrantes, la casa manchada de tierra y la puerta trasera abierta. Hay mil preguntas (¿a dónde voy por las noches? ¿Qué hago allí? ¿Por qué?) que no me permito formularme. Después de lo que les hice a mis queridas mascotas en el ático, no estoy segura de poder soportar saber la respuesta. Por suerte, no hay nada de sangre más allá de la mía, por lo que no queda ninguna prueba, un hecho al que me aferro para tranquilizarme.

En este bosque, mientras me abro paso entre rocas, raíces de árboles y los brazos flexibles que son las ramas, noto un recelo poco característico. Me pica la piel, me sudan el cuello y las axilas y no dejo de darme cuenta de que estoy conteniendo la respiración. Tengo miedo, por mucho que sea una sensación ridícula para mí. He pasado una gran parte de mi vida en el bosque, y casi siempre a solas, por lo que la idea de tener miedo debería hacerme gracia. El problema es que no me siento sola. Mis sueños en los que algo me persigue a través de un bosque como este y las palabras de Vano que me advierten que Chernabog está cerca me están confundiendo. Hay tanto solapamiento entre los sueños y la realidad que se me hace difícil saber qué es real, y esa incertidumbre le proporciona al mundo una sensación siniestra, como de disimulo. La luna sobre mi cabeza, tan bonita y brillante, se parece tanto al rostro despiadado de la luna de mis sueños que ni siquiera ahora puedo estar segura de si es de verdad. ¿Y si estoy soñando y la persecución está a punto de comenzar? Un búho ulula desde algún lugar cercano, pero hasta ese sonido parece despertar algún recuerdo de un sueño.

¿Y si me estoy volviendo loca? Me lo pregunto, horrorizada por un momento. ¿Y si la mente tiene un límite de lo que puede llegar a contener sin romperse bajo todo el peso? Y, si me estuviera volviendo loca de verdad, ¿qué haría? ¿A dónde iría? ¿En qué celda acolchada o en qué institución iba a pasar los días mientras llamaba a los camilleros inexpresivos a través de la rendija para la comida de la puerta? «¡Por favor, no lo entienden! ¡No puedo comerme esto! ¡Necesito sangre! Por favor, solo un poco. ¡Me marchitaré y me quedaré vacía a menos que beba sangre! ¡Qué alguien, por favor, se compadezca de mí!».

Con cierto alivio, salgo del bosque y me encuentro en el terreno abierto de un campo con colinas. Mientras intento sacudirme de encima la sensación de tener compañía invisible, salto la valla baja que mantiene encerradas a las vacas de los Emerson. El establo está a menos de un kilómetro al sur. Conozco el lugar, pues he estado en la propiedad de los Emerson en incontables ocasiones, incluso en su establo.

Son una pareja de ancianos muy amables que extendieron una invitación abierta a la escuela para que los visitáramos cuando quisiéramos. Cada año, llevo a los niños allí para que vean las vacas y ayuden a May Emerson a ordeñarlas. Henry Emerson conduce a los niños en tractor hacia el bosquecillo de árboles frutales en los que recogemos cerezas durante la primavera.

Son personas de lo más generosas, del tipo que estarían dispuestas a dar cualquier cosa que pudieran a quienquiera que lo necesitara. De hecho, si la petición no fuera tan extraña y alarmante, seguro que hasta me darían la sangre de sus vacas. Solo que sí que es así de extraña y alarmante, y es su propia generosidad lo que me torna recelosa. Que a una la pesquen abusando de la confianza de personas generosas que no le han mostrado nada más que amabilidad es la traición más inexcusable de todas. Estoy harta de tener que estar en esta posición: la de querer hacer el bien, la de ser buena, pero, al mismo tiempo, ser incapaz de ello, estar obligada a mentir y engañar, a entrar en un lugar a hurtadillas y robar.

El gran edificio se alza en la oscuridad ante mí. La tierra que lo rodea está embarrada y moteada por unos charcos provocados por la nieve derretida. La oscura casa de los Emerson está a unos noventa metros de distancia, tranquila y en silencio.

Saco la botella de WD-40 del bolsillo y echo aceite en las bisagras de la puerta del establo antes de deslizarla para abrirla lo suficiente como para poder pasar. El interior está cálido. El olor a paja, estiércol y pelaje es dulce y reconfortante. Recuerdo cuando observaba a Vano ordeñar la vaca de Piroska. Parecía que mantenía toda una conversación a susurros con el animal antes de ponerle la mano en las ubres. También recuerdo las cabras que tuve en Francia, aunque con menos cariño: eran unas criaturas estúpidas y revoltosas que no se estaban quietas y que siempre trataban de masticarme el cabello mientras me alimentaba de ellas.

No he hecho nada de ruido, por lo que las vacas que duermen en sus casillas siguen soñando en silencio también. Me quito la chaqueta, el gorro y los guantes para poder moverme con más comodidad y sin hacer ningún ruido, tras lo cual me dirijo a la primera casilla. Le echo aceite a la bisagra, deslizo el cierre y entro. Una gran vaca, de color marrón caramelo y unas orejas y patas blancas, está tumbada de lado sobre la paja, hecha un ovillo. Su bonita cabeza reposa sobre sus patas delanteras, cruzadas con delicadeza, y sus grandes orejas, delgadas y ovaladas como las hojas de un abedul, miran hacia arriba. Se sacuden un poco mientras camino con sigilo sobre la paja para acercarme a ella. Me pongo a cuatro patas y me acomodo a su lado. No me atrevo a arrodillarme frente a ella, donde tiene las pezuñas dobladas contra su estómago, pues no tengo muchas ganas de llevarme una patada en las costillas si se despierta. Con un solo dedo, busco con suavidad el lugar en el que el pulso de su cuello late con más fuerza, y entonces llevo los dientes hasta allí. A pesar de que la vaca cuenta con una capa extra de pelaje y grasa que me cuesta más perforar, mis dientes están preparados para ello. Mueve la oreja un poco, pero no se despierta.

Con la cabeza apoyada y cómoda contra la almohada suave que representa su hombro, bebo y noto un tremendo alivio al haber encontrado un abundante suministro de sangre que nadie va a echar en falta, seguido de un agotamiento ante la triste realidad de mi existencia, al ver hasta dónde tengo que llegar para sobrevivir.

A la mañana siguiente, en casa, duermo hasta pasada la hora en la que me suelo despertar. Mi experimento de anoche ha salido a pedir de boca, algo por lo que estoy muy agradecida, y me quedé dormida con la esperanza de que haber bebido todo lo que necesitaba de las vacas antes de acostarme me ayudara a dormir plácidamente y a no hacerme salir de la cama en toda la noche. Sin embargo, cuando me despierto, me doy cuenta de que no es así. Tengo las manos sucias y manchadas de sangre ennegrecida. Me duele el mero hecho de mirar el destrozado estado de mis uñas, y hay un corte ensangrentado y sucio de tierra en la suela de uno de mis pies manchados de barro. Durante unos momentos, me limito a quedarme tumbada en la cama y a echarme a llorar.

Aun así, cuando el cielo que veo a través de la ventana se ha tornado del color morado previo al amanecer, me acabo levantando y, sin pensarlo demasiado, me dispongo a llevar a cabo lo que se está convirtiendo en una lúgubre rutina: lavarme, ponerme las vendas, vestirme e ir al piso de abajo para ponerlo todo en orden allí. En la cocina, cierro la puerta que está abierta de par en par a pesar de que la había cerrado y hasta había colocado una barricada en ella anoche. Limpio las huellas de barro del suelo, y, por último, me siento a la mesa de la cocina, agotada en todos los sentidos. Sumida en un estupor silencioso, observo cómo un pájaro carpintero, de color blanco y negro y moteado con un mechón rojo en la nuca, golpea rítmicamente un árbol antes de hacer una pausa para escuchar y volver a emitir sus golpecitos. Se acaba marchando, y el terreno que hay al otro lado de la ventana está tranquilo y rodeado de una sensación solemne. Me quedo paralizada en aquel silencio, por mucho que intente despertarme y ponerme a hacer algo, cualquier cosa que no sea quedarme allí sentada a la espera del siguiente horror o de que los niños regresen y casi consigan apartar mis pensamientos de mí misma y de mi vida cada vez más insoportable.

El tictac del reloj de la cocina se abre paso entre el silencio espeso y sofocante. La segunda aguja apuñala de forma sonora, casi con cierta manía, conforme se acerca a las doce. Tras haberme percatado del sonido de este reloj, me doy cuenta también de los tictacs acompasados de la media docena de relojes que hay en la primera planta. El sonido es muy similar al latido de un corazón, al latido del corazón de un lobo: la única distracción de Caperucita Roja. ¿Por qué se me ocurrió tener tantos dichosos relojes?

Rebusco en un cajón de la cocina hasta encontrar un destornillador. No sobreviviré a los siguientes tres días rodeada de todos esos relojes, por lo que acerco el taburete de la cocina a la puerta y me subo a él. Justo estoy sacando el reloj del clavo del que cuelga cuando un sonido alto y escandaloso irrumpe en el silencio y casi hace que me caiga del taburete. Pese a que recobro el equilibrio, el reloj se me escurre de la mano y se estrella contra el suelo. Bajo del taburete de un salto, saco el teléfono de su soporte y contesto al tiempo que me agacho para recoger el reloj.

—¿Sí?

—Hola, ¿hablo con madame LeSange? ¿O debería decir la señorita Collette? Ay, siempre me confundo con cómo llamar a los profesores.

—Sí, soy yo —digo, y empiezo a reconocer la voz cálida y efusiva al otro lado de la línea.

—Soy Katherine Hardman —explica, lo cual confirma mi suposición—. La madre de Leo.

—Hola, Katherine, ¿cómo está? ¿Qué tal Leo?

—Bien, bien, todos estamos bien. ¿Qué tal le van las vacaciones? ¿Ha podido disfrutar de su tiempo de descanso, sin todos nuestros monstruitos parloteando y siguiéndola por todos lados?

—Las vacaciones han sido… —busco un adjetivo positivo— tranquilas. Puede que no se lo crea, pero echo mucho de menos a esos monstruitos cuando no están, y tengo muchas ganas de tenerlos por aquí parloteando y siguiéndome por todos lados.

—Ay, Dios, es usted una santa. Bueno, cuando le diga por qué la llamo, quizá se arrepienta de haber dicho eso —me dice con una carcajada.

—¿Por?

—Bueno, no quiero que se sienta presionada de ningún modo, pero Dave y yo hemos conseguido cita con una consejera matrimonial muy recomendada en la ciudad estos días, porque alguien ha cancelado su turno y nosotros estábamos en una lista de espera. El problema es que, como despedimos a Valeria..., no tenemos a nadie que cuide a Leo. Puede que no sea apropiado que se lo pregunte siquiera, y, si es así, por favor, dígamelo, pero he pensado que podía probar suerte y ver... si no está muy ocupada...

Le echo un vistazo al reloj y al destornillador que están frente a mí, sobre la encimera de la cocina. Una gran grieta recorre la parte frontal del aparato, y no habría sido así si estuviera ocupada.

—¿Quiere que cuide de Leo mientras acuden a su cita?

—Sé que seguramente no será posible, pero he pensado que podía probar... A Leo también le gustaría verla.

Sí que es una petición un tanto extraña, y una parte de mí reconoce la sutil infracción del protocolo. Tal vez debería negarme, aunque mi cuerpo salta con desesperación para decir que sí. Una persona que ha naufragado en una isla desierta no recibiría con más ganas el ver un barco en el horizonte que yo el pensar en pasar el día con Leo en lugar de a solas en mi casa vacía, inquietante y en silencio.

—Sí, no hay ningún problema.

Katherine suelta un gran suspiro de alivio.

—Ay, se lo agradezco muchísimo. ¡Y Leo se va a poner muy contento! Usted es su persona favorita en el mundo. Y le pagaremos, claro.

—No es necesario, no se preocupe. Será un placer encargarme de Leo. ¿Cuándo debería pasarme por allí?

CAPÍTULO VEINTICINCO

Los pasos de Paul no me asustaron cuando regresó, abriéndose camino a grandes zancadas a través del bosque casi a oscuras. Supe que era él desde bastante lejos. Se adentró en el perímetro de la luz, con los brazos llenos de fardos y un nuevo par de botas para la nieve en la espalda.

—Ah, qué bien huele —dijo. Había encendido una hoguera y estaba asando carne para él—. Me muero de hambre.

—Sí que has tardado —dije.

—¿Estabas preocupada? Lo siento. —Empezó a dejar las cosas y a ordenarlas—. Me ha llevado varias horas vender suficientes cuadros, pero sí que se han vendido, y muy bien, además. Con tu dibujo del abedul por sí solo ya ha tenido bastante para comprar estas botas, y pronto te alegrarás de tenerlas.

Me llevó mis nuevas adquisiciones hacia donde me encontraba, al otro lado del fuego.

—Un jersey de lana grueso. Muy bueno. Toma, póntelo.

Se arrodilló a mi lado, con la prenda de lana en las manos, y entonces me vio de cerca ante la luz del fuego, a mí y al corte ensangrentado que tenía en el brazo y a mi camisa hecha jirones.

Lanzó lo que tenía en las manos, asustado, y se puso frente a mí para acunarme el rostro con las manos.

—¿Qué te ha pasado? —exclamó—. ¿Qué ha pasado?

Me volví y miré hacia las sombras a mi espalda. Él siguió mi mirada y, al ver la pantera de metro y medio de largo destripada, despellejada y estirada en la hierba, se sobresaltó y volvió a mirarme, horrorizado.

—¿Este animal te ha atacado?

Asentí.

Me tomó la cabeza con las manos y me la giró para aquí y para allá para examinar mis heridas ante la luz de la hoguera.

—¿Eso es todo? ¿Te ha hecho daño en algún otro sitio?

Le mostré el desgarro ensangrentado que tenía en un lateral de la camisa y la profunda herida que había bajo él.

—¡Lo siento mucho! —exclamó una y otra vez.

—No pasa nada —repuse—. De verdad, estoy bien. Nada es muy grave, y pronto todo habrá sanado.

—No, no. Me siento muy mal. No tendría que haberte dejado sola.

Le dediqué una mirada con intención, tan solo una pequeña sonrisa, y él volvió a mirar hacia la pantera. Los ojos de la bestia estaban vidriosos, y su boca, congelada en un rugido asesino. Una herida ensangrentada de hacha le había partido el cráneo, y un trozo de su carne se estaba asando en el fuego e inundaba el ambiente con su olor. Paul se llevó las manos a los muslos y se echó a reír.

—Pero ¿qué digo? Debería rezar para que tú estuvieras ahí si alguna vez me ataca una criatura como esa.

Nos envolvimos con las prendas más cálidas que Paul había traído, por encima de las que ya llevábamos puestas. Luego Paul cenó su trozo de pantera, mientras yo raspaba el pellejo del animal, el cual nos podría venir de perlas como manta.

Paul estaba sentado en silencio, y, cuando no sabía que lo miraba, ponía una expresión lúgubre y molesta. Me pregunté si todavía seguiría preocupado por el ataque o si no habríamos conseguido tanto dinero con los cuadros después de todo.

—¿Qué te pasa? —le pregunté.

Alzó la mirada en mi dirección, pero no me respondió.

—Pareces preocupado —insistí.

—No es nada —respondió, y lanzó una diminuta piña a las llamas—. Solo... falta de compasión.

—¿Falta de compasión? ¿A qué te refieres?

Soltó un largo suspiro.

—Soy semita. ¿Sabes lo que quiero decir con eso?

—¿Semita?

—Un hijo de Abraham, un israelita.

—Ah, sí, sí.

—Pues eso, según parece, es algo terrible.

—¿Por qué? —pregunté, aunque al oírlo decir aquello se me pasaron por la cabeza unos vagos recuerdos de mi infancia en el pueblo sobre una especie de mala fama que se asociaba con los judíos, solo que no recordaba de qué se trataba, si es que en algún momento lo había sabido.

—No lo sé —repuso, negando con la cabeza, con el ceño fruncido.

—¿Ha pasado algo? ¿Alguien te ha...?

Asintió.

—Unos hombres se han acercado a donde vendía los cuadros. Me han mirado y me han preguntado cómo me llamaba. Les he contestado, y entonces me han preguntado si era judío. Cuando les he dicho que sí, me han pedido que me fuera. Me han dicho que su pueblo no tenía ningún interés en comprar cuadros judíos.

—¿Y qué has hecho?

—Me he ido —respondió, encogiéndose de hombros—. Ya daba igual, para entonces había vendido casi todos los cuadros. Supongo que a alguien sí que le interesaban los cuadros judíos, ¿eh?

—Qué horrible... ¿Por qué iban a hacer algo así?

—No sé, pero en Salzburgo pasaba lo mismo. Solíamos decir que a uno no lo puede recibir bien Dios y las demás personas al mismo tiempo. Conocer a Dios y que él nos conozca significa que las demás personas nos repudien. Siempre había pensado que solo era algo para hacernos sentir mejor, aunque a veces me pregunto si sería verdad.

»Cuando me dan los temblores... Ya te digo, veo a Dios. Dios me enseña cosas y me llama. El mundo está lleno de belleza, pero no hay nada en todo el universo que sea tan bello como lo que me muestra. Es como si me convirtiera en una sola entidad con todo, como si todo se convirtiera en una sola entidad con él. Y, aun así, es por eso que me repudian y me marginan. Me han arrebatado mi vida en comunidad. Me ha empezado a parecer que los lugares más sagrados se encuentran al final de los caminos más difíciles, y que la unión con Dios exige perder muchas cosas.

—A mí me parece que tienes suerte —dije en voz baja—. Tu exilio se ha visto compensado con unas visiones eufóricas, con la unión con Dios. ¿Qué consuelo le queda a alguien a quien las personas y Dios han repudiado?

Se acercó más a mí y me envolvió en sus brazos.

—Las visiones no son solo para mí, ¿sabes? En ocasiones veo que lo que siempre está ahí siempre es cierto. Todo está ahí ahora mismo: este mundo son las ramas bajas de un bonito árbol frutal, y la gloria perfecta de Dios se filtra por las ramas, con unas criaturas radiantes que llenan el ambiente; todo canta de alegría y todo nos alza a los dos, a ti y a mí, hacia el amor.

Soltó una ligera carcajada y arrojó una ramita a las llamas.

—No solía hablar de ello, porque sabía que me hacía parecer un loco. Pero entonces me dejó de importar. Los demás ya pensaban que estaba loco hiciera lo que hiciere, así que dejé de ocultarlo. En su lugar, empecé a ofrecerlo y decía «la gloria y el amor que os rodea y que inspiráis con cada respiración está ahí mismo si lo queréis». Lo que veo es tan tuyo como mío… si lo quieres.

Me miró y me dedicó una sonrisa.

—Pero tú… le has dado la vuelta a toda mi teología. Tengo a mi Dios, tengo mis cuadros, tengo a mi amor, tengo el mundo entero. ¡Son demasiadas cosas buenas!

Alzó las manos en un gesto de alegría.

—La atención de Dios no me está costando lo suficiente. Debo estar haciendo algo mal.

Me acurruqué contra él, con su barbilla apoyada sobre mi cabeza, sus brazos y su aroma a lana y pino a mi alrededor. Aquella noche, en la tienda de lona, bajo nuestras nuevas y cálidas mantas, nos aferramos el uno al otro, y lo besé mientras con sus manos me recorría el cuerpo extraño que parecía gustarle a pesar de lo extraño que era. Más tarde, cuando se había dormido, me volví hacia él.

—Anna —le susurré con voz tan baja que podría no haberme oído aunque estuviera despierto—. Es a Anna a quien quieres, es Anna quien te quiere a ti.

Si Paul me oyó, lo hizo en un sueño, pero pasé toda aquella noche intranquila, aterrada por quién podría haber oído mis palabras, como unas orejas de lobo que se alzaran de repente. ¿Hasta dónde llegaba el alcance del oído de un dios? ¿Estaría Chernabog, el único dios al que yo le importaba, galopando ya hacia nosotros o rodeando el campamento en círculos? Aquella noche me desperté en numerosas ocasiones, segura de que lo había oído acercarse, unos pies acolchados que acechaban en la oscuridad y se preparaban para abalanzarse sobre mí y arrebatarme lo que me había atrevido a decir que era mío. Aun así, perdí el sueño en vano, porque no atacó aquella noche, y yo debería haber sabido que iba a ser así. El dios de los finales no ataca cuando se lo espera, sino que prefiere tomarnos por sorpresa.

Por ejemplo: un brillante día de invierno, inesperadamente cálido, justo después de una tremenda nevada. Paul y yo, con nuestras botas para la nieve enfundadas en los pies, escalamos entre risas y jadeos hasta el punto más alto al que pudimos llegar. En un alto precipicio rocoso, mientras observábamos el gran cuenco blanco que era el mundo, delineado por unas nubes irregulares y con el cielo rosado más allá, Paul me dio la mano, ambos con guantes.

—Todo esto es nuestro —dijo, pasando un brazo por todo el paisaje—. ¿Te lo imaginas? Debemos ser reyes y reinas.

Suspiró profundamente, triunfante. Esbozó una sonrisa al echar un vistazo sobre su reino; el rey más benevolente que hubiera existido jamás.

Intenté ser como él, siempre intentaba ser como él. Suspiré hondo, poco a poco, miré al mundo y sonreí.

—Creo que puede haber alguien por ahí —dije, tras olisquear—. Huelo a humo.

No me contestó, por lo que me di la vuelta.

Paul tenía la mirada perdida en el horizonte y la boca abierta, anonadado y superado por la visión de los brillantes ángeles de Dios que descendían y descendían en sus escaleras relucientes. Cayó al suelo, temblando debido a la gloria incontrolable de todo ello, y yo me tumbé a su lado.

Un tiempo después, muchas horas más tarde, me volví a poner de pie. Paul nunca lo hizo.

A media frase, a medio abrazo, en el punto álgido de tus esperanzas: ahí, como puedes ver, es cuando al dios de los finales le gusta atacar.

CAPÍTULO VEINTISÉIS

Llego a la casa de los Hardman a las once y aparco en la calle. Cuando he ido a subirme al coche esta mañana, he descubierto un faro agrietado y, junto a él, una abolladura bastante grande en el guardabarros delantero. No tengo ni idea de cómo se ha producido. Me viene a la cabeza *El extraño caso del Dr. Jekyll y Mr. Hyde*: un solo hombre partido en dos, un ciudadano modelo de día y un monstruo del averno por la noche. ¿Es en eso en lo que me he convertido? ¿Me vuelvo salvaje, tengo accidentes y quién sabe qué más?

Salgo del coche ante la casa de los Hardman, y, al hacerlo, percibo un movimiento con el rabillo del ojo, una figura negra que corre hacia mí. Me giro. En el lateral del jardín de la casa de los vecinos de los Hardman, un enorme pastor alemán —¿cómo me había dicho Leo que se llamaba?— se ha abalanzado sobre la valla, donde ha apoyado las patas delanteras para ladrarme, furioso.

Miro al perro directamente a los ojos. Yo soy el alfa en esta situación, y, si esa criatura tiene algún instinto de someterse a la autoridad, se dará media vuelta y se marchará con la cola entre las patas. Nos estudiamos durante unos momentos. Lo miro, y él me mira. A ninguno de los dos nos gusta lo que vemos. Este perro no tiene ningún instinto de sumisión, sino que quiere matarme. Por principios. Continúa ladrando, desafiante. Avanzo y vuelvo a pensar en lo afortunada que soy de que ese perro no pertenezca a los Hardman.

A la luz del día, la casa parece más grande. Es muy moderna, toda llena de ángulos planos con líneas de tragaluces. El tejado se inclina hacia abajo de repente como un salto de esquí, y, a través de la gran ventana que recorre toda la altura de la puerta principal, puedo ver hasta un salón hundido y una pared de puertas deslizantes de cristal que conducen al jardín trasero.

Cuando llamo al timbre, veo a Leo correr hasta la puerta para abrirla. El pomo gira, la cerradura suelta un chasquido, el pomo vuelve a girar mientras Leo intenta abrir hasta que lo consigue, y su cabecita de cabello oscuro se asoma por la rendija.

—*Te voilà!* —le digo con una sonrisa.

Él me la devuelve y corre hacia mis brazos.

—*Mon beau*. Me alegro mucho de verte. No creo que hubiera podido soportar esperar hasta el lunes.

Me vuelve a sonreír desde uno de mis costados, donde se ha acomodado.

El interior de la casa es espacioso y soleado, por la luz que se cuela entre los árboles y entra a través de los dos tragaluces del techo y las puertas correderas de cristal. El salón está amueblado, aunque bastante vacío, decorado en colores beis y grises metálicos y se hunde mediante dos peldaños con moqueta al mismo tiempo que el techo abovedado se alza por encima. Una fina escalera flotante desciende hacia el centro de la sala. Todo resulta tan grande y espacioso que casi parece que podría ponerme a flotar en él.

—¿Cómo te están quedando los dibujos? ¿Los has estado haciendo como te pedí?

—Sí. —Leo asiente con entusiasmo—. Ya he hecho siete. —Con cierto esfuerzo, alza siete dedos.

—¿Siete? ¡Son más de los que te había pedido! Tienes que enseñármelos.

—¡Hola! —grita Katherine desde el rellano de la segunda planta.

La última vez que la había visto solo podía haberla descrito como un desastre, pero hoy parece que acaba de salir del anuncio de una revista. Lleva una elegante blusa de seda color champán y unos pantalones de vestir negros, y, según baja por las escaleras, se pone un collar de perlas pequeñitas. Sus grandes ojos verdes con motas marrones, los cuales eran expresivos incluso bajo la influencia del analgésico y tras acabar de despertarse de una siesta, están maquillados a la perfección y relucen.

—No sabe cuánto le agradezco que haya venido —me dice con la cabeza ladeada tras acercarse a mí en el recibidor.

Al verla de cerca, siempre me sorprende la fragilidad como de porcelana que tiene Katherine, como si fuera una pequeña y elegante tacita pintada con delicadeza. El centro de su pecho, justo por encima del cuello de su camisa, es cóncavo; los huesos de sus clavículas, nudosos y pronunciados; y unas líneas de venas azules delgadas como hilos se ven cerca de la superficie de la piel bajo sus ojos. Es un elegante conjunto de huesos.

—La verdad es que me estaba volviendo un poco loca en casa, así que me alegro mucho de ser de ayuda. Aunque debo decir —me vuelvo hacia Leo y meneo la cabeza con una expresión triste— que sería mucho más fácil si este *petit garçon* se comportara mejor.

Leo me mira y me sonríe.

—¿Es una broma? —me pregunta, y un hoyuelo le aparece en una mejilla.

—Claro que no. *Tu es un fripon! Un coquin!* Nada más que problemas todo el día. —Alzo la nariz en un gesto de desdén fingido.

—¡Es broma! —grita, riendo y tirándome del brazo.

—Sí, claro que es broma. Si fueras un donut, me compraría una docena encantada.

Miro a Katherine de reojo y la descubro contemplando a Leo con una atención extraña, como si fuera una desconocida que observa a un niño que no conoce en el parque. Sale de su ensimismamiento y se vuelve hacia mí.

—No estoy segura de cuánto vamos a tardar. Tenemos que conducir hasta la ciudad, volver desde allí, y la cita en sí dura una hora. ¿Nos necesita de vuelta a alguna hora en concreto?

—No tengo nada más planeado para hoy, así que pueden tardar todo lo que necesiten. De hecho, me preguntaba si me daría permiso para llevar a Leo al museo Neuberger. No está lejos, justo al lado de la universidad. Unos veinte minutos en coche o así. La colección no es muy extensa, pero es buena, y he pensado que este artista en ciernes se lo pasaría bien.

—Suena fabuloso, me voy a poner celosa. ¡Ojalá pudiera ir! Deje que vaya a por la llave de repuesto y algo de dinero para la comida.

Se dirige a la cocina, con sus tacones sonando contra las baldosas, y vuelve con una llave y dos billetes de veinte dólares doblados.

—Por si hay que pagar para entrar al museo —explica.

—Leo, ve a por tu chaqueta —decimos Katherine y yo al mismo tiempo.

Más o menos una hora más tarde, Leo y yo recorremos los silenciosos pasillos del museo. Pese a que el Neuberger suele estar tranquilo en todo momento, hoy, tal vez por las vacaciones, está más en calma que nunca.

El edificio es un bloque bajo de hormigón rodeado de álamos delgados y sin hojas. Nunca entenderé por qué los estadounidenses insisten en colocar bellas obras de arte en unos edificios tan apagados, aunque me alegro de que el modernismo solo llegara a Francia después de que su estilo de arquitectura ya estuviera asentado y establecido por la ley.

De camino a la entrada, un estandarte de nailon que anuncia una exposición temporal —los artistas y sus hermanos desconocidos— ondea al viento en la acera. Entramos al edificio y nos detenemos enseguida para quitarnos el gorro y la chaqueta.

—Bueno, Leo —le digo—, no es nada justo, pero, como eres un niño, las personas que trabajan aquí pueden preocuparse de que vayas a tocar o a romper algo, así que, mientras estemos en las galerías, deberíamos llevar los brazos cruzados por la espalda, así.

Me doy la vuelta para mostrarle mis brazos cruzados tras mi cintura. Él me imita.

—Entonces los trabajadores de la galería te mirarán y pensarán: *Por Dios, que chico tan mayor y bien educado*, que, por supuesto, es lo que eres.

Y así emprendemos la marcha, caminando como pájaros raros a través de las galerías, con los brazos tras la espalda.

—Ir a un museo es como ir en busca de un tesoro —le explico mientras entramos en la primera galería: Estados Unidos 1750-1900—. Vamos sala por sala y buscamos los tesoros más bonitos. ¿Ves algún cuadro que te guste aquí?

—¡Ese, ese!

La ayudante de la galería, una mujer afroamericana que lleva el bléiser bermellón característico del museo, sonríe al ver el entusiasmo de Leo desde su puesto junto a una obra de Winslow Homer.

El cuadro que le ha llamado la atención es uno de William Merritt Chase, un plato rodeado de dos bonitos y relucientes peces. El pez que está más adelante tiene el color blanco amarillento luminiscente de la cera de las velas, y el que está detrás es de un tono gris plateado y tiene unas escamas que brillan como la luz del sol por el océano.

—Un William Merritt Chase —digo con aprobación—. Es una excelente elección, Leo. Siempre he pensado que nunca ha tenido el reconocimiento que merece. ¿Qué es lo que te gusta del cuadro?

—¡Parecen peces de verdad!

—Qué avispado.

Examinamos el cuadro en silencio durante unos momentos.

—¿Dónde hay una avispa?

Oigo que la ayudante de la galería esconde una carcajada detrás de nosotros.

—*Avispado*. Significa perceptivo, que se te da bien darte cuenta de las cosas importantes. En mi opinión, es una de las mejores cualidades que una persona puede tener.

Seguimos de cacería de sala en sala, en busca de tesoros. En la galería de bodegones neerlandeses, escoge un cuadro de sabuesos de caza y otro de fruta: melocotones que gotean jugo, naranjas con pieles de puntitos brillantes, unas grandes uvas oscuras y otras verdes y luminiscentes que se derraman por un reluciente cuenco de cristal.

—Bueno, como soy tu profesora de pintura —le digo tras detenernos ante el bodegón de fruta—, creo que debo impartir una lección para mi joven artista. Mira este cuadro. Es extraordinario, ¿verdad?

Leo asiente con entusiasmo.

—El dibujo es perfecto, tanto por perspectiva como por proporciones, no tiene ningún fallo. Pero ¿sabes qué es lo que hace que sea increíble de verdad?

—¿Qué?

—Es la oscilación entre luz y oscuridad. Y con eso me refiero a que los puntos más oscuros son muy oscuros, mientras que los más claros son muy claros. Mira esas uvas, tan negras que casi no se ven, y las sombras que hay debajo y alrededor del cuenco, son muy muy oscuras, como la profundidad de un abismo. Y luego mira ese brillo de luz en el borde del cristal, una sola mota del blanco más brillante y puro que hayas visto nunca. Es el contraste entre ellos, la diferencia, lo que hace que este cuadro sea tan dramático y tan bonito.

»Y, además, puedes ver que hay mucha más oscuridad que luz en el cuadro, pero que la oscuridad tiene un efecto que parece señalar hacia la luz, para, de algún modo, *resaltarla*. Casi parece que hace que a los ojos les entre hambre de ver la luz.

Hago una pausa por un momento para examinar mejor el cuadro, anonadada por sus profundidades oscuras y feas y sus pináculos brillantes.

—Es una lección muy importante para un artista como tú. ¿Entiendes lo que te digo, Leo?

—Más o menos —responde, con los ojos entrecerrados y clavados en el cuadro, como si desconfiara de él—. Pero no mucho.

Me echo a reír.

—Quizá no lo he explicado bien. Tienes que hacer que tus colores oscuros sean tan oscuros como sea posible, y, los claros, tan claros como puedas. Si un cuadro es todo colores oscuros o todo colores claros o algo intermedio, quedará… *bah*. ¿Así se entiende mejor?

—Ah, sí, ya lo entiendo —responde, y entonces se dirige hacia otro cuadro a cámara lenta—. ¿Coooomo eeeeeste? —pregunta, también a cámara lenta—. Este es más o menos como dice, intermedio y *bah*.

Al decir *bah*, se echa hacia delante y deja caer los brazos.

Es un payaso incurable, aunque tiene razón. El cuadro que hay frente a él tiene unos claros demasiado uniformes, así como uvas y melocotones dispuestos contra una pared amarilla, una metedura de pata muy poco común entre los artistas neerlandeses. La ausencia de toda oscuridad significativa hace que la luz no se pueda distinguir bien. El cuadro resulta insulso y fácil de olvidar.

—Pero qué chico más listo. Creo que lo has entendido a la perfección.

Luego nos dirigimos a la sala que alberga la exposición itinerante. Leo se queda tan embobado con *Campo de trigo con cipreses* que sale corriendo hasta el cuadro, y el ayudante de galería, esta vez un caballero de pelo blanco, carraspea y me dedica una mirada seria.

—Caminando, Leo. Tenemos que ir caminando, cielo.

Me acerco a él y me quedo mirando el cuadro de Van Gogh.

—Este es mi cuadro *más* favorito de todos.

—*Mon petit artiste*, tienes un gusto excelente. Este cuadro es de Vincent van Gogh, uno de los mejores artistas que ha existido. Dime, ¿qué es lo que te gusta de él?

—No sé —se encoge de hombros—. Solo me gusta.

—Es una razón tan válida como cualquier otra.

—Las nubes dan vueltas y vueltas.

Gira las manos frente a él para ilustrar lo que dice.

—Sí, a mí también me gusta eso.

Al lado del cuadro hay una vitrina de cristal que contiene varios objetos, y, entre bocetos, cartas y páginas de diario llenas de la letra menuda de Van Gogh hay dos fotos dispuestas una al lado de la otra. Son dos retratos en blanco y negro de dos chicos adolescentes de cabello espeso y rizado, cejas prominentes y bocas que parecen mostrar una expresión malhumorada. Vincent y su hermano mayor, Theo.

—Mira, Leo, aquí hay una foto de Vincent van Gogh, el artista que pintó ese cuadro.

Leo se acerca a la vitrina, y le señalo hacia la foto de la izquierda.

—¿Quién es ese? —me pregunta, apuntando hacia la derecha.

—Ese es el hermano mayor de Vincent van Gogh, Theo.

—¿Su hermano?

—Sí, su hermano.

—¿*Minsen Mangó* tenía un hermano?

—Vincent van Gogh. Y sí, tenía un hermano. Es ese de la foto.

—¿Y el hermano de *Vincent Mangó* se murió?

Lo miro de reojo.

—Bueno, sí. Con el tiempo, murió. Los dos murieron. Los dos vivieron y murieron muchos años antes de que nacieras.

—¿En el agua?

—¿Cómo?

—¿Su hermano se murió en el agua?

—¿Qué quieres decir? ¿Dices que si se ahogó? No, creo que no murió en el agua. ¿Por qué lo preguntas?

Se encoge de hombros. Me arrodillo para quedar a su altura, aunque sigo mirando hacia la imagen al otro lado del cristal para tratar de parecer despreocupada. Según mi experiencia, los niños hablan con más comodidad cuando no se les mira de forma directa.

—¿Conoces a alguien que haya muerto en el agua? —le pregunto, de forma tan informal como puedo.

A mi lado, veo que asiente ligeramente.

—¿Quién?

Se queda callado durante un momento, y me vuelvo hacia él. Se está mordiendo el labio inferior mientras piensa. Entonces, se inclina hacia mí de repente, ahueca la mano junto a mi oreja y susurra:

—Max.

Tras una hora o así de recorrer las tranquilas galerías del museo, Leo se empieza a poner inquieto, por lo que le compro un sándwich de salmón ahumado con queso crema en la cafetería y nos ponemos el gorro y la chaqueta para llevar la comida a los bancos que hay fuera. El ambiente es fresco y hace un poco de viento, pero no habrá muchos días más así de templados antes de que el consistente frío helado del invierno se asiente.

La cabeza me da tantas vueltas como las nubes de Van Gogh. No sé qué pensar de lo que Leo me ha dicho en la galería, y no quiero insistir con el tema. De repente se ha puesto feliz y a hacer payasadas mientras se sube por los bancos, hace equilibrio en el pequeño bordillo que delinea la acera y me cuenta chistes de *toc, toc* que carecen de sentido.

—*Toc, toc* —empieza mientras desenvuelvo el plástico alrededor de su sándwich.

—¿Quién es?

Mira a su alrededor, en busca de una respuesta.

—Museo.

No es la primera vez que me encuentro en aquella rutina de comedia improvisada, por lo que sé más o menos cómo va a acabar el chiste, pero le sigo el rollo de todos modos:

—¿Qué museo?

—¡Museo paseo! —exclama, antes de echarse a reír.

—¡Ah! *C'est drole! Je ris si fort qu'il fait mal!*

Pretendo reírme y me llevo una mano al costado, como si me doliera. Él baja del bordillo y se pone a toser. Aun así, es una tos simple y poco profunda, no como su tos ronca y llena de flemas de siempre, y entonces caigo en la cuenta de que últimamente ha estado un poco mejor de salud.

Cuando deja de toser, doy una palmadita en el banco junto a mí, y se sienta. Le tiendo su sándwich sin plástico y le da un bocado. Cuando come, se pone a saltar sentado en el banco una y otra vez. Creo que nunca lo había visto tan alegre y enérgico.

—*Tu aimes le sandwich?*

—*Oui* —responde, dando saltitos y masticando. Saca un trozo de pescado pálido y lo sostiene frente a mí—. ¿Qué es esto?

—*C'est saumon fumé*. Salmón ahumado. ¿Te gusta?

—Mucho —dice, y se lo mete a la boca.

—¿Te lo has pasado bien en el museo?

Asiente con entusiasmo y los ojos muy abiertos.

—Bien. Me alegro mucho. Has sido un excelente compañero de museo.

—Es verdad —dice, y me echo a reír.

—Quizás algún día serás tú quien exponga un cuadro en el museo, y personas de todo el mundo irán a verlo.

—¡Sí! —exclama, dando saltitos—. Y a mi hermano también. Irán a ver a mi hermano.

—¿Tu hermano? —pregunto en un tono ligero y de broma—. ¿Quién es tu hermano?

—¡Max!

—Pero pensaba que Max era tu jirafa.

—Bueno, ahora es mi jirafa, pero antes era mi hermano.

Tomo un trocito diminuto de salmón de su sándwich.

—¿Puedo?

—Vale —responde.

Me llevo el salmón a la nariz e inspiro su olor salado y ahumado.

—Entonces, ¿fue tu hermano Max quien murió en el agua?

Le da un bocado al sándwich, asiente y se vuelve hacia mí con un dedo en los labios.

—¡Shhhh! —sisea—. No decimos eso.

Una punzada de tristeza me recorre el cuerpo y me resuena por los brazos y los dedos. Los ojos se me llenan de lágrimas, y tengo que esforzarme por parpadear y no llorar. Aun con todo, Leo no se ha sumido en la pena, sino que sigue dando saltitos con su sándwich, aunque yo me he destrozado en su lugar, me consume la angustia y se me ha roto el corazón. Tengo la sensación de que debería decir algo. Hay algo que debe oír de parte de una adulta responsable y que lo quiere, como yo, pero ¿qué? ¿«Sí, Leo, el mundo es un lugar duro y horrible, da las gracias porque solo tengas que pasar unos ochenta años o así en él»? ¿O tal vez «no esperes de la vida nada que no sea dolor y pena y no te llevarás un chasco»?

Esas perspectivas cínicas no son lo que necesita. Lo que necesita es lo mismo que yo, lo cual no necesitaría si supiera lo que es, claro, por lo que, en lugar de algo que pueda serle de ayuda, le digo:

—Ah, lo siento. No lo sabía.

Me quedo mirando los árboles, con la luz del sol que pasa a través de ellos y cambia con el movimiento de las ramas casi desnudas que se mecen al viento. Las pocas hojas que todavía se aferran a las ramas son de un color fuego muy temerario. Las hojas caídas se han acumulado en el suelo y en dos charcos similares que hay en el camino, donde forman un mosaico colorido sobre la superficie del agua.

Qué desconsiderado por parte del día el ser tan bonito. ¿Cómo se atreve la naturaleza a insistir con su inocencia en la belleza del mundo al mismo tiempo que Leo y yo hablamos de lo que podría ser un hermano muerto? No tiene nada de bello, y mucho menos de inocente. No es más que un orbe rotatorio de dolor, donde los más vulnerables sufren más que nadie. Es demasiado despreciable. Me invade una sensación de asco que me resulta de lo más familiar. Estoy harta de este lugar, no quiero vivir más aquí.

—¿Puedo darte un abrazo, Leo? —le pregunto.

Asiente, y lo rodeo con un brazo antes de apoyar la barbilla contra el costado de su cabeza. Él se acurruca contra mí, todavía masticando un bocado de sándwich, y suelta un suspiro hondo y alegre.

—Te quiero —dice, con su cabecita inclinada contra mi hombro. Sus palabras me toman desprevenida, y por un momento me pierdo en la confusión de emociones (felicidad, tristeza, miedo) que despiertan en mí.

—Eres un amor, Leo —le digo, aplanando un mechón despeinado de su cabello con los dedos—. Yo… yo también te quiero.

Y ahí está ese miedo otra vez, la misma extraña desesperación que me superó cuando sostuve a la hermanita de Octavio, un terror profundo e innombrable.

El primer atisbo de azul del ocaso se está acomodando en el cielo cuando regresamos a la casa de Leo. El perro de los vecinos vuelve a correr hacia la valla con sus ladridos furiosos. Asusta a Leo, quien se me pega al costado cuando pasamos al lado del animal. El Saab beis de Katherine está en la entrada de la casa, pero el coche plateado de Dave, no. No hay ninguna luz encendida en la casa. Llamo a la puerta y, cuando nadie responde, la abro con la llave de repuesto y entramos. Al otro lado de las puertas correderas de cristal, los altos y delgados abedules del jardín trasero tienen un aspecto fantasmal por la luz cada vez más tenue.

El bolso y las llaves de Katherine están en la mesa de la cocina, pero ¿dónde está ella? No estoy muy segura de qué debo hacer. Acompaño a Leo a su habitación para que pueda mostrarme sus dibujos. Su habitación tampoco está demasiado llena: hay una cama con sábanas de dinosaurios, aunque no he oído a Leo expresar interés por los dinosaurios en ninguna ocasión; una pequeña estantería con cuatro o cinco libros; y una mesa baja junto a la ventana, con los materiales de arte tirados por encima. Unas cajas de cartón están apiladas en un rincón de la habitación.

—Leo, ¿cuánto tiempo habéis vivido en esta casa?

—No sé —responde mientras aparta ceras de colores y páginas de un libro de colorear de la mesa—. Creo que a lo mejor noventa y nueve días o así.

Me echo a reír.

—Mmm, probemos de otro modo. Cuando te mudaste a esta casa, ¿fue en otoño, cuando las hojas de los árboles cambiaban de color? ¿O en verano, cuando hacía calor? ¿O en la primavera?

—Creo que en verano.

Saca unas hojas sueltas de un gran cuaderno de dibujo y las despliega por toda la mesa.

—Uno, dos, tres, cuatro, cinco —las cuenta, señalando a cada una con el dedo—, seis, siete. ¿Ve?

Me acerco y me siento en la silla baja junto a la mesa. Alzo los dibujos uno a uno para examinarlos con detenimiento. Uno es de los árboles que se ven desde las puertas correderas del salón. Los troncos están parcheados con una corteza escamosa que se pela. Otro es un dibujo en lápiz de su cama. Ha dibujado los pliegues arrugados de la ropa de cama y las sombras que se acumulan entre ellos con todo lujo de detalles. Otro es de un zapato, con los cordones que caen por los lados; una caña muda en un tiesto, con sus hojas afiladas pálidas en el centro y de bordes oscuros. Ha dibujado objetos cotidianos, tal como le había pedido, pero el resultado es extraordinario.

—Por Dios, Leo —susurro—. Qué buenos son.

Está a mi lado y contiene la respiración mientras mira por turnos a los dibujos y a mi cara.

—¡Mire! —exclama, antes de quitarme las páginas de las manos y pasarlas hasta encontrar la que quiere, un dibujo de un racimo de uvas con diminutas gotas de condensación estampadas que caen por los lados—. ¡Igual que las que hemos visto en el museo paseo!

Se echa a reír de nuevo ante su propia broma, me devuelve los dibujos y hace girar los brazos de un modo gracioso arriba y abajo, de modo que se asemeja a una vertiginosa atracción de una feria.

—Bueno, creo que te llevas el premio al genio artístico más payasete del mundo.

—¿Qué es «genio»?

—Significa que alguien es muy diestro en algo.

—¿Diestro? ¿Como la mano?

—No, «diestro» también quiere decir que se te da muy bien algo.

—¿A mí? —pregunta, llevándose la mano al pecho en un gesto de incredulidad que me parece de lo más cómico—. ¿Soy un genio?

—Sí que eres diestro dibujando y pintando. ¿Un genio? Bueno, el tiempo dirá, pero quizá. Es muy probable que lo seas.

Se le queda la boca abierta en una graciosa expresión a medio camino entre la sorpresa y el susto.

—*Oui, mon pitre*, pero no dejes que se te suba a la cabeza —lo riño.

Como respuesta, da una voltereta lateral en un lado de la cama.

Dejo a Leo en su habitación por un momento y camino de puntillas por el pasillo, hacia la habitación de Katherine. La puerta está abierta, y, en el interior, la luz azul oscuro del atardecer se cuela por una puerta corredera de cristal. Una gran cama está llena de escarpados montones de ropa de cama blanca, y, asomándose entre las sábanas, unos mechones del cabello oscuro de Katherine están esparcidos por una almohada.

Me alejo de la puerta y regreso a la habitación de Leo, donde me quedo sentada a su lado, a la mesa baja, y lo observo dibujar mientras reflexiono sobre la situación. Si bien no tengo ningún lugar al que ir y pensar en volver a casa y a su silencio es lo que menos me apetece, me resulta incómodo estar aquí mientras Katherine duerme en la otra habitación.

Transcurre una hora, quizá más, y le echo un vistazo a mi reloj de pulsera mientras pienso que tendré que prepararle algo de cenar a Leo, o bien tendré que ir a despertar a Katherine, cuando oigo unos ligeros golpes en la puerta de Leo.

Los dos alzamos la mirada, y Katherine está ahí, con el mismo atuendo de antes, solo que con algunas arrugas más y un jersey de lana ancho que se ha echado sobre los hombros. Tiene el cabello un poco despeinado en un lado.

—Ay, Dios, he dormido más de lo que quería. ¿Lleva mucho tiempo aquí?

—No, no demasiado —respondo. Según la escala de tiempo con la que se considere, es cierto.

—Tengo hambre, ma —se queja Leo.

Desde la puerta, Katherine alza una ceja en su dirección. Leo sonríe y gruñe antes de decir:

—*Katherine*.

—Vamos a prepararte algo de cenar, entonces —dice Katherine.

Leo se pone de pie de un salto y sale corriendo de la habitación, hacia las escaleras, en dirección a la cocina.

—La llama Katherine —comento mientras camino a su lado por el rellano y la sigo por las escaleras.

—Si, ya sé que es un poco raro. Nunca me ha gustado la palabra «ma», incluso antes de tener hijos. Oía a algún niño decirla en una tienda y me daban escalofríos. No sé, es como demasiado bebé, demasiado empalagosa o algo así. Y luego, acabo teniendo un hijo, ¿y qué me llama? «Ma», cómo no. Pues un día, me cansé. Le dije que podía llamarme «mamá», y que «mami» estaba casi pisando la raya, pero bueno, no pasaba nada. Pero entonces me llamó Katherine a modo de broma y pensé: *Bueno, así me llamo, así que, ¿por qué no?*

En la cocina, Katherine abre un armario y saca una caja de galletas Ritz para Leo, que está llenando un vaso con agua del grifo. Recojo mi bolso de donde cuelga de una silla. Katherine se vuelve hacia mí y me ve con el bolso puesto.

—¿Seguro que no quiere quedarse a cenar con nosotros? —me pregunta—. No sabe cuánto le agradezco que se haya quedado con él hoy. ¡Ah! Se me ha olvidado preguntar, ¿qué tal el museo?

—¡Guay! —interpone Leo desde detrás de un vaso de agua muy lleno que lleva poco a poco hacia la mesa.

—¿Y cómo se ha portado? —me pregunta Katherine, señalando a su hijo con la barbilla.

—La mar de bien, como siempre. Y le agradezco la oferta, pero debería irme ya.

—La acompañaré —dice Katherine, mientras deja las galletas en la mesa frente a Leo y saca una cajetilla de cigarrillos y un mechero del bolso antes de seguirme hacia la puerta principal.

»Siento mucho lo de la siesta —continúa—. No lo había planeado, pero he llegado a casa, y estaba todo tan en silencio y yo estaba agotada después de la cita. Ojalá no haya tenido que esperar mucho tiempo.

—No se preocupe, no hay ningún problema —respondo mientras saco mi chaqueta del guardarropa y me la pongo—. ¿Ha ido todo bien? —pregunto con cuidado—. La cita.

A pesar de que no quiero entrometerme, tanto por mi bien como por el suyo, sí quiero saber si la vida cotidiana de Leo puede llegar a mejorar, aunque sea de forma gradual.

Katherine echa un vistazo hacia la cocina, donde hemos dejado a Leo con su aperitivo. Abre la puerta principal y salimos al jardín.

—Ha estado... bien —dice, sacando un cigarrillo de la cajetilla—. Perdone, ¿le importa? —Señala hacia el cigarrillo.

—Para nada, adelante.

—He conseguido reducir lo que fumo a solo un cigarrillo al día —dice con este en la boca, antes de encenderlo. Suelta el humo con cuidado, en la dirección opuesta a donde me encuentro—. Pero este se resiste a que lo deje.

Da otra calada.

—La terapia ha ido bien... creo —continúa a través del humo exhalado—. El problema es que es difícil encontrar... el nivel correcto de... —busca la palabra apropiada— transparencia. Ya sabe, quiero que la terapeuta sepa lo suficiente como para que pueda ayudarnos, pero tampoco quiero contarle demasiado, y entonces Dave cree que estoy sacando todos los trapos sucios para que los demás los vean o algo, y ya no tiene ganas de ir, y volvemos al punto de partida.

—Ah, ya veo. Tiene sentido.

—Es una persona muy reservada, y tampoco quiere que yo vaya contando nada por ahí, y menos aún si tiene algo que ver con él. Yo, por otro lado, soy más bien un libro abierto. Está en mi naturaleza el ser más comunicativa, por eso me alegro tanto de tener a alguien como usted con quien hablar. Así que bueno, en resumen, todo se reduce a hallar el equilibrio. Ya veremos cómo nos va. Pero de verdad le agradezco muchísimo que haya dejado su día de lado para permitir que pudiéramos ir. Con suerte, pronto podremos encontrar una buena canguro que sea de fiar para que podamos ir de forma más regular y que haya un poco menos de caos por casa.

Se agacha para apagar el cigarrillo en el peldaño de piedra del porche.

—Bueno —digo mientras saco las llaves del bolso—, si no consiguen a nadie y me vuelven a necesitar, ya sabe dónde estoy.

Oigo un fuerte ladrido, en esta ocasión en la dirección opuesta a la casa de los vecinos. Katherine y yo nos volvemos hacia el sonido, y allí está el dichoso pastor alemán una vez más, esta vez paseando con un anciano de cabello blanco que lo lleva de la correa. El perro ladra una vez más y tira un poco de la correa. Katherine le dedica al hombre un saludo con la mano.

—¡Buenas tardes! —le grita ella.

El hombre asiente y tira de la correa, la cual parece ser lo único que impide que el perro salga corriendo hacia delante para atacarnos con alegría.

—Qué chucho más horrible —dice Katherine entre dientes al mismo tiempo que logra seguir sonriéndole al vecino conforme pasan por delante de la casa—. No estaba en el jardín el día que visitamos la casa antes de comprarla, si no podríamos haber acabado en otro sitio.

—Sí que parece un poco nervioso —respondo. Me siento más tranquila cuando tanto él como el hombre desaparecen en el garaje de la casa de al lado.

—Bueno, muchísimas gracias por ofrecerse —me dice Katherine, y vuelve su sonrisa hacia mí.

Por un momento, he olvidado lo que acababa de ofrecer, pero ella me lo recuerda.

—Lo tendré en cuenta si no encontramos canguro.

CAPÍTULO VEINTISIETE

Continué sin Paul tanto tiempo como había estado con él. En cierto modo, me convertí en él, una artista solitaria e incondicional que llevaba los mismos pantalones sucios cada día, hacía cortes en los troncos de los árboles con su hacha y rebuscaba unas piedras en particular por todo el suelo. Sin embargo, existía una diferencia entre ambos: yo no tenía la paz de Paul, ni su fe absoluta en la bondad de su dios, en la belleza de la creación de su dios, con todos aquellos espíritus brillantes que llenaban el cielo. No podía aceptar que ya no estuviera conmigo. No dejaba de buscarlo al otro lado de la hoguera, tumbado y apoyado sobre un codo mientras lanzaba ramitas a las llamas. No dejaba de esperar notar su mano en la nuca, y, cuando dormía, lo buscaba en todo momento con las manos.

Echarlo de menos no fue bonito precisamente. Estaba resentida y enfadada. Cometí errores descuidados que me hicieron daño. Mientras talaba madera un día, se me resbaló el hacha y casi me llegué a partir el pulgar por la mitad. Me quedé allí sentada, entre risas y gritos a partes iguales, mientras vaciaba mis pulmones hacia el cielo y mi sangre hacia el suelo, y no me calmé lo suficiente para dejar de gritar y vendarme la herida hasta que, sumida en la ira, hube derribado mi refugio y el soporte de madera que sostenía mi olla para hervir agua sobre la hoguera, lo cual la derramó toda y apagó el fuego.

En momentos como aquellos pensaba en Ehru, en todo el daño que lo había visto hacerse a sí mismo, y me asusté al comprender por qué lo había hecho. Hacerse daño a uno mismo, perder toda aversión o resistencia al dolor y llegar incluso a recibirlo con los brazos abiertos era arrebatarle todo el poder a quienes querían hacernos daño. Aquellos monjes, aquel mundo, no podían hacernos nada que no nos hubiéramos hecho ya nosotros de buena gana. Pese a que sabía que ese modo de pensar era una especie de enfermedad, notaba que cada vez me convencía más la idea, por lo que, en su lugar, traté de no sentir nada. Me centré en vaciarme a mí misma de todo pensamiento, de toda preocupación, de todos mis recuerdos. Alejé a Paul, a Vano, a Piroska y a mi padre. Me negué a pensar en ellos y me convertí en tan solo un par de ojos. Fijaba mi mirada en algo delante de mí y luego lo reproducía mediante los pigmentos con tanta fidelidad como podía, y, mientras lo hacía, era capaz de no sentir nada ni de pensar en nada, lo cual era todo un alivio.

Por las noches, esperaba con insolencia y en silencio la llegada de Chernabog, aquel ladrón itinerante y divino. Me quedaba a la espera de que la ceniza cayera y se arremolinara a mi alrededor y olisqueaba de vez en cuando en busca del olor a humo donde nada ardía, pero solo me encontré con olores del bosque: pinos y madera podrida y el perfume dulzón del acónito y la prímula. El dios de los finales sabía lo que hacía y era demasiado listo como para que yo lo engañara; no iba a perder su tiempo conmigo. No me quedaba nada de valor que pudiera arrebatarme, ninguna alegría a la que valiera la pena ponerle fin.

¿Cuándo estuve a solas deambulando por aquel lugar y cuánto tiempo duró esa etapa? Yo misma me lo he preguntado. He tratado de reconstruir la línea temporal y sincronizar los sucesos de mi vida con los del resto del mundo, que tan alejado estaba de mí y tan rápido avanzaba, y es algo de lo más complicado. Piroska no había contado el paso de los días, pues medía el tiempo en incrementos de lo que le importaba de verdad: el brote de las vides y los arbustos, los nacimientos, el florecimiento y la cosecha, el marchitamiento y, un tiempo después, el brote una vez más. Yo había hecho lo mismo y había medido el paso del tiempo a partir de lo que me importaba: las tormentas y los desastres que soporté, los refugios que construía y en los cuales a veces vivía hasta varios meses o años; las aldeas con las que me daba de bruces y que acababa evitando con cuidado; las veces en las que no había podido evitarlas del todo y me persiguieron unos perros que salían gruñendo hacia mí por el bosque o unos grupitos de rufianes que trataban de quitarme mis refugios para su propia diversión.

En aquellos muchos años después de Paul, perdí la noción del tiempo, o, mejor dicho, dejé de creer en él. ¿Qué necesidad de cifras tenían los años? ¿Por qué molestarse en separar y contar lo interminable como si no fuera más que una hogaza de pan? Tal vez en aquel entonces viví en la verdad, y lo que he hecho desde esa época ha sido regresar a la ilusión compartida de las horas, los minutos y los segundos, del pasado, el presente y el futuro.

Aun con todo, sí que se produjo un incidente, pequeño y extraño, que ató la sustancia sin forma de mi vida a la estructura más amplia de la historia, del mismo modo que una tienda de campaña está atada a los postes que la sostienen erguida. Un día, estaba sentada en lo alto de una ladera cubierta de un bosque, mientras pintaba en silencio la cumbre que me quedaba por encima, cuando oí un zumbido muy poco natural. Alcé la mirada, me protegí los ojos del sol y vi, en el cielo sobre mí, algo que volaba. Parecía una libélula negra y metálica, con unas alas desproporcionadas que se balanceaban y un cuarto trasero largo y delgado. Se trataba de un avión, aunque por aquel entonces no contaba con ningún marco según el cual concebir un artefacto semejante, ni tampoco palabras para expresarlo.

Dejé mis cosas tal como estaban y salí corriendo a través del bosque detrás de él. Subí más y más hacia la cima mientras trataba de no perder de vista a aquel objeto tan extraño. Había sido capaz de distinguir la forma redondeada de unas cabezas, pues había personas dentro de esa cosa, una cosa que parecía no ser mucho más que una enorme bañera de metal que flotaba por alguna razón.

Tras salir de entre los árboles hacia la alta y árida inclinación del pico de la montaña, un poco por debajo del punto más alto, me quedé absorta al ver cómo el avión se abría paso hacia delante a través del cielo. No fue hasta que se alejó y no fue más que una pequeña equis negra de alas en la distancia que bajé la mirada hacia el amplio valle que se encontraba bajo él. En la extensión frente a mí, a lo largo de tal vez ciento cincuenta kilómetros, había un terreno humeante y destrozado, con cortes y cicatrices violentas, como de una operación quirúrgica descuidada, y de la larga y fea cicatriz que se desplegaba en una línea recta hasta el horizonte surgían incontables columnas de humo amarillo tóxico.

Se trataba del frente de una guerra más grande, diseñada con más cautela y con más máquinas que ninguna que pudiera haberme imaginado. Más adelante me enteré de que la denominaban «la Gran Guerra», como si fuera algo magnífico y noble, en lugar de espantoso y triste. Había vuelto a adentrarme en la ilusión de la humanidad que era el tiempo y los territorios. Con unos pocos pasos, había viajado hacia delante, sin saberlo, hacia un futuro inimaginable y horrible en el que había aparatos voladores, trincheras de guerra y gas venenoso.

Era demasiado para mí. Me di media vuelta y volví hacia el tranquilo bosque, donde los árboles, las rocas escarpadas, los acantilados nevados y yo podíamos quedarnos un poco más, alejados del tiempo y de la susodicha civilización. Me senté de nuevo frente a mi cuadro, blandí el pincel y volví a mi arte del olvido.

A diferencia de Paul, no me quedé con mis cuadros. Sí conservé los suyos, el pequeño montón de ellos que quedaba, y también un fardo de sus cartas, pero mis obras las dejaba allá donde las pintaba, un rastro que se alejaba de mí; obras de arte diseñadas para descomponerse y regresar al bosque, para que pudieran volver a incorporarse a aquel lugar del que las había separado para representar la naturaleza. El arte es algo extraño en ese sentido. El artista debe alejarse del sujeto, crear un sujeto que no es el sujeto, con tal de expresar la añoranza hacia ese sujeto. Y, de algún modo, en ello hay una experiencia, aunque tan solo sea el más ligero atisbo de ella, de unión.

Acabé llegando a un lugar en el que el bosque se transformó del todo en pinos y altas cumbres que se alzaban por todo lo alto, cubiertas de nieve incluso bajo el calor de finales de primavera, y las montañas por las que caminaba a duras penas se tornaron más escarpadas que en ningún otro lugar. Fue un camino difícil y severo, por lo que, tras seguirlo, me sorprendió que, en el borde de un bosque, a mayor altura de la que habría esperado encontrar algo similar, llegué a una línea de vides decoradas con unas hojas anchas y brillantes y llenas de fruta. Era un viñedo.

Me aparté, asustada por el orden humano con el que me acababa de dar de bruces, y me di media vuelta para marcharme. Solo que entonces oí el sonido de una risita infantil que provenía de algún lugar en el centro del viñedo, seguido de un traqueteo extraño que no tenía ni idea de qué se podía tratar. Llena de curiosidad y escondida entre los árboles como estaba, vacilé y le eché un vistazo al viñedo. Tras unos momentos, una desconcertante amalgama de máquina y niños apareció ante mí. Una estructura metálica y esquelética colocada sobre dos grandes y delgadas ruedas transportaba a una niña y a un niño de acá para allá. Era una bicicleta, y los niños que iban en ella se paseaban sobre la tierra irregular entre las filas de vides con una alegría llena de gritos y risitas.

Los observé durante un tiempo y me di cuenta de que sonreía un poco por su placer y que me había echado a reír cuando el niño casi se cayó hacia delante, por encima del manillar, hasta que recobró el equilibrio con cierto aire triunfal. Un tiempo después, el niño sí que se cayó de la bici y se quedó tirado en el suelo lleno de tierra, llorando por haberse raspado la rodilla. La niña lo ayudó a ponerse de pie, le dio la vuelta a la bici, y, tras rodearle los hombros con un brazo, lo condujo junto con la bicicleta a través del viñedo.

Había estado evitando a la gente y los asentamientos durante muchísimos años. No había caminado con total libertad por un pueblo desde que era pequeña, y la idea de hacerlo me resultaba aterradora. Aun así, la bicicleta y los niños, sus risas, habían despertado algo en mí, habían liberado algo que se había quedado enterrado hacía mucho tiempo y que en aquel momento se puso a brillar en la oscuridad que eran mis recuerdos: la felicidad infantil. Aquella sensación que había experimentado a los siete años, al nadar por el aire en el columpio del árbol, con las manos de mi hermano en mi espalda para empujarme más arriba, tratando de tocar con los pies las hojas verdes; o a los doce años, al correr junto a Ehru y estar segura de que era más rápida que cualquier otra criatura del mundo. Aquella sensación —¿qué era? ¿Era alegría?— brillaba con semejante intensidad y me sobresaltó tanto que lo único que pude hacer durante un tiempo fue quedarme allí quieta y aferrarme a ella para que no se volviera a alejar de mí.

Establecí mi campamento más cerca del pueblo de lo que lo hubiera hecho en una ocasión normal. Por la noche, mientras miraba fijamente el brillo de la hoguera, pensé en todo ello: en los niños, la bici y lo encantador que era aquel viñedo, el cual quería odiar y no podía. Oí las risas de los niños y soñé con ellas tras quedarme dormida. Al día siguiente, me dije a mí misma que solo iba a observar. Que iba a espiar el pueblo, entretenerme un rato y volver hacia la soledad y la seguridad. Durante un día, y luego otro más, me quedé mirando desde la periferia y observé cómo la gente del lugar se disponía a cumplir con sus tareas cotidianas y a socializar. Vi más bicis y más niños. Vi una tienda de la que las personas salían con largas hogazas de pan. De otra emergía el hedor del pescado, mientras que el escaparate de otra más estaba lleno de tiras de salchichas. Los hombres llevaban ropa muy distinta a la que había usado Paul. Tenían unos sombreros negros pequeños y planos en la cabeza y unas chaquetas que se envolvían alrededor de su pecho de forma cálida, como sobres. Las mujeres llevaban vestidos en un apabullante surtido de colores, se les veían los tobillos bajo las costuras de sus faldas ondeantes, y sus labios eran tan rojos como las alas de un cardenal.

Por las mañanas, los fruteros apilaban con cuidado varias pirámides de naranjas, manzanas y limones junto a cajas de frambuesas, fresas y arándanos. Los vendedores de flores esparcían ramos por las baldosas, como si de faldas brillantes se tratase. Los mercaderes de especias abrían sacos de especias en polvo en cientos de colores distintos y metían cucharas de metal en el centro de cada una. Todo ello tenía una belleza irresistible. Había un edificio alto con un cartel en la ventana de la planta baja que rezaba «café» y que parecía ser el lugar de reunión del pueblo por las mañanas, mientras que una taberna cerca del centro debía ser el lugar de reunión por las noches.

Pese a que solo pensar en ello ya me hacía temblar de miedo, decidí que iba a intentar entrar en el pueblo, que iba a tratar de caminar por la calle como cualquier otra persona y quizá incluso encontrar a un mensajero que pudiera enviar por fin las cartas de Paul y algunos de sus cuadros a Johana, a los hijos de Johana o a sus nietos. Se lo debía. Tendría que haberlo hecho mucho tiempo atrás.

Hice todo lo posible por estar más presentable. Di con un riachuelo en el que me bañé y lavé la ropa. Me hice unas trenzas en mi largo cabello y entonces, rígida por el miedo, me adentré en el pueblo.

En la calle, la gente chocaba entre sí mientras iba y venía y las bicis pasaban a una velocidad alarmante mientras hacían sonar sus diminutas campanillas. Vi un enorme carruaje mecánico que se movía con la lentitud pesada de un buey pero que sonaba como un ganso y llevaba a varias personas dentro. Si la humanidad había descubierto cómo hacer que una bañera volara por el aire, supuse que no debía haberme sorprendido que hubiera descubierto también cómo ir en una a través de la tierra. Las voces de las personas gritaban en un idioma que me sonó resbaladizo, y algunos ojos me siguieron, pues era una mujer vestida de hombre que iba cargada con una mochila y botas de nieve en pleno verano, aunque nadie me dijo nada. Decidí probar suerte en el lugar de reunión de las mañanas, en el edificio con el cartel de la ventana que decía «café», con la esperanza de que pudieran llevarse mis cartas allí. Entré en el edificio. Había una larga barra de madera en un lateral de la sala. Esparcidas por el resto de la estancia había un montón de mesas y sillas, además de hombres sentados que bebían y fumaban cigarrillos.

Una joven mujer de cabello dorado que llevaba un delantal estaba frente a una mesa y apilaba platos sucios a buen ritmo. Me acerqué a ella, pero entonces me detuve, distraída por el vestido que llevaba. Tenía unas diminutas rosas idénticas por todas partes, varios cientos de ellas. Por alguna razón, aquello me sorprendió más que todo lo demás que había visto. ¿Cómo era posible colocar tantas imágenes idénticas en un vestido? Pintarlas a mano habría tomado un año entero, y eso siempre que fuera algo posible, lo cual querría decir que el vestido acabaría siendo demasiado caro para que lo pudiera adquirir una camarera.

La mujer alzó la mirada y me dijo algo que yo, por supuesto, no entendí. Aun así, su tono fue amable, por lo que saqué el montón de cartas de Paul y se las mostré con manos temblorosas. Me dijo algo más y señaló con el pulgar hacia la puerta, situada a sus espaldas. La miré con una expresión de disculpa y le dije en el idioma de Paul que no la entendía.

Volvió a mirarme.

—*Es-tu Allemand?* —me preguntó, con una ceja arqueada. Chasqueó los dedos, en busca de alguna palabra en alemán—. *Deutsch? Kommst du... au Deutschland?*

Negué con la cabeza. No sabía dónde estaba el lugar del que me hablaba, pero sabía que no era de ahí.

—*Bon!* —exclamó con lo que parecía ser bastante alivio.

—¿Hablas mi idioma? —le pregunté en alemán.

La mujer hizo una mueca y juntó los dedos un poco en el aire.

—¿E inglés? —probé.

—*Anglais? Ahhh! Votre accent. Vous êtes Américaine!* —exclamó con una alegría repentina. Se llevó una mano al corazón con cierta intensidad—. *J'adore James Cagney et... et Barbara Stanwyck et tous les acteurs Américains!*

Aquello también fue una cadena de sonidos que no pude descifrar, seguida de un par de nombres que no me sonaban de nada. Incluso si hubiera hablado francés por aquel entonces, habría estado igual de perdida. Todavía no había visto ni una triste bombilla eléctrica, así que mucho menos una película; fue toda una revelación para mí cuando fui a ver una película por primera vez y descubrí lo que era un actor. Negué con la cabeza, sin saber qué decir.

La mujer pareció aceptar por fin que no iba a entenderla, pero se desató el delantal a la altura de la cintura, le dio un toquecito al fardo de cartas que llevaba y me hizo un gesto para que la siguiera. De camino a la puerta, le dijo algo a un anciano que fumaba y hablaba haciendo muchos gestos con otro hombre en una de las mesas del rincón. Él le hizo un ademán con la mano sin alzar la mirada.

En el exterior, la mujer me llevó de vuelta a través de la plaza, entre el ajetreo de las personas que iban a comprar por la mañana, hacia una estrecha calle de adoquines y en dirección a una tienda en la que las paredes estaban llenas de cientos de pequeños buzones metálicos y en la que un hombre de cabello grasoso estaba apoyado contra una barra y hablaba con otro hombre cuyo pelo tenía un brillo similar.

El primer hombre interrumpió su conversación a media frase y me miró de arriba abajo con una ceja alzada, como si mi apariencia fuera una afrenta personal hacia él, pero la mujer que me había acompañado le dijo algo en un tono mordaz que hizo que se dispusiera a cooperar. La mujer me quitó las cartas, y yo me apresuré a sacar los cuadros de mi mochila, pues también quería enviarlos con ellas. Cuando la mujer se dio media vuelta y vio el cuadro situado más arriba en la pila, soltó un grito ahogado y abrió mucho los ojos. Estiró las manos hacia el cuadro, y, después de que le diera permiso, lo alzó con delicadeza.

—*Oh la la!* —susurró mientras sostenía el pequeño cuadrado de madera y pasaba de mirarlo a él a mirarme a mí. Con un hambre voraz, me quitó los demás cuadros de la pila uno a uno y los colocó en la barra. Primero me dijo algo a mí, y luego a los dos hombres, quienes observaban los cuadros con una fascinación muy similar a la de ella. La mujer incluso llamó al joven que trabajaba en la parte trasera y que estaba ordenando la correspondencia, tras lo cual se acercó a nosotros y se incorporó al grupito de admiradores.

Murmuraron entre ellos y señalaron distintos detalles de las obras, como si fueran tasadores de arte profesionales. Cuando me volvieron a mirar, sonriendo y asintiendo en un gesto de aprobación, lo único que pude hacer fue ruborizarme con una incomodidad que seguro que entendieron como modestia. No habría disfrutado de la atención ni aunque los cuadros hubieran sido míos de verdad, pero no lo eran y no había ningún modo sencillo de explicárselo; además, me di cuenta de que los cuadros estaban tornando la situación a mi favor de forma inesperada y dramática. En lugar de tener que navegar entre las sospechas o el desdén, que era lo que había temido que iba a suceder, noté una calidez repentina, aunque casi demasiado cálida, al sentirme bien recibida.

El jefe de correos volvió a apilar por fin los cuadros y los envolvió con papel de embalaje, ató el conjunto con un cordel y le dijo algo a la mujer. Ella se volvió hacia mí y sostuvo su mano para que le diera dinero. Volví a ruborizarme. Ni siquiera sabía qué moneda usaban en aquel lugar, por lo que mucho menos disponía de ella. Sin embargo, la mujer, al ver el mal rato que estaba pasando, sacó unas cuantas monedas de su delantal y las colocó sobre la barra. El jefe de correos inclinó la cabeza hacia las dos, en aquella ocasión con más cordialidad, y se dio media vuelta con el paquete.

La mujer me hizo un gesto para que la siguiera hacia la pensión, y, como no sabía qué otra cosa podía hacer, la seguí. Allí sacó una silla alta para mí y dejó un «café» en la barra frente a ella. Con delicadeza y con una sonrisa, me puso un mechón suelto de cabello detrás de la oreja y volvió la mirada para evaluarme el rostro al tiempo que yo evaluaba el suyo. Pese a que no era una mujer que fuera a destacar entre una multitud, sus rasgos, cuando me los quedé mirando un rato, resultaban placenteros. Tenía una especie de piel dorada con unas cuantas pecas que iba bien con su cabello rubio fresa. Sus ojos azules estaban rodeados de unas pestañas rubias, y, bajo una nariz un poco respingona, sus dientes eran simétricos y bonitos.

—*Vous êtes très, très jolie* —murmuró para sí misma—. *Et, bien sûr, nous aimons les rousses ici. Toi en robe, et les hommes bouront toute la journée.*

»*J'ai besoin d'aide* —continuó un poco más alto, pues ya no hablaba consigo misma, sino que trataba de comunicarme alguna idea. Se mordió el labio y entrecerró los ojos mientras intentaba recordar las palabras en un idioma que yo conociera—. *Hilfe* —dijo por fin. «Ayuda».

»*Ich will hilfe.* —«Quiero ayuda».

—*Hilfe* —repetí, para transmitirle que había entendido la palabra, a pesar de que no tenía ni idea de lo que quería decirme.

—*Ici.* —Hizo un gesto para abarcar el lugar en el que nos encontrábamos—. *Dans le café.* —Entonces me miró, a la expectativa—. *Du...* —me señaló— *Hilfts... moi?* —Puso los ojos en blanco ante su propia mezcla de francés y alemán.

Me estaba ofreciendo un puesto de trabajo. Fue algo inesperado y de lo más aterrador, pero pensé que, si quería quedarme en aquel pueblo durante un tiempo (y sí que quería, por mucho que ello pareciera desafiar toda racionalidad), iba a necesitar dinero.

—*Ja* —dije finalmente, y asentí con timidez.

Me dio un apretón en la mano con entusiasmo y se puso de pie de inmediato para cruzar la sala y ponerse a hablar con el anciano de la mesa. Hablaron en voz baja y miraron en mi dirección, oí la palabra *artiste* y vi que la mujer hacía un gesto hacia las paredes desnudas del café, como si las estuviera cubriendo de obras de arte.

Cuando volvió, me dio otro apretón emocionado y me hizo un gesto para que la siguiera. Me condujo por unas escaleras y un pasillo hacia una pequeña habitación con una cajonera y una cama alta. La mujer me formuló una pregunta, la cual debía haber sido si quería la habitación o no o si me gustaba, y asentí, casi sin poder creer la buena suerte de que me hubieran proporcionado alojamiento además de un trabajo. Al mismo tiempo, me aterraba un poco todo aquello y la repentina proximidad íntima a otras personas que la situación implicaba. Aun así, me dije que nada me impedía marcharme en cualquier momento si algo no me gustaba.

La mujer me dio un vestido para que me lo pusiera, otra de aquellas prendas milagrosas con mil flores amarillas y rojas idénticas, y, con una brocha me espolvoreó un polvo colorido en las mejillas para que pareciera que estaban sonrojadas. Me ofreció ponerme pintalabios, pero la idea me parecía repulsiva. Me negué, y ella se echó a reír y me condujo de vuelta al piso de abajo, donde me puso a trabajar con ella en el café. Así fue como empecé a retirar y lavar platos; y, en ocasiones, a romperlos, lo cual me ganaba la desaprobación del anciano del rincón, quien era el padre de la mujer y el propietario del café y del hotel que tenía incorporado.

La mujer se llamaba Anais Chambrun, y yo había pasado a ser su ayudante en las distintas tareas del café y del hotel, a cambio de lo cual recibía alojamiento y alimentos y una pequeña cantidad de dinero cada semana.

Mediante Anais me enteré de que el pueblo, situado en la frontera exacta del este de Francia, se llamaba Chamonix-Mont-Blanc por el pico nevado que se alzaba casi de forma vertical junto a él; que tenía un cine, donde aprendí más en unas pocas horas de lo que mi pobre cerebro fue capaz de soportar sobre la distancia que el mundo había recorrido desde la última vez que había vivido en él; una gasolinera para el puñado de automóviles que había en el pueblo y para los turistas que iban en coche hasta allí para esquiar en las famosas pendientes prístinas de la montaña; y que el pueblo estaba muy orgulloso del hecho de que, catorce años antes, había hospedado algo llamado Juegos Olímpicos, para los cuales unas personas de muchos países distintos habían viajado a Chamonix para competir en deportes como patinaje sobre hielo, esquí y carreras de trineos.

Pese a que le estaba muy agradecida a Anais, la situación me estaba sobrepasando bastante. Era una desconocida del pasado que había llegado sin previo aviso a un ruidoso y brillante futuro lleno de movimiento perpetuo e información. Las noticias arribaban cada día a Chamonix desde todos los rincones del mundo, sobre terremotos en África, guerras civiles en Asia y en España y anexiones en otras partes de Europa, y la gente —personas normales y corrientes que no tenían nada que ver con todo aquello— se enteraba de todo, se formaba opiniones sobre esos temas y discutía sobre ellos en el café. Soltaban palabras y nombres extraños como Manchukuo, Molotov-Ribbentrop, Anschluss y Sudetenland.

Cuando era pequeña, a mi pueblo llegaban muchos rumores de los pueblos circundantes y alguna que otra noticia de la ciudad; también había crecido con historias sobre la guerra de Estados Unidos por conseguir la independencia de los británicos, pero aquello fue lo más internacional que alcancé a saber. Anais leía por encima los periódicos que dejaban arrugados sobre las mesas y soltaba comentarios entre los hombres que discutían para hacerlos enfadar, y yo lo dejé pasar todo como si fuera otro dialecto extranjero, uno que no quería aprender.

La propia Anais era inteligente y alegre y me cuidaba como si fuera un cachorrito que hubiera encontrado en la calle, aunque, a veces, me apabullaba un poco. Se movía y hablaba muy deprisa y se echaba a reír con unas carcajadas repentinas y fuertes que me espantaban constantemente, y, además, había días en que me parecía de lo más vaga. Yo me disponía a lavar platos, a planchar ropa o a limpiar las habitaciones vacías y no veía a Anais durante horas. Entonces entraba en alguna de las habitaciones y me la encontraba durmiendo a pierna suelta en la cama. En otras ocasiones, si su padre, Monsieur Chambrun, no estaba en su lugar de costumbre en la mesa del rincón del café, Anais se dejaba caer sobre una silla para descansar mientras se comía un *pot de creme* hasta el mismo instante en que el padre entraba por la puerta. Cada vez que ocurría eso, no dejaba de disculparse y me decía que la noche anterior no había dormido bien o que creía que estaba pescando un resfriado. Si bien no me molestaba ponerme a trabajar mientras Anais dormía o descansaba, me daba la impresión de que era perezosa, y la pereza, según el modo en que me habían instruido tan bien de pequeña, era uno de los vicios más inexcusables.

Vivir así de cerca de tantas personas después de tantísimos años de soledad me dejaba más agotada todavía. Me costaba dormir, pues me despertaba, sobresaltada, cada vez que la puerta del café se cerraba con fuerza bajo mi ventana, o cada vez que un cliente borracho salía cantando por la calle. No tardé mucho en sentirme desgastada y al límite. Vi que el verano se extendía por la montaña y sabía que la vida en el bosque iba a ser sencilla y tranquila, por lo que estuve tentada de fugarme hacia allí una vez más. Estaba a punto de decidir salir de ese lugar cuando sucedieron dos cosas que me hicieron quedarme. La primera fue que Anais me sorprendió al traerme un pequeño caballete portátil y al darme un día libre para que pintara.

—Te lo mereces —me dijo con cariño cuando intenté rechazar el regalo por cortesía—. Me aprovecho mucho de ti. Eres tú quien hace todo el trabajo por aquí, no creas que no lo sé. Y, a decir verdad, es un regalo egoísta; solo intento tenerte contenta porque te necesito con desesperación.

La abracé, le di las gracias y recogí mis cosas tan deprisa como pude para salir a pintar en la tranquilidad del bosque. Aquel día, descubrí algo extraño: era más feliz de lo que lo había sido durante todos aquellos años en los que pintar a solas en el bosque había sido mi vida cotidiana. Tras la muerte de Paul, me había quedado sola por miedo y porque no parecía tener ninguna otra opción, pero todo aquel tiempo había arrastrado una sensación horrible tras de mí, como si tuviera una vesícula en la boca que hacía que todo me supiera amargo. En aquel entonces, la pintura no había sido un pasatiempo alegre, sino tan solo un alivio, un modo de huir de la toxicidad de los momentos en que no pintaba. Y, por alguna razón, no me había dado cuenta de ello hasta entonces. Aquella sensación horrible había sido la soledad, una soledad potente y paralizante que me había estado envenenando poco a poco sin que yo lo supiera. En aquel momento, al ir al bosque con el regalo de Anais, pasar todo el día pintando y regresar para encontrar que ella me recibía con los brazos abiertos, llena de halagos por todo lo que había pintado, experimenté la paz y la tranquilidad que tanto había ansiado, aunque también algo más: alegría.

Anais estaba muy orgullosa de tener una pintora que vivía y trabajaba en su establecimiento. Pese a que había sido un cuadro de Paul el que tanto la había impresionado, no se quedó menos complacida por los míos. Cuando volví al café con mis tablones de formas extrañas y madera rugosa pintados con mis paisajes y ella se dio cuenta de que tallaba madera de los troncos de los árboles para tener un lugar en el que pintar, me mostró dónde podía comprar lienzos —los primeros que había visto en la vida— a dos francos cada uno. Colgó los cuadros que acabé de pintar en las paredes del café, y, muy para mi sorpresa y felicidad, los turistas que acudían a Chamonix con dinero de sobra empezaron a comprarlos. Poco después, ya me conocían como la artista de Chamonix, lo cual parecía ser algo bastante importante en aquel lugar, donde todo el mundo compartía un entusiasmo curioso con respecto al arte.

Lo segundo que ocurrió e hizo que me quedara en Chamonix fue que descubrí el motivo por el que Anais me parecía tan vaga. Un día, ella estaba barriendo el suelo del café cuando se agachó para limpiar la montañita de polvo y colillas con un recogedor y se le saltaron dos botones a la vez de la parte delantera de su vestido. Se puso tan roja que se le dejaron de ver las pecas y dirigió la mirada deprisa hacia la mesa del rincón en la que estaba su padre, pero este estaba meneando la cabeza y haciendo unos gestos para desestimar el fuerte argumento del hombre que tenía frente a él y no se había dado cuenta. Avergonzada y tratando de ocultar la gran abertura de su vestido, Anais me suplicó que me quedara vigilando el café y corrió a la planta de arriba para cambiarse. Pasó algún tiempo y no volvió a bajar, por lo que subí a ver si estaba bien. Estaba en su habitación y rebuscaba con prisa entre sus vestidos —al parecer, todos los que tenía—, los cuales estaban tirados por la cama.

—Ninguno me va bien ya —dijo entre lágrimas, antes de dejarse caer sobre la cama.

Me quedé de pie en la puerta, sin saber muy bien qué decir.

—Ninguno me queda bien aquí. —Se llevó las manos al estómago—. ¿Qué voy a hacer?

—¿Quieres probarte alguno de los míos? —le pregunté.

Posó sus ojos rojos y llorosos en mí y soltó una carcajada llena de amargura.

—Los tuyos no me irán bien, y, aunque sí me fueran, me volvería a pasar lo mismo en un par de semanas.

—Anais —le dije, insegura, pues no sabía cómo abordar el tema, cómo formularle una pregunta que parecía imposible de formular—. ¿Estás...? O sea, ¿estás...?

—Sí —dijo con amargura, con la vista clavada en el techo desde donde se había tumbado—. Sí que lo estoy.

Entré en la habitación y me senté en el borde de la cama. Había pasado mucho tiempo desde la última vez que había tenido una amiga, por lo que no estaba segura de lo que debía decir ni hacer. Pese a que se tapó los ojos con un brazo, vi que le caían las lágrimas por un lado de la cara.

—¿Puedes decirme...?

Negó con la cabeza una y otra vez, y el brazo que la tapaba se movió también.

—No me preguntes de quién es, Anna. No puedo decirlo. Fue un error estúpido y horrible, y él es un hombre casado y con hijos. No le haría ningún bien a nadie que se supiera.

Se produjo un silencio en el que me mordí el interior de la mejilla, pensativa.

—Sin importar lo que pase, Anais —le dije en voz baja, casi en un susurro—, estaré aquí contigo. Si necesitas algo, yo me encargo. Lo que sea. Has sido una muy buena amiga. Nunca imaginé que podría llegar a tener una amiga así.

Anais rodó en mi dirección, apoyó la cabeza en mi regazo y me dio un apretón en las piernas en un abrazo de posición extraña. Durante unos minutos, le acaricié su bonito cabello rubio rosado hasta que se incorporó, se secó las lágrimas de los ojos y se puso de pie.

—He estado evitando llevar esto —dijo, y levantó un delantal corto que cubría una silla— porque llama la atención hacia el vientre, aunque supongo que, a estas alturas, tengo que decidir entre eso y que se me salten todos los botones y que todo el mundo me vea la faja.

Le até el delantal a la cintura de forma holgada, y nos quedamos mirando nuestros reflejos en el espejo: dos pelirrojas, una más rubia y otra más morena.

—No noto nada al mirarte —dije, ladeando la cabeza.

—Ah, dale tiempo —repuso, antes de tomar el bote de colorete de su tocador y ponerse un poco en sus pálidas mejillas.

En Chamonix, las semanas transcurrían con un ritmo tranquilo y constante de hacer la colada y lavar platos, de hacer camas y servir botellas de vino en copas. Estudié los rostros de todos los clientes varones para tratar de averiguar cuál de ellos podía haber dejado embarazada a Anais, pero había demasiados candidatos. Anais era inteligente, vivaracha y guapa, por lo que a todos los hombres les gustaba flirtear con ella y parecían incluso disfrutar de sus ocurrencias irónicas cuando se burlaba de ellos y los reñía con un brillo travieso en los ojos y una carcajada que resonaba como si de una campana se tratase. También le vigilé el vientre, aunque todavía era demasiado pronto. Los botones que se habían saltado de su vestido probablemente se debían a su repentino antojo de *pots de crème* más que a otra cosa, y, además, había empezado a llevar un delantal completo bastante holgado, bajo el cual no era posible detectar muchas cosas. Tras varias semanas, empezó a estar mejor. Recobró su energía y trabajaba casi tanto como yo sin quejarse, por lo que, a juzgar por su vigor, nadie habría dicho que estaba embarazada. Aun así, llegó un día en el que decidió que era el momento de contárselo a su padre.

—Se enterará tarde o temprano —dijo Anais con determinación—. Y prefiero que sea él a quien le sorprenda cuando pase eso, y no a mí.

—¿Cómo crees que se lo tomará? —le pregunté.

Anais suspiró y alzó una de sus cejas en una expresión casi de desafío altivo.

—Pobrecito viejo. De todos los hombres que me quieren, y hay muchos hombres que me quieren, eso está claro, ¿no? —dijo con una sonrisa irónica—, mi padre es el que más me quiere. Lo aceptará. Gritará y maldecirá, claro, pero lo aceptará.

Tenía razón. Tanto los clientes del café como yo oímos unos gritos indescifrables que resonaron entre las paredes de la planta de arriba, los golpes secos de los pisotones agitados y el de una puerta al cerrarse de pronto. Les llevé a los clientes sus delicadas tazas de expreso y sus terrones de azúcar dispuestos en cucharitas diminutas, entre sonrisas y haciendo como si no hubiera oído nada ni supiera qué había ocurrido. Tras un rato, se produjeron unos pasos en las escaleras, y Anais apareció al final de ellas con la misma ceja arqueada desafiante que retaba a cualquiera a hacerle alguna pregunta. Se dispuso a lavar platos, con sus sonrisas y sus bromas de siempre, y, unos momentos más tarde, el propio Monsieur Chambrun bajó por las escaleras poco a poco, con un aspecto malhumorado, aunque con la compostura recobrada con gran esfuerzo. Cuadró los hombros y cruzó el café. Cuando pasó por mi lado, en la barra, me dedicó una mirada seria.

—¿Tú lo sabías? —gruñó entre dientes.

Me limité a cerrar la boca y a bajar la mirada, pero él ya había avanzado hacia su lugar en el rincón, pues no le interesaba mi respuesta. Sin embargo, cuando pasó por al lado de su hija, que estaba recogiendo una pila de platos diminutos y tazas de una mesa sucia, estiró una mano en su dirección. Sin mirarla ni decirle nada, le dio un pequeño apretón en el codo y una palmadita antes de seguir con su camino, con un argumento para sus compañeros ya formado en su garganta.

CAPÍTULO VEINTIOCHO

Los niños regresan. Ramona se ha cortado el pelo y lleva un adorable corte a tazón con flequillo. Thomas ha terminado de leer *La Ciudad Esmeralda de Oz*, y, cuando le coloco el siguiente volumen en las manos, *La muñeca de trapo de Oz,* su expresión bien podría ser la de un joven rey Arturo al sacar a *Excalibur* de la piedra. Según me cuentan, Octavio se cayó de un quad de juguete y aterrizó de cara, por lo que ha vuelto a clase con costras en la punta de la nariz y un diente gris que me dicen que podría caerse en cualquier momento. El resto de los niños están todos iguales, maravillosos y perfectos, salvo por el par de centímetros que han crecido entre todos en tan solo una semana. Al estar con ellos, me animo de inmediato. La semana pasada ha sido todo un infierno. Me sentí tensa y retorcida, exprimida y desolada, pero el regreso de los niños, con su cháchara feliz y su movimiento incesante que vuelve a llenar las salas y los pasillos, actúa como un potente bálsamo.

En su ausencia, me dispuse a transformar la casa y los jardines en una escena típica de los cuadros litográficos de Currier & Ives: guirnaldas en cada puerta, velas en cada ventana. Un árbol de tres metros de alto está decorado con campanitas y cintas rojas en el hueco de la escalera de caracol. Cuando los niños llegan a la escuela y ven el árbol, abren mucho los ojos y la boca en unos círculos perfectos.

Pese a que recibí de buena gana la distracción que me proporcionó el decorar todo aquel espacio, también fue un recordatorio poco agradable de las siguientes vacaciones —unas incluso más largas que las anteriores— que se ciernen sobre mí. Las clases se suspenderán otra vez durante unas inimaginables dos semanas y media. Tan solo pensar en ello me deja sin respiración, por lo que lo mejor es no pensar y ya. Mientras tanto, tenemos casas de pan de jengibre que hornear y decorar, ornamentos que fabricar y una función de Navidad (una mezcla de bailes de *El cascanueces*) para la que prepararnos.

Para el final de nuestra clase de pintura de hoy, estoy frustrada por la faja de hambre que me aprieta en la cintura. Los niños están recogiendo sus pinceles sucios y sus paletas llenas de pintura acrílica. Sus estudios de una rosa de Navidad están apoyados en sus caballetes para secarse, y, durante todo ello, se me retuerce el estómago. Tengo la sensación de que el cráneo se me va a partir y que la frente se me va a separar en fragmentos de hueso hasta el centro como una rama seca. Unos pulgares invisibles tratan de atravesarme el cráneo para dejar sus huellas sobre la plastilina de mi lóbulo temporal.

Anoche fui al establo de los Emerson justo para evitar que hoy me pasara esto. Las vacas y yo hemos encontrado un ritmo cómodo. Hay algo muy tranquilizador en el hecho de apoyar la cabeza contra el pellejo cálido de los animales y notar cómo sus costillas se alzan y descienden con cada respiración constante mientras bebo mucho y a buen ritmo; aunque tal vez sea solo una señal de lo bajo que he caído, pues busco que la cercanía de las vacas me reconforte. Pero ¿de qué sirve eso si no impide que me sienta frágil y hambrienta mientras paso el día con los niños? Un hambre voraz me tiene a su merced y me aplasta, un hambre que no he experimentado nunca y que no entiendo —¿por qué estoy así? ¿Qué tengo que hacer para quedar saciada de verdad?—, y todas las soluciones que se me ocurren solo me proporcionan un alivio momentáneo como mucho.

Con sus batas holgadas, los niños se dirigen al gran fregadero para lavar sus pinceles cuando Audrey señala con el dedo, aterrada, hacia la jaula de los pájaros.

—¡Mirad! —exclama.

El resto de los niños se vuelven hacia lo que señala, y Thomas grita:

—¡Mona no está!

Mona, al ser la única hembra, era el pájaro de color más apagado de los tres, la única a la que se podía identificar con facilidad.

—Mona no está.

El grito se produce tanto en forma de pregunta como de afirmación por parte de todos los niños, con tono nervioso y suplicante.

—¿Dónde está Mona? —me pregunta Audrey directamente.

Me pongo a hacer gestos extraños con las manos, las abro y las cierro con una expresión de sorpresa poco convincente.

—Vaya —digo. Entonces dejo caer la mano de donde la tenía en la barbilla y olvido toda intención de no saber nada—. Siento mucho deciros que Mona, bueno, por desgracia... Mona se salió de la jaula cuando la estaba limpiando. Y... se fue volando.

—¿Se fue volando aquí? —pregunta Thomas de forma razonable, y unos cuantos niños alzan la mirada, buscándola entre las vigas del techo con cierta esperanza.

—Eh... no. Saqué la jaula para limpiarla, y se fue volando a los árboles. Fue una mala idea, y no lo voy a volver a hacer. Pero quizá vuelve, o a lo mejor la veis por los árboles. Seguro que está muy contenta por ahí.

Todas las miradas se giran con tristeza hacia los árboles sin hojas que hay al otro lado de las ventanas del conservatorio. Menos los míos, claro.

—Lo siento —me disculpo—. Lo siento mucho. —Y lo digo con más sinceridad de la que se pueden llegar a imaginar.

Practicamos nuestros bailes, pintamos, y los niños hornean galletitas de Navidad con Marnie. He pasado a visitar el establo de los Emerson cuatro noches a la semana, durante las cuales me alimento sin nada de moderación, y todavía tengo la sensación de que me estoy consumiendo. No dejan de asaltarme los pensamientos sobre la sangre. Casi no oigo nada de lo que Marnie o Rina me dicen, pues el estruendo de los latidos de su corazón, el rugido de los ríos que son sus venas y el burbujeo de las cámaras de sus tiernos corazones cuando las válvulas se abren y cierran hacen demasiado ruido.

Un día, Rina sostiene un periódico doblado en mi dirección, pero, por un momento, estoy demasiado distraída al ver los encantadores afluentes azules que le recorren el brazo, se le retuercen por la muñeca y se despliegan por su mano abierta, por lo que me cuesta entender que lo que quiere es que lea una noticia.

—¿No es ese el cementerio al que fuiste con los niños? —me pregunta, lo cual, por suerte, me distrae de sus venas y me hace pensar en lo que me está diciendo—. En aquella excursión de hace algunas semanas.

Y sí que lo es. Un artículo del periódico del lugar informa que alguien entró a robar en el cementerio tan histórico que visitamos por *La Toussaint*. El amable señor Riley, con su cabello gris, incluso aparece en la foto de la noticia, con los brazos cruzados y una expresión de decepción seria. De hecho, hasta puedo ver la foto que nos hizo a los niños y a mí delante de las lápidas iluminadas por la luz de las velas en el tablón que hay detrás de él, pequeña y al fondo.

—Pues sí —respondo—. Pobre señor Riley. ¿Por qué diablos iba alguien a entrar a robar…?

Antes de acabar de pronunciar la frase, la lápida de mi padre se cruza en mis pensamientos. No, no puede haber ninguna relación. Es una coincidencia extraña y nada más.

—¿…en un lugar como ese? —concluyo.

Llega la hora de la siesta, la cual se ha convertido en un tira y afloja diario de una hora de duración en el que me enfrento a las partes más oscuras y hambrientas de mí misma. En la hora en la que mi cuerpo se ha acostumbrado a encontrar un alivio del hambre que lo consume, debe mantenerse ocupado en su lugar con otros menesteres: recoger; dar vueltas; no pensar nunca, jamás, en los siete niños tan vulnerables que están tranquilos, tumbados e inertes en una habitación justo al final del pasillo. En ocasiones, la imagen del ático, manchado de sangre y lleno de pequeñas partes de animales, aparece en mi mente, y, en esos momentos, pensar en todo el daño salvaje que podría hacerles a los niños me llena de un terror sin aliento y unas ansias llenas de pánico de salir corriendo de allí sin decir nada ni avisar a nadie para irme lo más lejos posible, hasta donde el deseo de protegerlos de mi terrorífica hambre me mande.

No ayuda el hecho de que esté tan cansada. He pasado a despertarme varias veces a la semana, manchada de barro, ensangrentada y tan llena de un miedo desesperado que ya no me salen ni lágrimas. He colocado una barricada en la puerta de la habitación, en el pasillo y en la puerta trasera; solo que parece que, si tengo fuerza suficiente para mover algo cuando estoy despierta, también puedo hacerlo dormida. ¿Qué hago durante aquellas noches en las que algo me pide que vaya al exterior? ¿Acaso he llegado a colarme en un cementerio? ¿Me habré colado también en Dios sabe dónde? ¿Y por qué siempre vuelvo con tantas heridas?

Parece que cada clavo en la construcción de mi vida se está soltando de repente, que cada cuerda se está deshilachando. En ocasiones me quedo esperando, tensa, casi deseando oír ese chasquido final que indique que la última cuerda se ha roto y que estoy cayendo en picado.

Todo ello continúa, y los días pasan, y las vacaciones se ciernen sobre mí, grandes y deprimentes, aunque también contienen la esperanza de que entonces tendré tiempo para averiguar qué es lo que me ocurre, para solucionar mis problemas y recobrar el equilibrio. No puedo seguir así, con cada vez más hambre y con el control férreo que ejerzo sobre ella cada vez más débil. Ya he estado en esta situación antes en demasiadas ocasiones y sé cómo acaba. El autocontrol es algo muy débil e insignificante, mientras que el monstruo que albergo en mi interior es poderoso e incansable. ¿Hay alguna esperanza de que mis intentos por subyugarlo surtan efecto? ¿O acaso a los monstruos hay que esconderlos de los inocentes en el interior de profundos laberintos en los que pueden abandonarse a su ira y darse festines?

Dos días en una semana y tres en la siguiente, Katherine me llama y me pregunta si puedo encargarme de Leo por la tarde. En ocasiones es para que puedan acudir a la consejera matrimonial, y otras veces es para ir a citas con el médico o para que Katherine pueda ir al fisioterapeuta por su espalda. Pese a que quizá todo aquello debería echarme atrás, no es así. Se lo agradezco. Incluso si Katherine no me lo agradeciera tanto cada vez que le digo que sí, o si a Leo no se le iluminara el rostro cada vez que me recibe en la puerta, preferiría, y con diferencia, las tardes que comparto con Leo a las que tengo que pasar a solas. Me da miedo mi casa, me dan miedo la oscuridad y el silencio y me dan más miedo aún aquellos estruendos que me hacen subir y bajar por las escaleras y recorrer pasillos oscuros en busca de una alarma demoníaca que ha empezado a sonar debido a una orden inexplicable y que deja de hacerlo también sin motivo; así como los momentos que se producen después, cuando la avalancha del silencio me cae encima y me entierra. Esos instantes resultan tan horribles que no sé qué haría sin las tardes que paso en casa de los Hardman.

En una de esas ocasiones, Katherine me llama llorando, y, cuando llego a su casa, la encuentro en la cocina. Tiene el rostro lleno de rastros de lágrimas y se aferra a una copa de vino en la mesa frente a ella como si aquel frágil objeto pudiera soportar todo su peso. Alza la mirada hacia mí y me dedica una sonrisa muy poco convincente, y ese intento de mostrar alegría parece provocarle nuevas lágrimas, por lo que se lleva un montón de pañuelos a los ojos mientras llora.

—¿Qué pasa, Katherine? —le pregunto tras sentarme al lado opuesto de la mesa, aunque ella no me contesta, y, en su lugar, se pone de pie y se dirige a un armario para sacar otra copa, supongo que para mí, y la coloca sobre la mesa.

A pesar de que Katherine parece confiar mucho en mí, nunca la he visto así. De hecho, hace muchísimo tiempo que no veo a alguien así, tan emocionado y vulnerable. No estoy segura de recordar cómo se es el confidente de alguien, o su amiga, si es que es eso lo que Katherine y yo estamos empezando a ser.

Katherine mueve la cabeza de un lado a otro en lo que puede ser un gesto de incertidumbre ligeramente ebrio.

—Ay, no sé cómo explicarlo bien. Es como si supiera que todo va a salir mal. Lo veía con optimismo y estaba segura de que todo iba a funcionar con el tiempo, pero ahora es como si me estuviera dando cuenta por primera vez de que quizá no sea así y de que es posible que no pueda hacer nada al respecto.

Solloza y se lleva un pañuelo a los ojos una vez más.

—¿Te refieres a tu relación con Dave? —le pregunto, y, desde detrás del pañuelo, asiente.

—Ya no quiere ir a terapia, me lo acaba de decir. Me ha dicho que no funciona y que no piensa perder más tiempo con eso. Parecía tan frío y despreocupado..., como si le diera igual todo.

Me mira y parece avergonzarse de repente.

—Perdona, Collette. Es injusto que te suelte todos mis problemas cuando ya me has ayudado tanto. Pero... no tengo a nadie más con quien pueda hablar de esto.

—No digas tonterías —respondo, por mucho que otra voz en mi cabeza esté de acuerdo con ella; sí que es mucho, y creo que se escapa de mis capacidades—. No tienes por qué disculparte, Katherine. Lo estás pasando muy mal. Si puedo ayudarte, aunque solo sea escuchándote, yo encantada. ¿Te ha dado Dave alguna razón? ¿Te ha dicho por qué no quiere ir?

—No, pero ya lo sé. Metí la pata y le conté a la terapeuta algo que no debería haberle dicho. Dave se puso como loco, me llamó «mentirosa» y se puso a jurarle y perjurarle a la terapeuta que lo que le acababa de decir yo no era cierto. ¡La pobre terapeuta no sabía qué hacer! Nos dedicó toda una charla sobre cómo la terapia solo funciona si ambos bandos son sinceros y sobre que no es su trabajo averiguar quién miente y quién dice la verdad. Me pareció que estaba a punto de pedirnos que nos fuéramos. Fui tan idiota... Debería haber sabido que él iba a reaccionar así. Ahora he echado a perder la única oportunidad que teníamos de mejorar.

—¿Qué es lo que le has contado a la terapeuta que ha hecho que tu marido se enfadase tanto?

—Que me estaba empezando a dar miedo. Por lo que pasó en las escaleras, además de otros incidentes, y porque la otra noche intentó asfixiarme.

—¡¿Cómo?! Que intentó... —Había alzado la voz de sopetón por el susto. Tras recobrar la compostura, echo un vistazo hacia el salón, donde Leo está sentado frente al televisor sin enterarse de nada, y continúo hablando en un tono más cercano a un susurro—. ¿Intentó asfixiarte?

—Bueno, vale —responde, con las manos alzadas para reformular lo que había dicho—. No debería decirlo así, y fue justo eso lo que hizo que se enfadara tanto cuando se lo dije a la terapeuta. Para ser más precisa, debería decir que me tapó la cara con una almohada como si me fuera a asfixiar durante unos cinco segundos o así, aunque luego la apartó, así que no estaba intentando asfixiarme de verdad, pero, bueno, en aquel momento eso no lo sabía. En esos cinco segundos, de verdad pensé que me iba a matar.

—Quién no —repuse con fuerza.

Reflexiono durante unos momentos, con una expresión de desconfianza muy visible en mi rostro.

—Katherine, ¿cómo sabes que no estaba intentando asfixiarte de verdad antes de pensárselo mejor? A ver, siendo sincera, no es la primera vez que te hace daño.

—Me dijo que era broma. Estábamos discutiendo en la cama, y él estaba frustrado conmigo, y fue una «broma» en plan «¡podría matarte ahora mismo!».

Se lleva su copa a la boca.

—Ja, ja —suelta sin emoción alguna, antes de dar un sorbo—. Le dije que tenía que buscarse bromas más graciosas.

—¿Eso fue lo que te pareció de verdad, Katherine? Tú estuviste allí, ¿te pareció que no era nada más que una broma?

—No sé —responde, tras quedarse mirando la nada unos instantes y hacer un mohín pensativo—. A veces me imagino que soy yo quien lo asfixia con la almohada. Ahora incluso —añade con una ligera carcajada—, no me molestaría ver qué cara pondría si yo le gastara una broma como esa.

—Solo que no lo has hecho —le rebato—. Hay una gran diferencia entre imaginarse algo, o incluso querer hacer algo, y hacerlo de verdad.

Acepta mi argumento con un pequeño encogimiento de hombros y se queda mirando el vino de su copa.

—Katherine —empiezo a decir, dudosa—, ¿alguna vez has pensado en marcharte? Fuera una broma o no, lo que me cuentas es muy alarmante. No puedo evitar pensar que la mejor apuesta es tomárselo demasiado en serio y equivocarte que tomártelo a la ligera y equivocarte.

Se queda en silencio durante unos momentos, pensándoselo, y yo reparo en Leo, sentado en el salón. ¿Qué le pasaría a él si Dave le pusiera una almohada a Katherine en la cara y no parase después de cinco segundos? Entonces recuerdo lo que Leo me había dicho en el museo. Había apartado todo ese asunto en mi mente y había preferido achacarlo a tonterías infantiles, a amigos u hermanos imaginarios, pues ya tenía demasiado con lidiar con mis propios problemas, y, además, nunca lograría llegar al fondo de todo aquello por mucho que lo intentara. Leo lo trataba como un secreto muy bien escondido, y ni Katherine ni Dave habían mencionado ni una sola vez haber tenido otro hijo. Tampoco había visto ningún indicio en ninguna parte de que Leo hubiera tenido un hermano. Pero ¿y si lo que Leo me había contado era cierto? ¿Y si de verdad había tenido un hermano, uno del que nadie hablaba y que había muerto «en el agua»? ¿Sería posible que Dave, quien ya había tirado a Katherine y a Leo por las escaleras y había hecho quién sabe qué más hubiera tenido algo que ver con dicha muerte?

Pese a que me sobresalto al darme cuenta de que me estoy adelantando demasiado a los acontecimientos, un poderoso miedo por Leo se alza en mi interior de todos modos. ¿Y si está en peligro? ¿Y si Katherine no es la única por cuya seguridad me debería preocupar?

—Tienes que pensar en Leo también —añado en voz baja—. ¿Qué pasaría con él si a ti te pasara algo malo?

Katherine se muerde el labio, nerviosa.

—No sé —responde con miedo—. Todo lo que tenemos es de Dave. Es él quien trae el pan a casa. Antes tenía una buena carrera como diseñadora, aunque hace años que dejé de trabajar y ahora estoy totalmente perdida con esa industria. Y solo de pensar en ser madre soltera, ahh, da tanto miedo… Además…, sé que es algo desafortunado y seguramente difícil de creer, pero lo quiero. Aunque quizás eso me haga parecer tonta, no creo que Dave sea mala persona. ¿Que tiene fallos? Sí. ¿Que es un poco cabrón? Vale, pero no consigo dejar de creer que podríamos superarlo todo si lo intentáramos de verdad, que podríamos llegar a ser felices. Quizá si probamos con un terapeuta distinto y le prometo que no voy a hablar de nada de eso…

Cierro los ojos, frustrada. Pese a que todo me parece de lo más obvio, es ella quien debe tomar la decisión.

—Me gustaría saber cuál es el verdadero motivo para que ya no quiera ir —dice mientras sirve lo que queda de vino, una media copa, en la mía, la cual todavía no he tocado.

—Pero me has dicho que era porque…

—No me refiero a eso, es que… algo ha cambiado. Ya no le importa. Lo que pasó durante la terapia es solo su excusa para dejar de ir, pero hay algo por encima de eso. Eso es lo que me mata: su frialdad. Creo que tiene una amante. No quiere que nuestra situación mejore porque ya ha encontrado algo mejor. Eso es lo que pasa siempre con los hombres. No es que dejen de preocuparse, es que descubren otra cosa de la que preocuparse.

Ya he pasado del punto de la frustración. Si Dave, además de todo lo demás, tiene una amante y eso todavía no hace que Katherine quiera alejarse de él, parece que nada lo va a conseguir.

—O sea, ¿quién necesita trabajar tanto? —continúa Katherine—. Pasa la noche «en la oficina» como una vez a la semana. Y me acabo de enterar de que hay una analista de investigación nueva, que al parecer lleva trabajando seis meses allí, y por alguna razón nunca me ha hablado de ella. Siempre tiene muchísimo que decir sobre Jim y Tom y el resto de los chicos, pero no me ha soltado ni una sola palabra sobre esa compañera de trabajo.

—Katherine —le digo, decidida a intentarlo una vez más—, sé que será más difícil oírlo de lo que es para mí decirlo, pero tal vez sea mejor así. Te está haciendo daño y te está asustando, y ya le ha hecho lo mismo a Leo. Si lo que quiere ahora es ir a hacerle daño y asustar a otra persona, bueno, a la larga podría ser mejor para ti y para Leo que se marchase.

Me dedica una ligera sonrisa, aunque llena de amargura.

—Seguro que tienes razón —me dice, y le da un último sorbo a la copa de vino hasta acabarla—. Pero, antes de tomar una decisión, tengo que saberlo.

Se pone de pie, un poco inestable.

—¿Saber qué? —le pregunto, inquieta.

—Tengo que saber lo que pasa de verdad. Tengo que saber si me está engañando, no puedo quedarme así. Me volveré loca si no lo sé.

Sale de la cocina, y la sigo hasta la entrada, donde se pone la chaqueta.

—¿A dónde vas? —le pregunto. Camina con cierto bamboleo, con una fluidez de movimientos que hace que me preocupe de que vaya a conducir en semejante estado.

—A ver qué es lo que pasa —dice, mientras se echa el bolso al hombro—. Ha dicho que iba a dormir en la oficina esta noche. Pues bueno, voy a ver si es verdad.

—Katherine, ¿no puedes averiguar lo que quieres saber mañana? ¿No puedes preguntárselo a la cara?

Sea lo que fuere lo que haya planeado, no es una buena idea.

Abre la puerta.

—Si tengo razón y de verdad me está engañando, puedo sorprenderlo esta noche. Estará con ella, seguramente quejándose de la loca de su mujer.

—Katherine, de verdad no…

—Tengo que saber la verdad —dice de nuevo—. A lo mejor entonces puedo hacerte caso y dejarlo.

Y enseguida la puerta se cierra tras ella.

Paso el resto de la tarde distraída, preguntándome cómo estará Katherine y temiendo la respuesta. Leo me hace preguntas que no capto a la primera, por estar demasiado inmersa en mis pensamientos, demasiado ocupada esperando oír una llave en la cerradura, un indicio que me calme y me indique que todo va bien.

A la hora de irse a la cama, Leo se torna silencioso y tiene una expresión triste. Tras ponerle la camiseta del pijama sobre sus brazos estirados y la cabeza, le doy un golpecito en un lado de la barriga y espero oír sus risitas cuando saca la cabeza por el cuello de la camiseta, pero, en su lugar, tiene la barbilla hundida en un gesto triste, y unas lágrimas empiezan a caerle por las mejillas.

—Ay, no —digo—. Leo, ¿qué te pasa, *mon petit*? ¿Te he hecho daño?

Leo niega con la cabeza, aunque sigue llorando.

—Por favor, dime qué te pasa.

Leo agarra a Max la jirafa, que estaba tirado sobre la cama, y se lleva el pelaje nudoso del animal de peluche a los ojos.

—¿Qué pasa, cariño? Cuéntamelo, por favor.

—He esperado todo el día, pero no me han dado nada, ni siquiera velas.

—¿Velas? ¿Qué? —le pregunto, mientras le aparto el cabello con delicadeza del lado de la cara en el que la humedad salada de sus lágrimas le ha pegado unos mechones oscuros a la piel—. ¿Qué es lo que llevas esperando todo el día?

Tras unos segundos, Leo aparta la jirafa de su cara. Tiene los ojos rojos y brillantes por las lágrimas y la pena.

—Un regalo, unas velas, un pastel o algo.

Inspiro hondo y suelto el aliento. No quiero hacerle la pregunta. No quiero enterarme de la respuesta.

—Leo… ¿Hoy es tu cumpleaños?

Asiente, tras lo cual vuelve a hundir la barbilla, y unas nuevas lágrimas se le forman en las comisuras de los ojos.

Podría echarme a llorar. Este precioso y dulce chiquitín ha pasado el día esperando con paciencia que llegara una celebración de cumpleaños que nunca sucede porque sus padres están demasiado metidos en su propio drama personal como para recordarlo.

En su lugar, sonrío tanto como puedo, con toda la felicidad que soy capaz de aunar.

—Leo, ¿cuántos años cumples hoy? ¿Tienes seis años?

Asiente.

—*Sacré bleu!* Es la noticia más maravillosa que me han dado en la vida. No me puedo creer que vaya a tener la oportunidad de celebrar tu sexto cumpleaños contigo.

Leo me mira con una expresión de incertidumbre. Sigue aferrándose a Max con fuerza, aunque ya ha dejado de llorar.

—¡Levántate! ¡No puedes irte a dormir aún! Ven. —Le doy la espalda—. Tu carruaje real te espera para conducirte hasta tu mágica y nocturna celebración de cumpleaños.

Es una farsa de lo más triste, y estoy a punto de echarme a llorar al mismo tiempo que sonrío y exclamo tonterías a su alrededor, pero solo puedo esperar que lo engañe lo suficiente para ponerlo contento. Recuerdo las palabras de Katherine: en algún momento difícil de distinguir, son demasiado mayores como para que los engañemos. A partir de entonces solo empiezan a seguirnos el rollo. ¿Habrá llegado a ese momento esta misma noche? Sea como fuere, tengo que intentarlo.

Se queda de pie sobre su cama durante un momento, mientras se lo piensa, tras lo cual sube sobre mí, con Max colgando por encima de mi hombro, y nos dirigimos al piso de abajo al tiempo que cantamos «Cumpleaños feliz» en voz alta, en inglés y luego en francés, de camino a la mágica y nocturna celebración de cumpleaños que voy a tener que sacarme de la manga como sea.

Unas horas más tarde, Leo está dormido en el sofá junto a mí, donde le ha entrado sueño mientras veíamos *El jorobado de Notre Dame* de Lon Chaney en el canal de películas clásicas. El retrato que le he dibujado y que lo muestra a él con Max —el único regalo que se me ha ocurrido— sigue en sus manos, y un tiramisú a medio comer que había encontrado en la nevera está en la encimera de la cocina, con una vela blanca y alta clavada en el centro. Con suerte, ver todo ello hará que sus padres se acuerden de su cumpleaños, de modo que Leo al menos podrá disfrutar de una celebración tardía y llena de disculpas mañana.

Justo estoy bajando por las escaleras tras haber cargado con Leo hasta su cama cuando Katherine abre la puerta principal. Con un aspecto cansado y derrotado, cuelga su chaqueta y se quita los zapatos con un par de patadas. Yo también estoy agotada. Todo esto me sobrepasa. No estoy acostumbrada a inmiscuirme tanto en las vidas de los demás, y me resulta de lo más abrumador. Ahora mismo ya me da igual dónde ha estado Katherine y qué es lo que ha llegado a descubrir, pues estoy enfadada porque a ella y a Dave se les haya olvidado el cumpleaños de Leo, aunque me alivia ver que ha llegado a casa y que no se ha producido ninguna catástrofe.

Recojo mis cosas para irme. Katherine se ha ido al fregadero de la cocina, donde se ha llenado un vaso de agua, se ha llevado una pastilla a la boca y se la ha tragado con unos grandes y desesperados sorbos de agua. Está molesta y temblorosa, y puedo ver que ha estado llorando, pero ha llegado a casa sana y salva, y no tengo nada que ofrecerle. ¿Cómo he llegado hasta aquí?

—Me voy a casa —le digo desde la puerta de la cocina. Y, a pesar de que sé que no debería, no puedo evitar preguntarle—: ¿Estás bien?

—No estaba ahí —me responde con un tono cómplice y la mirada clavada en el reluciente grifo metálico frente a ella, como si le estuviera hablando a él—. No estaba en su oficina, pero su coche sí.

Hay algo extraño y lánguido en el modo en que habla, en cómo se sostiene del borde del fregadero con una mano. Supongo que ha ido a por algo de beber durante el transcurso de la noche.

—¿Dónde estaba? —continúa—. Esa es la pregunta, ¿no? ¿Dónde estaba? Y ¿con quién? Quizá estaba con *Janelle*. Janelle. Así se llama. Así se llama la compañera de trabajo que es tan insignificante que nunca la ha mencionado a pesar de haber trabajado cerca de ella durante el último medio año.

La amargura en su voz y en su expresión es suficiente para sofocarme por mera proximidad a ella. Debería poder compadecerme. Por mucho que a mí me resulte de lo más fácil abandonar a Dave, pues no siento nada más que desprecio hacia él, Katherine es su mujer y lo sigue queriendo. Ser racional no le es tan fácil como me gustaría que fuera. Lo sé, pero ahora mismo estoy demasiado cansada y harta como para que me importe.

—Es tarde, Katherine. Tienes que dormir un poco. No va a cambiar nada esta noche. Podrás lidiar con todo mejor mañana.

Me mira, aunque tiene la expresión vacía, pues está pensando en otra cosa. Cuando veo que ha dirigido la mirada al tiramisú de la encimera con una vela encima, espero que se acuerde del cumpleaños de Leo y que diga algo, solo que no parece comprenderlo. Vuelve a mirar el fregadero, y después a la oscura ventana sobre él que no muestra nada más que oscuridad y su propio reflejo.

—Espero que no estuvieras guardando ese tiramisú para algo en especial. Es que Leo me ha dicho que acababa de cumplir seis años, así que lo hemos celebrado un poco.

Katherine sigue en silencio y no aparta la mirada de la ventana, pero tiene una expresión más centrada, como si estuviera pensando.

—Qué bonito —dice por fin, y me dedica una sonrisa débil—. Ha sido muy bonito por tu parte.

No se produce ningún devastador momento en el que se dé cuenta, ninguna disculpa agonizante ni promesas para compensárselo a Leo. Por un momento me paro a pensar si me ha escuchado bien

—¿debería repetírselo?—, pero no. Lo he dicho de forma tan clara como he podido. Sé que debería perdonarla, pues estoy presenciando lo que muy probablemente sea el momento en que su vida ha tocado fondo. ¿De verdad quiero añadir la culpabilidad y la vergüenza maternal a su lista de problemas? Y, a pesar de ello, me confunde la ausencia de ella. En ese momento de silencio, algo parece moverse para ocupar el espacio entre nosotras, una especie de niebla, de distancia o de falta de familiaridad. Me ha decepcionado, y yo la he decepcionado a ella de algún modo, aunque ninguna de las dos es capaz de expresar cómo. Ambas somos demasiado mayores como para que nos engañen y estamos demasiado cansadas como para seguirle el rollo a la otra.

La dejo en la cocina oscura. Dejo a Leo en su habitación a oscuras, una planta por encima. Dejo la casa de los Hardman sumida en las sombras, y una parte de mí se pregunta si volveré a estar allí, mientras que otra parte me dice que tal vez no debería volver nunca.

CAPÍTULO VEINTINUEVE

Me llevé un gran alivio cuando el padre de Anais se enteró por fin y cuando pude estar segura de que no la iba a poner de patitas en la calle como podrían haber hecho otros padres. Sí que gruñía y nos fulminaba con la mirada a las dos bastante —parecía que, en la mente del anciano, yo estaba implicada por alguna razón en el crimen de Anais, o tal vez estaba enfadado conmigo porque, cuando me lo había preguntado, le había dicho con total sinceridad que no sabía quién era el padre—, pero también trataba a su hija con suma delicadeza. Solía preguntarle cuándo había comido por última vez, y, si había pasado demasiado tiempo, la obligaba a tomar un descanso y a comer algo. También empezó a ayudar más con las tareas del café, y en ocasiones incluso hacía de camarero para que Anais pudiera darse un respiro.

A pesar de que no me habría gustado admitirlo, también fue todo un alivio el dejar de ser el único hombro sobre el que Anais se podía apoyar. Lo hacía de buena gana, pues lo que le había dicho a Anais era cierto, más aún de lo que había sido capaz de expresar. La quería mucho, y, aun así, la intriga, el drama y la emoción me drenaban, y más aún cuando se sumaba a la presión constante que ya experimentaba por culpa del entorno ruidoso, caótico y lleno de gente en el que trabajaba y vivía. Esperaba con desesperación mis escapadas semanales en las que dejaba toda aquella cacofonía atrás y me dirigía a la tranquilidad del bosque a pintar.

En una de esas salidas, me encontré con una pequeña cabaña abandonada junto a un grupo de almendros. El tejado se hundía en ciertas partes y había un nido de palomas en la chimenea. Me recordaba en cierto modo a la cabaña con tejado de paja de Piroska, por su curva suave y como de anciano, y, nada más verla, ansié que fuera mía. Por la tarde, cuando Anais me preguntó dónde había pintado ese día, le describí el lugar y la casa.

—Ah, sí —dijo, con un brillo travieso en el ojo—. La casa de los Pierret. Sería un lugar muy bueno para ti, Anna.

—¿Qué quieres decir? —pregunté, como si no se me hubiera ocurrido pensar en ello antes.

—No, no, hazme caso —insistió—. Tiene el tamaño apropiado para ti y está donde te gusta ir a pintar. No tendrías que caminar tres kilómetros cada vez que quisieras salir. Y básicamente te has ganado tu independencia como la pintora más ilustre de Chamonix, aunque debo decir que en gran parte es gracias a mí, claro. Además, estoy segura de que podrías comprarla barata, como lleva tanto tiempo ahí vacía…

Dejó el trapo con el que había estado limpiando la barra del bar y se apoyó contra la encimera que tenía detrás, con una mano sobre su vientre, el cual seguía siendo discreto, por mucho que pareciera que siempre se llevaba la mano allí de todos modos.

—¿Por qué no vive nadie ahí? —quise saber.

—El hijo de la familia se hizo mayor y se mudó a Lyon. Cuando los padres murieron, la casa quedó abandonada. Al fin y al cabo, está un poco apartada de todo.

—Pero ¿por qué iba a mudarme? —le pregunté, encogiéndome de hombros y haciendo un gesto para abarcar las paredes de la cafetería y luego para señalarle el vientre a Anais.

—Anna —me dijo con una sonrisa sarcástica—, no es ningún secreto que no te gusta mucho vivir aquí. *Mon Dieu*, te llevas un susto cada vez que alguien cierra la puerta con fuerza. Eres una *artista*, querida. Necesitas espacio, tiempo y tranquilidad, no ruidos de platos y hombres babosos que te molestan todo el día. Lo sé, y estoy segura de que tú también.

—Pero tú… —Miré a mi alrededor, aunque no había demasiados clientes en el café en aquel momento, y ninguno de ellos estaba lo suficientemente cerca como para oír nuestra conversación—. Estás embarazada, Anais. Necesitas que te ayude por aquí. No sé cómo te las arreglabas antes y no me imagino cómo podrías hacerlo todo sin mí y con la barriga hasta aquí.

—Ah, eres un sol —suspiró, y me dio una palmadita en la mano desde el otro lado de la barra—, pero estaré bien. Contrataré a alguna otra chica, a alguna a quien se le dé mejor flirtear que a ti. Te juro que eres la chica más guapa y recatada que he visto nunca. Todos los hombres se han dado por vencidos contigo ya.

Me eché a reír. Tenía razón, y no podía negarlo. La atención que me dedicaban los hombres de la cafetería siempre me hacía sudar y entrar en pánico hasta que encontraba algo con lo que mantenerme ocupada en el lado opuesto de la sala.

—Te seré sincera: como camarera eres un poco *comme ci, comme ça* —continuó Anais, moviendo los hombros a un lado y al otro—, pero eres una pintora magnífica.

No pude hacer otra cosa que sonreír, con la mirada clavada en mis manos, apoyadas sobre la mesa. Agradecía la presencia de Anais y su amistad.

—Y bueno, si ahora se te mete en la cabeza que quieres mudarte a París o que te apetece volver a perderte por el bosque, entonces sí puedes esperar que me ponga seria contigo. Pero si te mudas justo aquí al lado, bah… —Le restó importancia al hecho con un gesto—. Y, cada vez que te sientas sola, puedes pasarte por aquí y ayudarme a lavar la ropa de cama. Eso sí se te da bien.

A la semana siguiente, Anais y yo fuimos a dar un paseo para echarle un vistazo a la casa.

—Pondré un columpio en ese árbol —le dije, señalando hacia el más cercano de los almendros de ramas nudosas—. Y podrás venir con tu hijo o con tu hija…

—Oh, es una nena —me interrumpió Anais con confianza—. Estoy segura. Dicen que las niñas le quitan la belleza a su madre, ¡y mira qué pintas! —Se tiró de las mejillas hacia abajo para que los bordes de sus ojos se hundieran en una expresión cómica—. No he estado guapa desde que esta pequeña huésped se mudó aquí.

—Tonterías —solté—. Estás más guapa que nunca, Anais.

—Bueno —dijo, con una ceja alzada—, sea como fuere, sé que voy a tener una nena. Lo sé, y yo nunca me equivoco.

Me eché a reír.

—Vale, entonces empujaremos a tu hija en el columpio y organizaremos pícnics en el césped, y, cuando se haga mayor, quizá pueda enseñarle a pintar.

—Casi haces que parezca algo maravilloso —me dijo, con una mano sobre el vientre y la otra arriba de los ojos para mirar hacia la cima del Mont Blanc, la cual parecía alzarse casi desde donde estábamos.

—Claro que lo será —dije en voz baja—. Vas a ser una madre maravillosa.

—Creo que tienes razón —dijo, inclinando la barbilla en un gesto de desafío, aunque un instante después pareció volver a encogerse—. Solo tengo que superar la etapa en la que todo el mundo se entere. Habrá un momento, de repente, en el que una sola persona atará cabos, y entonces, *pum*, saldrá todo a la luz. —Movió las manos hacia delante, como si trazara el camino de un viento muy fuerte o de la onda expansiva de una bomba—. Y todo el mundo se enterará al mismo tiempo.

Respiró hondo, llena de incertidumbre, y me miró de reojo, al parecer para buscar que yo la reconfortara en vez de al revés, que es como solía ser.

—Quizá —respondí—, pero tu padre ya lo sabe, y yo también, y los dos estaremos contigo pase lo que pase.

Asintió, apartó la mirada y sorbió ligeramente por la nariz.

—A lo mejor se desata la guerra de verdad como dicen todos y nadie se parará a pensar en el vientre hinchado de una camarera.

Le dediqué una mirada confusa, y ella se echó a reír.

—¿Hitler? —me preguntó, incrédula—. ¿Mussolini? Los fascistas que hay ahí y ahí. —Señaló con el pulgar hacia la parte inferior de la montaña, en dirección a la frontera con Italia, y luego hacia el norte, hacia Austria y Alemania, al otro lado—. De verdad no tienes ni idea, ¿a que sí? Tan dulce e inocente. Ay, los artistas —dijo, riendo una vez más—. ¡Tenéis la cabeza tan en las nubes que os salen arcoíris por el culo!

Me eché a reír también, un poco aliviada por que parte de la ignorancia que había demostrado pudiera atribuirse a ser dulce e inocente.

—Pero bueno —dijo Anais, recobrando su maravillosa altivez—, esa gente me necesita a mí y a mi vino más de lo que yo los necesito a ellos y sus opiniones. Pasarán dos días sobrios y volverán a saludarme con reverencias si hace falta.

—Exacto —asentí—. No hay duda de que tú tienes las de ganar.

Meneó la cabeza para apartar todos esos pensamientos negativos y miró con una sonrisa hacia el pico de la montaña frente a nosotras.

—¡Menudas vistas! —exclamó—. Prácticamente estarás acuñando tus propios francos con todos los paisajes maravillosos que vas a pintar.

—Ya —dije, antes de soltar una carcajada.

—Pero todavía los colgarás en el café, ¿verdad? —me preguntó, tras volver su mirada hacia mí, bajo la sombra de su mano.

—Claro, y tú los venderás por mí, ¿verdad?

—Claro. —Esbozó una sonrisa traviesa en dirección a la montaña—. Por una pequeña comisión.

Alcé la mirada hacia la montaña, incapaz de contener una sonrisa. Recordé a Paul y, por una vez, no aparté el pensamiento de mi mente. Quería que él estuviera allí conmigo. Pensé en lo bien que habríamos podido compartir aquella acogedora cabaña, en lo bien que se le habría dado pintar el Mont Blanc, con sus retorcidos picos blancos, y en cómo él diría que todo aquello —aquella casa; aquella amiga; aquel bonito pueblo, con sus personas amables que compraban mis cuadros— era demasiado. Demasiada bondad.

A mi lado, Anais sacó un cigarrillo de la cajetilla que llevaba en el bolsillo de la chaqueta y lo encendió. Con una mano alzada para protegerse los ojos del sol y soltando una columna de humo blanco a su paso, se abrió paso a pisotones entre la hierba alta y me gritó que la acompañara hasta un edificio externo a la casa que había descubierto tras ella. Aun así, no me moví, pues estaba distraída por el ardor acre del humo de cigarrillo que me había llegado a la nariz y los fuertes latidos que este había provocado sin previo aviso en mi corazón. Me distraje a mí misma apartando todo aquello de mi mente y diciéndome que el humo ya no significaba nada para mí.

Anais mandó a unos cuantos hombres a arreglar la casa para mí; ancianos y holgazanes que no tenían ningún empleo regular. Uno de ellos era Monsieur Seydoux, un hombre que cojeaba un poco, que aprovechaba cualquier trabajo temporal que le pasara por delante y que podría haber sido apuesto —con su cabello oscuro y rizado y ojos azules y brillantes— si hubiera tenido una inclinación más amable, pues era sarcástico y susceptible cuando estaba sobrio y vicioso y malhumorado cuando bebía. Era un cliente regular del café, y muy a menudo clavaba la mirada en Anais o en mí de un modo hambriento con el que parecía estudiarnos y que a mí me ponía de lo más incómoda. Cuando fue a encargarse de los arreglos de la casa, me dedicó el mismo tipo de atención. Se tomaba más descansos de los necesarios para beber algo de agua y fumar en la casa y entablaba conversaciones extrañas conmigo en las que me preguntaba sobre mi amistad con Anais —«Sois muy amigas, ¿no? Las chicas más guapas de Chamonix y, además, uña y carne, ¿verdad?»— mientras yo limpiaba, barría el suelo y le daba la espalda a su mirada intrusiva para tratar de quedarme en la frontera entre la buena educación y la frialdad.

Cuando él y los demás hubieron acabado, les di las gracias con amabilidad, pero más tarde me aseguré de decirle a Anais que no me gustaba cómo me hablaba Monsieur Seydoux y que preferiría evitar pasar tiempo con él en la medida de lo posible. Sabía que él estaba casado y que era el padre de cierto número de hijos, por lo que sus ojos descarados me indignaban.

Pese a que Anais siempre tenía una respuesta ácida para todo, cuando le dije aquello se quedó callada durante un momento, lo cual me sorprendió en ella. Tensó la mandíbula y siguió secando con más fuerza que antes la taza de café de cerámica con un trapo.

—Sí, deberías tener cuidado con ese canalla —me dijo tras el silencio, con los labios apretados por una ira casi sin contener—. No debería habértelo mandado a casa. Es un sinvergüenza y un vago, y las pelirrojas le hacen tilín. Tendría que haberme preguntado por qué ese cojo patizambo estaba tan ansioso por ponerse a trabajar un sábado cuando pasa cada día en el café sin mover un dedo. Monsieur Seydoux no te volverá a molestar. Ya me encargaré yo de que eso no pase.

Me sorprendió la vehemencia de la respuesta de Anais, y, por un segundo, no hice más que mirarla en silencio mientras me preguntaba a qué se debía. Ella notó que la miraba, y, tras unos instantes, vi que tragaba en seco antes de desviar la mirada hacia la derecha.

—¿Puedes recoger esa mesa? Casi he acabado con los platos.

—Ay, sí, perdona —respondí, y me apresuré a hacer lo que me había pedido.

Hacia finales de verano, pude mudarme a mi pequeña cabaña. Por primera vez, tuve animales domésticos de los que alimentarme —dos cabras y tres ovejas—, y, con mucha práctica, conseguí aprender a beber con delicadeza y solo de vez en cuando antes de darles una recompensa a los animales, de modo que todo el proceso se convirtió en algo tan sencillo y rutinario como ordeñar una vaca. Trataba a mis vecinos con educación, aunque guardaba las distancias, precavida. Me ayudaba el hecho de ser la amiga de Anais y de que los demás me conocieran como la artista de la ciudad, pues aquello me permitía tener cierto grado de excentricidad y un poco de libertad respecto de las expectativas que siempre había sobre las mujeres. Mis vecinos conocían mis obras, dado que muchos de ellos incluso habían comprado alguna, y eso les permitía creer que me conocían a mí, por mucho que no fuera cierto.

Durante un tiempo, parecía que mi vida en aquel nuevo hogar iba a ser sencilla y perfecta. Pasaba los días sentada en el campo, frente a mi caballete, y las noches en mi salón, con libros que tomaba prestados de la biblioteca de la ciudad para hacer todo lo posible por ponerme al día con las décadas de historia y literatura que me había perdido. A pesar de que Anais me venía a ver muy de vez en cuando, cada vez que podía escaparse un rato del trabajo, lo más común era que yo fuera a verla a ella y que charláramos mientras continuaba con sus tareas en el café. Había contratado a una nueva chica, Elodie, aunque tal vez se estuviera arrepintiendo de ello. La chica era guapa y animada y sabía hablar con los clientes, pero parecía incapaz de hablar y trabajar al mismo tiempo, por lo que Anais tenía que mandarla a trabajar de nuevo o enviarla a la planta de arriba o a la cocina, donde había menos distracciones. El vientre de Anais no dejaba de crecer, y sabía que estaba preocupada por el día en que su secreto iba a dejar de ser tan secreto. Sin embargo, en un momento dado, de repente, dejó de preocuparse.

Fue un día extraño y surrealista. Algo importante había sucedido, y en las calles la gente estaba apiñada alrededor de periódicos al tiempo que negaban con la cabeza y fumaban con ansias sus cigarrillos antes de lanzar las colillas al suelo con una fuerza llena de amargura. Los titulares hablaban de la invasión de Polonia por parte de Alemania, de un ultimátum que el Reino Unido y Francia habían declarado y que Alemania acababa de transgredir.

Encontré a Anais en el café. Estaba sentada a la barra, encorvada frente a una copa de vino, a pesar de que solo era mediodía. Tenía los codos apoyados en la superficie de la barra y se sostenía la frente con una mano mientras bebía. Si bien tenía la costumbre de saludar a cada cliente que pasaba por la puerta, cuando entré, ni siquiera alzó la mirada. Todo aquello no le pegaba nada, por lo que empecé a asustarme del significado de los titulares del periódico.

—Anais —la llamé tras abrirme paso entre un grupo de hombres que se habían reunido cerca de la puerta para acercarme a la barra—. Anais, ¿qué pasa? ¿Qué está pasando?

Casi ni se giró en mi dirección, y en su rostro había una expresión confusa y llena de amargura.

—Ah, solo es la guerra —dijo, lúgubre, como si eso fuera lo único que podía esperarse de la vida, antes de alzar la copa para dar otro sorbo.

Examiné el perfil de mi amiga, perpleja. Parecía más pálida que nunca, con sus pecas de tono marrón claro resaltando de repente en su nariz, y sus párpados se veían caídos.

—¿Estás bien, Anais?

Dio otro sorbo más para acabarse la copa antes de llevar una mano hacia el cuello de otra botella de vino que se asomaba desde detrás de la parte superior de la barra. Detrás de la barra, donde debería haber estado ella, estaba su padre. Le sacó la botella y, con una mirada tan lúgubre y apesadumbrada como la de Anais, le sirvió el vino a su hija y le dio un apretón en la mano antes de avanzar por detrás de la barra para llenar otra copa.

—¿Qué pasa, Anais? ¿Es por la guerra? ¿La situación pinta mal?

Me dedicó una breve mirada de reojo, y vi que tenía los ojos rojos e hinchados.

—Por mí que los fascistas se lo queden todo —dijo, arrastrando las palabras y enfadada.

Monsieur Chambrun oyó aquella frase provocadora desde un poco más allá en la barra, y él y yo intercambiamos una mirada de preocupación sobre la cabeza de Anais.

—Anais, ¿qué te pasa? —le susurré tras inclinarme más cerca de ella.

—He perdido al bebé —respondió en voz baja, antes de derrumbarse contra mi brazo, con la cabeza en la mano y las lágrimas cayéndole por el rostro.

—Ay, Anais.

Rodeé a mi amiga con el brazo y le apoyé la mejilla sobre la cabeza.

—Ay, Dios, Anais, lo siento mucho. ¿Cuándo? ¿Cuándo ha pasado?

—Ayer. Pasé toda la tarde con dolores, y entonces… —Alzó la copa una vez más, aunque volvió a dejarla sin beber nada— salió. La vi. ¿Te lo imaginas? Tenía el tamaño de una alubia, pero ya le podía ver dónde iba a tener los ojos, el principio de sus brazos y sus piernas. Estaba ahí mismo.

No se me ocurría nada que decirle que pudiera ser apropiado para el momento, por lo que me limité a abrazarla con más fuerza. Detrás de nosotras, el grupo de hombres empezó a hablar en voz más alta, y uno de ellos le dio un golpe a Anais con el codo. Me di la vuelta y vi que era Monsieur Seydoux. No se disculpó. Apenas le dedicó a Anais una mirada de reojo antes de volver a su conversación con los otros hombres.

Anais apretó la mandíbula y se quedó mirando hacia delante, enfadada.

—Es curioso, ¿eh? —dijo, y vi que le temblaba un ojo de la ira—. Que odie más a ese cabrón ahora de lo que lo odié cuando me dejó embarazada.

Volví a echar otro vistazo a Monsieur Seydoux antes de devolver mi atención a Anais, y la mirada dura y sin parpadear que le dedicaba parecía ser a propósito, para no negar lo que veía que yo había sospechado. Se echó atrás para volver a sentarse y se limpió las lágrimas de la cara.

—Supongo que debería alegrarme. Es la solución a todos mis problemas, ¿no?

Bajé la mirada hacia la barra, suave y aceitosa, durante unos momentos.

—¿Era un problema? —le pregunté tras volver a mirarla—. No vi que a ti te lo pareciera.

Se quedó mirando hacia delante, ya sin amargura en la expresión, pues esta había dejado paso a la tristeza, a una mirada distante.

—No —repuso—. Sabía que tenía que estar asustada, solo que no lo estaba. La quería. Quería empujarla en ese columpio.

Con una mano, le aparté la larga cortina que era el bonito cabello rubio fresa de Anais, se lo puse sobre el hombro y lo acaricié.

—Lo sé —dije, inclinando la cabeza para apoyarla sobre la suya—. Yo también quería.

Después de aquello, fui a visitar a Anais más a menudo. Siguió sangrando durante varias semanas, y, durante otras semanas más, siguió con un aspecto demacrado y enfermo. Algunos días, tenía las mejillas sonrosadas, aunque no se debía al colorete, y, cuando no me apartaba la mano, me parecía que su frente estaba demasiado caliente. El café a su alrededor se había sumido en el desorden, con platos sucios apilados y suelos sin barrer. Anais no tenía la fuerza o la voluntad para cargar con todo el trabajo como había hecho siempre, y Elodie y su padre no eran capaces de llenar su vacío. Yo ayudaba siempre que iba, si bien solo bajo la condición de que Anais fuera a la planta de arriba a descansar. Estaba muy preocupada por ella. Perder a un bebé podía provocar infecciones u otros problemas y acabar matando a la madre también, solo que Anais había llegado hasta allí sin que nadie se enterase de que estaba embarazada, por lo que no quería arriesgarse a que todos lo supieran después al ir a ver al médico del pueblo. Le llevé las plantas medicinales que pude encontrar en el bosque —serbal y hierba de san Juan—, pero, más allá de eso, lo único que podía hacer por ella era ayudarle con el trabajo en el café y vigilarla durante los pésimos meses que transcurrieron después, mientras su salud mejoraba un poco y se deterioraba a partes iguales.

Sumida en la preocupación y la intranquilidad, el otoño se transformó en invierno, y el invierno continuó y continuó. Al volver a pasar más tiempo en el café, oí hablar mucho sobre la guerra, aunque todavía me costaba entender lo que decían. Los soviéticos, fueran quienes fueren, habían invadido Finlandia, que quién sabría dónde estaba. Unos barcos alemanes que iban bajo el agua hundían las embarcaciones de mercaderes aliados, y, justo al lado de nosotros, Italia, que se había aliado con Alemania, estaba mostrando su fuerza al reunir a compañías enteras de soldados por toda la frontera, justo por debajo de Chamonix. Y, aun así, los periódicos y muchos de los ciudadanos se referían a la guerra como una «guerra falsa». Francia, según me aseguraron en numerosas ocasiones, contaba con dos barreras impenetrables que nos protegían de Alemania: los densos bosques de Ardenas al norte y las fortificaciones de la Línea Maginot, situadas a lo largo de la frontera de ciento sesenta kilómetros con Alemania, al sureste. E Italia, el enemigo al que podríamos haberle dado con una piedra tras apuntar bien, parecía ser el que menos le preocupaba a todo el mundo: «la pobre perra que no dejaba de ladrar de Europa» era como solían llamar al país, y el monsieur Chambrun solía declarar con cierto placer que «esos italianos no conseguirían escalar el Mont Blanc ni aunque les arrojáramos cuerdas para ayudarlos».

—¡Hitler es un idiota! —exclamaban otros—. Y no tardará en darse cuenta si decide mirar mal a Francia.

No se tardaría en firmar un armisticio, según afirmaban los hombres con cierta confianza, y, sobre todo, resultaba inimaginable que alguna amenaza consiguiera llegar a Francia.

—¡Somos franceses! —declaraban los borrachos, y dicho gentilicio parecía ser un sinónimo de «intocable». Yo era demasiado ignorante y estaba demasiado preocupada por los cambios de salud de Anais como para molestarme en tener una opinión propia, aunque debía admitir que, al mirar por encima de los valles tranquilos que descendían bajo Chamonix o hacia las altas y áridas cimas blancas del Mont Blanc, lo que decían parecía ser cierto. No veía posible imaginar nada más en Chamonix que no fuera una paz y una tranquilidad eternas.

La primavera llegó por fin, y tanto la montaña como Anais parecieron revivir, a pesar de que la alegría del calor y de las nuevas hojas de los árboles y de los apacibles paseos bajo el sol junto con mi amiga se veía aminorada por las noticias constantes de más países que caían ante los alemanes. En abril, fue Dinamarca y luego Noruega. En mayo fue Luxemburgo, y luego los Países Bajos y Bélgica.

En un buen día de setiembre, que parecía ser uno de los últimos días de calor antes del avance del frío otoñal, estaba recogiendo mis suministros para ir a pintar. Hacía tiempo que no salía, y Anais, durante las últimas veces que la había visitado, me había parecido que tenía un mejor color y que estaba más animada de lo que lo había estado en mucho tiempo. Había conocido a unas monjas que se encargaban del orfanato de la ciudad y había ido allí en varias ocasiones para jugar con los niños y leerles. Aquello parecía haberle ido muy bien: a pesar de que no era la chica alegre, llena de carcajadas y sociable que había sido antes, sí que había recobrado una versión tenue y apagada de su antigua sonrisa, y su mirada era más pensativa que vacía y amarga. Por primera vez desde que había perdido al bebé, vi que iba a estar bien, tanto en cuerpo como en alma. Tras haberme quitado de encima el peso de la preocupación, mis pensamientos se habían dirigido con cierta añoranza de vuelta a la pintura. Acababa de echar aceite de semillas de lino de un gran tarro que tenía en un estante hacia un bote más pequeño y portátil cuando alguien me asustó al llamar a la puerta.

La abrí y me encontré a Anais, con el rostro manchado por las lágrimas y una expresión afligida.

—Anais, ¿qué pasa? ¿Ha pasado algo? ¿Estás bien?

—No puedo quedarme mucho tiempo, tengo que volver al café, pero he pensado que deberías saberlo, y sé que no te vas a enterar a menos que te lo cuente yo. —Hizo una pausa para recobrar el aliento, entre jadeos—. Los alemanes están en Francia. Nos han invadido.

Me quedé con la boca abierta y le examiné el rostro a Anais en un intento por comprender todo lo que aquello significaba.

—Ha pasado de verdad —murmuré—. Decían que era imposible.

—Son una panda de idiotas, no debería sorprenderte que se equivocaran —respondió Anais—. Pero eso no es todo lo que he venido a contarte.

—¿Ha pasado algo más?

Anais juntó los labios y miró hacia un lado antes de contestar.

—La profesora ha dejado la escuela. Se ha ido de Chamonix, y es posible que de Francia en sí también.

Confusa, esperé a que Anais continuara. La escuela y el orfanato compartían edificio, de modo que los niños de la ciudad y los huérfanos estudiaban juntos. Anais debía haberse enterado de la marcha de la profesora mediante las monjas, solo que no supe ver qué importancia tenía todo eso ni que podía tener que ver conmigo.

—Es judía. Dicen por ahí que los alemanes están reuniendo a los judíos, que estos desaparecen y nadie vuelve a verlos ni a saber nada de ellos. Algunos dicen que Hitler está intentando librarse de ellos. De *todos* ellos. Las monjas necesitan que alguien acuda a la escuela para ayudar con los niños. El problema es que, con tantos hombres fuera y con todas las mujeres ocupadas con el trabajo de los hombres además de con el suyo, bueno, he pensado en ti.

—¿Yo? ¿Profesora? Pero... si no sé nada de nada. ¿Por qué yo?

—Ahora mismo la formación es lo de menos. No queda ni un solo niño en Europa que esté estudiando la dichosa aritmética. El trabajo sería más que nada vigilarlos y distraerlos. Me encargaría yo, pero estoy demasiado ocupada con el café, claro.

Sacó un cigarrillo del bolsillo y jugueteó con él entre los dedos, aunque no parecía estar lo suficientemente centrada como para intentar encenderlo siquiera. Le quité las cerillas, encendí una y la sostuve en su dirección. Unas líneas finas como ramas delgadas y sin hojas se le formaron en la boca, alrededor del cigarrillo. Si bien estas solían desaparecer cada vez que se apartaba el cigarrillo de la boca, en aquel momento se quedaron, dibujadas de forma ligera. A pesar de que solo la conocía desde hacía un año o así, mi amiga había envejecido, aunque fuera de forma sutil, y yo no. Nunca lo haría. Me pregunté cuánto tiempo más pasaría hasta que Anais se percatara de ello, hasta que lo hicieran los demás.

—Algunos de los niños son judíos —continuó Anais, y me dedicó una mirada cargada de significado—. En el orfanato. A sus padres los han arrestado, han desaparecido o algo peor, y a ellos los han traído aquí para esconderlos. Se supone que nadie debe saberlo, pero te lo digo a ti porque vas a ir a enseñarles y a cuidarlos con las monjas. Eres la única de la ciudad que no tiene nada que hacer en todo el día. ¿Lo harás? Por favor.

En cuanto mencionó a los judíos, pensé en Paul, en cómo se había quedado mirando la hoguera con una expresión seria después de que lo hubieran echado del pueblo a él y a sus «cuadros judíos».

—Soy semita —me había dicho—. Y eso, según parece, es algo terrible.

En aquel entonces no había comprendido del todo lo que me había dicho (y todavía no lo entendía), aunque sí me di cuenta de que era algo más grande de lo que me había imaginado en un principio. No había sido solo una «falta de compasión» como él había afirmado, en algún pueblo por aquí y por allá. Era algo enorme y violento, una bestia colosal y enfurecida que recorría países y continentes enteros con fuertes pisotones de sus pezuñas.

Pensé en los huérfanos de los que Anais me hablaba: niños judíos repudiados y castigados por el mero hecho de ser judíos, tal como le había sucedido a Paul.

—Los niños son tan bonitos, Anna... —dijo Anais, retorciéndose las manos, con una expresión de agonía repentina en el rostro—. Y tienen mucho miedo. Los alemanes les están dando caza, y no tienen a nadie que los proteja salvo a un par de monjas ancianas. ¿Puedes ir con ellos?

Inspiré hondo. Solté el aliento poco a poco.

—Sí —le dije a Anais—. Sí, yo me encargo.

Unos días más tarde, el mismo día que París cayó ante los alemanes, me convertí en la profesora de unos veinte pupilos de distinta edad. La mayoría de los niños de Chamonix habían tenido que despedirse de sus padres y hermanos mayores que se habían marchado a combatir por Francia, pero los niños judíos habían tenido que decirles adiós a todos y a todo. Eran niños preciosos con nombres preciosos que recordaré toda la vida: Jacov, Hadassa, Michiline y Mendel. Eran silenciosos y siempre estaban muy atentos. Dos de ellos no hablaban francés, por lo que tenía que traducirles todo lo que decía al alemán, lo cual desató la furia de algunos de los estudiantes mayores, quienes no habían tardado en aprender de sus padres que debían odiar a todo lo que procediera de Alemania.

—¿Qué hacen unos alemanuchos aquí? —exigió saber Alain Seydoux, uno de los hijos de Monsieur Seydoux—. Los alemanes están asesinando a bebés y a personas que van en silla de ruedas, ¿y se supone que tenemos que ir a clase con ellos?

Los niños más pequeños, y también algunos de los huérfanos, se encogieron de miedo ante el brusco anuncio de un rumor por parte de Alain, el cual yo también había oído antes, y me costó bastante tratar de convencer a los niños de que iban a oír muchos rumores y que no debían asumir que todos eran ciertos, además de explicarles la diferencia entre aquellos huérfanos alemanes y el ejército alemán que recorría Francia con sus tanques.

Fue un primer día agotador, y, más allá de mediar en los conflictos, no tenía ni idea de qué hacer con los niños, por lo que, al principio, compartí con ellos lo que había aprendido de los libros que había leído, o resumía en muchas palabras algunas obras de teatro o novelas; solo que *Hamlet* no resultaba tan entretenida en un resumen como en su versión completa. Los niños estaban nerviosos y agitados y se peleaban cada dos por tres. Busqué un nuevo modo de operar. Cuando acudí a Anais para que me diera algún consejo, ella me dijo: «Tiene que haber algo que sí sepas, Anna. Sea lo que fuere, enséñales eso».

Por tanto, al día siguiente comencé con una lección de dibujo que, muy para mi sorpresa, recibieron con gran entusiasmo. Después de aquello, llevé a los niños a dar un paseo por el bosque, donde les enseñé a distinguir las setas grifola frondosa y políporo escamoso, toronjil y apios y a cómo probar plantas que no conocían para saber si eran comestibles o venenosas. Sabía cómo sobrevivir en el bosque, y se me ocurrió que la supervivencia podía ser una buena habilidad con la que contar en los tiempos que corrían.

Entonces pensé en otra cosa que sabía, el único periodo histórico con el que estaba lo suficientemente familiarizada como para hablar de él ante los niños: la Revolución estadounidense. Les enseñé mediante historias, tal como me habían enseñado a mí, sobre el enfado debido a la Ley de Acuartelamiento y sobre la rebelión del Motín del Té; sobre las carretas de bueyes que habían llenado de cañones para cruzar cientos de kilómetros de terreno en invierno para expulsar a los británicos de Dorchester; sobre las milicias que se habían formado en un abrir y cerrar de ojos a partir de granjeros cojos, sacerdotes de los cuáqueros y esclavos que combatían por su propia libertad además de por la del país en sí; sobre cómo combatieron y derrotaron a una de las mayores fuerzas militares del mundo con poco más que herramientas de granja y rifles, beligerancia y convicción.

Según nos llegaba más información sobre el avance de los alemanes por toda Francia, y, con ella, más rumores sobre su supuesta barbarie y brutalidad, y mientras los niños esperaban recibir noticias de sus padres y hermanos, me di cuenta de que les decía, siempre bajo el disfraz de la historia, cosas para animarlos.

—El ejército más grande —les dije— no es siempre el que gana. Cuando un pueblo lucha por su libertad, por defender a su familia y a su hogar, por cosas a las que quiere y en las que cree, combate con más fuerza de la que debería. Lucha con más convicción de la que nadie podría llegar a predecir, y nadie puede prepararse para ello ni defenderse. Los británicos querían ganar la guerra, y todos los datos indican que debían haberlo hecho, pero los revolucionarios *tenían* que ganar. Todo dependía de ello. Tenían que hacerlo y ya, así que lo hicieron.

Al mismo tiempo que les ofrecía esperanza a los niños, temía hacerlo. Sabía la verdad del mismo modo que Anais: que lo que uno esperaba no era siempre lo que acababa sucediendo, que la oscuridad se solía salir con la suya, que la maldad terrible y la tragedia solían caer sobre quienes menos lo merecían. Era muy probable que sus padres y hermanos fueran a perder la vida. Aun así, de verdad creía lo que les había dicho, que nadie luchaba con mayor convicción que aquellos que lo hacían por defender a quienes querían. Esperaba que al menos pudieran quedarse más tranquilos al saber que sus padres y hermanos estaban combatiendo con fuerza por ellos y que su batalla era muy importante.

Mi prédica pareció ayudar a los niños al desatar una especie de beligerancia en ellos, una fe en su propio poder para luchar por lo que querían, por mucho que solo estuvieran combatiendo contra su propio miedo.

Para cuando llegó el invierno, los alemanes ya se habían adentrado en Lyon y en Grenoble, y unos batallones desperdigados se acercaban más a Chamonix con cada momento que pasaba. Los recursos de los pueblos más cercanos estaban siendo requisados para entregárselos a los alemanes. Se interrumpió el comercio. Solo teníamos los animales que criábamos o los que cazábamos. El café había tenido que recurrir a sus almacenes de vino y lo había tenido que mezclar con agua. Elodie se fue con sus padres y una hermana mayor a Marsella, desde donde se decía que todavía se podía huir de Francia, pero Anais y su padre ya no necesitaban ayuda extra con el negocio, pues las habitaciones del hotel estaban casi todas vacías.

Para ayudar a dar de comer a los huérfanos, sacrifiqué a mis cabras y ovejas, una a una, para darles la carne a las monjas. Cuando me quedé sin animales, comencé una nueva rutina vespertina: iba a ver a Anais al café, me enteraba de las noticias del día y luego salía de caza. Me alimentaba, tras lo cual hacía todo lo posible por llevar de vuelta al pueblo lo que podía para los niños, para Anais y el café.

La primera vez que cargué con un ciervo muerto hasta la puerta trasera del café, Anais me había mirado con una mezcla de asombro y terror.

—Anna, mi queridísima amiga, ¿quién demonios eres?

Anais no sabía nada de sacrificar animales salvajes ni de prepararlos para su consumo. El proceso se le hizo tan difícil y fue tan desastroso (por no hablar de toda la sangre perfectamente buena que se acabó desperdiciando) que, mientras la ayudaba, supe que nunca podría llegar a esperar que las monjas lograran hacerlo, por lo que lo añadí a mi lista de tareas y destiné el edificio externo de mi propiedad a esa parte tediosa y poco placentera.

Durante una de esas noches de caza, me alejé del pueblo más de lo habitual. En las afueras de un pequeño pueblo llamado Coupeau me encontré con un pequeño campamento militar: alrededor de una veintena de tiendas de campaña situadas entre unos pinos iluminados por la luz de la luna.

Podía ver el brillo anaranjado de una hoguera para cocinar, el olor del cerdo y la cebolla al cocinarse (sin duda robados de alguna granja cercana) y la cadencia entrecortada de las conversaciones en alemán. Estaba escondida entre los árboles para echar un vistazo al campamento cuando, unos diez metros a mi derecha, oí el crujir de una ramita.

Me di la vuelta, y, a lo lejos y entre las ramas, mi mirada se encontró con la de un soldado que se acababa de dar la vuelta de un árbol en el que había estado orinando. Dejó la mano paralizada en la bragueta, y por un momento ambos nos quedamos petrificados como estatuas mientras nos mirábamos y pensábamos que hacer. Mi situación no era nada buena. Si bien aquel hombre no me habría supuesto demasiados problemas por sí solo —pues tenía un cuchillo de caza atado en el cinturón que aparté hacia mi espalda para que no lo viera—, todo el campamento lleno de hombres, los cuales estaban a un grito de socorro de distancia y quienes sospechaba que iban a preferir ayudarlo a él antes que a mí, sí que me preocupaban.

Entonces el soldado empezó a caminar en mi dirección.

—*Halloo* —me saludó en voz baja y en alemán mientras me examinaba y se acercaba poco a poco, como si yo fuera un pajarillo al que quería engatusar y capturar antes de que saliera volando—. *Sprechen sie Deutsch?* —me preguntó.

No le contesté, sino que me limité a seguir mirándolo conforme se me acercaba.

—¿Te has perdido, bonita? —continuó en alemán, abriéndose paso entre la rama llena de agujas de un abeto—. ¿Quieres que te ayude a encontrar el camino? ¿Quieres que te ayude a encontrar el camino hacia mi tienda?

No mostré ningún indicio de haberlo entendido y dejé que continuara acercándose. Lo mejor era hacer ver que era vulnerable, que estaba asustada.

Cuando por fin estuvo casi tan cerca como para agarrarme del brazo, esbozó la sonrisa satisfecha típica de un hombre a punto de sentarse a darse un festín y empezó a apartar el rifle que llevaba cruzado en el pecho.

—Debo ser el tipo con más suerte de toda Francia.

—*Juden!* —siseé de repente.

Ante la palabra inesperada y el sonido de mi alemán, el hombre volvió a poner una expresión de sobresalto.

—*Es verstecken sich Juden* —dije. «Hay judíos escondidos».

Por un instante, solo se me quedó mirando, confundido, mientras el cerebro se le recalibraba hacia una situación que ya no era lo que había pensado en un principio.

—¿Los estás buscando? Conozco a algunos —continué—. Sé dónde están, pero tienes que venir conmigo ya. No podemos esperar. Si tardamos mucho, se irán.

—¿Judíos? —repitió el soldado, con una mirada que era una mezcla de sospecha, hambre y diversión.

—Están por aquí —dije, señalando hacia el interior del bosque.

Se lo pensó por un momento mientras echaba un vistazo en dirección a su propio campamento, y fui capaz de leerle en el rostro los cálculos que estaba haciendo mentalmente. Fuera como fuere, hubiera judíos de verdad o no, le gustaba la idea de que nos alejáramos del campamento, donde nadie nos oiría ni nos molestaría. Y a mí también.

—Sí —dijo finalmente—. Vale. Llévame hasta allí.

—Por aquí —contesté, y salí corriendo entre los árboles.

—¡Eh! —dijo en un grito ahogado—. ¡No tan deprisa!

Empezó a correr detrás de mí, y su uniforme y su equipamiento traqueteaban y siseaban. Me escondí detrás de un árbol, y, cuando pasó por mi lado, lo agarré por detrás y le corté la garganta tan deprisa que no pudo soltar ni el más ínfimo de los gritos, sino que cayó hacia delante, hacia la nieve, como una de aquellas tiendas de campaña militares si les hubieran arrancado los postes de repente.

Entre jadeos y con las extremidades temblorosas, miré al hombre sobre la nieve, donde se había quedado tumbado y sangrando. Busqué el miedo o el remordimiento que había esperado sentir, pero no lo encontré. Aquel hombre odiaba a Paul, a mis niños, quería encontrarlos, quería arrebatárselo todo y matarlos. Aquel hombre bien habría podido atar a Vano y a Piroska a una silla si sus camaradas lo hubieran conducido hasta allí. Si se lo hubieran ordenado, podría haber encendido una cerilla para verlos arder.

Me encorvé sobre él en la nieve, como un lobo sobre un animal muerto, y lo drené allí mismo. Si hubiera sido un lobo, habría soltado un aullido largo y lento hacia la luna y hacia todos los seres despreciables que vivían bajo ella y que debían haberme temido. Cuando acabé, le quité cualquier suministro de valor y lo dejé tal como estaba.

¿Había llegado a formar un plan en algún momento? ¿Había llegado un momento en el que había tomado la decisión deliberada de proteger a los niños de quienes cuidaba al dedicar mis noches a dar caza a quienes querían cazarlos a ellos? Creo que no. Me limité a seguir una sensación: la calma tranquila que experimentaba cuando bajaba la mirada y veía a un soldado alemán menos sobre la faz de la Tierra. Y, cada vez que los niños parecían tener miedo; cada vez que los periódicos nos traían noticias del avance de los alemanes, sobre alguna victoria enemiga o derrota aliada, alguna nueva regulación o mandato para que entregáramos a los judíos, salía de noche y trataba de calmar el miedo de los niños y el mío propio, el cual fue nuevo, rápido y cálido una vez que tuve algo en juego en el combate, algo que me importaba.

Y sí que me calmaba, el derribarlos, apuñalarlos, asfixiarlos y verlos caer de rodillas, como en una plegaria confusa, mientras contemplaba cómo la sangre salpicaba la nieve. Ehru se alzó como un fantasma que cazaba junto a mí y volví a notar nuestro compañerismo, o más bien mi deseo de ser más como él: brutal, despiadada, probablemente loca. Tal vez solo es cierto tipo de soldado el que experimenta una calma potente y similar a la de una droga con el acto de matar a alguien, pero entonces descubrí que yo era ese tipo de soldado. Me proporcionaba una sensación de poder infinito, como si pudiera asesinar y alimentarme de todo el ejército alemán, mientras protegía a todo lo que me importaba detrás de mi falda.

Con orgullo y llena de placer, escuchaba desde las sombras mientras los *soldaten* fumaban juntos bajo las estrellas y susurraban entre ellos sobre la idea de desertar, sobre una celda de resistencia francesa, saboteadores entre sus propias filas o lo que algunos de ellos habían empezado a llamar la *Nacht Bestie*: un monstruo inhumano, una bestia o un espectro que los cazaba con paciencia y que dormía entre sus huesos en alguna madriguera fétida.

Nacht Bestie. Debo confesar que siempre me ha gustado ese nombre.

CAPÍTULO TREINTA

Pasa casi una semana entera en la que no recibo ninguna llamada por parte de Katherine. Por alguna razón, no me sorprende.

En ocasiones es Dave, cortante y sin expresión, quien deja a Leo en la escuela o va a recogerlo (a tiempo, lo cual sí que resulta una novedad), aunque la mayoría de las veces lo hace Katherine. Cuando lo hace ella, siempre llegan tarde, y en ocasiones muy tarde. A la hora de venir a buscar a Leo, se muestra cálida e informal conmigo, pero no me habla de nada personal. Es como si nunca nos hubiéramos conocido ni hubiéramos mantenido ninguna conversación más allá de lo superficial. Me pregunto si ella y Dave habrán arreglado sus problemas. Quizá mi sugerencia de que lo dejara fue una transgresión imperdonable, o tal vez ella estaba más avergonzada de lo que me había dejado ver por haberse olvidado del cumpleaños de Leo. En todo caso, seguramente será mejor así. Pese a que extraño las tardes que pasaba con Leo —las que paso en casa siguen siendo igual de insoportables—, no echo nada de menos el quebradero de cabeza que era ser la confidente de su madre. Estoy más que contenta con nuestra relación superficial.

En lugar de ir a casa de los Hardman, una tarde salgo camino al cementerio para ir a ver al señor Riley. Quiero quedarme tranquila al cerciorarme de que yo no tuve nada que ver con el robo. Cuando llego, el señor Riley, con un gorro de punto y unos guantes gruesos, está echando abono en la base de los rosales que ha envuelto con arpillera para el invierno. Los robles han perdido todas las hojas, por lo que el cementerio ya no está sumido en las sombras del arco que formaban los árboles. Ahora se asemeja más a un tapiz tejido con la textura marrón de las plantas marchitas y de las ramas sin hojas, todo bajo la tenue luz del invierno.

El señor Riley me sonríe nada más verme, aunque me doy cuenta de inmediato de que no se va a cumplir mi deseo: no me libraré de estar involucrada en lo que sucedió aquí. Tiene algo que quiere decirme, a mí en particular.

—Buenos días —me saluda mientras me acerco a él—. Me alegro mucho de verte, querida, pero debo decir que te saludo con cierta pena hoy.

Extiende su mano con guante para estrechar la mía cuando me acerco lo suficiente, y le devuelvo el gesto.

—Tengo malas noticias. *Muy* malas noticias.

—Creo que ya sé de qué me habla —le digo—. Lo vi en el periódico la semana pasada.

—Pero solo tú, querida, serás capaz de comprender la verdadera tragedia de lo que pasó. ¿Recuerdas aquella piedra que te mostré? Aquella lápida pequeña, extraña y de poco valor que te expliqué que pensaba que era obra de un maestro artesano y de un aprendiz.

—Sí —respondí, y me preparé para lo que sabía que estaba a punto de decirme.

—Estábamos justo ahí —continuó, señalando de forma abstracta en dirección al centro de visitantes— y nos pusimos a hablar de ella. Mi artefacto favorito, ya lo sabes tú bien.

—¿La robaron?

—Sí, y eso fue lo único que se llevaron.

Pongo una expresión de profundo arrepentimiento porque de verdad siento un profundo arrepentimiento. El señor Riley, quien cree que solo me estoy compadeciendo por lo ocurrido, me da una palmadita en el hombro.

—Me alegro mucho de que hayas venido —me dice—. Eres la única capaz de entenderlo de verdad.

—Me ha dicho que solo se llevaron eso. ¿Causaron algún otro daño a la propiedad? ¿Rompieron algo al entrar?

—No, no rompieron nada. No soy demasiado meticuloso a la hora de cerrar. Suelo hacerlo, solo que a veces se me pasa, y bueno, no me preocupa demasiado. Estamos muy lejos de todo, y nunca he tenido ningún problema antes, aunque supongo que esta vez la puerta no estaba cerrada, porque cuando llegué la vi moverse por el viento. Aun así, supe que algo había pasado nada más llegar, porque hay una pequeña estatua en la parte delantera, un querubín justo al lado del aparcamiento, y estaba tirado en el suelo, partido en dos, como si alguien le hubiera dado con el coche. No había estado así el día anterior.

Pensé en la abolladura del parachoques delantero de mi coche y en el faro resquebrajado justo al lado; en la altura y en el ancho. Sí, es el daño que cabría esperar tras haber chocado contra una estatua de medio metro de altura.

—Supongo que debería dar las gracias porque no perdiéramos nada más que eso. Pero me ha afectado. Me ha afectado que haya alguien capaz de hacer eso, y ¿para qué? No consigo encontrarle sentido.

—Sí, es tan raro como triste. Una vez más, lo siento mucho.

Ambos nos quedamos mirando el terreno en silencio durante unos momentos, un breve acto de duelo compartido.

—Bueno —digo finalmente—. He... he venido porque quisiera ayudarle, si me lo permite. Me gustaría pagar cualquier reparación que tenga que hacer por lo que sucedió. Me encantaría reemplazar esa estatua del querubín que me comenta para empezar, o, si así le es más fácil, puedo hacerle una donación para que la use como crea conveniente. Lo que usted prefiera. Disfrutamos mucho de nuestra visita aquí cuando vine con los niños, y, después de enterarme de lo que había pasado, me quedé más triste de lo que soy capaz de expresar.

—Ay, por Dios, eres muy amable —exclama el señor Riley, antes de tomar mi mano con guante con la suya y darme unas palmaditas como si fuera una niña que se ha comportado muy bien—. De verdad que sí. Mira por dónde, primero mi fe en la humanidad se lleva un duro golpe, y aquí estás ahora para restaurarla como si nada. Que Dios te bendiga, querida. Que Dios te bendiga.

De camino al coche, pienso que la fe en la humanidad del señor Riley ha vuelto a la normalidad, sí, pero ¿y mi fe en mí misma? Y la piedra, la lápida de mi padre... Si de verdad fui yo quien se la llevó, ¿dónde está? ¿Qué he hecho con ella?

El señor Riley y el robo en el cementerio vuelven a pasárseme por la cabeza cuando, dos noches más tarde, estoy de vuelta en el establo de los Emerson. Para robar. Para hacer exactamente lo mismo por lo que acababa de expresar el gran arrepentimiento que de verdad sentía. Me cuelo en las propiedades de mis amigos, robo a las personas amables que no sospechan de mí... Parece que en ocasiones la virtud es una especie de lujo que, por mucho que quiera, no dispongo de los recursos necesarios para poseer. En su lugar, lo que me toca es combatir contra lo bajo que estoy dispuesta a caer.

Con mi hambre saciada, recojo mis cosas y salgo, tras lo cual vuelvo a cerrar la puerta en silencio y paso por delante de la casa de los Emerson, a oscuras y en silencio, para dirigirme a su campo y, más allá de ella, a mi propiedad. Unos cuantos minutos más tarde ya estoy de camino a casa, a través de la larga extensión de árboles, cuando un olor me llega de repente y hace que me detenga. Ya debe pasar de la medianoche, por lo que es demasiado tarde como para que haya alguien quemando hojas o disfrutando de una hoguera, pero, aun así, ahí está, intenso en el viento: humo.

A pesar de que no quiero que así sea, todo me vuelve a la mente (pues los olores son así de poderosos): Vano temblando y sudando, el rostro del río, los ruidos del bosque más allá del círculo de la luz de la hoguera, la ceniza que cae, y, a través de todo ello, como un trasfondo, el último aroma chamuscado y el sonido de unos aleteos invisibles de las llamas que golpean el aire. ¿Por qué me viene todo eso a la mente ahora? Había pasado tantos años de silencio, tantos años sin ningún suceso inexplicable, que había estado segura, y muy agradecida por ello, de que no habían sido más que tonterías desde el principio. Sí, lo recordaba todo con tanta claridad como cualquier otra cosa, y en aquel entonces lo había creído, aunque esa no es la palabra más apropiada, a menos que uno dijera que «cree» a sus sentidos durante cada minuto de su vida. Lo había experimentado, del mismo modo que ahora mismo lo vuelvo a experimentar, solo que no quiero. Quiero creer que la chica que fui en otros tiempos era impresionable y que tenía una gran imaginación, pero ¿qué dice eso de la mujer que soy ahora? La mujer que vive con miedo en cada momento, que va de habitación en habitación en su propia casa para desactivar las alarmas de incendio en vano, que ve atisbos de cenizas que flotan en el aire y que huele humo donde no lo hay. ¿Cómo puedo desacreditarla a ella?

Sigo caminando y trato de no hacer caso al olor, el cual cada vez es más fuerte, con la esperanza de que se acabe disipando, aunque no lo hace. Oigo el sonido de algo moverse entre los árboles a mi izquierda. Enciendo la linterna y apunto en dirección al sonido. Me digo a mí misma que no es nada. No es nada. Es el viento. Una ardilla. Una rama se rompe, y dirijo el haz de luz de la linterna en esa dirección, pero no veo ningún movimiento, ninguna silueta encorvada tallada del carbón que me observe desde detrás de un tronco. Sin embargo, en el amarillento círculo de luz, en la base de un fresno, hay un solo guante de color vino: uno de mis guantes, de los que me había puesto con la esperanza de prevenir mis heridas durante mis aventuras nocturnas. ¿Qué hace aquí? Y la pregunta más importante todavía ¿qué estaba haciendo yo aquí cuando se me cayó?

Busco en derredor durante varios minutos y apunto la linterna a un lado y a otro, sobre montañas de hojas y hacia los matorrales y el recodo que forma un pino encorvado como un anciano artrítico, en busca del otro guante o de cualquier prueba que pueda indicarme qué hago durante mis actividades nocturnas. No encuentro nada.

Durante varios días seguidos, solo es Katherine quien deja a Leo en la escuela y quien viene a recogerlo. En uno de esos días, me lleva a un lado para hablar conmigo.

—Ya está hecho —me dice de forma significativa—. Le he pedido que se fuera.

La inesperada información íntima y los exilios inexplicables de Katherine me marean como si fuera un yoyó.

—Katherine, no sé qué decirte. Si crees que es la mejor decisión para ti y para Leo, entonces me alegro mucho —le respondo con diplomacia—. ¿Ha accedido a irse?

—Sí, ya se ha ido. Le pedí que se fuera el miércoles, y desde entonces ha estado en un hotel.

—Y... ¿cómo estás tú?

—Asustada. Espero no acabar cambiando de parecer. Conoce muy bien mis puntos flacos y me lanza de un lado para otro emocionalmente.

En un momento parece que solo tiene ganas de irse y al siguiente me da la mano y me dice que podemos superarlo. Sabe lo que tiene que decir para hacer que yo dude de mí misma y que vuelva a dejarlo entrar a casa.

—Eres más fuerte de lo que crees, Katherine. No cambiarás de opinión si eso es lo que necesitas hacer.

—Sigue diciéndome eso, por favor, lo voy a necesitar. La verdad es que no tengo demasiada práctica viviendo sola. Conocí a Dave dos días después de haberme separado de mi ex, con quien llevaba años. Me solía decir a mí misma que había sido pura casualidad, pero ahora ya no sé qué pensar.

—¿Cuál es el siguiente paso para ti, entonces?

—Ah, declarar el divorcio, abogados, dividir los bienes, todos esos procesos horribles y despiadados. De hecho, me preguntaba si podrías encargarte de Leo en algún momento del fin de semana para que podamos ir a hablar con los abogados.

Vacilo y trato de pensar en alguna excusa o algún modo de negarme.

—No deberíamos tardar demasiado. Y si la entrevista que tengo con una canguro potencial la semana que viene sale bien, podría ser la última vez que tenga que molestarte con esto. Leo te ha echado de menos también, no deja de preguntarme cuándo vendrás. Pero yo le digo «cariño, es que no tengo ninguna razón para pedirle a la señorita Collette que venga, y no puedo pedirle que venga a cuidar de ti sin ninguna razón».

Echo un vistazo en dirección a Leo, quien está sentado en el guardarropa junto a Thomas, pues ambos se están poniendo sus zapatos para salir. Una última vez sí que estaría bien.

—Vale —respondo—. Sí, ningún problema. ¿Se lo has dicho? ¿Le has contado a Leo lo que ha pasado?

—No le he dicho la verdad, todavía no. Le he dicho que Dave ha estado de viaje por trabajo. Quiero que todo esté finalizado antes de decírselo de forma oficial. Por lo que pueda pasar. Aunque no sé qué es lo que podría pasar —dice con una carcajada—. Que por un milagro de la vida Dave se transforme de la noche a la mañana en un marido ejemplar que quiera quedarse con su mujer y tratarla como a una reina. O como a un puto ser humano normal aunque sea.

Se da cuenta de lo que acaba de decir y se lleva una mano a la boca a modo de disculpa, pero ninguno de los niños está lo suficientemente cerca como para haberla oído.

—Bueno, supongo que no hay prisa —digo—. Parece buena idea intentar pensarlo todo bien antes de hacerlo. Solo dime cuándo debería pasarme por allí. ¿Imagino que el sábado?

Aquel sábado, muy para mi sorpresa, Dave está allí cuando aparco junto a la casa. Su sedán plateado está en la entrada de la casa, y está cargando cajas en el maletero. Me ve aparcar. Si no lo hubiera hecho, podría haberme puesto a dar vueltas por la manzana poco a poco hasta que se hubiera marchado. Con cierto recelo, salgo del coche. Me pregunto si Dave sabrá todo lo que Katherine me ha contado. Imagino que sí. Me pregunto cuán peligroso debería considerarlo. Los hombres en su posición, y con su tendencia hacia la violencia además, suelen actuar de forma un tanto alocada. Puede que Katherine siga pensando que «no es mala persona», pero a mí no me engaña.

—Buenas —me saluda, aunque sin ningún atisbo de amabilidad en su tono ni en su rostro conforme sigue apartando y empujando las cajas de su maletero.

—Buenas tardes —contesto y hago todo lo posible por sonar agradable, como si no supiera lo que está ocurriendo. El perro de los vecinos ha empezado a ladrar como de costumbre. Dave le echa un vistazo.

—¿Qué carajos le pasa a Vlad? —murmura.

Vlad —pienso—. *Ah, sí. El empalador. Qué nombre más adorable para un perro.*

Empiezo a caminar por la entrada de la casa, pero, cuando paso por delante de Dave, extiende un brazo para detenerme.

—Puede que no tenga derecho a decirlo, pero bueno, a estas alturas, qué más da.

Doy un paso atrás, como si me acabara de apuntar con una pistola, y echo un vistazo a mi alrededor, incómoda. De verdad no quiero mantener ninguna conversación seria con él, aunque él continúa de todos modos:

—Veo cómo ella la está engatusando. Siempre está por aquí para cuidar de Leo, y es muy amable por su parte. Me alegro de que Leo pueda contar con usted. Desde luego, es mucho mejor eso a que se quede solo con ella. Pero tengo que advertirle que no es muy buena idea acercarse a esa mujer.

Eso sí me toma desprevenida del todo.

—No tengo ni idea de qué me habla —respondo con un desdén casi sin ocultar, antes de seguir avanzando hacia la puerta principal.

—Vale, vale —dice, y devuelve su atención a la tarea de ordenar cajas en su maletero—. Pero luego no diga que no se lo he advertido. Lo he visto muchas veces, y he empezado a sentirme como un idiota por no avisar a los demás dónde se están metiendo.

No debería hacerle caso, tendría que negarme a escuchar lo que me quería decir y seguir hacia la casa. Es lo que Katherine querría que hiciera, lo que yo, si estuviera en su lugar, querría que una amiga hiciera. Aun así, no me puedo resistir a la tentación.

—¿Qué es lo que ha visto muchas veces? —le pregunto, con un tono que deja bastante claro que lo más probable es que no me vaya a creer lo que sea que quiera decirme.

Suelta un suspiro y aprieta la mandíbula.

—Engatusar a los demás, utilizarlos y luego volverse en su contra. Deshacerse de ellos. Ahora le toca a usted porque ya ha terminado de hacérselo a nuestra canguro.

—A Valeria la despidió por haber robado.

Dave suelta un resoplido lleno de desdén.

—Valeria no nos robó nada. Valeria era una santa, pero tuvo la mala suerte de presenciar una de las pataletas de Katherine, la vio tirarme un puto cuenco a la cabeza, así que tuvo que despedirla. Es por eso que usted está aquí ahora, y seguro que le sale más a cuenta y todo. ¿Acaso le paga algo? ¿Aunque sea un poco?

Indignada y un poco avergonzada por que Dave hubiera acertado al decir que no cobraba nada, busco alguna respuesta, algo que decirle que demuestre que es un mentiroso, tal como sé, pero lo único que me viene a la cabeza es el cuenco roto que vi en la basura en ese tiempo en el que Valeria había dejado de ir a recoger a Leo de la escuela.

—Todo lo que sale de su boca es mentira —continúa antes de que yo pueda formular un argumento—. Da igual si es algo importante o no. No sabe hablar sin mentir. Es así como consigue lo que quiere de los demás. ¿De verdad no se ha dado cuenta?

—¿Y qué pasa con Leo? —pregunto tras recobrar el equilibrio en la conversación, feroz de repente—. ¿Leo es un mentiroso también? Porque fue él, y no Katherine, quien me contó que usted los había empujado por las escaleras y que fue así como se hizo daño en la cabeza.

—¿Leo dijo que yo los empujé? —Me dedica una mirada llena de escepticismo—. No. No me lo creo.

—Me dijo que Katherine lo tenía en brazos y que usted estaba enfadado, que se estaban peleando y que intentaba quitárselo a ella, y así fue como acabaron cayendo por las escaleras.

—Bueno, eso sí que es cierto. ¿Sabe por qué nos estábamos peleando? Porque Katherine estaba colocada por los analgésicos, igual —señaló con un dedo acusador en dirección a la casa— que ahora mismo, para que lo sepa. Y, además, estaba borracha y lo estaba cargando por el rellano, y a mí me pareció mala idea. Cuando intenté hacer que lo dejara en el suelo, se puso bravucona, y lo que acabó pasando fue precisamente lo que yo quería evitar al intentar que lo dejara.

—¡Intentó asfixiarla! —le lanzo con cierta desesperación. Estoy transgrediendo todo tipo de confidencia, pero no puedo dejar que gane, que se salga con la suya a través de manipulaciones y mentiras para librarse de lo que sé que ha hecho—. Y, cuando ella se lo contó a la terapeuta, usted la acusó de mentir. ¿Por qué iba a creer nada de lo que me dice?

Con la boca abierta y las cejas alzadas en un gesto de incredulidad, Dave, por un momento, parece asustado de verdad.

—¿Eso le dijo? ¿De verdad le dijo eso?

No respondo, sino que me limito a quedarme ahí plantada, con una expresión dura como el hierro.

Dave cierra los ojos y menea la cabeza.

—Madre mía. Casi sería gracioso si no fuera un delirio tan grande.

—Claro que lo niega —digo—, y, como yo no tengo ningún modo de saber quién de los dos lleva razón…

—Claro, claro —dice, con un gesto para restarle importancia a las hipótesis—. A ver qué le parece esto, entonces. Nunca hemos ido a ningún terapeuta. Nunca. Ni una sola vez.

Sus palabras me sientan como una bofetada. Esperaba que negara haberla intentado asfixiar o que la llamara «mentirosa», no que me dijera que no habían acudido a ningún terapeuta.

—Pero... Pero si he estado viniendo... varias semanas, para que pudieran...

Dave suelta una carcajada seca y triste. Ladea la cabeza y me dedica una mirada de absoluta compasión.

—Estoy seguro de que es así. Segurísimo. Eso es lo que le digo, eso es lo que hace ella. Pero bueno, entiendo que no me crea. Compruébelo usted misma. Intente sonsacarle el nombre del terapeuta o el número de teléfono. De repente cerrará la consulta, se mudará a otro país o directamente morirá. No se lo dirá, se lo garantizo. Katherine nunca iría a terapia conmigo, sería como si un malversador se ofreciera voluntario para someterse a una inspección de Hacienda.

Es más de lo que me entra en la cabeza. No sé a quién creer.

—Dice que usted la está engañando —digo en voz baja, por mucho que no crea que eso importe ya.

Se encoge de hombros en un gesto ambiguo.

—Ya, vale —dice—. Yo lo llamaría «huir», pero vale. He encontrado a una mujer increíble y que no está loca, así que voy a salir pitando de esta mierda mientras pueda. Antes de que me encierren por supuestamente empujar a mi mujer y a su hijo por las escaleras... ¡o, joder, por asfixiarla! Así que sí, supongo que sí ha dicho la verdad en algo. Como se suele decir, incluso un reloj estropeado da dos veces bien la hora al día.

—¿Su hijo? ¿Usted no es el padre de Leo?

—Pues no. —Dave parece sorprendido de que no lo supiera—. Katherine y yo empezamos a salir cuando Leo tenía... no sé, tres años o así.

Me quedo mirando hacia la nada, preocupada, mientras intento encajar las piezas de información a la misma velocidad a la que me llegan. Y caigo en cuenta de que creo lo que Dave me está diciendo. No parece estar pensándose las respuestas del mismo modo que sí le he visto hacer a Katherine. Además, por alguna razón, las historias de ella nunca me han parecido correctas del todo. Había sido algo sutil, algo que había pasado por alto o a lo que le había buscado excusa, aunque ahora lo veo bien. En el fondo, siempre me había preguntado un poco si me estaba diciendo la verdad.

Se me ocurre una pregunta de repente.

—¿Sabe quién es Max? Bueno, ya sé que Leo tiene una jirafa de peluche a la que llama Max, pero...

—¿Leo llama Max a su jirafa? —me pregunta Dave con una mirada llena de curiosidad.

—Pues... sí... ¿Sabe de qué peluche le hablo?

—Sí, claro, conozco la jirafa de Leo. Somos buenos amigos, pero entre nosotros siempre ha sido el señor Cuellolargo.

Dave reflexiona sobre la discrepancia con cierto interés, aunque yo no sé qué importancia tiene, por lo que continúo.

—¿Hay alguien más que se llame Max? ¿Leo... Leo tuvo un hermano llamado Max? A veces parece hablar de alguien llamado Max que no es su jirafa, pero luego dice que no se le permite hablar de ello.

A pesar de las duras acusaciones que le había lanzado, del interrogatorio y de su sincera confesión sobre su aventura extramatrimonial, solo entonces empieza a parecer incómodo. Con la mano sobre la puerta abierta del maletero, se lo piensa durante un momento, con el ceño fruncido. Finalmente, se asoma en dirección a la casa, como si quisiera comprobar si hay alguien en la ventana antes de ponerse a hablar en voz baja:

—Sí, Max era el hermano mayor de Leo. Murió hace dos años, en agosto. Se ahogó en la piscina de una casa a la que nos acabábamos de mudar. Fue Leo quien lo encontró.

—Ay, Dios —susurro, y me llevo una mano a la boca—. Ay, no. Pobrecito Leo.

—Al parecer, estaban jugando al escondite, y, cuando a Max le tocó esconderse, se metió en la piscina. Estaba obsesionado con la piscina y no dejaba de suplicarnos que lo metiéramos; el problema era que no sabía nadar. Solo le dejábamos entrar si uno de los dos lo llevaba. Yo estaba ocupado con el trabajo, y las piscinas no me van mucho. Katherine quizá sí que le dio un chapuzón un par de veces, aunque no es la madre más llena de energía del mundo, como ya sabe.

»Pero bueno, una tarde volví a casa después de jugar al golf y me encontré a Leo en el garaje. Estaba llorando y estaba intentando llegar a un flotador que había en una estantería. Le pregunté qué le pasaba, y me dijo que Max estaba en la piscina y que no salía. Entonces supe lo que había pasado.

Me siento mareada, con náuseas. Me llevo una mano a los ojos e intento no visualizar la escena en mi mente, pero me es imposible. Veo a Leo en el borde de una piscina, pequeñito y preocupado, mirando a la forma de otro niño, oscuro y quieto, en el fondo.

—Solo doy las gracias a Dios de que Leo no se metiera en el agua a buscarlo —continúa Dave casi al mismo tiempo en que a mí se me ocurre esa misma posibilidad—. No dejo de tener pesadillas en las que me los encuentro a los dos en la piscina.

—¿Y dónde estaba Katherine cuando pasó todo eso?

Dave le echa otro vistazo a la casa, en esta ocasión con rencor, y luego se encoge de hombros como si la respuesta fuera obvia.

—Dormida. Hasta las trancas de pastillas y metida en un sueño tan profundo que Leo no fue capaz de despertarla. Y mire que lo intentó. Hasta a mí me costó despertarla antes de que llegara la ambulancia; tuve que meterla en la ducha. Entonces hicimos que esa fuera la historia, que ella había estado duchándose cuando Max se había ahogado. Por eso no dejamos que Leo hable del tema.

Me dedica una mirada cargada de significado.

—Le enseñamos muy bien. Le dijimos que, si alguien le preguntaba, debía decir que su madre había estado en la ducha. En aquel entonces pareció la decisión más acertada. Seguramente lo fue, pero también son los diez minutos de mi vida de los que más me avergüenzo.

Le dedico una mirada inquisitiva. Pedirle a un niño que mienta es, claro está, nada de lo que sentirse orgulloso, aunque con tantas cosas en juego, al menos parece comprensible.

—Katherine le dijo a Leo que era su culpa, de ellos dos, de Leo y de ella, que Max se hubiera ahogado, y que si no decía lo que nosotros le habíamos indicado iban a meterlos a los dos en la cárcel. El crío tenía tres años, por el amor de Dios, su hermano acababa de morir y su madre va y le dice que es culpa de él y que podrían meterlo en la cárcel. Lo dejó aterrado, claro. Y yo no hice nada por impedirlo. Le seguí la corriente a Katherine porque la policía estaba de camino y de verdad necesitábamos que contara la historia que le habíamos pedido, y, si el miedo era lo que hacía falta para que nos hiciera caso, pues que así fuera.

Estoy horrorizada y triste, tristísima por Leo. Recuerdo cómo había actuado cuando la tía de Audrey, la agente de policía, se había pasado por la escuela durante la jornada de puertas abiertas, lo raro que se había puesto y el hecho de que se hubiera negado a estar en la misma sala que ella. Me había parecido algo irracional y muy diferente a como suele ser él, pero ¿y si era porque tenía miedo de que ella estuviera al tanto de su supuesto crimen y de que fuera a llevárselo a la cárcel?

—¿Katherine le llegó a contar la verdad en algún momento? ¿O usted? —quiero saber—. Aunque fuera más adelante. ¿Le dijeron que no había sido culpa de él y que no iba a ir a la cárcel?

Dave menea la cabeza de un lado a otro con incertidumbre.

—Le dije a Katherine que debería contárselo. Le dije que iba a destrozarle la vida si no le decía nada. Le insistí durante un tiempo, hasta que me dijo que ya se lo había contado, pero ¿lo habrá hecho de verdad? Quién sabe. Supongo que no le dijo nada, porque todavía necesita que guarde su secreto. Todavía sigue siendo un tema del que no se habla. Y… —Me dedica una mirada pensativa— Leo no llama a su jirafa Max cuando nosotros estamos delante.

Suelto un largo suspiro, preocupada y sobrepasada por la situación.

—¿Por qué me está contando todo esto? —le pregunto. No estoy segura de si quiero decir que por qué me lo está contando a mí en particular o que por qué iba a contárselo a alguien en general. O tal vez quiero decir que por qué me está haciendo esto a mí, que por qué me está cargando con toda esa información. Quizá me refiero a todo y ya.

—Por remordimiento, supongo —dice, antes de cerrar el maletero. Se da media vuelta para apoyarse en el coche, cruza sus gruesos brazos sobre el pecho y pone una expresión pensativa—. Nunca quise tener hijos, ¿sabe? Soy una persona bastante egoísta. Quiero que todo sea fácil y placentero: trabajo, golf, un buen vaso de *bourbon* en el club después, una mujer guapa en el brazo, todo bueno y sencillo. Fui un idiota al pensar que podía estar con Katherine y que ella iba a tener a sus hijos, que los dos mundos iban a estar separados, y que yo iba a ser el bueno de la película porque iba a ayudarlos económicamente, aunque ella fuera la responsable de los dos. Y entonces uno de los niños se muere y el otro... ¡Joder!

Estira las manos frente a él, como si quisiera sostener todo el daño entre ellas para observarlo, horrorizado.

—No era esto lo que quería. Nunca he querido tanto poder..., fuera para bien o para mal. Joder, solo soy un tipo normal.

Se frota la barbilla durante unos momentos y se pasa los dedos por la barba.

—Ahora voy a por mi vida buena y simple, pero Leo tiene que quedarse. Y, por muy egoísta que sea, entiendo que, cuando me haya ido, habrá una persona menos que sepa la verdad sobre lo que ocurrió, una persona menos que pueda ayudarlo a superarlo. Desde luego, no confío en que Katherine vaya a hacerlo.

Dirige la mirada hacia mí con fuerza.

—Y no le estoy pidiendo que lo haga usted. No quiero cargarla con esa responsabilidad. Solo... solo quería que alguien más lo supiera. Para mí sería otra traición más el irme con la información de la que dispongo.

—¿Sabe quién es el padre biológico de Leo? ¿O dónde está? ¿Cree que querría saber lo que pasó?

—Un tal Jim, Jim Hest si no me equivoco. Vive en alguna parte de Nueva York, es un pez gordo de Wall Street, y el dinero le sale por las orejas, pero no, no quiere tener nada que ver con ellos. Tiene otra familia, ya la tenía cuando estaba con Katherine. Ella pensó que podría acabar persuadiéndolo para que dejara a su familia y se casara con ella, aunque, según sé, acabó presionándolo demasiado. O quizá se volvió loca con él también, o eso me imagino; quizás intentó acusarlo de, vaya, no sé, asfixiarla o tirarla por las escaleras. Pero bueno, fuera como fuere, él se alejó de golpe. Envió a sus abogados tras ella y la hizo escoger entre una demanda y un pago para que se mantuviera al margen.

Saca las llaves del coche de su bolsillo.

—Bueno, creo que debería irme ya. Después de lo que usted me ha contado, imagino que lo mejor será que llame a mi abogado.

Hace sonar las llaves en la palma de su mano.

—Siento mucho que haya tenido que enterarse de todo esto. Es más de lo que yo quisiera saber. Solo quería decirle que tuviera cuidado. Le cae bien Leo y quiere cuidar de él, vale, genial. Se merece tener a alguien a quien sí le importe, pero trate de mantener un perfil bajo y hágase la tonta. Katherine puede ser muy encantadora… hasta que deja de serlo.

Empieza a caminar hacia la puerta del lado del conductor.

—Y debería hacer algún gesto grosero en mi dirección, quizá darle una patada al coche si le apetece, antes de ir a la casa —dice mientras abre la puerta—. Seguro que nos está mirando y habrá empezado a sospechar. Dígale que me acaba de mandar a la mierda.

Se sube al coche, y, tras unos instantes, lo saca de la entrada marcha atrás.

Cuando llegué aquí, solo había querido pasar por delante de él sin ninguna interacción. ¿Cómo puede ser que ahora casi quiera que no se marche? Me doy media vuelta en dirección a la casa, y, de repente, todo parece haber cambiado.

CAPÍTULO TREINTA Y UNO

Pasé un tiempo dejando a los soldados muertos allá donde los mataba, pero no tardé en darme cuenta de que aquello era una estupidez. Acababan encontrando los cadáveres, lo cual hacía que las compañías germanas sospecharan y se enfadaran. Además, era un enorme desperdicio de recursos. A la ciudad se le estaba agotando todo: los zapatos se rompían, las alacenas se vaciaban, la calderilla había pasado a ser poco más que un recuerdo. Los soldados contaban con armas pesadas y ropa. Llevaban botas de cuero en buenas condiciones, calcetines cálidos y chaquetas de lana; tenían cigarrillos, chocolate y dinero, a menudo en una gran variedad de monedas distintas, según dónde hubieran estado y a dónde se hubieran estado dirigiendo. Y, cómo no, tenían sangre. Una gran cantidad de sangre que fluía. Nunca había hecho otra cosa que no fuera subsistir, hasta que se me ocurrió que, por primera vez, podía guardar algo de sangre para no tener que recurrir a la cacería cada vez que me entraba hambre.

Empecé a cargar con los cadáveres hasta el cobertizo situado detrás de la casa, donde les drenaba la sangre, la guardaba y ordenaba y les extraía cada objeto de valor. Era un invierno de lo más frío, y la gruesa capa de nieve compactada hacía que el cobertizo estuviera helado, por lo que no me preocupaba el hedor de la putrefacción. Drené la sangre en unos cubos de estaño diseñados para transportar leche y apilé los cadáveres en un rincón para deshacerme de ellos más adelante. Corté las chaquetas alemanas, muy identificables, para crear parches de tela irreconocible, y con todo el sigilo del que era capaz, dejé una gran mochila llena de los retales en el exterior de la tienda del sastre, y otra llena de botas frente al taller del zapatero. Poco después, pasé a ver a hombres que llevaban las botas de los soldados alemanes por la ciudad, y dicho calzado se convirtió en una especie de símbolo de la resistencia francesa. Porque aquello era lo que creían los demás, que unos asesinos franceses habían pasado a cazar y a asesinar a alemanes, y que, si bien no representaba ningún impacto significativo en sus tropas, al menos sí que les minaba la moral y les proporcionaba a los franceses de la región una sensación de esperanza y orgullo.

A mis alumnos les llevaba chocolate, dulces y cualquier otro alimento que encontrara, aunque el frenesí de la agotadora actividad nocturna me pasaba factura durante el día. Me costaba llegar a la escuela mañana tras mañana, no dejaba de bostezar durante cada lección y luego arrastraba los pies hasta casa para dormir las pocas horas que quedaban hasta el anochecer.

—¡Madame! —empezaron a burlarse los niños—. ¿Por qué está tan cansada? ¿Acaso tiene un novio secreto?

Jean-Luc Fevrier y Alain Seydoux organizaron un juego para tratar de adivinar la identidad de mi misterioso *amour*. Un juego que les resultaba más gracioso todavía debido al hecho de que la mayoría de los hombres jóvenes y en edad de casarse se habían ido a la guerra. ¿Sería Monsieur Auber, el bibliotecario anciano y encorvado? ¿O quizá Monsieur Durand, el ayudante tuerto del panadero?

—¡*C'est* Monsieur Leroy! —exclamaron, antes de estallar en risitas. Hablaban del pescadero gordo y calvo, quien olía a entrañas de pescado todo el día. Hasta los huérfanos, quienes poco a poco habían empezado a sentirse más a gusto en el pueblo, se rieron ante ello, dando pataditas de alegría bajo sus sillas.

Anais también empezó a preguntarse qué me ocurría. Una noche, después de mi siesta vespertina, estaba sentada a la barra del café y bostezaba mientras hablaba con ella. Ladeó la cabeza en mi dirección.

—Estás cansada, Anna. Por lo que parece, no duermes casi nunca. ¿Por qué no vas a casa y descansas toda la noche?

—Estoy bien —protesté con otro bostezo—. Es que me acabo de levantar de una siesta, solo tengo que despertarme. Dame otro expreso si de verdad quieres ayudarme.

—¿Sabes, Anna? —continuó—. Eres como un tren de mil toneladas. Cuesta bastante hacerte arrancar, pero, una vez que estás en marcha, es igual de difícil hacer que pares.

Se inclinó hacia delante frente a mí, con los codos sobre la barra y la barbilla sobre un puño.

—Haces mucho por nosotros. Los niños, las clases, la cacería… Ni siquiera eres de aquí, pero estás cargando con el peso de todos. ¿Cuándo fue la última vez que pintaste?

Ante eso sí que solté una carcajada.

—¿Quién sabe? No hay tiempo para eso, Anais. No digas tonterías.

—No es ninguna tontería, Anna, es quien eres. Y, por casualidad, también es quienes somos nosotros, los franceses. Los alemanes no ganan solo cuando retiran nuestra bandera, sino cuando hacen que dejemos de ser quienes somos.

Reflexioné sobre ello durante unos instantes y sobre lo bien que me caía mi amiga, sobre lo lista y amable que era.

—No puedo hacer lo que me pides —respondí finalmente, y le dediqué una sonrisa—. Pero te agradezco que me lo digas.

—Bueno, al menos vuelve a casa y descansa un poco.

—¿Necesitas acompañante?

Fue Monsieur Seydoux quien dijo aquello. Se había acercado a la barra con su copa vacía para que se la volvieran a llenar, por tercera o cuarta vez aquella noche, a pesar de que su familia tendría mejores usos para sus francos.

—No es una buena época para que las jovencitas vayan solas de noche.

Anais y yo intercambiamos una mirada de odio.

—No, gracias —respondí con educación y frialdad—. No voy a ir a casa aún.

—Bueno, ¿y a dónde vas entonces? A estas horas de la noche…

—Creo que eso es asunto suyo y de nadie más —le espetó Anais—. Además, una mujer debe protegerse de más cosas que de los nazis.

Monsieur Seydoux le dedicó a Anais una sonrisa sutil y llena de maldad por un segundo, como si estuviera saboreando algún recuerdo agradable, y temí que Anais fuera a propinarle un puñetazo desde el otro lado de la barra, pero el hombre acabó alzando las manos en un gesto de inocencia.

—Solo quería asegurarme de que no le pasase nada a la profesora de mis hijos. La quieren mucho.

—Me alegra saberlo —dije sin emoción en la voz y sin mirarlo—. Yo también a ellos. Gracias por preocuparse, pero le aseguro que no me pasará nada.

El hombre le dio un empujoncito a su copa hacia delante en la barra para que se la volviera a llenar, aunque Anais, con la mano apoyada en el cuello de una botella de vino medio llena, lo miró con frialdad y le dijo:

—Se nos ha acabado.

Más tarde aquella misma noche, volví a casa a duras penas, una hora antes del amanecer o así, con dos soldados metidos en sacos que colgaban de mis hombros.

Me los había encontrado mientras espiaban por la ventana de una granja, seguramente a la espera del momento apropiado para colarse. Como ninguno de los dos era demasiado grande, había decidido llevármelos a ambos, aunque me arrepentí de mi decisión según caminaba, agotada, hacia casa.

La luna pendía como un fragmento de cristal, delgado y afilado, en el cielo sin nubes, y la nieve era oscura y azul a mi alrededor. El olor a humo me había estado molestando a ratos desde hacía varios días, y me detuvo en seco en varias ocasiones durante mi trayecto, pues parecía llegar justo bajo mi nariz de repente. En otras ocasiones, creía ver un atisbo de movimiento en algún lugar detrás de un árbol, una sombra que se adentraba en otra sombra, quizá Chernabog, quien se había pasado a saludarme por fin, a asomarse con su humeante hocico de dragón a mis cofres y decirme que había llegado el momento de pagar. Solía detenerme durante un minuto entero o más para mirar en derredor, sumida en un silencio tenso y olisqueando el ambiente, solo que las sombras nunca se movían cuando yo las observaba, y el olor desaparecía, por lo que acababa por reemprender la marcha.

Cuando por fin llegué a mi propiedad, abrí la puerta del cobertizo con un empujón y cargué con los sacos uno a uno hacia la oscuridad, antes de encender una lámpara de aceite que había sobre un estante. El cobertizo estaba hecho un desastre. Llevaba varias semanas sin deshacerme de ningún cadáver, por lo que una pila de ellos, vestidos solo con su ropa interior, formaba un extraño triángulo en un rincón. Cubos llenos de pistolas Luger, cargadores, cuchillos, botas y sangre congelada se amontonaban a su lado, y un ciervo y un zorro estaban en el suelo, a la espera de que los despedazara y descuartizara. Abrí el primer saco, y estaba sacando el cadáver por las botas a través de la abertura cuando la puerta del cobertizo, que había dejado abierta, crujió al cerrarse de pronto.

El corazón me dio un vuelco, y me pisé la falda al echarme hacia atrás.

Desde la sombra detrás de la puerta apareció el rostro de Monsieur Seydoux, pálido y de ojos negros ante la parpadeante luz de la lámpara. Tenía una capa de sudor en la frente a pesar del frío que hacía y se tambaleaba un poco. Una sonrisita aparecía en sus labios y volvía a desaparecer. Estaba claro que había logrado seguir bebiendo después de que Anais le hubiera cortado el grifo.

—¿Qué hace aquí? —le pregunté, tratando en vano de ocultar el miedo que sentía y de tapar las botas del soldado con la tela del saco.

Monsieur Seydoux abrió la puerta del cobertizo y asomó la cabeza para comprobar que no hubiera nadie en el exterior. Tras no ver a nadie, volvió a cerrar la puerta, y aquella extraña sonrisita volvió a sus labios.

—¿Qué haces tú aquí? ¿Qué es todo esto?

Hizo un gesto a su alrededor, hacia los detalles desperdigados de mi matadero: los cadáveres, las armas, la sangre. Desde luego, yo no tenía pinta de inocente tampoco. La parte delantera de mi vestido debía haber parecido el delantal de un carnicero, y tenía las manos manchadas de color escarlata. Recé por que no me hubiera quedado sangre en la boca.

—Apoyo a la resistencia —susurré, con un intento desesperado por hacer que mi voz sonara tranquila—. Ayudo a proteger la ciudad.

Estaba pensando en la situación a toda prisa para tratar de imaginar todos los posibles resultados; pensé que eran muy pocos y que ninguno de ellos era bueno. Supuse por qué el borracho y lujurioso Monsieur Seydoux había ido a mi propiedad. Al irme a buscar, había encontrado menos y más de lo que había esperado al mismo tiempo. Una vez que lo hubo descubierto todo, debía confiar en que por alguna razón no fuera a contar mi secreto o bien tendría que matarlo. Ambas opciones me parecían imposibles. Pese a que Monsieur Seydoux no era para nada de fiar, también era el padre de cuatro de mis alumnos y tenía a una mujer y a un bebé en casa. ¿De verdad iba a ser capaz de matarlo?

Seydoux dio un paso hacia el interior de la sala, y luego otro. Allí estaba aquella expresión lujuriosa en sus ojos, aquella que me resultaba tan familiar, pues la reconocía tras haberla visto en tantas ocasiones en el café a altas horas de la noche.

—No eres lo que pareces, ¿eh? —dijo, todavía avanzando—. Y eso por no hablar de lo guapa que eres.

Supuse que sus preguntas habrían sido distintas si hubiera estado sobrio, pero, al estar borracho como de costumbre, solo tenía una cosa en mente.

Me puse de pie de donde estaba espatarrada en el suelo.

—No puede contárselo a nadie —dije—. Si alguien se enterase, todo se iría al traste, haría que los demás estuvieran en peligro, que los niños estuvieran en riesgo.

—Claro, claro —dijo, cada vez más cerca de mí, y estiró una mano por encima del cadáver que yacía en el suelo entre nosotros para envolver la mía—. No se lo diré a nadie. A los dos se nos da bien guardar secretos, ¿verdad? No tienes nada de lo que preocuparte.

Entrelazó los dedos con los míos, y me dieron ganas de vomitar.

—Gracias —dije, y aparté la mano de la suya.

Estiró una mano para acariciarme en un costado de la barbilla, y retrocedí ante su roce.

—Tienes sangre en la cara —dijo, y volvió a intentar acariciarme—. Vamos a la casa y te ayudo a limpiarte.

No me gustaba cómo sonaba eso. No quería tener a Monsieur Seydoux en casa, pero sí quería que los dos saliéramos del cobertizo y que nos alejáramos de todas las pruebas lo antes posible, por lo que empecé a dirigirme a la puerta.

Cruzamos el jardín nevado y me detuve frente a la puerta de mi casa antes de abrirla.

—Estoy muy cansada, como se podrá imaginar —dije—. Si no le importa, me gustaría entrar para irme a la cama. Le agradezco mucho que vaya a guardar mi secreto. Las consecuencias, si alguien se enterase, serían de lo más graves.

—Sí, sí, claro —dijo, con un ademán de la cabeza hacia la puerta—. Entraremos y nos iremos directos a la cama. Y sí, las consecuencias serían de lo más graves si alguien se enterara. Para ti.

Estiró una mano y giró el pomo, tras lo cual la puerta de mi casa se abrió ante nosotros, con el interior oscuro y lleno de sombras. Me quedé en el umbral, inmóvil. Entonces Monsieur Seydoux alzó la mano y me la apoyó en la parte baja de la espalda.

—Si por un casual los alemanes, que están justo ahí, encontraran lo que he encontrado yo en tu cobertizo... las consecuencias serían terribles.

Le dediqué una mirada llena de preocupación, y él me devolvió una sin emoción.

—Ninguno de los dos quiere que eso pase —dijo en voz baja, con un tono fingido de consuelo amistoso—. Te prometo que voy a hacer todo lo que esté en mis manos por ti. Así que seguro que tú no te vas a negar a hacer todo lo que esté en tus manos por mí, ¿verdad?

Presionó la mano que tenía en mi espalda con más firmeza y extendió su otra mano hacia delante, como si me invitara a entrar a mi propia casa. Di unos pasos hacia el interior, y él me siguió después de cerrar la puerta tras de sí.

—Haré todo lo que esté en mis manos por usted, Monsieur Seydoux —dije, volviéndome hacia él. Con una sonrisa, se adentró en la sala y me apartó un mechón de pelo de la cara.

—Guardaré tu secreto, siempre que tú me guardes el mío.

Me puso una mano en la cintura y se inclinó hacia delante para besarme.

—No le contaré a nadie que dejó embarazada a Anais ni que ha venido a mi casa esta noche con la intención de hacer lo mismo.

Dejó caer los hombros, y una expresión de decepción llena de dolor le pasó por el rostro.

—Anna, no hay ningún motivo para hacer que todo esto sea desagradable. El amor es algo de lo que se puede disfrutar. Te prometo que voy a hacer que lo disfrutes. ¿Por qué no? ¿Por qué no decides disfrutarlo y ya?

Me puso la otra mano en la cintura y se encorvó para poder mirarme a los ojos para convencerme.

—Y luego nos guardaremos nuestros secretos como amigos; el mío estará a salvo contigo, y el tuyo, conmigo. De eso también se puede disfrutar. Si no me crees, pregúntaselo a Anais.

Di un paso atrás y le aparté las manos de mi cintura. Cuando volví a hablar, tuve que esforzarme mucho por mantener la voz tranquila y nada hostil, pues tenía más ganas que nunca de matarlo, pero sabía que no debía. Todo se sostenía en el equilibrio más inestable, y, si algo se movía tan solo un poco, si la situación empeoraba, estaba segura de que iba a matarlo.

—Le he hecho la mejor oferta que va a ser capaz de sacarme, Monsieur Seydoux. Piense en lo que ha descubierto en el cobertizo y sea razonable. Usted es el padre de varios de mis alumnos, así que no quiero que le ocurra nada ni quiero que su reputación sea puesta en tela de juicio delante de ellos.

Monsieur Seydoux dio un pequeño paso atrás y me evaluó durante unos instantes para ver lo decidida que estaba. Sus párpados se alzaban y caían como si estuviera intentando no quedarse dormido. Entonces, de pronto, se abalanzó sobre mí, me rodeó la cintura con un brazo, y con la otra me sujetó de la nuca para tratar de atraerme hacia él. Le di un golpe en la cara con el dorso de la mano, y se tambaleó hacia atrás, doblado sobre sí mismo, con una mano en la nariz, que le había empezado a sangrar. Noté que el lobo que había en mi interior se agazapaba para volver a saltarle encima, para morderle la garganta, quitarle la vida y dejar que esta se escurriera por el suelo. Sin embargo, me contuve. Pensé en los niños, en sus niños, en mis niños, y me contuve.

—¡Aaah, serás estúpida! —rugió Seydoux, con la mirada todavía clavada en el suelo—. He sido un caballero, te he ofrecido mi amistad, y tú prefieres convertirme en un enemigo.

—No es eso lo que prefiero. Ha bebido demasiado esta noche, Monsieur Seydoux. No sabe lo que hace. Achaquémoslo todo a eso. Por la mañana, habrá olvidado todo lo que sabe sobre mí, y yo también olvidaré lo que sé sobre usted. Anais también lo olvidará. Se lo prometo.

Tras unos instantes, se volvió por fin y empezó a caminar hacia la puerta. Por el camino, le dio una patada a una mesita baja que tenía un jarrón con flores, con lo cual le rompió una pata e hizo que el jarrón se destrozara al caer al suelo.

—*Idiote* —me espetó mientras abría la puerta—. ¿Quién va a hacer caso a un par de furcias de bar? ¿A quién le iba a importar?

—Lo descubriremos si es necesario —le respondí, aunque no me debió oír con lo fuerte que cerró la puerta tras de sí.

Si hubiera estado menos cansada, tal vez me habría pasado la noche en vela, preocupada por mi encontronazo con Monsieur Seydoux, lo habría repetido en mis adentros y me habría preguntado qué hacer a continuación. No obstante, casi un instante después de que se marchara, toda la adrenalina se desvaneció de mi interior y se vio reemplazada por una fatiga de lo más poderosa, por lo que me dejé caer sobre la cama y me sumí en el olvido del sueño.

Aun así, no dormí durante mucho tiempo. Chernabog me estaba esperando en mis sueños, echaba humo como una pira enorme y se llevaba a mis niños, a los alumnos y los huérfanos, hacia sus voraces profundidades, uno a uno. Los gritos agudos de los niños resonaban con los míos con una disonancia extraña y paranormal, y me desperté para descubrir que Chernabog seguía allí, al otro lado de la ventana de mi habitación, con su mirada maliciosa clavada en mí al tiempo que sus alas blancas y en llamas batían a su alrededor.

Despierta de repente por el sobresalto, bajé de la cama de un salto para acercarme a la ventana. La figura ya no estaba, y, en su lugar, vi que el cobertizo se había prendido fuego. Las llamas rugían contra el brillo de aquel amanecer invernal, y unas chispas brillantes salían despedidas y amenazaban con prender fuego también al tejado de la casa. Tras ponerme una chaqueta y las botas, salí corriendo al exterior, pero no pude hacer mucho más que arrojar unos pequeños y poco efectivos cubos de agua que llenaba en la bomba hacia las llamas, además de observar cómo primero un lateral del pequeño edificio se desmoronaba y se hundía hacia dentro, tras lo cual, como un castillo de naipes, el resto se deslizó, cayó y quedó consumido por las llamas.

Cuando el fuego se cansó de arder en aquella pequeña estructura, rebusqué entre la madera ennegrecida y la ceniza para ver qué quedaba y me pregunté cómo habría comenzado el fuego. ¿Habría sido el cabrón de Seydoux? ¿O tal vez habría dejado la lámpara encendida? Con lo distraída que estaba, era más que posible que hubiera olvidado apagarla.

Me preocupaba que el fuego fuera a atraer la ayuda de mis vecinos. Pese a que mucho de lo que había estado en el cobertizo había quedado reducido a cenizas —los uniformes alemanes no estaban por ninguna parte, y el ciervo y el zorro se habían convertido en una pila de huesos mezclados con pequeños retales de pellejo seco y chamuscado—, todavía quedaban algunas pruebas. Los otros cadáveres, los de los soldados, habían quedado ennegrecidos y chamuscados, pero no se habían destruido tanto como los de los animales. Los cubos de sangre habían hervido y habían burbujeado por el fuego, lo cual había derramado en derredor lo que parecía ser jugo de cereza oscuro y alquitrán, y, pese a que los cargadores se habían derretido y se habían llenado de hollín, todavía se podía reconocer lo que eran.

Justo estaba apartando una viga carcomida por las llamas para descubrir bajo ella el cubo de pistolas volcado —con unas Luger y Mauser rechonchas y también unos cuantos rifles más largos— cuando oí el traqueteo de un motor en la carretera. Asustada, solté la pistola que acababa de recoger y corrí hacia la carretera con la esperanza de rechazar la ayuda de quien fuera que se hubiera acercado hasta allí.

A lo lejos vi que el conductor era un hombre que reconocí de la ciudad, un esquiador y guía de montaña que había organizado a otros guías para patrullar la región en busca de tropas alemanas. Otro hombre en el asiento tras él podría haber sido otro de esos guías, aunque no estaba muy segura. Sin embargo, junto al conductor, en el asiento del copiloto, estaba Seydoux.

Cuando todavía les quedaba algo de camino para llegar a mi propiedad, vi que Monsieur Seydoux señalaba más allá de donde estaba yo, hacia el humo que todavía se alzaba en una ligera columna detrás de mi casa, y, a pesar de que les grité y les hice ademanes con la mano, el coche siguió su trayecto por delante de mí, y los hombres casi ni se dignaron a mirarme. Me di media vuelta para seguirlos. El vehículo chocó con los baches y los montículos de nieve del campo hasta que aparcó justo al lado de las ruinas humeantes, tras lo cual los tres hombres se bajaron.

Mientras corría en dirección al fuego una vez más, vi que Monsieur Seydoux no dejaba de señalar y hablar y que los otros hombres caminaban alrededor de los escombros para examinar el lugar.

Cuando me acerqué allí, uno de ellos, el conductor, me miró con los ojos entornados desde donde se había agachado para darle golpes a una mano chamuscada con el cañón de un arma. El tercer hombre también había sacado un arma de entre los restos y se había dado la vuelta en dirección al bosque. Probó el arma con un disparo hacia una ardilla y no dio en el blanco, aunque pareció alegrarse de que el arma todavía funcionara.

—¿A quién deberíamos mandarle tu cadáver? —me preguntó el hombre agazapado en los restos—. ¿Para quién trabajas? Quiero que me digas quién es el de mayor rango. ¿Quién va a recibir mejor el mensaje?

La estremecedora pregunta me detuvo a medio paso.

—No sé de qué me habla. ¿Qué les ha dicho? —pregunté, señalando con la barbilla hacia Seydoux—. Es un mentiroso. Sea lo que fuere lo que les haya dicho, es mentira. Vino a mi casa a intentar… a intentarlo, y, cuando me negué, hizo esto.

—¿Esto? —repitió el hombre, haciendo otro gesto hacia los restos humanos frente a él—. ¿Asesinó a soldados franceses, puso sus cadáveres en tu cobertizo, te dio armas y dinero alemán y luego quemó el edificio? —Se echó a reír—. Conozco a Seydoux desde que éramos pequeños. No hay nadie más vago que él. No me vas a convencer de que es capaz de ser así de trabajador, ni siquiera para conseguir una mujer.

—Esos cadáveres no son franceses. Son alemanes. Trabajo para la resistencia. Seydoux lo sabe de sobra.

—¿Cuándo viniste a Chamonix? —preguntó el conductor, tras ponerse de pie y acercarse a mí.

—La primavera del año pasado.

—Ajá, justo antes de que empezara la guerra. Qué curioso. —El hombre apartó la mirada por un momento, como si se lo estuviera pensando—. No hablas francés demasiado bien. ¿Qué idioma hablabas cuando llegaste?

—Hablaba alemán —interpuso Seydoux—. Todo el mundo lo sabe. La mascotita alemana de los Chambrun. Siempre había sospechado de ella, por eso vine aquí.

—Los dos sabemos por qué vino aquí —dije, fulminándolo con la mirada.

Al conductor no parecía interesarle aquella línea de conversación.

—¿Por qué vives aquí, tan lejos, en un lugar tan privado? —Eran preguntas retóricas, y el conductor no me dio la oportunidad de responder antes de que continuara hablando—. Entonces lo que dices es que una mujer que lleva menos de dos años viviendo aquí y que llegó hablando alemán se ha convertido en un miembro de fiar de la resistencia francesa. ¿Para quién trabajas? ¿Cómo se llaman? ¿Quién puede confirmar lo que dices?

Debí haber parecido de lo más sospechosa en aquel momento, porque, por unos instantes, lo único que pude hacer fue abrir y cerrar la boca en busca de una respuesta que no fuera a hacerme sonar sospechosa también, solo que no había ninguna.

—¿De dónde vienes?

Otra pregunta para la que no tenía una respuesta satisfactoria.

—Eh… Estuve en el bosque… mucho tiempo.

—En el bosque —repitió el hombre, y miró a los otros dos—. ¿Y antes de eso?

No contesté. No podía hacerlo.

—Mi hipótesis, por mucho que te niegues a decirlo, es que venías de Alemania, donde hablan *alemán*.

—¡No! —exclamé, negando con la cabeza con fuerza—. No vengo de Alemania.

—¡Mentira! —gritó el hombre. Se volvió hacia Seydoux—. ¿Tienes algunos de esos cigarrillos que encontraste?

Seydoux empezó a rebuscar en el bolsillo de su chaqueta.

—¡Había muchos! —se maravilló el conductor, mirándome de reojo.

Seydoux sacó una cajetilla y la extendió para que el hombre sacara uno, tras lo cual la extendió en dirección al otro hombre, quien se llevó otro. Extrajo un mechero, y los dos hombres se inclinaron para encenderse los cigarrillos. El mechero tenía una esvástica roja en un lateral y había salido del alijo que había tenido en el cobertizo. Tenía mecheros, cigarrillos y dinero nazis, además de ninguna buena respuesta para las preguntas de aquel hombre. Mi coartada sobre la resistencia francesa se había desmoronado de inmediato. Estaba claro que no me creía. No tenía ninguna razón para hacerlo.

El hombre le dio una calada al cigarrillo y me volvió a mirar.

—Supongo que tú sabrás mejor que nadie lo que los alemanes les hacen a las espías y saboteadoras.

—No sé nada de los alemanes, salvo cómo es la sensación de matarlos.

El hombre esbozó una sonrisa.

—Buena respuesta. Es mentira, como todo lo demás que nos has dicho, pero es tu primera buena respuesta.

El hombre inclinó su cigarrillo para examinarlo, y entonces se abalanzó de repente hacia mi garganta, me sujetó y me clavó la punta encendida del cigarrillo en la mejilla. Grité tan alto que una bandada de pájaros oscuros salió de las copas de los árboles, entre graznidos, y alzó el vuelo. El dolor continuó y continuó, y oí el crepitar de mi propia piel. Entonces el hombre apartó el cigarrillo, y me dejé caer contra el suelo para poner la cara contra la nieve mientras gemía de pura agonía.

—Las queman —explicó el hombre—. Con cigarrillos. Las queman una y otra vez. Y luego las matan.

Alcé la mirada, casi delirando por el dolor, aunque estaba lista para pelear. Fuera francés o alemán, albergara sospechas razonables o no, estaba dispuesta a matarlo si se me volvía a acercar. Seydoux, petrificado donde estaba, se había puesto pálido y parecía estar a punto de protestar. Me pregunté si él mismo había empezado a creerse la historia que se había inventado o si sabía que era inocente y estaba comenzando a incomodarse por la situación a la que su venganza nos había llevado a todos.

—Pero nosotros no somos alemanes —dijo el hombre—. No tenemos su barbarie. Gracias a Dios.

Vi que Seydoux soltaba el aliento que había estado conteniendo. No dejaba de pasar la mirada de mí, todavía gimiendo en el suelo, hacia el hombre que hablaba.

—Vete de aquí —continuó el hombre—. Sal de Chamonix ahora mismo y no vuelvas. Si vuelves, hasta el niño más pequeño sabrá cómo reconocerte. Antes de que acabe el día, te prometo que cada hombre y mujer francés de este pueblo y de este valle sabrán lo que tienen que hacer para distinguir a la traidora.

Por un momento, apreté los puños contra la nieve y me retorcí de furia, con ganas de levantarme de un salto y hacer añicos al hombre, a todos ellos. Sin importar lo que ello me fuera a costar. No iban a alejarme de mi hogar, de mi pueblo, de mis niños. Iba a matarlos. Pero entonces el hombre gritó «¡vete!» y supe que no iba a matarlos por mucho que quisiera. Aún no me había vuelto tan salvaje, por lo que me puse de pie en la nieve a trompicones y empecé a caminar entre los árboles.

No había avanzado más de cien metros hacia los árboles cuando empezaron las llamas. Me di media vuelta y me tiré al suelo de rodillas, destrozada, y me puse a llorar mientras veía cómo mi preciosa casita ardía. Sabía que en el interior de la casa los cuadros de Paul que había colgado en las paredes se habían prendido fuego, que los pigmentos de los árboles, las montañas y los ríos se deshacían y burbujeaban como grasa caliente en una sartén. Se cayó el marco de una ventana, y el cristal estalló. Las llamas azotaron las cortinas con motivos florales de la ventana de la cocina, y yo lloré y lloré conforme las llamas batían y saltaban, un frenesí de buitres de puntas anaranjadas que danzaban sobre el marco destrozado de mi casa y se daban un festín con todas mis posesiones y con la última de mis estúpidas esperanzas de poder llegar a convivir con otras personas.

CAPÍTULO TREINTA Y DOS

En la puerta, llamo al timbre y me espero casi un minuto entero. Tengo el impulso de dar media vuelta, subirme al coche y salir de allí antes de que Katherine abra la puerta —¿de verdad van a encontrarse con sus abogados? ¿Será esa la razón por la que me ha hecho venir?—, aunque sé que no puedo irme. Además, Leo está ahí. Por muchas ganas que tenga de irme y no volver a ver la casa de los Hardman, no puedo hacerle eso a Leo.

La puerta se abre por fin, y ahí está Katherine. Tiene los ojos embadurnados de maquillaje, pero veo que, bajo él, están hinchados y rojos. Ha estado llorando.

—¡Hola! —me saluda con un tono alegre y falso.

La luz que alumbra el recibidor es tenue, y, bajo ella, sus pupilas cambian de forma sutil: crecen y se encogen. La versión de los hechos de Dave se confirma al menos en ese aspecto. Me pregunto qué se ha tomado y cuánto.

—Me alegro tanto de que hayas venido... —continúa—. Dave se acaba de ir, y claro, ha sido horrible, así que todavía estoy un poco afectada.

Se mueve nerviosa y en exceso, da unos saltitos mientras se ajusta un zapato y se pone a abrir la puerta del armario mientras evita mirarme a los ojos tanto como puede.

—¿Qué ha pasado? —le pregunto, aunque con bastante indiferencia. No tengo demasiadas ganas de oír su respuesta.

—Ah, está intentando negar que tiene una aventura y me ha pedido que me lo piense mejor. Quiere que intentemos separarnos un tiempo en lugar de divorciarnos.

Las palabras salen de ella con torpeza, a trompicones. Se bambolea hacia delante al ponerse el otro zapato y se apoya en la pared para no caerse.

—Hasta me ha dicho que podría volver a ir a terapia.

La situación resulta de lo más vergonzosa, el estar escuchando todas esas mentiras a sabiendas de que lo son, aunque deba hacerme la loca.

—Ay, ahora que lo dices, Katherine, ¿tienes a mano el número de tu terapeuta? —Intento que la pregunta suene tan inocente como sea posible, aunque me sale con titubeos—. Me has hecho pensar que... podría ser útil tener a alguien, a un profesional, con quien hablar de ciertas cosas de mi vida.

Katherine se me queda mirando sin expresión en el rostro durante unos instantes, todavía encorvada y con la mano en el talón del zapato que se está intentando poner.

—Ah... Es que... nuestra terapeuta es solo para parejas —responde—. Pero a lo mejor puedo pedirle que me recomiende a alguien. Si es que volvemos a verla, claro.

—Ah, vale —digo—. Tiene sentido, sí.

—Pero bueno, no es más que puro teatro. —Suelta una repentina carcajada de burla.

Estoy confundida. ¿Qué es lo que no es más que puro teatro? Ella continúa:

—Que Dave quiera volver a terapia. Nada más que teatro, eso es lo que es. Justo antes de que vayamos a reunirnos con los abogados, antes de que tenga que empezar a pagar, ¿de golpe le empieza a importar nuestro matrimonio otra vez? No soy tonta. No pienso caer en sus mentiras. He tomado la decisión acertada. Tenías razón.

Sin previo aviso, me da la mano y me la aprieta a modo de agradecimiento. Es un momento de intimidad física que no he vivido desde hace años y para el cual no estoy preparada, y mucho menos ahora. Le siguen cayendo lágrimas por las comisuras de los ojos.

—No sé cómo darte las gracias.

—No es nada, Katherine. Ha sido tu decisión. Eres tú quien se está esforzando por mejorar la situación, no yo.

Durante unos instantes, no puedo hacer nada más que quedarme allí plantada, incómoda y a la espera de que me suelte la mano.

—Lo siento, soy un desastre.

—Cualquiera se emocionaría en un momento así —la tranquilizo, y aprovecho la oportunidad para apartarme de ella y sacar un pañuelo de una caja que hay en la mesa del recibidor. Se lo paso, y ella se lo lleva a los ojos.

—Ahora por fin podré vivir tranquila —murmura desde detrás del pañuelo—. Por fin todo —alza las manos al aire y las baja poco a poco— podrá volver a la normalidad. No soporto que la vida sea una locura así en todo momento. Me alegro de que se haya ido. Solo necesito un momento para recobrar la compostura.

—Tómate el tiempo que necesites.

Dejo la chaqueta en una percha en el armario, y Katherine saca la suya. Se la pone con torpeza, y me da la sensación de que le cuesta encontrar la manga correcta.

—¿Dónde está Leo?

—En el baño del piso de arriba. Le he pedido que se fuera a bañar porque no quería que estuviera por aquí cuando viniera Dave y todo se saliera de control.

—Ya veo. Bien pensado.

Saca su bolso del armario, y veo que le cuesta pasar el brazo por el asa. Tras ponérselo bien por fin, intenta alcanzar las llaves y las gafas que se encuentran en el estante por encima de las chaquetas. Las llaves se le caen al suelo, y yo me doblo para recogerlas, pero no se las doy. No debería conducir en este estado.

—Antes de que te vayas, Katherine, ¿tienes un minutito? Quería hablarte de algo. No tardaremos mucho.

Noto que tiene ganas de irse, y me pregunto a dónde irá. ¿Dónde ha estado yendo todas estas tardes que he pasado con Leo? Sin embargo, avanzo hacia la cocina, todavía con las llaves en la mano, por lo que me sigue.

—¿Te importa que prepare algo de té? —le pregunto, antes de dejar las llaves sobre la encimera y encender el fogón bajo la tetera a potencia baja para que nos dé más tiempo. Durante las últimas semanas, he empezado a estar más cómoda en la cocina de los Hardman. Katherine asiente de forma casi imperceptible y mueve los hombros en un gesto que podría significar «sí», «no» o «ninguno de los anteriores», pero saco dos tazas del armario y dos bolsitas de té de un bote de cristal de todos modos.

Katherine se sienta a la mesa, con los brazos estirados frente a ella. Tiene los ojos vidriosos y cabecea un poco.

—¿Has pensado en lo que vas a hacer ahora? —le pregunto, con la esperanza de que aquel modo de empezar la conversación dé frutos—. Ahora que Dave y tú os estáis separando, ¿te quedarás con Leo en Millstream Hollow?

—No, no. Venderemos esta casa y volveremos a la ciudad. Venir aquí fue un error. Pensamos que la tranquilidad nos ayudaría, aunque solo ha hecho que todo empeorase. No hay ningún sitio a dónde ir y nada que hacer, salvo quedarnos aquí sentados mirando los árboles. Y pensando en cosas horribles.

En ese sentido, al menos, la comprendo.

—Vaya, qué lástima —digo, y entonces caigo en la cuenta de que todo esto significa que Leo va a abandonar la escuela. Lo más seguro es que después de este año no vuelva a verlo nunca. Me sorprende lo mucho que ello me afecta—. Echaremos de menos a Leo en la escuela. Yo lo echaré de menos. Las clases le están yendo muy bien.

—Lo tenía todo: una buena carrera, conexiones... Nunca tendría que haberme ido.

Me vuelvo hacia ella. Se ha quedado mirando la nada, con los brazos estirados sobre la mesa y una mano sobre la otra.

—Pero puedo volver a tenerlo —continúa—. No necesito a Dave. A ese idiota que no vale para nada.

Pone las palmas de las manos hacia arriba, sobre la mesa, y luego reposa la cabeza sobre ellas.

—¡Señorita Collette!

Leo está en la puerta de la cocina. Está envuelto en una toalla, tiritando, y el agua gotea hacia la baldosa situada entre sus pies arrugados y con motitas azules. Echo un vistazo a Katherine, quien todavía tiene la cabeza apoyada en la mesa, y me acerco a él para alzarlo en brazos.

—*Mon petit*, mira cómo estás. Tienes tanto frío que los labios se te están poniendo azules. Vamos a vestirte.

Lo saco de la sala a toda prisa antes de que se percate del estado de su madre. Se ha hecho un ovillo y tirita en su toalla mientras cargo con él por las escaleras.

—*Tu deviens une prune ridée!* —exclamo, sosteniéndole uno de sus dedos arrugados y traslúcidos.

En su habitación, ayudo a Leo a vestirse. Se pone unos pantalones de chándal sobre unas piernas tan delgadas que resulta alarmante. Tirita y le castañean los dientes. Justo está sacando la cabeza por el cuello de la camiseta de su pijama, con el cabello alborotado, apelmazado y húmedo, cuando oímos que la puerta principal se cierra. Recuerdo haber dejado las llaves del coche en la encimera de la cocina y corro hasta el rellano, donde una ventana tiene vistas hacia la entrada de la casa. El coche de Katherine da marcha atrás por la entrada y se dirige a la calle.

En la cocina, el leve silbido de la tetera se torna un chirrido agudo y constante, casi como un grito. Vlad el Empalador ladra desde la casa de al lado.

Paso la tarde vigilando a Leo, pensativa. No puedo apartar de mi mente lo que Dave me ha contado, y oscilo entre estar segura de que todo es cierto a pensar que se ha burlado de mí y que, si le hago caso, estaré haciendo justo lo que él quiere. Mientras Leo come su cena de *nuggets* de pollo para microondas, patatas fritas y brócoli; y más tarde, mientras nos sentamos en la pequeña mesa de dibujo de su habitación para pintar algo, me doy cuenta de que lo estoy estudiando, de que le busco expresiones en el rostro o algún gesto para ver si puedo comprobar cuál es la verdad. Aun así, su carita es demasiado evocadora, por lo que podría imaginarme cualquier cosa en su palidez, en la diminuta punta de su barbilla, en los anillos oscuros que le rodean los ojos como manchas de tazas en una mesa, en la solemnidad grande y oscura de sus ojos.

Acaba de dibujar algo, y me asomo para ver que es un gato, uno que me suena bastante, con manchas por todo el costado.

—Leo —le digo, tras salir de mi ensimismamiento al recordar otro dibujo que había visto de ese mismo animal—, ¿ese es tu gato? El que se escapó. ¿Cómo me dijiste que se llamaba?

—Puzzle —responde Leo, y empieza a escribir su nombre, salvo una Z y una E, con letra grande y vacilante en la parte superior de la página.

—¿Te acuerdas del dibujo que me hiciste el día que nos conocimos en la escuela? Allí también estaba Puzzle. ¿Te acuerdas?

Asiente.

—Me acuerdo de que te lo quedaste, que lo enrollaste y te lo metiste en el bolsillo. ¿Todavía lo tienes? Me gustaría mucho verlo otra vez.

Pese a que espero que me conteste que no, muy para mi sorpresa, Leo asiente y corre hacia su cama. Max la jirafa está tumbado sobre la almohada. Leo lo toma en brazos y vuelve a la mesa con él. Frunzo el ceño, confundida, pero Leo me dedica una mirada que me indica que debo ser paciente y empieza a subir una de las mangas de la diminuta camiseta marrón que lleva Max. Ladeo la cabeza para ver mejor lo que hace y veo un desgarro en el tejido bajo el brazo del animal de peluche. Leo mete un dedo en el agujero, rebusca entre el relleno y, tras unos segundos, empieza a extraer poco a poco un pergamino de papel enrollado con fuerza.

—Aaah, ya veo —murmuro—. Qué listo.

Cuando ha terminado de sacar todo el papel del animal de peluche, me dedica una sonrisa llena de autosatisfacción y despliega el pergamino, tras lo cual lo aplana contra la mesa con la palma de la mano. Sí que es el dibujo que me hizo aquel primer día, pero ahora entiendo lo que antes no: hay una mujer, un gato y dos niños pequeños.

—¡Ese es el dibujo! —exclamo con una sonrisa—. El mismito. Así fue como supe que eras un *artiste* tan magnífico. Y desde entonces has mejorado mucho.

Leo se limita a sonreír, con los brazos cruzados sobre la mesa frente a él. Dudo por unos momentos, antes de arriesgarme.

—Entonces, ¿ese es Max? ¿Tu hermano?

Leo me mira a la cara de repente, pero está tranquilo. Asiente.

—Sabes… —continúo, con una voz tranquila y acompasada—. Dave me ha contado lo de Max.

Me mira con intensidad, y sus cejas han bajado hacia sus ojos, con cautela.

—Y me ha dicho que no pasa nada si me hablas de Max, que no tienes que preocuparte por meterte en líos.

Leo se lo piensa, con la mirada clavada en la mesa y en el dibujo sobre ella. Entonces vuelve a mirarme.

—¿Quiere ver una foto de mi hermano? —me pregunta, conteniendo su emoción.

—Sí —respondo, casi al borde de las lágrimas—, me encantaría.

Leo vuelve a tomar a su jirafa para rebuscar una vez más por el desgarro. Me pregunto cuántas cosas tendrá ahí escondidas. Agarra un pequeño cuadrado doblado de papel más grueso y tira de él. Se trata de una fotografía doblada dos veces por la mitad, y noto una terrible expectativa mientras empieza a desplegarla sobre la mesa.

No se alisa del todo, por lo que Leo la empuja en mi dirección y sostiene los bordes para que la vea. Es una imagen de dos niños: uno alrededor de la edad que tiene Leo ahora, y el otro es más pequeño, tal vez de dos o tres años. Ambos llevan un jersey, una chaqueta y gorros con orejeras mullidas. El niño mayor, que se parece muchísimo a Leo —con los mismos ojos grandes y cabello alborotado, solo que más corpulento y de cara más rellenita—, está sentado en el banco de un parque junto a otro niño, que debe ser Leo y esboza una sonrisa sin algunos dientes, sentado en el regazo del niño mayor, aunque parece que se está resbalando. El niño mayor aprieta a su hermano por la cintura, en parte para evitar que se caiga, pero también como una muestra de afecto muy obvia. Apoya el rostro con cariño hacia el de Leo. A su alrededor y detrás de ellos, un árbol despliega sus ramas llenas de flores blancas y rosadas.

Es una fotografía preciosa y muestra con mucha claridad que Max quería muchísimo a su hermano pequeño, Leo; tal vez a un grado al que muy pocos hermanos mayores lo hacen. A pesar de que me emociono tan solo de ver la foto, necesito seguir con calma para poder hablar con Leo. Aparto la mirada, parpadeo con fuerza e inspiro hondo varias veces para tranquilizarme.

—Es una foto increíble, Leo —le digo cuando recobro la compostura—. ¡Qué guapos estáis los dos! Y os parecéis mucho. ¿Qué más tienes escondido en tu jirafa?

—Ahí nada —dice—, pero hay más fotos en un escritorio en el piso de abajo. Ahí es donde encontré está. Ma... Katherine no sabe que me la llevé. —Ante esas palabras, pone una expresión de culpabilidad.

—Seguro que no pasa nada —lo tranquilizo—. Claro que deberías tener una foto en la que salgas con tu hermano.

—Pero no se lo dirá, ¿verdad? —me pregunta, muy nervioso de repente.

—No. —Me apresuro a negar con la cabeza—. No, claro que no.

Se relaja y vuelve a mirar la foto.

—Parece que erais muy buenos hermanos —continúo—. Hasta en la foto se ve que os queríais mucho.

La ligera sonrisa que había en el rostro de Leo desaparece.

—Yo no era un buen hermano —dice en voz baja.

—¿Por qué lo dices?

Se encoge de hombros un poco, aunque no contesta. Lo examino durante un momento e intento pensar cómo proceder. Quiero saber qué piensa sobre Max y sobre lo involucrado que estuvo él en el incidente; necesito saberlo, pero a los secretos de los niños cuesta ganárselos. Es muy difícil dar un paso en falso y perder su confianza para siempre.

—Como te decía —continúo con cautela—, Dave me ha contado lo que le pasó a Max. Es algo muy muy triste. Lo siento mucho. Leo..., no crees que nada de aquello haya sido culpa tuya, ¿verdad?

Leo toma la fotografía de la mesa y empieza a doblarla de nuevo para dejarla como estaba.

—¿Leo? —lo llamo, pero no me mira—. No crees que nada de aquello fue culpa tuya, ¿verdad? Porque no deberías. No fue para nada culpa tuya. Dave también lo sabe. Me ha dicho que estaba muy preocupado por que fueras a pensar que fue culpa tuya.

Tras haber doblado la fotografía, Leo empieza a meterla en el desgarro de su animal de peluche.

—¿Leo? ¿Leo, cariño? ¿Me oyes?

—Sí que fue culpa mía —dice con voz tan baja que casi no lo oigo.

—Ay, no, Leo —contesto, y las lágrimas amenazan con volver a brotar de mis ojos—. No, no, no, Leo. No fue culpa tuya. No puedes pensar eso.

Estiro la mano hacia la suya, que cuelga a su lado, diminuta.

—¡Pero sí que lo fue! —grita con una furia repentina—. ¡Fue culpa mía!

Me quedo anonadada. Nunca había visto a Leo así de enfadado. Agarra el dibujo de la mesa, lo arruga en su puño, corre hacia su cama y se sube para hacerse un ovillo sobre un lado, con Max la jirafa apretado contra su pecho.

Con el corazón roto y sin saber qué hacer, me pongo de pie para acercarme a la cama y me siento en el borde. Leo parece cobijarse más aún en sí mismo, protegido de cualquier cosa que pudiera decirle.

—Leo, no sé qué te habrán dicho...

Se lleva las manos a las orejas para bloquear mis palabras, pero me pongo a hablar más alto. Ahora soy yo la que casi se ha puesto a gritar.

— ... pero lo que le pasó a Max no fue culpa tuya. Tenías tres años. Nada es culpa de un niño de tres años, Leo. ¡Nada!

—¡Sí que fue culpa mía! —exclama él tras volver la cabeza sobre su hombro. Tiene la cara roja y los ojos húmedos, llenos de lágrimas—. ¡Me lo dijo mi madre, y quizás hasta me metan en la cárcel!

—¡No es verdad, Leo! ¡No es verdad!

Cuanto más grito y más intensamente pronuncio las palabras, más se refugia en sí mismo y más se aprieta las manos contra las orejas, y no deja de hacerlo hasta una media hora más tarde, cuando se queda dormido. Permanezco a su lado en la cama durante todo ese rato, pues no estoy muy segura de si debo darle su espacio o si debo reconfortarlo. Acabo quedándome sentada casi a su lado, con mi cadera contra su espalda, y, cuando se queda dormido, estiro una mano para ajustarle la camisetita a Max y pasarle el brazo por la manga de modo que el desgarre en el tejido vuelva a quedar escondido. Entonces me pongo de pie, agotada y desolada, y voy al piso de abajo en busca del escritorio.

Tras abrir unas cuantas puertas en el piso de abajo que nunca había tenido motivos para abrir, encuentro una habitación que parece el intento de una oficina: un escritorio de aspecto caro y una silla, además de una lámpara de mesa verde como las que tienen en las bibliotecas. Ese debe ser el escritorio en el que Leo me ha dicho que encontró las fotos de su hermano. Hay una puerta de cristal corredera junto al escritorio, y, cuando me dejo cae sobre la silla, veo el patio trasero, donde una pequeña nevada empieza a caer en la oscuridad. También veo el jardín de los vecinos, donde ese perro de energía infinita, todavía consciente de mi presencia y agitado por ella, corre de un lado para otro, sin haber dejado aún de ladrar.

Empiezo a abrir cajones. El del centro está vacío. El de arriba a la derecha también. Lo mismo con el de abajo a la derecha. ¿Acaso todo en esta casa está vacío? ¿Toda la familia está vacía? ¿Acaso todo parece ser algo y en realidad no contiene nada?

Abro los cajones del lado izquierdo uno a uno, de arriba abajo, y espero no encontrar nada, pero el cajón de abajo tiene un peso distinto al de los demás. En el interior hay una caja de zapatos, y, tras ella, un gran neceser de rayas blancas y azules. Me detengo por un momento y escucho con atención, con miedo de que Katherine haya vuelto sin que yo me haya dado cuenta y de que esté a punto de entrar en la sala para pescarme husmeando entre sus pertenencias. Aun así, lo único que oigo son los incansables ladridos nerviosos que provienen del jardín de al lado.

Saco la caja del cajón, la dejo sobre el escritorio frente a mí y le quito la tapa: son unas postales de cumpleaños. «¡Espero que tengas un superdía!», grita un superhéroe con máscara y capa en la parte frontal de una postal. Bajo aquella, un tiranosaurio le da un bocado a un número cuatro gigante. Dos de las postales están dirigidas a Max de parte de «mamá, Dave y Leo». Una más antigua, la del tercer cumpleaños, está firmada curiosamente por «mamá y papá». Bajo aquellas encuentro el certificado de nacimiento de Maxim Steven Mizrahi, del hospital Monte Sinaí de Manhattan, y el único nombre que aparece en la sección de los padres es Katherine Rebecca Mizrahi. «Leo Mizrahi», pienso para mí misma. Ese debe ser el verdadero nombre de Leo. Leonardo Mizrahi. Me parece encantador, y, en mi opinión, le pega más. Mucho mejor que Hardman.

Bajo la tarjeta de la seguridad social hay una gran foto de parvulario con una veintena de niños sonrientes. Me lleva un momento encontrar a Max, pues su cabello, que siempre lo he visto alborotado como el de Leo, está bien peinado hacia los lados. Debajo de la foto de la clase hay un recorte de periódico, tan solo un pequeño rectángulo con dos columnas de texto diminuto. Es la noticia sobre la muerte de Max: «Niño de cinco años muere ahogado en la piscina de su familia».

Leo el artículo, el cual explica la misma historia que ya me ha contado Dave. Según la noticia, la madre del niño al que no se nombra se había estado duchando cuando el niño había acabado en la piscina, e indica que no estaba claro si se había caído o si se había metido a propósito. Hay unos cuantos detalles que no conocía. A partir del periódico me entero de que la casa estaba en Old Westbury. El niño estaba a dos días de cumplir seis años. El artículo parece hacer hincapié en la descripción de cómo al niño ahogado lo había encontrado su hermano menor, que este había tratado de llegar hasta el niño con una red de piscina antes de ir a avisar a su madre. Me percato de que me estoy enfadando con el periodista. Seguramente ya he leído decenas de artículos como este y no he tenido esa reacción, pero en esta ocasión, al conocer al niño y al preocuparme tanto por él, todos esos detalles horripilantes sobre cómo «el hermano menor» lo había descubierto me parecen un exceso muy perverso por parte del autor, algo que solo ha añadido para insertar patetismo e intriga en un artículo de contratapa, para emocionar al lector y nada más. No hay nada de delicadeza, ninguna muestra de cariño hacia el niño que era Leo, no solo un «hermano menor» sin nombre, y mucho menos un elemento especialmente trágico de una historia.

Enfadada y triste, dejo el artículo a un lado y hojeo el resto de documentos que contiene la caja en busca de las otras fotos que Leo me ha dicho que había, pero, más allá de la foto de la clase, no encuentro nada más. Este debe ser el cajón de escritorio del que Leo me ha hablado, pues ¿qué posibilidades hay de que haya otro igual en la casa? Saco el neceser de maquillaje a rayas de la parte trasera del cajón, al imaginar que tal vez las fotos estén ahí. Sin embargo, cuando abro la cremallera, veo que está lleno de botes de medicamentos con tapa blanca, casi doce de ellos. Llevo la mirada a la puerta por instinto una vez más, aunque no hay nadie. Estoy a solas con las pastillas.

Doy la vuelta a los botes con cautela para leer las etiquetas. Diazepam, oxicodona, petidina. No hay ningún antibiótico, ni medicamento para la diabetes ni para el corazón, sino que todo lo que contiene el neceser son analgésicos, y de los fuertes. Las etiquetas muestran una mezcla de distintos nombres de médicos que las han recetado y distintos diagnósticos: Dr. Jonas, Dr. Schietzmann, Dr. Laghari, Dr. Reddy; traumatismo cervical, migraña, dolor de espalda, ciática. Algunos de los botes están vacíos y otros, llenos, pero la mayoría se halla en algún punto medio. Pese a que ya sabía que Katherine tomaba pastillas en ocasiones por el dolor en la espalda, esto es demasiado. No es posible que alguien necesite tantos analgésicos. Todos esos médicos, con todos los motivos distintos... y las fechas. Tiene que haber cientos de pastillas ahí dentro, y no hay ni una sola prescripción que sea de hace más de unos meses. «No maneje maquinaria pesada», advierten las etiquetas; «Riesgo de sufrir somnolencia profunda, depresión respiratoria, un coma o la muerte»; y, cómo no, «Mantener fuera de la vista y del alcance de los niños».

Me pregunto si Leo habrá encontrado el neceser. Imagino que lo más probable es que sí. Si estaba husmeando por los cajones, no creo que abriera una caja y no le hiciera caso al neceser que había al lado. Pensar en ello, en un niño joven y curioso que se daba de bruces con un neceser a rebosar de opioides y barbitúricos, me llena de miedo. En contra de mi voluntad, me imagino a Leo inconsciente y azul, con espuma en la boca por una sobredosis, tras haberse metido una pastilla con forma de caramelo en la boca. Y ahora tengo que dejar el neceser donde estaba, al alcance de Leo, a menos que quiera que Katherine se entere de que alguien lo ha descubierto y sospeche que he sido yo. ¿Qué haría ella? Si llegaba el momento de traicionar a alguien, de deshacerse de él tal como me había dicho Dave, sería ese. Y entonces Leo se marcharía. Y no tendría ningún modo de volver a llegar hasta él para cuidarlo.

Todo lo que Dave me ha contado parece ser cierto. Leo cree que tiene la culpa de que su hermano haya muerto, pues alguien se lo ha dicho. Katherine es mentirosa, manipuladora y un peligro para su hijo. Me pongo de pie y me sitúo ante la puerta corredera de cristal, mirando hacia el exterior, temblorosa por la adrenalina y la ira. Observo el jardín, donde la luz del porche de los vecinos separa su jardín en dos secciones: una iluminada y una a oscuras. Resulta extraordinario el modo en que ambos pueden estar tan unidos, la luz y la oscuridad. Resulta extraordinario cómo una puede estar bajo la luz, con todo tan visible como el día en sí, y luego dar un paso a la izquierda y sumirse de repente en la oscuridad, en la falta de visión. Luz y oscuridad, verdad y mentira, amor y odio, todo apretujado uno al lado del otro. Escoger entre un elemento u otro es cuestión de escasos milímetros.

Pienso en Leo de pie junto a la piscina hace dos años, mirando a su hermano, quien no sale de allí; en Leo mirando a su madre, con los ojos muy abiertos y aterrado, mientras ella le dice que lo que ha pasado es culpa suya, que es culpa de los dos y que los meterán en la cárcel si alguien se entera de lo que ha ocurrido en realidad; en Leo escondiéndose en un guardarropa tras ver a una agente de policía y creer que ha ido a buscarlo; a Leo solo en esta casa con Katherine, o en algún piso de la ciudad, después de que Dave se marche y se lleve con él todo lo que sabe.

En el jardín de los vecinos, el pastor alemán me ha visto en la ventana y ha dejado de dar vueltas con tanto frenesí. En su lugar, se ha apoyado en la valla, con las garras colgando por encima, y me mira a los ojos mientras no deja de ladrar. Sus encías negras relucen por la saliva, y sus dientes afilados muerden el aire. Pienso en Leo, demasiado asustado para salir a jugar a su propio jardín por culpa de este chucho. Este chucho lunático y violento que no hace otra cosa que gruñir y ladrar. Todo lo que rodea a Leo es violento. Todo ladra y gruñe, todo es frío, mentiroso y traicionero. No hay ni un atisbo de piedad en ninguna parte, ni un atisbo de cariño o de compasión. Noto el calor en mi estómago, el vacío del hambre unido a una ira que crece por momentos, y miro al perro al tiempo que pienso: «Bueno, vale. ¿Vlad? ¿Te apetece que hagamos un trato tú y yo? ¿Por qué no? Una criatura violenta y aterradora menos que asuste a Leo».

Llevo la mano al tirador de la puerta corredera, mientras empiezo a jadear por la furia y la expectativa, y pienso: *De verdad, ¿por qué no?*

CAPÍTULO TREINTA Y TRES

Los hombres quemaron mi casa hasta los cimientos bajo la reluciente luz del alba de una mañana de enero, pero no consiguieron echarme del lugar. Me quedé observando desde los árboles cómo el humo negro se alzaba hacia el cielo azul cristalino. Luego empecé a escalar el Mont Blanc.

Sabía que había un chalé de esquí abandonado a poco más de un kilómetro por encima del pueblo, por lo que me dirigí allí. Se trataba de un edificio de piedra con un amplio tejado abovedado de madera que se inclinaba justo hasta la pendiente de la montaña. En el interior encontré una habitación espaciosa y luminosa, llena de colchones polvorientos y podridos, y me dejé caer sobre uno de ellos para quedarme allí tumbada durante varios días mientras gemía por el dolor de la quemadura que me habían hecho en la cara. Las ventanas del chalé estaban mugrientas, faltaban varios peldaños de las escaleras, y unas manchas de moho se extendían por las paredes con papel pintado de las salas. Los roedores vagaban por el lugar de noche hasta que empecé a matarlos. Era perfecto, un lugar igual que yo: vacío, abandonado y oscuro. No contenía ningún intento por aparentar ser un hogar civilizado ni tenía ningún armario para ocultar la ausencia de comida, sino que se trataba de una cueva húmeda y vacía para una criatura monstruosa. Pues no era una persona; era el *Nacht Bestie*. No necesitaba una casa, sino una madriguera de la cual salir de caza y a la cual pudiera regresar cuando hubiera acabado. Opinaran lo que opinaran de mí, pensaba seguir protegiendo Chamonix, a Anais y a los niños.

Por la noche, descendía desde el chalé. Escondida entre los árboles, comprobaba el estado del orfanato. Me dolía horrores pensar en lo que les podrían haber dicho de mí a los niños. Con todo lo que su profesora les había enseñado sobre la valentía, la resistencia y la esperanza, que luego alguien les dijera que era una espía representaba una traición demasiado terrible como para imaginármela. Y lo mismo con Anais, pues estaba segura de que le habrían contado la misma historia. También sabía que no iba a creérsela, que iba a saber ver entre las mentiras de Seydoux, pero ¿en qué posición la iba a poner eso? ¿Qué iba a significar para ella que todo el mundo pensara que su mejor amiga había sido una espía alemana?

Pese a que en ocasiones deseaba haber matado a Seydoux y a los otros hombres, me recordaba una y otra vez que eran franceses en un pueblo y un país que necesitaba a todos los franceses posibles, además del triste y solitario hecho de que Chamonix era de ellos de un modo que nunca había sido ni iba a poder ser mío. Anais iba a envejecer y a morir allí. Mis estudiantes iban a envejecer y a morir allí. ¿Y qué iba a hacer yo? En algún momento me iba a tener que marchar, pues mi destino era perderlo todo, ver cómo todo acababa prendido fuego en algún momento. Chernabog, el dios de los finales, iba a ser mi único compañero de por vida.

Seguí cazando tanto animales como soldados. A los animales los dejaba frente a la puerta del orfanato o del café, mientras que a los soldados los arrojaba a la nieve detrás del chalé. No me molestaba en ocultar su presencia. Los lobos se peleaban por los cadáveres por la noche, y un bonito lince moteado les daba golpecitos delicados con sus pezuñas a los restos congelados durante el día. Si de algún modo los alemanes llegaban a encontrar mi nuevo lugar de residencia, no les iba a costar nada hallar los huesos de sus compañeros soldados. Pues que lo hicieran. Me daba igual. En lo alto de la montaña, solo tenía que preocuparme por mí misma, solo tenía que cuidar de mí.

Continué viviendo de ese modo durante varias semanas. Entonces, un día, me desperté alrededor del mediodía y vi que una columna de humo negro se arremolinaba hacia el cielo desde algún lugar más bajo. Descendí la montaña con cuidado, pues no me había acercado al pueblo de día desde la mañana en la que me habían echado. A pesar de que ya no tenía la quemadura en la mejilla que delataba quién era, muchas personas habrían sido capaces de reconocerme de todos modos.

Oí unos gritos amortiguados desde bastante lejos. La columna de humo se volvía más amplia y oscura cuanto más se acercaba al suelo, y unos espeluznantes copos blancos de ceniza caían desde el cielo. Los límites exteriores del pueblo estaban tranquilos y en silencio, pero podía oír un alboroto que procedía de la plaza del centro. Recorrí un callejón estrecho y adoquinado y me adentré en las sombras de las puertas y de los callejones cuando me acerqué lo suficiente para observar la situación.

La gente del lugar se había reunido en un grupo agitado en la plaza. Hombres y mujeres deambulaban por allí y daban vueltas sin rumbo alguno, entre gemidos y gritos, como ovejas en un corral rodeado de lobos. Las mujeres lloraban, y varios de los hombres tenían heridas horripilantes que goteaban sangre hacia sus ojos, sus camisas o las solapas de sus chaquetas. Entre ellos vi a Jean-Luc Fevrier, de tan solo doce años, llevándose un trapo a su frente ensangrentada.

En el borde de la plaza, lo que antes había sido la taberna se había convertido en una enorme boca oscura, de bordes irregulares, ennegrecida por el hollín y que soltaba humo. Algunos hombres, con Seydoux entre ellos, cargaban con cubos llenos de nieve y la arrojaban hacia el ardiente corazón de las llamas. Monsieur Bonard, el tabernero, yacía junto a la fuente. Su mujer le estaba lavando la herida roja que tenía en medio del rostro, y sus hijos habían hecho una piña a su alrededor y se abrazaban.

Me apoyé contra una pared y traté de comprender lo que estaba viendo, y, al hacerlo, noté con el dedo un agujero suave y todavía cálido. Se trataba de un agujero de bala. Una vez que supe lo que debía buscar, los vi por toda la plaza: los edificios y las casas estaban repletos de agujeros de bala.

Oí un grito grave lleno de angustia, y todas las personas de la plaza se volvieron en dirección a su origen. En la última casa del lado opuesto de la plaza, un hombre acababa de encontrar el cadáver de su mujer. Se había estado escondiendo (me pareció bastante evidente que de los alemanes) en un lateral de su casa, con su hija bebé en brazos. Una bala perdida le había dado en la cabeza, y había caído a la nieve junto a su hija.

Caminé junto a los demás, a quienes el dolor no les permitía prestarme atención, hacia el hombre que gritaba, pero, cuando vi el cadáver —su mujer tirada en el suelo, con las piernas dobladas de forma grotesca, los ojos clavados en el cielo, y el bebé retorciéndose y llorando contra su pecho—, pensé en el orfanato y me volví en su dirección.

—¡No! —exclamó una voz masculina.

Era aquel hombre, el conductor del vehículo, el alpinista que me había quemado la cara. Me había visto y se había alejado del grupo que trataba de apagar el incendio.

—¡Espía! —gritó, con la expresión llena de ira—. ¡Trabaja para los alemanes!

Seydoux apartó la vista del fuego. Cuando me vio y se dio cuenta de lo que estaba sucediendo, una expresión de cansancio lúgubre le pasó por el rostro, como si lo estuvieran arrastrando a un juego del que ya se había hartado. Pasó su mirada, llena de terror, de mí al otro hombre.

Los demás también volvieron sus miradas atemorizadas hacia mí, y yo se las devolví con el mismo sentimiento. Entonces empecé a correr. Con el rabillo del ojo, vi que el hombre emprendía la marcha a toda prisa detrás de mí. Tenía que llegar al orfanato. Tenía que saber si los alemanes también habían ido allí o si los niños seguían a salvo. Recorrí callejones tan deprisa como pude y doblé esquinas a toda velocidad mientras me resbalaba sobre los adoquines húmedos. Y, durante todo el trayecto, oí los pasos del hombre que me perseguía, además de su voz, que gritaba alto y con furia: «¡Traidora! ¡Espía! ¡Deténganla!».

Las casas más allá de la plaza parecían no tener ninguna marca de bala, y, conforme me acerqué más, me atreví a albergar la esperanza de que el orfanato se hubiera salvado del todo. Pero entonces empecé a divisar el edificio. Vi que la puerta principal del orfanato estaba abierta, y no había nada más que oscuridad al otro lado. ¿Por qué habían dejado la puerta así? No me parecía normal, y, además, las flores en una esquina del parterre justo al lado de la entrada estaban volcadas y aplastadas, como si alguien las hubiera pisado.

Casi había llegado —solo unos treinta metros más—, cuando oí el percutor de un arma, y entonces me explotó el brazo. El mundo entero estalló con un color blanco, como un diente de león al soplarlo, y una lluvia de estrellas fugaces cayeron a mi alrededor. Caí hacia delante, contra un lateral de la estatua de san Juan, y la nieve sucia del borde de la base me hizo arder la frente con lo fría que estaba. Me miré el brazo: un ramo de carne arrancada y sangre, huesos y tendones, una bonita carnicería. La sangre, mi sangre, caía con fuerza por el costado de mi vestido.

Oí los pasos del hombre que se acercaba una vez más, y aparté la mirada de donde había caído para enfrentarlo. Había vuelto a cargar su pistola y la estaba alzando hacia su ojo. El dolor de mi brazo era tan intenso que casi ni podía ver bien, y, a través del confuso vértigo del dolor, apoyé la mano sobre un adoquín y noté que se movía y se soltaba bajo mi mano. Un segundo disparo sonó, y otra bala me atravesó la parte inferior izquierda del pecho. Noté que algo en mi interior reventaba, un tambor tenso y estirado que de repente se volvió holgado, y entonces, como si me hubiera sumergido bajo el agua, me quedé sin aire.

—¡Para! —El grito de una mujer sonó alto y lleno de agonía.

El sonido del disparo había hecho salir a Anais del orfanato, y esta se quedó en la puerta, doblada hacia delante por la fuerza con la que había gritado.

—¡No le dispares!

Al final del oscuro túnel en que se había convertido mi visión vi que el hombre con la pistola miraba hacia Anais. Envolví el adoquín con los dedos, eché el brazo hacia atrás y se lo lancé a la cabeza. Lo alcancé en la parte superior de la frente, y el hombre se llevó una mano a la cabeza y trastabilló hacia atrás.

Me llevé el brazo no herido al pecho y me puse de pie de un impulso. Me pesaban los ojos. Los arrastré hacia un cielo que se estaba quedando sin azul, que estaba perdiendo todo su color y su significado. Los pájaros volaban bocabajo, y las nubes estaban hechas de cenizas que caían poco a poco, como nieve, sobre todo el mundo. Oí unos pies que se arrastraban por la nieve; Anais se había acercado corriendo, pero Monsieur Seydoux la estaba reteniendo.

—¡Quítame las manos de encima! —gritó Anais, y luchó como un tejón para zafarse de los brazos del hombre.

El hombre que había caído al suelo había vuelto a moverse: había alzado la cabeza de los adoquines y tanteaba en busca de su arma, la cual se le había caído de las manos y había rebotado a unos metros de distancia. Le eché un último vistazo a Chamonix, a sus calles adoquinadas, a los toldos de las cafeterías y a las fuentes, a las pendientes blancas de la montaña que se alzaban más allá de los tejados, a Anais peleando y maldiciendo por mí.

—Tengo que irme, Anais —traté de decirle, aunque mi voz casi no produjo ningún sonido—. Por favor, díselo a los niños.

Le di la espalda al hombre que sangraba despatarrado en el suelo, a las demás personas del lugar, que se habían refugiado en los callejones y susurraban entre ellas. Empecé, con todas las fuerzas que me quedaban, a correr otra vez.

—¡Anna, no! ¡No te vayas! ¡Por favor! —oí que gritaba mi amiga—. ¡Ha habido algún error!

Tenía razón. Sí que había habido un error, solo que era uno que yo misma había cometido, uno que nunca podría rectificar. Medio corriendo y medio arrastrando los pies, sin aliento y goteando sangre como si de un camino de miguitas se tratase, hui de allí. Corrí, corrí y seguí corriendo.

Nunca me llegué a enterar de qué les ocurrió a los niños judíos —Jacov, Hadassa, Michiline y Mendel—; nunca supe si habían sobrevivido o si habían muerto.

CAPÍTULO TREINTA Y CUATRO

Horas más tarde, estoy en el sofá del salón de los Hardman. Cambio de canal en la televisión de vez en cuando para intentar no pensar en nada. Debo confesar que, durante el tiempo que he pasado en casa de los Hardman, he quedado seducida por la compañía alegre de aquel aparato, por artificial que esta sea. Tiene una especie de poder sedante, y en ocasiones me doy cuenta de que me he quedado mirándola sumida en una especie de horror lleno de fascinación. Resulta de lo más útil para tranquilizarse si una se encuentra en un estado agitado después de, por ejemplo, haberse deshecho de un matón del vecindario.

Cambio de canal y acabo en una comedia: personas ordinarias adrede en un escenario de clase media ordinario adrede que ponen los ojos en blanco el uno al otro y le quitan cosas a los demás de un manotazo, muy para el deleite de un público al que parecen haber rociado con gas de la risa. Cambio otra vez. Videoclips: jóvenes que dan vueltas y saltos, con el cabello meciéndose al aire y sus estómagos suaves puntuados por las comas oscuras que son sus ombligos. Cambio de nuevo y acabo en las noticias. La Bolsa de Nueva York ha tenido un día de cifras récord, un político habla con mucha seriedad sobre el crimen que azota varias ciudades, los Buffalo Bills van a jugar contra los New York Jets dentro de poco. Luego comienza un segmento de noticias internacionales: un intento de golpe de Estado en un país de Europa del Este ha provocado que el secretario general comunista se escondiera. Estoy a punto de volver a cambiar de canal, con el dedo flotando sobre el botón, cuando oigo una voz en la televisión que me resulta extrañamente familiar. Es una voz fuerte, alta y llena de confianza, que grita en un idioma lo bastante cercano al ruso como para que pueda entender a grandes rasgos lo que dice:

«¡Queremos que se nos remunere el trabajo! ¡Queremos comida para nuestros hijos!».

La pantalla muestra la espalda de un hombre alto y corpulento que lleva una chaqueta de invierno de seda oscura. Grita frente a una muchedumbre, y lo que él dice, los demás lo repiten. «¡Queremos electricidad y calefacción! —entona el hombre hacia el grupo—. ¡Que no se nos racione el pan!».

La cámara se desplaza, por lo que el rostro del hombre aparece en pantalla, con su tez bronceada y unas cejas y barba espesas y negras. No me lo creo: es Ehru. Es mi hermano, mi hermano adoptivo de hace tantísimos años. Mi hermano, a quien me lo había imaginado viviendo para siempre en el corazón oscuro del bosque de los Cárpatos, talando leña y defendiendo de buena gana a su mujer y a su hija de los osos y los lobos. Pues parece que ha salido del bosque. Y ahí está, organizando una revolución, alentando a un ejército civil a luchar contra algún tirano.

Quiero saber muchísimo más. ¿Dónde está? ¿Por qué causa está luchando y por qué lo hace? Sin embargo, no había estado prestando atención al inicio del segmento cuando daban los detalles, y ahora ya ha acabado y es poco probable que vayan a repetir la información. ¿A qué estadounidense le importa la falta de alimentos y los cambios de régimen en Europa del Este cuando los Bills van a jugar contra los Jets? Lo único que puedo hacer es quedarme ahí asombrada y preguntándome mil cosas para las que nunca podré obtener respuesta. Un tiempo después, una sola pregunta, no logística, sino relativamente filosófica, se queda en mi mente y se niega a dejarme en paz. Ehru ha salido en la televisión. A Ehru lo conocían los miembros de aquella muchedumbre. Se había ganado su confianza. Era su líder. ¿Cómo se ha atrevido a mezclarse tanto en la vida de los demás y en los sucesos que lo rodean? ¿Cómo se ha atrevido a ser tan visible? ¿Y por qué? ¿Qué motivo valdría tanto la pena como para sumarse a aquella lucha? No era más que una sola lucha entre las miles de luchas constantes, horripilantes y sin esperanza que se desataban en todo el mundo y en todo momento. Yo ya me había involucrado una vez y había aprendido la lección. ¿Cómo podía ser que Ehru no se hubiera dado cuenta de lo mismo? Con la línea temporal eterna y con un riesgo tan alto y duradero como el suyo, ¿por qué no tratar de pasar inadvertido? ¿Por qué no mudarse a un lugar tranquilo y pacífico y dejar que los *vremenie* combatan en sus propias batallas sin esperanza? Aun así, sé muy bien la respuesta. Ehru siempre fue descuidado. Durante mucho tiempo, aquel rasgo me había parecido una locura. Y tal vez sí que lo había sido, pero en aquella última noche que había pasado con él, mientras habíamos construido el ataúd de su hija que estaba a punto de renacer y él me había hablado con tanta calma y con tanta alegría sobre la familia y el futuro que estaba por venir, lleno sin duda tanto de buena como de mala suerte, su temeridad ya no había podido seguir confundiéndose con la locura, sino que había sido valentía. Lo había visto llevar a su amor hacia la oscuridad, tan lleno de valentía temeraria, y un tiempo después me había alegrado pensar en ello. Me gustaba imaginarme a Ehru en paz, con su mujer y su hija, y, cada vez que lo hacía, las mismas palabras me pasaban por la mente; las que su hermano le había dicho la noche que había dado su vida por Ehru: «¡Vete! ¡Vive!».

Acabo quedándome dormida, y los estallidos de luz que saltan de la pantalla se adentran en mis sueños en modos extraños. Estoy frente a la ventana de la cabaña de Piroska con alguien. Se trata de Vano, pero, en algunos momentos, este se convierte en Ehru, y, en otros, son los dos al mismo tiempo, como si fueran imágenes que se ven a través de prismáticos y que en ocasiones aparecen enfocadas como una sola entidad y en otras se separan en dos. Unos brillantes destellos de luz en el exterior se disuelven contra los troncos oscuros de los árboles. La cabaña parece estar medio enterrada, por lo que la tierra se cuela entre las rendijas de las paredes.

—Casi ha llegado el momento —dice Ehru, con su voz que siempre había sonado como la de un comandante de algún ejército—. ¿Estás preparada?

—¿El momento de qué?

Es Vano quien me contesta entonces, con su voz grave y amable.

—Para el vacío, para la muerte de todo lo que conoces. Se dice que llegamos desnudos a este mundo, y desnudos lo dejamos. Se acerca el momento en el que lo perderás todo y caminarás con las manos vacías hacia un nuevo tiempo. ¿Estás preparada?

—¿Cómo lo voy a saber yo?

Vano, luego Ehru, y luego Vano otra vez me sonríe, y una gotita de sudor se le desliza hacia los ojos.

—¿Estás cansada de la realidad? ¿Estás tan cansada que estarías dispuesta a entregar cualquier otra cosa si se te pidiera, fuera cual fuere?

Caen unos misiles sobre nosotros y nos cubren en una lluvia de siseantes ascuas azules, rojas o blancas, y la tierra sigue susurrando al deslizarse entre las rendijas.

—Sí que estoy cansada —murmuro, y lo noto: la fatiga de casi dos siglos de vida, el incontable dolor y la amargura que se han apoderado de mí durante todo ese tiempo—. Todo se está desmoronando. Estoy cansada de intentar soportarlo todo cuando lo único que parece querer hacer es desmoronarse.

—Entonces estás preparada —dice Ehru con firmeza, y sus palabras me asustan, como si me acabara de mandar a luchar a la primera línea de infantería.

Un misil grande y escurridizo explota en el cielo, y sus ascuas intentan adentrarse a través del tejado de paja. Me despierta el sonido de unas llaves al girar en la cerradura de la puerta principal.

Me incorporo y me froto los ojos, desorientada. Todo está a oscuras, salvo por la luz cambiante y errática del televisor, que se multiplica en el cristal de la puerta corredera. La luz llega hasta los árboles del exterior, y por un instante me parecen unas figuras pálidas que esperan en silencio al otro lado del cristal. Echo un vistazo al reloj y veo que pasa un poco de las once. Me pongo de pie con torpeza, con el único objetivo de marcharme de aquí. No quiero darle a Katherine la oportunidad de mentirme, porque me da miedo que pueda acabar llamándola «mentirosa» a la cara y lo eche todo a perder, del mismo modo que me da miedo que no lo haga, sino que me limite a sonreír y asentir para seguirle el rollo, tal como la lógica me indica que debería hacer, y entonces me doy asco a mí misma. Solo quiero irme de aquí.

Katherine entra con su chaqueta todavía puesta y camina desde la puerta hasta el salón muy despacio, como un trapecista en la cuerda floja. Se sienta al fin en un sillón junto al sofá y clava la mirada en el televisor.

—Siento mucho haber tardado tanto —dice con un tono acompasado que ha conseguido con cierto esfuerzo, al igual que la calma de su pose en el sillón y la inmovilidad de su mirada. Me pregunto de qué irá toda esa pantomima, cuál será su estrategia ahora.

—No pasa nada —digo, caminando por el lado de la mesita con cuidado—. Tienes un sofá muy cómodo.

Atravieso el salón en dirección al recibidor, en cuyo armario cuelga mi chaqueta.

—Te has enterado de lo de Max —dice Katherine.

Me detengo en el umbral del recibidor y me doy media vuelta.

—Dave me ha contado que habéis estado hablando.

Parpadeo, con miedo de decir nada. Sigue con la mirada clavada en el televisor, donde una mujer limpia un líquido derramado con un papel de cocina increíblemente absorbente, y me alegro de que tenga la mirada posada allí y no sobre mí, pues estoy segura de que mi consternación se me nota en el rostro. Me pregunto cuánto le ha contado Dave sobre lo que hemos hablado antes, y, sobre todo, por qué. ¿Cómo se le ocurre contárselo después de que él mismo me dijera que tratara de mantener un perfil bajo y me hiciera la loca? También se me pasa por la cabeza que debía haber sabido que no debía meterme entre un marido y una mujer peleados. ¿Cuán tonta podía llegar a ser?

—Sí —acabo diciendo—, sí que me he enterado. Aunque no tengo todos los detalles, solo sé que era el hermano de Leo y que murió. Dave me ha confirmado lo que yo había supuesto a partir de algunas cosas que me ha mencionado Leo... por accidente. Siento muchísimo lo que pasó, Katherine. No me puedo imaginar lo doloroso que habrá sido, lo doloroso que seguirá siendo ahora, seguro.

—Prefiero que Leo no hable de eso. Y tú no estás de acuerdo.

¿Es una pregunta o una afirmación? No estoy del todo segura, pero sí que estoy de lo más incómoda por los derroteros a los que se dirige esta conversación. Katherine, al saber más que yo, tiene las de ganar; y me siento más que acorralada.

—¿Por qué lo dices?

—Eso da igual. Quiero saberlo. Eres profesora y trabajas con niños. ¿Qué opinas tú?

Tiene pinta de trampa. De algún modo, tengo que evitar caer en ella. Aun así, también tengo que pensar en Leo. Estoy frente a una oportunidad, seguramente la única que se me va a presentar a mí, o a cualquiera, para decirle a Katherine lo que de verdad sería mejor para él, para suplicarle que haga lo que Leo necesita. Sea una trampa o no, tengo que decírselo.

—Bueno..., si insistes..., creo que Leo al menos debería tener a alguien con quien pueda hablar de ello.

—¿Y ese alguien deberías ser tú?

—¿Qué? No. —Noto que el calor me invade las mejillas. Pese a que no estoy muy segura de qué es lo que está insinuando, no puede ser nada bueno—. Diría que esa persona podrías ser tú, pero entiendo que para ti ese tema todavía sea demasiado doloroso. En ese caso, lo mejor sería que fuera otra persona, alguien que comprenda la situación y se preocupe por Leo.

—¿Alguien como tú?

—Katherine, no estoy segura de lo que intentas decir. No he pedido estar aquí ni he querido... involucrarme en todo esto.

—Entonces lo mejor habría sido que no hubieras hablado con quien pronto va a ser mi exmarido y que no hubieras compartido tu opinión sobre mis decisiones como madre con él. Porque parece pensar que estás de su parte en todo esto.

—¿Cómo? Oh, no, no. Por supuesto que no. No le he dado mi opinión a Dave, ni a favor de uno ni del otro, y no tengo ningún interés en decantarme por ningún bando. Tú me has pedido mi opinión, y por eso, a regañadientes, te la he dado. Pero esta es tu casa y tu familia. Puedes hacer lo que tú quieras. A partir de ahora, me quedaré al margen.

—Trato hecho —dice con brusquedad—. ¿Ahora te apetece que hablemos de lo peor que te haya pasado a ti y que debatamos lo bien que lidiaste con ello?

Por unos momentos, me quedo mirándola con la boca abierta, antes de dar media vuelta y sacar la chaqueta del armario.

—No tengo ni idea de lo que haría si estuviera en tu posición, Katherine —le digo mientras me pongo las mangas—. Solo quiero ayudar, en caso de que haga falta ayuda. No te juzgo ni me decanto por nadie.

No me contesta, y, cuando salgo por la puerta, no se molesta en alzar la mirada, sino que sigue sentada, completamente quieta, con la mirada clavada en el televisor.

Estoy hecha una furia mientras conduzco a través del oscuro camino de tierra en dirección a casa desde la de los Hardman. Estoy enfadada e indignada con Katherine; estoy enfadada con Dave y no confío en él. No quiero tener nada que ver con ninguno de los dos. Nunca he querido involucrarme, aunque, como siempre, cuando los tiro a los dos a la basura mentalmente y me juro y me perjuro no volver a hacerles caso, Leo se me pasa por la cabeza. Pienso en él tal como lo he dejado esta noche: tumbado de lado, hecho un ovillo, aferrado a Max y llorando, con las manos apretadas con fuerza contra las orejas, gritando a pleno pulmón que la muerte de su hermano fue culpa de él, que su madre se lo dijo, y que quizás hasta tenga que ir a la cárcel por ello. No puedo desentenderme de Leo, pero ¿cómo puedo quedarme con uno sin tener que lidiar con los otros?

Delante, bajo el brillo de los faros del coche, veo el buzón de los Emerson, un pez verde y marrón con una boca que se abre para recibir las cartas y la propaganda a diario. El largo camino de gravilla que forma una curva hasta la granja de los Emerson está justo al lado. A pesar de que tengo que levantarme temprano para estar lista para la escuela, me dispongo a aparcar, sin haberlo decidido de verdad. Por alguna absurda razón, lo que más me apetece ahora mismo es tumbarme en aquel cálido establo sobre el suave y calentito costado de una de las vacas para ponerme a beber. Llevo el coche tan lejos del camino como me es posible para esconderlo entre unos arbustos. No quiero que nadie lo vea ni que se lleve ningún golpe. Saco el botecito de WD-40 de la guantera, salgo del coche y empiezo a caminar.

La luna sobre los árboles está en su fase creciente, una sonrisa de gato de Cheshire. Mi aliento asciende en unas gruesas columnas del mismo color que el satélite: un vapor mineral y pálido que se alza hacia las estrellas. La parte trasera del establo se cierne sobre mí. Esta vez me he acercado a la modesta casa de tejado de tablillas marrones de los Emerson por detrás. A través de los listones inferiores de cristal de la ventana, veo una luz en el pasillo de paneles de madera. Me detengo a observar desde el arco ensombrecido que trazan dos árboles. Se abre una puerta. Una anciana de cabello blanco que lleva una bata floreada, May Emerson, sale de un baño. La luz tras ella se apaga, y, después de esa, la del pasillo. La luz se queda a oscuras de nuevo. No me muevo por un momento, pues no es una buena situación. Puede que May se haya ido a la cama, pero también es posible que haya ido a la cocina a servirse un vaso de agua a oscuras. Podría estar en este preciso instante en el fregadero detrás de una de estas ventanas oscuras, mirando hacia el exterior entre sorbo y sorbo.

Espero hasta que me parece que la única opción es avanzar ya o dar media vuelta para irme a casa. Me muevo por el borde de los árboles, tras lo cual me separo de ellos para ir al establo. Bajo la sombra de dicho edificio sé que nadie me verá, por lo que recorro el lateral hasta la entrada. Las puertas se deslizan con suavidad. Al final no me ha hecho falta el WD-40. Imagino que las he lubricado más últimamente de lo que nunca lo habían estado.

El olor dulce de la paja y el calor llega hasta mí, y mi respuesta es pavloviana: la boca se me hace agua al instante. Voy a la última casilla de la izquierda; les he estado dando a las vacas nombres que acaban en «-ora»: Cora, Lora, Mora y demás. A esta vaca en concreto la he bautizado como Dora. Me dejo caer en la paja puntiaguda junto a Dora. Una de sus orejas da una sacudida para apartar a una mosca en sueños. Agotada en cuerpo, mente y espíritu, me hundo contra su piel de terciopelo y bebo.

Oigo, en algún lugar cercano y de forma nublada, una voz.

El gorjeo de un ave. Una voz como de pájaro que cacarea.

—¡Señoritas! —canturrea con una voz alegre—. ¡Polluelas!

Otro gorjeo. Palabras.

—Soltad lo que tenéis, señoritas. Ya sabéis lo que toca.

Abro los ojos con cierto dolor y veo un atisbo de cielo azul añil tras una rendija situada entre dos lejanos tablones de madera. Tengo los ojos cubiertos de papel de lija. Algo afilado se me está clavando desde alguna parte.

—Venga, señoritas, sé que tenéis más escondidos por aquí. Si acabo pisando un huevo porque se os ha ocurrido esconderlos en la paja, eso no nos servirá de nada a ninguna, ¿a que no?

Un pájaro entona su canto matinal en algún lugar cercano, y me enderezo de sopetón, mientras una punzada de pánico me recorre el cuerpo.

Me he quedado dormida.

He pasado la noche durmiendo en el establo.

Los Emerson ya se han levantado. Uno de los dos podría estar de camino al establo para ordeñar las vacas. Si hubiera dormido más rato, podría haberme despertado uno de ellos al darme golpecitos en el hombro. Unas nuevas oleadas de pánico me recorren el cuerpo una tras otra.

Bajo la mirada. Dora sigue tumbada con la cabeza sobre sus patas delanteras.

Al otro lado del establo, la vaca de la casilla opuesta está de pie y me mira fijamente mientras mastica un poco de paja de forma metódica.

Tengo las extremidades entumecidas. Por culpa de la prisa por huir de ahí, me apoyo sobre el amplio lomo de Dora para ponerme de pie. Ya da igual si se despierta, porque todas las demás vacas ya lo han hecho. Solo que no se despierta. De hecho, no se mueve ni un ápice. Le doy otro empujoncito, y todo lo que tengo dentro, hasta la última célula de mi cuerpo, siente un hormigueo de desesperación.

—No, no, no, no, no —susurro mientras le paso las manos por la piel. Tiene el cuerpo rígido. El calor vital del que he disfrutado todas estas noches es más tenue y se está desvaneciendo. Me cubro la boca con la mano antes de mirar siquiera. Entonces paso por encima de ella, bajo la mirada y la aparto. Sus ojos están vidriosos: unas canicas marrones que no ven nada. Me he quedado dormida bebiendo de ella, y, como una garrapata o una sanguijuela, me he pasado toda la noche bebiendo.

—¡Ajá! Así que ese es tu nuevo escondite, ¿no, Beatrice?

May. Por Dios, está justo al lado del establo.

—Pues bueno, señorita, parece que te he descubierto.

No puedo irme por la puerta del establo. La mujer está en el gallinero. A pesar de que es posible que no vaya a salir ahora mismo, si lo hace nos encontraríamos cara a cara.

Miro en dirección a las puertas situadas en el altillo, la fuente de luz que me ha hecho doler los ojos nada más despertar. Escalo por encima de la casilla de forma tan silenciosa como puedo y subo por la escalera que conduce al altillo. Desde lo alto, veo la forma entera de Dora, hecha un ovillo en el suelo de su casilla. Dormida para siempre por mi culpa.

Me arrastro por la paja del altillo hasta las puertas, tras lo cual me agacho detrás de ellas y echo un vistazo por la rendija. Unos enormes y gruesos pétalos blancos caen poco a poco del cielo, o al menos eso es lo que esos copos de nieve demasiado grandes me parecen al principio. Todo está blanco. Los árboles, los cuales habían parecido flacuchos el día anterior, han aumentado de tamaño y rebasan de nieve. Una capa de nieve virgen lo cubre todo: el suelo, la caída de más de tres metros desde las puertas del altillo y mi camino más allá de la casa de los Emerson hasta adentrarme en los árboles. Me he quedado entre la nieve y la pared yo solita y ahora voy a tener que saltar hacia ella y recorrerla mientras dejo unas pisadas muy descaradas tras de mí. Y tampoco voy a poder cerrar las puertas del altillo una vez que haya saltado, por lo que se quedarán meciéndose al viento como dos enormes manos que se despiden de mí.

Oigo un tintineo metálico que bien podrían ser los cubos para ordeñar a las vacas, seguido de una segunda voz, más ronca que la primera, aunque no distingo lo que dice. Abro las puertas un poco. No tengo otra opción. O salto ya, o bajo por la escalera y les doy los buenos días a los Emerson. Cuando oigo el ruidoso traqueteo de la puerta del establo al rozar con la placa de metal del otro lado del edificio, salto.

Aterrizo a cuatro patas y me hundo en la nieve hasta los tobillos y los codos, pero al menos la nieve ha servido para hacer que mi aterrizaje fuera suave y silencioso. Entonces me pongo a correr de forma ligera y furiosa, como un zorro que se dirige a su madriguera. No ralentizo el paso ni miro atrás hasta que he recorrido el bosque y he salido al otro lado. La carretera ha desaparecido bajo la nieve, y lo que queda de ella es un camino para trineos a través del bosque.

No tengo ni idea de qué hora es. El cielo se ha tornado del color azul oscuro y amoratado previo al amanecer. Thomas y Ramona llegarán a la escuela a las siete y media. ¿Queda una hora para eso o acaso fue hace veinte minutos?

Me abro paso hasta donde creo que debo haber dejado el coche con un andar torpe y con saltitos para sacar las piernas de los pozos que se forman a su alrededor con cada paso que doy. Por delante veo un montículo blanco que reconozco como mi coche más que nada por los bultos en forma de orejas que son los retrovisores. Corro hacia él mientras saco los guantes de los bolsillos para poder empezar a apartar la nieve del lado del copiloto con las manos. Mientras lo hago, recuerdo el bote de WD-40 que había llevado en el bolsillo y que ha desaparecido. Saco nieve mientras escucho con atención en todo momento, a la espera de oír el sonido de un coche o una camioneta recorriendo la carretera: los Emerson a la caza de algún ladronzuelo. ¿Habrán encontrado el cadáver de Dora ya? Estoy casi segura de que sí. ¿Y las puertas del altillo? ¿Las pisadas? ¿Las estarán siguiendo? ¿Habrán llamado a la policía? ¿La policía trata con casos de vacas muertas? Seguramente sí. Las vacas son dinero, al fin y al cabo.

Por fin consigo abrir la puerta del lado del copiloto, me arrastro por encima del asiento, meto la llave y la giro. Cruje y cruje, pero no arranca.

—Ay, por favor, *ma vilaine fille*. Por favor, por favor, por favor.

El motor ruge. Las luces del salpicadero parpadean conforme el motor pierde fuerza y casi se apaga, aunque al final no lo hace, y ambos se encienden y se quedan encendidos.

—*Oh, merci* —susurro, y el aliento sale de mí en forma de vapor—. *Merci, merci.*

El reloj de la radio indica que son las 07:12 a.m. y, Dios, solo quedan dieciocho minutos hasta que Thomas y Ramona lleguen con su padre. El coche suelta resoplidos roncos y graves, pero continúa en marcha. Tomo la rasqueta del suelo del asiento del copiloto, vuelvo a arrastrarme para salir por la puerta de ese mismo lado y empiezo a apartar la nieve del coche. Me resulta mucho más eficiente con la rasqueta, y casi he acabado, pues solo me queda apartar los últimos grandes bloques que se han acumulado en el maletero, cuando oigo un lejano sonido de roce que proviene de la carretera que tengo a las espaldas y que se vuelve más alto con cada segundo que pasa. Una camioneta está en camino y avanza poco a poco por la nieve. Los Emerson. Están a punto de conducir hasta aquí y encontrarme donde no debería estar, sacando el coche de la nieve, donde no debería estar, con un sendero de pisadas que conduce directamente hasta su establo.

Abro la puerta congelada del lado del conductor, entro y me siento para tratar de pensar en una excusa que suene al menos un poco plausible. El sonido del roce es más alto que antes, todo un estruendo. Oigo cada roca que queda atrapada bajo la pala quitanieves de acero y que roza el suelo al tiempo que deja unos surcos.

Me quedo mirando el espejo retrovisor a la espera de que aparezca la camioneta Chevrolet beis de los Emerson. Sus rostros serán la peor parte, por lo que debo prepararme para ello. Estarán confusos, sorprendidos y consternados por que alguien fuera capaz de hacer algo así. Siempre han tenido fe en los demás, siempre han tratado a sus vecinos con confianza y con respeto y habían dado por sentado que sus vecinos iban a devolverles el gesto. Cierro los ojos y me preparo.

El roce se ha tornado un rugido. Está casi a mi lado. Ruge y roza más allá de donde estoy y se detiene. Abro los ojos. Un hombre vestido con una chaqueta de franela, un chaleco de nailon naranja y un gorro de caza está bajando de su máquina quitanieves y mira en mi dirección. No se trata de Henry Emerson. De hecho, no lo conozco. Es un conductor de quitanieves, un conductor de quitanieves que no me suena de nada. Da una carrerita hasta mi coche, con una expresión de preocupación en el rostro. Bajo la ventanilla.

—¿Está bien, señorita? —grita por encima del estruendo constante de su vehículo al ralentí.

—Sí, estoy bien —respondo, y añado un gesto tranquilizador con la mano. Aun así, se acerca hasta el coche—. ¡Estoy bien, gracias! —repito a través de la ventana que solo he abierto un poco—. Tendré un camino mucho más fácil ahora que puedo seguirlo.

—¿Está segura de que puede empezar a moverse en esto? —Echa un vistazo a las ruedas del coche, hundidas en grandes montículos de nieve. Los números verdes del reloj de la radio indican 07:26 a.m.

—Vaya, ahora que lo dice…

—Subiré a la quitanieves y la moveré un poco mientras le da gas para asegurarnos de que pueda salir de aquí.

—Se lo agradecería mucho.

—Solo asegúrese de que mete primera para que no se le vaya el coche hacia atrás y se me suba encima.

—Ah, sí. Menuda forma sería esa de devolverle el favor.

Desaparece hacia detrás del coche, tras lo cual noto que este se mueve un poco y le doy gas. Resulta que sí se había quedado atascado. El hombre vuelve a dirigirse a la ventana.

—Ahora ponga la marcha atrás y lo moveré desde delante.

Lo hacemos, y el coche queda liberado.

—¡Muchas gracias! —grito desde la ventana.

Me levanta un pulgar metido en un guante grueso, se da media vuelta y corre hacia su quitanieves. Lo sigo durante más de un kilómetro mientras observo el reloj con cierta obsesión —07:29, 07:30, 07:31— y no dejo de sudar. Las huellas de las ruedas de mi coche se mezclan de forma imperceptible con las de la máquina quitanieves. Al menos me queda ese consuelo: los Emerson no van a ser capaces de seguir las huellas directamente hasta mi puerta.

En cuanto doblo la curva hacia la entrada de mi casa, veo que otro vehículo ya se ha abierto paso a través de la nieve. Llego a la glorieta y veo el Jaguar verde de los Snyder en ralentí, con la luz del techo encendida y una gruesa columna de vapor que asciende del tubo de escape ante el aire helado. He llegado cinco minutos tarde.

Me echo un vistazo en el espejo retrovisor y encuentro más o menos lo que cabría esperar en una mujer que ha pasado la noche en un establo. Tengo el cabello apelmazado, reluce por los copos de nieve derretidos y está moteado por unos trozos de paja que me apresuro a quitarme de encima. Miro abajo, sin estar del todo segura de la ropa que llevo siquiera. Los pantalones de vestir de color gris claro que me puse ayer para ir a cuidar a Leo están oscuros hasta la rodilla, empapados por todo el arduo camino a través de la nieve. Voy hecha un desastre.

Suelto un gran suspiro y salgo del coche.

—*Bonjour, mes chèrs!*

El doctor Snyder, quien también sale de su coche, no esconde su preocupación.

—¿Va todo bien? —me pregunta con los ojos muy abiertos mientras le pone la mochila a Ramona sobre los hombros.

—Todo bien por aquí —respondo, antes de quitarme un trozo de paja de la chaqueta y de intentar alisarme el cabello en vano—. ¡Menudas pintas debo tener! Unos vecinos, una pareja de ancianos de por allá, han necesitado ayuda esta mañana para salir de la nieve, para... una cita con el médico. Ha acabado siendo todo un proyecto. Siento mucho haberle hecho esperar.

—Ay, no. ¿Están bien ahora? Podría acercarme si cree que necesitarán algo.

—Es muy amable, pero ya está todo bien, ya están de camino.

—Tiene los pantalones mojados —comenta Ramona, observándome desde abajo.

—Lo sé —digo—, y tengo frío también. Corramos adentro donde hace más calorcito.

Tomo de la mano a los hermanos y me dirijo a la puerta antes de que al doctor Snyder se le ocurran más preguntas.

—¡Adiós! —grito por encima del hombro—. ¡Vaya con cuidado, las carreteras son un peligro hoy!

CAPÍTULO TREINTA Y CINCO

Corrí durante varios kilómetros como un animal herido al que le dan caza antes de caer rendida contra la nieve. La herida de bala que tenía en el pecho —un agujero de bordes irregulares a través del cual se podría haber pasado una cuerda gruesa— estaba justo por encima de mi última costilla, y estaba segura de que el proyectil me había perforado un pulmón. Cada nuevo aliento que daba con todo el esfuerzo del mundo era como una puñalada más.

El brazo izquierdo me colgaba en un costado, inerte. Los fragmentos duros de hueso destrozado todavía me sobresalían de la piel. Aun así, había dejado de sangrar por ambas heridas, y, cuando me tumbé por fin, la nieve me hizo daño al besarme la piel lacerada.

Yací allí durante tanto tiempo que debería haber muerto congelada. La piel se me volvió rígida y azul, y me pregunté, mientras miraba al cielo cada vez más oscuro tras las copas de los árboles, a las estrellas que empezaban a brillar, qué sería de mí si me quedaba allí para siempre, si nunca me levantaba. ¿Me congelaría como un cubito de hielo? ¿Vendrían los lobos a mordisquearme la carne, tal como habían hecho con los cadáveres de los soldados, solo que conmigo consciente para experimentar el dolor de cada desgarro? ¿Aquel bonito lince vendría de entre los árboles para posarse sobre mi pecho y darme mordisquitos con sus pequeños y afilados dientes en la punta de la nariz y en mis labios azules, rígidos y abiertos? ¿Me descongelaría y seguiría con vida en primavera? Si pudiera haberme quedado allí y morir, lo habría hecho. Sin embargo, el saber que no iba a ser así hizo que me pusiera de pie y continuara.

Avancé hacia el sur y evité tanto a los franceses como a los alemanes. Me escondí en establos, y, tras tranquilizar los gemidos graves de las vacas que sospechaban de mí, me alimenté de ellas y dormí a su lado para encontrar algo de calidez. Las heridas me dolían mientras sanaban; la piel me picaba y me ardía al regenerarse. Dos semanas más tarde, una tos ronca era la única prueba que quedaba de la herida del pecho. Las entrañas de mi brazo se habían vuelto a doblar hacia dentro y se habían resguardado tras una nueva piel perfecta. Lo único que hacía era sobrevivir. No pensaba. No sentía. No sabía a dónde estaba yendo; solo que quería marcharme de allí.

Un tiempo después acabé llegando a Marsella, una ciudad portuaria del sur. En Chamonix, incluso durante la guerra, me había acostumbrado a la tranquilidad y la belleza generalizadas y prístinas de la vida en la montaña. Pasara lo que pasare en los valles, las austeras cimas permanecían inmóviles, encantadoras. En Marsella, uno de los pocos puertos de Europa que no habían sido ocupados por las tropas enemigas, todo era polvo, caos y confusión. Los mástiles de las embarcaciones se alzaban en la bahía, las langostas hacían chocar sus pinzas contra los laterales de tubos metálicos, la luz del sol cambiaba y relucía de forma incesante sobre la superficie del agua, y las calles estaban llenas día y noche del ajetreo de personas de toda Europa que acababan con sus preparativos a toda prisa para intentar huir de la guerra.

Tenía toda la pinta de ser una refugiada de guerra: estaba sucia y todavía llevaba la ropa ensangrentada y hecha jirones con la que me habían disparado. Sin saber a dónde ir, me senté en el borde de la calle, tal como hacían muchos otros, y los transeúntes me echaban monedas a las manos. Con el tiempo, acabé recaudando suficiente dinero para poder alojarme en una habitación de hotel, solo que todos los hoteles estaban tan llenos que había que compartir cama con desconocidos y se ofrecían hasta las bañeras para que la gente durmiera en ellas. Pasé una noche en una habitación llena de mujeres, con una corpulenta e inquieta compañera de cama que roncaba tanto que la cama entera se sacudía. A la noche siguiente volví a la calle, donde el descanso no era precisamente mejor que en las habitaciones de hotel, pero al menos era gratis.

Todo ello me daba escalofríos: la muchedumbre, la suciedad y la miseria. Mirara donde mirare, veía ciudades chamuscadas, hombres con cortes enormes en la cara, madres muertas sobre la nieve, mis niños judíos alineados como soldaditos frente al orfanato para que les dispararan o pistolas que descargaban contra los tablones del suelo, una lluvia de balas que hacía que sus cuerpecitos dieran sacudidas y saltos allá donde se habían escondido.

Sin prisa pero sin pausa, día tras día, el dinero que me ponían en las palmas de las manos acabó acumulándose. Y, aunque solo fuera para alejarme de Marsella y de la miseria y el caos de la muchedumbre, compré un billete y me subí a un barco de vapor. No sabía a dónde se dirigía, y la verdad era que me daba igual. Aun así, fue una mala idea: un barco se mueve, pero, sobre él, los pasajeros tienen que quedarse quietos. Una se queda atrapada con su pérdida, con sus ciudades chamuscadas y sus niños muertos, con sus remordimientos.

Las condiciones de vida en aquel barco no tenían punto de comparación con las del barco en el que había viajado de pequeña. La embarcación era tan grande que parecía como si estuviera en tierra firme y se desplazaba con rapidez soplara hacia donde soplare el viento, solo que estaba tan repleta de personas y de miseria como Marsella. Personas que provenían de decenas de países y hablaban idiomas distintos huían de la guerra, y los camarotes para los pobres, por mucho que fueran mucho más limpios e higiénicos que los del barco de mi infancia, estaban repletos como pocilgas, y las personas que dormían allí estaban sucias, desaliñadas y aterradas.

El mar estaba a rebosar de enemigos invisibles: torpedos italianos que podían acercarse con sigilo hasta un barco para plantar bombas en su casco sin ser detectados, además de sofisticados submarinos alemanes cuya posición solo se revelaba por culpa de un delgado periscopio que sobresalía del agua. El leve chisporroteo de los aviones de guerra iba y venía sobre mi cabeza, y de vez en cuando sonaba el intermitente y no muy lejano sonido de las bombas que llovían sobre Malta. Varias personas hablaban con cierto temor de una embarcación llamada *Athenia*, un barco de vapor como el nuestro que llevaba a cientos de civiles y que se había hundido en la costa de Irlanda. A pesar de que los alemanes nunca admitieron haberlo hundido, todo el mundo sabía que habían sido ellos, y ¿qué impedía que a nuestro barco le deparara el mismo destino?

Todo aquello me daba igual. Que un torpedo atravesara el casco, que el agua se alzara y nos salpicara hasta la garganta, ¿qué más daba?

El mundo entero no era nada más que un triste teatro de horrores y dolor, y, en él, la muerte era un acto de piedad. ¿Por qué todas aquellas personas tendrían tantas ganas de vivir? Si fueran más sensatas, dejarían de huir; se darían media vuelta para enfrentarse a la muerte y acabar con todo.

No comía. No bebía. No quería. No estaba intentando morir de inanición, aunque me habría alegrado si hubiera sido posible, sino que simplemente no era capaz de dedicar ningún esfuerzo a continuar con mi propia existencia. Me negaba.

Transcurrieron varios días, y me quedé tumbada en mi litera, doblada sobre mí misma por la agonía del hambre y la desesperación, acompañada de unos calambres en las costillas y de los heraldos pequeños e invisibles de la locura que me carcomían el cerebro. Los siete pasajeros que compartían aquel diminuto camarote conmigo me miraban, pues temían que estuviera enferma y fuera a contagiarlos, y se alejaron a la esquina opuesta a la mía mientras yo no dejaba de gemir, dar vueltas y balbucear. Los dedos y los labios se me resquebrajaron y me sangraron. Un tiempo después, el camarote quedó vacío, ya que los otros pasajeros habían conseguido apretujarse en algún otro lugar en vez de quedarse cerca de una mujer loca y enferma.

Una noche me desperté de unos sueños embriagadores llenos de sangre, jadeando con la respiración seca y amarga de una momia. Me caí de la litera, sumida en la oscuridad absoluta, y me quedé tumbada durante unos momentos, mientras rascaba los tablones del suelo con las uñas para notar la humedad escondida en las profundidades de la madera. Ya ni siquiera era capaz de salivar.

Medio sonámbula y medio alucinando, me tambaleé a la cubierta inferior. Hacía frío. El mar extendía un velo de agua helada y punzante contra mi piel, acompañado de una ligera llovizna que caía del cielo. La luna estaba destrozada tras una niebla espesa y arremolinada. De vez en cuando una estrella relucía a través de la niebla por un instante, antes de volver a desaparecer.

Me arrastré a lo largo de la baranda. El barco se inclinaba suavemente sobre las olas, como una bailarina. El mar entonaba una canción extraña que me pedía bailar con él, que saltara por encima de la baranda para bailar en el aire, para nadar en sus aguas. Las estrellas jugaban al escondite, y, como unos niños, me pedían que las atrapara, que corriera hacia la oscuridad y las atrapara.

—Os atraparé —susurré.

Por delante de mí, se produjo un ligero sonido. Una estrella al esconderse. Escuché sin saber que lo estaba haciendo. Moví mi cuerpo a través de las sombras hacia el sonido sin saber que me movía. Cuando el sonido estuvo justo al lado de mi oreja, me detuve. Provenía del oscuro recinto en el que se mantenían los botes salvavidas a buen recaudo. Me agazapé junto a la esquina tras la que surgía el sonido y escuché sin pensar.

Era como un susurro; el movimiento suave y rítmico de telas que se frotaban entre ellas. Soñé con velas de lino que se mecían con el viento. Oí los gritos ahogados, frenéticos y silenciados de un aliento que se reprimía. Noté a un perro que jadeaba a mis pies. Estiré una mano para acariciarlo, y me lamió con una lengua cálida y aterciopelada. Los jadeos aumentaron de volumen y llegaron a un arrullo final, una golondrina que gorjeaba en los aleros. Me tapé el rostro para protegerme del batido de sus alas cuando alzó el vuelo.

La silueta de un hombre se alzó entre la oscuridad. Oí el chasquido metálico de una hebilla del cinturón al cerrarse con prisa, tras lo cual la silueta se marchó y se ocultó corriendo entre la negrura de la cubierta del barco. El aliento leve y tembloroso de algo vivo continuaba sonando en las sombras, el murmullo de la ropa al ajustarse. Doblé la esquina a rastras, tanteando con las manos entre la oscuridad en busca del perro o de la golondrina, solo que lo que encontré en realidad fue el algodón suave de una falda.

—Te atraparé —susurré.

El cálido ser vivo dio un respingo, soltó un grito ahogado nada parecido al de un perro o una golondrina, y alcé las manos hacia algo largo y delgado, cálido y tierno como un cuello de cisne asado. Le clavé los dientes.

Algo me arañó y trató de apartarme las manos. El caldo cálido y salado salió de la criatura. Bebí, bebí y volví a beber. La golondrina aleteaba sin cesar y trataba de salir volando. Me clavó las garras en la piel. Gorjeó, sollozó y soltó gritos ahogados mientras se resistía y me golpeaba desde abajo. El líquido caliente me cayó por la barbilla, por el cuello. Bebí. Bebí tanto que se me olvidó respirar. El aleteo de la golondrina se redujo a unos débiles temblores, y las garras me soltaron las muñecas. El cuerpo se había quedado inerte y moldeable en mis brazos. El gran cauce de sangre se tornó unas gotas. A pesar de que seguí absorbiendo con ansias, casi toda la sangre había desaparecido. Absorbí y absorbí y traté de sacarle el tuétano a los huesos.

Me empecé a percatar, poco a poco y de forma nublada, de la forma pequeña y dura de unos botones bajo mis dedos, de una costura que tenía bajo la palma de la mano. La golondrina estaba vestida. La golondrina era demasiado grande para ser una golondrina y demasiado pequeña para ser una estrella. Tenía la piel húmeda y un cabello largo y suave. Me puse un dobladillo de ropa frente a los ojos, y luego una masa de rizos enredados. Miré a mis pies, llena de pánico, y vi una suave mejilla girada hacia abajo, hacia el lado opuesto de mí, sobre mi regazo. La volví hacia mí y vi dos ojos, una nariz, una boca: el rostro de una joven, de una bella joven de dieciséis años, diecisiete como mucho. Tenía el rostro enmarcado en sangre, como si casi la hubieran sumergido. Su cabello estaba empapado del mismo líquido, con unos rizos de color rojo oscuro pegados a las mejillas y al cuello.

La cabeza me daba vueltas. ¿Dónde estaba la golondrina? ¿Dónde estaba el perro? ¿Y la estrella? ¿Dónde estaba yo? ¿Cómo había llegado hasta ahí? ¿Cómo había pasado todo aquello? La sangre estaba por todas partes. Había formado un charco en el suelo de la cubierta. Había salpicado el lateral del bote salvavidas. Parecía que yo misma me había bañado en ella. Puse las manos sobre el rostro de la chica, le rodeé la garganta con ellas y traté de notar algún atisbo de vida. Estaba fría. Quieta. La había drenado hasta dejarla seca, tan seca que ya se había puesto azul. La alcé hasta mis brazos y me aferré a ella con fuerza, con tanta fuerza como pude, como si pudiera devolverle la vida a su cuerpo inerte a base de apretujarla. En mis brazos, me parecía Anais. Lloré hacia su cabello oscuro y húmedo. Le dije cuánto lo sentía. Se lo susurré a su oído sordo una vez y otra vez y otra más.

La lancé por la borda, y las palabras de aquella mujer en aquel otro barco de hacía tanto tiempo se me volvieron a pasar por la cabeza. «No hay descanso eterno en el mar». Pero ¿qué otra cosa podía hacer? El mar iba a tratarla mejor de lo que la había tratado yo. Encontré una fregona colgada en una pared y, con el agua de la llovizna, hice todo lo que pude para limpiar la sangre, tras lo cual arrojé la fregona por la borda también. Me quité mi camisa ensangrentada y la lavé a mano en el agua de lluvia sucia que se había acumulado en uno de los botes salvavidas. Ya había estado ensangrentada antes, y muchos pasajeros del barco vestían recuerdos similares de la violencia de la que habían escapado.

Por último, salí corriendo a través de la oscuridad, tiritando y aferrada a mi ropa húmeda, de vuelta a mi camarote. Lo peor de todo, la parte más despreciable de todo lo acontecido, fue que vomité. Me había atiborrado. Había bebido demasiado y demasiado rápido, tanto que la había matado, y luego había vomitado la mitad. Eché al mar la suficiente sangre como para que la chica hubiera podido sobrevivir.

Pasé los siguientes días hecha un ovillo en mi camarote, a la espera de que alguien llamara a la puerta. Cuando no fue así, me atreví a salir del camarote durante unos cuantos minutos al sol. Me situé junto a la baranda, miré el mar lleno de espuma blanca y traté de calcular la distancia que habíamos recorrido desde donde la habíamos dejado atrás. El barco se movía muy rápido, por lo que para entonces ya estaba a cientos de kilómetros. Experimenté su soledad en el mar. Miré el agua y las olas que pasaban por el barco y me imaginé lo que sería caer como había hecho ella, alzar la mirada para ver las estrellas brillar alrededor de la silueta oscura de la chimenea del barco, para ver la cara de la asesina, mi cara, pálida y con una expresión salvaje, asomada sobre la baranda. Y luego caer. Caer, caer y caer.

Cuando una voz cerca de mí dijo «señorita», di un respingo por el sobresalto.

Me di la vuelta y vi a una anciana, con el cabello gris bajo un pañuelo que llevaba atado y sus mejillas arrugadas manchadas de lágrimas. Junto a ella había un oficial del barco. Había sido él quien me acababa de hablar.

—Siento molestarla, señorita, pero parece que esta mujer ha perdido de vista a su nieta. La estoy acompañando para preguntar por ahí si alguien ha visto a la joven.

Se volvió hacia la anciana y estiró una mano en su dirección. Tras murmurar algo en un dialecto que no me resultaba familiar y limpiarse las lágrimas de las mejillas, la mujer colocó una pequeña fotografía en blanco y negro en la mano del hombre, y él me la dio para que la viera bien. Tuve que esforzarme por no ponerme a temblar ni a llorar, y, en su lugar, fingir estar tranquila y dirigir la mirada con calma hacia el rostro de la imagen. La fotografía me recordó lo que ya sabía: la chica era guapa y joven.

—¿Por casualidad no habrá visto a la joven? —me preguntó el oficial.

—Lo siento, pero no. —Negué con la cabeza—. No la he visto.

Estiré la fotografía en dirección al hombre para que se la llevara de nuevo, aunque, antes de que pudiera hacerlo, la anciana, quien no había entendido nada de lo que acabábamos de decir, me dio la mano de repente.

Señaló con un dedo doblado y artrítico hacia la imagen, mientras las lágrimas volvían a caerle por las mejillas.

—*Irka, Irka* —dijo, dándole golpecitos con el dedo a la imagen y llorando, todavía aferrada a mi mano—. *Kde je moje Irka*?

Los ojos se me anegaron de lágrimas, y los cerré. Estaba segura de que con tan solo mi lenguaje corporal estaba confesando ser culpable. Sin embargo, en lugar de arrestarme, el oficial sujetó a la mujer con amabilidad y transfirió tanto la foto como el agarre de la anciana de vuelta a su propia mano.

—Gracias por su ayuda, señorita —me dijo él a modo de disculpa, tras lo cual convenció a la mujer para acercarse al siguiente grupo de pasajeros.

Me tambaleé de vuelta a mi camarote, y, cuando el barco llegó al siguiente puerto, el de Alejandría, bajé.

CAPÍTULO TREINTA Y SEIS

La mañana es un caos para nada elegante. No hay tiempo de hornear nada, por lo que el aperitivo de media mañana está formado por cualquier cosa que pueda encontrar en los armarios, lo cual resulta ser unos cuencos de los cereales dietéticos de Marnie acompañados de rodajas de plátanos.

Llevo todo ello al aula y les sirvo el desayuno a los niños. El asiento de Leo está vacío. A pesar de que no resulta ninguna novedad, hoy todo lo que rodea a ese asiento vacío parece completamente nuevo. Esta mañana, por primera vez, lo sucedido durante la noche anterior me vuelve a pasar por la cabeza. El neceser lleno de botes de pastillas; la fotografía doblada y metida en la jirafa de Leo; mi conversación con Dave en la entrada de la casa, donde había parecido desatar, como con un solo movimiento de arriba abajo, todo lo que creía saber sobre Katherine y su familia. Max, la piscina, las mentiras y los remordimientos. Y luego Katherine amonestándome con tanta frialdad por haber hablado con Dave y por haber juzgado cómo era como madre.

Durante todas aquellas ocasiones en las que Leo había llegado tarde, me había imaginado a Katherine cansada, con los ojos hinchados y afectada por culpa de algún abuso de Dave, lidiando con la mañana a trompicones y esforzándose por vestir a Leo y meterlo en el coche con el gran dolor de espalda que tenía. ¿De verdad tendría algo en la espalda? ¿O migrañas? ¿O una lesión en las cervicales? ¿Ciática? Eso era lo que afirmaban los diagnósticos de todos esos botes de pastillas. Ahora miro hacia el asiento de Leo y pienso en Katherine nadando hacia la conciencia a través de alguna de esas sustancias adormecedoras; pienso en la frágil ecuación química que le recorre las venas y determina si se va a despertar alguna vez o no. Si bien antes odiaba el hecho de que Dave estuviera en el mismo hogar que Leo y Katherine, ahora odio pensar en Leo y Katherine a solas. ¿Qué ocurre si una de estas mañanas no se despierta?

Me acerco al teléfono del pasillo y llamo a casa de Leo. No sé qué voy a decir. Conforme el teléfono suena y nadie me contesta, me pongo a dar vueltas, y el cable del aparato me rodea mientras voy de aquí para allá. Al otro lado del pasillo, la puerta principal se abre, y Rina entra, se sacude los copos de nieve de los hombros de la chaqueta y se la quita. Nadie contesta. Cuelgo.

—¿Va todo bien? —me pregunta Rina al ver la expresión de preocupación que tengo. Con una sola mano, sostiene su taza de café y se mete las llaves en el bolso.

—Sí —digo, todavía dando vueltas con el teléfono en la mano—. No. No estoy segura. Rina, si tuviera que salir corriendo a comprobar algo, ¿podrías quedarte vigilando a los niños solo durante un ratito? Una media hora o así.

Abre mucho los ojos, con una expresión de alarma de lo más infantil.

—Eh... vale. Solo que hay una pareja que va a venir a ver la escuela hoy por la mañana. Tienen cita a las nueve y media. Es por eso que he venido antes.

Echo un vistazo al reloj. Pasan unos minutos de las nueve.

—¿Quizá podamos llamarlos y mover la cita a otro momento?

—Bueno, es que vienen desde New Rochelle, así que supongo que ya habrán salido de casa.

Suelto un suspiro de frustración.

—¿Qué es lo que pasa? —me pregunta Rina.

Eso, ¿qué es lo que pasa? No lo sé a ciencia cierta. Leo no está aquí, pero eso ocurre bastante a menudo. Su madre no es quien pensaba que era; no es una buena madre. Y voy a salir corriendo por la nieve y ¿qué voy a hacer al respecto?

—No es nada —respondo finalmente—. Estoy segura de que todo va bien. Solo son tonterías mías.

La nieve cae por fin, deprisa y espesa. La luz del mediodía es tenue, y el mundo en el exterior se convierte en el negativo de unas fotografías:

grises, blancos y negros fantasmales que se mezclan de forma borrosa. Encendemos un fuego en la chimenea de la biblioteca. La leña crepita y produce pequeños estallidos al tiempo que transmite su calidez por toda la sala, mientras los niños observan a través de la ventana cómo la nieve se acumula en las ramas sin hojas de los árboles. Unos pájaros, unos enormes cuervos negros, aterrizan en las puntas de los pinos, lo cual hace que estos se muevan, y unas cascadas de nieve caen como avalanchas en miniatura hacia el suelo. Los pájaros se asustan y alzan el vuelo.

La pareja que iba a venir a ver la escuela se ha quedado a medio camino desde New Rochelle, donde se ha parado en una gasolinera para llamar y cambiar la cita. Leo tampoco aparece por aquí. Rina observa cómo la nieve se acumula con cierto nerviosismo. Me pregunta si deberíamos considerar llamar a los padres para que vinieran a buscar a sus hijos antes, por si las carreteras se vuelven impracticables más adelante.

Aun así, la nieve no me preocupa, al menos no en lo que concierne a los niños. Lo que me preocupa sobre la nieve tiene más que ver conmigo. ¿Qué voy a hacer ahora que por culpa de mi propia estupidez me he quedado sin el establo de los Emerson como opción para alimentarme? Y, aunque no hubiera cometido el enorme fallo de matar a una de sus vacas, la nieve que se esparce sobre todo como una capa incriminatoria de pintura nueva me imposibilita llegar hasta el establo sin dejar un rastro a mi paso.

Mientras los niños se disponen a almorzar, vuelvo a llamar a casa de Leo con la esperanza de eliminar al menos un motivo de preocupación.

—¿Sí? —Me sorprende oír una respuesta.

—Katherine, soy Collette. Solo te llamaba para preguntar por Leo, ya que no ha venido a la escuela hoy. ¿Se encuentra bien?

—Sí. Está perfectamente.

Se produce una larga pausa que me parece un tanto insolente, pues parece que va a dejar la explicación ahí sin más, pero, por fin, continúa:

—Estaba nevando mucho, y las noticias de la mañana decían que las carreteras no estaban en muy buen estado, así que he decidido que tuviera un día de fiesta por la nieve y quedarnos en casa.

Carraspea y sigue:

—¿Hay alguna norma que diga que deba comunicarte que Leo no va a ir a clase?

¿Una norma? ¿Como si estuviera lidiando con Recursos Humanos o con alguna oficina federal?

—No, nada tan formal como eso. Es solo... una llamada amistosa. Es que... Bueno, sé que has estado pasando un mal trago últimamente, y ahora que no está Valeria, solo quería saber si... No sé, si necesitabas mi ayuda.

—Es muy amable por tu parte. —Aun así, a juzgar por su voz, no me parece que le parezca amable—. ¿Sabes? —empieza, antes de vacilar—. Puede que me equivoque, pero casi parece como si te hubiera dado la impresión de que no soy capaz de cuidar de mi propio hijo.

—Katherine —digo, aturullada—. No. No es...

—Quiero que quede muy claro todo lo que agradezco el tiempo que has cuidado de Leo. —Habla despacio y de forma clara, como si se tratara de algún ejercicio de elocución—. Pero también quiero que quede muy claro que yo soy la madre de Leo. Yo soy capaz de tomar las decisiones que tienen que ver con él y, en general, no me va a sentar bien que esas decisiones sean cuestionadas o que se las contradiga.

—Katherine...

Me tomo un momento para pensar con cuidado lo que voy a decir a continuación. No sé dónde me he metido. ¿De verdad cree en lo que dice? ¿La he ofendido? ¿O acaso se trata de alguna estrategia para provocar un conflicto y llegar a una meta que no soy capaz de ver? ¿O simplemente se está «deshaciendo de mí», tal como lo había descrito Dave, y ahora quiere que no me meta más en sus asuntos? Aun así, me doy cuenta de que no importa cuál sea el motivo.

—Lo siento mucho si me he extralimitado en algún momento. No quería insinuar nada sobre tu capacidad de ser madre. Solo... solo quería ayudar.

—Vale —dice, como si yo fuera una recepcionista que le acaba de confirmar la cita para la peluquería. Tras una pausa, añade—: Que pases un buen día. —Y la llamada se corta.

El resto del día me lo paso mareada, carcomida por los nervios. Se me hace difícil concentrarme en cualquier cosa, pero, después de la hora de la siesta, consigo envolver a los niños con sus pantalones y botas de nieve, sus jerséis, gorros y guantes, y salimos a jugar. Hacemos dos muñecos de nieve. Marnie coloca una bandeja de frutas y verduras en los peldaños detrás de la escuela para que hagamos las caras: narices de zanahoria, bocas de fresas, ojos de olivas negras y varios tubérculos para las orejas.

Los niños se disponen a ello con una intensidad diligente, con las mejillas tan rojas como las fresas, tan rojas como la sangre. Se me suben encima y me tiran, y durante todo ese tiempo intento olvidar que son unos saquitos de sangre que corretean con sus piernas cortas. Sus pulsos animan sus saltitos y sus risitas y sueltan un fuerte aroma a sangre; sin pensarlo, noto que estoy moviendo el dedo al ritmo del pulso más cercano; una canción que me gustaría sacarme de la cabeza, aunque no lo consigo. Pienso en la figura de la mitología griega Tántalo —cuyo nombre bautizó a un elemento químico—, aquel pobre desgraciado a quien los dioses condenaron a una eternidad de hambre que debía pasar cerca de la comida, solo que sin poder alcanzarla. ¿Cuántas veces habría estudiado aquella rama llena de frutas maduras y relucientes? ¿Cuántas veces se habría lamido los labios y habría estirado la mano? ¿Y cuántas veces la propia rama se habría apartado de él? Y *ja, ja, ja, ja,* ¡menudo entretenimiento debió ser todo aquello para los dioses! Cuánto se habrán reído.

Cuando acabamos con los muñecos, nos disponemos a construir una elaborada ciudad de fuertes de nieve. Unos cuantos padres sí que vienen antes a buscar a sus hijos: la madre de Audrey llega a las 02 p.m., y su hija la arrastra hasta las ventanas de la parte posterior para que vea la rudimentaria arquitectura blanca que llena el jardín trasero. Ella y Thomas son quienes más se han involucrado en el proyecto, y, cuando llega la hora de volver a entrar, me obligan a prometerles que podrán continuar trabajando en ello mañana si todavía hay nieve. La madre de Audrey echa un vistazo por la ventana, suelta un murmullo de admiración muy poco sincero y luego le pide a Audrey que se dé prisa antes de que empeore la situación en la carretera.

Para las 03:30 p.m., los últimos niños ya se han marchado. Tan solo un minuto o dos más tarde, vuelve a sonar el timbre y abro la puerta, pues imagino que es alguien que se ha dejado una fiambrera o una bufanda, pero, en su lugar, me encuentro a Henry Emerson plantado frente a la puerta.

—¡Henry! —lo saludo a demasiado volumen. Casi le he gritado a la cara al pobre hombre.

Henry Emerson es un hombre de rostro alargado y unas mejillas con pecas por la edad que se mecen cuando habla y se levantan como cortinas que se retiran cada vez que sonríe, algo que suele hacer a menudo. Su rostro parece incluso más alargado con el gorro de cazador a cuadros azules que lleva, con las orejeras hacia abajo. Su Chevrolet está en ralentí en la entrada de la casa tras él, con una pala quitanieves enganchada en la parte frontal.

—Henry —repito con el tono más tranquilo que consigo poner—, me alegro de verlo. ¿Qué puedo hacer por usted?

—Buenas tardes, señorita.

A pesar de que hace cinco años que me conoce, nunca me ha llamado nada más que «señorita».

—Hemos tenido un problemilla esta mañana —continúa.

Su voz es titubeante y seria. No quiere llegar al meollo del asunto, pero está decidido. Me han descubierto. Me pregunto cómo un hombre tan bien educado y tan amable como Henry Emerson va a articular la acusación con la que ha venido a señalarme. Me preparo para ella.

—¿Ah, sí? Espero que vaya todo bien. No le ha pasado nada a May, ¿verdad?

—Ah, no. May está bien.

Da un golpe en el suelo con la punta de la bota para sacudirse la nieve.

—Bueno, no quiero asustarla, y, si le soy sincero, todavía no sé del todo qué es lo que ha pasado, pero parece que pudo haber un intruso en nuestra granja anoche o esta madrugada, quizá.

—Ay, no —respondo—. ¡Qué miedo! ¿En la casa? ¿Ha sido en la casa? ¿Les han robado algo?

—No, no. Parece que solo se ha metido en el establo, y bueno, como le decía, todavía no sé muy bien qué es lo que ha pasado, pero vaya, una de nuestras vacas ha muerto.

Abro mucho los ojos con lo que espero que sea una muestra convincente de incredulidad llena de miedo.

—Y bueno, solo he venido para decírselo porque sé que está aquí sola y que tiene a los chiquitines durante el día, y no quiero asustarla, pero tenía que avisarla.

—Se lo agradezco.

—Y sé que no sucederá nada, pero si pasara cualquier cosa o si viera u oyera algo fuera de lo normal, o incluso si solo se pone nerviosa, May y yo queremos que nos llame. No es ninguna molestia. Estaré más que encantado de venir con mi escopeta y echar un vistazo por los alrededores. Da igual si es de día o de noche.

—Muchas gracias, Henry. Es muy amable por su parte.

El anciano me dedica un ademán serio con la cabeza.

—Bueno, somos vecinos, y los vecinos cuidan el uno del otro. ¿Me promete que nos llamará si algo la preocupa? May y yo nos quedaremos más tranquilos así.

—Se lo prometo. Muchas gracias, Henry, y siento mucho lo que ha ocurrido. Es todo muy raro y horrible. ¿Qué van a hacer al respecto?

—Ah, supongo que cerrar mejor por la noche y dejar la escopeta junto a la cama.

Mientras dice todo eso, asiento como un muñeco cabezón. Se me va a caer la cabeza de tanto gesto de compasión.

—He tenido a la policía por ahí esta mañana…

Noto que el calor empieza a recorrerme el rostro y espero que él no se dé cuenta.

—Pero, por Dios, dicen que es lo más extraño que han visto nunca. Ni los policías de Millstream Hollow parecen poder atribuirle más sentido que yo a lo que ha pasado.

Pese a que durante todo ese rato ha estado mirando abajo, distraído mientras se quitaba la nieve que se le ha quedado pegada al zapato, de repente alza la mirada y habla con un tono más directo.

—Bueno, una pregunta más —dice, y alza un pulgar con guante a la altura de los hombros—. Quizá se pueda imaginar cuál es…

Se produce una pausa que me parece infinita e insoportable, hasta que acabo diciendo:

—¿Dónde estaba yo esta mañana?

El rostro de Henry esboza una sonrisa repentina, y suelta una carcajada profunda y sincera.

—Qué graciosa —dice cuando consigue controlar su risa—. ¿Que dónde estaba usted esta mañana? Ay, Dios, cómo se le ocurre. ¿Puedo quitarle la nieve de la entrada, señorita?

—Ah, claro. Sería de gran ayuda, Henry.

—¿Que dónde estaba esta mañana? —repite con alegría—. Los profesores siempre tienen las mejores ocurrencias. De verdad. Pero bueno —empieza a decir mientras se dirige a su camioneta—, no se olvide, si ve algo raro, ¡llámenos!

—Los llamaré si veo algo raro, sí.

—Que pase un muy buen día, señorita. ¡Y traiga a los pequeñajos por la granja alguna vez! Hace mucho que no los vemos.

—Eso haré. Que pase un buen día usted también, Henry. Dele recuerdos a May y dígale de mi parte que siento lo de la vaca.

La camioneta hace bastante ruido al rascar la entrada circular, con Henry despidiéndose de mí desde dentro mientras conduce por allí. Cierro la puerta y me dejo caer contra ella. «¿Dónde estaba esta mañana?» ¿Cómo había podido soltar semejante estupidez? ¿Por qué no preguntarle directamente si había pensado que podría haber sido yo quien había matado a su vaca? Cierro los ojos, asqueada, y suelto un suspiro. Y entonces, como los niños ya se han marchado, me derrumbo hacia el suelo como un edificio derribado. La policía ha pasado por la granja de los Emerson esta misma mañana. ¡Para investigarme a mí! Pienso en todas las noches que he estado en aquel establo. Solo me había preocupado de ocultar mi presencia ante una pareja de ancianos amables que no sospechaban nada, no de un equipo forense. Quién sabe el tipo de pruebas de mi presencia que he dejado atrás sin darme cuenta. Todavía no sé qué es lo que hago cada noche ni a dónde me dirijo. ¿Y si la policía descubre la respuesta antes que yo? Aun así, ¿podrían Henry y May Emerson siquiera llegar a considerarme una sospechosa si alguien se lo sugiriera? Si la policía fuera a verlos y les dijeran «hemos atrapado a la asesina de vacas, aquí está, es su vecina, la profesora de preescolar», ¿considerarían la idea siquiera? Me digo a mí misma que seguro que no, aunque no me siento para nada segura. Aun con todo, lo que más me preocupa ahora mismo es pensar cómo voy a evitar morirme de hambre o volverme salvaje y sangrienta sin las vacas de los Emerson.

Ha sido un día de perros. No sé cómo he sobrevivido a él y tampoco puedo imaginarme cómo voy a sobrevivir al siguiente. Todo lo que tengo en mi interior, además de lo que hay en el exterior, me parece un nudo demasiado enredado, como cuando una niña se va a dormir con un chicle en la boca y se despierta con él en el pelo y no hay nada más que hacer con ese nido de ratas enredado que cortarlo. No sé por qué mi hambre aumenta sin cesar, por qué es tan poco razonable. Observo el jersey verde oscuro de punto que me cubre el estómago, ese órgano traidor. Antes de que consiga evitarlo, unas lágrimas de frustración y agotamiento empiezan a recorrerme el rostro. Me clavo los dedos, enfadada, en el estómago, el cual incluso ahora me transmite su hambre sin fin.

—¿Qué quieres? —gimo, angustiada, apretando con más y más fuerza contra mi piel. Me arrancaría las entrañas si pudiera, me llenaría de sangre y me desentendería de todo el sistema—. ¿Qué es lo que quieres?

Cuando el dolor de mis dedos como garras alcanza una intensidad satisfactoria, cuando aquel órgano insurgente ha recibido la cantidad de castigo que me parece apropiada, me suelto el estómago. Me levanto la parte inferior del jersey y miro lo que he hecho. Mi piel pálida está manchada con unas huellas rojas y grandes, y en algunos puntos se ven unos moretones púrpura y las medialunas de color rojo oscuro formadas por las uñas. Experimento una extraña mezcla de furia y tristeza por ese cuerpo rebelde e indisciplinado, por la voluntad violenta y despótica con la que trato de someterlo. ¿Cómo puede ser que una misma persona sea al mismo tiempo y dentro de un mismo cuerpo una prisionera incorregible y un carcelero sádico? Estoy harta de esta batalla sin fin. Estoy harta.

—¿Se puede saber qué es lo que quieres? —le pregunto a mi estómago, que no deja de gruñir. Me pasa por la cabeza que nunca he formulado esa pregunta, o tal vez lo más apropiado sería decir que nunca he escuchado la respuesta con atención. He estado tan ocupada combatiendo contra mi propia hambre y resguardándome de mis impulsos nocturnos que nunca me he permitido tratar con ellos, seguirlos adonde me quieran llevar ni aprender de ellos. Entonces recuerdo algo que Ehru me dijo durante aquella última noche en la cabaña de Piroska, antes de que todo se sumiera en el fuego y en la devastación. «El cuerpo siempre sabe lo que hay que hacer, siempre que puedas apartar la mente de su camino».

»Pues vale —le digo a esa parte de mí misma que está atada y amordazada y a la que le he estado golpeando en vano. Me pongo de pie y me coloco mi chaqueta de invierno, mis guantes y un gorro—. ¿A dónde vas por las noches? ¿Por qué? ¿Qué es lo que quieres? Te estoy escuchando. Muéstramelo.

El color blanco llena el suelo, y los pinos están repletos de él. Entre ellos, los árboles de hoja caduca sostienen sus brazos vacíos hacia el cielo, como si su fragilidad no les permitiera hacer nada más que suplicar piedad. Yo me siento igual. Los dos nos estamos muriendo de hambre en la oscuridad, nos hundimos, nos hacemos añicos y nos encorvamos, y nuestra única esperanza es una misteriosa clemencia que puede que nunca recibamos.

Salgo por la puerta de la cocina, esa que siempre está abierta por la mañana, con una linterna y mi intuición como únicas armas. Mi cuerpo se levanta de la cama durante muchas noches, baja por las escaleras y sale de casa para dirigirse adonde sea. Mi cuerpo tiene que saber el camino. Tiene que decírmelo.

Me dirijo a la casa de los Emerson, donde encontré el guante por el camino, la única pista de la que dispongo. Las sombras de entre los árboles se están estirando, y la nieve parece azul en su interior. El sonido queda amortiguado, y el bosque está perfectamente tranquilo. Intento hacer lo que me dijo Ehru, intento apartar la mente. Es difícil. Mis pensamientos parlotean y se quejan con sus protestas, pues no quieren que los deje de lado, aunque trato de seguir preguntándole a mi cuerpo, con calma y amabilidad, a dónde va cada noche. ¿Qué es lo que quiere?

Sostengo la linterna frente a mí como si fuera una vara de zahorí. Puede que sea una tontería, pero procuro cerrar los ojos y limitarme a seguir adonde sea que me lleven las piernas. Pese a que me resulta difícil en estas condiciones, cuando vuelvo a abrir los ojos, los árboles me resultan familiares: el pino doblado bajo el peso de la nieve, el nudo puntiagudo del tronco de un fresno que parece una anémona de mar. Aquí fue donde encontré el guante.

Si bien me veo tentada a dejar de lado a mi intuición para ponerme a echar un vistazo alrededor e investigar, vuelvo a cerrar los ojos y me muevo poco a poco en una dirección que me parece apropiada, o quizá intento convencerme de que lo es. Arrastro los pies hacia delante poco a poco y con cuidado hasta que, de repente, noto una sensación casi eléctrica de que estoy a punto de caerme, como si me acabara de saltar un escalón. Me echo atrás y abro los ojos. Veo un guante del color del vino con nieve incrustada que cuelga de la curva de una rama baja. En el suelo frente a mí hay un montículo extraño que parece no pegar con el lugar: ramas de pino llenas de agujas amontonadas y cubiertas de nieve. Recojo una de las ramas y la lanzo hacia un lado. Luego otra y otra más.

Cuando, con un último movimiento, he acabado de apartar las ramas de pino, suelto un grito ahogado y me echo atrás, helada. Aquí está por fin. Lo he encontrado: el lugar al que mi cuerpo me ha estado llevando. Parte de mí quiere volver a taparlo, salir corriendo de allí y pretender que nunca lo he visto.

Es un agujero, aunque no es redondo, que es lo que se espera de un agujero, sino que es un foso de bordes irregulares bastante profundo, y hay tierra suelta lanzada sin cuidado en pilas a cada lado. Es *mi* foso. Yo he cavado este foso, no me cabe la menor duda. Tan solo el verlo me llena de una extraña mezcla de terror tanto hacia lo ajeno e inconcebible como hacia lo terriblemente familiar. Así que es por esto que durante aquellas mañanas las manos habían parecido palas de jardín hechas carne humana. El dolor, la tierra, las uñas rotas.

Me quedo mirando el foso, me arrastro por él y noto la oscura tierra removida durante al menos diez minutos mientras intento comprender qué significa. ¿Por qué he hecho esto?

Los sueños con Vano se me pasan por la cabeza.

—¿Estás preparada, Anya? —me había preguntado—. ¿Estás preparada para lo que el mundo espera para darte?

—¿Es la muerte? —le había preguntado yo en mi sueño.

Vuelvo a pensar en eso ahora. Un final, un vacío, una copa que se derrama. ¿Es posible que esta tumba —pues no podía tratarse de otra cosa— sea un preparativo por instinto del que mi cuerpo ha estado encargándose para lo que sabe que va a suceder? ¿Acaso el dios de los finales, por una vez en la vida, va a usar sus poderes de destrucción a mi favor? ¿He conseguido, por fin, ser más lista que Chernabog al ansiar el final que me quiere traer? Que se lo lleve todo y adiós, muy buenas. Que me reduzca a cenizas. Sí que había sido un error de cálculo, aquello que mi abuelo había decidido por mí hacía tantísimos años. Este mundo, toda su oscuridad y su dolor sin fin. Nunca había querido tanto. No tenía ningún uso para él, ni él para mí. Solo necesitaba un poquito.

Me siento en la nieve y miro hacia las intensas, negras y arcillosas profundidades, con sorpresa y ternura, hacia ese foso: mi puerta, mi estación, mi regalo que está por venir.

Entonces, de repente y sin ningún motivo aparente, me sobrepasan las ganas de ponerme a cavar.

CAPÍTULO TREINTA Y SIETE

La sensación de sufrir en una ciudad bella es bien extraña; la belleza del lugar se oscurece en el espejo que es el dolor, y el dolor se torna bello en el espejo que es la ciudad. Después de ello, el recuerdo parece algo onírico, tan lleno de pasión turbulenta como un amorío destinado al fracaso que se convierte en algo encantador en retrospectiva, por mucho que sepas que cuando se produjo fue feo y horrible. Alejandría —*Al-Iskandariya*, como se llamaba a sí misma— fue aquel lugar para mí.

La llamaban «la perla del Mediterráneo», y, como una perla, la ciudad no parecía estar construida, sino que se había producido de forma natural: una maravilla blanca y reluciente conjurada a partir de la lenta acumulación de la tierra, el agua y el paso del tiempo. En Alejandría, el viento incesante estaba cargado de sal, y el sol lo iluminaba todo con una luz cálida y cegadora que se reflejaba en la arena, en la piedra blanca de los edificios y en la tela blanca de los caftanes de los campesinos en los mercados, de modo que llegaba a los ojos desde mil ángulos distintos y lo invadía todo de un adormecimiento teñido por el sol. En algún lugar más allá de toda esa luz, el azul infinito del cielo se acababa convirtiendo en el azul infinito del mar, y desde aquellos vértices tan lejanos llegaban unas tormentas repentinas para sumir la ciudad en la oscuridad durante unos momentos y apisonar el polvo con la lluvia antes de volver a marcharse.

Vivir en el punto de apoyo de tal enormidad hacía que me sintiera más pequeña y menos importante de un modo que fue todo un alivio para mí. En algún lugar, en ciudades oscuras y apretujadas muy lejos de aquella, un montón de personas discutían y combatían, morían y sufrían; pero en Alejandría la guerra no parecía ser nada más que un sueño perturbador que era recordado vagamente tras una siesta de mediodía húmeda por el sudor. El frente más cercano se encontraba a cientos de kilómetros de distancia, en la frontera con Libia, donde los italianos y los británicos se peleaban en la tierra para capturar el desierto vacío. En el puerto de la ciudad, dos acorazados británicos habían quedado destrozados, aunque ni siquiera aquel acto de guerra parecía espectacular, pues se había llevado a cabo de noche, mediante unos torpedos que recorrieron el mar en silencio, invisibles y olvidados en poco tiempo.

En Alejandría no había refugiados de guerra encorvados y desesperados ni ningún huérfano con aspecto de haberse perdido, sino tan solo los eternos pobres que se instalaban en las calles y vendían pañuelos a las mujeres para que pudieran limpiarse las gruesas capas de tierra que se les acumulaban en el rostro y las fosas nasales con cada aliento que tomaban. En las cafeterías, los hombres egipcios jugaban al backgammon con pipas de agua en la boca, unos policías uniformados fumaban cigarrillos y bebían champán, y unos extranjeros en bañador se tumbaban en la playa Stanley como peces muertos para dejar que el sol bronceara sus pálidas extremidades mientras la voz de Umm Kulthum surgía de las radios y de las ventanas abiertas.

Recorría el camino costero, un paseo bastante concurrido junto al mar, y cojeaba a través de los días brillantes como una especie de fantasma al revés, pues, en lugar de ser un alma sin cuerpo, era un cuerpo sin alma, un monumento en movimiento —una lápida— dedicado a quienes había hecho daño o a quienes no había podido proteger: mis niños, Anais, la ciudad, la chica del barco, su abuela que no podía dejar de llorar. En otros tiempos había estado consumida y asqueada por mi odio hacia el mundo y la maldad de las personas que lo habitaban: los monjes del monasterio que habían dado palizas a Vano y a Ehru, los hombres de la aldea que habían ido a buscar a Ehru y se habían llevado las vidas de Vano y de Piroska, los hombres que habían exiliado a Paul por sus ataques y visiones y luego por ser judío; después fueron los fascistas a quienes había odiado, a los alemanes y a los italianos. Aun así, en aquel momento estaba consumida y asqueada por el odio que sentía hacia mí misma. Éramos iguales: peligrosos y destructivos, personas a quienes no se les podía confiar nada que fuera bondadoso o inocente. Cada mañana me despertaba ante la misma sensación de asco con la que me había acostado la noche anterior. Me odiaba a mí misma y odiaba al mundo entero, y no podía escapar de ninguno de los dos.

Me alojé en una habitación de una pensión en el bulevar Saad Zaghoul, donde el claxon de los vehículos a motor se mezclaba con el rebuznar de los asnos y los tranvías traqueteaban y hacían sonar sus campanas día y noche al entrar y salir de la estación Ramleh. Debía pagar el alquiler a final de mes, y me había dicho a mí misma que para entonces habría encontrado algún modo de conseguir dinero, pero lo único que hacía era ir a la ciudadela cada tarde, quedarme plantada en las murallas de la blanquecina fortaleza de piedra mientras el viento me mecía unos mechones sueltos y mirar hacia el horizonte por encima del mar Mediterráneo mientras este se oscurecía. Observaba el agua oscura e irregular y pensaba en la chica del barco a la que había matado.

Cuando la había arrojado por la borda, había caído hacia el agua como un yunque. El sonido del viento que me mecía el vestido era el mismo que había oído cuando la había lanzado. Me lo imaginaba una y otra vez, cómo se había hundido a través del azul ennegrecido, con su falda pegándose a ella como la vela de un barco hundido, y con los rizos que coronaban su cabeza como un halo húmedo de algas mientras los tiburones nadaban escondidos a poca distancia.

Durante aquellos días, de verdad pensé en atarme algún tipo de ancla y lanzarme, al igual que la chica, por el lateral de la ciudadela, hacia el mar. El ancla se hundiría hasta el fondo, y yo con ella, y me quedaría allí, alejada del mundo, inofensiva, mientras veía los días —tan solo una tenue luz que se filtraba a través del agua turbia— ir y venir sobre mí. Me preguntaba si mi carne se acabaría disolviendo en aquel baño salado, y, si así era, si moriría entonces o si mi conciencia se repartiría equitativamente en cada diminuta parte. ¿Un millón de trozos de mí misma acabarían circulando por las corrientes oceánicas y distribuirían mi mente por ellas? ¿Me acabaría convirtiendo, en esencia, en el océano? ¿O tal vez me quedaría de una pieza, flotando al final de mi correa, con cada vez más hambre, cada vez más famélica, hasta que me transformara en un Caribdis de ojos rojos, dientes afilados y sin conciencia que atrapaba y devoraba a los buceadores incautos que cometían el error de sumergirse demasiado? No, decidí que aquella bahía no era una tumba lo suficientemente profunda para mí. Un monstruo como yo debía estar en algún lugar menos accesible, más hondo, más lejano, más solitario.

De vuelta en mi habitación alquilada, nuevas pesadillas se habían mudado al espacio ya repleto de mi cabeza mientras dormía. Tenía sueños con la chica en los que la mataba una y otra vez y nunca me daba cuenta de lo que estaba haciendo hasta que ya estaba hecho. En ocasiones, cuando volvía el rostro hacia mí, no era la chica quien estaba en mi regazo, sino uno de mis estudiantes; en otras era Paul, Vano o mi padre. Me despertaba el sonido de mis propios gritos.

Una de aquellas noches, me desperté con un sobresalto por culpa de unos golpes insistentes en mi puerta. Desorientada y con mi bata húmeda pegada a mí, la abrí para encontrar a la propietaria egipcia de la pensión al otro lado, una mujer rechoncha de ojos hundidos y mejillas protuberantes, con una expresión decidida. Junto a ella había un joven inmigrante larguirucho y claramente avergonzado, un hombre de cabello rubio oscuro, una estructura ósea irregular y suaves ojos marrones, al cual la propietaria había reclutado para traducir del árabe al francés la petición de que dejara de molestar a los demás huéspedes cada noche.

—Mis más sinceras disculpas por la intrusión, señorita —continuó con un francés de acento alemán después de comunicarme su mensaje oficial—. No quería venir a decirle nada, pero me ha obligado. Por si no se ha dado cuenta, la señora puede ser bastante bruta.

Asintió con amabilidad hacia la mujer, quien miraba con seriedad de uno a otro, para transmitirle que ya me había comunicado su mensaje.

—Lo siento —dije, sacando una sábana de la cama para envolverme con ella—. Son pesadillas. Tengo tantas ganas de que paren como ella, eso seguro. Dígale, por favor, que lo siento mucho. Haré todo lo que pueda para no hacer ruido.

El hombre volvió a hablar con la mujer, quien me tomó de la mano y me dio una palmadita, con una expresión tanto seria como tierna, aunque fuera a regañadientes. La mujer volvió a hablar con el hombre durante cierto rato en aquella ocasión, mientras me señalaba con una mano y me seguía sosteniendo con la otra.

—Dice que, para las pesadillas, debería conseguir pan y hierbas, mojarlo todo en cerveza y *kapet*...

—*Kapet* —repitió la mujer, asintiendo, para enfatizar la única palabra que ella había sido capaz de entender.

—Que parece que es una especie de incienso que se usa mucho por aquí.

La mujer siguió hablando, y en un momento dado hizo un movimiento circular con la mano sobre su rostro, lo cual confundió un poco al hombre y tuvo que preguntarle por ello antes de volverse hacia mí.

—Y entonces debería... —continuó el hombre, vacilando— frotárselo... en la cara... antes de ir a dormir.

—¿Que me frote eso en la cara?

Mientras hacía todo lo posible por mantener una expresión seria, el joven se volvió hacia la mujer y confirmó aquel detalle una última vez. La propietaria asintió y habló más en árabe.

—Eso es lo que dice, sí. Un remedio muy antiguo. Si no, también tiene un crucifijo que dice que puede tomar prestado siempre que quiera. Cualquiera de los dos remedios debería... alejar a los demonios... de su cuerpo mientras duerme. Eso dice.

A juzgar por las sonrisas amables del hombre y del modo que me echaba miradas furtivas desde debajo del cabello que le caía sobre los ojos, pude ver de inmediato que se sentía atraído por mí. Había un hambre tímida en sus ojos, y, como una moneda que se arrojaba a un pozo de los deseos, cayó y resonó por mi sensación de vacío.

Se llamaba Josef Hirzel y era el hijo de una familia acaudalada de Berlín. Había huido de Alemania para evitar el servicio militar, razón por la cual lo habían desheredado. Josef era un poeta y un artista y había escogido Alejandría para su exilio debido a la conocida belleza de la ciudad y porque le gustaba el poeta alejandrino Cavafis.

Josef se esforzó mucho por cortejarme, aunque sin presiones. Me convencía para ir a las cafeterías que delineaban el paseo marítimo, donde pasábamos tardes enteras bajo el cobijo de las sombrillas. Durante un tiempo, trataba de entablar una conversación conmigo, y más adelante, tras ver que yo no estaba mucho por la labor, se ponía a leer un libro o a escribir en sus diarios mientras llevaba un cigarrillo de su boca a un cenicero con los dedos largos y fuertes de un pianista.

No disponía de la energía ni de las ganas necesarias para negarme a sus esfuerzos, a pesar del hecho de que Josef, por su nacionalidad e incluso más por su amabilidad, me incomodaba a más no poder. Por alguna razón, durante aquellas noches oscuras y nevadas que había pasado en el bosque de Francia, nunca se me había pasado por la cabeza que pudiera haber alemanes como Josef: hombres que prefiriesen huir y escribir poemas sumidos en la pobreza que marchar en las rígidas filas de las fuerzas de ocupación mientras cantaban himnos por la patria. ¿A cuántos Josefs había matado... y de muy buena gana? ¿A cuántos artistas o poetas que escribían en sus diarios a la luz de las velas y que solo esperaban sobrevivir hasta que terminara la guerra? Nunca podría saberlo. Y, aunque todos hubieran sido así, ¿habría cambiado algo? Al fin y al cabo, tanto los soldados que querían serlo como los reacios cumplían sus órdenes. ¿Habría perdonado la vida de aquellos hombres y habría sacrificado en su lugar la de Jacov, Hadassa, Michiline o Mendel?

A pesar de que me había dirigido a Alejandría harta de las reflexiones morales, allí estaban, arrastradas hasta la superficie una vez más. Algunos días solo quería huir de mi pasado, no quería pensar en nada. Del mismo modo que una bestia de la selva, quería que mi violencia no tuviera ningún significado, ninguna consecuencia. Durante aquellos días, el rasgar de la pluma de Josef y sus carraspeos intermitentes eran una molestia que me perturbaba y que carcomía la conciencia que quería negar que albergaba, y que complicaba mi tenue acercamiento a la vida de una bestia. Otros días me juzgaba a mí misma con bastante dureza, era mi propia juez, jurado y verdugo, y me hundía sin defensa ni justificación hacia la condena de mi pasado. Durante aquellos días, la presencia de Josef era un tormento. Se convirtió en el anfitrión de una legión de fantasmas que me acechaban con dulzura.

Él nunca llegó a enterarse del conflicto que desataba en mi interior. Cuanto mejor y con más amabilidad me trataba, más le cerraba el paso a mi mundo interior. No pensaba volver a empezar todo desde cero. Empezar era encender la chispa que sabía que iba a crecer y saltar hacia la enorme hoguera del final. Aun así, él era muy paciente y parecía estar la mar de contento leyendo o escribiendo mientras yo me quedaba en silencio, notaba el viento rozarme la piel y observaba el movimiento hipnótico de las olas que iban y venían a lo largo de la playa al otro lado del paseo.

Un día vi un atisbo de un cuadro en un libro que estaba leyendo.

—¿Puedo verlo? —le pregunté, y tal vez fue la primera vez que yo inicié la conversación con él.

Josef me pasó el libro, y en él vi una reproducción impresa de una pintura inimaginable: un bosque extraído de un sueño o un cuento de hadas. Un árbol brillante y azul se encorvaba y colgaba como un sauce, rodeado de un cielo amarillo como un girasol que era espeso a su alrededor y que se asomaba por aquí y por allá entre las ramas del árbol. En primer plano, unas mariposas y otros coloridos insectos alados volaban y relucían como estrellas. El cuadro era tan absurdo, descuidado, fantasioso y extraordinario que no tenía derecho a serlo. ¿Qué derecho tenía el arte a ser tan alegre cuando todo lo que era real era pura basura?

—¿Qué es esto? —le pregunté en un tono casi de asco.

—Un Redon —repuso Josef, quien no se percató de mi tono y le complació ver mi interés—. Es un cuadro de Odilon Redon, un pintor simbolista francés. Es magnífico, ¿verdad?

—¿La gente pinta así? —pregunté, asombrada a regañadientes por la fotografía.

—No —respondió Josef con una carcajada—. Pero él sí. No hay muchos como él. ¿Cómo iba a haberlos? Tiene la habilidad de un maestro anciano y la visión de un niño pequeño.

—¿Qué medio utiliza? Es demasiado brillante para ser solo óleos o témperas.

—Tiene razón. Mezcla óleos y colores pastel, en ocasiones con carboncillo o plumas y tintas también. Es un loco, un genio loco. —Josef me evaluó con curiosidad durante un momento—. ¿Cómo sabe tanto sobre arte?

Dudé, reacia a compartir parte de mi historia con él.

—Mi marido era pintor. Y yo también lo era.

Josef dio unos golpecitos al lateral del cenicero con su cigarrillo y mantuvo la mirada clavada en él al preguntar:

—¿Y qué hace su marido ahora?

Observé el mar, las olas que lo recorrían sin descanso de un lado a otro de la costa.

—Murió.

Noté la fuerza invisible del baile que se estaba produciendo entre nosotros, la gravedad invisible de cada palabra, solo que yo no tenía ganas de bailar.

—Lo siento mucho —dijo Josef, aunque estaba segura de que no lo sentía nada—. Debe haber sido algo muy reciente.

—¿Por qué lo dice?

—No parece que tenga edad para ser viuda.

—Pues fue hace décadas. En realidad soy una mujer muy mayor.

Se echó a reír.

—Se conserva muy bien, entonces. —Aplastó la punta gastada de su cigarrillo en el cenicero—. ¿Y por qué ha dicho que *era* pintora?

—Porque antes pintaba, pero ya no.

—¿Le gustaría volver a pintar? —me preguntó, y alzó la mirada del cenicero, con aquel deseo inocente tan claro en sus ojos suaves y marrones—. ¿Le gustaría volver a pintar, mujer mayor?

CAPÍTULO TREINTA Y OCHO

A la tarde siguiente vuelvo al bosque, esta vez con una pala. Anoche me sentí cohibida, hasta un poco tonta, al sacar el primer puñado de tierra y lanzarlo hacia un lado. Pero luego quité otro puñado, y una gran sensación ardiente de estar cumpliendo un propósito se apoderó de mí. Me sentí como una niña pequeña que se encargaba con toda la prisa del mundo de cumplir una tarea imaginaria al mezclar y hornear pasteles de barro sin un solo atisbo de ironía. No había vivido nada tan hipnótico desde hacía muchísimo tiempo, pues, mientras cavaba, el hambre desaparecía, junto con el miedo, los nervios y cualquier preocupación; habría cavado de buena gana hasta el centro de la Tierra solo para seguir experimentando aquella paz, la alegría que esta contenía.

Al estar despierta, tuve más cuidado con mis manos y mis uñas y añadí varios centímetros de profundidad al foso sin hacerme el daño que me había hecho durante mis escapadas nocturnas. Y lo mejor de todo fue que después de aquello no soñé ni deambulé por ahí, sino que volví a casa y dormí a pierna suelta por primera vez en mucho tiempo.

La pala emite un sonido encantador y frío mientras cavo. El sudor hace que se me erice el cuero cabelludo, y el cuello se me queda empapado. Tiro el gorro a la nieve junto al foso y sigo cavando. Mientras lo hago, un pensamiento molesto me carcome y me dice que quizá, en este lugar y en este preciso momento, me estoy resbalando, que me encuentro en el borde de un abismo psicológico que desciende hacia quién sabe dónde y que dicho borde es muy muy resbaladizo; no necesitaría casi ni un solo movimiento para perder el equilibrio. ¿Me llegaría a enterar si me hubiera caído ya? ¿Y si tengo que caerme? ¿Y si parte del desprenderme del pasado, tal como lo había descrito Vano, supone desprenderme de la lógica o incluso de la cordura del pasado? Al fin y al cabo, ¿cómo puedo aferrarme a la razón y al mismo tiempo atravesar una puerta en la tierra en la que me han dicho que un regalo, nuevo e inesperado, me está esperando?

Tiro mis guantes junto a mi gorro, probablemente por la misma razón por la que lo hice mientras dormía: me alejan del acto de cavar, del foso. Pese a que el aire gélido no tarda en entumecerme los dedos y noto el mango de la pala rugoso contra mis palmas, quiero sentirla como una extensión de mis propias manos.

El foso desciende en centímetros cúbicos; un rectángulo de casi un metro de hondo, y luego de casi metro y medio. Me detengo poco después de eso porque sé que no puedo seguir cavando durante toda la eternidad. En algún momento debe estar completo, pero todavía no estoy lista. Noto también que tal vez hay un motivo por el que nunca había traído una pala antes, porque quería notar la tierra en las manos, aquella tierra suave y fría, las piedrecitas, los diminutos hilos y filamentos de las raíces. Por mucho que la pala sea más rápida, tengo la sensación de que me he perdido algo. ¿Quería el sudor, el tremendo esfuerzo físico o las uñas rotas? ¿El dolor? ¿Unas manos inutilizadas al día siguiente por el cansancio muscular? Tal vez. No lo sé. Me parece que es posible que sí. Me parece que es posible que una parte de mí quisiera o necesitara que mi sangre se mezclara con esa tierra, para hacerla mía, para hacer que fuera yo misma.

Un sonido. El crujido repentino de unos pisotones sobre la nieve a unos treinta metros a mi derecha me saca de lo que bien podría haber sido un trance. Me quedo petrificada, pero, en mi interior, el corazón se me ha disparado a la velocidad de un conejo asustado. La pala está colocada frente a mí, en mis manos, donde me han empezado a salir ampollas y a sangrar contra la madera. Muevo solo los ojos a la derecha, y en mi visión periférica veo una silueta oscura que avanza hacia mí en la sombra cada vez más oscura de los árboles.

—¡Buenas!

Es una voz de mujer la que me llama, una voz alta y formal, con un atisbo de brusquedad tras el saludo amable.

—Buenas tardes —grito de vuelta, antes de clavar la pala para que sobresalga, recta, de la nieve. Me seco el sudor de la frente y me agacho para recoger los guantes antes de que esa persona se me acerque y vea que tengo las manos ensangrentadas. Respiro hondo para tratar de ralentizar el ritmo de mi corazón.

Una vez que me he puesto los guantes, respiro hondo otra vez y me doy media vuelta hacia la voz, pero, cuando veo a la mujer, vestida toda de azul marino y con una placa dorada en el pecho y una radio en el hombro, abrirse paso entre las ramitas mientras se dirige hacia mí entre los árboles, empiezo a sudar otra vez.

Oigo un crujido de estática que sale de su radio, una voz masculina y robótica al surgir de las ondas radiofónicas, mientras la tía de Audrey, la agente como se llame, se acerca a mí. Parece que todavía no me ha reconocido. Ladea la cabeza hacia la radio mientras saca su placa.

—Agente McCormick, del Departamento de Policía de Millstream Hollow.

—Ah, sí, agente McCormick. Samantha, ¿verdad? ¿La tía de Audrey? Soy Collette LeSange, la profesora de Audrey. Nos conocimos el día de puertas abiertas.

—Así es —dice, y su falta de sorpresa me indica que sí que había sabido quién era conforme se acercaba. La formalidad brusca no había sido porque no me conociera.

Tiene la nariz roja por el frío, y un cabello negro azabache sobresale de la parte inferior de su gorro azul marino de la policía. Aunque lleva poco maquillaje, sus ojos verdes resultan brillantes y bonitos a pesar de la expresión dura.

—¿Qué tal todo hoy? —me pregunta sin un solo atisbo de interés por la calidad de mis veinticuatro horas más recientes. Está demasiado ocupada estudiando los frutos de mi labor, los cuales se encuentran desplegados de forma incómoda y a la vista de las dos.

—Todo bien, gracias. ¿Y usted?

—Ha sido un día de perros. De perros. —Alza la mirada hacia mí—. ¿De dónde es? —Por un segundo, me quedo perpleja—. Lo digo por el acento.

—Ah, claro, perdone. Francia. Vengo de Francia.

—¿Ah, sí? ¿De qué parte? ¿París?

—Eh… no. Viví en Chamonix, y más adelante en Lozère.

Pone una expresión llena de confusión, por lo que se lo aclaro:

—Son zonas de montaña, una en los Alpes y otra en el macizo Central. ¿Alguna vez ha ido a Francia?

—No. Siempre he querido. Estudié francés en el instituto, pero ya sabe cómo es. Básicamente lo único que me acuerdo de eso es *bonjour*. Me encanta que Audrey esté aprendiendo francés; quizás algún día podamos ir las dos a Francia, y ella podrá pedir por mí en todos los restaurantes.

—Suena encantador —digo, animada por el giro que ha dado la conversación y por las rutas que puede abrir hacia temas más alegres. Aun así, durante todo eso, la tía de Audrey se ha quedado junto a mí con las manos en las caderas. No ha apartado la mirada del foso—. Algún día, quizá —murmuro, en busca de un modo de seguir la conversación.

—Hace bastante frío para estar en el bosque si no se tiene nada que hacer —dice por fin.

—Sí que hace frío, sí. ¿Qué la trae por aquí? ¿Es parte de su patrulla habitual? Este bosque, digo. —*Mi propiedad privada,* pienso, aunque no lo digo en voz alta.

—No, no lo es, pero los Emerson, puede que ya se haya enterado, tuvieron un problemilla en su casa ayer, así que estoy dando un paseo —echa un vistazo hacia la oscuridad del bosque— para buscar cualquier cosa fuera de lo normal.

Vuelve a mirar hacia el agujero, y pienso que «fuera de lo normal» es un término muy bueno para describir la cosa —o la falta de cosa, la ausencia— que se extiende de color oscuro frente a nosotras.

—¿Se ha enterado? —dice, volviéndose hacia mí.

—¿Perdone?

—¿Se ha enterado de lo que pasó? En casa de los Emerson.

—Ah, sí. Sí, aunque solo un poco. Henry... El señor Emerson pasó por casa ayer por la tarde. No me contó demasiados detalles, pero me dijo que se había colado un intruso y... algo sobre una vaca. Había herido a una vaca o algo así.

—La mató.

Meneo la cabeza, anonadada.

—¿La mató? ¿Y luego la dejó ahí tirada?

La agente asiente, distraída. Todavía tiene las manos en las caderas y la mirada clavada en el foso, y mueve la cabeza un poco para medir la profundidad y el ancho del foso de un modo que me pone de lo más incómoda. Entonces aparta la mirada de repente hacia un lado, donde las ramas se oscurecen bajo la luz cada vez más tenue.

—Qué... qué raro todo —murmuro—. ¿Tienen alguna pista?

—Eh, bueno, unas huellas de neumáticos que llegan hasta la autovía del condado D y unos cuantos detallitos más, pero sí, es raro. De verdad que es... raro.

Algo sobre el modo en que pronuncia esa última palabra me hace pensar que lo está aplicando a algo más que solo al incidente en la granja de los Emerson.

De repente me cuesta tragar. Ya me he cansado de la cháchara insulsa; quiero salir de esta interacción lo antes posible.

—Me está empezando a dar la sensación —continúa— de que esta ciudad es de lo más rara. Alguien se coló en el cementerio también. Puede que se haya enterado.

Mi expresión, ante ese dato, es neutra.

—El cementerio, por el amor de Dios —sigue—. A ver, todo el dinero está en la cámara en la que debería estar en Ahorros y Préstamos de Millstream Hollow, y todas las armas están a buen recaudo en la tienda de empeños. Y, en vez de todo eso, lo que tenemos que vigilar son los establos y los cementerios.

—Supongo que el dinero y el aburrimiento fomentan crímenes más interesantes —ofrezco con una carcajada que espero que suene natural.

Alza las cejas en mi dirección en un gesto apreciativo.

—Eso parece, ¿no? Hace poco que me transferí a Millstream Hollow desde el Departamento de Jersey City para ayudar a mi madre, la abuela de Audrey, que ya tiene una edad. Tenía miedo de que me fuera a aburrir de lo lindo aquí y que fuera a pasar el día lidiando con permisos de caza. Soy como un perro, ¿sabe? No puedo quedarme encerrada en un piso pequeño y aburrido todo el día, tengo que salir y correr, ¿sabe lo que le quiero decir? Así que bueno, a decir verdad, me lo estoy pasando bien con todo esto.

Saca una linterna de una funda en la cadera y la usa para iluminar los recovecos oscuros del foso.

—Bueno, ¿y qué es esto? —pregunta por fin en un tono de «se han acabado las tonterías»—. ¿Qué está haciendo?

—Eh... bueno, es un poco difícil de explicar.

El haz de luz de su linterna sigue fijo en el foso, pero sus ojos, verdes y felinos, se posan sobre mí sin ningún atisbo de calidez.

—Verá, los niños y yo —señalo en dirección a la casa— vamos a hacer..., bueno, una especie de experimento científico. Vamos a enterrar... basura, para dejarla ahí. Y luego dentro de unos meses la desenterraremos otra vez. Para... para ver qué... hum, ¿cómo se dice? Para ver qué se ha biodegradado y qué no. Es algo de ciencia medioambiental.

Asiente poco a poco.

—Ya veo. Imagino que tendrá un montón de basura; es un foso bastante grande.

—Sí, bueno, es que tendremos una sección para plástico, otra para papel y restos de comida, otra para metal, y luego las compararemos y extraeremos conclusiones... Y, ya sabe, las muestras pequeñas dan problemas en los experimentos científicos. Quiero intentar inculcarles las buenas prácticas del método científico pronto.

—Caray, ya veo. Nunca hicimos nada tan científico cuando yo estuve en preescolar, solo regábamos plantas y cosas por el estilo. Es un buen trecho para niños de preescolar, ¿no cree?

—Un poco, sí. Ciencia y ejercicio todo en una sola lección. Dos pájaros de un tiro, como se suele decir. Están acostumbrados. Solemos ir a dar largos paseos.

Esta mujer, con sus preguntas sin fin y su mirada penetrante y férrea, habría sido una excelente guardia en Vichy, en uno de los puntos de control para entrar en la zona libre de Francia.

—Bueno —dice, y su tono vuelve por fin a estar teñido de algo semejante a la cortesía—, ya está oscureciendo. ¿Quiere que la acompañe hasta casa?

Intento no reírme ante la idea de que aquella mujer tan menudita me acompañe a casa para mantenerme a salvo.

—Ah, no. Es muy amable por su parte, pero estoy segura de que no me pasará nada.

—Vale. Bueno, no me gusta decirle a nadie cómo vivir su vida —dice, mirándome de nuevo—, aunque puede que quiera pensárselo mejor antes de venir hasta aquí usted sola durante un tiempo, ¿sabe? Los dos incidentes han ocurrido a un par de kilómetros de su propiedad. No podemos descartar la posibilidad de que se trate de la misma persona y que viva o suela estar por esta zona por alguna razón. Queremos que los pequeñines estén a salvo.

—Ay, no, ¿de verdad lo cree? No se me había pasado por la cabeza que las dos cosas pudieran estar conectadas.

—Es solo una posibilidad, pero debemos considerarlas todas.

Saca una tarjeta del bolsillo de su chaqueta y me la da.

—Es mi tarjeta, por si encuentra algún problema o se le ocurre algo que nos pueda ayudar. Cuídese y que pase una muy buena noche.

—Gracias.

La agente McCormick del Departamento de Policía de Millstream Hollow se dirige hacia la granja de los Emerson, y la luz de su linterna alumbra la nieve oscura. Espero hasta que desaparece de allí y luego voy de árbol a árbol para arrancarles ramas que colocar sobre el foso para evitar que se llene de nieve. Mientras lo hago, repito nuestra conversación mentalmente. Sabe lo de los Emerson y lo del cementerio: ¿puede ser que sospeche que yo tengo algo que ver con todo? Es una persona muy difícil de leer: es dura como una estatua y fría cuando cabe esperar calidez, y luego bromea y habla con familiaridad cuando me pongo en guardia. Ya estaba bastante nerviosa cuando creía que solo tenía que lidiar con la policía de Millstream Hollow, un equipo formado por cinco diligentes amantes de los dónuts como mucho, pero Samantha McCormick, la enérgica perro policía de Jersey City que ya había estado en mi casa y que me acababa de pescar trabajando en mi obsesión más privada y extraña, me asusta de verdad.

Sigo colocando ramas sobre el foso hasta que ha quedado tapado por completo entre tallos perennes, con un aspecto similar a una pira funeraria, tras lo cual empiezo a marcharme. Camino unos quince pasos en dirección a casa y me detengo. Me doy la vuelta, aguzo la vista y el oído en cada dirección para asegurarme de que la policía no está por ninguna parte y vuelvo al foso. Me quedo encima de él durante un segundo, mirando a izquierda y derecha con cuidado, y me agacho a su lado. Aparto las ramas hasta un rincón. Me quito un guante.

Estiro la mano y recojo un puñado de tierra. Es fría y firme, amontonada y húmeda contra la palma de mi mano y entre los dedos.

Cavaré un poquito más. Solo hasta que se haga de noche.

Es muy de noche, y la luna llena está en lo alto del cielo, cuando por fin dejo de cavar el foso. Cuando paro, solo lo hago porque me doy cuenta de que tengo que hacerlo: podría seguir, pero tengo que dormir. Tengo que levantarme descansada y fresca. Estos días no he causado la mejor impresión del mundo precisamente, y he notado una sutil vigilancia por parte de los padres, o tal vez me lo he imaginado al presenciar conversaciones que acaban a media frase cuando me acerco o un rápido intercambio de miradas que no estaban destinadas a mí. Tal vez se han propagado los rumores sobre esa mañana en que llegué tarde a la escuela y que me presenté allí con los pantalones empapados hasta los muslos y trozos de paja pegados en el pelo, o tal vez había sido suficiente que me hubiera echado a llorar durante la jornada de puertas abiertas y que hubiera soltado una lágrima sobre la carita de un bebé. Sea como fuere, no quiero darle a nadie más razones para hablar o especular sobre mí, por lo que acabo dejando el foso, aunque sea a regañadientes.

Estoy avanzando a grandes zancadas por el jardín, aplastando con las botas los crujientes restos de nieve, cuando miro hacia la casa, por fin a la vista ante mí, y me percato de algo extraño. Todavía era de día cuando he salido antes, y hay unas cuantas luces encendidas: la luz de la entrada, que emite su brillo tenue desde las profundidades de la planta baja, y la luz de la isla de la cocina, la cual Marnie se debe haber dejado encendida. Sin embargo, por alguna razón, los tragaluces del sótano, justo por encima del nivel del suelo, brillan de forma leve tras sus cortinas.

La última vez que había ido al sótano había sido hace varias semanas, para sacar las decoraciones de Navidad. No es propio de mí dejarme las luces encendidas, y, aunque así hubiera sido, seguro que me habría dado cuenta ya, pues las habría visto cualquiera de las noches en las que había vuelto a casa tarde tras cuidar de Leo.

¿Podría haber sido un niño? Reflexiono sobre ello conforme me acerco a la casa. ¿Podría habérsele metido en la cabeza a algún niño la idea de colarse al sótano? Habría sido una aventura de lo más aterradora, con lo lleno que está de curiosidades antiguas: muebles, herramientas, equipamiento de granja y de carruajes; la mayoría de ello bastante peligroso, nada con lo que debería estar jugando ningún niño. ¿Podría ser que alguno de ellos —por alguna razón, Octavio es el primero que se me pasa por la cabeza— hubiera conseguido colarse allí sin que me diera cuenta?

Entonces, en el cuadrado formado por la ventana amarilla, la silueta de un hombre se pone de pie de repente. Se mueve a toda prisa por todo el sótano y desaparece entre las sombras una vez más. Por un momento, me cuesta creer lo que veo. ¿De verdad acabo de ver a un hombre en casa? Aun así, mi corazón no lo cuestiona y empieza a latirme con fuerza en los oídos. Hay alguien en mi casa. No me dejé las luces del sótano encendidas y ningún niño se ha ido de aventura por ahí, sino que hay alguien en mi casa. No sé qué hacer. Por un instante, recuerdo las advertencias que me han dado tanto Henry Emerson como la agente McCormick sobre un intruso desagradable que podría merodear por la zona, aunque entonces caigo en la cuenta, con cierta vergüenza, de que dicho intruso desagradable soy yo.

Sigo caminando hacia la casa, con más cuidado para hacerlo en silencio. Me acerco a una de las ventanas del sótano y me inclino hacia delante para colocar un ojo contra una pequeña rendija entre el marco de la ventana y el borde de la cortina al otro lado. Veo la bombilla desnuda del sótano y los peldaños azules y grises de las escaleras, y, en el suelo bajo el último peldaño, una bolsa deportiva negra abierta de par en par. ¿Me están robando? La idea me llena de curiosidad. ¿Es posible que algún pobre idiota o un delincuente de tres al cuarto se haya colado en mi sótano? Con tan solo pensar en un ladronzuelo en mi casa, con sus cinco litros de sangre recorriéndole su cuerpo insolente y de intruso, el estómago me ruge y se llena de calidez. Tengo mucha hambre, y bueno, no te cueles en casa de los demás si no quieres que los demás se cuelen en ti. Pero ¿cómo debería proceder?

Me escabullo hacia la puerta de la cocina, la abro con tanto sigilo como puedo y me muevo en silencio a través de la cocina. Si debía confirmar la presencia del intruso, lo hago a través de los ruidos de rozar y rebuscar que salen del piso de abajo. El intruso parece estar muy seguro de que está a solas en casa, lo que a mí me viene de perlas para tomarlo desprevenido. No quiero matarlo, sino solo alimentarme de él un poco y, con algo de suerte, asustarlo lo suficiente como para que cambie de oficio. Aun así, no quiero que me sorprenda. No puede verme la cara, y tengo que asegurarme de que la experiencia le resulte tan aterradora y extraña que nunca se atreva a contárselo a nadie. Ya hemos empezado bien, teniendo en cuenta que la historia del hombre tendría que empezar por: «Así que allí estaba, un buen día, robando en una casa».

La puerta del sótano, hasta la cual me he acercado con sigilo, está entornada, y una luz tenue se cuela por las escaleras desde el fondo. El ruido es más alto. Oigo el roce de una pesada caja de madera al deslizarse contra el suelo de hormigón. Muy muy despacio, abro la puerta un poquitito más.

«Así que allí estaba, un buen día, robando en una casa —diría la historia—, y me había metido en el sótano, cuando de repente...».

Estiro una mano por la pared, tanteando en busca del interruptor de la luz, y lo pulso.

«...cuando de repente se apagaron las luces y todo se quedó a oscuras».

Mientras cruzo el umbral ensombrecido, me doy cuenta de que los ruidos de abajo han cesado de sopetón. Oigo unos cuantos crujidos suaves en la escalera conforme desciendo deprisa y de forma ligera, aunque no me importa. Servirán para crear más intriga. El intruso se ha quedado ciego por unos momentos debido a la oscuridad, pero yo no. Se ha quedado quieto o tal vez se ha agachado detrás de algo, pero lo encontraré. Mis dientes escondidos ya se están abriendo paso para estirarse hacia su siguiente festín, y no me molesto en contenerlos. Estaría bien que el hombre tuviera una linterna, que, en un repentino círculo de luz, pudiera echarles un buen vistazo a los dientes antes de notarlos.

Lo veo desde el fondo de la escalera: una silueta alta y oscura, un hombre corpulento que se ha quedado perfectamente quieto hacia la izquierda. Canalizo todo lo que aprendí de Ehru sobre la caza, todo lo que empleé en el bosque nevado de Chamonix, aunque, por un instante, algo me hace dudar. Durante solo un segundo, la oscuridad y la postura erguida de la silueta hacen que una punzada de dudas, de miedo, me recorra el cuerpo. ¿Y si me equivoco? ¿Y si no es solo un hombre? ¿Y si es…?

—¿Anya? —susurra una voz con un acento eslavo muy marcado entre la oscuridad—. ¿Anya, *ty okhotish'sya na menya*? —«¿Me estás cazando *a mí*?».

Una carcajada llena la estancia, ronca, cálida y vagamente familiar.

Tanteo una vez más en busca del interruptor de la luz en la parte inferior de las escaleras, y las luces se encienden, brillantes y cegadoras.

—Haces más ruido que un cerdo al hozar —dice el hombre corpulento tras cambiar del ruso al francés, todavía riéndose. Tiene los ojos entornados y se ha puesto una mano sobre ellos para protegerlos de la luz, pero veo una barba espesa y oscura, y, en la barba, un parche de vello blanco como la tiza.

—¿Agoston?

—Ya no eres una niña pequeña, pero te siguen gustando las buenas peleas en la oscuridad. Siempre tengo que estar atento contigo, ¿eh?

Me he quedado anonadada. Hace muchísimos años que no he pensado en Agoston como nada más que un recuerdo. En mi mente, siempre está sobre un carruaje, galopando hacia el bosque para alejarse de mí.

—Agoston, ¿qué haces aquí? —le pregunto, con la boca abierta—. ¿Qué haces… en mi sótano?

—Ahora me llamo Philippe —dice, antes de llevarse las manos a las caderas y volverse hacia uno y otro lado para examinar las cajas abiertas que ha reunido a su alrededor—. Aunque ahora que lo dices, sí que prefiero Agoston. Los franceses tienen unos nombres ridículos.

Se frota la barba, pensativo, y parece un poco perdido entre todo el caos.

—Y —continúa—, técnicamente, no es *tu* sótano, sino el de tu abuelo, y me ha mandado a buscar una diminuta aguja en un pajar enorme. ¿Por casualidad no habrás visto alguna caja por aquí que contenga documentos más que nada?

Un rato más tarde, Agoston y yo estamos sentados en el comedor. A su lado, sobre la mesa, hay una pequeña caja de camisas que hemos encontrado por fin en lo alto de un estante.

La abrimos y nos topamos con una pila de documentos y escrituras muy antiguas. Agoston rebuscó con cuidado entre las páginas desgastadas y medio rotas hasta que soltó un suave silbido y sacó un documento de la pila. Estaba amarillento, doblado y atado con un nudo de cordel rojo y delgado. En la parte superior, la palabra «escrituras» estaba escrita con una letra ornamentada. Agoston lo desplegó para leerlo, y yo leí por encima de su hombro. Se trataba de una escritura de venta de 1909 de una propiedad en Tropico, California. Un tal George Benton había firmado como propietario.

—¿California? —pregunté, mirando a Agoston—. ¿De qué va todo esto? ¿Quién es George Benton?

—Es tu abuelo —respondió, volviendo a doblar el papel y a colocarle el lazo—. Y se va a alegrar mucho de ver esto.

—¿Mi abuelo tiene una propiedad en California?

—Tu abuelo tiene propiedades en muchos lugares, pero no se le da bien llevar los registros. Por eso me toca dedicarle bastante tiempo a escabullirme por aquí y por allá por todo el mundo, a la caza de trocitos de papel. Menos mal que nunca me ha gustado estar quieto sin hacer nada.

Colocó las escrituras de nuevo en la caja y la tapó.

—Me llevaré la caja entera para ahorrarme más viajes en el futuro.

Entonces subimos las escaleras, y Agoston sacó del recibidor una botella de vino colocada junto a las llaves de un coche alquilado que estaba aparcado en la entrada, al cual ya habría visto si hubiera vuelto por la puerta principal en lugar de por detrás.

En el salón, abrió la botella de vino cuya etiqueta indicaba que era un Margaux de 1931 y sirvió el líquido de color grosella oscuro en dos copas que sacó del armario de la vajilla. Sonreí mientras lo hacía. No había ningún aroma a grosella, frutos negros ni uvas, pues el olor de aquella bebida era más metálico, más salado, más… sangriento.

—Una buena cosecha —dijo, alzando una de las copas para colocarla frente a mí en la mesa.

Me llevé la copa a los labios y bebí con bastante hambre.

—Pensaba que eras un ladrón sin más —dije—. Lo que tenía pensado beber eras tú.

—Vaya, en ese caso me alegro de haberte podido ofrecer un sustituto.

Entonces nos habíamos sumido en un silencio amistoso, mientras bebíamos sorbos de nuestras copas, pero, al mirar al otro lado de la mesa y ver a un hombre que había llevado una chaqueta y pantalones la última vez que lo había visto y que ahora lleva un jersey de punto con parches en los codos y tejanos azules, tengo ganas de hablar. Tengo un millón de cosas que preguntarle, aunque no estoy segura de tener la valentía suficiente para hacerlo. Aun así, Agoston se me adelanta.

—¿Cómo estás, Anya? —me pregunta, echándose atrás en su silla, cómodo—. Tu abuelo solo me ha hablado un poco de ti. De lo poco que sabe. Parece que no eres mucho de escribir cartas. Me dice que no recibe respuesta a la mayoría de las suyas.

Me reclino en mi asiento y le doy una vuelta a mi copa mientras echo un vistazo al líquido oscuro del interior. La luz del candelabro que tenemos encima no se adentra en él, sino que solo reluce por la superficie.

—Así que se siente ignorado, ¿eh? —digo, antes de soltar un resoplido burlón—. ¿O abandonado? Quizás en otros cien años estemos en paz en cuanto a esa rencilla y empezaré a devolverle su correspondencia.

Me sorprende la amargura que se alza en mi interior de repente.

Agoston sonríe, al parecer un poco entretenido por la dureza de mi tono.

—No sé cómo se siente, aunque me sorprendería que fuera algo de eso. Es un cabrón viejo e insensible. No les presta atención a las rencillas y no es de las personas que dejan que lo carcoman las heridas, sean las que sufran los demás o las que él cause. Quizá te debe una disculpa, quizá no, quizá te la debo yo. Me disculparé de buena gana si eso te ayuda, pero no conseguirás ninguna de su parte. Nunca se disculpa por nada, sea algo que ha hecho o algo que se le ha hecho a él.

—Qué cómodo debe ser pensar que nunca has hecho nada malo.

—No es eso, Anya, Malo, bueno, todos hacemos de todo. Todo lo que hacemos es un poco de los dos. Las cosas malas acaban saliendo bien, las buenas, mal, y, después de cierto tiempo, cambian. A lo largo de cientos de años lo acabas viendo. ¿Por qué te estás disculpando? La confusión y la profusión hacen que sea imposible de ver; la línea no se puede trazar. Tu abuelo no es capaz ni de acordarse de las escrituras de sus propiedades, así que mucho menos va a recordar lo bueno y lo malo que ha hecho durante tantos cientos de años ni se va a preocupar por el saldo de su talonario, y tiene razón. Es imposible.

—¿Y qué me dices de los motivos? —insisto—. Claro que no podemos saber cómo acabará algo, pero sí que podemos saber por qué en un momento dado hacemos algo y si, al hacerlo, queremos beneficiar a otra persona o aprovecharnos de su dolor.

Agoston suelta otra pequeña carcajada.

—Esas son preocupaciones civiles.

Abro mucho los ojos, indignada, pero, antes de que pueda hablar, él alza una mano.

—No digo que te equivoques. Escúchame, por favor. El mundo necesita a los civiles y a sus preocupaciones, sus cálculos morales, pero tu abuelo y yo fuimos guerreros durante cientos de años en un mundo que solo contenía guerra. Todavía somos guerreros, en el fondo…

—¿Dónde fuisteis guerreros tú y el abuelo? —lo interrumpo—. ¿Cuándo?

Agoston ríe un poco y se inclina hacia delante en su asiento.

—Ah, podríamos contarte historia tras historia sobre eso. ¿Cuándo y dónde no lo hemos sido? —Blande un arma invisible, algo como una lanza, a juzgar por la pose de sus manos, sobre la mesa frente a nosotros—. Todavía noto el peso de los cadáveres de los sajones en Moravia, cargados de treinta y cinco kilos de malla, colgando de la punta de mi *rogotina*. Teníamos que sacudirlos de ahí rápido si queríamos evitar que nos atravesaran igual. Pero bueno, ¿qué estaba diciendo?

Se echa atrás en su asiento, con un brillo leve y alegre todavía en los ojos.

—Ah, sí, los motivos. Tu abuelo y yo somos guerreros, y los guerreros tenemos un cálculo distinto. El motivo es una idea demasiado elegante, demasiado delicada para nuestras espadas burdas y manos torpes. No podemos trabajar con ella y no podemos cambiar sin importar lo que haga el resto del mundo. Bueno, quizá yo sí que puedo; siempre he tenido mi lado blando, pero tu abuelo no. Él estaba diseñado a la perfección para la guerra. Si no hay guerra, si no hay ganadores ni perdedores, él mismo creará una. Hablas de motivos; pues para él el motivo siempre es el mismo: la victoria, el jaque mate, proteger a su ejército y derrotar a sus contrincantes.

»Yo no puedo decir que te equivoques al tener en cuenta los motivos, aunque el remedio tanto para los civiles como para los guerreros, hasta donde yo sé, es el mismo: hazlo lo mejor que puedas en el momento que sea y luego pasa página.

Agoston da un sorbo de sangre y me vuelve a mirar con una expresión amable.

—A pesar de lo que tú puedas calificar como insensibilidad, tu abuelo se preocupa por ti, Anya, a su modo. Estoy seguro de que cree que no ha hecho nada más que cosas buenas por ti. Los niños, para él, solo son soldados pequeños y débiles: necesitan pasar por penurias, dolores y privaciones para hacerse fuertes, *porque* la fuerza es lo que él más valora. Ahora que has crecido y eres fuerte, y que hasta me cazas a mí en tu sótano, por ejemplo, a él le gustaría saber más de ti y verte más. Me ha enviado aquí con una invitación. Quiere que vayas a Burdeos. Si te apetece, claro, la decisión es tuya. Puedes ir o quedarte aquí, tú decides, pero él cree que podría... beneficiarte. El estar entre los tuyos. ¿No te sientes sola, rodeada solo de *vremenie*?

—Ni siquiera he querido ser de los nuestros nunca, ¿por qué iba a querer estar con otros?

Pese a que esa respuesta me sale rápido porque ha sido cierta desde hace mucho tiempo, de repente también me parece frívola. La pregunta de Agoston, por muy simple que haya sido, me ha atravesado como unas tijeras afiladas a través de la tela, aunque no quiero que se dé cuenta. Tomo conciencia de que esta breve conversación con Agoston ha sido como una bocanada de aire para alguien que se estaba ahogando, como un festín tras años de inanición, al pensar que él y el abuelo pueden hablar así, con total confianza, en cualquier momento. Al imaginar que, por un momento, yo también podría.

—Está bien poder hablar con alguien sin tener que recordar todas las mentiras al mismo tiempo —añado tras unos instantes—. Pero bueno, ¿cuándo te has vuelto tan hablador, Agoston? En mis recuerdos eres una figura enorme y callada a la que le gustaba aterrarme y luego reírse de ello.

—¿Aterrarte? No lo creo. Prácticamente te adoraba. Si era callado era porque no compartíamos el mismo idioma. El inglés es un idioma horrible, muy torpe e incómodo. Casi ni puedo pedir indicaciones en ese idioma.

—Entonces, ¿vives en Burdeos con el abuelo?

—Normalmente sí.

—Dile que le agradezco la invitación.

—¿Entonces no vendrás?

—No. No estoy preparada, todavía estoy demasiado enfadada. Tenga que estarlo o no.

—Sigues siendo joven, Anya, pero te queda una larga vida por delante. Una coraza más fuerte podría servirte bien.

Me quedo callada por unos momentos, mientras trato de decidir si lo que ha dicho me ofende o no, aunque Agoston se queda allí sentado, en calma. Su expresión amable me indica que no quiere ofenderme, sino apoyarme, ayudarme a sufrir menos, a ser más feliz. Y, pese a que no me ofende, todavía siento la necesidad de poner a prueba esa coraza, de ver si de verdad resulta tan fácil pasar página como dice.

—Supongo que sabes lo de Piroska. Que la mataron.

Sí que parece dolido de repente. Parpadea con ojos pesados.

—Sé lo que le hicieron, sí.

—No todo —lo contradigo—. Ni siquiera se lo conté todo al abuelo. Pasó delante de mis propios ojos. Fue lento y espantoso.

Uno de los ojos de Agoston le da una pequeña sacudida, y él vuelve a parpadear. Sabe que le estoy tendiendo una trampa, una muy horrible, pero no se resiste, sino que se limita a escuchar.

—A uno de los chicos también. Puede que recuerdes que había dos chicos viviendo con ella además de yo misma. Ya no era un chico para cuando pasó, pero fue…

Aparto la mirada por un momento. Por alguna razón, pensar en la muerte de Vano todavía me resulta doloroso y terrorífico.

—… fue horrible.

—Lo siento mucho, Anya —responde Agoston con amabilidad—. Piroska también fue como una madre para mí. Le habría ahorrado todo el sufrimiento si hubiera podido. Vivimos en un mundo duro y cruel, y las transformaciones que se dan en él siempre son violentas y dolorosas.

—¿Transformaciones?

—Sí, como la tuya. Y como la mía. No fue fácil ni indoloro que tú y yo nos convirtiéramos en lo que somos. Tampoco fue fácil para Piroska convertirse en lo que es.

—¿En lo que es? Está muerta.

—Eh, quizá. Quizá no. La conservación de la masa: nada desaparece. Y Piroska mucho menos. No sé lo que Chernabog haría con ella, pero su bondad no puede deshacerse. Así lo veo yo al menos.

—¿Chernabog? —Tan solo pronunciar su nombre hace que se me revuelva el estómago—. ¿Conoces a Chernabog? ¿El dios de los finales?

—Pues claro. El dios de las cenizas, de la destrucción y la desgracia. Y Belobog, el dios de la luz, de la vida y la buena fortuna. Crecí en el mismo lugar que tú, solo que muchos cientos de años antes. Los conozco a todos.

Me incorporo, llena de prisa de repente.

—¿Puedo hacerte una pregunta un poco extraña?

—Me encantaría —responde Agoston, llevándose la copa a los labios—. Hazla lo más extraña que puedas; cuanto más, mejor.

Me quedo callada por un momento, pues no sé qué pregunta hacerle exactamente, por dónde empezar.

—¿Los has visto alguna vez? Creo… creo que he visto a Chernabog. De hecho, desde que me enteré de su existencia, he notado que me persigue, incluso hasta aquí. Me ha arrebatado muchas cosas, muchísimas. Lo oigo cuando está cerca, como un gran incendio. A veces veo cenizas en el aire y huelo a humo. Incluso la alarma de incendios de esta misma casa ha empezado a sonar de improviso. No hay ningún incendio, y no es problema de las pilas. A veces me hace pensar que me estoy volviendo loca. No quiero creer en él, pero, justo cuando paro, vuelve a visitarme. Me he preguntado muchas veces si todo serán imaginaciones mías. No sé qué pensar, pero vivo sumida en un miedo casi constante. ¿Qué...? ¿Tú que crees? ¿Crees que me lo estoy imaginando o que estoy experimentando algo de verdad?

Agoston parece quedarse pensativo durante unos momentos.

—Cuando se habla de dioses, es imposible saber con precisión y certeza lo que nos imaginamos y lo que vemos de verdad. Lo sobrenatural no puede conocerse como las demás cosas, no se comporta con consistencia como las moléculas o la luz, que se pueden medir y estudiar, sino de forma creativa e impredecible, como una persona. A partir de su comportamiento consistente, podemos extraer muchas conclusiones sobre la luz, pero, respecto de las personas, nuestras conclusiones siempre se equivocan al menos en parte, y lo normal es que se equivoquen bastante. A menos que tengas motivos para dudar de tu cordura en más partes de tu vida que en esa, creo que lo más acertado es confiar en lo que tus sentidos te dicen sobre Chernabog. Aun así, te aconsejo que no te precipites con tus conclusiones.

»Muchas personas de muchos lugares distintos han sacado sus conclusiones sobre Chernabog y lo conocen con otros nombres. Han experimentado esta fuerza o esta persona, igual que nosotros dos, y al principio solo lo habían descrito tal como lo habían experimentado, pero, con el paso del tiempo y las distintas conclusiones, algunas ciertas aunque la mayoría falsas, empezaron a crearlo. Donde tú y yo crecimos lo llamaban Chernabog, lo pintaban de negro y le atribuían todo su conflicto, su infortunio y su pérdida. Pero ¿es ese su nombre de verdad? ¿Es eso quien es?

Se encoge de hombros y hace una mueca ambigua antes de continuar.

—A mí no me convence demasiado la idea de que él y Belobog sean dos seres distintos; la cosa es que, al igual que ocurre con los gemelos siameses, mi pueblo los separó. Como un niño que tiene un nombre para el aspecto generoso, cariñoso y altruista de un padre y otro para los aspectos de disciplina, castigos y administración de medicamentos del mismo padre. Es posible que todo sea así de verdad, pero yo tengo ciertas dudas.

»Como tú, he notado que tanto Chernabog como Belobog me han perseguido durante la mayor parte de mi vida; no por sí solos, sino como una sola entidad. He oído y he visto acontecimientos extraños, aterradores y maravillosos, al igual que parece que te ha pasado a ti, pero he notado un patrón, aunque ten en cuenta que se trata de una conclusión, así que no te fíes de ella sin más. Pero bueno, el patrón que he visto es que El Que Vacía debe hacer un vacío antes de que El Que Llena pueda llenar, tiene que haber espacio para el regalo.

—El regalo —murmuro, y Agoston me dedica una mirada curiosa—. Ah, es solo algo que Vano me dijo también. Un amigo. Perdona la interrupción; continúa.

Agoston se acaba la sangre de su copa y la alza para que la veamos, vacía y manchada bajo la luz del candelabro.

—Bueno, a los niños no nos gustan los vacíos, los espacios huecos. No queremos la oscuridad de Chernabog, sino solo la luz de Belobog. Incluso los niños que ya somos bien mayores. Se nos olvida que la luz, sin sombras ni variedad, es cegadora. Maldecimos, tememos e insultamos a El Que Vacía, a Chernabog, el Oscuro, el dios de los finales. Tal vez lo que deberíamos hacer sea esperar, como los niños cuando aprenden a ser pacientes y a confiar, y ver qué llena el espacio que él libera, qué luz se adentra en su oscuridad.

CAPÍTULO TREINTA Y NUEVE

El cuadro de Odilon Redon que Josef me había mostrado me hizo volver a pensar en la pintura. En mis adentros, estaba resentida con el arte y ya no me creía merecedora de gozar de sus placeres. ¿Quién podía ponerse a pintar obras de arte cuando la civilización estaba al borde del colapso? ¿Quién podía ponerse a pintar obras de arte cuando acababa de ascsinar a alguien? Aun así, mis manos no tenían tantos reparos: tenían un hambre voraz de sostener pinceles y cuchillos de paletas, marcos de madera y lienzos, así que empezamos. Josef y yo nos sentábamos en la pasarela y pintábamos la espuma blanca de las olas que chocaba con la arena, o a las mujeres egipcias que se adentraban en el agua mientras la tela delgada y brillante de sus galabiyas se esparcía a su alrededor como nenúfares.

Josef se las ingenió para conseguir algunos pasteles y una copia de un cuadro de Redon —en aquel caso de un vívido y delicado ramo de amapolas rojas dispuesto en un jarrón verdemar— y me los dio. Con los pasteles pinté a los mercaderes de fruta junto a sus cajas de caquis de color naranja oscuro y sus espinosas peras rosadas. Dibujé a una niña egipcia muy guapa que llevaba un hiyab escarlata mientras vendía peines a los caballeros que pasaban por delante de las tiendas de la calle Fouad. Le ofrecí el dibujo a la niña, y la expresión de su rostro fue de tal sorpresa que podría haberla confundido con miedo hasta que se llevó el dibujo al pecho con seriedad y huyó sobre unas piernas que parecían demasiado delgadas como para alcanzar aquella velocidad.

Para pagar por mi alojamiento, persuadí a la propietaria de la pensión para que aceptara un retrato de su edificio, una de las muchas bellas estructuras neoclásicas de varios pisos que eran características del barrio británico, un edificio que no habría desentonado nada en medio de Londres si no hubiera sido por los arcos islámicos y las *muqarnas* con baldosas que decoraban la fachada.

Mientras pintábamos, Josef solía inclinarse cerca de mí para alabar algún detalle de mi cuadro o para pedirme mi opinión sobre su perspectiva o su valor, y yo notaba que su mirada permanecía en mi rostro, aunque nunca reconocí sus atenciones ni se las devolví. Era de lo más inocente y amable, y su amor, claro y desprotegido. Había una pequeña parte de mí, lánguida y casi inconsciente, que lo deseaba, pero también había otra parte, más fuerte y violenta, que me lo prohibía.

De vez en cuando, Josef me llamaba «mujer mayor» a modo de broma, aunque el chiste no tenía nada de fantasioso. Todo lo que él pensaba que no podía ser cierto sobre mí lo era, y todo lo que imaginaba que era cierto sobre mí era precisamente eso, imaginario. Me había pensado en su cabeza como uno de sus bellos poemas, solo que no tenía ni idea de quién era en realidad. Creía que todavía lloraba la pérdida de mi marido y que con el amor y la paciencia podría sacarme de mi dolor, pero, cuanto más dulce era el cariño de Josef, con más sadismo se resistía la bestia de mi interior.

Decidí dejar de verlo y se lo dije con la desgana que se había apoderado de mi comportamiento. Al principio pareció confundido e incrédulo.

—¿Por qué dices eso? —me preguntó mientras estábamos sentados a una mesa de una cafetería del muelle de Port Neuf. Había llevado un nuevo libro de pintura para mostrarme, y este había quedado desatendido junto a su cenicero, con el viento de una tormenta creciente sacudiendo la cubierta de un lado para otro. Estiró la mano por encima de la mesa para apoyarla en la mía, algo que nunca había hecho antes, y yo la aparté.

»Debes saber que te tengo mucho cariño —continuó—. Si no lo he dejado lo suficientemente claro es solo porque no quería presionarte. Pensaba que lo mejor sería darte tiempo, y quizás he sido demasiado sutil por culpa de eso. Pero quiero dejar claro ahora que mis intenciones son honorables y sinceras. Eres más de lo que nunca he soñado.

—No, Josef —dije sin mirarlo siquiera—. Te equivocas.

—¿Sobre qué? —me preguntó con una sonrisa llena de súplica—. ¿Sobre qué me equivoco?

—Sobre todo —repuse—. Absolutamente todo. No puede haber nada entre nosotros.

Después de aquello empezó a escribirme cartas y a pasármelas por debajo de la puerta, cartas llenas de preguntas y promesas para solucionar lo que fuera que no me pareciera suficiente sobre él.

«Soy demasiado alto, quizá —escribió—. Pues no pasa nada. He oído que hay un médico en Abukir, sin ningún escrúpulo en absoluto, a quien creo que puedo contratar para que me quite un par de centímetros por la rodilla».

«Soy pobre —escribió en otra carta—. Quizás ese sea el problema. Y, si es así, ¡tienes razón! No mereces pobreza. Lo que mereces es una vida de lujos sin parangón. Conseguiré empleo como banquero, como mercader, o seré un espía muy útil para los aliados. Me infiltraré en el círculo íntimo de Hitler; haré cualquier cosa para darte la vida que quieres, cualquier cosa para tener tu amor, el cual valoro más que a la poesía, más que al arte».

No respondí a sus cartas. Lo evité por completo hasta que un día, cuando estaba por salir de la pensión, abrí la puerta y me encontré cara a cara con él según volvía.

—Por favor —me dijo en un susurro lleno de dolor—. Por favor, solo una palabra, lo que sea, cualquier cosa. Dime qué es lo que no te gusta, lo que te parece tan insoportable sobre mí, solo no me dejes con este silencio, con estas preguntas. Te lo suplico. Es demasiado.

Di un paso al exterior. Con manos temblorosas, Josef se encendió un cigarrillo y esperó a que hablara mientras yo me quedaba quieta y veía pasar un tranvía.

—No tienes nada de malo, Josef —le dije al fin.

Cuando vi que se llevaba las manos a la cabeza por la angustia, continué:

—No tienes nada de malo. Eres perfecto. Un hombre bueno y perfecto.

Me miró con esperanza y dio un paso hacia mí, pero aparté la mirada.

—Si yo fuera otra persona, una mujer distinta, entonces…

Entornó los ojos en mi dirección, desesperado e incrédulo, mientras esperaba a que acabara la frase, aunque no lo hice.

—No puede ser cierto —se quejó—. Si lo fuera, no estarías haciendo esto.

—Sí que es cierto, Josef, sí que lo es. Te veo aquí plantado delante de mí, un hombre perfecto. Pero no quiero nada. No quiero nada de nada. Es algo que nunca has entendido sobre mí. No tengo ningún amor que darte.

Cerró los ojos.

—¿Es por tu marido? ¿Todavía lloras su muerte? No hay ninguna prisa, puedo esperar. ¡Puedo esperar durante años! Y sin ninguna expectativa, sino solo con la esperanza de que quizá puedas...

—No es por mi marido, es por mí. No tengo amor que darte a ti ni a nadie. Es así de simple, y no es algo pasajero ni que se pueda cambiar.

—Entonces no me quieras —insistió, obcecado—. Pero deja que yo te quiera a ti. No necesito nada a cambio.

—Eso es imposible. No solo no te querría, Josef; te destruiría. Te mataría.

—¿Qué problema hay? —me preguntó, mirándome fijo a los ojos como si la respuesta estuviera en ellos, una pista escondida en el patrón del iris que podría llegar a encontrar si miraba con la suficiente atención—. Tiene que haber algo. Hay algo que no me estás contando, algo que haría que todo esto tuviera sentido, pero no sé lo que es, así que no lo tiene. No tiene sentido, y eso es lo que me está matando de verdad. Si tuviera sentido, podría aceptarlo.

—¿Quieres saber qué es ese algo? Ese algo es que no soy una buena persona. Soy mala persona, una mujer maldita, y, si lo entendieras de verdad, no me estarías pidiendo que comenzara algo contigo.

Soltó una carcajada llena de tristeza y agotamiento.

—No eres mala persona. No es posible. —Alzó una mano con cariño para acariciarme el cabello, y aparté la cabeza de su alcance.

—No sabes nada de mí —siseé, llena de ira—. Te gusta mi aspecto. Te quedas mirando el vacío que soy y te imaginas todo tipo de maravillas, pero no están ahí. Es cosa de tu imaginación, de tu poesía. Es basura. Déjame ahorrarte los problemas de descubrirlo por las malas.

En aquel momento pareció asustado, sorprendido.

—Ya te he dado lo que querías —continué—. Ahora veremos si cumples tu promesa y lo aceptas.

No esperé a comprobar si lo aceptaba o no. Dejé atrás a Josef, el barrio británico y una factura con la propietaria para la que no disponía de fondos para pagar y me mudé a una pensión en ruinas en las profundidades del barrio árabe, donde las calles eran como unas delgadas cintas que recorrían los edificios laberínticos y amontonados que se encontraban hombro a hombro y nunca permitían que la luz del sol iluminara la penumbra entre ellos.

En aquel edificio, donde el polvo se acumulaba en los rincones como dunas en miniatura, había un agujero en el suelo de la segunda planta sobre el que tenía que saltar para llegar a mi habitación y una gata con sus diminutos gatitos vivía en las escaleras, y todos ellos dejaban sus excrementos secos y oscuros en los peldaños. Por alguna razón, ese panorama me resultaba tranquilizador. Me gustaba la fría sombra de las calles llenas de curvas y repletas de puestos de mercaderes y de la ropa húmeda que colgaba en tendederos como si de estandartes se tratase, los bosques de coloridas linternas que los vendedores de luces encendían cada noche. Aun así, lo que más me gustaba de aquel lugar era que no tenía que preocuparme por cruzarme con Josef en el pasillo, en el baño o en la calle.

El hábito de pintar volvió a mí con fuerza, como una adicción, sin importar si lo merecía o no. Salía a pintar cada día. En la mezquita El Qaed Ibrahim, me cubría la cabeza y los pies con sacos, como se nos pedía a los infieles, y subía por la escalera de caracol de una torre que daba a una terraza desde la que podía pintar. Hacia el norte veía la forma de luna creciente de la playa y el puente Stanley que la atravesaba, y hacia el sur se encontraban las ruinas del antiguo anfiteatro romano. Llevaba mis cuadros acabados a donde los turistas paseaban junto al mar y los desplegaba en la calle frente a mí para venderlos mientras dibujaba bocetos en mi cuaderno. El coste de vivir en el barrio árabe era baratísimo, y los turistas europeos gastaban su dinero del modo en que estaban acostumbrados en Europa, por lo que no tardé en ganar más dinero del que necesitaba para subsistir.

Empecé a ver de vez en cuando a la niña pequeña del hiyab rojo brillante que había pintado en la calle Fouad. Cuando ella me veía, corría hacia mí mientras gritaba *fannan*! —«¡artista!»— y se acercaba a mi caballete, ansiosa por ver y valorar mi pintura. Si me encontraba cuando todavía estaba pintando, se quedaba junto a mi codo, en silencio y con firmeza, lo suficientemente cerca como para que pudiera notar su aliento en mi manga, y solo se movía para correr hacia algún transeúnte y ofrecerle sus peines, tras lo cual volvía a mi lado.

Pese a que aquello debería haber resultado bastante irritante, la niña —se llamaba Halla— era muy tranquila, estaba fascinada de verdad por mis obras, tenía unos ojos bonitos e inteligentes como ágatas doradas y marrones y una brillante y gran sonrisa que me recordaba a las velas blancas de los barcos pesqueros y que parecía ser su expresión natural. No podría haberle negado nada ni aunque hubiera querido.

Cuando un día me siguió hasta mi polvoriento panorama del Serapeum y empezó a dibujar en la tierra junto a nosotras con un palo nuestro sujeto compartido —la Columna de Pompeyo, alta, solitaria e inconfundible—, hice todo lo posible por no hacerle caso. No más alumnos, no más niños. Aunque, claro, no pude resistirme.

Molesta, sin sonreír ni dedicarle la más ínfima mirada de ánimo, le di un pequeño panel de lienzo y mi lata de pasteles. Noté cómo la intensidad de su sonrisa que rebosaba de alegría me hacía arder la mejilla, por mucho que me negara a mirarla. Me limité a señalar al paisaje ante nosotras, y ambas nos pusimos a pintar.

No sé cómo me encontró, pero a la mañana siguiente, cuando salí de la pensión, la niña me estaba esperando. Saltó de donde estaba, sobre una pila de sacos de arroz al otro lado de la calle, y me siguió el ritmo mientras me dirigía hacia la catedral ortodoxa copta de San Marcos. Cuando me decidí por un lugar en el que pintar, sostuve un lienzo y los pasteles en su dirección, pero ella se quedó a mi lado, con una sonrisa amistosa y la mirada sobre los pinceles y los óleos que había dispuesto frente a mí. Me dijo algo que no entendí y señaló hacia mi espacio antes de volver a sonreír. Su sonrisa era tímida, no manipuladora; no estaba acostumbrada a salirse con la suya gracias a ella, sino que solo quería pintar.

Así fue como aquel día cambiamos de lugar, y, como la pintura al óleo es menos intuitiva que dibujar con pasteles, su cuadro, varias horas más tarde, era un desastre. Echó un vistazo por encima de mi hombro al cuadro de mi panel y aplaudió de forma apreciativa, tras lo cual miró al suyo, se echó a reír y dejó caer la cabeza, poco complacida por el resultado.

Me esforcé por recordar algunas torpes palabras de ánimo en árabe: «bien» y «es difícil».

Esbozó una gran sonrisa, una pequeña artista desprovista de ego. Noté la sonrisa que se había formado por simpatía y de forma involuntaria en mi rostro y la borré de inmediato. Estaba decidida a no enseñarle. A no conocerla. Pensé que tal vez al día siguiente, tras haber experimentado por sí misma la dificultad de la pintura, se rendiría y se iría a jugar con sus amigos, que volvería a vender sus peines y que yo volvería a pintar en paz.

Durante nuestro camino de vuelta al barrio árabe, Halla habló con un mercader que le dio dos dátiles gratis, y se me pasó por la cabeza que la niña no había comido nada desde que habíamos salido, quizás unas cinco o seis horas antes. Le compré un cuenco de *kushari*, una extraña comida callejera aromática hecha con arroz, lentejas, macarrones y cebolla frita, todo hundido en un caldo de tomate. La niña dejó vacío el gran cuenco, sonriendo y saboreándolo como si se tratara de un festín lujoso y poco común, y, por primera vez, me empecé a hacer preguntas sobre ella: dónde vivía y en qué condiciones.

CAPÍTULO CUARENTA

Llega el último día de clase antes de las vacaciones, y, junto a él, nuestra fiesta y nuestra función de Navidad. Nada más llegar, los niños rebosan de entusiasmo. Annabelle tiene alguna especie de gel con purpurina que le embadurna las mejillas y más purpurina moteada sobre las complicadas trenzas que lleva. Audrey ha traído una barra de labios roja de su casa y me informa con cierta alegría que su madre le ha dado permiso para que se lo ponga para la actuación.

Ninguno de los niños es capaz de moverse sin dar saltitos ni corretear de un lado a otro. No pueden hablar sin dar grititos. Botan, giran sobre sí mismos y cantan por todo el aula. Hasta Leo, quien suele ser el más cohibido de mis pequeñines, se pone a hacer el payaso. Su risa, un borbotón de alegría incontrolable y áspero pero contagioso, sobresale de entre el escándalo cada cierto tiempo, normalmente seguida de un pequeño ataque de tos. Parece que una de sus aflicciones respiratorias de siempre está ganando fuerzas, aunque ello no afecta a su humor. Ojalá yo estuviera tan animada.

Agoston se marchó durante la misma noche que había llegado, a cumplir con los negocios del abuelo en algún terreno de Tropico, California. Me sorprendió lo mucho que me entristecí al ver que se marchaba y me sorprendió todavía más que dicha tristeza no me abandonara al día siguiente o al otro. Me había preguntado si no me sentía sola rodeada de *vremenie*, y, si no lo estaba antes de que lo hubiera preguntado, desde luego sí que empecé a estarlo después. Y, a decir verdad, antes también.

Pese a que la nieve solo ha caído poco a poco desde aquella primera gran nevada, se ha quedado en todas las superficies, pues el frío ha mantenido la gruesa capa blanca perfectamente intacta durante todos estos días. No estoy segura de si eso es bueno o malo. Está claro que la granja de los Emerson ya no es un lugar al que puedo acudir, aunque sospecho que, si no fuera por la nieve, seguro que me habría visto tentada a tratar de ir de nuevo, y Henry Emerson me habría acabado disparando por mi temeridad.

No me encuentro bien. La cabeza me late, las luces son todas demasiado brillantes y las manos no dejan de temblarme. A veces todo me sobrepasa tanto que me dan ganas de ponerme a gritar. Noto el déficit que se me acumula en el cerebro. En momentos inesperados en los que me pierdo a la deriva en pensamientos abstractos, veo un atisbo de movimiento, percibo el olor de un niño, y una parte de mí se sobresalta del modo en que lo había hecho cuando la pobre Mona había batido sus alas en mi visión periférica. Soy como un león en un zoo: de grandes músculos y colmillos afilados, una cazadora voraz a la que obligan a quedarse tumbada, con pereza y depresión, tras un panel de cristal, al otro lado del cual unos bebés y niños pequeños regordetes y llenos de carne se retuercen y se agrupan, manchan el cristal con sus huellas grasosas y hacen muecas. El cristal entre mis niños y yo es un frágil panel de autocontrol que yo misma he erigido, pero que se está resquebrajando. Por ese motivo, por ellos, me alegro de que estas dos semanas de vacaciones se ciernan sobre nosotros. Por mí misma no siento nada más que desesperación. Ojalá se me hubiera ocurrido preguntarle a Agoston por esta hambre extraña e insaciable, pues parecía tener respuestas para todo. Unas cuantas veces considero sentarme a escribirle una carta al abuelo, ya que él podría saber algo sobre ello del mismo modo que Agoston, pero en cada ocasión hay algo que me impide hacerlo.

Marnie viene temprano el día de la función para preparar rollitos de canela con arándanos y naranjas para el aperitivo de media mañana y para glasear con mucho esfuerzo tres troncos de Navidad para los padres y los niños después de la actuación. También me hornea algunas cosas para que me las pueda comer durante las vacaciones, unos platos que, por supuesto, no comeré durante las vacaciones.

Dulce y maternal hasta decir basta, Marnie siempre se preocupa por mi falta de marido y por mi peso, y expresa esta última preocupación, la única a la que cree que puede ponerle remedio, al hornear grandes pasteles y preparar guisos para luego dejarlos por aquí. Rina no ha venido hoy, pues se ha marchado a Boston antes de lo previsto con la esperanza de llegar a tiempo para estar presente en el nacimiento de su sobrina.

Los niños y yo pasamos la mañana ensayando. Practican colocarse en fila en los lados del escenario en el orden correcto, dirigirse al escenario en la formación apropiada, hacer una reverencia al final y volver a salir tras bastidores. Repasamos los bailes y las canciones en grupo. Las niñas están desesperadas por ponerse los disfraces, y yo tengo que estar escondiendo los tutús con lentejuelas en lugares cada vez más inaccesibles para frustrar sus planes.

—*Ma petite* —riño a Annabelle en un momento dado. Está obsesionada con el disfraz de copo de nieve con zapatos de claqué azules y brillantes para su solo—. ¿Cómo te sentaría que se te cayera un rollito de canela en la falda de tu disfraz blanco y que luego no pudieras llevarlo a la actuación?

—Tendré cuidado —se queja.

—Sí que lo tendrás; tendrás el cuidado suficiente como para no ponértelo hasta que llegue el momento.

Abandona el disfraz a regañadientes y deja dos dedos pegados a la tela todo el tiempo posible. Lo llevo a mi habitación y lo escondo en mi propio armario.

Después de los ensayos, toca comer rollitos de canela; y, después de los rollitos de canela, toca la lectura en voz alta de *El cascanueces y el rey de los ratones* de E. T. A. Hoffmann en la moqueta frente a la hoguera; y, después del libro, toca la hora de la siesta.

La semana pasada le prometí a Annabelle que el día de la actuación íbamos a practicar su solo durante la hora de la siesta. Cuando llega el momento, me lo suplica, y, por mucho que odie faltar a mi palabra, tengo que hacerlo. La pura verdad es que soy demasiado peligrosa. Su pulso, mientras da saltitos y se queja, resuena en mis oídos como una tormenta cercana, y mis dientes de sangre se mueven un poco al confundir a la niña con mi siguiente presa. Le digo que, por desgracia, tengo demasiadas cosas de las que encargarme, y que puede decidir entre practicar a solas o dormir con los demás niños. Sale para practicar a solas.

Dejo a Annabelle y empiezo a dirigirme hacia el estudio de danza en el que se llevará a cabo la función, pero, por el camino, suena el teléfono.

Me sorprende oír la voz de Katherine al otro lado de la línea. Cuando ha venido a traer a Leo o a recogerlo, no hemos intercambiado nada más que los saludos más básicos desde nuestra última conversación, en la que ella me había acusado de socavar su habilidad como madre.

Por un momento me da miedo que haya llamado para decir que no va a venir a la función, aunque, cuando se lo pregunto, me contesta:

—Ah, claro. Tengo muchas ganas de ir. Leo no deja de hablar de su baile con los bastones de caramelo.

—Sí, se ha esforzado mucho con eso. Puede que quieras venir pronto para reservar asiento, estos padres pueden llegar a ser despiadados.

—Eso haré. Gracias por la advertencia.

Se produce una pausa, tras la cual las dos nos lanzamos a llenar el silencio, y no nos entendemos.

—Tú primera —le pido, incómoda.

—Bueno… Solo te llamaba porque… te debo una disculpa.

—Para nada, Katherine —me apresuro a contestar, y mi estómago me duele de pura incomodidad.

—No, sí que tengo que disculparme. Después de todo lo que has hecho por nosotros, por mí, no… Bueno, no te traté como te mereces. Dave me ha contado que básicamente te obligó a hablar con él. Incluso cuando estaba enfadada sabía que no habías hecho nada malo, y aun así me puse histérica de todos modos. De verdad no fui nada justa contigo.

—No pasa nada, Katherine, en serio. Has estado bajo mucho estrés, no puedo llegar a imaginar…

—Es que es más que eso —insiste—. Es algo que hago siempre. Me avergüenzan mucho las cosas que hago mal, en especial lo que hago mal como madre. Podría ser una mala mujer y no sentir ni la mitad de la vergüenza que se espera que sienta por ser una mala madre. Nadie tiene nada de compasión por una mala madre, y mucho menos la madre en sí.

Me quedo sin saber qué decir. Katherine sí que es una mala madre, una horrible y negligente, y tal vez hasta se podría considerar que ha maltratado a Leo. Estoy segura de ello. Pero ¿y si ella también lo está? ¿Y si se odia a sí misma por lo que le ha hecho a Leo tanto como yo he empezado a odiarla por la misma razón? ¿Dónde entra la «compasión» en todo eso? Aun así, todas esas preguntas son para el futuro. Ahora mismo me conformo con arreglar las cosas con ella hasta el punto en que se puedan arreglar y alejarme del teléfono. Tengo otras cosas que hacer más allá de sopesar la inocencia o la culpabilidad de Katherine.

—Tienes razón —digo—. No es nada justo. Parece que se espera la perfección de las madres, y no se os da demasiada piedad. —Y entonces, porque me parece que tengo que decirlo, por mucho que las palabras me sepan amargas al pronunciarlas, añado—: No eres mala madre, Katherine. Nadie es perfecto.

—Solo que, entonces —continúa Katherine, a lo suyo—, si dejo que alguien amable se acerque a mí y le permito que me ayude, me siento muy cohibida de golpe. Noto que todos mis fallos y deficiencias están a flor de piel, y entonces me imagino que me juzgan, me pongo a la defensiva y hasta me enfado por culpa de unos insultos imaginados. Y me los imagino solo para poder tener una excusa para alejarme de esa persona y salir corriendo otra vez.

»Y eso es lo que te he hecho a ti. Normalmente me limitaría a esconderme y a avergonzarme más aún, pero esta vez quería disculparme y hacerte saber que no has hecho nada malo. Todo es culpa mía y de mis problemas. Tú solo has sido amable conmigo y me has ayudado, y yo te lo devuelvo con un ataque gratuito. Me equivoqué, y lo siento. Supongo que nunca se me han dado muy bien las relaciones.

—Bueno —digo—, aunque no creo que haga falta decirlo, lo diré por si necesitas oírlo: te perdono. Sé por qué circunstancias difíciles estas pasando y no es mi intención juzgarte. No soy quién para juzgarte, desde luego. Todos fracasamos absolutamente en todo, supongo. Cada uno a su modo. Nunca me he hecho ilusiones en ese aspecto.

—Gracias —responde Katherine—. La verdad es que no puedo permitirme alejarme de ti. Eres lo único parecido a una amiga que he tenido desde hace mucho tiempo, y eres una amiga de las buenas. Te dije que se me da bien saber cómo son las personas, y sé que eres muy buena persona, y Leo te quiere muchísimo. Ahora que Dave se ha ido, me he dado cuenta de que no puedo hacerlo todo yo sola. Voy a necesitar a todas las buenas personas que pueda conseguir.

Algo de aquel giro en la conversación me pone incómoda. Si bien estoy más que dispuesta a recibir la disculpa de Katherine y a oírla hablar con cierta conciencia de sí misma sobre sus propios comportamientos dañinos, me siento reacia a volver a establecerme como alguien en quien puede confiar. Pese a que una parte de mí quiere ayudar a Leo de cualquier modo que me sea posible, otra parte no quiere tener nada que ver con su madre.

—Parece sabio enfrentarse a esta reticencia que dices que tienes a dejar que los demás se acerquen a ti. Si te soy sincera, es un rasgo que comparto contigo. Pero también estoy segura de que puedes con todo lo que tienes por delante.

—Gracias —dice en voz baja. La línea se queda en silencio por un momento, y me pregunto si hemos acabado y si puedo volver ya a atender las numerosas tareas que me esperan, solo que Katherine vuelve a hablar.

—Hay algo más de lo que quería hablarte, aunque me da un poco de miedo hacerlo.

Me quedo callada, pues soy incapaz de pronunciar las palabras de ánimo que debería dedicarle —«¡Claro! ¡Continúa! ¡Cuéntame!»—, al estar sumida en el miedo de que Katherine me vaya a arrastrar más hacia las profundidades de su confianza.

—Puede que lo sepas ya o no —continúa—, pero llevo un tiempo lidiando con un problema de dependencia. A los analgésicos. Todo empezó con una receta para mi dolor de espalda, y desde entonces se ha salido de control.

—Ya veo —murmuro, pues quiero seguir el consejo de Dave de hacerme la loca.

—Te lo cuento porque, con todos los cambios de mi vida, creo que quiero… necesito que eso cambie también. No quiero estar ida y olvidarlo todo, y tampoco puedo permitirme pasar medio día durmiendo. No creo que pueda superar todo lo que me espera si estoy así. Necesito claridad. Necesito ser yo. La yo de verdad. Leo necesita eso por mi parte. Soy lo único que tenemos los dos ahora.

—Eso está muy bien, Katherine. Estoy de acuerdo en que ese problema haría más difícil todo aquello con lo que tienes que lidiar. Me alegro de que me lo hayas contado. Por favor, dime si hay algo con lo que pueda ayudarte en ese aspecto.

—Dave ha encontrado un sitio, supongo que se lo podría llamar un centro de desintoxicación, y está dispuesto a pagar por todo. De hecho, está siendo muy generoso con todo este asunto. Pero bueno, la cosa es que puso mi nombre en una lista de espera hace un tiempo, en contra de mi voluntad en aquel entonces, aunque ahora me parece lo más correcto.

—Suena genial. De verdad creo que deberías ir, y, si necesitas que alguien cuide de Leo mientras estás allí, por favor, házmelo saber.

—Te agradezco mucho la oferta porque eso es justo lo que quería pedirte. Como te decía, mi nombre estaba en la lista de espera, y normalmente se tarda bastante en entrar, pero me acaban de llamar hoy y me han dicho que tienen un hueco inesperado y que, si puedo llegar a tiempo, podría quedarme.

—Ah.

—Todo ha sido muy de última hora. Tú eres la única persona a la que podría imaginar pidiéndoselo o siquiera contándole la situación.

—¿Cuándo tienes que ir?

Vacila antes de contestar.

—Casi de inmediato. Esta noche.

—Esta noche —repito.

—Lo sé, es todo a última hora, y de verdad que no pasa nada si no quieres hacerlo. Ni siquiera debería pedírtelo, me estoy extralimitando mucho, pero tenía que intentarlo, porque, si lo consigo, sería algo muy bueno... para todos nosotros. Te pagaría, claro.

—Ni pensarlo —musito, antes de pararme a reflexionar. Katherine no sabe que sé lo de todas sus mentiras, lo de todas aquellas citas con la terapeuta y los médicos que nunca habían existido. ¿Será esto mentira también? ¿La disculpa y la confesión? ¿A dónde podría querer ir durante varios días y en Navidad? Claro que tiene que ser mentira. Pero ¿cómo podría serlo? Con todos sus remordimientos y lo mucho que se ha fustigado, ¿y si no lo es? ¿Y si Katherine puede dejar las pastillas y de verdad es eso lo que quiere?

»Katherine —digo tras unos momentos—. Estoy de acuerdo en que parece una oportunidad que debes aprovechar, pero no sé si soy la persona más adecuada para cuidar de Leo. Al fin y al cabo, quedan tres días para Navidad. ¿No debería estar con su familia?

—Yo soy la única familia que tiene.

—¿Y Dave?

—Dave está en Tokio en un viaje de negocios. Ya no es padre de familia, así que puede pasarse todas las fiestas trabajando como siempre ha querido. El problema es que creo que, si no lo hago ahora, puede que no lo haga nunca. Si no te va bien o si tener a Leo contigo va a ser una molestia, por favor, dímelo. Buscaré una canguro en el listín telefónico. Aunque prefiero que esté con alguien a quien conozco y en quien confío, haré lo que sea. Vale la pena.

Me quedo callada por un momento, aterrada y reflexionando. Si bien la idea de que un desconocido del listín telefónico pase una semana con Leo es horrible, la de que se quede conmigo está llena de complicaciones, por no hablar de peligros, con el hambre que tengo. Sin embargo, si consigo hacer de tripas corazón durante todo ese tiempo y Katherine no está mintiendo y se recupera de verdad, ¿qué significaría eso para Leo? También debo admitir que no pasar la Navidad a solas como me había temido, sino con Leo, parece de lo más encantador. Montaríamos en trineos, beberíamos chocolate caliente, y, de algún modo, le encontraría algunos regalos para que, durante la mañana de Navidad, con su pijama y el cabello enmarañado, los pudiera abrir.

—Bueno... ¿Estás segura de que no prefieres que vaya a tu casa y me quede con Leo allí? Estaría más cómodo...

—En otras circunstancias sí, pero también es un mal momento para eso. Estamos intentando vender la casa, y el agente inmobiliario ha organizado una jornada de puertas abiertas mañana. Ya ha mandado los folletos y todo. Si Dios lo quiere, habrá un montón de gente por aquí, y la casa tiene que estar impoluta. Después de las puertas abiertas sí que puedes traerlo aquí si lo prefieres. Sé que es mucho pedir...

Me quedo callada, al borde de lo que sé que será aceptar lo que me pide.

—¿Traerás sus cosas hoy, entonces?

—Sí, claro —dice—. Gracias, muchas gracias. No sé cómo agradecértelo. Espero que un día Leo te lo agradezca también.

Cuando los niños se despiertan de la siesta, el alboroto en la casa se transforma en un frenesí. El señor Castro, quien se ofreció a ayudarnos con el sonido y las luces, llega pronto, y la suite de Tchaikovsky se convierte en un estruendo que baja por las escaleras mientras el hombre se familiariza con las indicaciones y las transiciones. La madre y la hermana de Sophie se ofrecieron voluntarias para ayudar con los disfraces, y no tardan en quedarse en el baño con una fila de niñas pequeñas a la espera de que les pongan la estridente barra de labios roja de Audrey a sus diminutas boquitas de hada.

Katherine, tal como me ha prometido, también llega pronto. Lleva un elegante traje pantalón azul marino acompañado de una blusa blanca. Las clavículas le sobresalen por encima del cuello de la prenda. Por un momento, se queda plantada en el pasillo, con un aspecto sobrio, pero más perdida que nunca. Le sugiero que ayude a la madre de Sophie con los peinados, y parece agradecerme que le haya dado indicaciones mientras recibe la cajita de pasadores que le entrego y se dirige hacia el baño.

El resto de los padres se acomodan en sus sillas plegables a un lado del estudio, y el señor Castro apaga las luces del público. Las luces azules del escenario se encienden y relucen contra los enormes copos de nieve llenos de purpurina que conforman el fondo del escenario. Estoy en el pasillo con los niños, que forman una fila silenciosa pero animada. La primera canción empieza a sonar por los altavoces.

Me pongo un dedo delante de la boca y estoy susurrando *Mes enfants! C'est la musique*, cuando la tía de Audrey, la agente Samantha McCormick, aunque sin su uniforme, se acerca por el pasillo. La agente McCormick me dedica un ademán educado, pero no demasiado, para saludarme, y, al haberme tomado desprevenida, no tengo ni idea de qué expresión le devuelvo, por lo que espero que no sea una invadida por el terror. Entonces saluda a su sobrina, quien le devuelve el saludo, y pasa por nuestro lado para dirigirse a la sala de la función y sumarse al público.

—*Chut! Chut! Suivez-moi!* —digo tras recobrar la compostura, y los niños y yo nos dirigimos en fila hacia el estudio de luz tenue.

Se produce un frenesí de chasquidos altos y destellos de flashes de las cámaras de los padres en cuanto entramos. Los niños estiran el cuello y esbozan sonrisas con varios huecos hacia sus padres mientras los saludan con la mano. Katherine, sentada en primera fila, le dice «hola» con la mano a Leo, quien empieza a devolverle el saludo antes de sufrir un ataque de tos y taparse la boca. La tía de Audrey está en la parte trasera de la sala, donde charla con la madre de Audrey. Tiene las piernas plantadas con firmeza en el suelo y los brazos cruzados delante de su pecho. Hasta en una función infantil y sin su uniforme tiene aspecto de agente de policía. Todo sobre ella lo declara. Me coloco en mi lugar, arrodillada justo enfrente de la zona del escenario, desde donde puedo dirigir a los niños.

Primero toca la danza de las flores: Sophie, Audrey y Ramona, vestidas con tul y con lentejuelas destellantes, ocupan el escenario, donde saltan, giran sobre sí mismas y hacen cabriolas mientras el público las anima y los flashes de las cámaras brillan como relámpagos por toda la sala. Tras las flores, Annabelle se dirige al escenario para su solo de claqué. A lo largo de todos los bailes, los padres se ríen y toman sus fotos, saludan y lanzan besos. Unos ramos de flores envueltos en celofán arrugado yacen en los asientos vacíos junto a ellos o en el suelo a sus pies.

Los niños bailan la danza de los bastones de caramelo ante unos aplausos entusiastas, y luego todos los chiquitines invaden el escenario para la danza del té, tras lo cual sostengo el micrófono ante Octavio para que les dé las gracias a los padres por haber venido y les informe que hay té y pastas esperándolos en el piso de abajo.

Se oye el roce de las sillas plegables contra el suelo, y entonces los niños salen corriendo, orgullosos y animados, hacia sus padres. La sala se llena de los gritos y los halagos exclamados que se dan y reciben. Las madres y los padres abrazan a sus pequeñines y los besan en sus mejillas llenas de purpurina mientras ellos se aferran a sus flores.

Todos están contentos y agotados conforme salen de la sala en fila. Katherine y algunos otros padres están sacándoles una foto a los niños de los bastones de caramelo alineados unos al lado del otro. Me quedo atrás para ayudar al señor Castro a apagar y recoger las luces y el equipo de sonido. No estoy muy segura de cómo va a reaccionar Leo a la noticia de que se va a quedar aquí por Navidad y prefiero no estar presente cuando él y Katherine lo hablen.

Un poco más tarde, me reúno con los demás en el comedor. Leo está sentado a la mesa y se está comiendo su porción de tronco de Navidad. Katherine está justo detrás de él, sin comer nada, y esboza una sonrisa débil mientras escucha una conversación entre la madre de Sophie y la de Annabelle. La tía de Audrey no está por ninguna parte. Aparezco detrás de la silla de Leo y le aliso su cabello alborotado. Alza la mirada, con la boca llena de pastel, sonríe y vuelve a comer.

Tras unos momentos, Katherine se inclina hacia mí y susurra:

—Me iré pronto. Está en Dobbs Ferry, a una hora o así en coche desde aquí, y me gustaría llegar para las seis. Tengo la mochila de Leo y algunos regalos de Navidad en el coche. ¿Dónde quieres que los deje?

No me apetece que nadie más vea el equipaje de Leo entrando a casa. No regento un internado y no tengo muchas ganas de que los otros padres empiecen a hacerse ilusiones.

—Tú quédate con Leo, ya voy yo a por sus cosas y las llevo al piso de arriba, a su habitación.

—Ay, no, de verdad —dice Katherine—. Tú tienes invitados, ya me encargo yo.

Imagino que es una batalla para ver cuál de las dos está más desesperada por tener una excusa para abandonar la sala.

—Sé dónde va todo —digo—, será más fácil así.

Saca las llaves del coche de su bolso.

—Su mochila de ropa está en el maletero, y los regalos están en el asiento de atrás. ¿Estás segura de que podrás con todo? No me cuesta nada ir yo.

—Sí, no pasa nada. Vuelvo en un momentito.

Salgo a la entrada, donde el frío me alivia después de la calidez estancada del comedor, y, por un momento muy breve, mientras la nieve cae sobre mi piel caliente, tengo el impulso de salir corriendo. Cuánto me gustaría correr y correr por el bosque, lejos de todo esto. Aun así, el mundo se ha vuelto más pequeño. Ya no quedan tantos lugares a los que una persona pueda huir en busca de paz y soledad.

Pienso en el foso. Me gustaría correr hasta él, lanzarme dentro y acurrucarme bajo una capa de hierba. Paz y tranquilidad eterna. Si de verdad es una tumba, un lugar en el que transformarme, me pregunto cómo sabré que ha llegado el momento de entrar en él.

Me arrebujo en el jersey y abro el maletero. Hay una gran mochila de deporte dentro. Para asegurarme de que estoy tomando el equipaje de Leo y no el de Katherine, abro la cremallera de un extremo y veo un atisbo de un pijama a rayas azules y amarillas que me resulta familiar.

Oigo que la puerta principal se abre detrás de mí. Echo un vistazo hacia allí, y el corazón me da un vuelco al ver que la tía de Audrey baja por los peldaños del jardín delantero. Dejo la mochila de deporte en el maletero y finjo estar buscando algo. No tengo nada de ganas de compartir con ella que uno de mis alumnos se va a quedar conmigo. No tengo nada de ganas de compartir nada con ella, de hecho. Espero que haya salido para marcharse.

Saca una cajetilla de cigarrillos y un mechero del bolsillo interior de su chaqueta y se enciende uno.

—Ya, ya —me dice, a pesar de que casi ni la he mirado—. Pero ya solo fumo una cajetilla a la semana, así que bueno, podría ser peor.

—La vida hoy en día conlleva muy poco riesgo —respondo con una sonrisa para tratar de ser amistosa—. Todos deberíamos dedicarnos a fumar y dejar de ponernos el cinturón como mínimo.

Me sonríe e intenta sacarse algún trocito de tabaco de la lengua.

—Nunca dejaré de fumar del todo —sigue—. Es demasiado valioso. Me mantiene sintonizada a la mente adicta. Todos tenemos cierta parte de adictos, ¿no cree?

—Es probable, sí —respondo, y sigo rebuscando y rebuscando.

—La mayor parte de los crímenes, en mi opinión —continúa Samantha McCormick sin que la haya animado a ello—, provienen del mismo tipo de mentalidad adicta. De algún deseo o apetito que parece tan apremiante que hace que todo lo demás, las consecuencias y los sentimientos de las otras personas, pasen a segundo plano. Los criminales quieren lo que quieren con muchas ganas y ahora mismo. Igual que yo. —Da una calada a su cigarrillo y exhala una larga nube de humo—. Así que lo entiendo perfectamente.

—Es una perspectiva muy… interesante —le ofrezco con amabilidad—. Parece pensar mucho sobre su trabajo.

Se encoge de hombros y suelta otra columna de humo hacia el cielo que se oscurece, y yo finjo sin mucho entusiasmo que he dado con lo que buscaba en el maletero y espero que la conversación haya llegado a su fin. Sin embargo, tras unos segundos de silencio, continúa:

—Aunque es probable que ya no sea necesario. Aquí, en la encantadora y tranquila Millstream Hollow, no hay muchos criminales con los que sintonizarme, al menos no de ese tipo —dice, sosteniendo su cigarrillo en lo alto y observándolo—. Los criminales de aquí roban cementerios y establos de vacas, y todavía no tengo ninguna teoría de por qué…

Ante esas palabras, se me hace un nudo en la garganta y me sonrojo, pero me limito a tragar despacio.

—Así que supongo que ahora es fumar por fumar y nada más.

Echa un vistazo por encima y, de entre todos los SUV caros de los padres y hasta el Jaguar verde de los Snyder, le llama la atención mi coche, el viejo Datsun.

—¡Ay, por Dios! —suspira—. ¡Menudo cochazo! Es magnífico. ¿Sabe de quién es?

—¿El Datsun? Es mío.

Se acerca al coche, da otra calada a su cigarrillo y empieza a rodear el vehículo para examinarlo.

—Perdone, es que me encantan los coches raros y clásicos. Tienen tanta personalidad… Me recuerdan a que salen en esas películas británicas antiguas sobre espías.

Se agacha con toda confianza junto al parachoques y pasa el pulgar por la abolladura.

—Qué lástima —dice, mirándome—. Si no fuera por eso, diría que está en perfecto estado.

Me pregunto cómo se lo montará esta mujer para conseguir encontrar siempre precisamente lo que preferiría que no viera.

—No me preocupa mucho el valor de reventa —contesto.

—¿Qué pasó? —me pregunta.

—Solo un toquecito de nada, hace tiempo. Todavía no lo he llevado a reparar.

—Ah, qué raro. Vi el coche durante las puertas abiertas, con ese aspecto tan llamativo que tiene, pero no noté que tuviera nada.

Ofrecerle una respuesta, una defensa, es lo que haría alguien que estuviera mintiendo. Así que me limito a decir «mmm» y sigo haciendo como que busco algo en el maletero.

—Conozco a un tipo que tiene un taller en la ciudad, se lo podría arreglar. Si quiere puedo llamarlo. Y bueno, no es muy buena idea conducir con un faro roto. —Alza las cejas en mi dirección—. Podrían ponerle una multa.

No la quiero a ella ni a ninguno de sus tipos cerca de mi coche.

—Ah, el faro funciona. El daño es solo cosmético, pero gracias por la recomendación. Ya le diré; repararlo no es ninguna prioridad de momento, pero, si decido arreglarlo, puede que le pida ese número de teléfono.

—Ya, imagino que no todo el mundo está tan obsesionado con los detalles como yo. Es solo que me mata ver un coche tan fantástico como este con una abolladura tan fea.

La agente McCormick tira la colilla al suelo, frente a donde todavía sigue agachada junto al parachoques.

—Bueno, ya va siendo hora de que me vaya —dice, tras ponerse de pie y pisar la colilla con el talón de su zapato—. Muchas gracias de nuevo por su hospitalidad. La función ha sido adorable.

Mira hacia la segunda planta de la escuela con los ojos entrecerrados, hacia donde los niños habían actuado.

—Gracias a usted por venir a verla.

Le dedica un último vistazo al coche antes de dirigirse hacia el suyo. Respiro hondo varias veces y saco la mochila de deporte del maletero. ¿Acaso la agente McCormick comparte sus filosofías sobre la mente criminal con cualquier persona que esté por ahí mientras ella fuma? Pienso en ello según abro la puerta trasera y saco los paquetes envueltos con papel de regalo de donde están amontonados sobre un asiento. ¿O tal vez sus palabras estaban tan llenas de insinuaciones como me lo ha parecido? Es difícil saberlo. Por un momento me había asustado al imaginar que Henry Emerson estaba a punto de descubrirme, aunque esa idea me parece graciosa ya. Pero Samantha McCormick no es ninguna vecina amable; su trabajo es sospechar de todo, y, desde mi punto de vista, parece que lo está haciendo muy bien.

Haciendo malabares con los regalos y la mochila de deporte, le doy un empujón a la puerta con la cadera para cerrarla y me quedo unos segundos ante la puerta delantera durante los que casi se me cae todo antes de llevarlo dentro.

En la casa, me apresuro a subir por las escaleras en dirección a la habitación: la tercera a la izquierda, en el extremo del pasillo opuesto a mi dormitorio. Es donde me había quedado cuando era pequeña. Dos camas individuales, con sábanas de lino antiguas y edredones hechos a mano, están una al lado de la otra a una banda de la habitación. El pasado se aferra al lugar como un residuo, y espero que Leo no lo note al entrar. Dejo la mochila de deporte sobre una cama y escondo los regalos en el armario.

Cuando vuelvo a la planta de abajo, Katherine está con Leo en el recibidor. Está de espaldas a mí. Me detengo en el último peldaño, atascada en la decisión incómoda de ir con ellos y sumarme a su conversación o respetar su privacidad. Katherine está arrodillada frente a Leo y le habla en voz baja. Pese a que no puedo oír lo que ella le dice, sí que veo la expresión en el rostro de él. Está sumido en una calma extraña, con una mirada distante y desenfocada, como si se hubiera hundido en las profundidades de su propio ser y la estuviera escuchando desde el fondo de un acantilado. Está pensando mucho, se le nota en la cara. ¿Qué estará pensando? ¿Qué opinará de todo esto?

Hace una pregunta (no me queda demasiado claro si «por qué» o «cuándo»), con la mirada todavía desenfocada. Tras vacilar un poco, ella le pone las manos en los brazos en un gesto extraño y robótico de afecto, pero Leo se queda rígido. Parece bastante claro que este es un momento muy importante en la vida de Leo: la vez que su madre lo dejó con una canguro en Navidad, aunque también quizá la Navidad en que su madre acudió a un centro de desintoxicación y empezó a mejorar. Me pregunto cómo lo recordará en el futuro.

Katherine se pone de pie, se da media vuelta y me ve, dudosa en el último peldaño. Me acerco a Leo y le pongo una mano sobre el hombro.

—Pórtate bien con la señorita Collette —le dice Katherine. Una capa brillante le cubre los ojos, el ligero destello de las lágrimas. Intenta evitar que las vea al hablar con Leo y buscar las llaves de su coche en el bolso, las cuales, por supuesto, todavía están en mi posesión. Las sostengo hacia ella, y me las quita de la mano.

»He puesto un bote de jarabe para la tos en la mochila de Leo —me dice Katherine, parpadeando y mirándome por fin—. Me he dado cuenta de que su tos sonaba más fea hoy.

—Ah, perfecto. Sí, yo también lo había notado. ¡Ah, sí! ¿Podrías... podrías darme el número de teléfono del...? Bueno, de donde pueda contactar contigo. Por si acaso.

Katherine se lleva una mano a la frente, espantada.

—Sí que sería de ayuda, ¿verdad? Por Dios, ¿podría andar más perdida?

Contengo la respiración mientras mira hacia abajo y repasa mentalmente el bolsillo de los pantalones, el de la chaqueta y el bolso en busca del número. ¿Lo encontrará? ¿Existirá de verdad?

Al final acaba sacando una agenda del bolso.

—A ver si me acuerdo de dónde lo anoté... —murmura, hojeando la agenda—. ¡Ajá!

Saca un bolígrafo y copia el número de teléfono en una página en blanco antes de arrancarla de la agenda.

—Muchas gracias otra vez —me dice, entregándome la hoja—. De verdad no sé cómo agradecértelo.

—Confío en ti, Katherine —digo, con la esperanza de que todo esto sea real, y de que, si las palabras albergan el poder, como un hechizo, de conjurar una realidad deseada, estas lo puedan conseguir—. De verdad parece... un punto de inflexión hacia una vida mejor. Creo que vas a descubrir lo fuerte que eres mientras intentas hacer... lo mejor.

Se mira las manos y sonríe, y ninguna de las dos sabe muy bien qué hacer con una efusividad tan torpe y llena de tartamudeos.

—Gracias —dice—. Será mejor que me vaya ya.

Asiento.

—Pórtate bien —le dice a Leo una vez más, dándole un apretón en el hombro—. Nos vemos pronto.

Entonces se da media vuelta y sale por la puerta.

CAPÍTULO CUARENTA Y UNO

Mi esperanza de que Halla fuera a abandonar la pintura no se cumplió. A la mañana siguiente, la encontré sentada sobre la misma pila de sacos de arroz, con el mismo vestido raído, el mismo hiyab rojo y la misma sonrisa amplia y dulce. Aquella vez le compré una bolsa de dátiles por el camino, y, cuando llegamos, no se conformó solo con usar mis pinturas y pinceles, sino que se sentó delante del lienzo y sostuvo el pincel hacia mí mientras señalaba un punto del paisaje ante nosotras con aquella sonrisa abierta y expectante en el rostro, claramente para pedirme instrucciones.

Solté un resoplido y entonces le enseñé, aunque solo lo que me había pedido y sin ninguna calidez en especial. De vez en cuando asentía con una expresión muy seria y se esforzaba mucho por imitar lo que le acababa de mostrar. Cuando terminamos, echó un vistazo a su cuadro y ladeó la cabeza para evaluarlo. Pese a que no era bueno, sí que era mejor, y lo supo.

Debería haberme alegrado cuando, al día siguiente, mi alumna no me estaba esperando por la mañana, por lo que pude pintar en silencio y a solas, pero, en su lugar, me pasé el día nerviosa y distraída. De repente creía verla entre la muchedumbre o doblar una esquina, y entonces, cuando me aseguraba de que no era ella, me ponía a pensar en dónde podría estar y en qué le podría haber ocurrido para que no hubiera aparecido aquel día. Experimenté una molesta decepción típica de los profesores al pensar en que, de hecho, podría haber perdido el interés por la pintura y nada más, y a lo largo de la tarde no dejé de musitar cosas como «qué más da» o «¿por qué iba a hacerlo?».

Sin embargo, para la noche ya había empezado a buscar a Halla entre los rostros de cada grupito de niños, pues durante todo el día había conjurado en mis pensamientos varias posibles explicaciones calamitosas por las que podría no haber ido a esperarme. No la encontré. «Qué más da», me dije una vez más a mí misma cuando entré en el oscuro vestíbulo de la pensión.

El alivio que noté a la mañana siguiente cuando salí a la calle y vi a mi pequeña alumna sentada sobre sus sacos, esperándome, fue innegable (aunque lo habría negado de todos modos), solo que dicha sensación no tardó en dar paso a una de espanto cuando vi que tenía un ojo morado y que el dobladillo de su vestido se había teñido de un color oxidado por las manchas de sangre.

—Te has hecho daño —le dije, y por fin aproveché lo poco que había aprendido de árabe.

Su respuesta fue más de lo que fui capaz de entender, pero incluyó el verbo «vender», y ella sostuvo su caja de peines, así que até cabos. Al haber pasado todo su tiempo pintando, había dejado de lado la venta de peines. Caí en la cuenta de que no era ninguna emprendedora autónoma, claro, y me enfadé conmigo misma por haber sido tan tonta. La persona que había esperado recibir el dinero al final de su día de ventas no había obtenido nada, y Halla se había llevado una paliza por ello. Le alcé el dobladillo de su vestido donde las manchas de sangre estaban concentradas y vi que sus pies y tobillos estaban cubiertos de heridas rojas de azotes, como si se las hubieran hecho con algún tipo de látigo. Me llevó un momento recobrar la compostura. Me dieron ganas de vomitar por la furia que sentí hacia quien fuera que le hubiera hecho aquello y hacia mí misma por haberlo provocado a través de mi descuido y mi ingenuidad.

Halla parecía mucho menos afectada que yo. Bajó de su pila de sacos de arroz, me dio la mano y tiró de mí con la misma sonrisa brillante en el rostro de siempre. Me hizo un gesto para que fuera con ella, pero no cedí.

—Quiero —le dije en árabe, señalando a sus peines—. ¿Cuánto cuestan?

—Dos céntimos —repuso con una mirada llena de esperanza.

—Dame doce —le dije. Era un número que le iba a dejar tres o cuatro sobrantes en la caja.

Me dio los peines con una carcajada, y yo los guardé en un compartimento de mi caballete antes de que las dos saliéramos juntas para encontrar algún sujeto digno de pintar, con Halla tarareando y saltando durante la mayor parte del camino.

Después de aquel día, nos sumimos en una rutina durante un tiempo. Por la mañana, compraba bastantes de sus peines, un número distinto cada día para que nadie empezara a sospechar, aunque siempre suficiente como para que contara como la venta de un día entero, y luego salíamos. Dejé que se quedara con el caballete y apoyé mis lienzos contra un tablón de madera en mis rodillas. Nos repartíamos los pinceles y compartíamos las pinturas. Al final de cada día, Halla dejaba sus cuadros conmigo, a pesar de que yo le sugería que se los llevara a casa para mostrárselos a su familia. Cuando los lienzos empezaron a amontonarse, los desplegamos para venderlos a los transeúntes. Al primer cuadro de Halla que demostró cierto grado de habilidad lo vendimos a una pareja europea en el exterior del palacio del rey Faruk por cinco dólares, más dinero del que ella había tenido nunca.

Yo me había encargado de negociar la venta, y, cuando le di el dinero a ella, Halla reaccionó como si acabara de colocar un sapo en sus manos, en vez de billetes. Abrió mucho los ojos y soltó una carcajada de sorpresa.

—¿Esto es mío? —preguntó, incrédula—. ¿Todo mío?

—Todo tuyo —dije cada vez que repitió la pregunta, muchas en total.

—¿Nos han dado todo este dinero por mi cuadro?

—Exacto. Eres una artista profesional ya.

Por un momento, solo se quedó mirando el dinero, maravillada, aunque luego se puso más seria.

—¿Puedes guardármelo, por favor? —me preguntó, extendiendo el dinero en mi dirección—. Para mantenerlo a salvo.

Si bien me sorprendió al principio, luego pensé en el ojo morado y en las heridas de sus pies.

—Claro —le respondí, y acepté el dinero—. Solo avísame cuando lo quieras de vuelta.

A la semana siguiente volvió a aparecer con otro ojo morado, pero, cuando le pregunté qué le había pasado, se limitó a encogerse de hombros y cambió de tema. Vendió otro cuadro por tres dólares, y añadí los nuevos beneficios a los de la otra vez.

—Con el dinero que estoy ganando —me dijo un día que estábamos sentadas en el puente Stanley para pintar el mar— voy a ir al lugar del que vienes.

—¿Y qué lugar es ese?

—Al otro lado del mar —repuso, señalando hacia delante—, donde todo el mundo es rico. No sé cómo se llama, pero ahí es adonde voy a ir. ¿Vas a volver algún día? Si vas, quizá puedas llevarme contigo.

—Vengo de un país llamado Francia. Sí que está al otro lado del mar, aunque no todo el mundo es rico. Allí también hay muchas personas pobres, solo que como no se pueden permitir irse, no las ves.

—No importa. Iré allí igualmente. Prefiero estar allí que aquí.

—¿Por qué lo dices? —le pregunté.

—Por muchas razones. Allí pintan. Solo he visto a los tuyos pintar.

—Bueno, tú ya sabes pintar también. ¿Por qué tienes que cruzar el mar para hacer lo que ya estás haciendo? ¿Por qué no puedes ser pintora aquí?

—Aquí las personas como yo no pintan —contestó, meneando la cabeza—. Las personas como yo solo venden peines o trabajan en tiendas o piden limosna o hacen cosas peores. Quiero irme de aquí. No es un buen lugar para mí.

Desde luego, sabía que había pintores egipcios y artistas de todo tipo, escritores y poetas, pero no tenía ni idea de las normas de clase de las que parecía estar hablándome. ¿Podría ser pintora profesional en Alejandría? No lo sabía.

—¿Cuánto dinero necesito para ir allí? —me preguntó, con lo cual interrumpió mis pensamientos.

—No sé. Es complicado.

—¿Por qué?

—Bueno, en primer lugar, eres muy joven.

—No —dijo, volviéndose hacia mí y negando con la cabeza con mucha convicción—. No soy joven. Tengo trece años.

Me eché a reír.

—Bueno, en Europa eso se considera muy joven.

—No iré a Europa; iré a Francia, de donde vienes tú.

—Lo siento, no lo he explicado bien. Francia está en Europa. Es parte de ella, y en Europa quizás haya más reglas que aquí, al menos en lo que concierne a los niños. Por ejemplo, se supone que no puedes trabajar hasta que cumples los dieciséis. Eres demasiado joven para ir allí sola y para vivir sola. Te tendría que adoptar alguien.

—¿Adoptar? ¿Qué significa eso?

—Una familia tendría que dejarte vivir con ellos, como una hija.

—¿Y tú? ¿Podrías adoptarme?

Casi me atraganté.

—¿Y qué pasa con tu familia? —le pregunté para evadir la pregunta—. ¿No te echarían de menos? ¿No los echarías de menos tú a ellos?

—No tengo familia. Senet, mi amiga, sí que me echaría de menos, y yo a ella, pero ya está.

A partir de mi propia falta de sorpresa, me percaté de que parte de mí siempre había sospechado que aquel era el caso. Me quedé en silencio, apenada por Halla, y culpable por mi falta de voluntad para ayudarla como ella quería. No podía adoptarla. No podía cuidar de una niña. Había mil motivos por los que era imposible, por los que podría acabar en desastre. Era peligrosa y no se podía confiar ni depender de mí. Y, además, no quería. No quería que nadie dependiera de mí ni que me llegara a conocer de un modo más sustancial. Aquella relación que tenía con Halla, a la cual me estaba negando a llamar «amistad», ya era más de lo que quería.

—Podría ser como ahora, ¿no? —dijo Halla sin más, con los ojos entornados hacia la puesta de sol y con el pincel colocado ante el lienzo para calcular su siguiente trazo.

Me sentía sin aliento y nerviosa y me quedé mirando aquella misma luz brillante que se apagaba. Todos los pensamientos sobre mi propio cuadro se desvanecieron de mi cabeza.

—¿Podría ir contigo y vivir contigo y vender cuadros juntas? —continuó—. Soy buena. No te causaría ningún problema.

Tenía razón. Con una facilidad increíble y sin conocer nada sobre la cultura o la legislación de Europa, había encontrado una solución razonable a cada complicación salvo la más importante: que no podía decir que sí.

—Supongo que en teoría sería posible —dije tras vacilar un poco, y luego añadí—: Pero ¿quién sabe si me voy a ir de aquí algún día? Estoy muy contenta aquí.

Era una excusa, un modo de hacer que dejara de pedírmelo. Sabía que iba a acabar marchándome de allí en algún momento, y desde luego no estaba contenta en Alejandría. La felicidad no era algo de lo que yo fuera capaz. Si hubiera estado dispuesta a acogerla, a adoptarla como me había sugerido, ella tampoco habría necesitado dinero. Mis cuadros se vendían bien, y vivir en Egipto no costaba casi nada. Podíamos irnos al día siguiente si hiciera falta, pero la pura verdad era que no quería. Me pareció algo muy feo enmarcar la situación en unos términos tan insensibles y egoístas, limitarme a decir que estaba contenta y nada más. Si bien las razones de Halla para querer lo que quería parecían mucho más justificadas que las mías, no le podía contar la verdad: que cuidar de ella era más de lo que yo podía soportar psicológicamente y que no estaba preparada para semejante responsabilidad, para que ella dependiera de mí.

No pareció molestarse ni un ápice.

—No pasa nada —me dijo, con su grande y amplia sonrisa apuntando en dirección al mar ante ella y su lienzo—. Preferiría ir contigo, pero, si no puedo, encontraré otra manera de ir.

CAPÍTULO CUARENTA Y DOS

Los demás padres con sus niños se quedan un rato más. Como me siento bastante generosa, dejo que Leo se coma otra porción de pastel. Poco tiempo después, él y los demás niños se ponen a corretear por las salas y los pasillos, persiguiéndose unos a otros, enloquecidos por el azúcar y la emoción. Cuando Sophie lo acorrala en el pasillo para atraparlo, Leo alza los brazos delante de él y no puede parar de reír, con la cabeza echada hacia atrás.

Es muy distinto del niño callado y tranquilo que conocí el día de nuestra primera entrevista. Si bien todavía tiene un aspecto pálido y enfermizo, con esos pozos oscuros bajo los ojos, está contento y animado y es un artista. Es verdad lo que se dice de los niños: son resistentes, y, aun así, también son de lo más frágiles; no se pueden quebrar, pero sí son impresionables. Igual que la esteatita, son casi imposibles de romper, aunque muy fáciles de tallar.

Me siento a la mesa con los demás padres y mutilo una porción de pastel con el tenedor mientras los demás hablan sobre sus inminentes viajes en coche o en avión hasta Filadelfia, Búfalo o Binghamton. Me preguntan qué planes tengo para las vacaciones, y, cuando les contesto que voy a quedarme aquí para disfrutar de la paz y la tranquilidad, pretenden envidiarme. «Qué bien suena», me dicen. «¿Por qué las fiestas tienen que ser siempre tan caóticas?». Solo que hay preocupación en sus ojos. Es igual que en Acción de Gracias: las mismas preguntas, las mismas respuestas, los mismos ojos llenos de lástima, solo que, al menos esta vez, yo no siento lástima por mí misma. Para bien o para mal, no estaré sola, y, por mucho que me asuste, también me llena de unas expectativas que casi parecen tontas.

Los padres se acaban poniendo de pie y llaman a sus hijos, quienes siguen jugando. Marnie viene al comedor para recoger los restos del tronco de Navidad. Le doy un abrazo a cada uno de los niños y les deseo que pasen una bonita Navidad, y entonces el traqueteo, las risas y los pisotones al ponerse las botas, la chaqueta y los guantes en el vestíbulo se reducen. Los padres se despiden entre ellos por toda la entrada. Las puertas de los coches se cierran con unos sonidos amortiguados por la nieve, y los niños se despiden con la mano desde las ventanas de los SUV y los sedanes mientras se alejan.

De repente todo está en silencio, y me he quedado sola con Leo.

Lo miro mientras se despide, contento, desde la ventana. Le moquea un poco la nariz. Al mismo tiempo, el estómago me ruge, la boca se me llena de saliva, y, como si la niebla hubiera escampado de repente en mi cerebro, caigo en la cuenta de algo que debería haber visto antes: esta es una muy mala idea.

Ahora que ya está decidido, ahora que está aquí en mi casa y que lo estará durante los próximos días o tal vez más, lo veo muy claro. Tengo un hambre voraz, aterradora e incontrolable; incluso en este mismo momento unas manos fuertes me aprietan los órganos internos y me hacen daño. No tendría que haber accedido a que Leo se quedara conmigo. Ha sido un error, un terrible, terrible error.

Miro a Leo, y una repentina punzada de pánico me pide que me aleje de él, que lo aleje de mí. Lo llevo al estudio de arte y lo dejo con sus lápices antes de recorrer el pasillo en dirección a la cocina. Marnie sigue allí, doblada frente al horno para sacar unas tartas humeantes y dejarlas sobre la rejilla de la isla del centro de la cocina. Cuando se da media vuelta y me ve ahí plantada, se lleva un susto y casi tira las tartas al suelo.

—Por Dios, qué susto me has dado —dice en voz baja mientras coloca las tartas en la rejilla. Luego se lleva sus manos libres al pecho e intenta recobrar la compostura.

—Perdona, Marnie. No quería asustarte.

—Caray, qué poco ruido hacéis las bailarinas. A nosotras las cocineras no se nos da tan bien acercarnos a los demás sin que se enteren —dice, y se da una palmadita en las caderas.

Me explica todas las provisiones que me está dejando, por las cuales me siento muy agradecida de repente, pues de otro modo no tendría nada que darle de comer a Leo: un pavo asado, ya cortado en la nevera, aunque sacará «un buen plato» antes de irse; galletas; boniatos confitados; y, sobre la isla de la cocina, una tarta de manzana y un pastel de carne con patatas.

Escucho y asiento de forma apropiada mientras intento aunar la valentía necesaria para pedirle que se quede y trato de pensar en una razón convincente por la que deba dejar de lado a su familia para pasar la Navidad en esta triste casa. «¡Para proteger a Leo de mí, para vigilar su habitación por la noche, para impedir que yo entre! Aunque también necesitarás algo con lo que protegerte. Seguro que podemos encontrar algo por aquí que podamos transformar en estaca».

Una propuesta tentadora, no cabe duda. Más allá de la verdad que no se puede mencionar, no hay nada más.

—¿Estás bien?

Alzo la mirada de entre mis pensamientos y la veo observándome, con la cabeza ladeada. No estoy bien, no. Todo lo contrario. Estoy sola y agotada y más que asustada. Quiero echarme a llorar entre sus brazos cálidos y manchados de harina. Me he valido por mí misma durante mucho tiempo y estoy cansada. Y una de las pocas cosas que sé es que lo único de lo que no puedo defenderme soy yo misma. Necesito a alguien más fuerte que yo para protegerme de mí misma, para que me escuche mientras lo suelto todo, para que solucione todos los problemas, para que rescate al niño pequeño que dibuja en silencio en el piso de arriba.

—Sí, no pasa nada —consigo susurrar—. Gracias, muchísimas gracias. Todo tiene muy buena pinta.

—¿Necesitas algo más antes de que me vaya? —Me sigue mirando con una expresión extraña.

—No. No, gracias, Marnie. Ya has hecho más que de sobra. Espero... que pases unas vacaciones maravillosas con tu familia.

Me doy la vuelta deprisa, por miedo a lo que pueda pasar si la miro a los ojos. Salgo de la cocina y recorro el pasillo poco a poco mientras pienso a quién podría acudir o llamar. Agoston, con quien tengo muchas ganas de hablar, está en algún lugar de California. El abuelo, a miles de kilómetros de distancia, en Burdeos, también se me pasa por la cabeza, aunque con menos ganas por mi parte. Aun así, tal como me dijo Agoston, los niños para él solo son soldaditos que necesitan mano dura y sufrimiento para hacerse fuertes. Además, ya he captado la idea general de los consejos de mi abuelo en muchas ocasiones en sus cartas: «No se me ocurre por qué decides vivir escondida entre los *vremenie*, en lugar de libre con los de nuestra propia especie; por qué te encierras en una jaula de moralidad y debilidad *vremenie* y luego te haces daño por culpa de los diminutos confines».

Su remedio para todos los problemas es el mismo: libérate de las ataduras de los escrúpulos, vive con libertad y sin miedo, llévate lo que quieras. El hecho de que los otros, los inocentes, en ocasiones paguen las consecuencias de la valentía poco considerada de uno mismo, de sus deseos, parece que es algo que no ha entendido aún. No, no puedo acudir a nadie.

Oigo a Leo toser desde el otro extremo del pasillo. La tos suena ronca, enferma y convulsiva, peor que antes, peor que desde hace mucho tiempo. Llego a la puerta del aula y me quedo allí plantada durante un segundo. Leo está encorvado sobre su escritorio y canturrea, feliz. Lo observo y trato de calmar el pánico que se alza en mi interior. Pienso que se trata de Leo y que nunca le haría daño. Aun así, una imagen del ático aparece en mi imaginación, con las manchas de sangre en el suelo, las extremidades y las cabezas arrancadas. Y luego veo el cuerpo de Dora, rígido e inmóvil, en el establo durante aquella mañana. No siempre debo tener la intención de hacer daño para causarlo de verdad.

Otro ataque de tos se apodera de Leo, y sus hombros se hunden por la fuerza. Acaba pasando y sigue dibujando mientras canturrea conforme un hilillo de mocos se acerca peligrosamente al borde de su labio superior. Se lo limpia con el dorso de la mano.

—¡Oh, no, *mon chou*, no uses la mano! —Saco un pañuelo de una caja que hay cerca—. Toma un pañuelo.

Mantenerme alejada de Leo no es una opción, así que tendré que tener cuidado, controlarme a mí misma y ser fuerte. Yo puedo. No soy un animal, un apetito con patas, sino un ser moral capaz de entrar en razón y contenerse.

—Leo —lo llamo, e hinco una rodilla en el suelo junto a su silla.

Ha dispuesto la pequeña figura de madera en el escritorio en una posición —inclinada hacia delante, con los brazos estirados a los lados— que me recuerda a uno de los pasos del baile de claqué de Annabelle. Alza la mirada de su dibujo.

—Katherine te ha contado que te vas a quedar conmigo, ¿verdad?

Me pregunto cuándo he empezado a llamarla Katherine.

—Tu madre —corrijo, y pongo los ojos en blanco por mi propio fallo.

Leo asiente.

—¿Y qué te parece la idea? ¿Estás bien? Entendería que estuvieras un poco decepcionado. Puedes contármelo.

—Bueno —dice, cabizbajo y alicaído—, estoy un poco triste.

—¿Echas de menos a tu madre?

—Sí. Pero hay otro problema.

—¿Qué pasa?

—Papá Noel.

Aunque me toma desprevenida, su explicación me tranquiliza de inmediato.

—¿Eh? ¿Qué problema hay con Papá Noel?

—Papá Noel va a llevar todos los regalos a mi casa, y yo no estaré allí.

—¡Eso no es ningún problema! —le digo con un gesto para apaciguarlo—. Puedo ir a llamar a Papá Noel por teléfono ahora mismo.

—¿De verdad? ¿Hasta el Polo Norte?

—¡Pues claro! Le diré que estás aquí y que debe entregar todos tus regalos a esta dirección. ¿Así estarás más tranquilo?

Asiente y se limpia con el dorso de la mano las lágrimas que habían empezado a relucir en sus ojos. Me levanto y salgo de la sala. Lo oigo levantarse de su asiento y quedarse de pie en el umbral de la puerta mientras yo me acerco al teléfono y hago todo un espectáculo al descolgarlo y marcar.

—Sí, hola... Gominola. ¡Feliz Navidad! —Articulo la palabra «elfo» en dirección a Leo—. Gominola, sé que no es el momento más oportuno, pero ¿podrías pasarme a Papá Noel un momentito? Tengo algo muy urgente que hablar con él.

Leo tiene la boca muy abierta, anonadado.

—Gracias, te lo agradezco mucho. —Me tamborileo en el brazo con los dedos y me compruebo las uñas mientras espero a que Papá Noel responda al teléfono.

—¡Ah, sí, Papá Noel! *Oui, bon soir! Joyeux Noel! Oui, merci*. Bueno, Papá Noel, solo quería informarte que estoy con Monsieur Leo Hardman... ah, sí, claro. —Tapo el teléfono con una mano y le susurro a Leo—: Ha ido a hacer unas comprobaciones en su libro.

Leo se lleva los dedos a la boca y se muerde las uñas por los nervios y la expectativa. Los tonos ascendentes de la línea desconectada me resuenan en el oído, y la grabación de la operadora no deja de repetirme que lo siente, pero que el número al que he llamado no existe.

—¡Sí, claro que está en la lista de niños buenos! —exclamo cuando Papá Noel vuelve al teléfono por fin—. Eso ya te lo podría haber dicho yo. Pero bueno, Papá Noel, solo quería informarte que va a estar aquí en Nochebuena, así que si fueras tan amable de entregar sus... Sí, sí, exacto. Eso mismo.

Mientras hablo, Leo se está acercando poco a poco por el pasillo, con los ojos muy abiertos y muy impresionado.

—Es la misma dirección, sí, carretera del condado M, Millstream Hollow, Nueva York. ¡Sí, esa! Muchísimas gracias por atenderme, Papá Noel, sé lo ocupado que debes estar. Sí, es un niño de lo más dulce, estoy de acuerdo.

Leo está bailando y girando sobre sí mismo de pura alegría en el pasillo.

—Vale, muchas gracias. *Au revoir!*

Cuelgo el teléfono.

—¿Contento?

—¡Bien! ¡Bien! ¡Bien! —grita Leo, con los brazos en el aire.

Llevo a Leo al piso de arriba para mostrarle su habitación. Me da la mano mientras subimos las escaleras y luego quiere abrir cada puerta del pasillo para asomar la cabeza y ver qué hay. Tiene una disposición curiosa. Sus movimientos son lentos y cuidadosos, y me hace preguntas sobre cada habitación.

—¿Quién duerme aquí?

—Nadie.

—¿Y por qué tiene una cama? ¿Antes sí dormía alguien aquí?

—Sí, alguien dormía aquí antes, pero hace mucho mucho tiempo.

Entonces echa un vistazo por la habitación en silencio, como si estuviera haciendo cálculos mentalmente para evaluar la energía que hay en el interior y decidir si se trata de una habitación buena e inocente o de una malévola. Alza la mirada hacia mí, con la cautela infantil todavía en su expresión.

—¿Era una buena persona la que dormía aquí?

—Ah, sí que lo era. Era un niño dulce y aventurero como tú. Los dos os lo habríais pasado muy bien jugando juntos.

Mentira. Aquella era la habitación de Agoston, pero ¿cómo podría siquiera empezar a explicar quién era Agoston a un niño pequeño?

Leo y yo llegamos a su cuarto. Es una de las varias habitaciones con forma de torre de la casa, amplia, octagonal y con cinco ventanas con contraventanas en un lado. En el lado opuesto de las ventanas, dos camas individuales con sábanas de lino antiguas y edredones hechos a mano están una al lado de la otra. Una gran alfombra redonda cubre el centro, y hay una mecedora de madera sobre ella. Algunos juguetes de una edad inimaginable están dispuestos sobre los estantes de una librería.

Leo corre hasta la mecedora y se sube. Saco un yoyó de madera de un estante y le hago una demostración a Leo, quien lo agarra y lo deja hecho un enredo en cuestión de segundos. Tras dejar de lado el yoyó, Leo busca una caja de madera atada con tiras de cuero y dos hebillas. Abre las hebillas, y unos bloques salen de la caja, cada uno de ellos pintado de forma detallada con una porción de una escena más grande.

—¿Qué es esto? —me pregunta Leo.

—Es un rompecabezas. De hecho, son seis rompecabezas al mismo tiempo, uno por cada lado de los bloques.

—Nunca había visto un rompecabezas como este.

—Así era como los hacían antes de que se inventaran las máquinas que cortan el cartón en forma de esas piezas chiquititas.

Junto un par de bloques para mostrárselos a Leo.

Nos disponemos a montar una imagen en silencio. En ella, una niña rubia y guapa está sentada frente a una reluciente mesa de banquete en un palacio dorado.

—¿De dónde es ese dibujo? —quiere saber Leo, con la cabeza inclinada.

—Me parece que es la historia de Marienka. Era una niña muy mimada que solo quería una cosa: vivir en un palacio de oro. Con el tiempo, su deseo se hizo realidad, cuando el oscuro rey de las minas se casó con ella y se la llevó a su palacio, solo que en ese sitio todo estaba hecho de oro, hasta la comida. Y la pobre Marienka tuvo que vivir en un palacio lleno de comida que no se podía comer y de una elegancia de la que no podía disfrutar. Su deseo se cumplió, y luego se dio cuenta de que había sido un mal deseo.

—Guau. Qué historia más triste.

Leo empieza a darles la vuelta a los bloques para formar una imagen distinta.

—¿Sabes qué? Yo dormía en esta habitación cuando era pequeña.

Me dedica una mirada de sorpresa.

—¿Estarás bien aquí? —le pregunto.

—Sí —responde, y continúa dándoles la vuelta a los bloques para volver a colocarlos. Cuando se pone a cuatro patas sobre el rompecabezas, empieza a toser. Se vuelve a sentar por un momento, con la boca formándole un círculo perfecto y la lengua saliendo de ella conforme la tos ronca estalla de su cuerpecito. Los ojos se le hinchan y se le anegan de lágrimas.

—¿Estás bien? ¿Quieres que vaya a buscar tu inhalador?

Alza una mano para limpiarse la saliva de un lado de la boca y niega con la cabeza, demasiado centrado en el rompecabezas como para pensar en otra cosa.

A mí, por otro lado, me carcomen los nervios. La casa está en un silencio absoluto, y las horas que tengo por delante, peligrosamente vacías. Pienso con una añoranza repentina en el frenético televisor de los Hardman, con sus anuncios llenos de sonrisas brillantes, las comedias absurdas con sus estridentes risas enlatadas y los videoclips repletos de coches que se dirigen hacia la puesta de sol. Qué no daría yo por tener una tele, un ruido idiota que se peleara con el silencio y el tirón hacia debajo de la realidad, el agujero negro que está oculto en algún lugar de la casa y que lo absorbe todo hacia él sin cesar.

Entonces me empieza a dar miedo la casa, con su silencio insinuador, sus filas de habitaciones que son como ojos avizores. Tengo que salir de allí. Tengo que sacar a Leo de allí. Tengo que aclarar las ideas. Y, sobre todo, tengo que comer. Se me pasa algo por la cabeza, una idea tan ingeniosa como alocada. Es imposible que me arriesgue otra vez a colarme en el establo de los Emerson para comer, pues sería un suicidio. Pero se me acaba de ocurrir que el hecho de dirigirme a su establo con su permiso es más que factible, y más aún si Leo me acompaña.

—Leo, ¿qué te parece si vamos a ver a los Emerson en su granja para dibujar a las vacas de su establo?

—¡Vale!

Me incorporo de un salto, aliviada por el entusiasmo de Leo. El propio señor Emerson me invitó a que pasara por allí el otro día y había dicho que hacía demasiado tiempo que no los íbamos a ver. No podía estar más de acuerdo.

Cuando llegamos, el señor Emerson está partiendo leña frente a la casa de un modo que resulta un tanto espectacular para ser que el hombre tiene casi ochenta años. El bote de WD-40 que podría haberme dejado allí se me pasa por la cabeza en ese momento, y por un instante soy presa del pánico al pensar en la posibilidad de que hubieran buscado huellas en él: los Emerson saben que era mío y que, de algún modo, por ilógico y absurdo que parezca, tengo algo que ver con la muerte de su vaca. Pero entonces Henry vuelve su sonrisa amplia y afectuosa hacia mi coche, y el miedo me abandona. Clava con destreza su hacha en el tocón y camina hacia nosotros mientras se quita los guantes.

—¡Muy buenas! —nos saluda.

—Buenas tardes, Henry —le respondo, saliendo del coche.

—¡Menuda sorpresa! —dice, tomándome de la mano con sus dos manos para darme un apretón—. ¿Qué puedo hacer por usted, señorita?

Sus ojos marrones están vidriosos ante el viento frío.

—Bueno, Henry, nos preguntábamos... —Hago un gesto hacia Leo, quien sigue sentado en el asiento del copiloto—. Nos preguntábamos si podríamos ir a su establo a dibujar.

Henry se inclina hacia delante para mirar por la ventana del asiento del copiloto, le sonríe a Leo y lo saluda con la mano, tras lo cual hace una mueca y saca la lengua. La risita de Leo, dentro del vehículo, queda silenciada por el cristal.

—¡Vaya, nada me gustaría más!

—Hablando del establo, ¿tiene alguna novedad sobre… sobre el incidente?

—No, nada de nada —responde, llevándose las manos a las caderas y mirando hacia las colinas nevadas que se alejan hacia el oeste, moteadas de vez en cuando con vallas—. Es la cosa más rara del mundo. Pero bueno, no hemos tenido ningún problema desde entonces, así que nos imaginamos que fue… No sé, supongo que algún incidente raro.

—Bueno, me alegro de que no hayan tenido más problemas, al menos —respondo, y no se me escapa la ironía de mis propias palabras. Prácticamente estoy dando saltitos de ganas de entrar en su establo. Me siento débil por el hambre, floja y frágil, como una rama delgada y sin vida que tiembla ante el viento frío. Los dientes me castañean un poco.

Leo abre la puerta del lado del conductor. Ha pasado de su asiento al mío y se está bajando del coche.

—Hola, muy buenas, caballerito. Qué tal está usted. —Henry le extiende una mano grande y llena de pecas a Leo, y él se la estrecha. Leo me mira y me dedica una sonrisa tímida.

»¿Y cómo se llama usted? —le pregunta Henry—. ¿O debería llamarlo «caballerito»?

—Leo.

—¡Leonardo da Vinci! ¡Caramba! Supongo que no debería sorprenderme que el señor Leonardo da Vinci quiera emprender una aventura artística en nuestro establo.

Leo me vuelve a mirar, y la lengua le sobresale de un lado de la boca, sin saber qué decir.

—¿Eh? —le dice a Henry, quien se echa a reír.

—Quieres ir a dibujar al establo, ¿a que sí?

—¡Sí! ¿Hay vacas allí?

—Desde luego que sí, y, si me sigues por aquí, te las presentaré.

Henry me guiña el ojo, y Leo y él empiezan a dirigirse al establo mientras saco nuestros suministros del maletero. Hace un poco más de calor hoy; la nieve se ha derretido, y solo quedan unos cuantos baches en algunas partes.

—Espero que hayas traído tus lápices de colores —oigo que dice Henry—, porque alguna vez hemos visto que estas vacas cambiaban de color de repente. ¿Has visto la película *El mago de Oz*?

Cuando llego al establo, Henry está frente a la primera casilla con Leo y sostiene a la vaca por el cuello para dejar que Leo le acaricie el pelaje. Las otras vacas asoman la cabeza con curiosidad desde sus casillas a ambos lados del pasillo central. Hay una cara menos en el lado izquierdo que en el derecho.

—Jamás de los jamases te puedes poner detrás de una vaca —le explica Henry a Leo—, y detrás de un caballo mucho menos, porque mira lo que tienen. —El anciano se inclina y le levanta una pata delantera a la vaca para mostrarle la pezuña a Leo—. Esta señorita tan dulce, que se llama Mabel, por cierto, es una chica muy amable, pero te mandará al siguiente condado de una patada si te acercas por detrás. Tengo a otra señorita muy dulce igual que esta en casa —continúa Henry, refiriéndose a la señora Emerson y guiñándome un ojo. Luego le sigue explicando a Leo—: Por eso tienes que tener mucho cuidado. ¿Crees que podrías hacerme ese favor, caballerito?

Leo asiente, y Henry le da una palmadita en el hombro antes de dirigirse a la puerta del establo.

—¿Podéis hacerme otro favor también? —nos pregunta, tras volverse hacia nosotros—. Cuando hayáis terminado, ¿podéis acercaros a casa a por una taza de chocolate caliente? A May le encantará tener el placer de conocer a este caballerito.

Al oír hablar de chocolate caliente, a Leo se le iluminan los ojos. Sonríe y asiente con fuerza.

—Gracias, Henry —le digo—. Es muy amable por su parte.

—¡Pasadlo bien! —exclama, antes de cerrar la puerta tras él al salir.

Empujo un par de balas de paja frente a la primera casilla para que Leo y yo nos sentemos, tras lo cual colocamos nuestros caballetes frente a ellas.

—Vale, Leo —le explico antes de empezar—, hoy vamos a practicar la velocidad. Tenemos que intentar plasmar la forma y el movimiento general de la vaca, porque no se va a quedar quieta para que la pintemos, sino que no dejará de cambiar de posición y de moverse. Las sombras y la luz también cambian cuando el sujeto se mueve. Cuanto más intentas controlar la imagen y hacer que cada parte sea perfecta, más imperfecto será el dibujo en general. Así que, en vez de eso, vamos a hacer tantos bosquejos breves como podamos.

Leo se pone a ello, y su diminuto ceño se tensa por la concentración. Me siento a su lado y lo observo durante un par de minutos. Pese a que muchos de mis alumnos se ponen incómodos cuando los observo pintar, Leo no parece ni percatarse de mi presencia a su lado. El mundo más allá de la página o del lienzo desaparecen para él del mismo modo que me ocurre a mí.

No ha hecho caso de mi consejo, sino que se ha empeñado en dibujar el hocico de la vaca mientras esta se dedica a comer una bocanada de paja. Las mandíbulas de la vaca se mueven en un círculo lento, y sus labios tantean, como unos dedos, los trozos de paja que se le escapan. Leo traza líneas y luego las deshace con la goma de borrar. Puedo medir cuánto crece su frustración por la fuerza que aplica a la goma.

Hay un dejo sutil y obcecado en Leo que solo he detectado en su arte. Me parece una buena señal. Hay muchas partes de su vida que escapan de su control, y sospecho que esa obcecación significa que al menos en su arte se siente poderoso.

Leo se vuelve hacia mí, cabizbajo.

—*Mon chou* —lo corrijo con amabilidad—, recuerda que tienes que pintar con líneas rápidas y suaves. No te lo pienses demasiado. Confía en tu cuerpo, en tus manos, brazos y ojos. Y toma. Usa esto.

Saco del estuche un lápiz 4B sin demasiada punta —un grafito más suave y oscuro— y lo sostengo frente a él. Es imposible evitar las líneas oscuras y atrevidas con un 4B. Vacila un poco antes de entregarme su querido HB, el cual ha afilado hasta conseguir una punta delgada y delicada, como de costumbre.

—Rápido y suave —repito. Alzo mi propio lápiz sobre mi hoja de papel y le enseño cómo hacerlo con unos círculos y trazos curvos y rápidos. Las manos me tiemblan tanto que dudo de poder conseguir algo mejor que un boceto rápido. Leo me mira con atención, con la boca un poco abierta por culpa de su congestión. Oigo las flemas que traquetean en su pecho con cada respiración.

Tras treinta segundos, una vaca surge de las líneas dispersas y amplias de mi hoja. Leo alza la mirada hacia mí, con una pequeña sonrisa ladeada.

—Una vaca —le digo—. ¿Ves?

Leo no responde, sino que se limita a volverse hacia su propia hoja de papel, lleno de determinación.

—Un minuto —digo—. Será una carrera contrarreloj. Dibuja la idea más general de una vaca en un solo minuto. *Vite! Vite!*

Se pone a dibujar, y sus movimientos son maravillosamente rápidos y suaves. Se echa a reír mientras hace girar su lápiz con descuido por toda la página, y eso me hace pensar en lo raro que es Leo. Todo lo que les encanta a los demás niños, como los coches de juguete, los muñecos y los programas de televisión, no despiertan el más mínimo interés en él, sino que disfruta del arte, casi como lo hago yo. Le encanta y le frustra; y ya se ha obsesionado con perseguir a la ninfa del arte a su corta edad. Si sigue así, podría estar haciendo copias idénticas de Velázquez a los ocho años, como hizo Picasso. Y a los veinte bien podría haberse convertido en el siguiente Picasso. ¿Qué podría ser a *mi* edad? ¿A los doscientos años? ¿A los trescientos? Es probable que no haya ninguna comparación adecuada a la que poder recurrir.

—*Très bien!* ¡Diez segundos! —le digo, y empiezo a contar el tictac de mi reloj—. Cinco, cuatro, tres…

Leo se apresura a esbozar unas motas negras en el costado de la vaca, donde la de verdad tiene sus propias manchas.

—¡Dos, uno! ¡Se ha acabado el tiempo!

Leo sostiene su boceto con una expresión triunfal, y yo le aplaudo. Gira la cabeza y tose por encima del hombro mientras examino el dibujo.

—Esto es exactamente lo que te he pedido. Tan suave y maravilloso. Me encanta.

Se vuelve hacia mí y sonríe, con los ojos húmedos por su ataque de tos.

—Es divertido, ¿verdad?

—Sí —responde con voz ronca.

—¿Quieres probar otra vez?

—Vale.

—Perfecto. Esta vez te voy a dar tres minutos para que puedas centrarte también en el valor, es decir, la luz y la oscuridad, pero acuérdate de que tiene que ser rápido y suave.

Leo dispone el cuaderno de dibujo sobre su regazo una vez más, con el lápiz colocado encima, a la espera de mi señal.

—¡Ya!

Mientras dibuja, me dirijo al pasillo central y me asomo en cada casilla mientras intento decidir cómo alimentarme mejor sin que Leo me vea. El hambre es tan aguda que tengo la sensación de que me va a partir en dos. El cerebro me parece un ladrillo en la cabeza, pesado y con unas esquinas afiladas y granuladas que rascan contra el cráneo.

—Dos minutos —le indico a Leo desde lejos. Está tan concentrado en su dibujo y en la vaca que tiene frente a él que creo que podría ponerme a beber a su lado sin que se diera cuenta. Paso por debajo de la rendija de madera de la última casilla, donde se encuentra la más pequeña de las vacas, la que he bautizado como Cora.

A diferencia de las noches en las que había visitado el establo para escabullirme entre las vacas somnolientas o dormidas, hoy están alerta, de pie y rumiando la paja de sus comederos. Llevo a la vaca por el collar con suavidad hasta la esquina más alejada mientras suelto unos sonidos tranquilizadores e intento no mirar más allá de ella hacia la casilla vacía del otro lado del pasillo, donde solía haber otra vaca. La coloco entre la entrada de la casilla y yo, de modo que, si a Leo le da por venir hacia aquí, el cuerpo del animal quede entre nosotros. Muge con suavidad. Su lengua amplia y rosada me lame la muñeca. Me pongo de pie para mirar por encima de las casillas hacia Leo y veo que está encorvado sobre su cuaderno, perdido en su propia concentración.

Me arrodillo junto a la vaca, le paso un brazo por encima de la cima huesuda de su espalda como en un abrazo amistoso y luego paso los dedos deprisa por su cuello en busca del pulso. Encuentro el lugar apropiado, coloco la boca en él y, en el instante antes de perforarle la piel, uso la mano que tengo sobre la espalda del animal para pellizcarle la piel y distraerla de la sensación de perforarle el cuello. Aun así, el pellejo es grueso e insensible, y tengo la mano en un ángulo incómodo que me hace difícil pellizcarla con más fuerza. No surte efecto. La vaca nota la punzada y se echa hacia delante de repente tras soltar un alto mugido, asustada. Tengo que tambalearme para seguirla en mi posición torpe para quedarme a su lado y evitar que sus pesadas pezuñas me aplasten al mismo tiempo.

Bebo con ansias e intento sacarle toda la sangre que pueda lo más rápido posible. Menea la cabeza y gira el cuello para tratar de sacudirme de encima y suelta unos mugidos de protesta durante todo el proceso. Como si notara su nerviosismo, la vaca de la casilla de al lado empieza a mugir también, seguida de una tercera y una cuarta. Las vacas empiezan a comunicarse así, con llamadas y respuestas de alarma murmurada.

—¡Ya estoy! —exclama la voz de Leo desde más cerca de lo que debería estar. Me aparto de Cora a toda prisa y me paso la manga por la boca.

»Ya estoy —repite, más cerca que antes aún.

Cuando me pongo de pie, veo a Leo frente a la casilla, con su cuaderno en la mano. Las vacas no dejan de mugir y dan vueltas por sus casillas, nerviosas.

—¿Qué está haciendo? —me pregunta.

—Se me había caído algo —respondo, antes de limpiarme la boca con la manga otra vez—. Por aquí. Me daba miedo que la vaca lo encontrara y se lo comiera.

Salgo de la casilla y me sacudo la tierra y la paja de las rodillas.

—Las vacas comen de todo. Son... son como las cabras. ¿Has acabado? Déjame ver.

—El señor Henry ha dicho que no podemos ir ahí.

—Un consejo muy sabio al que tendrías que hacer caso. ¡Enséñame tu dibujo! ¡Me estás dejando en vilo!

—¿Por qué no paran de hacer «mu»?

—No sé. Deben estar de chismorreo, o... debatiendo sobre la calidad de la paja quizá.

Se produce un repentino sonido chirriante. La puerta del establo se desliza al abrirse, y una luz pálida y nívea entra por la abertura. Henry está en la entrada y mira con una expresión confundida a sus vacas, las cuales no dejan de quejarse.

—¿Qué es todo este alboroto? —riñe a Mabel, tras lo cual avanza deprisa por el pasillo en nuestra dirección mientras suelta sonidos tranquilizadores y examina a cada vaca por encima y por debajo y les pasa la mano por el pellejo húmedo de sus hocicos.

»¿Se están portando mal? —nos pregunta cuando llega hasta nosotros.

—La verdad, no estoy segura de lo que ha pasado. Ha sido muy raro. Una de las vacas de por aquí —Me he alejado discretamente a una casilla más allá de la de Cora—, no estoy segura de cuál, ha empezado a mugir, y luego las otras la han imitado. ¿Puede ser que las estemos molestando al estar aquí?

—Bueno, no me parece que pueda ser eso... ¿Una de estas, dice?

—Sí.

Henry se agacha para pasar a la casilla junto a la de Cora y examina la vaca del interior, le pasa la mano por el lomo, le echa las orejas hacia atrás y mira dentro de ellas.

—¿O quizás esta, decía? —me pregunta, señalando hacia otra vaca que no es Cora.

—Puede ser. No estoy del todo segura.

Entra en esa segunda casilla y examina a la otra vaca como a la primera. Unos momentos después, vuelve a salir y se encoge de hombros.

—Puede que haya sido la picadura de algún bicho, aunque no sé qué podría haber por aquí en pleno invierno. Quizá sea que están un poco nerviosas estos días. —Se pone junto a nosotros con una expresión pensativa por un momento, con las manos en las caderas, y mira a las vacas, que se han calmado por fin, antes de volverse hacia Leo—. Pero bueno, ¿cómo va ese dibujo, Da Vinci?

Leo esboza una sonrisa tímida y alza su cuaderno ante su cara para poder mostrárselo y esconderse tras él al mismo tiempo.

—¡Caramba! ¡Si la vaca parece que va a salirse de la página! —Henry se vuelve hacia mí con una expresión de sorpresa sincera y añade entre dientes—: Por Dios, me esperaba un dibujo de palitos.

El bosquejo de Leo es mucho más avanzado que un dibujo de palitos. No puedo evitar sentirme orgullosa.

Leo se ha asomado por encima del cuaderno y observa la reacción de Henry con cierto deleite.

—Eres un caballerito con mucho talento. ¿Das clases? Yo solo sé dibujar a Pac-Man.

Leo se dispone a hablar, pero su voz sale muy ronca y después se transforma en tos. El cuaderno le tiembla en la mano y luego se aprieta contra su rodilla cuando el ataque de tos lo obliga a doblarse sobre sí mismo.

—Válgame Dios —dice Henry—, esa tos suena muy fea.

Tiene razón. Si bien me había consternado la aparente indiferencia de los Hardman en cuanto al estado de salud de Leo, entonces caigo en la cuenta de que yo también me he acostumbrado a su enfermedad constante, a su tos, a mi propia impotencia en ese aspecto.

Me arrodillo junto a Leo y rodeo con los brazos su pequeña figura que no deja de dar sacudidas.

—¿Estás bien? —le pregunto—. ¿Quieres tu inhalador?

Niega con la cabeza entre tos y tos. Tiene la carita roja por el esfuerzo, y, cuando por fin deja de toser, veo que vuelve a moquear.

—Vale, pero al menos te voy a dar un poco de jarabe para la tos —le digo mientras saco un pañuelo del bolsillo y se lo doy. Se suena la nariz y se deja caer sobre una bala de paja. Tiene los ojos llorosos, y las ojeras bajo ellos son profundas y amarillentas. Saco el bote de jarabe para la tos de mi mochila, echo el líquido lila en el diminuto vaso de plástico y se lo acerco a Leo. Hace una mueca y alza una mano para resistirse a la medicina.

—No me gusta eso —dice—. Es muy asqueroso.

—Claro que no, es... —Busco en la etiqueta alguna indicación sobre el sabor y encuentro un dibujo gracioso de unas uvas—. Vale, seguramente tienes razón. Es feo, pero te ayudará con la tos y hará que te sientas mejor, así que tienes que tomártelo.

Hace una mueca, se tapa la boca con las dos manos y niega con la cabeza.

—Leo —lo llama Henry, a mi lado—, opino lo mismo que tú. No me gusta nada tomarme mis medicinas. Pero ¿sabes lo que me ayuda a tragarme esa bazofia asquerosa?

Aunque Leo sigue tapándose la boca y no responde, alza las cejas con curiosidad.

—El chocolate caliente. ¿Qué te parece si después de beberte ese vasito de bazofia salimos corriendo hasta mi casa para prepararte una taza gigante de chocolate caliente... con nubecitas y nata montada? ¿Crees que eso te ayudará a quitarte el mal sabor de la boca?

Leo mira el vasito con una expresión lúgubre, aunque al fin me lo saca de la mano y, con una última mueca de desesperación, se bebe el jarabe.

La casa de los Emerson está calentita y llena de una luz tenue y dorada que surge de las múltiples lámparas con pantalla de cristal que hay repartidas por toda la cocina y el comedor adyacente. May Emerson es una anciana llena de fuerza que arregla muebles viejos para venderlos en tiendas de antigüedades contiguas a la carretera. Como resultado, siempre está ocupada lijando o pintando algo y suele llevar un cinturón repleto de herramientas.

Cuando entramos, la vemos en la mesa de la cocina, con un escabel tapizado frente a ella y una grapadora de carpintería en la mano. Sostiene unos alfileres rectos entre los dientes y nos sonríe y nos saluda, aunque sus palabras salen inteligibles entre los alfileres. Aprieta el gatillo de la grapadora, y se produce un sonido rápido y estridente bastante similar al de un disparo de verdad. Leo se sobresalta un poquito a mi lado. May mueve la grapadora, la aprieta de nuevo, y otro estruendo resuena por la sala. Entonces la deja sobre la mesa, se saca los alfileres de la boca para clavarlos en una almohadilla y da la vuelta a la mesa para acercarse a nosotros con una enorme sonrisa.

—¡Pero qué caballerito más guapo! —exclama—. ¿Cómo te llamas?

—May, no te lo vas a creer, pero este señorito es Leonardo da Vinci, y dispongo de los dibujos para demostrarlo. Le he prometido a este hombretón del Renacimiento una taza de chocolate caliente —dice Henry, y le da una palmadita firme a Leo en los hombros—. Con todos los extras, claro.

—Entonces será mejor que empieces a preparárselo, ¿no? —responde May, y nos dedica un guiño.

Los dos intercambian lo que parece ser una competición de miradas de dos segundos hasta que Henry se echa a reír y dice:

—Será mejor que sí. —Y se dirige a un pequeño rincón de la cocina. Una vez que ha pasado más allá de May, nos dedica otro guiño a Leo y a mí—. Nunca deja que me salga con la mía.

—Por mucho que tú no dejes de intentarlo —canturrea May con dulzura, sin dejar de esbozar la sonrisa que nos brinda.

Los dos ancianos son como un par de actores alegres de un vodevil muy bien ensayado. Nunca he visto a dos personas que se lo pasen tan bien bromeando entre ellas.

—Voy a quitar todo esto de aquí para que os podáis sentar —dice May mientras nos conduce hacia la mesa. Recoge un variopinto puñado de cosas y lo suelta casi todo sobre el estante de una gran cómoda colocada contra la pared. Encima de la cómoda hay un botecito de WD-40 que hace que me dé un vuelco el corazón hasta que me obligo a dejar de mirarlo.

Henry, en la cocina, está rebuscando entre las alacenas y abre y cierra distintas puertas.

—May —la llama—, ¿dónde pueden estar las nubecitas? —Levanta la tapa y echa un vistazo al interior de media docena de botes de cerámica sobre la encimera—. ¿Y esos paquetitos de chocolate Swiss Miss?

—¡Por Dios! —exclama May, antes de dar media vuelta y moverse deprisa hacia la cocina—. Es increíble cómo un hombre tan fuerte, grande y hábil puede terminar siendo derrotado por una cocina tan diminuta. ¡Quita!

Hace un gesto con las manos para apartar a Henry, y él viene a acompañarnos a la mesa, donde le dedica una mirada traviesa a Leo.

—Siempre funciona —susurra.

—¡Te he oído! —grita May.

Los Emerson insisten en que nos quedemos a cenar. Pongo reparos durante unos breves instantes sin muchas ganas antes de aceptar la invitación. La verdad es que estoy inmensamente agradecida por poder quedarme aquí. De hecho, estoy segura de que esta era mi esperanza desde el principio. No quiero ni tener que pensar en volver a mi propia casa, aparcar en la entrada de gravilla oscura, bajo las múltiples ventanas que nos observan como si fueran los ojos brillantes de una araña, inmóvil, inmensa y a la espera en su telaraña, lista para corretear hacia delante al notar el más mínimo movimiento. No quiero tener que volver a casa nunca.

La cena es una pizza de pepperoni que sacan del congelador, un surtido de verduras que extraen de una lata y tres olivas negras cada uno. A Leo le asusta el oscuro jugo de las olivas que amenaza con humedecerle la corteza de su pizza hasta que Henry lo distrae al menear en su dirección uno de sus meñiques, al cual le ha colocado una oliva encima.

—Eres una mala influencia, Henry —lo riñe May con burla—. Una noche contigo y este niño tan bien educado será todo un bribón.

Como respuesta, Henry sacude su meñique con oliva en dirección a su mujer.

Después de la cena, sirven una tarta de manzana casera con cobertura de *streusel*, y luego el señor Emerson saca un viejo circuito de canicas de madera que había fabricado para sus hijos hace mucho tiempo y le enseña a Leo a hacer correr las canicas por las pistas. Tanto él como May parecen estar encantados de que estemos allí, por lo que nos quedamos más de lo que deberíamos.

Los cálidos paneles de madera de la casa, los patos tallados y pintados y los bordados que decoran las paredes, el salón en el que un diminuto televisor con antenas muestra *La rueda de la fortuna* a un público que consiste en dos butacas… Todo ello forma la atmósfera más segura y pacífica que he visto en muchos años. En esta cálida y vieja granja, las criaturas como yo no existen. Todo lo que da miedo o resulta destructivo existe solo en la forma inocua de un espacio de diez minutos en las noticias de la noche, capturado y enjaulado en la pequeña pantalla llena de estática de esa tele maltrecha.

Miro a Leo. Está dando palmadas y riendo con mucho ánimo conforme las canicas trazan sus veloces giros por toda la pista. Cuando salen disparadas por el tobogán de la parte inferior, las recoge y las vuelve a poner en la parte de arriba, mientras da saltitos y grita «¡más rápido! ¡Más, más!». El señor Emerson, quien ha conseguido bajar su gran figura de granjero al suelo junto a él, lo ayuda a recoger las canicas rebeldes y se ríe ante el ánimo de Leo. La señora Emerson da sorbitos del café descafeinado que nos ha preparado y sonríe en dirección a los dos. De vez en cuando suelta unos suspiros de felicidad.

Pese a que no pretendo hacerlo, durante esa hora o así me sumo en una niebla de añoranza tan espesa que no sé cómo salir de ella. Añoro poder tener un hijo, sí, un hijo como Leo. Cuando se vuelve hacia mí y se echa a reír, cuando está junto a mí bebiendo agua de un vaso que me gotea en los pantalones, cuando da saltitos y me dedica una mirada nerviosa y salimos corriendo al baño, estoy muy cerca de ello. Casi puedo imaginar que tengo uno, que Leo es mi hijo.

Katherine, la verdadera madre de Leo, se me pasa por la cabeza. Seguramente ya habrá llegado al centro de desintoxicación, por lo que me la imagino sentada en silencio en una cama desconocida de una habitación desconocida. Unos desconocidos deambulan por los pasillos y se sientan a su derecha y a su izquierda para desayunar. Me pregunto si ya habrá empezado a sentirse incómoda, aunque es probable que sea demasiado pronto. Cuando el dolor empiece de verdad, ¿pensará en Leo, en su hijo? ¿Usará el recuerdo de Leo para centrarse? Espero que sí. Espero que, más allá de lo que le pase y sin importar lo que haya hecho, que lo quiera y quiera cuidar de él como se merece. Por encima de todo, lo que quiero es que Leo esté bien.

—Es un niño tan dulce y feliz —suspira la señora Emerson.

—Sí que lo es.

—Se parece mucho a usted. Nunca había reparado en que uno de los chiquitines fuera suyo.

Le dedico una breve mirada antes de volver a mirar a Leo y al señor Emerson.

—Con esos ojos azules y el pelo oscuro. Son igualitos.

Transcurre un momento de silencio en el que intento obligarme a decir algo. Es la primera vez que alguien comenta cuánto nos parecemos Leo y yo, y me sorprende no haberme dado cuenta de ello antes. Debería corregir a May. «No, no es mi hijo», debería decirle. Solo que algo me impide pronunciar las palabras, y, unos instantes después, el momento ha pasado y sería mucho más raro que la corrigiera tan tarde.

—¿Dónde está su papá? —me pregunta May, del modo inocente que solo los ancianos saben conseguir.

Trago en seco, incómoda, y bajo la mirada hacia mis manos, las cuales rodean mi taza de café.

—No... No lo sé.

Es cierto. No estoy mintiendo.

—No pretendo fisgonear, cielo. Tengo mucho respeto por todas las madres solteras del mundo. Es una vida dura. Pero bueno, es un niño increíble.

Ahora sí que es demasiado tarde para corregirla. Si vuelve a salir el tema, pretenderé que no la he oído bien y lo aclararé todo. Esbozo una sonrisa incómoda y vuelvo a mirar mi regazo.

Seguimos observándolos y dando sorbos a nuestras tazas en silencio hasta que la señora Emerson bosteza de forma discreta y consigo reaccionar.

Me pongo de pie casi de un salto y me disculpo por habernos quedado tanto rato. Los Emerson insisten en que les ha encantado contar con nuestra compañía y nos piden por favor que regresemos cuando nos apetezca. Les vuelvo a dar las gracias y nos vamos, y esa sensación cálida y sencilla, la capa de seguridad y bondad de la casa se extiende al exterior desde ella, por todo el jardín y los vergeles y campos de los Emerson, sobre los cuales ha empezado a nevar un poco. Subo al coche y recorro el camino alrededor de las molestas montañas de nieve, con Leo abrochado en el asiento junto a mí. La sensación de calidez y seguridad se queda conmigo hasta que llegamos al final del sendero y la carretera oscura se despliega ante nosotros y hacia la noche, y entonces esa sensación desaparece, como si nunca hubiera estado ahí.

CAPÍTULO CUARENTA Y TRES

Al día siguiente, nerviosa y malhumorada, sugerí que podría haber llegado el momento de que Halla se quedara con su dinero.

—Ya has acumulado bastante —le dije—. Casi quince dólares. Puedes hacer muchas cosas con quince dólares.

—¿Es suficiente para ir a Francia?

—No, para eso no.

—¿Cuánto necesito para el viaje?

—Bueno, seguramente necesites unos veinte solo para el billete, aunque luego necesitarías más dinero para después. No quieres llegar allí con los bolsillos vacíos, porque tendrás que comer.

—Entonces, ¿cuánto?

—Cuanto más, mejor. No lo intentaría con menos de ochenta dólares. Pero ¿no hay algo para lo que quieras usar el dinero ahora? ¿No hay nada que necesites antes?

—No quiero nada más que irme de aquí. Si hago que mis cuadros sean mejores, ¿crees que ganaré más dinero?

—Bueno, en teoría es así como funciona, aunque la realidad es que suele depender de lo que un comprador esté dispuesto a pagar o de lo que un vendedor esté dispuesto a aceptar, y eso parece ser más cierto aún en el arte.

—Entonces tendré que ser más paciente. Soy muy paciente. Por ejemplo, creo que a lo mejor decides que ya no quieres estar aquí y que estás lista para volver adonde vivías y que podrías llevarme contigo, pero puede que eso tarde mucho en pasar, así que soy paciente.

Sus palabras, las cuales de verdad sonaron pacientes y con una inocencia muy dulce, me molestaron, y me pasé el resto de aquella tarde en silencio e irritable, mientras me intentaba centrar en la pintura y bloquear a la niña que tenía al lado y en mi mente.

Vendió otro cuadro aquel día, y en aquella ocasión hice todo lo posible por conseguirle el precio más alto que pude. Señalé hacia Halla, quien estaba sentada frente al caballete que le había comprado tanto por ella como para que yo pudiera volver a usar el mío, y le expliqué al caballero interesado que la niña aspiraba ir a una academia de arte en el extranjero, tal vez la Académie des Beaux-Arts. Me dio diez dólares por un retrato del anfiteatro romano bello de verdad.

—¿Y ahora cuánto tengo? —me preguntó Halla cuando le informé de la venta.

—Ya tienes casi cuarenta dólares.

—¿Y cuántos más necesito para tener ochenta? Para ir a Francia y comprar comida y cosas cuando llegue.

—Te hacen falta otros cuarenta, pero también necesitas un plan. Como te dije, puede ser que ni siquiera te dejen ir sola.

—¿Todavía estás contenta aquí? —quiso saber.

—Sí, estoy contenta —le espeté con más brusquedad de la que había pretendido.

Se quedó callada durante unos momentos y se lo pensó bien.

—¿Es un viaje largo? El viaje en barco hasta Francia, digo. Quizá puedo ahorrar más dinero aún y tú podrías ir conmigo solo en el barco y luego dejarme allí y volver.

—Halla, no podría dejarte allí sola, es peligroso. ¿Quién sabe lo que te podría pasar? No se puede dejar a los niños solos para que corran por ahí.

Por un momento se limitó a mirarme, y ninguna de las dos dijo nada, pero pareció que ambas entendíamos lo que había dejado sin decir. Recordé los pies de Halla, llenos de abrasiones ensangrentadas, y los ojos morados que le había visto en más de una ocasión. Ya la habían dejado correr por allí, y la situación era peor. Si alguien la atacaba en aquel lugar, no había nadie más que yo para protegerla. Si al día siguiente no se presentaba y no volvía a verla, nunca me enteraría de lo que le había ocurrido. Ni siquiera sabía dónde vivía ni qué hacía durante las horas en las que no estaba conmigo. Claro que no tenía miedo del peligro: para ella ya era peligroso estar donde estaba. Por muy joven que fuera, cada vez parecía ser la más sensata de las dos, la que mejor conocía la cruda realidad y la que más se dejaba guiar por el pragmatismo en lugar de por las emociones inescrutables. Sin embargo, aunque tuviera razón y fuera sensata, aunque mereciera todo lo que quería, yo no podía dárselo. Era imposible. Más que imposible.

Aquella misma tarde, cuando volvimos al barrio árabe, Halla salió corriendo como siempre por un callejón que partía de la calle más ancha en la que se encontraba mi pensión, solo que, en vez de darme media vuelta para entrar en el edificio, como hacía siempre, la dejé avanzar un poco antes de seguirla. Halla estaba decidida; iba a alcanzar su meta de ochenta dólares, y era probable que no fuera a tardar demasiado. Tenía que enterarme, de una vez por todas, de todo lo que había estado evitando saber sobre ella: a dónde iba cuando nos separábamos, cómo vivía y con quién. Quería saber lo malo que era, o tal vez si, de hecho, no era tan malo como me contaba. Al fin y al cabo, se trataba de una niña pequeña, así que tal vez me había estado mintiendo todo aquel tiempo. Quizá no fuera huérfana de verdad y vivía con su encantadora familia, solo que quería escaparse por alguna insignificante y absurda razón, como les suele ocurrir a los niños.

Dobló a la izquierda y corrió con la caja de peines en brazos por delante de coloridos puestos de especias y verduras. Subió a toda prisa por las pequeñas escaleras que pasaban bajo arcos elegantes. En una de esas escaleras, abrió su caja, sacó una moneda de su interior para dársela a un mendigo que estaba sentado a un lado de los peldaños y prosiguió su camino. Volvió a doblar una esquina, en aquella ocasión hacia un callejón más estrecho, más sucio y más lleno de personas que deambulaban por el lugar, se agachaban junto a hogueras o se sentaban a los bordes del camino para pedir limosna. Unas columnas de humo y diminutos copos de ceniza de las hogueras hacían que todo el ambiente pareciera nublado ante la luz tenue.

Otra curva a la izquierda, y se desvaneció de mi vista por unos segundos. Doblé la esquina y capté un atisbo de su hiyab entre los campesinos y los puestos de los mercaderes, pero entonces la perdí tras un carro repleto de bolsas de *aish baladi*. El carro se detuvo, y Halla reapareció mientras se dirigía a través del callejón estrecho hasta donde acababa, en una intersección con una calle más grande y más transitada.

En el lado más alejado de aquella nueva calle había una vivienda escuálida y medio derruida hecha de arenisca, frente a la cual había decenas de niñas, todas ellas delgadísimas y sin hiyab, que pedían limosna, jugaban en el barro o simplemente se quedaban sentadas con la mirada vacía mientras observaban las bicicletas y los carros de mulas que pasaban frente a ellas.

El estómago me dio un vuelco por el miedo al confirmar que Halla sí vivía en un orfanato, junto a todas aquellas niñas sucias y desnutridas.

Una niña de alrededor de la edad de Halla, con una mancha de nacimiento grande, muy oscura y de forma floral en el rostro, estaba apoyada contra la pared de la vivienda. Cuando vio que Halla se aproximaba, se le iluminó la cara y la saludó con la mano. Halla le devolvió el saludo, y la niña le pidió que se acercara a ella. Supuse que se trataba de la amiga que Halla había mencionado, la única persona que iba a echarla de menos, la única a la que ella iba a extrañar. Sentí una pequeña punzada de felicidad amarga al ver que alguien le dedicaba una sonrisa tan brillante, al ver que alguien se alegraba tanto de verla.

Halla empezó a correr hacia su amiga. Todavía a cierta distancia de ella, la seguí, la observé y esperé que ralentizara el paso en cualquier momento conforme se acercaba a la calle transitada. En algún momento iba a dejar de ir tan rápido y luego se iba a parar antes de mirar bien y cruzar entre el tráfico constante. Seguí esperando hasta el momento justo en el que supe, con un vuelco de pánico, que no iba a hacerlo. Por alguna razón, como si estuviera sumida en una pesadilla ilógica, siguió corriendo, con la mirada clavada en su amiga. Corrió hasta el medio de la calle.

Vi que la chica al otro lado volvía la cabeza. La vi abrir la boca y los ojos, y en aquel mismo momento, mientras comprendía con toda la certeza del mundo lo que significaba la expresión de susto en su rostro, noté que un grito surgía de mi propia garganta, alto y largo, como si quisiera llenar el aire de todo el mundo con su nombre.

—¡¡¡Hallaaaaaaaaaaaaaaa!!!

Una horrible bestia con ruedas pasó a toda prisa por la calle —una bicicleta, pesada y enorme, llena de objetos que entregar— y entonces desapareció, y Halla se desvaneció con ella. Corrí hacia delante, gritando, con náuseas en cada parte de mí misma, desesperada por descubrir alguna ilusión óptica, algún truco de magia que hubiera provocado que la niña se desvaneciera, o por despertar de la pesadilla que estaba viviendo. Solo que, cuando llegué allí, Halla estaba tirada en la calle. No había desaparecido, sino que se había caído, una fuerza tremenda la había tirado al suelo. No fui la primera en llegar hasta ella, pues las niñas del orfanato, además de varios hombres que habían estado cerca, habían formado un corrillo lleno de miedo a su alrededor.

—¡Halla! ¡Halla! —grité, sumida en el delirio, abriéndome paso entre los hombros de los hombres para tratar de ver entre ellos, para tratar de abrirme paso entre ellos y llegar hasta Halla, quien yacía en el suelo de la calle, ensangrentada. A una gran velocidad, los hombres levantaron la pequeña figura de Halla y empezaron a cargar con ella hacia la vivienda del otro lado de la calle, donde todos parecían saber que vivía.

Los seguí —una mujer rara y extranjera que lloraba sin parar y a la que nadie le prestaba atención— conforme cargaban con ella a través de la puerta abierta, hasta un vestíbulo iluminado por unas lámparas de mesa con cuentas que arrojaban una luz tenue y parpadeante desde cada esquina. Los hombres dejaron a Halla sobre un sofá de terciopelo verde desgastado, y uno de ellos le inclinó la cabeza con delicadeza hacia un lado para examinar la amplia y ensangrentada grieta en su cráneo que echaba sangre sobre el tapizado y el suelo como si de un grifo se tratase. Las otras niñas se habían reunido a su alrededor, con los ojos como platos, y su amiga, la que la había llamado, se había sentado a su lado en el suelo, le daba la mano y lloraba.

Me quedé petrificada junto a la puerta, llorando contra mis puños cerrados, con ganas de correr hacia ella, pero paralizada por la desesperación y la confusión. Tenía la esperanza de que en cualquier momento apareciera un médico que la curara, por mucho que, al ver toda la sangre que brotaba de ella, sus ojos hundidos y su pecho inmóvil, el cual inspiraba sus últimos y débiles alientos, supiera que ningún médico podría salvarla aunque se pasara por allí.

Algunos de los hombres continuaron examinando a Halla, le levantaron los párpados para verle las pupilas o le miraron la herida de la cabeza, pero sus cuidados parecían extraños y lejanos; me dio la sensación de que todos ellos estaban incómodos en aquel lugar. Una mujer corpulenta y con velo apareció desde alguna parte trasera y oscura del edificio, y, ante su llegada, salieron todos los hombres menos uno. El hombre que no se fue le habló a la mujer de un modo que indicaba que ella era la cuidadora de Halla, pero un momento más tarde salió un soldado rubio de entre la oscuridad, quien echó un vistazo alrededor, un poco perplejo, e hizo el ademán de llevarse el brazo a la chaqueta. El hombre se dio la vuelta y, con una expresión de asco, se marchó también.

La mujer corpulenta se dirigió hacia donde Halla estaba tumbada y la miró, aunque lo hizo con el mismo cariño que alguien podría dedicarle a un paraguas roto. Parecía más molesta por la sangre que le estaba manchando el sofá.

Otro soldado apareció para acompañar al primero, mientras trataba, bajo la luz tenue de la sala, de abrocharse el cinturón. Me quedé mirando a los dos hombres, sumida en una incomprensión estúpida y vacía, como si dos animales de zoológico acabaran de aparecer en la sala. Al verme a mí y a mi expresión de incredulidad, se avergonzaron; uno de ellos sacó dinero de un bolsillo y lo dejó sobre una mesa pequeña, tras lo cual ambos pasaron por mi lado para salir del edificio.

Miré en derredor sin comprender nada, pues el horror de todo aquello era demasiado grande, la desesperación perturbada que habría sentido al entenderlo todo iba a ser demasiado amplia y profunda como para caber en mi psiquis. Las niñas pequeñas que se habían juntado en grupitos asustados por toda la sala, las cuales no llevaban hiyab, y algunas de ellas solo llevaban una túnica corta, con sus delgadas piernas desnudas y expuestas, no eran huérfanas, o al menos no eran solo huérfanas. Aquel edificio no era un orfanato. No podía pronunciar la palabra que describía lo que era aquel lugar, en lo que las había convertido. En lo que había convertido a Halla.

Algunas mujeres de la calle pasaron por mi lado para entrar en la sala, más dispuestas que sus maridos, según parecía, a entrar a una casa de mala reputación para atender a una niña herida. Si me hubiera encontrado en un estado capaz de funcionar, habría corrido hasta Halla, me habría arrodillado junto a ella y le habría suplicado que sobreviviera, pero no pude hacer nada. El cuerpo me temblaba tanto que dar un solo paso habría hecho que me cayera. Lo único que fui capaz de hacer fue quedarme allí plantada, con náuseas, sorda y ciega, y verme aplastada por el peso de todas las verdades que me estaban cayendo encima. Halla no tendría por qué haber estado en aquella calle. Podríamos habernos ido mucho tiempo atrás. Podría habérmela llevado de allí en cualquier momento. Día tras día la había escuchado hablar sobre su desesperación por marcharse de allí, y día tras día le había dicho que no. Día tras día la había confinado a aquella vida y la había condenado a muerte.

Se me ocurrió algo en aquel momento: ¿y si recorría la sala y la tomaba en brazos? ¿Y si me la llevaba al solitario desierto, donde podía enterrarla y esperar a que saliera? Todavía podía adoptarla, tal como había tenido que hacer en primer lugar. Todavía estábamos a tiempo de irnos a Francia. Podría sobrevivir, solo que para siempre. Todo o nada. Demasiado o no lo suficiente, aquellas eran nuestras únicas opciones.

—Perdóname —me oí a mí misma gemir—. Perdóname, Halla. Perdóname. Ay, Dios, perdóname.

La miseria y la vergüenza de aquella sala me desquiciaron. Notaba que estaba al borde de una implosión, de sumergirme en una locura salvaje. No me despedí. Ni siquiera le dediqué una última mirada. Con toda la fuerza temblorosa que fui capaz de aunar, me di media vuelta y salí por la puerta dando tumbos. Me dejé caer en la calle y vomité allí mismo. De algún modo, a trompicones, logré volver a mi habitación.

Y, en cuanto pude, me marché de Alejandría.

Me llevé el recuerdo de Halla, como si de sus cenizas se tratase, en el osario de mi propia vergüenza. Busqué el silencio y la quietud en sus formas más puras y penitentes, un lugar en el que pudiera enterrarnos a ambas, y, cuando lo encontré en el extenso terreno de Lozère, me quedé allí, en un inframundo que yo misma me había creado, durante mucho tiempo.

CAPÍTULO CUARENTA Y CUATRO

Conduzco a través de la nieve. ¿O quizá sean cenizas?

Unos copos suaves y grises caen contra el parabrisas del coche conforme Leo y yo volvemos a mi casa. Los limpiaparabrisas los mueven de un lado para otro del cristal, y danzan, pero no se derriten.

En cuanto doblamos la curva hacia la larga y oscura entrada de la casa, el foso del bosque hace acto de presencia en mi mente. Estoy segura de que podría señalar en su dirección con una precisión que desafía a toda lógica. Es una ausencia, un vacío, una falta de algo; y, aun así, su presencia es casi más poderosa que la mía. Me llama. Llora. *¿Ha llegado el momento, Vano?*, le pregunto en silencio. ¿El momento para ser valiente, tal como me había dicho? ¿El momento de enfrentarme al dios de los finales, a El Que Vacía, tal como Agoston lo había llamado, con valentía?

Claro que va a ser ahora. Cómo no va a llegar ahora, cuando tengo a Leo conmigo, el momento en el que los dientes de la llave se alineen, se abra la puerta y la libertad me invite por fin. Pero una estación debe durar más de un día, ¿verdad? Mi estación, mi destino, mi final va a tener que esperar hasta que Leo haya vuelto con su madre. *Por favor* —le suplico a mi foso en el bosque, a mi puerta—, *espérame. Por favor* —me atrevo a pedirle incluso al dios de los finales—. *Ya no me resisto, ya no estoy huyendo. Solo espérame.*

La casa es todo lo que me temía: fría y llena de sombras, sumida en un silencio traicionero. Cuando aparco, el faro roto del coche parpadea y se apaga, y la oscuridad se acerca mucho más a nosotros.

Leo está hecho un ovillo en el asiento del copiloto, dormido en una pose incómoda, con la cabeza apoyada en la puerta. Habría preferido que se quedara despierto hasta que estuviera a salvo en su cama, con la puerta de su habitación bien cerrada y yo lejos de él, en mi propia habitación. Soy peligrosa. Lo que he bebido de la vaca ha sido apresurado pero adecuado. No tengo hambre ahora mismo, aunque no estoy muy segura de que eso importe demasiado ya, pues esta hambre no es nada razonable. Algún medidor, válvula o tapón de mi interior tiene que estar roto. Pese a que lleno el tanque de gasolina, la luz indicadora parpadea y me dice que sigue vacío.

Aun así, existen pocas cosas más imparables que un niño decidido a dormir. Leo no se inmuta cuando trato de despertarlo, por lo que cargo con él desde el coche hasta casa y luego hasta su habitación, por las escaleras. Su tos resuena de forma intermitente entre el silencio. Lo tumbo en la cama y le pongo el pijama sobre sus pesadas pero moldeables extremidades. Tiene todo el cuerpo caliente, y la frente le arde con una fiebre baja, aunque perceptible. Si bien intento despertarlo para darle un poco más de jarabe, no se despabila lo suficiente como para ello. Aun con todo, siempre he creído que el sueño es la mejor medicina, por lo que lo arropo bien y huyo a mi habitación al otro lado del pasillo.

Mis manos tintinean contra el cristal de un candil mientras busco a tientas el pomo de mi dormitorio. No sé qué hacer. Me da miedo irme a dormir, me da miedo lo que podría pasar. Podría matarlo. Como a Dora, podría drenarlo hasta dejarlo seco y luego echarme a dormir, sin darme cuenta de lo que acababa de hacer hasta que me despertara. El problema es que pasar una semana sin dormir es imposible.

¿Y si me pongo a cavar? Todas las noches que he salido para ponerme a cavar el foso he dormido a pierna suelta después. Si saliera y pasara tan solo un rato cavando, que es lo que mi cuerpo está tan desesperado por hacer, ¿podría confiar en que el resultado fuera el mismo? ¿Que no iba a levantarme para deambular de noche? Es lo único que se me ocurre que podría ser de ayuda.

Me levanto y me visto a toda prisa. Frente a la puerta de Leo, me detengo para escuchar y asegurarme de que esté cómodo y dormido y que no me va a necesitar mientras no esté en casa. Pobrecito mío, con la madre en rehabilitación, el hermano muerto, el padre quién sabe dónde y su canguro escabulléndose en silencio para ir a cavar su propia tumba bajo la luz de la luna. Pobrecito Leo. ¿Qué es este mundo al que lo han arrojado? ¿Por qué nunca se nos da a elegir cómo, dónde, cuándo o con quién llegamos al mundo?

Tomo la linterna de la encimera de la cocina y luego la pala, la cual está apoyada en la pared nada más salir por la puerta. Por encima de mí, mientras paso por la hierba en dirección al espeso bosque, veo la luna, ese rostro cabizbajo con su expresión lastimera, como si fuera un espectador, un aficionado al teatro que observa las pequeñas comedias y tragedias que se desarrollan sin cesar en el diminuto mundo que tiene debajo. ¿Sabes cómo acabará todo, Luna? ¿Ya lo has visto antes? ¿Es por eso que me miras con tanta resignación, con la cara tan blanca que parece la luz de una pantalla de cine?

Noto el tirón de forma muy clara ya. No hay nada sutil en el modo en el que mi foso me llama. Empiezo a avanzar más rápido, a correr como una hoja en una ráfaga de viento, y me digo a mí misma que es porque debo ser rápida, porque no puedo dejar a Leo a solas durante demasiado rato, solo que no es eso. Es que no puedo esperar más. Necesito ver el foso, reunirme con él, saltar a su interior y apretar los dedos en las profundidades de los granos suaves y fríos, notarlo contra mi mejilla. Me pregunto qué me está pasando, y no por primera vez, pero mi recelo solo puede ser breve, porque mi cuerpo ha tomado las riendas y se está moviendo deprisa y con seguridad, mientras que mi mente ha quedado relegada a ser solo una pasajera indefensa.

Mientras exhalo unas columnas de vapor blanco hacia el frío, llego a toda prisa al borde del foso. Tiro la pala a un lado, empiezo a sacar las ramas que lo cubren, y entonces algo que no había visto antes me llama la atención. Justo en el exterior del foso, encima de él y en un lugar que no habría podido ver cuando aquella gruesa capa de nieve cubría el terreno, hay una pequeña losa cuadrada y gris que refleja la luz espectral de la luna.

El corazón me da un vuelco: es la lápida de mi padre. Ha estado aquí desde entonces. Estaba aquí cuando la agente McCormick y yo nos encontrábamos a escasos metros de ella y hablábamos del robo en el cementerio. ¿Sabría ella lo que había robado? ¿Sabría lo de la lápida? Me dejo caer al suelo junto a ella, la tomo en brazos y la acuno mientras me río y lloro como una loca.

La noto en mis manos, después de tantos años. La esteatita tiene una textura muy inusual, una superficie suave y cerosa como la de ninguna otra piedra. Paso los dedos sobre las letras que mi padre había tallado con su mano experta pero moribunda, y luego sobre las letras desiguales que yo había tallado con las mías, y no puedo hacer otra cosa que llorar, pues vuelvo a ser aquella niña pequeña a solas en el bosque.

Un tiempo después, coloco la lápida donde estaba, en la parte superior de la tumba, y empiezo a cavar, si bien de vez en cuando le echo un vistazo, pues temo que un regalo que he recibido de forma tan inesperada me pueda ser arrebatado con la misma rapidez y falta de explicaciones. Tras quién sabe cuánto tiempo, tras más de medio metro de avance, cuando creo que he cavado el foso tan hondo que ya es más alto que yo y que me va a costar salir de él, saco un puñado de tierra, lo lanzo por encima del hombro, y de repente sé que he acabado. No podría dar una sola palada más aunque quisiera.

Dejo la pala en el suelo junto al foso y me quedo en su interior por un momento mientras dejo que mi cuerpo lo note y espero sus instrucciones. No puedo morir esta noche, porque Leo sigue durmiendo en casa, pero tengo la esperanza de que me desvele una pista de lo que va a suceder a continuación, de lo que haré cuando llegue el momento. No obstante, mi cuerpo está de lo más callado. Me siento en el foso y noto el suelo frío a través del tejido de mis pantalones. Entonces me tumbo, con el cuerpo estirado del todo, y trato de obligar a mi cuerpo a reaccionar.

Me quedo tumbada en el foso, mirando hacia la luna, inspirando el aire frío e imaginando cómo será el peso de la tierra al cubrirme, la sensación de mi carne al disolverse. Vuelvo a escuchar con atención a la espera de cualquier intuición, pero solo recibo silencio como respuesta. Entonces me doy cuenta de que el instinto ha desaparecido. No siento nada. Como una niña que trata de chuparse el dedo años después de que la hayan amenazado y sobornado para que dejase esa droga tan satisfactoria: la magia, la sensación, ha desaparecido.

Me pongo de pie y, con cierto esfuerzo, salgo del foso. Supongo que es buena señal que mi cuerpo no me haya dado ninguna indicación. Debe ser que no es mi momento para morir, aunque, si el impulso me hubiera llamado, ¿habría sido capaz de resistirme como debería, como debo hacer? El momento llegará. Tengo que ser paciente. Tal como me dijo Agoston cuando nos reunimos en mi salón, lo que hace falta es esperar, como un niño pequeño al aprender lo que significa la paciencia.

Recojo la pala y vuelvo a casa. Como medida de precaución extra, voy al vestíbulo, donde está el árbol de Navidad, en el hueco de las escaleras. Junto al brillo de las luces entrelazadas entre las ramas del árbol, saco un puñado de campanas que lo decoran. Las ataré alrededor del pomo de la puerta de mi habitación por si acaso. Si acabo saliendo de la cama mientras duermo, tal vez el tintineo me despierte.

Al pasar por delante de la puerta de Leo, lo oigo toser: un sonido ronco y chirriante, como si sus pulmones estuvieran hechos de metal oxidado. Me detengo en el pasillo y escucho, pero todo vuelve a estar en silencio, así que continúo hacia mi habitación. En ella, ato las campanas alrededor del pomo, tras lo cual abro y cierro la puerta para comprobar cómo suenan. Emiten un tintineo festivo y alegre, a pesar de su macabro propósito.

Me tumbo en la cama y me quedo ahí durante unos minutos, con la mirada clavada en la puerta y las campanitas, mientras me pregunto si me atreveré a quedarme dormida ahora. El pomo y las campanitas se expanden hasta que ocupan todo mi campo de visión. El silencio es tan silencioso que empieza a tener un sonido propio, unos latidos, como el siseo constante de la llama de una vela. Noto que la cabeza me cae hacia delante y doy un respingo.

Una vez.

Dos veces.

Entonces oigo que alguien llama a la puerta con suavidad. Las campanitas tiemblan. El pomo gira de un lado para otro de forma inexperta hasta que el pestillo se suelta y la puerta flota al abrirse. El pasillo se despliega, oscuro, tras ella. Una cabeza pequeña y de cabello oscuro se asoma desde la esquina, con unos ojos color almendra entrecerrados y llorosos por la luz. La silueta demacrada de una jovencita entra en la habitación.

—¿Halla? —susurro, incrédula.

Los ojos se me anegan de lágrimas, y un dolor cada vez más grande me llena hasta que parece imposible de contener, como si fuera a abrirme en canal.

La niña cierra la puerta tras ella, corre deprisa por la habitación y se sube a la cama, y yo la abrazo con alegría. Tiene una herida en un lado del cráneo, donde el nacimiento del pelo se junta con la frente. El cabello a su alrededor está apelmazado y húmedo por la sangre. La abrazo con fuerza y sin dejar de llorar.

—¿Por qué me dejaste allí? —me pregunta con esa voz tan inocente que tiene, sin acusarme ni exigirme nada, sino solo como una pregunta.

—Lo siento —le respondo cuando consigo dejar de llorar lo suficiente como para hablar—. Me fui porque… —Busco en mis recuerdos y en las partes más profundas de mí misma lo que siempre he sabido que es cierto—. Porque fui una cobarde y porque estaba avergonzada. Fui demasiado egoísta y estaba demasiado asustada como para cuidar de ti, y por eso… —Las lágrimas me invaden de nuevo, y me cuesta hablar—. Te…

Halla apoya su cálida mano sobre la mía.

—Pero ¿por qué me dejaste después? ¿Por qué me dejaste muerta?

La miro durante unos momentos, sin entender.

—¿Qué quieres decir con «después»?

—Quería salir de allí. Quería seguir viviendo. Lo sabías. Incluso después de lo que pasó, podrías haberme llevado contigo. ¿Por qué no lo hiciste?

—Quieres decir… —Me cuesta pronunciar las palabras—. ¿Quieres decir… que por qué no te cambié? ¿Por qué no te hice… como yo?

—Sí —responde, con una expresión tan decidida y seria como cuando hablaba de ir a Francia.

—No, no podría. ¿Cómo iba a hacerte eso?

—Es fácil, muy fácil. Solo tenías que haberlo decidido. Nadie se preocupaba por mí, nadie te habría detenido. Quería ir contigo al otro lado del mar. Quería más vida, quería vivirlo y experimentarlo todo, absolutamente todo, y, en vez de eso, solo pude experimentar un poco. Podrías haberme dado una vida eterna contigo y, en lugar de eso, me dejaste allí tirada, me dejaste muerta para siempre. ¿Por qué?

—¿Pretendías que te atrapara en esta vida para siempre de la que no podemos escapar? Halla, no entiendes lo que una decisión así habría conllevado. No sabes el miedo que da lo eterno.

—Quizás eres tú quien no entiende la decisión, pero es muy sencilla en realidad. Nada para siempre o todo para siempre. Me dejaste morir allí. Escogiste nada para siempre en mi nombre, cuando yo habría escogido tenerlo todo, lo bueno y lo malo, todo. Una vida eterna, por muy difícil, complicada o dolorosa que sea, es mejor que nada. Aunque tienes razón, sí que da más miedo.

Por un momento, me la quedé mirando, sorprendida y derrotada, una vez más, por aquella niña y su asombrosa certeza.

—No sé, Halla. No sé qué decirte. Te entiendo, y lo siento. ¿Podrás perdonarme?

La expresión seria de Halla cambia, como una flor que se abre, a una sonrisa bonita. Me da un abrazo, y el alivio de sostenerla es como el hielo sobre una quemadura. Le pongo una mano en su frente de color café, y, cuando la aparto, se me ha quedado roja y húmeda por la sangre.

—Pero ahora estás aquí —le susurro en voz baja—. Te lo compensaré. Podemos volver a pintar cada día como solíamos hacer.

—No —niega Halla, apartándose de mí—. Llévame a tu puerta.

—¿Qué?

—Ha llegado el momento. La puerta está abierta. Llévame.

—No lo entiendo.

—Claro que lo entiendes. Tu estación ha llegado, el regalo que se te prometió. Ha llegado el momento de que te marches, solo que esta vez no irás sola, sino que me llevarás contigo. No volverás a cometer el mismo error.

—Pero, Halla, mi puerta es una tumba... mi tumba. Quizá te veré al otro lado.

—No puedes saber a dónde conduce tu puerta. Lo único que puedes hacer es cumplir con tu promesa y llevarme contigo.

No sé qué decir. No entiendo nada más salvo que la he echado de menos. No me había dejado sentirlo, y hasta me había castigado a mí misma sin piedad por su muerte, pero nunca había llorado su pérdida, pues, en su lugar, había intentado olvidarla. Ahora el dolor de su muerte me supera, el dolor de su vida tan bella como breve.

—Prométeme que no vas a volver a dejarme atrás —susurra, mirándome a la cara, la cual mira hacia abajo.

—Te lo prometo —susurro, por mucho que no tenga ni idea de lo que significa dicha promesa.

Se sienta en la cama, con los pies en el suelo.

—¡Vamos, entonces! —exclama y me llama hacia la puerta—. Deprisa.

Con un movimiento ágil de extremidades escuálidas, Halla se baja de la cama de un salto, corre hasta la puerta, se aferra al pomo y empieza a girarlo. Las campanitas tintinean y tintinean con sus intentos por abrir.

—No puedo —me dice con una mueca—. Ayúdame, por favor.

Tilín, tilín, suenan las campanas mientras Halla trata de abrir la puerta.

Tilín, tilín, tilín.

—No estoy segura —digo—. Hay algo... No creo que deba...

—Por favor —me insiste—. No puedo abrirla.

—Bueno —digo, todavía llena de dudas, aunque no estoy segura de a qué se deben—. Espera, ya voy.

Me levanto de la cama, recorro la habitación y me aferro al pomo.

Tilín, tilín, tilín, tilín.

Es la sensación del metal frío del pomo en la mano, seguido de la punzada de terror que me provoca en todo el cuerpo, lo que hace que abra los ojos de golpe. He salido de la cama y estoy de pie frente a la puerta de la habitación, la cual he abierto mientras dormía. El pasillo frente a mí se desvanece hacia la oscuridad. Todavía tengo la mano pegada al pomo, y las campanas tintinean un poco, pero hay otro sonido que viene por el pasillo: una tos.

Por un momento, estoy tan perdida que no consigo comprender nada, pues todavía sigo tratando de separar el sueño de la realidad. Busco a Halla, quien estaba aquí hace tan solo unos instantes, aunque ha desaparecido. Me echo hacia delante para asomarme al pasillo y veo, en su lugar, a Leo, en pijama y descalzo, en la oscuridad, con los ojos cerrados y tosiendo.

Conmigo aquí y él ahí mismo..., ¿cuánto nos hemos acercado al desastre? Solo de pensar en ello me dan ganas de vomitar.

—Leo —lo llamo con la voz adormecida, confusa—, ¿qué pasa? ¿Qué haces fuera de la cama? ¿Te encuentras peor?

—Max. No encuentro a Max.

Unas lágrimas relucen en sus mejillas, y a juzgar por el sonido de su voz y los ojos cerrados con firmeza, creo que él tampoco está despierto del todo.

Recupero la compostura lo suficiente como para acercarme a él y ponerle la mano en la frente: arde como un carbón al rojo vivo. Hinco una rodilla frente a él, lo atraigo hacia mis brazos con delicadeza y compruebo y vuelvo a comprobar el terrorífico calor de su frente.

—Max debe estar en tu mochila. No llores, vamos a buscarlo.

—¡No! —grita, con los ojos todavía cerrados—. ¡No lo encuentro!

Alzo a Leo y lo llevo hasta su habitación, aunque no me resulta nada fácil: está enfermo y, además, parece que la fiebre lo está haciendo delirar. Se retuerce entre mis brazos y patalea, inquieto, mientras llama a Max sin parar durante todo el recorrido por el pasillo.

Cuando volvemos a su habitación, intento tumbarlo en la cama, pero no quiere estarse quieto. Se incorpora, desconsolado, con la boca abierta y las manos lánguidas sobre su regazo.

—¿Dónde está Max?

Tiene los ojos cerrados, y su voz suena tranquila, como si no me acabara de hacer esa misma pregunta diez veces ya. Me pongo de rodillas frente al armario y tanteo entre la oscuridad en busca de su mochila por el suelo.

—¿Mamá? —Leo dirige su rostro dormido e inexpresivo en mi dirección—. ¿Mamá? —repite.

Me quedo sin saber muy bien cómo responder.

—Leo, soy yo, la señorita Collette. Tu profesora. Vas a pasar unos días conmigo, ¿te acuerdas?

—¿Mamá? —la llama de nuevo—. ¿Mamá?

—¿Qué pasa, Leo? —le pregunto, tras rendirme.

—¿Dónde está Max?

—Lo estoy buscando, cariño. Lo estoy buscando.

Encuentro la bolsa, la abro y empiezo a rebuscar con prisa entre su contenido.

—Es que no lo encuentro, mamá. ¿Puedes ayudarme a buscarlo?

De pronto, hay algo inquietante en esa frase. Me paro a pensar en la historia que Dave me contó, en la que Leo y Max habían estado jugando al escondite un día de verano. ¿Cuánto tiempo debió haber pasado buscando antes de mirar en la piscina? ¿Acaso se fue a la cama en la que su madre dormía para llamarla y pedirle ayuda? Aparto el pensamiento de mi mente y sigo buscando.

Toco con los dedos unos tejanos rugosos, la tela suave de una camisa de franela y los bultitos que forman los pares de calcetines. Llego al fondo de la bolsa, pero sigo buscando y le suplico a cualquier espíritu que pueda existir en el cosmos que me permita tocar bajo mis dedos el pelaje nudoso de una jirafa, porque es una jirafa lo que estamos buscando. Se trata de Max, la jirafa de peluche de Leo, y no Max, el hermano muerto de Leo. No puede ser posible que los sueños de un niño pequeño lo torturen de forma tan despiadada, que lo obliguen a revivir algo tan horrible como aquel viejo juego del escondite.

—¿Mamá?

No encuentro a Max. No está por ninguna parte. Vuelco la bolsa entera en el suelo y empiezo a rebuscar entre los objetos una vez más, uno a uno. A mis espaldas, la voz de Leo suena vacía y sin emoción.

—¿Dónde está Max, mamá? ¿Me ayudas a buscarlo?

—Lo estoy intentando, Leo. Lo estoy intentando.

—No lo encuentro —dice, y su voz se sumerge finalmente en una desesperación llena de lágrimas.

Agarro un puñado de ropa y la tiro, frustrada. Un zapato choca contra los paneles de madera de la parte trasera del armario con un golpe seco.

Max no está aquí. Sea su hermano o la jirafa, no está. Y no puedo hacer nada por mejorar la situación. Nunca he podido hacerlo. Con la repentina fuerza sobrecogedora de una avalancha, mi sensación de asco me sobrepasa: los incontables enfados y dolores pequeños y acumulados ante la brutalidad del mundo, y mi impotencia en cuanto a todo ello, quedan liberados de golpe, se juntan en una capa colosal y caen sobre mí con rapidez y con una fuerza aplastante. Lo odio todo. Cada roca, cada árbol, cada salida y puesta de sol; lo echaría todo abajo si pudiera. Mejor sumirme en la nada que rodearme de todo aquel dolor e impotencia.

Entierro el rostro en los montones de ropa, y unas lágrimas de ira mojan las prendas. Entonces, en medio del silencio, oigo un sonido tan agudo, repentino y aterrador como una alarma de incendios, solo que no es eso, sino Leo. Grita y solloza entre cada grito.

—¡NO... ENCUENTRO... A... MAX! ¡NO... ENCUENTRO... A... MAAAAAAAX!

Los gritos se transforman en un ataque de tos ronca y profunda que suena dolorosa, y entonces pienso en lo mucho que me parezco ahora mismo a los otros adultos de la vida de Max: lloro en el armario, consumida por mis propios caprichos egoístas, mientras Leo se ve obligado a lidiar con su dolor y su enfermedad él solito.

Me levanto del suelo y me acerco a él. Se ha bajado de la cama y está sentado, de lado, junto a ella, con los ojos todavía cerrados, tosiendo y llorando por turnos contra el lateral del colchón. Me siento a su lado y me lo acerco a mi regazo, a mis brazos. Se resiste, pero lo abrazo de todos modos. Pese a que no puedo impedir que se me sigan saltando las lágrimas, ya no me molesto en intentarlo.

Leo tose otra vez, tanto que le entran arcadas. Los ojos se le ponen blancos, y su cuerpo se deja caer hacia delante, rígido alrededor del dolor de sus pulmones.

—¡Leo, respira! ¡Respira, Leo!

Unos hilillos de saliva le caen hasta las manos, que forman una cuna en su boca y tiemblan por el pánico.

—¡Respira!

Tanteo por toda la superficie de la cómoda en busca de su inhalador, lo encuentro, se lo llevo a la boca y lo pulso dos veces poco a poco. Veo cómo el pecho se le llena de aire, como un globo al inflarlo. Por unos momentos, sus brazos y piernas se quedan lánguidos contra mí; está exhausto, pero entonces vuelve a llorar una vez más, aunque de forma menos escandalosa.

—Leo —lo llamo—, ¿quieres que vayamos a tu casa a buscar a tu jirafa? ¿Quieres ir a buscar a Max?

No sé si puede oírme. Tampoco sé si servirá de algo, pero estoy desesperada. Si bien no puedo devolverle a su hermano, si un viaje de quince minutos en coche hasta su casa para recoger a un animal de peluche hace que se quede más tranquilo, lo haré encantada. Sus párpados se mueven un poco, y asiente.

—¿Sí? ¿Quieres que vayamos a buscar a tu jirafa a tu casa?

Asiente, con los ojos todavía cerrados.

—Sí —responde en un leve susurro.

El coche sigue el camino blanco iluminado por su único faro a través de la oscuridad de las carreteras secundarias. Los discos dorados de los ojos de animales brillan entre los árboles. La respiración de Leo, quien se encuentra a mi lado envuelto en un edredón, suena tan húmeda y traqueteante que soy capaz de oír cada exhalación. En ocasiones se pone a toser, y dichos ataques de tos se alargan de forma alarmante hasta que su cuerpecito no puede soportarlos más y deja de toser de puro agotamiento. Estiro una mano en su dirección para tocarle la frente, por mucho que ya sepa que está hirviendo, a pesar del medicamento que he conseguido que se tomara.

Vlad no está ahí para saludarnos con sus amenazas ladradas de siempre cuando llegamos al vecindario de Leo. En su lugar, nos observa en silencio desde un cartel de perro perdido que está pegado en una farola y se mece en la brisa cuando pasamos por delante.

Cuando aparcamos frente a la casa, veo el coche de Katherine en la entrada. El mero hecho de verlo —un Saab beis con unas líneas que relucen como el agua de un estanque bajo la luz de la luna— me sienta como un puñetazo en el estómago. ¿Qué hace ahí el coche de Katherine? ¿Por qué no está a una hora de distancia, en el centro de desintoxicación de Dobbs Ferry? Está aquí, y mi sorpresa ante ese hecho solo indica lo idiota que soy. Me ha vuelto a tomar el pelo.

Alguien llegó hasta el peldaño frente a la casa de los Hardman con una pala de nieve, solo que no se puso a apartarla del camino, pues está espesa y sucia por toda la entrada, moteada por unas pisadas que se dirigen hasta la puerta. No hay ningún cartel de puertas abiertas, ningún cartel de «Se vende». Claro que no.

Leo está tumbado en el asiento del copiloto, inmóvil. Su respiración suena ronca pero es regular. Pese a que creo que se ha quedado dormido, solo por si acaso, le susurro:

—Voy a buscar a Max, vuelvo en un momentito.

Lo dejo en el coche encendido y cálido, aparcado en la entrada junto al de Katherine, y me acerco a la casa con cuidado. Saco mi copia de la llave de los Hardman del bolsillo, aunque luego me doy cuenta de que no la necesito, pues la puerta no está cerrada con llave. Cuando me escabullo hacia el interior, veo que está tan desordenado como el exterior. Unos zapatos descartados forman una pirámide desigual en un rincón del recibidor. Hay una pila de ropa en el último peldaño de la escalera y un libro en el segundo. Un cojín está tirado en el suelo del salón, junto al sofá, y unos pétalos de rosa retorcidos llenan una mesa donde unas flores marchitas reposan en un jarrón, con sus tallos nadando en agua turbia. El supuesto agente inmobiliario va a tener que hacer una buena limpieza antes de la supuesta jornada de puertas abiertas de mañana.

Me llama la atención un cuadradito de papel blanco doblado que hay sobre la mesa delgada justo al otro lado de la puerta. Un espejo cuelga en la pared sobre la mesa, y el cuadradito blanco se dobla en su reflejo como si quisiera enfatizar su presencia. Algo me dice lo que voy a hallar incluso antes de leerlo.

En la parte exterior del papel, en una letra delicada y tenue, hay un nombre escrito con lápiz. Temo que sea el nombre de Leo —¿qué palabras envenenadas habría planeado imprimirle de forma indeleble en su mente?—, pero no lo es, sino que dice «Dave». Echo un vistazo a las palabras del interior, aunque un fragmento de una frase es todo lo que soy capaz de soportar: «Cuando encuentres esto, ya te habrás librado de mí, por fin».

Es una nota de suicidio. Las últimas palabras de Katherine para los vivos no están dirigidas a su hijo, sino a su marido de hace tan solo un par de años.

Katherine ha vuelto a hacerlo. Mentiras y engaños y más mentiras. No hay ningún programa, ninguna lista de espera, ningún plan para rehabilitarse, ninguna cita a la que acudir a las seis. Seguramente tampoco había ningún remordimiento por atacarme, ningún deseo de contar con mi amistad, sino que la disculpa también habría sido un cálculo magnífico. Necesitaba a una canguro que alejara a Leo de todo esto, de su mayor acto teatral hasta la fecha. Necesitaba que una persona a la que había enfadado se pusiera de su parte lo antes posible para que pudiera sacar de ella —de mí— lo que necesitaba, y, para ello, se había valido de la compasión y el amor por su hijo, algo que parece no albergar nada en absoluto.

Dejo el papel donde lo he encontrado y me dirijo a las escaleras. Capto el olor a humo, el cual parece espesarse, como una niebla, por todo el techo. Chernabog se me ha adelantado y ha llegado aquí antes que yo, aunque es natural. La luna brilla a través del tragaluz, a través del humo, y tiñe la sala de una luz pálida que hace que los peldaños de moqueta blanca parezcan piedras cubiertas de nieve que ascienden sobre un riachuelo oscuro. Me siento alerta, casi nerviosa —las pupilas dilatadas, las orejas dispuestas a escuchar el más mínimo sonido—, y, al mismo tiempo, más que agotada. Esto en lo que me he acabado involucrando, de lo que Leo siempre ha formado parte, es horrible. Es tóxico. Y estoy harta. Estoy llena de furia. *Maldita seas, Katherine* —pienso mientras subo por las escaleras iluminadas por la luna—. *Maldita seas.*

Avanzo por el pasillo oscuro, una sombra entre las sombras. Busco en el ambiente el hedor de la muerte, pues resulta sorprendente lo poco que tarda la putrefacción en empezar a consumirlo todo con su codicia, pero no está ahí; en su lugar, el fuerte olor a humo se mezcla con el ardiente del alcohol y el amargo del vómito.

Llego a la puerta de la habitación de Katherine, la cual se abre para revelar una oscuridad iluminada por el color plateado. El techo de gotelé blanco, con sus extraños ángulos geométricos y su inclinación escarpada, le otorga a la habitación una sensación de tumba al estar iluminado por la luz de la luna; son las profundidades de una pirámide, de un mausoleo, de un teatro de muerte. La cama está vacía, con las sábanas arrugadas. Una botella de alcohol con una rosa en flor en la etiqueta está sobre la mesita de noche, alta y de aspecto regio, mezclada entre botecitos de pastillas y un teléfono fuera de su horquilla, por lo que el tono parpadea suavemente.

La luz tenue que he visto desde la calle proviene de un rincón a la izquierda. Con cuidado, me asomo por la esquina. Hay un tocador empotrado con una telaraña redonda de grietas en un rincón, y, más a la izquierda, un baño con la puerta abierta. Una luz en la ducha emite un brillo tenue desde detrás del cristal moteado de la puerta, y allí está Katherine, tirada en una gruesa alfombra de baño frente al inodoro.

Está tumbada de lado y lleva un camisón plateado que se le ha caído de un modo que se le ve un pecho pequeño y sin forma. Tiene un brazo estirado a lo largo de la alfombra, y su cabeza está apoyada en la curva del otro. Los tendones de su bíceps resaltan, fibrosos, delgados y de venas azules. Hay un bote naranja de pastillas y un pequeño charco de vómito, como un archipiélago, tirados en la alfombra junto a ella. No sé en qué parte del proceso está. No está muerta, pero casi. Más allá del punto sin regreso. Huelo su sangre contaminada, llena de *bourbon* y de un extraño ramo de productos químicos naturales que le recorren el cuerpo poco a poco.

Me quedo fuera del baño, en el exterior del tenue anillo de luz, y la examino. La escena que ha creado aquí mismo es, como todo lo demás, una manipulación, diseñada, según parece, para Dave. Leo y yo solo interpretamos papeles secundarios en esta producción.

«Me avergüenzan tanto las cosas que hago mal como madre», me había dicho Katherine, y yo me había compadecido de ella. Comprendía la sensación de cargar con el peso aplastante y constante de todos mis fallos. Sin embargo, también me mintió sobre eso. Solo fue lo que le pareció más conveniente decir, pues ¿quién podría decir algo así y que fuera mentira? ¿Qué clase de *monstruo* sería capaz de eso?

Poso la mirada en el tocador, y mi rostro se muestra en mil reflejos en el cristal roto, con un aspecto terrible y lleno de ojos. *¿Qué clase de monstruo?*, pienso mientras me miro. A decir verdad, tanto Katherine como yo somos monstruos, aunque hay una gran diferencia. Pero ¿cuál? Vuelvo a mirar a Katherine y la examino.

—Ni siquiera te importa —me oigo a mí misma susurrar—. Te da igual el daño que le causas a Leo o a cualquiera. No te importa nada. Esa es la diferencia.

Un pequeño borboteo desde las profundidades de la garganta de Katherine me provoca un sobresalto y la miro con más atención por unos instantes, pero sigue inmóvil y en silencio.

—No te preocupes por Leo —le digo a Katherine en voz baja, sin saber si me puede oír o no—. Él va a estar bien, yo me aseguraré de ello.

Echo un último vistazo a Katherine —con su cuerpo tan frágil como una cerilla y la mente dentro de una punta ya quemada, ennegrecida y a punto de apagarse— antes de dar media vuelta y marcharme.

En la habitación de Leo, encuentro a Max la jirafa de peluche en el suelo al lado de la cama. Lo llevo en brazos por el pasillo mientras acaricio el pelaje suave y sintético, el grueso relleno: todo el dolor y la pena y la tragedia que rodean a esa criatura de hilos, tela y relleno, pero cuánto lo quiere Leo, cuánto lo necesita, cuánto lo calma el animal. Supongo que eso es lo que hacen los valientes: juntarlo todo, lo bueno y lo malo, aferrarse a ello y seguir adelante con ese peso. Parece que, después de todo, he sido una cobarde sin remedio. Durante todo este tiempo he pensado que era muy sabia, afectada por la maldición de tener claridad sobre la verdadera naturaleza del mundo mientras los demás caminaban con una felicidad estúpida y medio ciega. Pero no, yo era la estúpida. La estúpida asustada y obcecada que prefería nada para siempre antes que todo. Si bien es una decisión aterradora, la Halla de mis sueños tuvo razón al decirme que era bien sencilla. ¿Todo o nada? ¿Qué es lo que quieres, Anna, Anya, Collette? ¿Qué vas a decidir?

Sigue siendo una decisión difícil. Sigo estando aterrada.

Bajo las escaleras y salgo por la puerta para alejar a Leo de este lugar para siempre y adentrarlo en algo nuevo y terrorífico.

Chernabog, el dios de los finales, El Que Vacía, está en camino. Oigo el crepitar de sus llamas, y el sudor de su calor me gotea de la punta de la nariz. Está en camino, como siempre lo ha estado: con expresión sincera, dispuesto en cenizas, humo y finalidad, solo que esta vez no pienso huir ni resistirme. Tal vez, tal como creía Agoston, el dios de los principios venga con él, unos gemelos siameses sin separar. Por una vez en la vida, los esperaré como una niña pequeña que aprende el significado de la paciencia, como una niña pequeña que aprende a confiar. Me disculparé por mi estupidez al haber malinterpretado y temido al Oscuro durante tanto tiempo. Resulta que sí había hecho un trato con él, pues conseguir algo da comienzo al mecanismo de su pérdida en algún otro momento; nada que exista puede resistirse a convertirse en lo que existía; el principio de algo presupone la aceptación de un final. El dios de los principios y de los finales cumple con esos contratos sin malicia. Presta con generosidad y pide de vuelta con rigurosidad, y por fin he accedido a sus términos: todo lo que tenía —la escuela, esta casa, esta vida— y todo lo que era —tensa y asustada, desconfiada y desagradecida— llegará a su fin esta misma noche, y en el espacio que se liberará recibiré algo nuevo, aunque su final seguramente doloroso esté asegurado en algún momento. Tener algo, incluso si está destinado a acabar, es mejor que nada. Esta vez recibiré lo que se me dé con cariño, pero sin aferrarme; aceptaré lo que es mío solo durante una estación.

Sin embargo, primero tengo que prepararme. Los finales requieren sus rituales. Necesito la lápida. No sirve de nada tenerla ahí colocada junto al foso para declarar sin lugar a dudas el propósito del acto. Tengo que esconderla, solo que antes quiero tenerla cerca, al igual que Leo quiere cerca a Max. Quiero pasar los dedos por la inscripción, por las palabras talladas de forma encantadora y luego menos, talladas por la última fuerza y el amor de un padre y el primero de una hija. Es una lápida muy dichosa, pues ¿cuántas lápidas encuentran un uso apropiado en dos ocasiones? ¿Acaso mi padre lo había sabido? ¿Fue un profeta sin saberlo? ¿O acaso el amable espíritu de Vano había estado presente y había guiado nuestras manos y cinceles para tallar la premonición? Al fin y al cabo, solo era el poema favorito de mi padre.

«Pasado un corto sueño —reza el verso de la lápida—, despertamos a la eternidad, y la muerte ya nunca será; muerte, tú morirás».

Despertamos a la eternidad.

Vano tenía razón, como siempre. Un nuevo sendero, un regalo que no podía prever. Y noto su querido espíritu, lo noto cerca de mí, como una mano sobre la mía, una comadrona amable que tranquiliza y convence a la mujer de parto a través de la pérdida de todo lo que era y del nacimiento de lo inimaginable.

Leo está muy enfermo. Le ha subido la fiebre más aún, está letárgico y su tos es horrible.

Podría tratarse de neumonía, ¿quién sabe? El traqueteo húmedo en la profundidad de su pecho desde luego parece indicar que tiene algo de líquido en los pulmones. Qué conveniente sería eso. Pero, si no se trata de neumonía, tampoco pasa nada: sigue siendo un niño asmático débil y enfermo. Podría morir en plena noche y nada parecería extraño, tan solo triste.

Me quedo en el umbral de la puerta y lo veo dormir. Mi vieja habitación está a oscuras, salvo por el tenue brillo de la luz nocturna que he encendido para él. Parece diminuto ahí tumbado en la cama, hecho un ovillo alrededor de Max y con el edredón subido hasta la barbilla. Ronca con la boca abierta y la cabeza llena de mucosidad. Estoy nerviosa. Tengo miedo. Tengo que pensármelo muy bien ahora porque luego no habrá tiempo, y tengo que hacerlo todo bien, hasta el detalle más pequeño. Toda mi esperanza depende de ello.

Me pregunto si Katherine habrá muerto ya. Menuda mala suerte, dirán, que aquella madre a kilómetros de distancia hubiera muerto de una sobredosis autoinfligida durante la misma noche en que su hijo murió de un fallo respiratorio. Aun así, las coincidencias son mucho más comunes de lo que creemos. Como alguien que ha tenido tiempo de ver tramos más largos del patrón de sucesos que la mayoría, he observado que el azar solo lo parece, que el caos está sorprendentemente ordenado. Los médicos de Emergencias que vendrán hasta aquí y subirán por las escaleras a toda prisa con su camilla y su desfibrilador, que han visto cada tipo de hecho horrible y extraño, lo sabrán mejor que nadie. Y, además, ¿quién quedará para hacer preguntas? Nadie.

Sin embargo, a lo largo de todo lo que va a pasar, yo sabré la verdad. Contendré la respiración en el veloz trayecto de la ambulancia, en el ruido frenético de Urgencias, en el suave silencio de la funeraria, y luego me quedaré bajo el frío, junto a la diminuta tumba abierta de Leo (la que he cavado para él, si consigo que todo salga bien). Estaré atesorando un secreto, con la esperanza de que llegue el momento que lo va a cambiar todo.

La respiración de Leo se ve impedida por los mocos, y frota la cabeza contra la almohada, roncando con dificultad. Tose una vez y luego otra, tras lo cual encuentra un atisbo de pasaje para el aire y rueda sobre la cama.

Haré el intercambio en la parte de atrás de la rodilla, donde será menos visible. Imagino que alguien sí se acabará dando cuenta, pero ese alguien terminará por darle su explicación más racional, porque lo que no puede ser no puede ser. Mi cuerpo, según me aseguró Ehru, sabrá lo que debe hacer. Lo haré con mayor delicadeza de la que he tenido nunca. A diferencia de mí, Leo no recordará nada. Mi pequeño artista, mi hijo.

Cuando entro en la habitación, cuando levanto la parte inferior del edredón y la aparto para revelar su delgada pierna pálida, estoy llorando. Todo el miedo y la esperanza y el miedo. Toda mi larga y triste vida, todo lo que soy, todas las personas a las que he querido, toda la muerte que he visto o he provocado, todo lo bueno, todo lo bello, se fusionan. Bebo de él y le doy de mí, y todo se transmite.

A las 05:53 a.m., llamo a Emergencias.

—Emergencias, ¿en qué puedo atenderle?

—Necesito una ambulancia. Por favor, envíen una ambulancia. Es un niño pequeño. Se ha quedado conmigo unos días, pero no respira. ¡No respira! He ido a su habitación y no respira.

—Enviaremos una ambulancia ahora mismo, señora. ¿Dónde está?

—2100, carretera del condado M.

—¿Eso es una casa?

—Sí, sí, es una casa. Ay, Dios, por favor, vengan ya. Creo que… creo que puede estar… Ay, Dios, ¡por favor, por favor, vengan ya, por favor!

—La ambulancia está en camino. Enseguida estará allí, señora.

La casa está sumida en un silencio horrible hasta que la ambulancia llega con su sirena estridente hasta la entrada, y luego todo sucede muy deprisa. La policía llega poco después que los paramédicos. Miro desde la ventana de mi habitación y veo a quien debería haber esperado ver, aunque no lo he hecho: la agente McCormick está en la entrada, hablando con otro policía. Están rebuscando en mi coche, el cual tiene las puertas abiertas. Llevan guantes.

Le cortan la camisa a Leo por el centro con unas tijeras, y un hombre corpulento de grandes puños le aprieta las costillas desnudas. Una mujer prepara las palas que van a intentar hacer que su corazón vuelva a latir, pero, por supuesto, será en vano. Su corazón ha dejado de latir hace horas.

Me echan de la habitación, y me dejo caer en el suelo del pasillo, sollozando. No estoy interpretando ningún papel, pues estoy llena de miedo e incertidumbre. Nunca he hecho esto antes y nunca he visto el resultado final. Cuando enterramos a la bebé de Ehru, parecía muerta, pero ¿habría vuelto a la vida? Me doy cuenta de que no lo sé. ¿Y si lo he hecho mal? ¿Y si mi cuerpo está roto y no lo sabe? ¿Y si, en lugar de darle la vida, se la he quitado? Crecemos de una semilla como cualquier otro ser vivo. Un poco de carne, una semilla cargada de una magia extraña, se planta en la profundidad de la tierra fértil, donde yace muerta, se descompone, se esconde y se cobija en su propia piel, alrededor de un ascua invisible, y entonces, desde alguna parte procede un aliento, y el ascua comienza a brillar en la oscuridad. O al menos eso es lo que espero, pero ¿cómo sé que va a surtir efecto? ¿Cómo puedo estar segura? Algunas semillas nunca florecen. ¿Y si...? ¿Y si...? ¿Y si...? Creo estar a punto de desmayarme, de desintegrarme bajo el insoportable peso de las conjeturas.

Un médico pasa por el pasillo con una bolsa para cadáveres, y, al verla, siento como si fuera a mí a quien fuese a encerrar en su interior. Preferiría ser yo. Pienso en Leo sellado en ese capullo de plástico y no logro respirar bien.

Un agente de policía (no la agente McCormick) se acerca a mí para tomarme declaración. Se presenta como el teniente Hendrickson. Permanece muy serio, aunque no de forma desagradable, mientras le explico cómo ese niño que no es mío ha pasado a estar conmigo.

—Sus padres se están divorciando —le explico—. Su padrastro se fue hace poco, así que he estado ayudando a su madre a cuidar de él.

—¿Y dónde está la madre?

—Ha estado teniendo ciertos... problemas. Con analgésicos y sedantes. Accedí a quedarme con Leo para que ella pudiera ir a un centro de desintoxicación. Está allí ahora.

—¿Tiene el nombre del centro? ¿O un número de teléfono?

En cuanto me lo pregunta, me percato de que he cometido un error. Sí que tengo el número de teléfono, metido, si mal no recuerdo, en el bolsillo de los pantalones que llevé ayer. Si lo tenía, ¿por qué no he llamado? La respuesta es que sabía que ella no estaba allí, solo que no es la respuesta que puedo darle a ese hombre.

—No —miento—. Le pedí el número de teléfono, pero se le olvidó dármelo, y a mí se me olvidó recordárselo. He estado cuidando de Leo con cierta regularidad, y nunca había tenido que darme un número de teléfono antes, así que supongo que se nos pasó a las dos.

—Vale, ningún número, ningún nombre... ¿Hay algo que pueda decirme sobre el centro de desintoxicación? ¿Le dijo algo sobre él?

—Eh... Dobbs Ferry. Me dijo que estaba en Dobbs Ferry. Lo siento, eso es todo lo que sé. Ojalá pudiera serle de más ayuda.

—¿Tiene el número de teléfono y la dirección de los Hardman?

—Sí, eso sí.

—¿Puede anotármelo en un momento?

Asiento y me acerco a toda prisa a la mesita de noche para escribir la información en un pequeño cuaderno que tengo en el cajón bajo el teléfono.

El teniente Hendrickson camina a grandes zancadas hasta la puerta y llama a un agente del pasillo.

—Busca un listín —le dice al hombre que entra en la habitación—, y luego quiero que llames a todos los centros de tratamiento de adicciones que encuentres en Dobbs Ferry hasta dar con la madre del difunto, Katherine Hardman.

Le entrego el papelito con el número de teléfono y la dirección de los Hardman al teniente, quien lo acepta sin echarle un solo vistazo.

—Este es el teléfono y la dirección de los padres —le sigue diciendo al otro agente—. Ya que estamos, podemos pasarnos por allí a echar un vistazo.

Escucho su conversación mientras respiro hondo para tratar de tranquilizarme; la revelación de la segunda parte de esta tragedia conjunta se acaba de poner en marcha. Todo se va a complicar más aún a partir de ahora.

—¿Dónde tiene el listín telefónico, señora? —me pregunta el teniente Hendrickson.

Ya he sacado uno del mismo cajón de la mesita y lo he colocado junto al teléfono.

El agente asiente y se acerca a la mesita.

—¿Qué me dice del padre biológico del niño? ¿Sabe algo de él? Cómo se llama o dónde vive.

—Oí el nombre una vez, pero no me acuerdo. Por lo que me dijo la madre, parece que ya no forma parte de sus vidas.

Con el agente dispuesto a cumplir con su tarea, el teniente Hendrickson vuelve hacia mí para continuar con su interrogatorio y preguntarme por la salud de Leo y sobre cómo lo vi cuando lo acosté anoche. Mientras respondo, la tía de Audrey entra en la habitación, y en su mano con guante lleva una hoja de papel de acuarelas de cuya existencia me había olvidado por completo hasta este preciso instante.

—¿Qué es esto? —me pregunta, dándole la vuelta al papel en mi dirección para que todos veamos el retrato. Ningún saludo, ningún pésame, ningún atisbo de reconocimiento amistoso en su mirada.

Aúno todas las fuerzas que puedo para obligarme a seguir tranquila.

—Es un retrato. Un cuadro.

—¿Está pintado con sangre? —me pregunta.

El teniente con el que había estado hablando alza las cejas.

—Sí —respondo—. Es raro, lo sé, pero tengo un amigo en la ciudad, un artista, que pinta con sangre. Toda recogida de forma voluntaria, claro.

—¿De quién es la sangre?

—Es mía. Me la extrajo. Sé que parece raro, pero tiene muchísimo talento, como pueden ver.

La agente McCormick me dedica una mirada cargada de escepticismo antes de mostrarle el retrato al teniente.

—¿Quién es ese amigo? —me pregunta—, ¿Cómo se llama?

—Sergio.

—¿Sergio qué más?

—Lo siento, no lo sé. Solo lo conozco como Sergio a secas.

—¿Y dónde está Sergio a secas?

—Vive en el Bronx.

—¿En qué parte del Bronx? ¿Tiene una dirección o un número de teléfono?

—No, lo siento. Es un amigo de una amiga, a decir verdad. Quizá si lo viera en un mapa podría señalar el área general en la que está su estudio, pero me llevaron hasta allí y no estoy segura de saber cómo volver.

—¿Y quién es esa amiga?

—Se llama Sueño.

—¿Sueño? —suelta un resoplido, asqueada—. Por el amor de Dios.

—Lo siento, sé que todo esto puede sonar raro, pero yo misma soy artista y tengo muchos amigos artistas, y bueno, pueden ser un tanto excéntricos. En fin, no estoy segura de qué pueden tener que ver Sergio o el cuadro con lo que ha pasado.

—Para eso está la policía, señora, para decidir qué tiene que ver con qué para que usted no lo tenga que hacer.

La agente sostiene las campanitas de Navidad que cuelgan del pomo de la puerta en la palma de la mano.

—¿Y esto qué es?

—Campanas —digo—. Tengo el sueño muy profundo y quería asegurarme de despertarme si Leo iba a la puerta por la noche.

—Campanas. Porque tiene el sueño muy profundo. —Suelta una pequeña carcajada molesta.

—Lo siento —digo—. No sé muy bien qué está pasando aquí. Acabo de pasar por la peor experiencia de mi vida y ahora me parece como si... como si me estuvieran interrogando o acosando. Estoy un poco perdida.

—Nadie está intentando interrogarla, señora —me tranquiliza el teniente Hendrickson—. Sí que tenemos que ser exhaustivos al investigar la escena para asegurarnos de que entendemos lo que ha pasado, solo que a algunos de nosotros se nos olvida que estamos en Millstream Hollow —le dedica una mirada seria a la agente McCormick mientras lo dice— y no en el Bronx.

El rostro de la agente McCormick se queda sin expresión durante un momento, como si se acabara de quedar dormida con los ojos abiertos.

El teléfono suelta medio pitido y todos lo miramos, pero el agente ya lo ha contestado.

—Recorreré el perímetro —le indica la agente McCormick al teniente—. Señora —se despide de mí con una cortesía exagerada, y entonces se da media vuelta y sale de la habitación.

Tengo la sensación de que sé a dónde va a ir, aunque, cuando llegue allí, no encontrará una tumba, sino un foso muy profundo y dividido en varias secciones etiquetadas como «plástico», «metal», «cristal» y «orgánico». Un experimento de ciencias de preescolar y nada más.

Al menos Hendrickson parece apaciguado. Sigue con sus preguntas educadas y responde con «ajá» y asiente ante mis respuestas mientras las anota en su libreta. Estamos acabando con el interrogatorio cuando el otro agente cuelga el teléfono, cruza la habitación y hace a un lado al teniente Hendrickson para hablar en privado.

—Katherine ha aparecido; es el Saint Joseph el que acaba de llamar. —El agente echa un vistazo en mi dirección antes de empezar a hablar en voz más baja.

—Joder, no puede ser verdad —suelta Hendrickson.

El teniente se vuelve hacia mí con una expresión lúgubre.

—Parece que vamos de mal en peor —dice.

—¿Qué quiere decir? —le pregunto.

—Katherine Hardman se nos ha adelantado y ha llegado al hospital Saint Joseph antes que nosotros. No estaba en ningún centro de desintoxicación, sino que, según parece, una ambulancia la ha sacado de su casa hace unas horas. Su exmarido la encontró allí, a media sobredosis. Dicen que ha intentado suicidarse. El hospital estaba intentando localizar al niño, y el ex les ha dado su número de teléfono.

—¿Cómo? Pero... Pero no... —Estoy confundida, aunque no por el motivo que los agentes creen—. No lo entiendo —susurro—. No lo entiendo.

Me observa con cierta simpatía mientras intento asimilar lo que me acaba de contar.

—¿Su exmarido la ha encontrado? Pero si me dijo que estaba en... en Tokio, en un viaje de negocios. —Según lo digo, caigo en la cuenta de lo poco que importa todo lo que dice Katherine—. ¿Y ha dicho «intentado»? ¿Quiere decir que ha sobrevivido? ¿Está viva?

—Sí, está viva. Parece que la ha encontrado justo a tiempo.

Estoy en casa. La policía y los paramédicos se han marchado por fin, mis lágrimas se han secado hasta convertirse en unas líneas tensas que cruzan mis mejillas y estoy sentada en mi habitación, escuchando el silencio y mirando sin ningún motivo por la ventana, hacia los cuervos que vuelan despacio entre los árboles. No tengo hambre. Sí que me invade una sensación horrible en muchos otros sentidos, tanto físicos como emocionales, pero la desesperación aullante y suplicante de un apetito insaciable no se encuentra entre dichas sensaciones. No me había dado cuenta de ello hasta ahora. ¿Acaso mi cuerpo ha recibido lo que estaba buscando por fin? ¿Es posible que fuera Leo, con su cuerpo diminuto y sin vida envuelto en plástico sobre la camilla, hacia quien mi hambre me estaba conduciendo desde el principio?

Katherine está en el hospital. Me pregunto si le habrán contado lo de Leo. ¿Cuál es el protocolo que se debe seguir a la hora de informar a alguien de una tragedia cuando ese alguien también está sumido en un trastorno médico de lo más delicado? Tendría que ir a verla mañana o pasado mañana —¿qué parecerá si no voy a verla?—, aunque no se me ocurre otra cosa que tenga más ganas de evitar. ¿Y si sabe que estuve con ella anoche? ¿Y si se acuerda al oír mi voz? Podría negarlo, claro, hacerme la loca, porque lo más probable es que estuviera alucinando en aquel momento. Aun así, eso es lo que menos me preocupa. ¿Cómo puedo mirarla a la cara después de todo lo que ha pasado? Después de todas sus mentiras y traiciones, sí, pero también después de lo que yo he hecho, lo cual me parece más importante. ¿Qué podríamos decirnos entonces?

Dejo que pase el día, y luego otro. Aun con todo, a la mañana siguiente me obligo por fin a llamar al hospital; quizá su estado haya ido a peor, tal vez todavía no permitan que reciba visitas, a lo mejor el edificio entero se ha incendiado de la noche a la mañana.

Me dicen que las horas de visitas son de las diez al mediodía.

Me visto. Me lavo la cara. Considero posponer la visita otro día, y, en su lugar, me meto en el coche. Por primera vez, soy yo quien necesita algo de Katherine; por primera vez, me dirijo a extraer con discreción lo que yo necesito de ella.

Una vez en el hospital, me quedo tras el volante durante un buen rato, hasta que acabo saliendo del coche para dirigirme al vestíbulo. En la tienda de regalos, compro una begonia y me la llevo al pecho con fuerza mientras el ascensor sube hasta la cuarta planta y mi estómago se mueve en la dirección opuesta.

Cuando paso por un mostrador de recepción para preguntar si alguien puede indicarme dónde está la habitación 427, una enfermera de mediana edad se levanta y se ofrece a acompañarme hasta allí. La mujer es muy alta y masca chicle, despreocupada, pero su expresión me indica que conoce la situación.

—Pobre mujer —dice, haciendo bastante ruido al mascar mientras me acompaña por el pasillo—. Pobrecita.

—¿Cómo está? —La voz me sale en un susurro ronco.

—Estable, al menos físicamente.

—Entonces... ¿Ya se ha enterado?

La enfermera me mira a los ojos y asiente sin soltar palabra.

—¿Sabe si está despierta? No quiero molestarla si...

—No estoy segura. Ha pasado un tiempo sedada. Su marido está aquí con ella, así que, si está dormida, podrá decirle que ha estado por aquí.

Antes de que pueda reaccionar a la información, hemos llegado. La enfermera llama a la puerta sin hacer mucho ruido y la abre.

Katherine está tumbada en la cama, y su cabello oscuro contrasta con la palidez enfermiza y homogénea de las sábanas y de su piel, las cuales son casi tan blancas como la bata de hospital que lleva. Tiene el rostro girado hacia nosotras y los ojos cerrados.

Dave está sentado junto a la cama y parece demasiado alto para una silla de hospital, pues tiene sus largas piernas echadas hacia delante, con una cruzada sobre la rodilla de la otra. Tiene un vaso de plástico con café en una mano, una revista de negocios en la otra y unas gafas de ver de cerca sobre la nariz, que hacer que parezca una persona distinta, más académica, una persona que resulta una pareja menos común aún para Katherine y sus juegos dramáticos. Me pregunto si esto, esta lastimosa escena con su marido —o exmarido— era justo lo que buscaba Katherine la noche en que intentó quitarse la vida. Le había dejado una nota con quién sabe qué recriminaciones y seguro que lo había llamado también, y por eso Dave había ido a verla. Y ahora aquí está, de nuevo a su lado.

Dave alza la mirada hacia mí y la enfermera. Frunce el ceño en mi dirección en un gesto de complicidad y saluda a la enfermera. Las cortinas están corridas, por lo que la habitación está bastante oscura. El silencio se interrumpe por los pitidos constantes de los monitores. Katherine está atada como una marioneta a media docena de máquinas.

Me quedo allí plantada, abrazada a mi planta, con la esperanza de que la enfermera tarde mucho en acabar sus tareas: estirar la sábana, colocar bien un borde que se ha salido de debajo del colchón. Sin embargo, es eficiente, y en menos de un minuto ya ha terminado y ha anotado algo en un portapapeles que cuelga junto a la camilla.

—Voy a traer una bandeja —le dice a Dave—. Rosquillas, fruta y una tortilla. Vamos a intentar que coma un poco hoy. ¿Quiere que le traiga otra a usted?

—No hace falta, gracias —responde él.

La enfermera se marcha, y yo dejo la planta en la mesita, tras lo cual Dave y yo nos quedamos mirando a Katherine en silencio, la estrella del espectáculo, la única de los tres que siempre hablaba, maquinaba, rompía cosas y hacía que otras sucedieran, mientras Dave y yo nos quedábamos mirando, estoicos, y nos preparábamos. Incluso ahora parece que podría incorporarse de un salto, como una estrella de Hollywood en ciernes que sale de una tarta, con los brazos por encima de la cabeza, un guiño y un «¡tachán!», pero no se mueve, salvo por el leve ascenso y descenso de su pecho con cada respiración.

Dave se quita las gafas, se levanta de la silla y se las coloca, cansado, en el bolsillo de la camisa.

—Voy a por más de lo que sea que es esto —dice, alzando el vaso de plástico con la mano—. No me imagino que quiera quedarse aquí, y, de todos modos, no está consciente. ¿Me acompaña? Le invito un café, aunque es probable que no me lo agradezca.

Tiene razón: la mera idea de quedarme a solas con ella, por mucho que sea lo que pretendía hacer al venir aquí, es escalofriante. Echo un último vistazo a Katherine y lo sigo al exterior de la habitación.

—¿Sabe qué? —me dice conforme recorremos el pasillo de linóleo hacia la máquina de bebidas calientes—. Creo que es de usted de quien más me compadezco por todo esto. Y de Leo, claro.

Niego con la cabeza. No necesito la lástima de nadie.

—Lo que ha pasado es... —continúa—, bueno... A decir verdad, se me han acabado los sentimientos. Estoy vacío, no me queda nada, pero usted… No puedo ni imaginarme lo horrible que habrá sido todo para usted. Leo no se merecía nada de esto, y usted tampoco.

Por un momento, las lágrimas amenazan con escapar de mis ojos y se me forma un nudo en la garganta, aunque parpadeo para contenerlas.

—Merecer —digo poco a poco, dándole vueltas a la palabra y a la idea—. Ya no estoy segura de lo que significa esa palabra. Ni siquiera sé si entiendo el concepto. ¿Qué es lo que me merezco? ¿Qué es lo que se merecen los demás? ¿Cómo podemos llegar a saberlo? —Lo miro, llena de confusión—. ¿Dónde está el libro de contabilidad? Conseguir lo que nos merecemos es solo un concepto que existe en nuestra imaginación.

—Supongo que sí —contesta Dave, con una ligera carcajada por mi sofistería mientras mete monedas en la máquina—. Lo que quería decir es que usted solo estaba intentando obrar bien y ha acabado metida en un lío mucho más grande de lo que esperaba.

—Sí, ya lo entiendo, y no estoy intentando complicar más las cosas. Supongo que hace poco me he dado cuenta de que yo misma he estado obsesionada con esta idea de la que me habla, de conseguir lo que nos merecemos o no, y me he vuelto un poco amargada. Pero eso es porque no tiene nada de sentido en primer lugar. Lo que nos merecemos y lo que conseguimos… No hay ningún modo de medirlo. Conseguimos el mundo, y el mundo nos consigue a nosotros, y ¿quién estafa a quién?

—No sé —dice Dave, y me coloca un vaso caliente en la mano antes de poner el suyo bajo el dispensador—. Pero al menos me parece que un niño merece amor y poder vivir a salvo.

El líquido caliente y marrón sale con un chisporroteo de un tubo blanco y aterriza en el interior del vaso.

—Sí —respondo, mirando hacia mi propio vaso—, tiene razón. Los niños merecen recibir un amor perfecto, aunque no es porque ellos sean perfectos, lo que quiere decir que tiene que haber otra palabra que no sea «merecer», solo que no sé cuál es. Y eso también aplica para los adultos; al fin y al cabo, no somos más que los restos retorcidos de niños que han recibido un amor imperfecto. Ninguno de nosotros recibimos el amor perfecto que deberíamos, pero quizá eso sea la vida, el darnos el tiempo suficiente para recibirlo todo poco a poco, en fragmentos. Quizá se supone que debemos montarlo todo nosotros mismos con el paso del tiempo.

Dave vuelve a echarse a reír, aunque esta es una carcajada amable.

—Lo siento —me disculpo, y me llevo una mano a la frente mientras las lágrimas vuelven a hacer de las suyas—. Debe parecer que estoy loca. Estoy intentando encontrarles el sentido a muchas cosas.

—Bueno, su teoría suena plausible, y, si tiene razón y la vida es eso, diría que Leo pudo recibir algunos de esos fragmentos por su parte. Sé que usted significaba mucho para él y no estoy seguro de si alguien se lo habrá agradecido. No estoy seguro de que nadie vaya a hacerlo.

Mira, cabizbajo, en dirección a la habitación de Katherine.

—Me gustaría preguntarle algo —le digo, aunando la valentía para cumplir la tarea por la que de verdad he venido aquí. Pensaba que se lo iba a decir a Katherine, pero parece más apropiado, además de muchísimo más preferible, que se lo pida a Dave.

»Quisiera ofrecerle algo, de hecho. Ya sabe cuánto quería a Leo.

Las lágrimas empiezan a resbalarme por las mejillas al decir esas últimas palabras, y me horroriza el hecho de que las lágrimas de otra mujer más vayan a manipular a Dave, solo que estas son lágrimas de verdad. No podría contenerlas ni aunque quisiera.

—Mi propiedad es bastante grande y tranquila. Quería ofrecerles a usted y a Katherine un lugar de descanso para Leo allí.

Las lágrimas empiezan a caer de verdad, casi de forma incontrolable, y hacen que me cueste hablar. Dave saca un puñado de pañuelos de una caja que se encuentra en una repisa cercana y me los da. Me los llevo a los ojos.

—De verdad lo quería muchísimo —susurro—. No les cobraría nada y pueden tener acceso siempre que quieran. Por favor, coméntenselo a Katherine.

Dave me pone una de sus grandes manos en el hombro y me da un apretón con delicadeza antes de apartarla.

—Lo hablaré con ella. Muchas gracias.

Nos damos media vuelta y volvemos a dirigirnos hacia la habitación. Al llegar a la puerta, nos asomamos: Katherine sigue inmóvil en la cama, con los ojos cerrados.

—Me aseguraré de decirle que ha venido a darle el pésame —dice Dave.

Me está dejando marchar, y se lo agradezco.

—Deséeme suerte —continúa, lúgubre, antes de pasar junto a mí para entrar a la habitación, donde vuelve a colocarse en su puesto en la silla junto a ella y vuelve a abrir la revista.

Clausuro la escuela. La investigación policial, a pesar del sutil antagonismo de la agente McCormick, no llega a ninguna parte. El difunto es un niño asmático con indicios de neumonía. La sangre del retrato no es suya ni guarda ninguna conexión con ningún asesinato por resolver, sino solo con unos artistas drogados del Bronx. Está claro que la «tumba» no es ninguna tumba, sino un ambicioso experimento de ciencias de preescolar de una ambiciosa escuela de élite. Un caso sencillo de resolver.

Los padres me ofrecen su pésame y unas protestas desganadas, pero sé que están asustados y encantados por tener una excusa para matricular a sus hijos en otros centros. A los ricos siempre les asustan mucho los problemas que el dinero no puede solucionar.

Veo a muchos de ellos en el funeral. Lloran, se llevan pañuelos a las comisuras de los ojos y se acercan al ataúd por obligación, le echan un vistazo el tiempo suficiente para que no represente una falta de respeto y se van. Ninguno de ellos quiere ver un cadáver de un tamaño tan similar al de sus propios hijos, un rostro de mejillas suaves sumido en un sueño profundo.

Yo también paso rápido por el ataúd y me detengo solo el tiempo suficiente para colocar a Max bajo el pesado brazo de Leo. Quiero que esté allí para cuando se despierte, o, mejor dicho, si se despierta. No lo miro a la cara. No puedo. Me da demasiado miedo ver la muerte en ella, fija e inmutable.

Noto que todas las miradas me siguen, o tal vez solo me lo imagino. Ni la policía ni Katherine me han culpado de nada, no hay ninguna prueba de que haya hecho nada malo y Katherine no ha estado consciente el tiempo suficiente como para formar una acusación en su mente siquiera. Además, Dave no lo toleraría, y creo que Katherine no querría hacer nada que pusiera en riesgo su apoyo ahora mismo.

Ambos se sientan en la parte delantera de la sala. Katherine deja caer su peso contra Dave, se aferra a su mano con sus dedos huesudos y tiene la vista clavada en el suelo. Echo un vistazo en su dirección cuando me alejo del ataúd, y Dave me dedica un ligero ademán con la cabeza, pero la mirada de Katherine sigue fija en la moqueta a sus pies.

En la tumba solo estarán Katherine y Dave, un cura y unos portadores de féretro contratados, y esta se encuentra en mi propiedad, cerca de un pino de Banks encorvado y un fresno de ramas extrañas. La lápida que han escogido para Leo llegó ayer, y la que he elegido yo para él sigue escondida a buen recaudo. Ninguno de ellos sabrá quién cavó la tumba, y ninguno de ellos se lo preguntará, pues imaginarán que se trata de algún cavador de tumbas cualquiera que se marchó tras acabar con su tarea. ¿Qué más da? No estaré allí. Parecía apropiado darle privacidad a Katherine para que pase los últimos momentos con su hijo.

Me voy del funeral antes que los demás. La cháchara insulsa y los *hors d'oeuvres* de después serían insoportables. Según me alejo, paso por delante de un *collage* de fotos de Leo y su familia en un caballete dispuesto en la entrada. No hay ninguna foto del padre de Leo, ni tampoco de Max. Me pongo a pensar en ello: incluso ahora, en este momento tan crudo en el que ambos hijos han muerto y seguro que llora las pérdidas de los dos, no se puede mostrar a Max ni hablar de él. Lo más seguro es que a Katherine no le apetezca lidiar con las preguntas o los sentimientos que despertarían sus fotos. Aun con todo, me parece de lo más triste, casi tanto como las propias muertes, que Max deba seguir siendo un secreto hasta en el funeral de su hermano pequeño.

Hay fotografías profesionales en blanco y negro de Leo de bebé, de Leo con sus mejillas regordetas, un sombrero de fiesta y un puñado de pastel en su primer cumpleaños, acariciando a un delfín en SeaWorld. Entonces veo una foto en la esquina inferior: Leo acomodado bajo el brazo de su madre. Los dos van bien vestidos por algún acontecimiento especial, y Katherine parece más saludable, de mejillas más rellenas y con más brillo en los ojos. Por alguna extraña razón, la imagen está doblada por la esquina inferior derecha, y el brazo de Katherine se pierde en el pliegue.

La saco del *collage* para alisar la esquina e inspiro de repente. Ahí está Max, seguramente cerca de su último cumpleaños. Es precioso. Tiene un cabello oscuro y alborotado como el de Leo, pero se parece mucho a Katherine, con los huesos de su rostro estrechos y delicados como los de ella y unos ojos grandes y de color verde oliva. Hay un hueco entre sus dientes delanteros que se muestra con descaro por la enorme sonrisa que esboza.

Me duele solo de verlo, y entonces le veo sentido al hecho de que hayan escondido sus fotos. La vida que contienen es demasiado intensa, cegadora. Quiero quedarme con la foto. Si Leo consigue sobrevivir, quiero que tenga esta foto para que acompañe a la arrugada y desgastada que, con un poco de suerte, sigue escondida en el interior de Max la jirafa.

Echo un vistazo en derredor: no hay nadie cerca. Saco la foto, me la meto en el bolso y me marcho.

No recuerdo haber nacido, claro, pero sí conservo algún recuerdo de mi renacimiento.

El abuelo no estuvo allí cuando me desperté, y luego me dijo que yo había vuelto demasiado pronto. No es una ciencia exacta. Al igual que ocurre con los bebés y las semillas, la fecha esperada no es más que una suposición informada. Vuelven cuando están listos.

Me quedé bajo tierra, sumida en una oscuridad absoluta, durante un día y medio. No sabía si estaba viva o muerta, si me encontraba en una pesadilla o en el infierno. Traté de salir a base de cavar con las manos, de modo que, cuando el abuelo dio conmigo, casi me había arrancado las uñas, tenía los dedos llenos de astillas y sangre y había estado a punto de ahogarme con la tierra. Me dijo que susurré para mí misma durante semanas.

Como no puedo dejar que a Leo le ocurra lo mismo, espero. Desde el anochecer hasta el alba, en noches oscuras como el carbón, bajo la lluvia gélida de inicios de primavera. Me quedo aquí sentada, con una palanca y una pala a mi lado, con el corazón destrozado y asustado lleno de esperanza —una esperanza terrible, aterradora y alocada—, a la espera de oír algún sonido lejano, una leve vibración que provenga de las profundidades a mis pies. El resquebrajamiento de una crisálida, unas alas de mariposa negras que tratan de salir de su frágil caparazón para desplegarse en un terciopelo negro.

Mi nuevo regalo está en camino. El sendero por el que nunca he ido ni esperaba haber ido nunca.

Estará asustado. Tendré que cavar deprisa.

Tendrá hambre. No pienso darle una zarigüeya.

Todo está preparado: los documentos están falsificados, y los billetes, pagados. Iremos a Francia, a Burdeos. Ya es hora de que vaya a ver a mi abuelo, ya es hora de que intente vivir entre los de mi especie. Me gustaría que el abuelo esté allí cuando se lo explique todo a Leo, al igual que él me lo explicó a mí hace tanto tiempo. «Vi una fuerza increíble en ti —le diré—. He pensado que, si existe alguien que tiene un uso para toda la eternidad y para todo este mundo terrible, repleto de luces y sombras, ese podías ser tú».

¿Cuán presuntuoso es el regalo de la vida? ¿Qué arrogancia está implícita en el acto de amor que hace que otra persona exista? Este mundo, mi amor, es mi regalo para ti. Todo el mundo. De nada, y lo siento.

Un sonido: un grito amortiguado, como las raíces de un árbol incendiado.

Mi hijo se despierta bajo tierra.

AGRADECIMIENTOS

Algo que comprendemos todos los autores es que la mayoría de los libros empiezan siendo pura basura. Algunos lo siguen siendo para siempre y se quedan escondidos en cajones o en cajas bajo la cama, pero otros sufren una serie de transformaciones que, si todo sale bien, dan como resultado algo mejor. Dichas transformaciones son un esfuerzo colaborativo: una autora ciega y desorientada que ha perdido la habilidad de ver bien su trabajo escucha los consejos de sus lectores que sí ven, y entonces, todavía ciega, vuelve al libro para corregir a tientas lo que sus queridos lectores le han descrito.

Como resultado, he llegado a la conclusión de que la calidad de un libro se corresponde con la calidad de los lectores en quienes un autor más confía. Por descontado, el resultado todavía puede ser peor de lo que dichos lectores merecen, pues el autor cuenta con toda la libertad del mundo para meter la pata, pero es poco probable que sea mejor aún. Según este cálculo, el potencial de esta novela era absolutamente infinito. Ninguna otra autora con astigmatismo ha tenido nunca unos lectores y amigos más confiables e incansables para que la ayudaran.

El premio a más borradores leídos, más anotaciones detalladas y mejor actitud a pesar de todo ello debo otorgárselo a Garrett Fiddler. Si te pagaran por tu labor editorial, ya serías rico. Los finalistas incluyen a los otros miembros del Tuesday Night Casbah Chicken Club: Cam Lay, Adam Miller y la invitada habitual Kij Johnson, cuya maestría sigue siendo un listón muy alto al que aspirar. A Tom Lorenz, por su entusiasmo sincero y su ánimo desde el principio (cuando más lo necesitaba), por sus excelentes consejos editoriales y por decirme que podías imaginarte la novela en una estantería algún día. A Laura Moriarty, por ser una adalid y guía llena de ánimo y siempre disponible para una novelista que acababa de empezar; prometo hacer lo mismo con futuras generaciones. A mi sabia, cariñosa, atenta, elegante y siempre disponible agente, Jennifer Gates, a quien le gustaban las mismas cosas que a mí y puso todo su empeño en el éxito de esta novela. A mi increíble y apasionada editora de Flatiron Books, Megan Lynch. ¿Cómo he podido ser tan afortunada? No dejo de preguntármelo.

A todos mis compatriotas de la Universidad de Kansas, por todos vuestros comentarios: Divya Balla, Jason Batlhazar, Jason Goodvin, Jennifer Pacioanu y muchos otros. A Erin Harris por sus ingeniosos comentarios editoriales que han mejorado la novela. A Cassandra Minnehan, Johnnie Decker Miller y Laura Dickerman, unos lectores animados, inteligentes y amables; a Alyosha Bolocan por toda la información eslava, rusa y demás, y a la agente Noelle Burns del Departamento de Policía de Kansas City. A los Rouleau por los increíbles días de paz para escribir en una bella cabaña en medio del bosque.

Más inestimable aún que los lectores son los animadores (¡aunque muchos sean las dos cosas!). Muchas gracias a todo el equipo que no dejó de entonar las canciones de ánimo ni que decayeran los pompones, a pesar de que ha sido un partido larguísimo. A mis tías Patti, Peggy y Theresa, y a la cúspide de la pirámide humana, la mismísima capitana de equipo, cuya opinión no valía nada al ser tan sesgada, pero cuya fe y ánimos siempre han sido y siempre lo serán todo, Rita Thomas, también conocida como «mamá».

Gracias a mis queridas amigas, oyentes pacientes y animadoras incansables: Emily Garcia, Tori Morgan, Kate Penkethman, Kara Shim y Crystal Kelly. Y a mi equipo de animadores júnior, quienes celebraron y sufrieron lo bueno y lo malo junto a mí y me dieron algo sobre lo que escribir en primer lugar, mis hijos Henry y Luca, a quienes quiero tanto que asusta: prometo que la próxima vez no irá tan mal. Y a Peter, mi compañero en el arte, quien sacrificó más incluso que yo por mucho que solo pudiera disfrutar de la alegría de escribir a través de mí. Tal vez deberías haberte casado con una médica, pero me alegro mucho de que no fuera así.

Ha habido tantos amigos y tanta ayuda por el camino que estoy totalmente segura de que me he dejado algunos por nombrar. Achacadlo a los lapsus de memoria, no a la falta de agradecimiento. Gracias, muchas gracias.

SOBRE LA AUTORA

Jacqueline Holland tiene un máster en Bellas Artes por la Universidad de Kansas. Sus obras han aparecido en las revistas *Hotel Amerika* y *Big Fiction*, entre otras. Vive en el área metropolitana de Minneapolis-Saint Paul junto con su marido y sus dos hijos.